JN273221

ペドロ・シモセ詩集

ぼくは書きたいのに、出てくるのは泡ばかり

細野 豊＝訳

Quiero escribir, pero me sale espuma
—— *Antología Poética de Pedro Shimose*
© Pedro Shimose, 2011
Japanese translation rights arranged with the author.

Traducida por Hosono Yutaka
Publicada por Gendaikikakushitsu Publishers en Tokio, 2012.

目次

詩集『サルドニア』(一九六七)より

見捨てられたフリアイは語る —— 7

詩集『民衆のための詩』(一九六八)より

自由の家 —— 10
平原で見る夢 —— 13
(錯乱から —— 13 ジャガー、爆薬、喇叭 —— 14
にわか雨 —— 15 増大する光とともに —— 16)
ラテンアメリカについての論説 —— 17

詩集『ぼくは書きたいのに、出てくるのは泡ばかり』(一九七二)より

声のない序章 —— 24
ハイエナ、いつもハイエナたち —— 25
内務省の告訴 —— 26
苦悩を背負った男のファド —— 28
鉱物泥棒の集会 —— 30 夏の夜の夢 —— 30
亡命が始まる —— 31 祖国、距離、静寂 —— 33
亡命とは何か —— 34

詩集『消えそうな火』(一九七五)より

解けない謎 —— 35 砂の庭 —— 36
ユンガスの夜想曲 —— 36 肉体の仕組み —— 37
侵犯についての報告 —— 38
アイマラのスケルツォ —— 39
可能不可能 —— 40

詩集『文字どおり』(一九七六)より

わが父の伝記 —— 41 夜に、かがり火 —— 43
誕生への献辞 —— 44 リリョイセ —— 46

忘却の戸口にいるカサンドラ —— 47

静物画 —— 49　風の操舵手 —— 50

詩集『マキアヴェリ的熟考』(一九八〇) より

事物への参入 —— 52　フィレンツェ年代記 —— 53

マキアヴェリと呼ばれた男 —— 54

マキアヴェリと女たち —— 55　財産の喪失 —— 56

ユートピアの復権 —— 58　マキアヴェリの夢 —— 59

マキアヴェリの苦悩 —— 59

マキアヴェリの死 —— 60

詩集『騎兵隊のボレロ』(一九八五) より

ハンスト —— 61　幸福は終る —— 62

落ちる鷲 —— 64　死に立ち向かう詩 —— 66

わたしたちが知っている真実 —— 67

火のように —— 68　愛は通り過ぎる —— 70

騎兵隊のボレロ —— 71　太陽の門 —— 73

アメリカ中で最も澄んだ空の下で —— 74

詩集『リベラルタとその他の詩』(一九九六) より

リベラルタ —— 75　赤い峡谷 —— 76

十字架 —— 78　高い土手 —— 79　地方 —— 81

泉 —— 83　リベラルタの女 —— 84

軍司令部 —— 85　木立 —— 87　広場 —— 88

草原 —— 90　燠 —— 91　カンバの歌 —— 92

ゴム園 —— 94　墓地にて —— 95

マラカイボ —— 96　講演 —— 98

詩集『きみはそれを信じないだろう』(二〇〇〇) より

ラ・ムーサ
詩の女神が老詩人を訪れる —— 100

ドゥルシネア —— 101　儀式 —— 102　かたち —— 103

- 境界 —— 104
- 祝宴 —— 104
- 秘密 —— 105
- 触感 —— 105
- 祭典 —— 106
- 夜 —— 107
- 踊り —— 108
- 風 —— 108
- ジャズ —— 109
- まじない —— 110
- 手 —— 111
- 攻略 —— 112
- 影たち —— 113
- 毛穴 —— 113
- 匂い —— 114
- 蜃気楼 —— 114
- 感動 —— 115
- 恥丘 —— 117
- 知覚 —— 118
- 絶頂 —— 118
- 交合 —— 119
- 脚 —— 119
- フェラチオ —— 120
- ネペンテス —— 121
- 雨 —— 122
- アルドンサ —— 123
- 詩の女神(ラ・ムーサ)は行ってしまう —— 124
- 解説とあとがき —— 127

詩集『サルドニア』*1（一九六七）より

見捨てられたフリアイ*2は語る

地獄の
入り口に立つ
ティシフォネ*3

わたしの夜明けは十二時で十三時には日暮れてしまう、
だからわたしが存在していることが分
神がわたしたちを嫌っていると泣きながら知る時間は
たった一時間しかない。

わたしは存在しているだけで充分だから欲しいものが分
からない。
わたしは性差を憎み、心臓を押しつぶす
わたし自身の吐き気を憎んでいる。

人々がわたしに何をするのか、わたしがわたし自身に何
をするのか
わたしの血の中のこの疑問を打ち壊すためにわたしが何
をすればいいのか、わたしには分からない。
虚無の中にわたしを沈める罪を犯しながら、わたしは愛
することができるだろうか。

欲求の手がわたしの皮膚を這いまわる。
わたしは愛も優しさも知らない、わたしが踏みつける
ひとりの神の残忍さからわたしは生まれた。

7　詩集『サルドニア』より

わたしはこの恐怖を持って生まれ、戦争の中で成長した、無用な土地にひとりの哀れな兵士とともにいて、わたしは最初の発作に見舞われた祖国を知らなかった。

わたしの儚い存在の核心に触れながら暗いトンネルの中の一本の張りつめた綱のようにわたしが生きているのは、わたしのせいではない。

わたしは流産した、わたしは無神論者だ、なぜなら……結局、人間たちを拒絶しながら、辟易するほど彼らを必要とするという矛盾の中をさ迷っているのだから。

わたしはわたしが生きていると気づくために自らを苦しめなければならない。**わたしが行うこと、それはわたしの自由だ**、とサルトルは言った……そして彼はわたしを苦しめる。

おまえは**戴冠式**を見たか？ おまえは書物の中にウナムーノ[*4]がいると思うか？ バナナの木々の間をわたしは自分はシュルレアリストなのだろうかと考えながら歩く。

わたしは自分の中から匂い立つものが何なのか分かっていないようだ。

「ここにあるのはわたしの声だけだ」とボルネは言った。だからわたしは、誰にも分からないことを書く。

狂女か？ 夢想家か？ 娼婦か？──わたしは人々をあざ笑い、

わたしの存在に、不運で痛ましいわたし自身に忠実に、自分本位にわたしの生を生きつづける、

8

出血すると、夜中に襲うこの生々しい痛みに震える
わたしは大きな傷だ。
わたしの夜明けは十二時で十三時には日暮れてしまう。

＊1　サルドニア＝二〇〜七〇センチの草。その花から抽出される液は毒性が強く、顔の筋肉に笑いに似た痙攣を引き起こす。

＊2　フリアイ＝ローマ神話の復讐の女神。ギリシャ神話のエリニュスに当たる。

＊3　ティシフォネ＝ギリシャ神話の復讐の三女神（エリニュス）のひとり。

＊4　ウナムーノ＝ミゲル・デ・〜〈一八六四〜一九三六〉スペインの思想家、詩人、小説家。

詩集『民衆のための詩』（一九六八）より

自由の家

自由のことを思うとわたしの胸は張り裂ける。
わたしは自由を生きており、それを生きる。
血が流れるまで責務としてそれを生きる。

どう説明したらいいか分からないが、わたしは
爆発と騒音のこの祖国でわたしが
遺産として受け取るいくつもの死を理解している。

わたしは馬に乗ってチャルカス裁判管区へ帰り、
いくつもの鐘の中に散らばり、
市役所に対して反乱を起こす。

わたしは燃え、叫び、弾帯を着け、
身を焦がし、ゲリラ戦で暴れまわり、
義勇兵の歌に加わり、

苺の甘さの中で歌う。
（内部ではわたしの肋骨の中の溶けた鉛の熾が
わたしを焼き焦がしていく）。

苦難の中を、恐怖の中を自由が
紫色のカーネーションを持って通過する。
その濃密な炎がわたしを貫き

血がわたしの脇腹を軋ませる、
そしてわたしは真実を叫ぶ、
広場で、バルコニーで、市場で、
田園の泰山木の中でわたしは叫ぶ。
博士たちの満足の中で、
鉱山の虚ろな肺の中で、
わたしが喘鳴に喘いで死んだとき、
わがアルトペルーのこの祖国で
演説屋たちが際立ち、
インク瓶がおまえを気高くし、
駄弁が憎しみとででたらめの
共和国を独立させた。

どこにいるのか？　自由よ、おお祖国よ、
囚われの鎖を断ち切り、
戦士を犠牲にするだけでは不十分だ。

ののしりに、夜と牢獄の抑圧に、
墓地の花に変わってしまった薔薇に
打ち勝つことが必要なのだ。

言うことが必要なのだ、弾圧と
空腹とわたしたちの亡命は終ったと、
わたしたちの歌を生きるときが来たのだと。

今日人間が歌う。いつだって歌っていた。
自由は魂だ。約束だ、
過去からのただひとつの約束だ。

詩集『民衆のための詩』より

わたしたちはともに同じ食卓で食べられるだろうか？
ボリビア人よ、わたしたちはともにひとつの甕から
チチャ*1やビールを飲めるだろうか？

昔のことは忘れて、ヨターラ*2の月の下で、
死者たちが勝ち取った永遠を
称えることができるだろうか？

向日葵とカカオとチャラ*3の家、
チリモヤと李の若々しさ
おまえの薔薇色の月桂樹で、おまえの
贅肉のない鳥の翼で、おまえの
疼く石の飛翔で、おまえの甘松香の、
レースの、サテンとビロードの紋章で、

自由は傷つき、燃え、わたしを焼く、
わたしはわたしの兄弟の兄弟になれるだろうか？
わたしはわたしの企む精神を解き放ち、
わたしは独裁者の敵だ。
わたしはチャランゴの中へ、民衆の中へ入り込む。
わたしの心臓は当てる手に鳴り響き、

自由、自由よ、わたしはおまえの家だ。

*1　チチャ＝南米の玉蜀黍から作る酒
*2　ヨターラ＝ボリビア国スクレ市近くの美しい渓谷にある村
*3　チャラ＝玉蜀黍の穂軸を包んでいる葉

平原で見る夢

錯乱から

石の中に咲いた星の心。
熟した黄金の夢からパンの木と洋蘭まで
波の歌とともに、眼差しの中の塩と泡とともに、
両手の中の風とともに彼らはやって来た。
後ろには世界の丸さに向き合う虚ろな恐怖が残った。
後ろには地平線に繋がれた太陽が残った。

サンタ・クルス・デ・ラ・シエラよ、失われた帰還の想いの中におまえの影以外の影はない、

　　　　　恐れずここからあそこへ、
　　　　休まずここからあそこへ、

強風と岩石によって

　　　　　　　　血と火へ、
彼らはおまえの領土を寸断することを誓う、
あれこれ細々と悪態をつき、
　　　　　　おまえの葉から葉まで、
　　　　花から木までを手中に納めて。

稲妻がもうひとつ空へ飛んだとき、
蟋蟀たちが影たちの到来を告げたときそして
夜の鳥たちが英雄の死を歌ったとき、かれらはおまえを飾った。

　　　　　光線と闇の間で、
サンタ・クルス・デ・ラ・シエラよ。

宣教師たちと兵士たちの間で

13　詩集『民衆のための詩』より

サンタ・クルス・デ・ラ・シエラよ。
指揮官たちと副王たちの間で
おまえの春は小川を芳香で満たし
ひとつの愛の詩がおまえの森を、
おまえの川と椰子の林を走りぬけた。

ジャガー、爆薬、喇叭

砂糖の暗い心の中で燃え、花開いた土地、
弁解の中で生まれたものは死の両腕の中で成長した、
銃と絞首台の前で、
虐殺の中で、太陽と嘲笑によって溶けた晒し台の中で。

馬たちは張り裂け、
弾薬庫は爆発する

待伏せ攻撃の雄叫びとともに。
おまえの月には痛みがあるが、
火は消えない。
雲、
雀蜂、
樹木が
おまえゆえに戦う。

サンタ・クルス・デ・ラ・シエラよ、おまえの火がわた
しを突き抜け
おまえの血の煙、おまえの火の血、
旗たちがはらむ風のすべての目眩、
ここにある魂、苦悩のための神、
銃の一撃と爆発、すべてが嵐を告げる。

にわか雨

サンタ・クルス・デ・ラ・シエラよ、おまえは目覚め
村を作りに行く、密林の中の椰子の木の根元に、
鳥たちの歌に包まれた木々の陰に、
サンタ・クルス・デ・ラ・シエラよ。

そう、おまえは行った、
何事も気にとめないかのように、
おまえの手を苦難の中で痛むにまかせ、
おまえの命を各々の死の中で傷つくにまかせ、
　　　　　激情を解き放ち、
　　　　　　　川を堰き止め、
　　　　　　　　　雨を溢れさせ…
わたしの母はわたしの祖母の中から来た、孔雀サボテン

が熟す音を聞き、
太陽たちを焼きあげ、　夜明けを描き、
絶え間なく命を味わい、
光の傷をこの上なく自分のものとして感じつつ。

すべての後ろで
（ゴムの木のもっと向こうで）
おまえの息子たちはいつものようにユカ*2を焼き、玉蜀黍
　の穂から実を取り、
風のために扉と窓を作りつつ、
そこ、露の傍らに留まった。
さすらいのサンタ・クルス・デ・ラ・シエラよ、
おまえはわたしの土地へやって来た。夢心地で、全力で、疾走して、

15　詩集『民衆のための詩』より

わたしが愛そのものであり、希望を愛していたとき。

増大する光とともに

こんな愛と犠牲が何の役に立つか？

誇り高く強靭なサンタ・クルス・デ・ラ・シエラよ、
わたしの疲労回復のためにおまえの活力がほしい。
セドリーリョ[*3]の新芽の中へわたしを棄てるためにおまえの愛がほしい。
平原でのわたしの渇きを癒すためにおまえの蜜がほしい。
星の心よ、わたしはおまえがいる所にいたい、
密林に咲いた錯乱と奇跡から
増大していく光とともに。

*1 サンタ・クルス・デ・ラ・シエラ＝ボリビア国サンタクルス州の州都。海抜約四〇〇米の亜熱帯に位置し、人口は百万人を超える。
*2 ユカ＝キャッサバのこと。ラテンアメリカの亜熱帯地域での常食。タピオカの原料でもある。
*3 セドリーリョ＝樹木の名。甘酸っぱい黄色の実が生る。

16

ラテンアメリカについての論説

わが祖国を語るためにはおまえの名を呼ぶことが必要だ、
カミロ・トーレス[*1]、チェ・ゲバーラあるいはフェデリコ・エスコバル[*2]と言うことが必要だ
アマゾン、ユカタン[*3]そしてマチュ・ピチュ[*4]と言うように、

わが祖国を理解し、愛するためには、
わが祖国がどこにあり、どんな状態かを知るためには、
社交界のレセプションに行ったり、新聞を読んだり、
図書館に通いつめたりするには及ばない、
こう言うだけで充分だ、リオの貧民窟(ファベラス)
　　　　　　　　　　　　カラカスの貧民窟(ランチョス)
(将軍たちは反乱を企てる)
サンティアゴの貧民窟(カジャンパス)
メキシコ市の貧民窟(ハカレス)
　　　　　　　リマの貧民窟(バリアダス)
　　　　　　　ブエノスアイレスの貧民窟(ビジャミセリアス)
(教皇使節たちは眠りこける)
わが祖国の鉱山の野営小屋
(閣僚たちは闇取引を実行する)。

ひとりのブラジルの司祭が不正に対して抗議すると、
元帥たちは怒りに震え、CIAに電話を入れる。

フィデル・カストロあるいはサルバドール・アジェンデが語るとき、
わが祖国の飢えた子供たちが語っているのだ、
ラテンアメリカの河と風が、
その山脈が、パナマ人のパナマ運河が、

17　詩集『民衆のための詩』より

アコンカグア山[*5]、モモトンボ山[*6]、チンボラソ山[*7]が語っているのだ。

わたしがわが祖国を歌うとき、わたしはラテンアメリカの民衆を歌っているのだ、
彼らはわれわれをブラックリストに載せ、見張り、われわれの指紋を取る、
（チリのチチャと歌曲、マリネラ、サンバ、バンブーコ[*8][*9]）
わたしはアンティリャス諸島を、オリノコ河[*15]を、ラプラタ河[*16]を歌う、
（ウアイニョとタキラリの中のクンビアとメレンゲ）[*10][*11][*12][*13]、
そしてわたしの歌にコパン遺跡[*17]のインディオが現れ、
イラスー火山[*18]の虎たちとともに噴火する。

わたしはラテンアメリカ人であることが苦痛である時代があった。
われわれは鍔広の帽子(ソンブレロ)を被り、肩掛けを掛け、

二丁のピストルを持つ者として紹介された。
われわれが愛と希望の民衆であることを恥ずかしいと思った時代があった、
われわれは白人になって、フランス語を話し、白鳥や極北の楽園のことを考えたいと思った、
だが今、ここコンドルと鷲(アギラ)[グリンゴ]が舞うところにいて、
パツクアロ湖[*19]とティティカカ湖[*20]の水面を渡りながら、
わたしは夜明けが来たと気づく、掛替えのないわが祖国よ、
わたしの誇りは正当なのだ、わたしがリベラルタを歌うとき、[*21]
ポルトアレグレ[*22]を夢見るとき、
ハバナのことを想うとき、
カルタヘーナ[*23]を愛するとき、
そしてトルヒーリョ[*24]で働くとき。
わたしはハリケーンのようなグアヒラ[*25]を踊りながら行く、
雨のホローポ[*26]を

18

灼熱のマランボ[*27]を踊りながら行く、
わがボリビアへの愛に溢れて
この大陸を歩いていく。

わが祖国を語るためにはおまえのことを考えることが必要だ、
ボリーバル[*28]、マルティ[*29]、アルティーガス[*30]と言うことが必要だ、
マモレー河[*31]、マラカイボ湖[*32]、イグアスーの滝[*33]と言うように。

おまえの深い眼差しの下でボリビアの空が成長し、
ボリビアの空の下でおまえの夜明けの心が成長する。
おまえはわが祖国の錫の中で成長する、ラテンアメリカよ、
コーヒーと、砂糖黍畑と石油のラテンアメリカ、
銅と銀、小麦と果樹の
ラテンアメリカよ。

わが祖国を語るためにはおまえを愛することが必要だ、
ラテンアメリカよ。
ヤンキーが彼らの祖国を愛するように。
ソヴィエト人が彼らの祖国を愛するように。
フランス人が彼らの祖国を愛するように、
わたしはこの甘美で悲劇的なわが祖国を愛する、玉蜀黍と石でできた、夢と裏切りの、演説と詩歌の、飢餓と貧困のこの祖国を。

疲れ果てたわが祖国は長い道のりだ、
優しい母、樹木、影、微笑みだ、
わが兄弟の抱擁、友だちの握手、わたしがわたしを知り、
わたしを投影する声だ。
わたしにはこれらすべてが重要だ。
いつもわたしは、毅然として、人々から信頼されることが必要だった。だからわたしはこの論説を書く。

19　詩集『民衆のための詩』より

ラテンアメリカのわが兄弟のために。
わたしを評価するゆえにわたしの論説を読んでくれる
二十人のために。
だからわたしはわが祖国に住み、そこで働き、ラテンア
メリカの言葉で話し、感じ、
議論し、考え、苦しみ、引き裂かれる
(プエルトリコがわたしの心を痛める
繰り返し言う、プエルトリコがわたしの心を痛める)
だからわたしはデュバリエを、ジョンソンを、ソモー
サを、ストロエスネルを追放する。
*34 *36
*35
わたしはメキシコの左派を、米州機構の論文をあざ笑う。
わたしは進歩のための同盟と施しをあざ笑う。
勝利を収めた軍国主義と買収された革命。
サントドミンゴの米国海兵隊と裏切られたゲリラたち。
*37
ポルトー・プランスとグアテマラ市の街路の死者たち。
*38
だからわたしは苦く惨めなこの土地に留まる。

わが祖国を語るためにはおまえを受け止めることが必要だ。
わたしはこの勝利することのない祖国に属している。
わが祖国は世界中で最良だと言えば嘘になる。
わが祖国は世界中で最悪だと言えば嘘になる。
わが祖国は憎しみと暗闇の受難、
わたしが愛し、夢見、戦い、歌いそして死ぬ場所だ。
わが祖国は夜明けの上、おまえの夜明けの上に築
かれている、ラテンアメリカよ。
それは死者たちに支えられている。
わたしはそれを海も勝利もない傷として持っている。

われわれボリビア人は、われわれの破壊によってのみ勝
利を収める。
われわれは誰をも侵略したことはなく、われわれの旗の
ために星たちを征服したこともない、

われわれはおまえの愛を腐敗させたことはなかった、ラテンアメリカよ！

だが、わが祖国は多くの生と多くの死から成っているから、もはや祖国のことを考えずに生きることはできない。

わが祖国を語るためにはおまえの行く末を信じることが必要だ。

「喜びは死んでいない、ラテンアメリカよ」と言うことが必要だ。

われわれの苦悩の中で時は熟し、われわれは成長した、ラテンアメリカよ。

そして、誰の助けも借りずに考えることができる、われわれは誇り高くひとりで歩くことができる、ラテンアメリカよ！

わが祖国を語るためには希望の中で生きることが必要なのだ！

＊1 カミロ・トーレス＝（一九二九〜一九六六）、コロンビアの聖職者で、ゲリラ戦士。人民部隊を組織して、一九六五年にゲリラ闘争に参加したが、軍隊との戦闘で死亡した。

＊2 フェデリコ・エスコバル＝ボリビア鉱山労働運動の指導者。

＊3 ユカタン＝メキシコ東部のマヤ文明が栄えた半島。

＊4 マチュ・ピチュ＝ペルー、アンデス山中のインカの遺跡。

＊5 アコンカグア山＝アルゼンチンのチリとの国境近くにあるアメリカ大陸最高の山、標高六九五九メートル。

＊6 モモトンボ山＝ニカラグアのマラビオス山脈にある山、標高一二八〇メートル。

＊7 チンボラソ山＝アンデス山脈にあるエクアドル最高の山、標高六二七二メートル。

＊8 マリネラ＝エクアドル、チリ、ペルーの舞曲。

＊9 バンブーコ＝コロンビアの舞曲。

21　詩集『民衆のための詩』より

*10 ウアイニョ＝アンデス地方の哀調を帯びた民謡。
*11 タキラリ＝ボリビアの平野部の民謡。
*12 クンビア＝コロンビアの民俗舞踊・音楽。
*13 メレンゲ＝カリブ海諸国の民俗舞踊。
*14 アンティリャス諸島＝カリブ海の諸島群で西インド諸島の中心。
*15 オリノコ河＝ベネズエラを東西に貫流する河。
*16 ラプラタ河＝南アメリカ大陸南東部、アルゼンチンとウルグアイの間を流れる大河。
*17 コパン遺跡＝ホンジュラスにある古代マヤの遺跡。
*18 イラスー火山＝コスタリカの中央山脈にある火山、標高三四三二メートル。
*19 パツクアロ湖＝メキシコのミチョアカン州にある湖、長さ二〇キロメートル、幅一四キロメートル。
*20 ティティカカ湖＝アンデス高地平原のボリビア領からペルー領に跨がる湖、八三四〇平方キロメートル。
*21 リベラルタ＝ボリビア国、ベニ州の町。ペドロ・シモセの生まれ故郷。

*22 ポルトアレグレ＝ブラジル南部、リオ・グランデ・ド・スル州の州都。
*23 カルタヘーナ＝コロンビア、ボリーバル州の州都。
*24 トルヒーリョ＝ペルー、ラ・リベルター州の州都。
*25 グアヒラ＝キューバの代表的民謡。
*26 ホローポ＝コロンビア、ベネズエラの民俗舞踊。
*27 マランボ＝アルゼンチンのガウチョの民俗舞踊。
*28 ボリーバル（シモン・〜）＝（一七八三〜一八三〇）、南米独立のためにスペインに戦った英雄。
*29 マルティ（ホセ・〜）＝（一八五三〜一八九五）、キューバの独立のために戦った英雄。政治家で作家としても有名。
*30 アルティーガス（ホセ・ヘルバシオ・〜）＝（一七六四〜一八五〇）、ウルグアイを独立に導いた政治家。
*31 マモレー河＝ボリビアを流れるアマゾン河の支流。
*32 マラカイボ湖＝ベネズエラ湾につづく湖。
*33 イグアスーの滝＝イグアスー河のアルゼンチン、パラグアイ、ブラジルの国境に跨がる滝。

*34 デュヴァリエ（フランソア・〜）＝（一九〇七〜七一）、ハイチの政治家。一九五七年に大統領となり、七一年まで独裁政治を行った。

*35 ソモーサ（アナスタシオ・〜）＝（一八九六〜一九五六、ニカラグアの政治家。一九三七年に大統領（一九三七〜四七、五一〜五六）となり、独裁政治を行った。

*36 ストロエスネル（アルフレド・〜）＝（一九一二〜二〇〇六）パラグアイの軍人、政治家。一九五四年に大統領となり、八九年まで独裁政治を行った。

*37 サントドミンゴ＝ドミニカ共和国の首都。

*38 ポルトー・プランス＝ハイチ共和国の首都。

23　詩集『民衆のための詩』より

詩集『ぼくは書きたいのに、出てくるのは泡ばかり』(一九七二) より

声のない序章

酸っぱくなったワインに浸ってぼくは詩を書きはじめる。
木炭なしに煤をどう書く、
痰なしに咳をどう書く、
汚れているとしたら、穢れのないぼくをどう書く？

怒ってぼくは泡で殴り書きする、
肺の中を煙と湿気でいっぱいにして。
玉葱だらけの詩句の中のぼくの孤独が
物陰で片隅でぼくに痛みを与える。

激怒に引き裂かれ、打ち負かされて、
ぼくは亡命の身で、悲しく、ぼくの貧窮の中の

わが民族の空腹に苛まれている。
涙と膿に塗れてぼくは書きつづける。
偽の歌物語の中で半ば死になりながら、
半ばは生き、生きながらえていく。

ハイエナ、いつもハイエナたち

彼らはきみの鸚鵡、小切手帳、ある日の講演を探す。
きみの制服に目をつけ、洋服箪笥から取り出し、
きみの骨を撮影し、遺灰を分析する。
こげた針金で、きみのブーツに隠れた猪で、
禿鷹と肩章に咲いたペチュニアで、
一台のヘリコプターを探す。
きみの蝶たちを記録し、レントゲン写真を検査し、
きみのバシリスクを、髑髏を、メダルを詮索する。
詩を求めて、きみの帽子とソックスをかき混ぜ、
雲とにわか雨で炎とパラシュートを探す。

彼らは兵営で点呼を取り、トイレを点検し、
一本の剣を求めていくつもの動物園を捜索し、
チチャの甕を揺すり、家系を暴く。

彼らは天上の会議で謀議し、
大聖堂へ行進し、夢に対する声明文を印刷する。

神は彼らを育て、きみは彼らを結びつけ、集め、

それで充分ではなかった。

バタンインコたちは偏執狂的ビオラできみの徳を賞賛する。
きみの恋人たちは愛と雛菊の雲に乗ってきみを思い出す。
新聞たちは汚れたハンカチで鼻をかみ、
きみに戻ってくれと頼む、君はどこにいるのか、
平和を運ぶ人、秩序の保持者、高潔な愛国者よ？
ハイエナたちはきみが地獄から戻ってくるよう天に願う、
ゴリラたちはきみが地獄から戻ってくるよう天に願う、
烏たちはきみが地獄から戻ってくるよう天に願う、
きみの死は充分ではなかったのだ。

詩集『ぼくは書きたいのに、出てくるのは泡ばかり』より

彼らは虱の卵の下に、寝室に、座薬の中にきみを探す。
墓を暴き、鏡を壊し、扉を蹴破り、
カーテンにフリンジをつけ、絨毯を引き裂き、僧院を取り壊し、
きみのモールをいじりまわし、きみの鸚鵡、小切手帳、
ある日の講演を探す。

内務省の告訴

最良の者たちは蔑まれる。
見よ、統治においては、
善良な者たちが
そうでない者たちによって
治められているのを!
貪欲がはびこる所では
すべての善は滅びる。
正義のない国では、
正しい者たちが苦悩する。

ゴメス・マンリケ(一五世紀)

落ちてくる喜びをわたしは拾い、本の間に隠して

法廷の階段を登る、

　　　　　　下ると、彼らはわたしに
神の救いあらんことを、いかさま弁護士のボリビアよ。
おまえは毛虫と蛇でいっぱいだ、
買収された証人たち、

一階、左側、霧の廊下の刑事第三法廷では、
鳩たちが悲しみにくれて死ぬ。

わたしは歌を絞り出し、ならず者たちがわたしの書類を
クリップで留める。
わたしは一件書類を払いのけ、難物を解読しながら机の
間を歩く、
判事、

　　　　　　　　　書記、　　廷吏……

博士よ、あなたはこうして機械装置の中で生きる、
豚とゴリラの間のあなたの目を眩ませ、あなたは判事の
コンゴウインコがあなたの目を眩ませ、あなたは判事の
博学な無知を抱えて裁判所へ入る。
あなたの軍神は、十ペソの証紙を貼ったあなたの文書が
正書法を欠いていることに気づかせる。
アルトペルーの博士よ、あなたは悪法と黒っぽい粘液を扱い、
踏みにじり、

　　　　　　　　乱用し、　　無視する。

わたしの中で詩句が飛び交い、わたしはそれを捕え、ポ
ケットに入れる。
詩に対するあなたの評定書を読む。
依って件の如し。——登記し、保管せよ。

27　　詩集『ぼくは書きたいのに、出てくるのは泡ばかり』より

苦悩を背負った男のファド[*1]

リベラルタの人で、あんたが何故リスボンを捨てたのか、
何故コインブラ[*2]の薔薇を摘み、
酔っ払ったオポルト[*3]のようなセトゥーバル[*3]を軽蔑した
のか知っている者はいない。

そしてあんたがどのように、いつ、どの川を通ってここ
へ着き、どこで消えてしまったのかも。
いつ見てもあんたは一人、ひとりぼっちのホアキン、

担ぎ屋のホアキン

金持ちの男を肩に
貧乏な男を肩に
ホアキン自身を肩に担ぐホアキン！

世界を呪い
シャツの袖で汗を拭った後、

あんたは夕暮れに黒タバコを巻き、
ぼくらはコインブラの薔薇について話し合った、
ぼくはあんたにぼくの恋人のことを話し、
あんたは聞いてくれ、

　　　　　微笑んだ

そしてあんたは子供のない寂しさを静かに嘆いた
あんたの葬式のための百キロの木材、

　　　　ホアキン・ペレイラよ！
あんたの悲嘆のための五アローバ[*4]の砂糖！
ホアキン・ペレイラよ　十五缶分の涙！

あんたが彼らにどのように服従するかをじっと見ながら
　　ぼくは生まれ、
彼らがあんたにどのように命令するかを見ながら成長した

そして今ぼくは彼らがどのようにあんたに償うかを見ている、
心底からの旧友よ。
——ホアキン、ぼくの家へおいでよ
——おれには時間がないんだよ……
そしてあんたはただひとり、気配も残さず
言葉どおりにあんたの部屋へ寝に行ってしまう、
ベッドの脇へ置くためのコーヒーポットと
一通の古い恋文、一個のパンと一個の玉葱を持って。

ホアキン・ペレイラ　ぼくは町へ戻ってきた。
ぼくは往時の戦士であるあんたの目の中に涙を、
皺だらけの首に浮き出た静脈を見る、
ミサも日曜日もないあんたの魂を見る、
だがまた、ぼくはあんたの目が他人の目を貫き、
あんたの首がある男の頭を支えるのを、

あんたの口がもはや大地を呪わず、唾せず、
あんたの両腕が渾身の勇気と大胆さで命を持ち上げるのを
そしてあんたの両脚が
ぼくの消え入る静寂へと歩いていくのを見る。

ぼくが戻ってくるとき、ホアキン、
そのときぼくはあんたにコインブラの薔薇を持ってくる
だろう、
ルシタニアのホアキン、昔からの旅人、
雨のペレイラよ。

＊1　ファド＝ポルトガルの民謡。
＊2　コインブラ＝ポルトガルの都市。
＊3　オポルト、セトゥーバル＝いずれもポルトガルの港。
＊4　アローバ＝重さの単位、1アローバは約11・5キロ。
＊5　ルシタニア＝ローマ帝国時代のイベリア半島西南部の地名。

詩集『ぼくは書きたいのに、出てくるのは泡ばかり』より

鉱物泥棒(フーク)の集会

おれたちは話さない方がいい。
どうせ死ぬのだから
飲もうではないか
そして日が暮れたら、
誰もおれたちを見ていない隙に、
本来おれたちのものである物を
盗もうではないか。

夏の夜の夢

垢と灰をかき混ぜ終り、お使いをし、
じゃが芋の皮をむき、洗い、磨き、塵を捨てるなどし終わり、
調理場の隅で残り物を食べ終わると、
きみはきみの部屋へ閉じこもる、
壊れた鏡に自分を映し、
アイシャドーをつけ、マニキュアをし、
放送劇を聴き、劇映画を見、
町の映画館へアラン・ドロンの別の映画を見に行き、
マリリンあるいはソフィアになった気持ちになり、
自分のへそを見る、
(へそを見てきみはうっとりする。)
アザレアやくちなしを持ってきみの影を引きずり、
ミニスカートをはき、目に隈をつけて体をくねらせて歩き、

宝くじの大当りを狙い、
汚れた爪にマニキュアを塗り、
占星術で明日の運勢を予言し、
きみの青の王子に憧れ、
代母の妖精、魔法の杖を夢見る。
きみはガラスの靴を履いた少女、
夜中に、実は鼠である駿馬や南瓜の馬車と
一緒に踊る少女だ……

ねえ、鼻ぺちゃ君、きみは愛らしいが、
腋の下をよく洗って、馬鹿げたことはやめたまえ、
奥様がきみを呼んでいるよ！

亡命が始まる

もうぼくは行く、行かなければならない

ラジオは今日十月十七日日曜日いつものようにサッカーの試合があるというが、ぼくのところでは雨が降っており、光の冷気がぼくの悲しみを巡っている。

彼らは彼女たちを拷問する。　少女がリマへ旅行したのは軽率だった。
今日テニス・クラブで盛装パーティーが行われる。
南米選手権だ、ドゥ・ユウ・ノウ？
見たまえ、いかに死がコカの緑の液汁の中で増殖するかを、
いかに彼らがきみを欺くかを
（熱狂のふくらんだ吠え声）。
母さん、泣かないで、ぼくにさよならを言ってよ、そし

31　詩集『ぼくは書きたいのに、出てくるのは泡ばかり』より

てすぐに手紙を書いてよ。
山脈は閉ざされている。

　苦悩は息子たちの手の中にある玩具だ。

ぼくはロサリオに取り乱さないでくれと言う。
背後にぼくの三十二年の歳月を残して
「さよなら、いとしい者よまた逢う日まで」
血は流されてもぼくらは秩序を保つだろう
山地で傷ついた光、社会の平和は必要だ
ラ・イゲーラ[*1]の小さな学校、テオポンテ[*2]の小道、
秩序の中、確立された国家の中でのみ……
犬たちの吠え声から遠く、夜からはますます遠く
祖国にはより近く
高地平原はますます小さく、湖は
より深い祖国とともにあり
焚火の中に撒かれた血は
もっと内部の祖国とともにある

ボリビアは
　　　ぼくを引き裂き
ぼくはついに叫ぶ。

*1　ラ・イゲーラ＝一九六七年一〇月、ゲリラ戦で負傷したチェ・ゲバラが政府軍機によって運ばれた先の小さな村。この学校で銃殺された。
*2　テオポンテ＝一九七〇年、ゲリラ運動が起きたラパスの北方の鉱山町。

祖国、距離、静寂

おまえの遠い黄昏に何が起きているのかを知りたい。
ぼくは石に尋ねる
　　　どんな雨がおまえの道を叩くのかと。
ぼくは馬鈴薯の花に尋ねる。
どんな氷が、雹が、どんな暴力の汚れた手がおまえを叩くのかと。
ぼくは蜂鳥に尋ねる、
どんな死の天使たちが生命の扉を壊すのかと。
もしも運命が火であり、真実が灰であるならば、
おまえは火から来て
灰へ行くのか？
ぼくの歩みと声が尺蛾たちの空の下で、
おまえの血族に行き着くのかどうか知りたい。
青がおまえの傷を癒す光の水であるあの頂上へ

コンドルは辿り着けるのかどうか知りたい。

おまえの真実をくれ、ぼくはおまえの真実がほしい。
おまえの希望をくれ、
おまえの痛みを、おまえのやさしさをぼくに語ってくれ

（おまえが大好きだ、ボリビアの民よ）
おまえのことを、おまえの仕事のことを知りたい。
母よ、ぼくに手紙を下さい。
　　　　愛よ、ぼくを待っていてくれ。
　　　　　　　　友よ、ぼくを忘れないでくれ。

ぼくの胸の中で夜が落ち
隠れた鹿が
苦しそうに
喘ぐ。

33　詩集『ぼくは書きたいのに、出てくるのは泡ばかり』より

亡命とは何か

それは、塵や灰がぼくらの目に降りかかり緩慢な霧がおまえと過去の間に立ち昇るのを見ることだ。

悲しみをどう言い表わしたらよいか考え、結局名づけようがないと知ることだ。

それは、「レモンの木の下でぼくらが愛し合った夜に、おまえが着ていた衣服をぼくは覚えていない」と告げることだ。

おまえが腕に抱えて持ってきた笑いを後日のために保ちつづけることだ。

おまえの古い上着のポケットの中にある思い出がおまえを悲しませることだ。

抑えこまれた叫びをあげようともがきながら、かすかに声を出しつつ死を生きることだ。

おまえ自身から遠く、とても遠く離れ、

おまえが今愛しているものやかつて愛したすべてのものから遠く離れ、祖国が決してなくなってしまわないようにと祈りつつ、友人たちがおまえを忘却から護ってくれるように、いつの日か戻ってこいよと言ってくれるように願いながら。

それは、ひとりの仲間と出会い、実の兄弟であるかのように愛することだ。

おまえに手を差し伸べ、彼の家に泊めてくれる古くからの友人に出会うことだ。

愛が幽霊船のように遠ざかり、おまえが失われた幸せを惜しんで泣くときに、時間と戦うことだ。

詩集『消えそうな火』(一九七五)より

解けない謎

扉を閉めた、するとわたしの道は
沈黙が
支配する湿った傷によって消え失せる。
わたしの影は
　　　　狂気の
とても近くで溶ける。
悲しみはこのように
まさに孤独、
まさに死?
　　　どんな難しい数が喜びを分割するのか?
それは、多分、きみの暗闇の中の恨み、苦しみ?
罰を受けないきみの暴力の中でわたしは腐っていく。

きみの力によってわたしは無になっていく。わたしは
亡命でむしばまれた骨になろうとしている。
わたしはきみの策略で馬鹿になろうと、
　　　　　　　消耗しようと、
　　　　　　　　　　夜の嘲笑の中でぼやけてしまおうとしている。

魂よ、わたしは何者なのか言ってくれ。

詩集『消えそうな火』より

砂の庭

花はない、
　　円形と線だけ。

きみの
　　心の中以外のどこで　光は歌うのか?

(ここに) わたしはいる、
　　　　　身振りの柔らかさ (今)

物事の中の
そして思考の中の調和。
静けさを稲妻が
　　　　　　　時に
横切る。

ユンガスの夜想曲*

愛は成長し
露が歌のように撒かれる。

月はパンと蘭を夢見る。

静寂は
繊細な
燠であり、
きみの呼吸は、
きみの飛翔の透明な形だ。

　*　ユンガス＝ペルーやボリビアのアンデス山系にある高温の渓谷地帯。

肉体の仕組み

存在しない
砂丘のような
きみの柔らかい
形をわたしは愛撫する。
夜明けのように
直立した、ばら色の
きみの乳首に口づけする。
きみの肉体は、ぱちぱちと鳴る
紋章、
　　わたしの魂は　　美の純粋な
在りように接して震える。
青い流れの勢いが

きみの中で　　休息する。きみの声が
わたしへ
降りる。
調和が
到達できない時間の
　　広がりを
　　　　征服する。
　　　　　　きみの目。

詩集『消えそうな火』より

侵犯についての報告

おまえはこの緩慢な
不正に触れ、
火の屈辱を
　　　　目撃し、
破壊に王冠を被せ、
　　　　　　慎重に
わたしの腹に沿って
下り、
　　わたしの影に
　　　おののきを
　　蒔く
　　（おまえの
　　　小さな足は
　　シーツの
　　　　　　　端で
　　　　　緊張し
　　　　　　震える）。

　　　　わたしの夢の枝が
　　　　窓辺で
　　　　揺れる。

アイマラ*1のスケルツォ

私は頂点であるかのように誇りそのものだった
わたしの青春は歌う海だった。

       フランス・タマーヨ*2

現実についてわたしに罪はない。
 わたしがそれを作ったのではない。
わたしは石も岩も発明しなかった。
わたしは生まれたいと願わなかった。
 わたしには友だちがいなかった。
わたしにとって愛は拷問だった。
わたしは年老いる。
 わたしは生きることに絶望する。
  わたしの孤独、わたしの栄光。

*1 アイマラ＝ボリビアとペルーに跨がるティティカカ湖（標高三、八一二メートル）周辺に居住する先住民族。同湖の南東岸に紀元直前から十二世紀末まで栄えたティアワナコ文明の担い手の子孫と考えられているが、十五世紀にインカ（ケチュア）民族に征服された。

*2 フランス・タマーヨ＝ボリビアの詩人、政治家（ラパス、一八八〇～同一九五六）。ボリビアで最有力なモデルニスモの詩人と評価されている。詩集に、『頌歌』（一八九八）、『スケルツォ』（一九三二）など。

詩集『消えそうな火』より

可能不可能

**五二、八七五、〇〇〇年前に
琥珀に閉じ込められた蜘蛛の前で。**

おそらくひとつの水晶かひとかけらの花崗岩が
ある日　光線で驚かす
　　　腰掛けた女か
　　　跪いた男を。

多分クリスタルガラスかアラバスターが
純粋な形を守る
炎と
　　火花の
　　　　飛翔の。
だが

いかにして永続させるか火の怒りを？
　　　　　　　火の優しさを？
　　　　　　　火の言葉を？

おそらく一枚の貨幣か
　　　　一粒の芥子が
小鳥と夢たちの真似をする
菖蒲(あやめ)の特質と波の　　　　誰も
属性を思い出さない
ときに。

詩集『文字どおり』(一九七六)より

わが父の伝記

男になった男、ぼくのすべての
種子、
風の中に撒かれた風の島、
巻貝と火山が波を浴びて鳴り響いた。

亀たちが浜辺で陽を浴びる大地のことを彼は知っていた、
そこでは稲妻が夜の羽毛を金色に染め
パンの木が
熱帯の雨の中で輝いていた。

彼は歩いた
虎と木材の小道を。

（青い樹木と黄金の川の間で
彼は死を見つめ）、

リュートの弦を張った。
　　　　歌を口ずさみ
大地を耕し
大地から詩をもぎ取った。
大気の中へ入り
大気から詩をもぎ取った。
風と竹の寓話でぼくを教育した。
　　　（空を泳ぐ魚たち）
網と色の辺りをぼくらは航行し、
　　水から顔を出し、

41　詩集『文字どおり』より

光とオレンジの夢を見た。
暗い音を響かせ、羽毛のある火薬の中から彼はやって来た。
他人が犯した罪についてこの人に何の罪があろう？
今でもぼくには、陰鬱で静かな威厳に満ち平然として
湿った牢獄の中にいる彼が見える
雨が遠ざかるころ、癒瘡木とアーモンドの森へ彼は帰ってきた。
ぼくらはともに
冷たい水が滴る火の西瓜を分け合った。
ぼくらはともに
忘却の永遠なる祖国に感謝を捧げた。
ぼくらはともに
マホガニーの枝についた蘭とマチーコを描いた。＊

このようにして彼は
息子たちや新しい友人たちに囲まれて、

ぼくが訪ねるたびにより若々しくなる。
ぼくは彼の家を音楽で飾るためにギターを持っていく。

彼は
ぼくに菊の庭を見せ、
今舟を作っているところだと言う　そしてぼくに
彼の友人でもあるぼくの友人たちのことを尋ね、
ぼくが煙草を覚えたかどうか、
恋人ができたかどうか……尋ねる。

彼は
彼は人間の謙虚な偉大さを知っており
彼が敬うように人々が彼を敬い、
彼が愛するように人々が彼を愛していることを知っている。

これがぼくの父だ。

＊　マチーコ＝南米産の胡椒科の植物

夜に、かがり火

ぼくはここにいる。
光に引き裂かれてもなお愛せることに
感動し、
すべてが喪に服し、ハイエナたちが傲慢な体の中から
いやらしい笑いを投げかけるときに
ぼく自身の喜びを持てることに驚いている。

三人の騎銃兵がぼくの母を捕らえ
監獄へ連れていく。
だれも抗議しない。
だれも母を守らない。
ぼくはここで、ぼくの信念の空に繋ぎ止められ、
見たこともない人たちのために闘い、
死んでしまった人たちのために死に、

ぼくのことを何も知らない人たちのために生きている。

だがいつの日かぼくは汚れや灰の届かないところへ行くだろう。
ぼくの魂は運命と格闘するだろうが、
ぼくは行くだろう。
ぼくは敗れた者たちの恐怖とともにあるだろう。
そこ
山の中で
ぼくは殺され
ぼくの血が天空に火をつけるだろう。
ぼくは害獣のように包囲されるだろうが、
最後の反逆者にはならないだろう。
ぼくはぼくの喜びを損なう者たちに屈服しないまま死ぬ

詩集『文字どおり』より

だろう

そしてぼくの軽蔑も力も必要ではないだろう。彼らは骨をかじる呵責に苛まれつつ、ずたずたに引き裂かれて死ぬだろう。

一方と他方の地平線に海のどよめきが聞こえるだろう。

そしてぼくの許しさえ効き目がないほどに彼らはまったく見捨てられ地獄で身をよじりつづけるだろう。

そのとき正義が行われ、その日にはもはや、愛せることに驚きを感じないだろう。

そしてぼくの喜びは幼時の空のように澄んでいるだろう。

誕生への献辞

ライダ・カワムラに[*1]

あり得ないことだった（薔薇と山椒魚の夜にあなたは何をしていた？）
あなたの手は
荒々しい
カレンダーを解読していた
そしてぼくは
梟と
どしゃ降りの
あなたの夢の中で
ぼくを創っていた。
一九二三年
或いは二四年？

のことだった、
あなたの母は
稲妻の中で
痛みを
同伴し
(あなたは
火の中で
花咲いた)水の目の中でギネオ*2の
蜜が滴った。あなたは木々と川を描いた。あなたは
炎の中に隠れ、
形状の隠れた流れを航行した。
高麗鶯と月を織りなし、破壊
と難破を創始した、
母の命、母の大地
母の密林
母の
　　密林を。

*1　ライダ・カワムラ＝ペドロ・シモセの母。

*2　ギネオ＝バナナの一種。小形で甘く、香りがよい。

45　詩集『文字どおり』より

リリョイセ

きみは子供のように微笑む
なぜ
恐怖が世界を
歩きまわるのか知らずに。

なぜきみは透明な大地を捨てたのか?

ぼくの目がきみを愛撫し、
きみの中に不在の形を認識する。

ぼくは思い出の悲しみと痛みに
さらされる。

来ないでくれ、恋人よ、

きみの場所は空中にあり、きみの透きとおった
宮殿には時間がない。

ぼくの中で未来が対話し、
ぼくは元へ戻りはじめる。

*　リリョイセ＝女性の名前。

忘却の戸口にいるカサンドラ*1

タリハ*2の中庭だったかあるいはポトシ*2の
入り口だったか?
　黒曜石のチリモヤ*3のように
　ぼくの
　　宇宙は夜を旅するだけの
思考だった。
ぼくはきみの魅惑され
た形
とひまわりの喜びを瞑想し、
きみの愛と華奢を知り、
きみの体と
　　　　きみの影を
　　暗くした
（いまだ世界と荘厳な瀝青にうち負かされて

　　　　いない影を）

真実の森あるいは夢見られた都市?
　　　　　　　　それはぼくの影だった

途方に
　暮れて
ぼくは夢の認識へと
　　　　　　　入った。
緑の石がぼくに教えた、
　霧と露を
思い出させる冷たさを、
もう人間には見えない
夜明けの豪華な
アーケードで。

*1 カサンドラ＝ギリシャ神話の中の女性。トロヤ王プリアモスとヘカベの娘。トロヤの陥落を予言したが、誰も信じなかった。

*2 タリハ、ポトシ＝いずれもボリビア国の州。

*3 チリモヤ＝ペルー原産の食用果実。外側は緑、中身は白。

静物画

きみは漂う
蜘蛛と　　助言の間を。
きみは家から出ず、
退屈する　　退屈しない

とても
　　　ほんの少し
きみは歩く恐れを　全然、
　　　　　　抱いて、
きみは見る
　　　　月と
山々を、

　　　　　　　　　　きみの
　　　　　　　　　　顔は
　　　　　　　　溶ける
　　　　　　ブラインドの中で。
　　　　きみの手は
　　　　　　やつれる
　　　夜の暗い鍵盤
　　　　　の中で、
　　雨で曇った　ガラス
　　の側で。

　きみの肌の中で
ひとつの林檎が
　　　　悲しみゆえに
　　　　　　腐る。

風の操舵手

J・F・Kに

I

クアウテモック*1が点火した木炭から、
アタウアルパ*2の窒息から
あるいは栄光または忘却をあなたに告げるケツァルコアトル*3の空からわたしが起き上がるのではない、
わたしはあなたの沈黙へ到達する
あなたの南の岸辺の椰子林で風のように鳴る
あなたの川の父に向かって歌いながら、
　　　　星たちの
脈拍を伝える詩人たちに向かって歌いながら
そして
　　大きな影の草原に横たわるあなたに向かって。

II

あなたは未来を信頼で満たし
あなたの国民に　　つかの間の輝きを与えた、
あなたは月を夢見、
海の塩を抜きながら、
　　　　　　　命に向かって進んだ、
古くからの友人のように
　　　　わたしたちの手を握り
あなたは一人の自由人として自由を語った。
あなたは物議をかもさずに、正義を語った。
あなたは平和とあなたの言葉について語り
　　　確信の力を持って
　　　　地球を歩きまわった。

Ⅲ

あなたは頭に銃弾を受け突然成長した。
痛ましく、
　　あなたの血はニュースとなって
家から家へ流れた。
　　　偉大さの中で日が暮れ
あなたは
アーリントンの緑の平原をゆるやかな太鼓の
　　　連打を浴びて進む。
　　　　ポトマック河は
　　流れつづけ、艦長、おゝ艦長、
　　　　あなたは
悲しく微笑みながら、
歴史の深い河の中へ
　　入り込む。

＊1　クアウテモック＝（一四九五？〜一五二五）、アステカ帝国最後の皇帝。スペイン人、エルナン・コルテスの軍隊との戦いに敗れ、捕えられて、絞殺された。

＊2　アタウアルパ＝（一五〇二？〜三三）、インカ帝国最後の皇帝。スペイン人征服者ピサロに捕われ、処刑された。

＊3　ケツァルコアトル＝メキシコ中央高原を中心とするメソアメリカで信仰された農業と文化の神。又トルテカ族は歴史上の英雄として崇めた。

51　詩集『文字どおり』より

詩集『マキアヴェリ的熟考*』（一九八〇）より

事物への参入

この詩は
詩集の一部を成しており、
その詩集は
五〇〇部発行される。

それら五〇〇部のうち
五〇部が贈呈され、

そのうち
五部が読まれ、

そのうち
一部のみが

理解されるだろう。

やるだけの価値はあるさ。

* マキアヴェリ＝ニッコロ・ピエロ・ミケーレ・マキアヴェリ（一四六九〜一五二七）、イタリアの政治家、歴史家、哲学者。フィレンツェ共和国の外交使節としてイタリア諸国、フランス、ドイツなどに赴いて活躍したが、一五一三年にメディチ家が共和国を倒して政権の座につくに及んで、追放され、投獄された。この機会に、彼は『君主論』、『ローマ史論』、『戦術論』、『フィレンツェ史』等を書いた。これらのうち、『君主論』は彼の代表作であり、マキアヴェリズムという言葉を生んだ。

フィレンツェ年代記*

短剣と毒物の間で彼は育った。
（窓々から
絞殺された者たちが
ぶら下がっている）。
教皇たちは
　　　ずばり物事の
　　　要点に触れた。
敬虔な君主たちは
争い、
　　虐待し、
　　　　姦淫した。
彼は
　　もっぱら服従したが、
　　　　銀行家たちは

薔薇の権利を防御していた。
彼は
年に僅か一二八フロリン金貨しか得ていなかった
（悪くはなかったが、
少なくはなかった）。
野心は都市の中で眠らなかった
そして
彼、
構想で溢れた哀れな男は、
旅行し、
　　観察し、
　　　　書いた。
「わたしはわたしの使用人たちに

53　詩集『マキアヴェリ的熟考』より

マキアヴェリと呼ばれた男

わたしの馬たちに
食べ物を与えられない、
彼らは約束だけでは
生きられないのだ」。

不興を買い、
役職を追われ、
投獄され、
　　虐待された。

こうして人間を知り、
　――善良で温厚な――彼は
　　恥辱を法典の中に生かした。

＊　フィレンツェ＝イタリア中部の都市で、その名は「花の都」を意味する。トスカーナ地方の中心都市で、ルネッサンス文化の中心地。

彼には美の
　　恩恵が
　　　　与えられなかったが、
女たちは彼に恋し
そして、
不思議なことに
彼を尊敬した。

とても若くして　栄光は
あの世に
ないことを知った。
彼は言った、
　「わたしは、貧しく、醜く、無口で、
思考以上のなにものでもない。

わたしの逃げ場は書物であり、
そこにわたしは人間の
喜びや不幸を書きつける。
死がわたしを捕らえても
決してわたしは嘆いたりしないだろう

（新聞に告示を載せないでくれ
葬儀の花輪もよこさないでくれ
死者へのミサもやらないでくれ）

今わたしは
　　　　　恋人たちが
決して
読むことのない愛の詩を
書いて
自らを慰める。

わたしの王国はこの世のものだ。

マキアヴェリと女たち

もしもあなたたちが、**女性のことに関してわたしに手紙を書きたいのなら、ぜひそうして下さい**。真面目な事柄については、そういうことが好きなあるいは、わたしよりもよく理解してくれる人たちに話して下さい。そういう問題には**わたしは不快感しか持ちませんが、女性たちのことは、幸せと喜びだけを味わわせてくれます**。

　　　　　マキアヴェリ、一五一四年八月三日、
　　　　　　　　フランセスコ・ヴェロッティへの手紙

隣近所のどんな息子とも同じように
彼はどんちゃん騒ぎが好きだった。

真面目な事柄には退屈させられた。

詩集『マキアヴェリ的熟考』より

それに引き換え、かわいい女たちは
権力者たちが決して知ることのない
幸せを
彼に与えた。

財産の喪失

……人間たちは父親の死を、財産の喪失よりも素早く忘れてしまうから。

マキアヴェリ、君主論

ねえ、あなた、わたしには死など問題ではない。
農園を失うことは
農園以上のものを失うことだ。
テーブル、
フォーク、
スプーン、
テーブルクロス、
磁石、
大嘴*、
蝶

玉蜀黍、
車輪、
オイル、
フライパン、
火、さよなら、
わたしの薔薇、薔薇の木、薔薇園、
わたしの土地、
わたしの家、
わたしの使用人、
わたしの水、
わたしの馬、すべて
わたしのもの、わたしのもの、わたしのもの。
空気の持ち主と主人、
わたしのもの、わたしのもの。
私有地。

立ち入り禁止。

*　大嘴（オオハシ）＝巨大な嘴と美しい羽毛を持つ熱帯アメリカ産の鳥。

ユートピアの復権

> 多くの人々が、誰も見たことがなく、実際に存在するかどうかも分からない共和国と君主国を想像した……
>
> マキアヴェリ、君主論

ひとつの石
ひとつの城
ひとつの寺院
ひとつの都市
ひとつの川
(川は話すにちがいない)
わたしには見えない
月たち
わたしには聞えない
樹木

風
心の音楽。わたしは
怪物たちが
頻繁に行きかう
街路を忘れる。

マキアヴェリの夢

わたしは無関心で満足しきった群集を見た。
彼らは天国に住んでいたと言った。
わたしは政治のことを議論している人々の群れを見た。
彼らは地獄に住んでいたと言った。
もしもどちらに住みたいかと訊かれたら、
わたしは人を怠け者にする天国に住んで
政治の話をしたいと言うだろう。

マキアヴェリの苦悩

**そう、罠を見分けるためには狐になることが必要だし、
狼たちを追い払うためにはライオンになることが必要だ。**

マキアヴェリ、君主論

わたしが焼けどせずに火を横切ること。
無言で話すこと。未来の
記憶の中で燃える太陽を
見ること。
愛すること、生きること、夢見ること。
意識と歴史。

思想が何もかもいつか死ぬ運命にあることを知って泣いている。

詩集『マキアヴェリ的熟考』より

マキアヴェリの死

わたし、
フィレンツェの無名な役人である
ニッコロ・ピエロ・ミケーレ・マキアヴェリは
腸潰瘍に侵されて死んだ。
医師たちから見放され、
妻と子供たちに看取られ、
いまだに残っていた
数少ない友人たちに励まされて、
わたしは恐れも恨みも
良心の呵責もなく、
血の川を進んだ。
わたしは──確かに──

聴罪司祭を呼んでもらったが、
わたしたちはあの世のことは話さなかった。
ただ、人間が
いかに恩知らずかについて語り合った。

詩集『騎兵隊のボレロ』(一九八五)より

ハンスト

――わたしの言葉は錫だけれど、何の価値もない。
――誰もわたしを相手にしない。
――わたしの言葉は貧しくて、誰も聞いてくれない。
腕に赤子を抱いた女が言った。
――わたしたちは飢えている――と
わたしの夫は反政府ではないけれど

都市は
その都市からずっと離れたところで起きていることを知らない。
白い人よ、例えばあなたはいつも
ウィラコチャ*

あなたの妻が不貞を働きはしないかと心配し、
自分は胃炎ではないか、
リューマチではないかと気を病んでいる……
　　　都市はそんなもの
世の中はそんなもの。問題でいっぱいだ、
だが、わたしたちも問題を抱えていて
毎日夢の中でさえも飢餓と顔を突き合わせたり
　　　四世紀以上も前から
　　　　　　わたしたちを狙っている銃と
向き合うことにうんざりしている。
喧騒と性急さに溢れている。

もうわたしたちは恐くない、白い人よ。
だから、わたしたちは飢餓をもって
飢餓を告発するためにやって来た。
だから、政府がわたしたちを撃ち殺さずに、
わたしたちの言葉を
聴いて下さるなら、
支配者よ、解っていただきたい
わたしたちの日々はこれからもずっと
飢餓の多くの日々のように長く
飢餓の一日のように悲しいのだということを。
わたしたちの生活は、
わたしたちの歴史は……

＊白い人(ウィラコチャ)＝インカの人々は、スペイン人たちを創造主ビラコチャの子孫であるウイラコチャだと信じ、こう呼んだ。

幸福は終る

おまえは幸福を探す
他の者たちが黄金を探すように。

夜は去り、悲しみだけがやって来る
そして誰もおまえを慰めに来ない。
来るのは風だけ。

ひとつの歌がおまえにこれらの些細なことを
思い起こさせる、
それは、この上なく愛する国から
届かない手紙を
待ちつづける
口実になる。

川になろうとするおまえの願いが
空に書き記されている。

おまえはうわの空で愛しい名前を繰り返し呼ぶ
(おまえが
いまだに
愛している
誰かの名前を)。

おそらく昔の夢の影が
おまえを訪れたのだ
あるいは

おまえがよく知っている
あの場所に行きたいという見せかけの願いが、
思いわずらうことなく

生きる快さが。

何はともあれ
おまえが愛する者の名はスペインなのだ。

63　詩集『騎兵隊のボレロ』より

落ちる鷲

　　　もしかして、余は蒸し風呂に入っているのか
　　　　　　　　　　　　　　　　クアウテモック

光に傷つき
わたしは花粉のように
黒曜石の
花の上に落ちる。
アマテ*1の紙に
わたしは書く。

わたしは火山や雪を頂く山脈の麓の
セイバ*2の木の下で死ぬのだと知っている。
白熱した過酷な昼に

　　　　わたしの歌は未来の花の種子だ。

自由はわたしの大地だった
　　　——わたしの夢の黄金
　　　——わたしの黄金——夢

かつて、わたしは武器を引き渡して泣きながら言った
「わたしは力ずくで捕えられ、あなたの前へ連れて来られました。あなたの腰に差している剣を抜き、わたしをひと思いに刺して下さい。」

空は曇り、死体の川は
雨に閉ざされた。

人々はわたしの足に油を塗り、燃やした。

プルケ*3の中にそれをどっぷり浸したときの
痛みをわたしは忘れなかった。
苦渋の日々をわたしは呪わなかったし
鏡のような湖の上を飛ぶ鷺の美しさに酔いしれもしな
かった。

「道端で日毎にじわじわ死んでいくより
ひと思いに死んだ方がいい。」

しばしばわたしは、花である女たちの愛に慰められるが、
わたしは、きっと死ぬだろう
ここ
　　この戦いの地で
戦いながら。

＊1　アマテ＝いちじくの一種の樹皮。これで紙を作る。

＊2　セイバの木＝カポックの木、パンヤの木のこと。

＊3　プルケ＝竜舌蘭の搾り汁を発酵させて作る酒。

65　詩集『騎兵隊のボレロ』より

死に立ち向かう詩

ルナ インディオ ニスカップ マチョンクナ ナリパ
パチャ キル カスタ ヤチャン マンカルカ チャイカ……
(もしも昔の先住民たちが書くことを知っていたなら、彼ら全体の生活があらゆるところで失われてしまうことはなかったろうに……)

ウアロチリの神々と人間たち

あなたはわたしのワカ*を冒涜した、
わたしの遺灰は
　　あなたの博物館に展示され、
わたしの粘土の壺は
　　あなたのデパートで販売され、
わたしの血はあなたの宮殿に撒かれた、
わたしの黄金、
わたしの音楽、
わたしの舞踊も、
水によって火は凍りついてしまい
わたしは無一物になった、
わたしの名前さえ霧の家から消されてしまったが、
わたしには　　石と静寂が残った。

四千年、
4,000年も、
ご主人さん。
わたしの骨はあなたの大学で測定される
わたしはいつあなたの骨を測ろうか、白い人よ?

* ワカ＝インカ時代の先住民の神聖な場所。墓、遺跡。

わたしたちが知っている真実

コカの葉を大地に投げろ、
アタカマ砂漠の濃霧の中に光を読め。

「今年は多くの苦しみがあるだろう。」
「じゃが芋畑は渇きで枯れる。」

あなたは行き、
あなたは長い間そこに住む。
これらの場所へ。
あなたは来る

わたしたちは喉が渇いていたが、誰も飲むものをくれなかった。
わたしたちは腹がへっていたが、誰も食べるものをくれなかった。

わたしたちは愚かで、誰もわたしたちに、どうしたら理解できるのか教えてくれなかった。

わら草が廃墟の中に生えたとき、
熱い心臓は
うちひしがれて、歌った。

「どうしてあなたはわたしにこんなことができたのだ」
彼はマテ茶用の大きな器にチチャを入れて持っていた。
(それは彼の内臓の中で火そのものだった)

「これらの石はわたしたちに話しかける」と
人々は言い
そして尋ねた。

67　詩集『騎兵隊のボレロ』より

あなたたちはわたしたちに何が言いたいのだ？
カントゥータのどんな夢？*3
カントゥータのどんな死？
カントゥータのどんな喜び、どんな祝祭？
そして人々はリャマを生贄にして答えを探した。*4
──わたしに話してくれ、石よ、あなたの秘密を！
──明日話すよ。

そう言った、言いつづけた。
そして黙ってしまった。

*1 アタカマ砂漠＝南米チリ北部に南北に広がる砂漠。
*2 チチャ＝玉蜀黍から作る酒
*3 カントゥータ＝ボリビアの国花
*4 リャマ＝アンデス高地で飼育されているラクダ科の動物。

火のように

ハイメ・チョーケに

もうわたしたちは街へ出て世界と接することに気後れは感じない。

ここには汗と血がある──わたしたちの血
　　痛みと大地──わたしたちの大地
（わたしはわたしのもの──いつも、わたしのものだったものを見る）

今
わたしたちの心臓は火のように燃え
わたしたちの思いは稲妻だ。

　　リャマのように

わたしたちの父親たちは戦争に駆り出された。
最前線の部隊は、訳も分からずに死んだ
――ただ梯子の役目を果しただけで――
わたしたちの父親たちは
生きたまま
　　　　鉱山に
埋められた。
彼らはわたしたちを家畜のように扱い
躾けの悪い子供のように叱りつけた――
わたしたちは粗い木綿のシャツさえ着れなかった、
彼らはわたしたちが町中へ入ることを禁じ、
――「のろまなインディオ」と言って
軽蔑をこうむるため、
まさにそのためにわたしたちはあった……
彼らはわたしたちから土地を奪い、
わたしたちを荒ませた

だがもうわたしたちは恐怖を感じない
すでにわたしたちはあなたたちの言葉を学びとった、白い人よ、
わたしたちが人間――多くの人間――であり、わたしたちの心臓は
火そのもののように燃えていると
あなたに言うために。
（決して再び恐怖を感じることはないと、わたしは誓う）

――付属物の農奴として――わたしたちを土地と一緒に売った、
誰も抗議せず、
無理矢理

愛は通り過ぎる

おまえの庭を。音楽は
ジャスミンの
香に満ちた空の下で拡散する。

ぼくをここまで連れてきたのは
ぼくの意志ではなく
欲求の力だった。

運命、手相。

椰子の木をぼくは知っている。
(今夜星たちがそう言う)。
ウルクーの花をぼくは知っている。
*

それともあれは
川や月とともにある死だったのか？

(いつもぼくはそれを思い起させられた)

もう何もぼくを煩わさない、
未熟な怒りを含んだ風も、
不実な月桂樹も、
忌まわしい仕事も、
心からの喝采も。

ぼくは平然と
　　　見つめる
どのように影たちが移ろうかを。

ぼくは予感したことを
いつの日か確かめてみたい。

＊

ウルクー＝ベニノキ。白く美しい花が咲き、暗色で綿毛に覆われた柔らかい実は、食物の着色に使われる。

騎兵隊のボレロ

彼はわたしたちを怒鳴りつけ、
わたしたちを蔑み、コカで麻痺させ、
アルコールに溺れさせ、
わたしたちを無視する。
彼は決して眠らない。
わたしから夢を奪うのは彼の暴力だ、
　　　分かってくれ。
それは彼の憎しみ、
　　　　　腐った息だ。
「たった今おれは子供であることをやめた。」

　　　　──そのとき彼は六歳だった。

71　詩集『騎兵隊のボレロ』より

彼らはわたしたちに何をした?

(恐怖の負債で／手足を縛られて／
わたしたちは口も舵も
　　持っていない／
彼らはわたしたちの鼻にドアをぶつける。)

苦難
その冷たさが容赦なくわたしたちを撃ち、
さらに、わたしたちを侮辱する。

戦車が、軋みつつ、石の上を走り、
恐怖が敷石の上でわたしたちの夢を
すり潰す。
ボリビア人たちの血でべっとりと汚れた数々の壁、
日記の数頁、

テレビのニュース……

涙にまみれてわたしは自分が見えない。
鎮めようのないこの痛み——わたしたちに残されたも
のはほんの少し
わたしたちに残されているものはもはやほんの少うしだ
　　　け——
そして、この胸の奥の燠。

太陽の門*

記号の筋目正しい魔法で、
天の花が花冠を開く。
その光がぼくらの目をくらませ
ぼくらの夢、不在の思想を汚す。

辱められた石よ、きみの内部を見よ、
コカ畑の炎の中に身を沈めよ。
憎しみがきみに緑の唾を吐き、
陰険な恨みがきみを毒殺する。

稲妻がきみを追いつめないように、雨がきみを
もめ事に巻きこまないように、雹がきみを
打ちのめさないように。ぼくはすべての

前兆に逆らい待たねばならぬ、きみの沈黙が
破られるまで、死でさえきみから奪えなかった
黄金が輝くときまで。

* 太陽の門＝ティワナク文化の代表的建造物。

詩集『騎兵隊のボレロ』より

アメリカ*で最も澄んだ空の下で

その人は街を案内してくれ、昔の人たちは
途方もない想像力を持っていたのだ、
そうでなければ、空に
ライオン
や
雄牛
や
水瓶を持った裸婦を思い描けたはずがないと言った。
暑く塩気のある夜がその人の唇を湿らせた。
(昔の人たちは空を読むことができた。
ぼくはただその人の目を読むことができただけだ。)
それで充分だった

* アメリカ＝スペイン語圏では、この言葉は中南米、ラテンアメリカの意味で使われる。

詩集『リベラルタとその他の詩』(一九九六年) より

リベラルタ

わたしは住む国を替えたが、おまえは元のままだ。
おまえのところへ戻るとき、わたしは死者たちと会話し、
わたしの愛はいつも勝利をおさめる。
おまえの夕暮れを眺めるほどすばらしいことはない。
わたしたちの祖先が夢見た夢をわたしも夢見、
日暮れた紫色の空気の中を巡って、
　　いないおまえを懐かしんでしまう。
おまえの湿った芳香の中でわたしは生まれ変わる、
奥に隠された小川の霧の中に
　　わたしを探しながら、
わたし自身から遠く離れ、川や沼で、
おまえの蒸気船がわたしの幼時を走ったときに

おまえとともに見つけたその島の難破船の中で。
わたしは、ゴムの木の涙を流す傷になりたくないし、
この苦いアーモンドの中で、
倒れた樹木のこの騒音の中で、
稲妻と雷鳴が轟く暗い空の痛みの中で
朽ち果てたくもない。
雨が降る。
雨がふり
わたしはこの甘い習慣と闘っている。

雨が降り
わたしは、可哀そうな母がペチュニアに水を撒きつづけ
ているその場所で、
終ることのない酩酊の中にわれを失っている。

雨が降り
わたしの友人たちは過ぎゆく命を歌い、子供たちは
　　街路でボールのあとを
　　追いかける。

雨が降る。
外では、とめどなく降っている、
カヌーが川を漕ぎくだる風景の中で。

虹が出てもなお
わたしの中では雨が降りつづいている。

赤い峡谷

美しい自分にうっとりして
空気のお世辞も風の口笛も
あなたにはさっぱり聞こえない。

不吉な日々を思わせるものは何もない。
こうしてあなたは、自分をかなりな者だと思い、
ぼくには見向きもせず、自信に満ちて、
ぼくが書く手紙にも答えてくれない。
いったい何を考えているのだろう？

あなたに会ったとき、ぼくは
獏を狩るインディオ、月の魔術師だった。
夢遊病の船に乗って
行き過ぎるよそ者だった。
あなたがどこかから現れて

高い川岸に立っているのをぼくは見つけた。
ぼくには偶然の罠や
幸福の嘘が分からなかった。
ぼくは以前から自分の愚かさから目をそむけていた、
マパーホ*の木の下のあなたの無垢からも。
ぼくはとても若かったのだ(どうか分かってほしい)
だから小鳥たちの歌などぼくには問題でなかった。

いろいろな言葉を話す異邦人たちを乗せて
幾艘もの船がやって来た。
ぼくもそれらの船でやって来て、
あなたに魅せられて立ち止まり、
ふたつの河が眠ることなく流れるのを見た。
ぼくはここ数年ずっとこうして生きてきた、
あなたのこの上なく絶望的な夢に巻きこまれ
どうしていいか分からずに。

ゴムも
黄金も
アーモンドも
あなたの生来の気品とは比べものにならない。
ぼくはこれ以上何も言わない。
あなたの名前を聞くと、ぼくには幼時が見えてきて、
いつか天国にいたことがあるような
喜びにうち震えながら
目を覚ます。

* マパーホ゠パンヤの木で、幹は太く美しい花が咲く。

77　詩集『リベラルタとその他の詩』より

十字架

セイバの
花が
記念碑のたもとに
散る
　　　リベラルタで
自然の法則によって
八月の夜に
散る
満開の
　　火炎木が
　　　　燃える
月と月
密林は

　　　　　　　眠らない
　　　　　　　　　　リベラルタで
　　　　　　セイバの花が
　　　　　　散る
　　　　　　　くちなしの花が
リベラルタで誰かが咳こむ
性急な
　　　足音
緩慢な
花々
　　軒先
　　　　暗闇
廊下

柱

　　格子窓

セイバの
花が
暗闇に
　　散る

影
声
苦悩
一輪の薔薇がリベラルタで燃える

高い土手

高い
土手で
男がリベラルタへ
戻ろうと待っている
この赤い土地には
夜明けだけがある。
峡谷の
午後の
憂鬱は
いらない。
空は燃え
愛が糖蜜を
発酵させる。
広場の

詩集『リベラルタとその他の詩』より

ベンチの側で
椰子の木(パルメラ)が かつての
ぼくらの生活を物語り
ビボシの木は ぼくらが
しなかったことごとを嘆く。

高い土手に
太陽と椰子の木。

高い土手では
おまえだけが
喜びの形をして
成長する。
ときに
おまえはリベラルタであり
ときには、詩である。

* ビボシの木＝葉の多い、繊維質の樹木。この木に覆われると、椰子の木は枯れてしまう。

地方

もういない人たちに

夏の盛りに
おまえは映画の中の女たちの夢を見た。
そして熱帯の酷暑の中で
理想郷の夢も見た。
夢は
おまえの財宝。
「**エル・ガリョ・デ・オロ**へ
　　　黄金の　　雄　鶏
飲みに行って酔っぱらう
裕福な
草原の住民たちは
何と幸福なことよと
おまえは考えた。」
（世に出ることがすべてだった。）

おまえは十五歳だった、そして南の海に
消えてしまった島の
夢を見た。酒場で
　　　　　バル
ボレロを口ずさむ一方で
おまえの優しく
愛らしい心は
政府のお偉方とやりあった。

そんなとき、でたらめな
愛しいこの国で
いまだに十五歳のままで
あることに
驚いて
おまえは目を覚ました。
どんなに幻滅していても
人はいつも誰かが自分を

詩集『リベラルタとその他の詩』より

愛してくれることを期待する。
ランプの灯りでおまえは
薔薇と書物の眠らない夜を
生き、それぞれの小屋では
白檀と花々の匂いのする
少女たちが
若者たちの愛の歌に息を弾ませました。

おまえには
祖国を愛する歌などまったく分からず
異国の映像を記憶に刻み、
堅苦しい法律を
鸚鵡のように復唱し、
外国語の
文法をすらすらと
学んだ。貧困は
おまえと関わりがなく、ああ貧困！
おまえは

映画館へ入りこんで
レイナ・デ・ラ・プリマベラ
春の女王を
抱きしめる夢を見た。

目が覚めたとき
おまえは黙って苛酷な現実に
向き合おうとした（おまえの
秘かな愛を真に受けとめる女、
今おまえが敬意をもって挨拶を送る
この豊満な婦人に）。
十五歳のおまえが見上げた
星たちが
なぜ黙ったままなのか
そして人々が
なぜ星たちの中に
過ぎて行ってしまった愛だけを見たのか
分からないまま。

泉

ぼくはぼくから遠くにいる。
ぼくは行くのか来るのか知らない。
ぼくは人が愛し合わなくなった
世界の中で立っていることが
できない

屠畜場の道
墓場の道、
泉。

（よかれ悪しかれ
人生をさほど
真剣に考えなくよい。）

落ち込みに対するこの戦い

以外ぼくには
何もない。
災禍の中で活動した
この体。この貶められた
思想。

たったひとりでぼくは
時間を修復し、そこから逃げる。

水の目が
まばたき、静かな
視線がめぐるしく
密林を、どしゃ降りの
暗がりを

詩集『リベラルタとその他の詩』より

さまよう。
泉の中へぼくは
輝きに包まれて沈む、
静脈の中でのた打つ愛の
ぼくの三日熱を癒してくれる沐浴だ。
澄みきった水の中の
ぼくの冴えない薔薇たち。

リベラルタの女

回帰線、密林、月、詩、
川、小川、住宅地、低地、
庭園、トゥトゥモの木、会合、露、[*1]
中庭、ギター、夜、歓喜、
峡谷、軍司令部からの谺、
十字架、広場、公園、セイバの木、集落、
アーモンド、肉体、夜明け、寒気、
寒風、郊外、花、幻想、[*2]
影、ビボシの木、街路、タヒーボの木、[*3]
湖、廃屋、音楽、命、
野原、道、忍び逢う恋、

84

軍司令部

軍司令部の
辺りへよく
散歩に出かけた。
おまえはぼくの願望だった。
おまえの声はその願望の
メロディーだった。

何事も問題ではなかった。
おまえは瞬間を生きていた。
愛は表情を
変えた。
すべてが違っていた。
人々までが
優しげに見えた。

マンゴウ畑、溜息、パーティー、酒、
願望、怒り、生きていることの栄光、
時間、距離、苦悩、旅立ち。

*1 トウトゥモの木＝ノウゼンカズラ科の樹木。その形は庭園の装飾にふさわしく、瓢箪に似た実からは美味しいシロップができる。
*2 寒風＝南半球では、寒風は南極から北へと吹く。
*3 タヒーボの木＝葉の多い樹木で、白、ピンク、黄色の花をつける。花が咲くと、葉は落ちる。

85　詩集『リベラルタとその他の詩』より

世界は決して
耐えがたくはなかったし、
兵器工場では、
命が苦悩と希望を
歌っていた。

今はグアバの実とグアバの木、
蜂蜜とパパイヤ、
筵についた女のあの匂い、
岸辺に残されたあの愛の痕跡、
そして港には椰子の木を渡る微風があるだけ。

アンテノール島は?
通り過ぎた激流が
持っていってしまった
そしてぼくの愛もいっしょに行ってしまった。

今日軍司令部の辺りへ
散歩に出かけると、
音楽と真昼の輝きでいっぱいだ。
ぼくは何も持たず、ぼくには何の値打ちもない。

ただあのメロディーだけがあり
軍司令部はかすかに、
昔の面影を留めている。

造船場はどうなった?
レモンの木はどうなった?
漁師と彼のカヌーは
どこへ行った? そして花々は?

木立

川のそちら側には
わたしのものは何もなく
雄馬が
草を食み
雌馬は子を生んでいた。
そこでは雄鶏が
歌い、
娘たちが笑い
鸚鵡が草原のグアバを
啄んでいた。

過去は
日に焼けた村だった
あるいは凍てつく

風、
嬉しそうに
尾を振る
寒がりな犬、
闘鶏場での大騒ぎ。
酔っ払いの
喧嘩、
沢山の戯れ言を言い合っている
少女と少年たち。あの世の
荷車、
別れの
歌と
口づけ
ただそれだけ。

詩集『リベラルタとその他の詩』より

(不平は言えない。
あのころぼくは
若く、ぼくの中で
海が歌っていた。)

広　場

ぼくらがこんなにもおまえを好きな訳が
人々には分からない。
ぼくらはおまえに魅了された。
人々は恋人たちが
木製のベンチで口づけするのを
見たがらない。
年金生活者の
思いつきや
昔々……と
彼らの時間や日々を繰り返し物語る
打ち明け話を聞きたがらない。
向かいのカフェで
人々の

噂話が
雰囲気を
盛り上げていた。
教会の
鐘が毎朝
鳴り響いた。

日が暮れたとき
帰営ラッパが
日曜日の薔薇を燃えたたせた。
おまえのゴムの木に
鳥が巣を作り、カーニバルが
密林の香気と幻想とともに戻ってきた。
仮面、熱狂の仮装行列、
笑い、にわか雨、爆笑、
ひどい酩酊の記憶。

今日ぼくはおまえの花盛りの庭へ戻り、
椰子の木のざわめきや
夢想や愛や不在や忘却について語る
声だけを聞いている。

草原

ビリバーの花はどこにある、 月を眺める。
行ってしまった
あの可愛いお手伝いは
どこにいるのだろう？

　　　　歌謡

間もなく日が暮れ、小鳥たちもおらず、微風に揺れる
　　パカーイの葉もない。

ぼくらの青春のあの緑の野原は、
決して枯れることはないだろう！
オルランド・ブラボーは立ち去る前に
ぼくにそう言った。

どしゃ降りの雨を予告する五月の日々と
テオクリトスをも狂わせただろうこの密林が、
ティト・リビオ・パビシッチに致命傷を負わせた。

笑い声は華やいだ大気の中を飛ぶ。
厚かましい声がバラードを歌う。
ぼくは橋から小川の静かな水に映る

*1　ビリバー＝アメリカ大陸の樹木で、果実が生る。
*2　テオクリトス＝古代ギリシャの牧歌詩人。
*3　パカーイ＝アメリカ大陸の樹木で、鞘型の実をつける。

燠

ぼくが男になるのを助けてくれたあの娘はどうなったか？
ぼくはその名前すら覚えていない。

埃っぽい町の街路で風を切っていた
あの娘の歩みはどうなったか？

あの娘の笑いはどうなったか？ グアバ林の中の
緑色のざわめきは？ 椰子林の中の
昼の輝きは？ あの娘の佇まいは
空気をかき乱し、通り過ぎるとき、
自然発火して平原が燃えた。
あの手は、胸は、腰はどうなったか？

あの体は無垢で、夜は盲目だった。
あの娘の中ですべては純粋で、その献身は純粋だった。

詩を読んだことはなかったが、
愛の書物は読んでいた。あの娘の中にぼくは感じていた、
眠った中庭の月の威力を、
花盛りの果樹園の土の活力を
そして欲求よりはるか向こうへとつづく世界を。
ぼくはあの娘の名前さえ覚えていないが、
あの娘が命を美しくし、人々を善良にする
青春の夢のように美しかったことは確かだ。

91　詩集『リベラルタとその他の詩』より

カンバ*1の歌

記憶の中の
ホセー・モンヘ・ロカに

1

ぼくらの小さな村だった。
そこではマティーコ*2が歌い
サユブー*3が飛んでいた。
あの村のものは何も残っていない、
牛車もイタウーバ*4の
車輪も引き臼も。

2

風がぼくの家にまといつく。
激怒した強風が
ぼくを揺さぶり薙ぎ倒す。
マパーホは切り倒された。
森は忘却そのものだ。

3

牧場もそこのゆるやかな小川も
ぼくに安らぎを与えない。
あの果樹園の夢を見ようか。

月までが変わってしまった。
今では兵営になってしまった
あの別荘の庭で。

4

おまえを愛した者は死んだ。
牛乳店は閉鎖された。
椰子の木は枯れてしまった。
そしておまけに
カーニバルが終ってしまった。
すべてが霞んでしまった。

5

川の流れが変わった。
集落が焼けた。
アンテノール島は沈んでしまった。
ぼくの泉はどこにあるのか。
もうあの小さな村はない。
それともないのはぼく自身か。

*1 カンバ＝元々はボリビアの平原地帯に住む先住民を意味したが、現在では、ボリビアの熱帯地域の住民を意味する。
*2 マティーコ＝南米の熱帯平原に棲息する鳥
*3 サユブー＝南米の熱帯林に棲息する鳥。
*4 イタウーバ＝アマゾンの密林にある樹木で、材質は硬い。

詩集『リベラルタとその他の詩』より

ゴム園

ぼくはおまえの中で果てない。
愛しながら果てないし、
ぼくの中で、
死んで
しまわない。
ぼくは
木立の中の
トゥトゥモの木陰で、
生ゴムと煙の中を、
火と噴煙の中を
巡る。
低地で
ぼくは川になろうとし、
山では

飛び、鳥に、地平線になる。
別の夜明けから、
父がぼくに挨拶する。
大地は汗ばみ、
木は泣き、
時間は飛んでいく。
ぼくは思いに沈み、
生きているから
夢を見る。

墓地にて

わたしたちをすり減らし、疑い深くさせる時間は
もうわたしの中にはなく、芸術の中に生きている。
穏やかで優しく、悲しみから解き放たれた土地に、
孤独の中の不安なあれこれの行き来の中に生きている。

過去はこれらの墳墓の中にある。
いつかわたしの沈黙で傷つけた友人たちや隣人たちの中に、
ついに知り合わなかったけれど、掛替えのない人たちの中に、
遺体が霊廟に納められることのなかった貧しい人たちの中に、
自分の名前を書くことさえ習わなかった移民たちの中に、
自分自身から逃れ、蜜林のただ中で朽ち果てた人たちの中に。

道に迷ってしまった思い出の清算の中にある。

わたしがあなたを訪れるとき、
わたしは訪れることで自らを癒しているのだ。
愛する無名の人たちよ、この上なく愛しい無よ、
いつの日かわたしもあなたたちのようになる。
そのとき、男か女か、
感傷的な誰かが
わたしと話をしに来るだろう。
わたしの墓に思いを巡らせ、一枚の紙の中に、
風がつくるメロディーの中に、
雨に濡れた菊の匂いの中にわたしを感じるだろう。

わたしは誇り高く個性が強いが、

詩集『リベラルタとその他の詩』より

誰かが来て墓に近寄り、わたしに向かって言うだろう、
多くの熱意と敵意の果てに、
情熱と傲慢に身を焦がしたこれらの骨は
わたしを愛しつづけていると。
自分たちの愛は
侮辱と忘却の彼方で
わたしを支えつづけていると。

マラカイボ[*1]

もうぼくは決して
ストリッパーの肉体を夢に見ることはないだろうし、
マンボの踊り子に
あの頃のように夢中になることもないだろう。

ぼくはまたユンガスの
黒人が打ち鳴らすボンゴの谺を聞かないし、
映画と詩に熱中している少女の
甘い言葉にも魅力にも
惑わされることはないだろう。

ぼくはもう雌猫たちやジャガーたちといっしょの夜を
楽しむことはないし、
ウイスキーを片手に

「グアンタナモ[*2]の女」を歌うこともないだろう。
遅かれ早かれ
誰かが言うだろう、
あの貧相な詩人は
どうなる?
チャコ戦争[*3]の英雄とやらは?
国家革命運動党員とやらは
どうなる?
チャチャチャを
踊っていた新聞記者は
環境保護主義者になってしまい、
ストリッパーは
男女同権論者で

マンボの踊り子は
エホバの証人だ。

あんなに映画が好きだった少女は
老海兵隊員と米国に住んでいる。

ボンゴ奏者の黒人は
仕事を失い、今はココ椰子園の労働者だ。

近眼の雌猫たちはおばあさんになり
ジャガーたちは奥歯まで抜けてしまった。

まったく、時間は容赦しない!
ナイトクラブだった所が今は
銀行だ。

97　詩集『リベラルタとその他の詩』より

講演

ミカエル・シソンに

手短に済ませよう。
ルアンダ、チェチェンそしてボスニアで
雨が降っている今
わたしの中に嘆きが染み透ってくる。
わたしは何かを頼みに来たわけではなく
日毎に尋常でなくなっていくこの世界で
何ら言い添えることもない。
習慣でここへ来ただけだ。
年々同じ講演
目覚めることなく眠ったままの理性。
日々、
——空しい言葉
そして死の匂いが、

*1 マラカイボ＝ベネズエラの港町。
*2 グアンタナモ＝キューバ東部の州。
*3 チャコ戦争＝ボリビアとパラグアイがチャコ地方の
　　領有をめぐって戦った戦争（一九三二〜三五）。

半分消えかけた光と、
死にかけている無辺の愛と、
覇気のない講演と、
不確かな未来と、
ほとんど
役に立たない
盲目的愛とともにある。わたしに残っているもの
――わたしがきみらに渡す――を
わたしはきみらに渡す。何かの役に立つのか
どうか知らない。だが、これは生きて愛する
ひとつの方法だ。本当にありがとう。
どういたしまして。

詩集『きみはそれを信じないだろう』(二〇〇〇) より

詩の女神(ラ・ムーサ)が老詩人を訪れる

おまえは離婚した女の
疑い深さと
無垢な女学生の
恥じらいをもって
わたしのところへ来る。

汚れた部屋でわたしは
髭も剃らず
斑のついた
パンツを穿いておまえを迎える、
それでおまえに嗤われないように
まったく別の話をする。

黄ばんだ書類の間に
おまえの場所を作ると
おまえは跳んできて、
わたしにことわりもせずに
わたしの寝床へ入りこむ、
わたしが今でも昔のように
戦える状態にあるかどうか
確かめもせずに。

わたしがおまえの手に触れると
おまえは驚いた様子をする、

わたしを見知っていないかのように、
もう思いだすこともできないほど
ずっと昔から
わたしたちが恋人同士ではなかったかのように。

おまえは
衣服を脱ぎ、
口づけし、あえぎながら
わたしの耳に夢を吹きこむ
それをわたしは詩に書く。

ドゥルシネア*

わたしの「一度もない」と「何もない」から出て
わたしは「いつでもある」、灰色の井戸へ行く。
わたしを消滅させる昨日はとても少なく
わたしを永続させる今日はこの上なく多い。

おまえが一度としてわたしのものではなかった「不可能」であるかのように、
わたしはおまえを夢に見、追いかけた。
わたしの無知の中でわたしは何も知らずに生きる。
わたしの学識はすべてたわ言にすぎない。

魔術的で暴力的なこの世界で
現実がわたしを打ち負かし、傷つける。
恋人、情人、女友だち、伴侶よ。

儀式

わたしたちは時間の中に住み、時間はわたしたちの中に住んでいる。

わたしは時間の中でおまえを夢見、夢の中でおまえを求める。

おまえの視線がわたしに出合い、わたしは考えることができなくなる。

わたしの両腕はおまえを受けとめ、おまえの肉体がわたしを楽しませる。

おまえの時間の中でわたしはわれを忘れ、その中で死んでいき、

おまえの脚の間でより一層生きている自分に出会う。

わたしは知っている、わたしを慰めるために、おまえがわたしのところへ来ることを、わたしの夢の中におまえはいるのだと言うために、わたしを愛するためにおまえはいるのだと嘘を言うために。

＊ドゥルシネア゠セルバンテス作の小説『ドン・キホーテ』で、騎士ドン・キホーテが純愛を捧げる思い姫。

時間、時間だけがわたしたちを完結させ、
真にわたしたちを知り
そこでわたしたちは果てるのだ。

かたち

未来は到着したが、それはわたしの夢に似ていない。
わたしが学んだことはすべて伝説か忘却だ。

おまえの胸で、おまえにとってかぐわしい
わたしの手が眠る、黄昏のあとに。

わたしの中に捨てられ、おまえの永遠は存在しない。
おまえの肉体は、動く暗号だ、時間だ、光だ
宇宙がそれ自身から逃げ出すかのように。

わたしは無限に煌めく。

詩集『きみはそれを信じないだろう』より

境界

わたしたちの空無をはぐくむ空気。
空気を巡る空間。
空間を燃やす光。
光を吸い込み、それを時間の中に、
音楽と詩の中に、
定着させる
物体。

祝宴

光り輝く宝石、
襟の開いた衣装、
金と銀の食器類を
支え持つために
よく躾けられた手。

デザートをあげるから待っておいで、
ガーターベルトもチュールもつけず、
たった二滴の香水を
首に垂らし、
なぜわたしたちの視線が
絡み合ったのかわたしに説明できるよう
準備をして。

秘密

わたしがそれを知っているとあなたが知っていること
をわたしは知っている。
それは徴候あるいは予感以上のもの、
行ってしまわない
不在以上のものだ。

視線。
再会するときの
ふたつの肉体が
求め合いつづける
あなたの首への湿った口づけ。
あなたの項(うなじ)までわたしを運ぶ香水。
あなたの膝に吹く一陣の風。

触感

おまえのかたちは数たちの
澄みきった空気の中でおまえを支える。

まさぐる。
乱雑を
おまえの中にある
わたしの両手は
わたしは震える。
おまえに出くわすとき
世界の無秩序の中で
おまえを舐めると
時間の知覚が沸騰する。
わたしはわたしを持て余す。

105　詩集『きみはそれを信じないだろう』より

祭 典

そうなのだ、月をいざなう海から
遠くはなれたところで解き放たれる
激情。

大気の中で
わたしの目がおまえを追いかけ
おまえの尻のあたりを
わたしの手が
行き来する。

おまえの足の下から
欲情が
燃え上がる。

どうして南部では
こういうことが起こるのか?

笑いの烈風が
おまえの体を揺すり
おまえが歩くとガラスが
砕ける。

わたしはわたしのことを何も知らない。
おまえだけがわたしの内部で
何が起こるのかを知っている。
おまえだけがわたしの中で
何が起こっているのかを知っている。

夜

1、
不眠のすみれ色の湿気の中で
おまえの両手が湯気と霧を支えている。
わたしはおまえを愛したすべての男たちだ。

2、
わたしはランプの灯りの下でおまえの呼吸を聞く。
目の隈の中で目覚めているおまえの孤独を見る。
わたしたちが知り合って後わたしは
わたしだけの者ではなくなってしまった。

3、
砕けたガラスの中に反射している夜明け。

人間の残酷の向こうには
許しと忘却だけがある。

4、
今わたしたちからは静寂が溢れているから
唇が痛くなるほど口づけし、強く強く
おまえを抱こう。
ここにはまったく死の気配がない。

5、
そして、おまえはとてもしとやかに
すべてをわたしに委ね、おまえの意志を
わたしに渡し、わたしを満たす。

踊り

おまえの色褪せない毛穴のあたりを夜が流れ
手のひらの動きにつれて
煙と影の中でおまえのよくしなる体が震える。

おまえの腹が揺れ
ギターに密着したおまえの腰が燃える。

おまえの両足は見えない輪を描き
おまえの両手は空中に一輪の薔薇を描く。

わたしを見たくないとき目が何を表しているのか
わたしに気づかれないようにおまえは顔をそむける。

まさにこのとき
おまえの永遠は崩壊する。

風

おまえの中でわたしは生きたい、
おまえの静寂の中に自分を失って。

わたしの歌はおまえを跪かせることができない。
わたしが見るとおまえは目を伏せる。

風が立ち、おまえを愛撫する。
抜け目なく、おまえの繊細な肩を
むき出しにする。

わたしは風でないことが残念でならない。

ジャズ

おまえは時間の果汁を吸いながら
世界とその淫らに
ついて話す。

体の中で聞こえる遠いトランペットの
谺
脚の狭間をたどるサックスの愛撫
電池が
おまえのとても若い孤独を揺する。
肉体振動の中で
わたしたちは
われを忘れる。

なぜ男と女は自分を消し去るために
求め合うのか分からないまま。

（わたしたちはなぜ求め合うのか
なぜ愛し合うのか分からない。）

クラリネットがおまえの胸で呻き
ピアノは頭の中で錯乱する。

列車は誰も乗せずに出てしまい
今夜おまえはわたしのベッドで
眠っているが
ぼくのところにはいないのが分かる。

109　詩集『きみはそれを信じないだろう』より

まじない

1、
少しの邪心もなく
自分の解けた髪を束ねた。
ベッドに臥して
犬のように捉えてほしいとおまえはせがんだ。

2、
わたしたちはふたりだけで転げまわり
果実が悦楽に熟れて落ちた。

3、
憎しみも、

死も、
倦怠も
おまえを脅かさず、
おまえの夢を取りこむために
花々が開く。

おまえの眼差しが
わたしの行きたいところへわたしを連れていく。

4、
わたしはその中にいてそこで目覚める
裸のままうつ伏せになって懇願するおまえに
どうしても逢いたくて。

手

若い肉体が欲するとき、とめどがない。
夢が乱れ
雀蜂がブラジャーの中へ入る。

待ちきれないわたしの手がおまえを裸にする。

わたしは淫らなことを言いながらおまえの口へ入る。
脚の間の暗がりをまさぐり

気の向くままに、わたしの欲望は
おまえの体の闇の中に身を隠す。

こうしてわたしはおまえの手に届き、わたしの手が
おまえを鎮め、頸を撫で、腰に巻きつく。

わたしは灯りを消し、目覚まし時計を止めた。
今や世界中の時刻が意味を持たない。

おまえの手の中のわたしの手はおまえだけのための
誓約

奔放で確かな誓約だ。

111　詩集『きみはそれを信じないだろう』より

攻略

口づけのたびにおまえは死ぬ
おまえにとって時間は問題ではない。

おまえは肉体を愛撫し
痛みは消える。

休みなく気取りもなく
わたしはおまえの抵抗に打ち勝った。
おまえの信頼を勝ち取り、おまえは
明らかに、素直に
おまえを燃やす喜びに身を委ねた。

わたしたちは夜やその陰謀について
何も知らない。

（おまえの汗やオランダ布の衣服に染みた
花の芳香など
取るに足りない。）

痙攣と溜息が溢れる
おまえの肉体にためらいはない。

口づけにかき乱され夢をいっそう燃え上がらせて
おまえは目覚めたままでいるだろう。

影たち

求め合い
見つめ合い
嗅ぎ合い
触れ合い
まさぐり合い
笑い合い
聴き合い
ひとつになり
口を吸い合い
踊りながら
懇願し
すべてを委ねて
果てる。

毛穴

おまえの実体は、それをとおしてわたしがおまえを見る目だ。

あふれ出たおまえの涙の秘め事が蒸散する。
染みとほくろと口づけの森で
動物がおまえを舐め、触り、吸う。

不透明な肉体がおまえの視線を吸いとり、
おまえの滑らかな腹で夜がまどろむ。

おまえの裸は亜麻と肌から解放されて
おまえ自身から湧きでる水を浴びる。

逆光の中でおまえを見てわたしは、
自分がさらに年老いたことを知る。

詩集『きみはそれを信じないだろう』より

匂い

動物はおまえの目の閉じた霧の中で
死の匂いを嗅ぎ、
わたしの口で塞がれたおまえの口で
わたしを食べ尽くそうとする。

おまえのどの場所でわたしは灼熱の炎であるのか?
どんな優しさの中でわたしの目眩はおまえを傷つけるのか?
どの時刻にわたしはおまえの満たされない空腹であるのか?

今日という日が沈黙と匂いについて、わたしに語る。
空気の言い訳、純然たる本能。

蜃気楼

わたしの中を静かに歩きまわるもの。
おまえは外見と実体を見分ける。

透明な空間の中の光。
光、時間、思考。

おまえの肉体の砂丘にある賜物。
もうひとつの白熱した火の緊迫。

おまえの中で空が燃える。

感 動

1
視線と身振りのもっと向こうで
おまえを抱かせてくれ、
おまえの舌先が
川の中の影たちの集会へわたしたちを
いざなうまで。
わたしはおまえの湿った口と活力になろう。

2
何物もわたしたちの間へ立ち入らないことを、
この上なく柔らかいおまえの残忍さを隠す

布切れもガラスもないことを。
わたしはおまえの無垢の中で死んでいきたい。

3
誰かがわたしの名前を呼ぶ。もしやおまえは
わたしの眠らない食欲に供された新鮮な果物なのか?

4
おまえのほっそりした手がわたしの恐怖を支え、
ゆっくりとわたしをおまえの望む方へと導く。

115　詩集『きみはそれを信じないだろう』より

おまえの感謝がわたしの抑制された熱情と混合する。
光が消える。

5
お前の自由は、わたしの褒賞。
おまえの口づけは、わたしの利得。

6
シーツとシーツの間に清潔な振動が残る。
わたしはおまえを祝福し、おまえのために歌う
青い花々と
蜜蜂たちの羽音の間で。

7
おまえの肉体の中の夜に勝る報いはなく、
おまえの容認された放縦に勝る報酬はない。

情感が腐敗しないところへわたしを連れて行け。
世界とその崩壊からわたしを消し去ってくれ。

8
おまえを恋する痛みを抱いて、わたしはそこにいる。
おまえの両腿がどうしようもないほど衰え、
すべてが生まれるところに。

恥丘

おまえの腿は
おまえの本当の力の規模を暗示する。

わたしは
この上なく親密な
おまえの夜の暗闇を滑る。

世界はレースと嘘を剥ぎ取られた
礼節に従っている。

おまえはいつもわたしが
思いがけずおまえに出会うまさに
その場所にいる。

おまえの逆立った茂みで
わたしは一瞬の栄光を
生きる肉の
想いを嗅ぐ。

知　覚

性器は夜となる。
夜は夢となり、
あなたは夢の中で
とても優雅だ、
欲求の
まばゆい
物質の中で。

絶　頂

おまえの吐息はわたしの腰を揺さぶり、
おまえの性器は
あの世の楽園で
花開く。

交合

おまえの中でわたしは空(から)になる。
激しい火の中で燃えながら
生まれるために
おまえの中で死ぬ。

おまえの中でわたしは完全に怒張する、
この大異変に
揺さぶられる
おまえの限りある肉体の中で
死んでしまいたいと
願いながら。

脚

靴下が透明を愛撫し、
煙の蝶たちが腿にはりつき
やがておまえのふくらはぎで
空気が空気であることに
疲れる。

脚はあちらからこちらへ
街路から事務所へとおまえを連れていき、
階段やエレベーターで
おまえを連れてくる。

横から、横目で、
大股であるいはつま先立って、
夜とその緊迫がおまえを傷つけ、

119　詩集『きみはそれを信じないだろう』より

わたしの両手がおまえを追いかける、
欲求の
敏捷な
形態が。

世界はおまえの絹織物の間にとどまり、
おまえは震え、
わたしを苛み
そしてついに満ちたり、
大あわてで疾走し、
いななくように叫ぶ。

フェラチオ

おまえの口の中で石榴の
粒がつぶれ、その液汁が
恋人よ、おまえへのわたしの
熱い想いをいや増させる

おまえがわたしを探すとわたしはわたしに出会い、
おまえがわたしに出会うとわたしはわたしを失い、
おまえが目であればわたしはわたしを見る、
おまえが唇であればわたしはわたしに口づけし、
おまえが舌であればわたしはわたしを舐め、
おまえが口であればわたしはわたしを吸う、
おまえがかまどの火であればわたしを焚きつけ
おまえが劫火であればわたしはわたしを焼き尽くす。

120

爆発、

　　　時間

　　　　　　虚無

ネペンテス*

1
時刻が音立てて崩壊するなかで
肉体は研ぎ澄まされる。
災厄は絶え間なくつづく。

2
別の生き方を見慣れている
わたしたちに何が起こるのだろう？
白いシーツの間にある肉体の霊気。

3
おまえは恐怖を麗しいものにし
不幸を幸せに変える。

おまえは夜の高みで海を聞く。

（裸の女がゆったりと眠っている。）

4
ゆっくりした時刻がついにおまえを征服するとき
おまえは寒いと感じるが、文句を言わない。
沈黙の冒涜。呪われた悪癖が
あったはずの優しさをすり減らしてしまった。
わたしたちは空虚の縁取りだけを見ている。

5
おまえは愛するものを滅ぼしてしまう。

　＊ネペンテス＝靱蔓（ウツボカズラ）、多年生の蔓性食虫植物。

雨

わたしといっしょにいる女は、ひそかな太鼓のように執拗な
おまえのざわめきがわたしを飽きさせないことを知っている。

おまえが森の最も幸せな時刻のなかにいるので
わたしはおまえが好きなのだと彼女は知っている。

おまえの湿り気はわたしがわたしのものとなり、
上なくわたしのものとなり、
わたしの両手は彼女の尻を愛撫して喜び震える。

おまえの湿り気はわたしが彼女の乳房を舐めるときこの
上なくわたしのものとなり、
わたしの両手は彼女の尻を愛撫して喜び震える。

彼女の裸体はわたしを受け入れるやいなや開花し
わたしの体重が彼女の恥丘にのしかかる。

122

おまえのなかで濡れてわたしは泥であり唇でありうめき声だ。
突然、奥底の稲妻に照らされ、
おまえの友情でわたしは
わたしがかろうじて時間であり
いままさに果てようとしていることに気づく。

アルドンサ

おまえはあるがままで、素朴で、健康であり善良だ。
おまえを永遠不滅にしようとするわたしの熱意のように
本物だ。
眠っているとき、わたしは夢のなかでおまえを生きている。
目覚めているとき、わたしは芸術のなかでおまえを夢見ている。

おまえの純真さのなかにわたしは美しさを見た。
おまえに逢おうとしてわたしは道に迷った。
おまえを探すことだけしか知らない狂人のように
わたしはわたしのなかにおまえを追い求めた。

わたしの鍵はおまえの錠前に合わない。
いつもわたしはデートに遅刻した。

おまえもいつだって時間どおりには来なかった。
そしてわたしは挫折のなかでおまえを賛美し、
おまえはわたしを無情にあしらう。
いつもわたしのことなど気にも留めずに通りすぎる。

詩の女神(ラ・ムーサ)は行ってしまう

わたしの髪の湯気の匂いを嗅いだことがない。
おまえはわたしが仕事から戻ってきたときの
水を流すのを
トイレに行き、
おまえはわたしが鼻を鳴らし、咳をし、
見たことがない。
おまえはわたしが安らかに鼾をかくのを聞いたこともなく、
わたしがパジャマを着るところを見たこともなく、
おまえはわたしの疲労の塩に口づけしたことがなく、
夜明けに怒り散らすのに耐えたこともない。
泡だらけになって
シャワーが止まってしまい、わたしが石鹸の

真実は流行性感冒と
汗の染みた衣服のなかにある。

鍋や汚れたフライパンの臭いのなかにある、
目玉焼きの匂いのなか、

使い古して傷ついた
ボレロのレコードのなかにある。

肉体の衝撃につづく
宿命的な数分のなかにある
(おまえがクリネックスをほしがり
あるいは煙草に火をつけるときの)。

夜は更けて
時間が容赦しないので

小話(チステ)を語ってももはや笑わない
主役たちの顔のなかに真実はある。

詩集『きみはそれを信じないだろう』より

解説とあとがき

細野　豊

1、ラテンアメリカの日系詩人たち

ボリビア生まれの日系詩人ペドロ・シモセとその詩について語るに当って、先ずラテンアメリカの日系詩人たちのことと、なぜわたしが彼らとその詩に関心を寄せるようになったかを語らなければならない。

大学卒業後、最初に従事したのが、戦後ブラジル、アルゼンチン、パラグアイ、ボリビア等のラテンアメリカ諸国へ渡った日本人移住者の援護をする政府関係機関での仕事だった。この仕事を選んだのは、敗戦後の焼け跡の中から這い上がろうとしていた日本での生存競争に塗れることを潔しとせず、あるいは生存競争に敗れ、新天地ラテンアメリカに将来の幸せを求めて移住した人たちのためにいくらかでも役立ちたいという崇高な気持からというよりは、とかく組織優先の論理が先行し、個人の個性や自由が抑圧されてしまう日本社会から脱出したいというわたし自身の欲求からだった。実際にこの仕事に就いてからは、移住者の方々の生活向上のために誠心誠意働いたつもりではあるが…。

移住者援護の仕事に従事する中で、わたしの心にラテンアメリカの日系人という存在が深く刻みつけられることとなったのだが、それは先ず第一に、次に述べる強烈な体験によってだった。一九六三年に、わたしは生まれて初めて日本を離れ、戦後ラテンアメリカ諸国に入植した日本人移住者たちの生活状況を調査し、その後の援護に役立てるために多くの移住地を訪れたのだが、そのときアマゾン河の河口に近いブラジル合衆国ベレン市で出会った日系青年の発言に大きな衝撃を受けたのだった。その青年は「自分は日本人の子弟であることが恥ずかしい。この顔形や肌の色が嫌いだ。特に父や母は朝から

晩まで泥に塗れて畑仕事に追われていて、格好が悪い。自分はなぜ日本人の子供に生まれてしまったのか。」と言ったのだ。それは、自分の意志に関わりなく負わされている「日本人の血」に対する呪いの言葉だった。

この日系青年が持っていた根深い劣等感は、第二次世界大戦で日本がブラジルの敵国となり、やがて敗戦の憂き目に会ったという事実が大きく影響していたようだ。戦争とそれにつづく日本の敗戦によって、人種の坩堝と言われるほど多くの人種が入り混じって生活しているブラジルの社会で、白人、黒人、先住民あるいはその混血たちの何れとも異なる容貌を持つ日系人は、種々の場面で侮蔑や差別の対象となったのだろう。

このような強烈な体験やその後一九六四年にブラジルのサンパウロ市に赴任して、日系人たちと職場をともにした経験から、わたしの彼らに対する関心は、さらに深くなっていった。その理由は、彼らがかつてスペインや

ポルトガルの植民地であったというラテンアメリカの歴史的経緯から、学校教育等を通じて欧米文化をもろに吸収していると同時に、日本人である父母から明治人気質とも言える義理や人情など、わたしたち戦中、戦後生まれの日本人よりも日本的な道徳観や価値観をも受け継いでいる複雑な精神の持主であることが分かったからだった。

その後、一九七四年にわたしはボリビア国のサンタクルス市に転勤することとなり、そこで同国ベニ州リベラルタ市出身の日系詩人ペドロ・シモセの詩に出会うこととなった。さらに、二〇〇〇年一〇月に来日したシモセから、ペルーにホセ・ワタナベ、アルゼンチンにファン・カルロス・ヒガという優秀な日系詩人がいることを教えられた。現在ラテンアメリカには、日本から移住した一世も含めて約百七十万人の日系人がいるが、その中で詩人として広く認められているのは、わたしが知る限

りでは、これら三人のみだ。日系人が約百五十万人もいるブラジルに日系詩人がいるという情報は、日本からの移住者で日本語で詩を書いていた横田恭平を除いて、現在までに調べたところでは、まったく得られていない。

前述の日系詩人三人に共通しているのは、いずれも何らかの形で軍事独裁政権に反対の立場を貫いたことだ。ペドロ・シモセは、一九七〇年代の初めにボリビアの左派政権をクーデターで打倒して政権の座についた右派軍事政権に反抗したため国を追われ、スペインへ亡命して一九七一年以降首都マドリーに家族とともに住んでいる。ホセ・ワタナベは、軍事政権による直接の弾圧等を経験したことはないようだが、戯曲作品等を通じて、軍事独裁を批判しつづけ、二〇〇七年に病没した。ファン・カルロス・ヒガは、一九七七年五月（当時二九歳）にアルゼンチンの軍事政権側と見られる八人組の武装集団に拉致され、行方不明となっている。なお、現在では彼らの出身国のいずれにおいても軍事政権は存続していない。

シモセもワタナベも日本人である父親を尊敬し、シモセは日本の長い歴史の中で培われた農民の勤勉を尊ぶ生き方と価値観を、ワタナベは公のために自らの命を捧げる武士道精神を学んだ。そしてシモセは「わが父の伝記」、ワタナベは「手」といういずれも父親をテーマにした詩を書いている。かつて、ブラジルのベレン市で出会った日系青年の「日本人の血」を呪う言葉に衝撃を受け、そのことに拘りつづけていたわたしは、これら二人の日系詩人が日本人の血をひいていることに誇りを持ちつつ詩を書きつづけていることを知って、救われる思いがした。

2、ボリビア生まれの日系詩人ペドロ・シモセの国際的位置づけと評価

ペドロ・シモセの詩は、英語、日本語、トルコ語、フ

ランス語、ドイツ語、イタリア語、ポルトガル語、ロシア語、ハンガリー語、アラビア語、チェコ語、ウクライナ語及びオランダ語の十三カ国語に翻訳され、世界中の多くの人々に愛読されている。

また、*Concise Encyclopedia of Latin American Literature*, Fizroy Dearborn Publishers, 2000 に、シモセは次のとおり紹介されている。

ボリビア出身で、生存中の詩人の中で最良であるペドロ・シモセは、詩集『ぼくは書きたいのに、出てくるのは泡ばかり』（一九七二）でキューバの「カサ・デ・ラス・アメリカス賞」を獲得したが、現在もマドリーに居住し、活動し続けている。

また、*Encyclopedia of Latin American & Caribbean Literature, 1900-2003*, Rou Hedge, 2004 には次のとおり書かれている。

日本人の血をひくペドロ・シモセは、一九六〇年代に、ジャーナリストを志望してラパスへやって来たが、

新しい詩、特に民衆歌謡の書き手として知られるようになった。『亡命における三つのピアノ練習曲』（一九六一）は、形式の革新に道を開き、一方『民衆のための詩』（一九六八）は、ボリビアと世界における人間の偉大さを探求した。

さらに、『第十七回イベロアメリカ文学国際学会の記録』、第二巻「イスパノアメリカ文学」、第三部「イスパノアメリカの詩」で、シモセはルベン・ダリーオ、セサル・バリェーホ、パブロ・ネルーダ、オクタビオ・パス等と並んで、イスパノアメリカを代表する詩人の一人として取り上げられている。

3、ペドロ・シモセの生の軌跡——連帯を求める
外向性から内面凝視へ

ペドロ・シモセは一九四〇年、ボリビア国ベニ州リベラルタ市で、日本（山口県）からの移住者、下瀬甚吉と

リベラルタ生まれの日系女性、ライダ・カワムラの長男として生まれた。生地リベラルタで初・中等教育を受けたが、早くもこの頃から詩才を発揮し種々の賞を受けた。一九五九年、十九歳のときにこの国の行政府と立法府の所在地ラパス市へ移り、サンアンドレス大学の法学部に入学したが、一九六一年に中退し、詩とジャーナリズムに専念するようになった。一九六四年には、フランス政府の奨学金を受けて一年間リールに留学し、ジャーナリズムを学んだ。この留学中にスペインのマドリーへ旅行し、そこでロサリオ・バローソ・サルガード嬢と知り合い、一九六六年に結婚した。

ボリビアへ帰国後、一九七一年にスペインへ亡命し、現在も首都マドリーに家族とともに住んでいることは前述のとおりである。シモセが二〇〇〇年一〇月来日した際に語ったところによれば、その後のボリビア政府は彼に謝罪し、一九九九年に国民文化賞を授与したとのこと

だ。

シモセは、日本文学についても造詣が深く、夏目漱石、芥川龍之介、太宰治、谷崎潤一郎、大江健三郎、安部公房、三島由紀夫等の作品をスペイン語で読み、各々の作家について的確な評価をしている。

前述のとおり一九五九年にラパス市へ移ったシモセは、一九六一年に、第一詩集『亡命における三つのピアノ練習曲』を上梓した。第二詩集『サルドニア』（一九六七）を経て、一九六八年に詩集『民衆のための詩』を出版するが、ここで彼の反体制社会派詩人としての本領が発揮された。これら三つのほかに、詩集としては、先に述べた『ぼくは書きたいのに、出てくるのは泡ばかり』（一九七二）をはじめ、『消えそうな火』（一九七五）『文字どおり』（一九七六）、『マキアヴェリ的熟考』（一九八〇）『騎兵隊のボレロ』（一九八五）『リベラルタとその他の詩』（一九九六）及び『きみはそれを

信じないだろう』(二〇〇〇) がある。

(1) 『民衆のための詩』から『ぼくは書きたいのに、出てくるのは泡ばかり』まで

一九六〇年代は、世界的に激動の時代だった。アジアにおいては、米国の敗北に終わったヴェトナム戦争や日本の安保闘争とベ平連運動、ヨーロッパにおいては、パリで学生たちがドゴール大統領の強権的政治に反発して蜂起した五月革命、ラテンアメリカでは、メキシコ市トラテロルコ地区の三文化広場で、当地でのオリンピック開催に反対し自由と民主化を要求する学生たちを軍隊が弾圧、虐殺したトラテロルコ事件など、末長く人々の記憶に残るだろう歴史的な出来事が頻発した。ボリビアにおいても、左派と右派の間で激しい政治・軍事闘争が繰り返された。かかる状況の中で、詩人としての実績を積み重ねつつあったペドロ・シモセも、政治に無関心で

はいられなかった。詩集『民衆のための詩』には、米国帝国主義を糾弾し、祖国ボリビアのみならずラテンアメリカ全体の民衆との連帯を希求する姿勢が明確に表明されている。

以下、インターネット上に発表されたハビエル・サンヒネス・C（メリーランド大学）の「反逆の詩人にして博学な知識人ペドロ・シモセ」と題する評論を参照しつつ、わたしの見解を述べることとするが、先ず『民衆のための詩』から『ぼくは書きたいのに、出てくるのは泡ばかり』までの軌跡を検証しよう。

サンヒネスは、「シモセの文学は民衆そのものの文学ではなく、「ラディカルなインテリゲンチャ」の文学である。別の言い方をすれば、『民衆のための詩』という題にもかかわらず、この詩集でシモセは民衆そのものに向かってではなく、民衆的読者に向かって呼びかけている。急進的知識人としてキューバ革命に刺激され、パブ

ロ・ネルーダの『大いなる歌』から多大な影響を受けている。この詩集はボリビアに向けた『大いなる歌』である」と書いている。

このときシモセは、いまだ挫折を体験していなかった。一九五〇年代のはじめ、高校生だったわたしが、日米安保体制に反対するとともに、正直で真面目に働いている人たちが貧困から抜け出せるように、経済的富者が貧困者を搾取し、支配することがないようにと、日本での革命を夢見ていたように、一九六〇年代に二十歳代の青春を生きていたシモセは、民衆が連携してラテンアメリカ各国の独裁者を打倒し、ラテンアメリカ全体を米国の帝国主義支配から解放するための連帯を呼びかける『民衆のための詩』を書いていた。その中の代表的な詩が「ラテンアメリカについての論説」だった。

……／わが祖国を語るためには信じることが必要だ。／「喜びは死んでいない、ラテンアメリカよ」と言うことが必要だ。／われわれの苦悩の中で時は熟し、われわれは成長した、／そして、誰の助けも借りずに考えることができる、ラテンアメリカよ。／われわれは誇り高くひとりで歩くことができる、ラテンアメリカよ！／／わが祖国を語るためには希望の中で生きることが必要なのだ！（「ラテンアメリカについての論説」、『民衆のための詩』より）

一九七一年、米国系石油会社の国有化や農地改革を推し進めていたトーレス将軍の左派政権が、バンセル大佐を中心とする右派の軍人たちのクーデターによって打倒された。左派に加担していたシモセは国を追われ、家族とともにスペインへ亡命した。この亡命によって、シモセは自らの内部で詩の言葉を失ってしまう危機に直面したのではないか。この時期がシモセの人生において最も苦しい時期だったのではないか。七二年に、『ぼくは書きたいのに、出てくるのは泡ばかり』という自嘲的な

題名の詩集を刊行したが、ここに詩を書きたいと心の中で格闘しながら思うに任せない彼の悲痛な心情が表れている。だが、それでもシモセは書きつづけ、心の中の虚しさをエネルギーに変えて、「亡命が始まる」、「亡命とは何か」などの優れた詩を生みだした。

それは、塵や灰がぼくらの目に降りかかり／緩慢な霧がおまえと過去の間に立ち上がるのを見ることだ。／悲しみをどう言い表したらよいか考え、結局名づけようがないと知ることだ。／[中略]抑えこまれた叫びをあげようともがきながら、かすかに声を出しつつ死を生きることだ。／[中略]祖国がけっして無くなってしまわないようにと祈りつつ、／友人たちがおまえを忘却から護ってくれるように、／いつの日か戻ってこいよと言ってくれるようにと願いながら、……（「亡命とは何か」、『ぼくは書きたいのに、出てくるのは泡ばかり』より）

『民衆のための詩』と異なり、『ぼくは書きたいのに、出てくるのは泡ばかり』においてシモセは、もはや外部に向かって民衆の連帯を呼びかけるのではなく、自らの心の中の人間としての痛みを究明する。この詩集の内容は前の詩集と比べてより複雑で豊富になっている。

ここで、あえてわたし自身のことに言及すると、一九六四年に日本政府関係機関の職員としてブラジルへ赴いたのだが、今になって分かるのは、それが母の死に起因する、しがらみだらけの日本からの脱出だったということだ。シモセのように国を追われるというような劇的なことは何もなかったが、祖国からの脱出という意味では、二人の間に共通点を感じるのだ。

（2）『消えそうな火』から『騎兵隊のボレロ』まで

詩集『消えそうな火』（一九七五）及び『文字どおり』に至って、シモセの内面凝視はさらに深まる。

『消えそうな火』では、亡命先のマドリーから祖国の古代遺跡やコカ茶の産地である亜熱帯のユンガス渓谷地帯などに寄せる思いを書き、また異郷での孤独に耐えて、消え入りそうな心を自ら支えようとする詩を書いている。『文字どおり』でもまた作者は心の深部を探り、そこから湧き出る言葉が綴られているが、それらの中でわたしは特に二つの詩に注目する。「わが父の伝記」と「誕生への献辞」である。「わが父の伝記」は、勤勉で謙虚な日本人農民の典型である父、下瀬甚吉への惜しみない賛歌だ。

男になった男、/ぼくのすべての/種子、/風の中に撒かれた風の島、/巻き貝と火山が波を浴びて鳴り響いた。//［中略］彼は/ぼくに菊の庭を見せ、/今舟を作っているところだと言う そしてぼくに/彼の友人でもあるぼくの友人たちのことを尋ね、/ぼくが煙草を覚えたかどうか、/恋人はできたかどうか……尋ねる。//彼は人間の謙虚な偉大さを知っており/彼が敬う

ように人々が彼を敬い、/彼が愛するように人々が彼を愛していることを知っている。//これがぼくの父だ
（「わが父の伝記」『文字どおり』より）

「誕生への献辞」は、日本人とスペイン人の血をひく母、ライダ・カワムラに捧げられた詩だ。自分の内部にある父母への思いを詩にすることによって、詩人は「己は何者なのか」と自らに問うている。

詩集『マキアヴェリ的熟考』（一九八〇）には、権謀術数の政治家とされているマキアヴェリ（一四六九―一五二七）の真実と正義を求める心への共感が表明されている。昨年（二〇一一）八月、マドリーで再会したとき、シモセはわたしに次のように話した。「権力のある男に女たちは群がるが、通常男が力を失うと彼女たちは直ちに離れていってしまう。だが、マキアヴェリの場合は違った。女たちは、彼が牢獄に入れられたときも彼を見捨てなかった。それは、マキアヴェリが常に彼女たち

に対して誠実だったからだ。」

また、『騎兵隊のボレロ』（一九八五）では、亡命後十数年を経た後にシモセの心の奥深いところから発せられる白人支配の社会に対する批判と祖国ボリビアやメキシコのプレイスパニカ文明への深い関心が謳われている。

(3)『リベラルタとその他の詩』及び『きみはそれを信じないだろう』

『騎兵隊のボレロ』から十年余りを経て刊行された『リベラルタとその他の詩』（一九九六）には、シモセの生まれ故郷リベラルタへの深い思いが語られ、一九七一年の亡命以来二十数年にわたって過した異郷スペインにおける生活にもとづくシモセの内的成熟が現れている。

　……
　過去はこれらの墳墓の中にある。／〔中略〕自分の名前を書くことさえ習えなかった移民たちの中に、／自分自身から逃れ、密林の中で朽ち果てた人たちの中に、／道に迷ってしまった思い出の清算の中にある。／／〔中略〕いつの日かわたしもあなたたちのようになる。／そのとき、男か女か、／感傷的な誰かが／わたしと話をしに来るだろう。……（墓地にて）、『リベラルタとその他の詩』より

この詩には、異郷であるリベラルタの地に骨を埋めた、詩人の父下瀬甚吉をはじめとする日本人移住者への深い哀悼の念が込められており、「いつの日か私も…」と詩人自身もまた異郷に埋葬される予感が語られている。

最新詩集『きみはそれを信じないだろう』（二〇〇〇）は、男女の性愛をエロティックに表現した三十八篇の詩から成っている。シモセが二〇〇〇年に来日した折に語ったところによれば、これらの詩は、ほとんど命を失いかけた交通事故がきっかけとなって生まれたとのことだ。シモセの心の奥底から湧き出た詩だと言えよう。

若い肉体が欲するとき、とどまるところを知らない。／夢が乱れ／雀蜂がブラジャーの中へ入る。／／脚の間の暗がりをまさぐり／ぼくは淫らなことを言いながらおまえの口へ入る。……（「手」『きみはそれを信じないだろう』より

　生命の根源はエロスであり、ついにペドロ・シモセはそこに到達したのかと、この詩は読者にとっても感慨深いものがある。

　二〇〇一年十二月十二日付「ラ・プレンサ」（ボリビアの日刊紙）は、「昨日ペドロ・シモセは、マドリーのカサ・デ・ラス・アメリカスで、エロティックな詩を集めた彼の最新詩集『きみはそれを信じないだろう』の一部を朗読した。この朗読会は在スペイン、ボリビア大使館の後援で行われ、多数の聴衆が参集した。」と報じた。

4、終りに

　現在までにわたしは、『現代メキシコ詩集』（二〇〇四年）と『ロルカと二七年世代の詩人たち』（二〇〇四年）という二つの共編訳詩集（いずれも土曜美術社出版販売発行）を世に出したが、これらは東京外国語大学の先輩で日本におけるラテンアメリカ文学翻訳、研究の第一人者である鼓直さんのご指導のもとに共編訳の形で刊行された。従って、わたしは今回初めて一人立ちしたことになるが、この度も鼓さんにはシモセについての新聞記事（「INSULA」306号、一九七二年五月）その他の参考資料を提供していただいたり、シモセについて書かれている書物名を教えていただいたりした。心から感謝申し上げる。

　現代企画室の太田昌国さんとは、以前から面識はあり、十年ほど前に『ペドロ・シモセ詩集』刊行について打診したことがあったが、実現には至らなかった。それ

が、昨年(二〇一一年)五月に日本ボリビア協会主催の新駐日ボリビア大使歓迎会の席上で偶然お会いしたのが切っ掛けとなって、話がとんとん拍子に進展した。今回の太田さんとの出会いについては、インスピレーションと運命的なものを感じざるを得ない。そして、これも偶然なのだが、昨年八月にスペインの「グラナダ詩祭2011」に招かれたお陰で、帰途マドリーに立ち寄ってシモセと会い、現代企画室に対して、彼の詩を自由に翻訳、出版してよいとの承諾書を貰うことが出来た。このことについても、不思議な縁を感じている。

マドリーで会う約束の日、シモセはわたしが滞在していたホテルへ訪ねてきてくれた。そして、対面するや否や一冊の芳名帳を見せ、「あれから十一年ぶりだよ」と言った。そう、二〇〇〇年十月に彼は、林屋永吉さん(駐ボリビア大使、駐スペイン大使等を歴任された外交官で、『コロンブス航海日記』、マヤの神話『ポポル・ヴフ』等

の訳者)のご尽力によって外務省の招聘で来日し、日本詩人クラブの後援を得て、日本の詩人たちと交流したのだ。今回の旅行では、マドリーで再開した翌日、シモセはわたしを自宅へ昼食に招待してくれ、ロサリオ夫人の手料理でもてなしてくれた。

この訳詩集に収録されている拙訳詩の大部分は、二〇〇一年から二〇〇九年までの長期間にわたって書肆青樹社の詩誌「詩と創造」に連載したものだ。青樹社代表の丸地守氏のご厚意に対し、深甚なる感謝の意を表する。

(注) 下瀬甚吉(一八八五〜一九七〇)＝ペドロ・シモセの父。一八八五年(明治十八年)山口県吉敷郡大道村字鷲崎生まれ。大道尋常高等小学校卒業後、農業、運搬業等に従事したが、一九〇八年(明治四十一年)ペルーへ移住。チャンチャンマイヨ耕地で六ヶ月を過した。ペ

ルーのカリャオ港に着いてから一旦首都のリマへ行き、そこから鉄道で入植地へ入ったときのことを下瀬は次のように語っている。「われわれは移民と言われず、まるでけだものの扱いみたいに馬の寝るところに寝かされ、一等、二等には乗せんのです。」六ヶ月の契約期間が過ぎると、よりよい生活を求めてマルドナードへ行き、道路工事、ゴム採取、農業等に従事した後、一九一四年（大正三年）にアマゾン河の上流に当たるマドレ・デ・ディオス河を下ってボリビアのリベラルタに着いた。当時リベラルタは人口四千人ほどの町で、三百から四百人ほどの日本人（ほとんどが男性）が住んでいた。いずれもペルーからマドレ・デ・ディオス河を下ってきた人たちだった。

リベラルタで下瀬甚吉は、仕立屋を四年間営んだ後、商店経営に転職。第二次世界大戦たけなわの一九四三年（昭和十八年）三月、米国からリベラルタに住む日本人のもとに強制収容予定者と資産凍結対象商店の名簿が送られ、それには日本人会長だった下瀬も含まれていたが、当地での日本人の評判がよかったため、官憲は日本人に好意的で、米国へ連行された者は一人もいなかった。資産凍結で閉鎖された商店は数軒あったが、資産を没収されることはなかった。

しかし、戦後は種々の迫害を受けた。そのことについては、ペドロ・シモセが日本人移住一〇〇周年誌『ボリビアに生きる』（二〇〇〇年三月、ボリビア日系協会連合会発行）に寄せた小文「歴史を持たぬ人々の物語」で次のように書いている。「……日本は戦争に負けた。戦いに敗れると、権力の中枢部から忘れられたボリビアのこの地方で、ドイツ人と日本人は自分たちが築き上げた経済と社会への貢献を無視した住民による報復を受け始めた。連合国側の勝利を盾にし、またアメリカ合衆国のやり方

を真似て、地域のボスたちがドイツ人と日本人を追い詰め、財産を没収した。彼らは農業協同組合を解散させ、畑の作物をなぎ倒し、収穫物を燃やし、豚、馬、牛を殺した。すでにボリビアに帰化していた元日本人の農業者と商人は貧困のどん底へ突き落とされた。このような暴行と残虐な行動は警察がそれとなく同意し、傍観するなかで、ボリビア人たちによって行われたものである。誰も私たちに説明してくれなかった。誰もわたしたちに謝りもしなかった。一九四五年以降、ドイツ人や日本人の子供であることは不名誉なことであり、屈辱と侮辱に耐えなければならなかったのである。……」

編集・翻訳に当たって依拠したのは、以下のテクストである。

Poemas, Editorial Playor, 1988, Madrid（これ以前の詩集はすべて、この底本詩集に収録された。したがって、以下の詩集の収録作品は、この版に依拠して翻訳された。）
 Saldonia, Ediciones UMSA, 1967, La Paz
 Poemas para un pueblo, Editorial Difusión, 1968, La Paz
 Quiero escribir, pero me sale espuma, Casa de las Américas, 1972, La Habana
 Caducidad del fuego, Ediciones Cultura Hispánica, 1975, Madrid
 Al pie de la letra, Ediciones El Olivo, 1976, Jaén
 Reflexiones maquiavélicas, Editorial Playor, 1980, Madrid
 Bolero de caballería, Editorial Playor, 1985, Madrid

Riberalta y otros poemas, Editorial El País, 2011 (4ª edición, 初版は 1996)、Santa Cruz de la Sierra

No te lo vas a creer, Editorial Verbum, 2001, Madrid（初版は Editorial El País, 2000, Santa Cruz de la Sierra）

【著者紹介】

ペドロ・シモセ（Pedro Shimose）

1940年、ボリビア国ベニ州リベラルタ市に生まれる。父は山口県からの移住者、母はリベラルタ生まれの日系人だった。

初・中等学校時から詩才を発揮し、数々の賞を受けた。1959年、サンアンドレス大学（ラパス）法学部に入学するも中退。詩とジャーナリズムに専念。第1詩集『亡命における三つのピアノ練習曲』（1959）以来、『サルドニア』（1967）、『民衆のための詩』（1968）など次々と詩集を刊行した。こうして1960年代の激動する政治・社会状況を背景に出発した当初は、民衆的連帯を求める急進的詩人として立ち現れたが、その後軍事政権下の1971年には故国を追われスペインへの亡命を強いられた。

亡命先で詩の言葉を失いかねない内面の危機は、第4詩集『ぼくは書きたいのに、出てくるのは泡ばかり』（1972）のタイトルそのものに現れているが、この詩集はキューバの「カサ・デ・ラス・アメリカス」賞を受賞した。その後も家族ともどもマドリーに住み続けながら、『消えそうな火』（1975）、『文字どおり』（1976）、『マキアヴェリ的熟考』（1980）、『騎兵隊のボレロ』（1985）、『リベラルタとその他の詩』（1996）、『きみはそれを信じないだろう』（2000）などの詩集を刊行しているが、「外向性」から「内面凝視」へと至るその詩的変貌の過程が興味深い。

ボリビアという範囲を超えて、広くスペイン語文化圏で最も注目されている現代詩人のひとりと言えよう。その後のボリビア政府は、前政権の下での弾圧に関して詩人に謝罪し、1999年には国民文化賞が授与された。

【訳者紹介】
細野豊(ほその・ゆたか)
1936年神奈川県横浜市生まれ。1958年東京外国語大学スペイン語科卒業。通算17年余りラテンアメリカ諸国(メキシコ、ボリビア、ブラジル)に滞在。詩誌「日本未来派」、「ERA」同人。日本詩人クラブ、日本現代詩人会、横浜詩人会、日本文藝家協会、日本ペンクラブ会員。
詩集に『悲しみの尽きるところから』(1993、土曜美術社出版販売)、『花狩人』(1996、同左)、『DIOSES EN REBELDÍA(反逆の神々)』(1999、メキシコ首都圏大学)、『薄笑いの仮面』(2002、書肆青樹社)。
共編訳詩集に『現代メキシコ詩集』(2004、土曜美術社出版販売)、『ロルカと二七年世代の詩人たち』(2007、同左)、『Antología de Poesía Contemporánea del Japón(日本現代詩集)』(2011、ベネズエラ国、ロス・アンデス大学)。
翻訳小説に、オラシオ・カステジャーノス・モヤ著『無分別』(2012、白水社)。

ペドロ・シモセ詩集
ぼくは書きたいのに、出てくるのは泡ばかり

発　行	2012年10月20日初版第1刷
定　価	2200円＋税
著　者	ペドロ・シモセ
訳　者	細野豊
装　丁	本永恵子デザイン室
発行者	北川フラム
発行所	現代企画室
	東京都渋谷区桜丘町15-8-204
	Tel. 03-3461-5082　Fax 03-3461-5083
	e-mail: gendai@jca.apc.org
	http://www.jca.apc.org/gendai/
印刷所	藤田印刷株式会社

ISBN978-4-7738-1215-2 C0098 Y2200E
©Hosono Yutaka, 2012
©Gendaikikakushitsu Publishers, 2012, Printed in Japan

JN273254

物権法講義

Kawakami Shoji
河上正二［著］

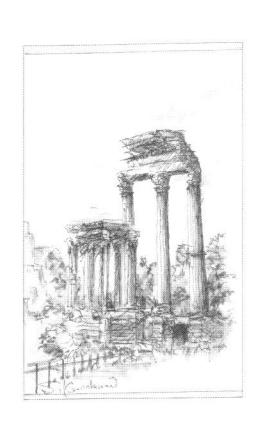

日本評論社

はじめに

　本書は、主として大学法学部もしくは法科大学院未修者コースにおける民法の学習に資するための教科書として執筆されたもので、民法「物権編」（担保物権を除く民法175条～294条）をその対象としている。拙著『民法学入門（第2版）』（2009年）、『民法総則講義』（2007年）に続くもので、それらと併せて読んでいただくことを期待してはいるが、本書だけでも、物権法の基本的内容はカバーしており、講義等の予習・復習には十分なように配慮している。とくに、担保物権法の部分を含まないことへの読者の不安を解消すべく、最初に、物権法全体をカバーする「民法物権編の見取り図」を置き、物権法の全体的イメージを把握していただけるようにした。

　物権法は、民法における財産法の一部として、債権法と双璧をなす領域である。債権的な関係に基礎づけられて物権関係が形成されるなど、両者は車の両輪のように作用する。物権法秩序は、物に対する支配の内容とその変化を基礎づけて、人々の暮らしを支え、その私的自治の基盤を形成する。古来、「物」あるいは「財産」に対する支配は、自然の領有とともに人々の重大な関心事であり続け、ときに、深刻な利害の対立を引き起こしてきた。それだけに、その利害を調整するための工夫や知恵の結晶たる物権法の諸ルールは、社会の変化とともに、常に陶冶を求められている。

　本書にかける思いや基本的な執筆姿勢は、前著と変わるところはないので、それらを参照していただければ有り難い。もっとも、物権法に関して言えば、基本的には強行的性格が強く、解釈論もどちらかというとロジカルな制度運用の細部にわたるものや、幾分か決め手に欠ける微妙な利益衡量に基づく政策的決断の結果であることが多い。その一方で、理論的説明になると、極めて抽象度の高いところから演繹的に結論が導かれる傾向にあるように思われる。筆者が研究生活に入った当時、物権法に対して強い関心を抱きながらも、ある種の近寄り難さや、その土俵に対する違和感を感じたのも、そうした学

問的性格によるのかも知れない。しかし、翻って考えてみると、物権法の諸ルールも、所詮は、人が人のために編み出した歴史的・制度的工夫であって、少しでも衡平に適う形で物の支配をめぐる紛争を予防・解決したいとの願いの結晶としての知恵の産物にほかならない。そこで、初学者にとっては、細部や理論にかかる情報を厳密に整理して提示することより、むしろ、見解の対立の基礎に横たわる諸制度を支える設計思想の理解こそが重要であろうと考え、本書では、それぞれの制度が、「如何なる利益の対立や紛争にどのような形で解決を与えようとしたのか」という制度趣旨についての記述に重点を置いた。ややくどくなるのを承知で、身近で具体的な例をもとに、制度の歴史的背景や政策的背景、運用にかかる理念などに言及したのはそのためである。また、ときには、特定の裁判例の具体的内容に踏み込んで、判例評釈に近い作業を盛り込んだのも、解釈・運用の背後にある思想や思考法に触れて戴きたいと考えた結果である。そうした試みが成功しているかは心許ないが、これによって、物権法という分野に対する読者の関心や理解を少しでも深めて戴けるとすれば、これに勝る喜びはない。

＊

本書は、雑誌「法学セミナー」で2008年4月（53巻4号［通巻640号］）から2009年11月（54巻11号［通巻659号］）にわたって連載した「物権法講義」の稿をもとに、1冊の教科書としてまとめたものである。「連載」はその後も続き、担保物権法の部分もひとまず完結したが（54巻12号〜56巻11号）、分量的にみて一書にするには若干の無理があり、大学によっては、債権総論と担保物権法の部分をあわせて講義科目として再構成しているところもあることから（現在、筆者の奉職する東京大学では「民法3部」が両者を合体した講義内容で構成されている）、とりあえず狭義の物権法のみをまとめることとした。連載中から早期の単行本化を期待してくださる声も少なくなかったが、2008年4月から、職場を東京に移して生活環境が激変したこともあり、思うように作業が進まず、多くの方々に御迷惑をおかけしたことをお詫びしたい。

本書が出来上がるまでには、実に多くの方々のお世話になった。とくに、法学セミナー編集部の上村真勝氏（編集長）は、遅れがちになる入稿を驚異的な忍耐力で支えてくださり、本書の原稿の緻密な検討・点検・校正等にか

かる煩わしい作業を、これ以上はない誠実さで担当してくださった（後に、小野邦明氏がこれに加わった）。さらに連載した拙稿を丹念に吟味してくださった東北大学法学部および東京大学法学部の学生達や法科大学院生（なかには詳細な「正誤表」を作ってくれた方もあった）をはじめ、とくに、本書の校正段階で全体を通読して有益なアドバイスを下さった中田英幸氏（駒澤大学准教授）、森永淑子氏（成城大学准教授）、石畝剛士氏（新潟大学准教授）、王冷然氏（徳島大学准教授）にも、心から御礼を申し上げたい。本書が、少しでも読みやすいものになっているとすれば、これらの方々の助言のおかげである。

*

　それにしても、昨年（2011年）3月11日に発生した東日本大震災の悲劇は、大きな衝撃であった。仙台に残してきた拙宅の内部も惨憺たる有様ではあったが、津波が襲った東北の太平洋沿岸部の被害は、想像をはるかに超える悲惨なものであった。「物」の生産・流通・支配をめぐる人間の諸活動や生活基盤が根底から覆される様子に、現代において物権法秩序が果たすべき役割とその限界について、あらためて考えさせられ、ほとほと無力感に陥ってしまった。しかし、復旧・復興・支援に向けて前向きに立ち上がる人々の姿を見るにつけ、人々の生活には財貨の帰属秩序以上に守るべき貴重なものがあること、そして、それを経済的に支えるのもまた財貨であると考えるようになり、今日を迎えている。今後とも被災地と向き合い、人々の生活を守るために、大きな環境の変化に対して法秩序がいかなるインターフェースを備えることが必要なのか、これからの筆者の重要な課題としたい。

　　2012年8月

河上正二

【追記】　最終校了直後の9月27日、敬愛して止まない星野英一先生の訃報に接した。途方に暮れるとともに、本書を見ていただく機会を永遠に失ったことで、どれほど自分が先生の存在に支えられてきたかを痛感している。先生のご冥福を心からお祈りするとともに、拙い本書を「遅ればせながら」と謹んで星野英一先生のご霊前に捧げたい。

物権法講義

目次

はじめに i

凡例 xiv

第1章　物権の観念と民法物権編の見取り図 …… 1

第1節　物権法とは何か …… 2

 1　物権の意義と機能 …… 2
  (1)物権の意義　(2)経済分析からの一つの説明　(3)物権と債権の比較

 2　物権の客体 …… 17
  (1)特定・独立の有体物　(2)物権の客体と公示

 3　物権の効力 …… 21
  (1)物権の優先効　(2)物権的請求権

第2節　民法典「物権」編の内容概観 …… 28

 1　物権編の構成 …… 28
 2　第一章　総則 …… 31
 3　第二章　占有権 …… 32
 4　第三章　所有権 …… 34
 5　用益物権（第四章乃至第六章） …… 35
 6　担保物権 …… 37

第2章　物権総則 …… 43

第1節　総説 …… 44

1　物権変動 …… 44
(1)物権変動とは　(2)物権変動の原因

2　「公示の原則」と「公信の原則」 …… 46
(1)「公示の原則」とは　(2)公信の原則

3　財産の移転と物権変動の基本的考え方 …… 53
(1)財産が「移転する」　(2)当事者間の関係　(3)対第三者の関係

第2節　不動産の物権変動 …… 60

1　法律行為による不動産物権変動 …… 60
(1)前提となる規定の意味　(2)不動産物権変動における意思主義　(3)物権行為と登記　(4)債権行為の無効と復帰的物権変動

2　不動産物権変動の時期 …… 64
(1)契約時移転の原則（契約時説）　(2)所有権移転時期に関する合意の解釈　(3)所有権移転時期を確定する意味は

3　不動産物権変動と登記制度 …… 71
(1)序説　(2)登記簿　(3)登記の種類　(4)登記手続　(5)登記の有効要件など

4　不動産物権変動と対抗問題 …… 82
(1)176条と177条の関係　(2)登記を要する物権変動

5　不動産物権変動における対抗問題と「第三者」 …… 131
(1)概説　(2)登記を要する「第三者」　(3)登記なくして対抗できる者

第3節　動産の物権変動 …… 145

1　動産の物権変動の概説 …… 145
(1)動産物権変動と対抗問題・即時取得　(2)特別な動産

2　引渡しによる対抗 …… 150
(1)占有移転の方法　(2)「第三者」の範囲

3　登記による対抗 …… 156
(1)適用範囲など　(2)登記による対抗と存続期間　(3)登記事項証明書など

4　立木と未分離果実の場合 ··· 158
　　　　(1)立木の物権変動　(2)未分離の果実など
　　5　動産物権変動と即時取得 ··· 161
　　　　(1)即時取得制度の意義　(2)即時取得の要件　(3)占有改定と即時取得
　　　　(4)即時取得の効果　(5)盗品・遺失物に関する扱い（193条、194条）

第4節　物権の消滅 ··· 178

　　1　混同消滅 ··· 178
　　　　(1)混同消滅とは　(2)所有権と他の物権との混同　(3)所有権以外の物権と
　　　　これを目的とする権利の混同　(4)占有権と所有権等の混同　(5)混同消滅
　　　　の主張・立証責任
　　2　放棄 ··· 182
　　3　目的物の滅失 ··· 183
　　4　消滅時効 ··· 184
　　5　公用徴収・公用収用 ··· 185

第5節　物権変動のまとめ ··· 186

　　1　物権変動に関する重点整理 ··· 186
　　　　(1)物権変動と対抗要件主義　(2)公信力の問題　(3)不動産物権変動につい
　　　　て　(4)動産の物権変動
　　2　考慮すべきポイント ··· 189
　　　　(1)物権変動は財産権移転の一部である　(2)物権変動と債権関係は有機的
　　　　に連関する　(3)物権変動は所有権だけの問題ではない　(4)物権変動にお
　　　　ける公示の重要性　(5)背後に横たわる「無権利の法理」　(6)真の権利者
　　　　保護と善意の第三者保護

第3章　占有権 ··· 197

第1節　占有権とは何か ··· 198

　　1　占有権の意義と機能 ··· 198
　　　　(1)占有・占有権　(2)占有の機能　(3)占有権の主観的・客観的要素

2 占有の種類・形態 ··· 205
　　　(1)自己占有・代理占有　(2)自主占有・他主占有　(3)善意占有・悪意占有
　　　(4)その他

第2節　占有権の取得・移転・消滅 ·· 217

　　1 概説 ··· 217
　　2 占有権の譲渡方法 ··· 218
　　　(1)現実の引渡し　(2)簡易の引渡し　(3)占有改定　(4)指図による占有移転
　　3 占有の承継 ·· 223
　　　(1)占有の承継の意味　(2)瑕疵の承継・瑕疵の治癒
　　4 占有権の相続による承継 ··· 226
　　　(1)占有権の相続　(2)相続と新権原
　　5 占有権の消滅 ··· 232
　　　(1)占有権の一般的消滅事由　(2)代理占有の消滅原因

第3節　占有および占有権の効力 ··· 234

　　1 占有訴権 ··· 235
　　　(1)占有訴権とは　(2)占有の交互侵奪と自力救済　(3)本権に基づく請求と
　　　占有訴権の関係
　　2 権利適法の推定 ··· 245
　　　(1)意義　(2)188条の推定の制限　(3)権利適法の推定と善意取得
　　3 本権者との関係での利益調整 ·· 247
　　　(1)占有と果実　(2)占有者の回復者に対する損害賠償義務　(3)占有者の費
　　　用償還請求権
　　4 家畜外の動物の原始取得 ··· 252
　　5 占有に伴う責任など ··· 253
　(補) 準占有 ·· 253

第4章　所有権······255

第1節　所有権とは何か······256

1　所有権の内容······256
(1)自由な使用・収益・処分　(2)所有権の制限　(3)土地所有権の及ぶ範囲

2　不動産所有権と相隣関係······261
(1)隣地使用権　(2)水流・通排水に関する相隣関係　(3)境界に関するもの　(4)竹木の枝や根の切除に関するもの　(5)境界付近の建築・工事に関するもの

第2節　所有権の取得······274

1　所有権の取得一般······274

2　所有権に固有の取得原因······274
(1)無主物先占（239条）　(2)遺失物拾得（240条）　(3)埋蔵物発見（241条）　(4)添付（242〜248条）

第3節　共同所有······294

1　共同所有とは······294
(1)単独所有と共同所有　(2)共同所有の三形態（共有・合有・総有）

2　狭義の「共有」の法律関係······300
(1)対内的関係　(2)共有の対外的主張　(3)共有物の分割

3　準共有······313

第4節　建物区分所有······315

1　建物区分所有をめぐる法の変遷······315
(1)立法による対応　(2)区分所有のイメージ

2　区分所有建物の所有関係······318
(1)専有部分　(2)共用部分　(3)敷地とその利用権

3　区分所有建物の管理······325
(1)管理組合と集会決議　(2)共用部分の管理・変更方法　(3)規約　(4)規約・集会決議の効力

4　復旧および建替え……………………………………………………329
　　　　(1)復旧　(2)建替え
　　5　団地への準用など…………………………………………………332
　　　　(1)団地への建物区分所有法の準用　(2)団地内の建物の建替え

第5章　用益物権……………………………………………………335

第1節　用益物権とは何か……………………………………………336

　1　制限物権（他物権）としての用益物権……………………………336
　2　各種の用益物権………………………………………………………336
　　　(1)地上権　(2)永小作権　(3)地役権　(4)入会権　(5)その他
　3　用益物権と賃借権の対比……………………………………………339
　　　(1)債権と物権　(2)民法における地上権と賃借権を例に　(3)特別法による
　　　賃借権の物権化

第2節　地上権……………………………………………………………344

　1　地上権とは……………………………………………………………344
　2　地上権の取得・存続期間・消滅原因………………………………345
　　　(1)地上権の取得　(2)地上権の存続期間
　3　地上権の効力…………………………………………………………348
　　　(1)土地使用権　(2)対抗力　(3)地代支払義務　(4)地上権の譲渡・転貸
　　　および担保権設定
　4　地上権の消滅・終了…………………………………………………350
　　　(1)消滅事由　(2)地上物の収去と買取り
　5　区分地上権……………………………………………………………352
　　　(1)意義　(2)区分地上権の性質および内容　(3)区分地上権の消滅

第3節　永小作権…………………………………………………………354

　1　永小作権とは…………………………………………………………354
　2　永小作権の取得および存続期間……………………………………355
　3　永小作権の効力………………………………………………………355

　　　　(1)土地の使用権　(2)対抗力　(3)小作料支払義務　(4)譲渡・賃貸および
　　　　担保権設定
　　4　消滅……………………………………………………………………357
　　　　(1)消滅原因　(2)地上物の収去と買取請求

第4節　地役権……………………………………………………………359

　　1　地役権とは………………………………………………………359
　　　　(1)地役権の観念　(2)相隣関係との比較　(3)設定目的
　　2　地役権の成立……………………………………………………361
　　　　(1)合意・特別法による設定　(2)時効取得　(3)地役権の対抗
　　3　地役権の効力・内容……………………………………………365
　　　　(1)地役権の効力・性質　(2)承役地所有者の法的地位　(3)存続期間・地代
　　　　など
　　4　地役権の消滅……………………………………………………367

第5節　入会権……………………………………………………………369

　　1　入会権とは………………………………………………………369
　　2　入会権の内容……………………………………………………370
　　　　(1)総有的権利　(2)対抗
　　3　入会権の対外的主張……………………………………………371
　　　　(1)入会権の確認　(2)構成員たる地位・使用収益権の確認
　　4　入会権の消滅……………………………………………………374

事項索引　375
判例索引　385

注記項目（本文中＊マーク）目次

第1章　物権の観念と民法物権編の見取り図
無主物先占……………………………………3
物権法定主義…………………………………4
所有権の証明と占有権………………………5
債権の優越的地位……………………………7
共有地の悲劇…………………………………9
土地の経済的効用……………………………19
海面下の土地…………………………………19
物権的請求権と費用負担……………………26
不動産所有権について………………………28

第2章　物権総則
「公示の原則」は物権に特有の考え方か
………………………………………………47
二重譲渡………………………………………47
公示の原則と公信の原則……………………50
不動産登記に公信力を付与すべきか………51
物権行為の独自性……………………………55
所有権移転をもたらす売買契約の成立？
………………………………………………66
所有権移転時期に関する判例準則？………67
仮登記の効力…………………………………75
登記手続の電子化と登記識別情報…………77
登記原因証明情報の提出……………………82
二重譲渡と二重売買…………………………83
復帰的物権変動と給付不当利得……………99
合意解除と登記………………………………102
生前相続と登記………………………………104
国税滞納を理由とする差押えと公売………130
国も177条の第三者たりうるか？…………133
債務名義・差押え・第三者異議……………135
賃借人が第三者でないとすると？…………138

敷地を不法占拠する建物……………………141
177条の「第三者」に悪意者は含まれる
のか？………………………………………142
引渡しを要する物権・物権変動……………147
種類物の特定…………………………………147
海底の沈没船？………………………………149
金銭の所有権…………………………………149
占有改定と譲渡担保…………………………152
証券と結合した動産…………………………157
即時取得・善意取得…………………………163
192条の要件を満たさない者への回復
請求…………………………………………176

第3章　占有権
占有意思の存在・継続の要否………………204
占有権の相続…………………………………205
農地に関する他主占有から自主占有へ
の転換例……………………………………213
所有の意思の推定……………………………214
占有代理人と譲受人の関係…………………223
最判昭和28・4・24…………………………227
自力救済………………………………………235
占有者の損害…………………………………237
「小丸船事件」………………………………239
占有の交互侵奪と信義則……………………243
最判昭和40・3・4…………………………245

第4章　所有権
知的所有権……………………………………257
所有権の弾力性………………………………257
行政法上の所有権の制限……………………259
公道……………………………………………264

囲繞地通行権の範囲……………………264
213条はどこまで妥当するか……………268
大岡政談「金魚屋裁判」…………………273
駅で遺失物を拾得したら？……………276
同一所有者の物件相互の添付？………279
物上代位………………………………280
従物・付合物・付加一体物……………281
土地と建物……………………………282
悪意の播種・植栽……………………284
権原について対抗要件がない場合……284
強い付合・弱い付合…………………285
最判昭和44・7・25……………………286
最判昭和54・1・25……………………292
合有・総有概念は必要か？……………296
ローマ法における共有…………………298
バルコニーを温室に？…………………319

上階から漏水？…………………………321
共用部分の共有と通常の共有との違い
　…………………………………………321
管理人が管理人室を自己名義に？……322
敷地に設定された駐車場専用使用権…323
集会の決議における多数決……………326
ペット飼育禁止の規約…………………327
屋内駐車場をブティックに？…………328
平穏な共同生活の妨害者………………328

第5章　用益物権

地上権の歴史……………………………344
無期限の地上権は認められるのか……347
小作料には減免請求がない？…………356
建築協定…………………………………360

凡　例

（太字は本書での引用）

教科書・体系書

淡路剛久ほか・民法Ⅱ物権［第3版補訂］（有斐閣、2010年）
石田喜久夫・口述物権法（成文堂、1982年）
同・**物権**法（青林書院、1993年）
石田穰・物権法（信山社、2008年）
内田貴・民法Ⅰ総則・物権総論［第3版］（東大出版会、2008年）
同・**民法Ⅲ**債権総論・担保物権［第3版］（東大出版会、2005年）
遠藤浩ほか編・民法**注解**財産法(2)物権（青林書院、1997年）
近江幸治・民法講義Ⅱ（**物権**法）［第3版］（成文堂、2006）
近江幸治・民法講義Ⅲ（**担保物権**法）［第3版］（成文堂、2006）
大村敦志・**基本民法1**総則・物権総論［第2版］（有斐閣、2005年）
同・**基本民法3**債権総論・担保物権［第2版］（有斐閣、2005年）
於保不二雄・**物権法**(上)（有斐閣、1966年）
加賀山茂・**担保**法（信山社、2010年）
川井健・民法**概論**Ⅱ物権［第2版］（有斐閣、2005年）
加藤雅信・新民法**大系**Ⅱ［第2版］（有斐閣、2005年）
鎌田薫・民法ノート物権法1［第3版］（日本評論社、2007年）
北川善太郎・民法**綱要**Ⅱ物権［第3版］（有斐閣、2004年）
佐久間毅・民法の基礎2**物権**（有斐閣、2006年）
末川博・**物権**法（日本評論社、1956年）
末弘厳太郎・**物権**法上巻（有斐閣、1921年）
鈴木禄弥・**物権**法講義［5訂版］（創文社、2007年）
田井義信ほか・**新物権**・担保物権法（ＮＪ叢書）［第2版］（法律文化社、2005年）

高木多喜男・**担保物権**法（有斐閣法学叢書）［第4版］（有斐閣、2005年）
高橋眞・**担保物権**法（法学叢書）（成文堂、2007年）
田高寛貴・**クロススタディ物権**法（日本評論社、2008年）
田山輝明・**通説物権**・**担保物権**法［第3版］（三省堂、2005年）
千葉恵美子ほか・民法2**物権**［第2版補訂版］（有斐閣、2008年）
道垣内弘人・**担保物権**法［第3版］（有斐閣、2008年）
平野裕之・民法総合3（担保物権法）［第2版］（信山社、2009年）
平野裕之・新論点講義シリーズ10**物権**法（弘文堂、2012年）
広中俊雄・**物権**法［第2版増補］（青林書院、1987年）
舟橋諄一・**物権**法（法律学全集）（有斐閣、1960年）
星野英一・民法**概論**Ⅱ（良書普及会、1993年）
丸山英気・**物権**法入門（有斐閣、1997年）
安永正昭・**講義**　物権・担保物権法（有斐閣、2009年）
山野目章夫・**物権**法［第5版］（日本評論社、2012年）
柚木馨＝高木多喜男・**判例物権**法総論〈補訂版〉（有斐閣、1972年）
我妻栄（**有泉亨**補訂）・新訂物権法（民法**講義**Ⅱ）（岩波書店、1983年）
我妻栄・新訂担保物権法（民法**講義**Ⅲ）（岩波書店、1971年）

関連する主要文献・論文集など

幾代通・不動産登記法（法律学全集）（有斐閣、1976年）
幾代通・登記請求権（有斐閣、1979年）
鎌田薫＝寺田逸郎＝小池信行編・**新不動産登記講座**(2)総論2（日本評論社、1998年）
川島武宜・所有権法の**理論**（岩波書店、1949年）
鈴木禄弥・物権法の**研究**（創文社1976年）
星野英一編・民法講座2、3（有斐閣、1984年）
山田卓生ほか・**分析と展開**Ⅰ総則・物権［第3版］（弘文堂、2004年）
山野目章夫・不動産登記法（商事法務、2009年）
広中俊雄＝星野英一編・**民法典の百年**Ⅱ総則・物権編（有斐閣、1998年）
谷口知平＝加藤一郎編・**新版・民法演習**(2)（有斐閣、1979年）
谷口知平＝加藤一郎編・**新民法演習2**（有斐閣、1967年）
谷口知平＝加藤一郎編・**民法演習**Ⅱ（有斐閣、1958年）
星野英一・**民法論集**(1)〜(9)（有斐閣、(1)(2)1970年、(3)1972年、(4)1978年、(5)(6)1986年、(7)1989年、(8)1996年、(9)1999年）
加藤一郎＝米倉明編・**民法の争点**Ⅰ、Ⅱ（有斐閣、1985年）
内田貴＝大村敦志編・［**新**］民法の争点（有斐閣、2007年）
前田達明ほか編・**奥田昌道先生還暦記念**・民事法理論の諸問題(上)(下)（成文堂、1993年、

1995年）
星野英一先生古稀祝賀論文集・日本民法学の形成と課題(上)(下)（有斐閣、1996年）
能見善久＝瀬川信久＝佐藤岩昭＝森田修編・平井宜雄先生古稀記念・民法学における法と政策（有斐閣、2007年）

立法資料等

［日本近代立法資料叢書］法典調査会民法議事速記録ほか（商事法務研究会、1983年～1987年）
広中俊雄編著・第九回帝国議会の民法審議（有斐閣、1986年）
広中俊雄編著・民法修正案（前三編）の理由書（有斐閣、1987年）
前田達明編・資料民法典（成文堂、2004年）
梅謙次郎・民法要義［復刻版］（有斐閣、1984年）ほか
富井政章・民法原論［復刻版］（有斐閣、1985年）ほか

注釈書等

我妻栄＝有泉亨ほか・コンメンタール民法［第2版］（日本評論社、2008年）
遠藤浩＝鎌田薫編・物権（基本法コンメンタール［第5版］）（日本評論社、2005年）
舟橋諄一編・注釈民法(6)（有斐閣、1967年）
川島武宜編・注釈民法(7)（有斐閣、1968年）
林良平編・注釈民法(8)（有斐閣、1965年）
篠塚昭次＝前田達明編・新・判例コンメンタール民法3物権（三省堂、1991年）
舟橋諄一＝徳本鎮編・新版注釈民法(6)物権(1)［補訂版］（有斐閣、2009年）
川島武宜＝川井健編・新版注釈民法(7)物権(2)（有斐閣、2007年）
林良平＝石田喜久夫編・新版注釈民法(8)物権(3)（有斐閣、1995年）
内田貴ほか・民法判例集：総則・物権（有斐閣、2001年）
瀬川信久ほか・民法判例集：担保物権・債権総論［第2版］（有斐閣、2001年）
奥田昌道ほか編・判例講義：民法1総則・物権［補訂版］（悠々社、2005年）
我妻栄編・判例コンメンタール物権法（コンメンタール刊行会、1964年）

判例集・判例批評・判例解説

民録（刑録）：大審院民事（刑事）判決録（明治28年度より大正10年度まで27輯）
（大判）民集：大審院民事判例集（大正11年度より昭和21年度まで26巻）
民集（刑集）：最高裁判所民事（刑事）判例集（昭和22年度より刊行）
高民集：高等裁判所民事判例集（昭和22年度より刊行）

下民集：下級裁判所民事裁判例集（昭和25年度より刊行）
裁判集民事：最高裁判所裁判集民事（昭和22年度より刊行）
新聞：法律新聞（1号［明治33年］より4922号［昭和19年］、復刻（昭和31年より）
評論：法律評論（1巻1号［明治45年3月］〜32巻12号［昭和19年3月］）
判決全集：大審院判決全集（昭和9年度より昭和19年度）
裁判例：大審院裁判例（大正14年度より刊行）
家月：家裁月報（最高裁判所事務総局）
判時：判例時報（判例時報社）
判タ：判例タイムズ（判例タイムズ社）
金法：金融法務事情（金融財政事情研究会）
金判：金融・商事判例（経済法令研究会）
判例民事法：東京大学判例研究会・判例民事法（有斐閣）
最判解：最高裁判所判例解説民事篇（法曹会）
判百Ⅰ：中田裕康＝潮見佳男＝道垣内弘人編・民法判例百選(1)総則・物権［第6版］（有斐閣、2009年）
判百Ⅱ：中田裕康＝潮見佳男＝道垣内弘人編・民法判例百選(2)債権［第6版］（有斐閣、2009年）
不動産判百：安永正昭＝鎌田薫＝山野目章夫編・不動産取引判例百選［第3版］（有斐閣、2008年）
家族判百：水野紀子＝大村敦志＝窪田充見編・家族法判例百選［第7版］（有斐閣、2008年）
重判：ジュリスト臨時増刊・各年度重要判例解説（有斐閣）
リマークス：法律時報別冊・私法判例リマークス（年2回）（日本評論社）

雑誌略記

法協：法学協会雑誌（東京大学、法学協会）
論叢：法学論叢（京都大学法学会）
民商：民商法雑誌（有斐閣）
法教：法学教室（有斐閣）
法セミ：法学セミナー（日本評論社）

拙書

河上正二・**約款規則の法理**（有斐閣、1988年）
磯村保＝鎌田薫＝河上正二＝中舎寛樹・**民法トライアル教室**（有斐閣、1999年）
オッコー・ベーレンツ＝河上正二・**歴史の中の民法**――ローマ法との対話（日本評論社、2001年）
河上正二・民法学入門（第2版）――民法総則講義序論（日本評論社、2009年）
河上正二・民法**総則講義**（日本評論社、2007年）

第1章

物権の観念と民法物権編の見取り図

> 第1章では、いわゆる「物権法」の基本的なイメージと、これを対象とする民法典第2編「物権」（民法175条～398条の22）の大まかな見取り図を手に入れよう。物権法は、民法における財産法の一部として、債権法と双璧をなす。「債権」が、特定の人に対して特定の給付を求める法的地位を意味するのに対し、「物権」は物に対する人の直接的・排他的な支配権を意味する。人々の取引活動は、契約関係などを通して債権関係を形成するが、その効果は、特定の財産に対する支配の移転（帰属の変化）という物権的内容の変動の実現に結びつくことが少なくない。物権は私的自治の財産的基礎であって、物権法が、「財貨の帰属秩序を定めるもの」などと言われる所以である。かくして、私法上の債権関係と物権関係は、ちょうど車の両輪のように影響し合う。民法における人・物・行為の三要素の組み合わせの内、これから学ぶ物権法は、人と物、物と物の関係を主題とする。民法総則での「物」の議論なども思い出しながら、物権法の基本と枠組みについてのイメージを形作っていただきたい。

第1節　物権法とは何か

1　物権の意義と機能

(1)　物権の意義

物権とは、「物に対する直接的・排他的支配権」を意味し、物を自由に使用・収益・処分できる万能の権利である**「所有権」**に代表される。物権は、物の事実的な支配に関わる**「占有権」**と、それを基礎づける権利（＝**権原・本権**）となる物権（所有権など）に大きく二分される。さらに、後者は、所有権とその権能の一部をとりだした**制限物権**（＝用益物権・担保物権）に分類され、これを規律する総体として物権法が構成されている（個々の物権の内容については後述する）。物権がいかなるもので、物権法がどの様な機能を果たしているかを理解するには、ごく身近な問題から議論を始めるのが適当であろう。

> 【問題1】　けさ早く、裏山（青葉山：国有林）で、タヌキの子が一匹生まれたが、これは誰のものか。同じく、裏山の赤松林で松茸がはえたが、これは一体誰のものであろうか。

　民法には、無主物先占*の議論があるが、もとはといえば、タヌキの子も、松茸も、誰のものでもない（敢えて言えば、母親タヌキか神様のものである）。同じことは、ネズミの子についてもいえるが、こちらは誰のものなのかほとんど問題にもならない。人にとって通常は「財・財貨」としての価値がないからである。つまり、人にとって有用な財・財貨が、その帰属をめぐって争われるため、社会的な約束（＝法）の下で、誰かに帰属するもの（＝所有物）と定められる必要があるに過ぎない。それが、他者の侵奪から法的に保護され、その保有者による排他的支配が法的に「権利」として公認されると、「物権」と呼ばれる。つまり、物権法は、社会における**財・財貨の帰属に関する秩序**を明らかにすることを基本的課題としている。それゆえ、権利の混

乱を回避するためにも、物権の内容は、人によって勝手に変更できない**強行的性格**を持ち、法律によって定められるのが原則である（**物権法定主義***）。もっとも、一定の支配権が慣行として確立していれば、そこにも物権が成立する余地があり、「水利権」や「湯口権」のような**慣習上の物権**も存在する（後述）。

「物」の中で特に重要な地位を占めるのが不動産、とくに土地であることには多言を要すまい。土地は有限で、人類はその上で、生まれてから死ぬまで生活する（最終的に、一人の人間には墓をつくる程度の土地があればよいが：サンテグジュペリ「人間の土地」）。有限の土地を人々がいかなる形で利用していくかは、歴史上、常に深刻な政治的問題でもある。土地支配に関するルールは、地域的文化・慣習や地理的条件、技術的条件に左右されることが多く、物権法は「故郷の法」ともいわれる。物権法、とくに土地法は、自然発生的な共同体の智恵や慣習的な財貨帰属秩序をルール化したものであることが多く、債権法とくに契約法のように一般化・普遍化を必ずしも志向しない。

　*【無主物先占】　239条によれば、無主の動産は、所有の意思をもってこれをいち早く占有すること（先占）によって、その者が所有権を取得する。仮に、野生動物であるタヌキの子が無主の「動産」であるなら、これによって規律される可能性が高い。古い判例（大判大正14・6・9刑集4巻378頁）には、野生のタヌキを岩穴に追い込んで入口を石塊でふさいだときには、先占ありとしたものがある。ちなみに、他人が飼育していたサルのような家畜外動物（飼い主の手をはなれると野生のものと区別がつかないような動物）については195条の規律がある（善意で占有を開始し、逃失から1ヶ月以内に飼い主から返還請求がなければ所有権を取得する）。もっとも、自然公園法（昭和32年法161号）、絶滅のおそれのある野生動植物の種の保存に関する法律（平成4年法75号）、鳥獣の保護及び狩猟の適正化に関する法律（平成14年法88号）では、一定の場合に、「動物を捕獲し、若しくは殺傷し、又は動物の卵を採取し、若しくは損傷すること」を禁じており、文化財保護法（昭和25年法214号）でも「天然記念物」として保護の対象となっている動物があり（徳島県美郷のホタル、静岡県御前崎のウミガメなど）、これに該当する野生動物に関しては、捕獲行為自体が違法となるため、無主の動産だからといっても、先占者に所有権が帰属するというルールがそのまま妥当しないこともある。

　これに対し、松茸は土地や立木が生み出した「天然果実」であり、土地が国有地であって、国が他の誰かに果実収取権を与えていないなら、松茸は国のものである（88条、89条。したがって、勝手に採って食べてはいけない！）。

*【**物権法定主義**】 民法175条は、「物権は、この法律その他の法律に定めるもののほか、創設することができない」と定め、物権の種類や内容を法律で限定する。これを物権法定主義といい、封建的支配関係を排除して権利関係を単純化（自由・独立の所有権を確立）すべく、近代法は概ねこの考え方を採用している。だいいち個人が勝手に物権を創設することができるのでは、互いに権利の混乱を惹起し、公益を害する結果ともなるからである（梅・要義2物権4頁など）。ただ、後には立法者の意に反して、「その他の法律」には慣習法も含むと解されるようになり、農業水利権・温泉湯口権・墓地使用権、譲渡担保権など、慣習上の権利が物権として認められてきた（たとえば温泉湯口権につき、大判昭和15・9・18民集19巻1611頁＝判百Ⅰ45事件（松尾弘）、墓地使用権につき、福岡高判昭59・6・18判タ535号218頁など参照）。「物」自体についても、複合性・代替性・人格性といった種々の新たな要因が加わり、また、取引社会の需要に応じて、実質的な「担保」（債権の回収を確実ならしめるもの）として物権的効力を要求するものや、「信託財産」のように物の帰属のあり方にも大きな変容がもたらされている。取引上必要な合理的物権的権利で、その内容の明確さゆえに第三者に不測の損害を与えるおそれがなければ、これを否定すべき理由はない。それにしても、どのような財産的利益に排他的支配を認めるか、法律に定めのない物権を認めるとして、特に「公示」（ひいては第三者への対抗）の問題をどうするかは重要な課題である。

物権法定主義については、中尾英俊「物権法定主義」講座2物権(1)1頁以下（有斐閣、1984年）、契約による物権的世界の創出につき、能見善久「信託と物権法定主義-信託と民法の交錯」西原道雄先生古稀・現代民事法学の理論(上)（信山社、2001年）29頁以下所収、鳥谷部茂「現代取引と物権法定主義」椿寿夫先生古稀・現代取引法の基礎的課題（有斐閣、1999年）341頁以下所収、など参照。

【問題2】 貴女・貴君がいま使っている教科書や六法は、本当に君のものか（借りて使っている場合もあるかもしれないが、それなら、貸主は本当に所有者であったのか）。ある者がそれを奪いとって、「実はこれは私のものだ」と主張したとき、貴女・貴君は、それが自分のものであることをどうやって説明すればよいか。

守ってくれる法システムが何もないとき、「所有権」を完全に証明しつつ他者からの侵害を論理的に排除することは決して容易なことではない。せめて、代金を払って店から購入した商品については、自分のものとして安堵したい。そこで、取引の安全のために特別なルールが考案される。民法192条の動産の「**即時取得**」（**善意取得**）制度は、目的物が仮に売主以外の者の物

であったとしても、市場で購入した動産については、原則として（「盗品」の場合には特則がある）、過去のいきさつを洗い流して所有権を取得させる機能がある（原始取得させる）。しかし、これでも未だ安心するのは早い。書店で購入したことが証明できればよいが、レシートなど見あたらず、レシートがあっても、まさにその本が書店から購入したものであるかどうかは確実ではないからである。所有権の証明は、実に「**悪魔の証明**」である*。そこで、とにかく、それまで貴女・貴君がその教科書を自分のものとして平穏・公然と占有していたことが、事実として尊重されるような仕組みが必要となる。ここに特殊な物権としての「占有権」の出番がある。占有には、背後でそれを支える所有権などの本権の徴表となる機能が含まれているのである。古くは、占有権こそが、物支配の中心的な秩序維持機能を担っていた。

かくして、物権法には、**財貨の帰属秩序を確定し保護する機能**が認められる。人間にとってあるものが有用な「財・財貨」と観念されたときから、そのものの帰属先や利用のあり方をめぐって争いが絶えない。財貨の帰属秩序を安定させ、他者の侵害から守ることは、社会の平和にとって重要な課題なのである。債権法は、この財貨帰属秩序の上にたって、財産権を移転させるしくみであるが（**財貨移転秩序**）、財貨の帰属に関する秩序の基盤がしっかりしていないと債権法も成り立たない。つまり、社会生活は、その経済的側面についてみると、外界の「物」に働きかけて、商品を生産し、交換し、消費する活動で成り立っており、この活動を円滑に続けるには、誰が何を使用・収益・処分できるかを確定しておく必要があるわけである。物権法は、この要請に応えるべく、物に対する支配権の種類・内容、その発生・移転・消滅に関する規律を明らかにすることによって、財貨の支配に関する秩序を定めているということになる。

*【**所有権の証明と占有権**】 186条は、占有者の占有態様について、所有の意思を持って、善意で、平穏に、かつ公然と占有しているものと推定し、188条は占有について、占有物について行使する権利が適法なものであるとの推定をした上で、占有者を侵奪から守るための権利を付与している（198条〜200条［**占有訴権**］）。占有者はこの「**権利適法の推定**」を受けるため、「君が私のものでないと言うのなら、私のものでないということを証明せよ」と主張できることになる。物権の中で特殊な地位を占める占有権は、真の所有権等を保護するとともに、返還請求権等によ

る本権たる所有権等の権原（占有を正当化している権利）の防御方法としても機能している（歴史的には、こちらの方が占有権の本来の機能であった）。なお、当然ながら、この推定の効果は、権利の存在や帰属に関わるだけであるから、「いかなる原因でその権利を取得したのか」、「誰から取得したのか」といった権利の変動プロセスにまで及ぶわけではない（なお、後述のように「**金銭**」だけは別格で、192条以下の適用がなく、占有と所有が常に一致すると解されている）。なお、より一般的に、動産取引において占有権が果たす機能を論じたものに、生熊長幸「取引法における占有法の役割」椿寿夫先生古稀・現代取引法の基礎的課題（有斐閣、1999年）365頁以下所収、所有権と占有の関係を掘り下げて論じたものに、鷹巣信孝・所有権と占有権（成文堂、2003年）がある。古代ローマの占有権を中心とした秩序観については、木庭顕・法存立の歴史的基礎（東京大学出版会、2009年）、簡潔には同・ローマ法案内（羽鳥書店、2010年）141頁以下参照。

【**問題3**】　AがBから500万円を借りることになったが、Aには時価700万円程度の中古住宅以外にみるべき資産がない。Aには、他にも借金があるらしい。Bが、自分の貸した金員（貸金債権）を、他の債権者に優先して、期限に確実に回収するために何か方法はないか。

債権が、対人的権利として、その性質上、当事者間での相対的効力しか認められないとすると、Bと他の債権者とは常に平等な立場で債権回収にあたるほかない（Aが債務の全額を弁済できないときは、各債権者は債権額に応じて按分で回収することになる→**債権者平等の原則**）。債権の最終的引き当ては、Aの保有する財産（＝**責任財産**）であるが、裸の債権のままでは、他の債権者に自己の債権を優先させることはできず、結果として全額の回収が危うくなる事態を生ずる。そこで、Aの持っている財産である住宅の潜在的価値のみを、期限に債務が支払われない場合に備えて譲り受け（拘束し）、将来の処分権を手に入れて、これを所有権の一部（制限物権）として公示しておく方法が考えられる。つまり、所有者Aが持っている物に対する絶対的・排他的支配権の一部を手に入れることによって、他の債権者に対する優先権を確保するわけである。これにより、債権は、期限に確実に回収されるべく担保される。後述の抵当権の設定や不動産質権の設定は、まさにこのような意味を持つ。A所有の中古建物に被担保債権500万円の抵当権が設定されると、最終的に、この建物が差し押さえられて競売された場合、競落代金からBが

500万円を優先的に回収できることになる。かくして、物権の一部が、債権の保全に資するべく機能する。このような、物の処分に関する部分的権利の支配が、**担保物権**と呼ばれる。

なお、担保物権を利用して債権の保全・強化を図ることを含めて、近時では、財貨の帰属に関する静的な秩序維持以上に、財貨の動的な流れ（フロー）に対する社会的関心や重要性が高まっており、まさに「債権の優越的地位」＊が観察されることが多い。

> ＊ **【債権の優越的地位】** この表現は、我妻博士の研究に由来する（我妻栄・近代法における債権の優越的地位［有斐閣、1953年、初出は1927-29年］）。同研究は、不動産・生産設備・商品・貨幣などに対する所有権が、契約を通じて債権と結合することで次第にその支配的作用を弱めて債権に圧倒され、ついには不動産の債権的財産化、債権そのものの財産化、財産の担保化などを通じて、金銭債権が資本の主要形態となり、金融資本がその力を集中させていくという過程を描き出した記念碑的作品である。物に対する現実的支配権から「価値権」が独立し、財産法の世界で極めて重要な役割を演ずるようになるという洞察は、不動産や債権の「証券化」が進む現在の社会においても相当程度妥当している現象でもある。もっとも、「価値権」とされるものが具体的な物の交換価値や収益力等から完全に分離され得るかは、なお問題である。

(2) 経済分析からの一つの説明

ある希少な資源（＝財）と、複数の構成員が存在している場を想定し、この財が、誰にどの様に分配されるのが最も望ましいかという実践的問題を考えるとき、物権の意味が比較的明瞭になる。

社会全体としてみると、その財に最も効用を見い出す者（財の効用を最もうまく引き出せる者）がその財を手に入れることで私的効用の総和が極大化され、これが、資源の効率的利用という点で、一応「望ましい」状態となりそうである。法の経済分析では、しばしば、費用を最小に抑えつつ、効用の和を最大化する**「誘引」のシステム**として法秩序を眺めることが試みられる。分配方法としての制度的選択の可能性は次のとおりである（河上・入門第7章も参照）。

第1は、原始的闘争である。これも問題によってはあり得る合理的方法か

もしれないが（金銭的評価が不可能なほど財が個人の主観に依存しているときなど）、真にその財に最大の効用を見い出している者が最終勝利者になる保証がなく、武装・闘争コストが耐え難い。また、いったん勝利しても、奪い返されないよう目的物を人目に付かぬように隠すようなことをしていると財の有効利用も制約され、充分にその価値を引き出すことが難しい。逆に、全員が独占的帰属や配分を放棄して、「誰のものでもない」が「誰もが自由に使用・収益できる」とした場合には、途端に、目的物は、いわゆる「共有地の悲劇」にさらされて*、そのものの価値が壊滅的打撃を受けることもある（無秩序な天然資源の利用による環境問題を想起されたい）。

　第２は、全能のキングによる最も望ましい配分・帰属先決定の方法がある。そこでは、財の長期的・安定的保持の保障が、キングの権威と力によってもたらされる。キングは構成員の中から、その財を最も有効に利用でき、価値を実現できるであろう者を選び出し、適切に分配しなければならない。キングにとって、この作業は容易でなく、情報の収集・分析・評価の段階で大きな費用がかかる。そして、いつの世も、全能で公正なキングは、なかなか望めない。かような方法が適当な財や全体的調整が不可避な場面（管理コストが大きいにもかかわらず人々の生活に必需の財など）があることは否めないが、結局のところ、富の不公平かつ恣意的な分配や、因習や封建的社会構造が矛盾を拡大していく場合もある。

　第３は、とにかく構成員のある者に一定の財を所与のものとして与え、その者に、その時点での財に対する絶対的支配権（私的所有権：使用・収益・処分の権利）を認め、他の誰もがそれを侵害してはいけない、というルールを定め、あとは市場での自由な交渉や取引に委ねてしまう方法である。交渉と取引を繰り返すことによって、その財に対してより大きな価値・効用を見い出す者が取引を申し出て財の新保有者となり、さらにより大きな効用を見い出す者が、有利な取引条件で取引を申し出てこなくなるまで、この調整過程（＝一種の模索過程）が継続する。最終的には、最も大きな効用を見い出す者の手に財が落ちつくことになる（均衡状態）。つまり、各人が自己の選好に従った私的効用の最大化を狙って自由に行動することにより、全体として社会が最大の利益をもたらすような均衡状態へと向かうと期待されるわけであ

る。ただ、この「神の見えざる手」による均衡への仕組みがうまく機能するには、まずもって、財に対する支配権の主体や内容が明確であり、他からの侵害に対して充分保護され、加えて、交渉や取引に制約がなく、取引に要する費用が充分に小さい市場の形成が要求される。

　自由主義的経済市場は、この第3の道を選択していると考えることで、近代市民法ルールの説明がある程度可能である。私有財産制を前提にして、**「物権法定主義」**や**「物権の公示性」**が取引対象となる権利と所在を明らかにし、権原保有者には自由な使用・収益・処分と他からの侵害に対する救済手段としての物権的請求権が与えられる。公示の要請は、テレビ塔の頂上にある赤ランプのようなもので、他の者が不用意に衝突してこれを侵害しないようにという警告を発する役割を果たしている。他方、契約自由の原則と「約束守るべし」という行動規範によって、スムーズで自由かつ確実な財の移動が図られ、「市場」では、もっぱら「価格」という単純化された共通の評価シグナルによって、財の価値が判定し易いよう工夫されるというわけである。

　もちろん、初期分配の不公正さの問題は常に残るだけでなく（経済的弱者・強者）、市場での取引費用も決して小さくはなく、かえってそれを増加させるような要因もある。市場での契約自由は、その意味では、ある種のフィクションでしかない。そして、社会における**「富の最大化」**が真のゴールであるかにも議論の余地があることは確かである。しかし、概ね、経済的合理性や効率化が、社会にとって好ましい方向をもたらすであろうことについては異論はないため、問題は、それを実現するための規制と自由の組み合わせにかかっている。

　＊【共有地の悲劇】　分配が管理されていない共同所有地では過大な土地利用を誘発し、乱獲の原因となることは、「共有地（コモンズ）の悲劇」(Hardin, 1968) として知られる。そこで、権利（私的所有権）の形で分配が固定的に管理されることで、維持・管理努力へのインセンティブが与えられ、収穫と費用のバランスが保たれて効率的な土地利用が達成されると考えられる。もっとも、ことは単純ではない。詳しくは、クーター＝ユーレン（太田勝造訳）・法と経済学［新版］（商事法務、1997年）第3章、太田勝造「所有制度の創発と物権・債権の区別についての覚書」加藤雅信ほか「特集・財産法理論の展開」ジュリスト1229号95頁以下（2000年）、瀬下博

之＝山崎福寿・権利対立の法と経済学（東大出版会、2007年）3頁以下など参照。より一般的には、前掲・ジュリスト特集、同・私法65号54頁以下（2003年）。加藤雅信・『所有権』の誕生（三省堂、2001年）も興味深い。

(3) 物権と債権の比較

(a) 物権・債権の性質

「物権」の意味や特徴は、「債権」と対比してみると分かりやすい。

確かに両者の違いは、あくまで理念的なもので、厳密に割り切れない面がある。しかし、「物権的」・「債権的」という表現を用いることで一定の権利の性質を包括的に叙述することができるだけでなく、法的評価軸を提供することが可能となる。ある物に対する「所有権」と、特定の人に対する「金銭債権」あたりを念頭に、その特徴を整理すれば次のとおりである。

① **対物の直接的権利**　物権は、対象となる目的**物に対する直接的支配権**（対物の権利）であって、その実現に他人の意思や行為を介在させる必要がない。物に対する円満な支配が妨げられているときは、それだけで（相手方の主観的態様などを問うことなく）、妨害を除去して、物権の内容を実現する権利（**物権的請求権・物上請求権**）が生じる。妨害の態様によって、物権的返還請求権・物権的妨害排除請求権・物権的妨害予防請求権などが考えられる。これに対し、債権は、特定の人（債務者）に対して特定の行為（給付）を請求する権利ないし法的地位（対人的・相対的権利）であって、特定の債務者に向かってのみ給付を求め、受領した給付を保持し、必要に応じて債権を執行する権能などが含まれているに過ぎない。

② **絶対性**　①の結果、物権は万人に対して主張できるという意味で絶対的性格・対世的効力を有し、債権は、特定の人（→債務者）に対する権利として、相対的性格・対人的効力を有するとされる。「**所有権の絶対効**」と「契約の相対効」を想起するとよい（なお、所有権が消滅時効にかからないことを「所有権の絶対」と表現することもあるので注意されたい）。

③ **排他性**　物権が、①②のような絶対的性格を持つ以上、同一物の上に互いに相容れない内容の物権が同時に二つ以上成立することは、原則としてできない（**排他性〔一物一権主義〕**）。これに対し、債権には、排他性がな

く、同一内容の債権が複数同時に存在しうることになる。例えば、既に結ばれた出演契約と同一日時に歌手Aが、別の場所で歌うという出演契約を結ぶことも可能であり、同じ日時の特定の座席の観覧契約を劇場と複数の客が結ぶことも可能である（ダブル・ブッキング！）。結果として、一方につき履行が不能となってしまい歌手や劇場が相手方に対して損害賠償責任を負うことがあるとしても、契約としては、いずれも有効に成立する。

④ **特定性**　物権は、何について、いかなる内容の権利であるかが特定していないとその効力を発揮できない。しかし、債権の場合は柔軟であって、不特定な目的についてでもひとまずは債権として観念することが可能であり、あとは「**特定**」の問題として論じられうる。「〇〇ビール1ダース」を注文しても、特定して、引き渡しを受けるまで、注文者（＝債権者）は完全に「自分の物」とまではいえない。

⑤ **優先性**　物権の場合、排他性があることから、原則として先に成立した方が優先する結果となる。抵当権などの担保物権はこの性格を利用した債権保全手段であって、後から抵当権の設定を受けた後順位の抵当権者らとは、優先劣後の関係に立つ。これに対し、特定債務者に対する相対的権利でしかない債権者同士の関係は平等であり（**債権者平等の原則**）、原則として、いずれかが優先するというわけでもない。

⑥ **追及性**　物権は、万人に対して主張できる権利であるから、目的物がある者から他人の手にわたっても追いかけていける（＝物権を主張できる）ことになり、**追及性**があるなどといわれる。例えば、抵当権付きの不動産が第三者に譲渡されても、抵当権者は抵当権を第三者の下で実行することができる。これに対し、債権の場合には、相対性からの帰結として、別の者に責任を問うことができず、追及性がない（債権保全のために法が特別に認めた場合だけ可能である）。したがって、書店で注文が競合していたような場合、別の購入者に向かって「その本は、私が先に注文したものだから私によこせ」とは言えない。

⑦ **譲渡性**　物権は人を介しない直接的支配権であるから、物権保有者の意思によって自由に譲渡できるのが原則といわれる。ただ、この点は、所有権については当然としても、制限物権については必然ではない。条文上は、

永小作権に関する272条のみが譲渡性を明定しているが、物権の性質から、他物権（他人の所有物の上の物権≒制限物権）一般にもこのように解されている（物権の本性というより物権契約で予め認められている権能だからというべきか）。債権についても譲渡可能性が肯定されてはいるが（466条参照）、決して無制限ではない（612条など）。債権は、人と人を繋ぐ法鎖であり、そこでの人的要素や信頼関係・信用の有無などへの配慮が、無制限な譲渡を牽制しているのである。

⑧　公示の要請　物権が絶対的・排他的・直接的支配権であるとすると、不用意に他人の物権を侵害することのないよう、その存在や内容が、周囲の者に予め明らかにされている必要がある。物権法定主義と**公示の要請**を満たすことが常に求められる（公示の原則）。これに対し、債権は、契約自由の原則によって、当事者間で自由に契約内容を形成できるだけでなく、とくに第三者の利害に直接関わることがない限り、公示の必要もない（情報環境整備の問題は残る）。

⑨　強行性　物権法の諸規定は基本的に**強行的性格**を有し、その内容を、当事者が自由に決めることができない（物権法の強行規定性）。債権法の諸規定が、原則として当事者の合意がない場合の補充的な規定（任意規定）であるのと対照的である。

⑩　目的性　通常、債権と物権は「手段と目的」あるいは「原因と結果」という関係に立つ。つまり、債権者は、売買のように債務者との債権債務関係を通じて他者の物権（財産権）と関わりあい、その内容の変化をもたらす原因となるが、物権は、そのような債権行為の結果に過ぎず、中間項として人間（債務者）による給付を介在させることなく、直接に物に対して有する一定の権能として立ち現れることになる。

(b)　物権行為・債権行為

債権が、物権の帰属や内容について変化をもたらす原因となることは上述のとおりであるが、それ以外に、このような物権の得喪変更という変化（＝物権変動）をもたらすことを直接の目的とする法律行為を、「**物権行為**」あるいは「物権契約」と呼ぶことがあるので注意を要する。たとえば、「引渡

表1-1 【物権と債権】

物権の性質	債権の性質
①物に対する直接的支配権［対物権］（他人の意思・行為を介さない）〈使用・収益・処分の実現〉	①特定の人に対して特定の行為（給付）を請求する権利［対人権］〈請求力・給付保持力・執行力〉
②絶対性（万人に対する対世効）＊	②相対性（債務者に対する対人効）
③排他性：同一の物の上に互いに相容れない内容の物権は同時に2つ以上成立することができない	③排他性なし（同一内容の債権が複数同時に存在しうる）→一方につき履行不能→損害賠償
④特定性	④不特定でもひとまず可→「特定」の問題
⑤優先性（原則として先に成立した方が優先する、抵当権など債権保全手段に）	⑤優先性なし（債権者平等の原則）
⑥追及性あり（他人の手にわたっても主張できる）	⑥追及性なし（相対性からの帰結）
⑦譲渡性（cf.§272）	⑦譲渡は無制限ではない（cf.§612）
⑧物権法定主義＋公示の要請	⑧契約内容形成自由の原則
⑨強行性	⑨任意性
⑩財産移転の目的・対象［静的状態］	⑩財産移転の原因・手段［動的関係］

＊所有権が消滅時効にかからないということを「所有権の絶対性」ということもある。

し」や「移転登記手続」を伴う所有権移転行為や地上権設定行為・抵当権設定行為などがこれである。これに対して、当事者間に債権・債務の関係を生じさせるだけの法律行為は、「**債権行為**」と呼ばれる。そのため、たとえば「売買で所有権が移転する」という場面でも、債権行為である売買契約から導かれる債務内容は、財産権たる所有権を移転するという給付義務であって（555条参照）、物権変動である「**所有権の移転**」が売買契約から直ちに生じるかどうかとは一応別問題である。これについて、立法には二つの立場があり、物権変動では、債権行為とは別に物権行為を必要として両者の関係を峻別する立場（ドイツ法など）と、意思表示だけで物権変動を生じるものとして特に物権行為を独自に観念するまでもないとする立場（フランス法など）があり、わが国はフランス法の流れを汲んで物権行為の独自性否定説に立脚

している（176条参照。物権変動における意思主義として、後に学ぶ）。

　(c)　物権・債権の峻別と限界

　実は、以上に述べた物権・債権の観念は理念型であって、このとおりに、きれいに分類できるものではない。「物に対する直接的権利」といってみたところで、結局は、「その物に関して他の人々に対して何が主張できるか」が法律問題となるのであるから、性格的には、物権も「債権の束」（**物権は万人に対する全方位的不作為請求権の束である**」[Windscheid]）と観念した方がぴったりくる場合が少なくない。また、物権概念は決して硬直不変のものではなく、一定の可塑性を有しているというべきであろう。おそらく、社会の複雑・多様なニーズに合わせて、所有権（これも多くの制限に服する）以外の物権に関しては、物権と債権の相互乗り入れや優先権の再分配が一層進展するものと思われる（信託財産をめぐる法律関係は、その典型である）。

　さらに、物権の絶対性・排他性も必ずしも貫徹されてはいない。後に述べるように、第三者対抗要件を備えていない物権は、物権であるにも拘わらず完全な排他性がなく、先に対抗要件を備えた第三者に劣後する。担保物権である一般先取特権などは物権の一つであるのに、絶対性も排他性もなく、一定範囲での優先弁済権が認められるのみであり、留置権に至っては目的物の価値を支配するというより、実質的には双務契約における「同時履行の抗弁権」（533条）にも似た一種の抗弁権的機能を果たしているに過ぎない。

　逆に、債権もまた、一種の保護法益と認められて、第三者からの債権侵害に対して一定範囲で不法行為法による保護が与えられている（故意の債権侵害など）。また、不動産物権を取得することを目的とする債権は、順位を保全するための「仮登記」（不登105条、効力につき同106条参照）を備えることによって、物権の効力を先取りする形で、事実上の排他性を獲得する。さらに、不動産の賃借権は、その性質上、債権ではあるが、「借地借家法」などによる保護の強化によって、物権たる地上権とほとんど差が無くなっている（**賃借権の物権化**）。

　以上のように、物権の保有と債権の保有とは実際問題として差を縮めている。

しかしなお、無視できない違いもある。第1に、物権保有者は、契約関係を離れた第三者に対する関係で、目的物の価値権や利用権の把握を原則として保障されているということであり、単なる債権者にはこうした保障が弱い。第2に、物権保有者は、常にその物権の範囲での価値の把握を保障されているのに対し、債権者は債務者の資産状態によって債権の価値を100％実現できるとは限らない。債権の価値は、最終的に債務者の責任財産によって裏打ちされているに過ぎない。したがって、債務者が破産した場合、物権保有者は何等影響を被らないが、最終的引きあてを債務者の責任財産に依存している一般債権者は債務者の資力不足のリスクを負担せざるをえない。こうしてみると、物権・債権の違いは、演繹的に導かれるというよりも、財を効率的に利用するために、保有者にいかなる救済手段を付与するのが望ましいかという効果面から機能的・政策的価値判断によって定まるようにも思われる。

　　＊【文献など】　物権・債権の峻別については、佐賀徹哉「物権と債権の区別に関する一考察（1～3完）」論叢98巻5号、99巻2号、99巻4号（1976年）、同「物権と債権の区別に関する一考察——フランス法を中心に」私法40号148頁（1978年）、赤松秀岳・物権・債権峻別論とその周辺——二十世紀ドイツにおける展開を中心に（成文堂、1989年）、森田宏樹「物権と債権の区別」新世代法政策学研究17号45頁以下（2012年）、加藤雅信ほか「特集・財産法理論の展開」ジュリスト1229号95頁以下（2002年）（加藤雅信・樋口範雄・太田勝造・瀬川信久・松本恒雄諸教授の論稿が収められている。とくに瀬川「物権・債権二分論の意義と射程」前掲104頁以下参照）、加藤・大系Ⅱ第3章、債権侵害との関係では、吉田邦彦・債権侵害論（有斐閣、1991年）第1章、などが興味深い。

(d)　具体的には？

　以上の前提知識の下で、具体的に、A所有地上に、B銀行からSが融資を受けて建物を建築し、これをMに賃貸しているという場面を想定して、物権・債権の関係状況を見てみよう。

　問題の敷地所有者はAである。Sがそこに自己の建物を建築して保有するには、Aから敷地利用権を手に入れる必要がある（さもなければ、他人の土地上に自己所有物が権原なく存在する状態は不法占拠→物権の侵害となる）。AからSが敷地利用権を手に入れるには、AS間で土地の賃貸借契約を締結する（→債権関係の形成）方法と、土地所有権の一部である地上権を設定してもらう（→物権契約）方法がある。敷地上にSが建築した建物は、Bの融資を受

けている（金銭消費貸借に基づく債権債務関係にある）とはいえ、Ｓの所有物である。Ｓは、当該建物を自由に使用・収益・処分する権利（物権：所有権）を有し、ＳＭ間での建物賃貸借契約（→債権債務関係）によって賃料収入を得、Ｍは、借家人となって当該建物と敷地を利用（直接占有）することができる（Ｓは敷地の間接占有者である）。つまり、ＡＳ間の土地賃貸借関係、ＳＭ間の建物賃貸借関係は債権関係として構築され、それぞれ賃貸人に対して賃借人が賃料を支払うことと引き換えに、目的物を「契約目的に従って利用させること」を求める状態債務を発生させている。他方、土地・建物の所有は、物に対する直接的支配たる物権として、その帰属が確定される。もし、ＡＳ間で地上権を設定した場合は、Ａが所有者であると同時に、Ｓが地上権という制限物権の保有者となる（Ａは物権上の制限としてＳの利用を甘受すべき立場にあるが、債務を負う状態とは一応区別される）。このとき、Ｓ所有建物によるＡ所有地の「占有」や、Ｍによる建物の「占有」もまた、物権の問題である。Ｍによる敷地の占有・利用は、少し回りくどいが、建物を通じてのＳの敷地利用権を、Ｍが代理している（代理占有）と考えることになろう。さらに、Ｂ銀行が、Ｓに対する建築資金の融資に際して、将来の債権回収の確保のために、Ｓ所有建物に抵当権をつけると、Ｂ銀行が建物に関する担保物権保有者であり、もしＳが融資による貸金返還債務の弁済を怠ると、担保権が実行され、最終的には建物所有権が第三者（競落人）の手に移る結果となる（非占有担保としての抵当権の性質上それまでの使用・収益権は所有者たるＳにとどまっている）。また、この建物をＳがＰに売却・譲渡するような場面に展開したとすると、物権関係では、ＳからＰへの抵当権付き建物の所有権移転が問題となり、債権関係ではＳの賃借権譲渡の有効性（地上権の場合は、地上権付き建物が移転するのみである）、Ｍの賃借権の第三者Ｐへの対抗問題へとつながっていく（結論から言えば、特別法の保護等によって、一定の要件下で「売買が賃貸借を破る」ことはない［606条、借地借家10条参照］）。

　このように、種々の法律関係の展開は、債権関係と物権関係の両面からながめていくことで、適用されるべきルールや、問題の全体像を把握することが可能な仕組みになっている。

2　物権の客体

(1)　特定・独立の有体物

　民法における物権の「客体（目的物）」は、日常用語でいう「**財産**」より狭く、法律上の排他的支配や処分の禁止されていない**特定・独立の有体物**に限定される（85条参照）。技術的にも、排他的支配が可能であり、経済的にも、交換価値または使用価値があることが前提となるためである（詳しくは、総則における「物」に関する議論に譲る。河上・総則講義第4章を参照）。

　民法上の「物」は、大きく不動産と動産に分かれてその扱いを異にするが、物権の客体が必ずしもこれに限られないことは、例えば権利質における「権利」（362条1項）、抵当権の対象としての地上権や永小作権（369条2項）な

表1-2　【不動産と動産の比較】

不　動　産	動　産
・土地およびその定着物(建物など)	・不動産以外の「物」
・物権の公示方法・対抗要件としての登記（177条）［不動産登記法］	・物権の公示方法・対抗要件としての占有・引渡し（178条）
・不動産登記には公信力*がない（「無権利の法理」が妥当する）	・動産の占有には公信力があり、即時取得できる（192条）
・不動産には、物権編に規定された全ての物権が成立する	・動産には地上権・永小作権・地役権などの用益物権や抵当権が原則として成立しない
・成年被後見人・被保佐人の取引制限がある（13条1項3号、864条）	・成年被後見人・被保佐人の取引制限は、重要な動産に限られる
・無主の不動産は国庫帰属する（239条2項）	・無主の動産は先占者に帰属する（239条1項）
・建物・立木は不動産に属する	・無記名債権は動産とみなされる（86条3項）
・不動産執行（民事執行43条～111条）	・動産執行（民事執行122条～142条）

　＊公信力＝権利が存在すると思われる外形的事実（公示）がある場合、その外見を信じて取引をしたものを保護するため、その者のために当該権利が存在するものとみなす考え方。

どからも明らかである。その意味では、およそ独立の財産的価値があり、そのものの上に排他的支配を及ぼすことが可能で、一定の公示手段があれば、物権の対象となりうる（より広く「**資産（patrimonie）**」の概念を導入しようとするフランス法の動きにつき、片山直也「財産——bienおよびpatrimonie」北村一郎編・フランス民法典の200年（有斐閣、2006年）177頁以下も参照）。

それ以外にも物理的な量を持った電気・熱・電波・放射線エネルギーなど、明らかに経済的価値を有し、商品として生産・流通するものが多く存在するし、情報のような無形の財も少なくない。しかし、それらに対する支配権を「物権」として物権法の諸規定に服せしめることには多くの技術的限界があることから、民法上の「物」とは一応区別し、それぞれに固有の登録制度等を整えた上で、法的保護を与えるという制度設計が進められている（特許権・著作権などの無体財産権など）。もちろん、その場合にも、民法における物権法の発想やアナロジーが用いられることが多い。

(2) 物権の客体と公示

以下、公示方法との関係で、「物」の単位性・独立性について、説明を若干補足する。

① 土地　土地は、人為的に区切った一区画を「**一筆（いっぴつ）**」と呼び、それぞれに一用紙の登記簿を作成して公示のための手段としている（物的編成主義［ドイツ型］）。詳細は、**不動産登記法**（明治32年法24号、全部改正平成16年法123号［最終改正平成23年法53号］）によって定められている。

「一筆の土地」は、あくまで人為的な区画であり、必要に応じて統合・分割（合筆・分筆）することも可能である。また、一筆の土地の一部が、ひとまとまりの独立した利用対象となっている場合は、一筆の一部といえども売買の対象となることが認められており（最判昭和30・6・24民集9巻7号919頁）、その部分についての時効取得もありうるとされている（大連判大正13・10・7民集3巻476頁）。また、土地によっては、一筆の土地の「構成部分」か、土地の「一部」か判然としない場合もあるが、その独立した経済的効用＊と排他的支配の可能性などから判断するほかない。**海面下の土地**も、場合によっては土地性が肯定されることがある＊。

＊【土地の経済的効用】　土地の財としての価値は、その場所と利用形態によって異なる（農地・宅地・事業用地・観光資源など）。不動産というものは、その単なる保有が価値を生むわけではなく、そこから得られる果実（資本や労力を投下することによって得られる農産物・居住利益・生産利益・営業収益・観光収益など）でその価値を実現する。してみると、土地の価値と考えられているものは、実際のところ「一定空間を一定期間利用することによって得られる便益・収益の集積」であり、かかる効用を引き出す対象として、物権の目的となっているのだといえよう。ちなみに、「石ころは、不動産たる土地か動産か」と問われれば、不動産の構成部分というほかない（ただし、一定の鉱物は「鉱業法」による規制を受ける）。「ほら穴」や洞窟は、不動産の一部であり、壁面と合わせて独立の支配対象ともなろう。

＊【海面下の土地】　海面下の土地については興味深い判例がある（最判昭和61・12・16民集40巻7号1236頁）。それによれば、原則として「海は、社会通念上、海水の表面が最高潮位（春分・秋分の日の満潮位を基準とするのが行政解釈）に達したときの水際線をもって陸地から区別される……公共用物であって、国の直接の公法的支配管理に服し、特定人による排他的支配」が許されないから土地ではない。しかし、例外として、海も「国が行政行為などによって一定の範囲を区画し、他の海面から区別し……排他的支配を可能にし……公用を廃止して私人の所有に帰属させる……措置をとった場合の当該区画部分は土地に当たる」との一般原則が示された。結果的には土地性が否定され、時効取得もあり得ないとされたが、抽象的には海面下の土地でも土地性が肯定される場合があることを認めている。判断の決め手は、公用廃止もしくは埋立許可された部分について、他の土地や海面との区別可能性・排他的支配可能性・財産的価値などの有無にあると考えられる（最判平成17・12・16民集59巻10号2931頁も参照）。したがって、人工海面や海上都市などについても、一定の範囲で土地性が肯定されることになる（幾代通「海面下の土地と所有権──田原湾訴訟」ジュリスト882号86頁［1987年］など）。より一般的に、鎌田薫ほか「不動産とは何か（5・完）」ジュリスト1337号62頁以下（2007年）も参照。

②　建物　建物は、通常は「**一棟**」が単位であるが、独立した建物としての構造を持っている場合には「一棟の一部」でも一個の建物と見られ、逆に、独立の別棟でも付属的施設［納屋・湯屋・厠など］を母屋に含めてひとまとまりと観念する場合がある。建物は、一個の建物ごとに「建物登記簿」を備えて公示手段とする（不動産登記法44条以下）。土地と同様に、分棟・合棟もありうる。ちなみに、工場施設等は、「ひとまとまりの物」として抵当目的物となる（工場抵当法［明治38年法54号］）。

家が建築されるプロセスにおいて、いつの時点で「建物」と呼べるように

なるのかは一つの問題であるが（鎌田薫「不動産たる建物」奥田ほか・判例講義民法Ⅰ49頁）、屋根をのせて周囲を粗壁で囲んだ程度でもよいとする判例がある（大判昭和10・10・1民集14巻1671頁）。独立した居住や支配・利用の可能性を勘案して、個別に、独立の建物か否かが判断されるわけである（民法判百Ⅰ12事件［田高寛貴］、荒壁の仕事に着手したか否かも判然としない状態で否定した例として大判昭和8・3・24民集12巻490頁＝不動産判百3事件［安永正昭］参照）。不動産登記実務では、外気分断性・定着建造物性・人貨滞留性が求められている（不動産登記規則111条参照。判例よりやや厳格か）。

　ちなみに、土地と独立して建物を一個の不動産と観念するわが国の制度は、比較法的にはめずらしいもので、諸外国では敷地と建物が一体として扱われる場合が少なくない。借地上の建物保護の問題や、抵当権の実行によって土地・建物が別々の所有者に帰属した場合の**法定地上権**（民法388条）といった問題は、こうした法制度に由来している（歴史的に、わが国の建物は動産的ですらあった［家には足がある！］）。

　③　**立木**　立木は、原則として土地の一部に属するが、**立木法**（明治42年法22号）に基づいて、登記を備えることによって独立に抵当権を設定できる対象となる（同法2条2項）。また、いわゆる**「明認方法」**をとれば、独立した取引対象として、その所有権を第三者にも主張できる。針金を通したプラスチック・プレートにマジックで名前を書いておくといった簡便な明認方法がとられることもある。未分離の果実も、土地と分離して独立の取引対象となりうる（果実については民法88条、89条参照）。

　④　**動産**　動産（不動産以外の物）は比較的問題が少ないが、支配の対象として眺めた場合、物は、その置かれた状態・状況によって相関的にその独立性が判断されることに留意する必要がある。例えば、自動車とタイヤでは、タイヤを購入するときは独立の動産として購入するであろうが、自動車につけてしまえば、一台の自動車という動産の一部となる。また、ワンセットで効用を発揮する物（コーヒー・カップと受け皿など）は、同一の法律的運命に従わせることが望ましい。そこで、当事者が反対の意思を示さない限り、なお独立性を有する「従物」も「主物」と一緒に処分されたことになる（87条2項参照）。土地・建物に関連して、抵当権の及ぶ範囲として、しばしば

問題になる。さらに、革がなめされて靴になると、もとの動産たる革は、別の新たな動産（靴）に生まれ変わる（→加工）。動産であった建築資材は、建物の一部となって不動産である建物に吸収されていく。これらは、附合の問題として後に学ぶ。

　動産の公示方法は、基本的には引渡しの有無や占有状態によるが、船舶・航空機・自動車など特別な**登録制度**を有するものについては、登録が公示手段として利用されている（船舶法［明治32年法46号］、小型船舶の登録に関する法律［平成13年法102号］および船舶登記規則［平成17年省令27号］、航空法［昭和27年法231号］および航空機抵当法［昭和28年法66号］に基づく航空機登録令［昭和28年政令296号］、道路運送車両法［昭和26年法185号］ならびに自動車登録令［昭和26年政令256号］に基づく自動車登録規則［昭和45年省令7号］および自動車抵当法［昭和6年法15号］など）。

3　物権の効力

　上述のように、物権は、特定の物に対する対世的な排他的支配権であることから、一定の優先的効力が認められ、その円満な支配が妨害されている場合には、その妨害除去権能が認められる。具体的な効力については、各々の物権に関して説明することとし、ここでは一般的説明にとどめよう。

(1)　物権の優先効

　優先的効力は、(i)物権相互間において「先に成立し、対抗要件を備えた物権が優先する」ことが原則となり（例外は先取特権に関する329条〜331条、334条、339条）、(ii)債権との関係で物権が優先するという形で現れる。

(a)　物権相互の優劣

　物権相互の優先劣後のあり方は、成立の原因となる債権に排他性がないことから、もっぱらそれぞれの物権の成立が客観的に確認される方法（公示）を通じて判断される仕組みが用意されている。したがって、時間的に、ある不動産について第1売買と第2売買がなされたとしても、必ずしも第1売買

が優先するわけではなく、先に公示手段（登記＝対抗要件）を備えた者が優先する結果となる。ただし、将来の物権移転請求権であっても、仮登記によって保全されると、それが本登記されるまでに生じた物権に優先する（不動産登記105条、106条）。無論、物権にも公示に適さないものがあり、占有権や留置権のように、占有や留置という事実によって他の物権の行使に優先する場合もある。また、先取特権のように、それぞれの物権と債権との密接な関係から政策的に優先権を認めているものについては、成立や公示の先後で優劣を決めるのではなく、法律によって優先関係が定められている場合があるので、注意を要する。

(b) 債権と物権の優劣

債権は対人的な給付請求権でしかなく、排他性がないため、一般の債権者は特定の物の支配に関して物権保有者に劣後せざるをえない。債権者と物権保有者の利害関係が現実化するのは、結局のところ債務者の責任財産が債権の総額に満たない場合（無資力）であるが、このとき、物権保有者が債権者に優先する。したがって、債権関係の変化に関わらず、所有権者・用益物権保有者は引き続き当該目的物についての権利を享受し得るだけでなく、破産時には取戻権（破産62条以下）、強制執行に対しては第三者異議（民事執行38条）を提起できるなど（担保物権の別除権につき破産65条、優先配当請求につき民事執行87条、133条など参照）、優位な立場にある。ただし、**差押債権者**や**破産債権者**は、一般債権者とは異なり、当該目的物に関する物権の変動に新たな利害関係を有する「第三者」といえることから、物権保有者といえどもそれらの者との関係で対抗要件を備えておく必要を生じ、優先的効力の成否は対抗力の有無にかかる結果となる。

(2) **物権的請求権**

(a) 物権的請求権の態様

物権の効力としての妨害除去権能は、「**物権的請求権（物上請求権）**」として認められており、物権の内容実現が妨げられている態様に応じて、物権の保持・保全・回収に向けられた妨害排除請求権、妨害予防請求権、返還請求

権（占有訴権に関する198条～200条参照）という請求権に具体化される。判例は、物権的請求権を、「所有権の一作用」（大判大正5・6・23民録22輯1161頁）あるいは、「物権の効力として発生する請求権」（大判昭和3・11・8民集7巻970頁）と説明している。

とはいえ、実は、民法典には、物権的請求権に関するまとまった規定がない。旧民法には明文規定が用意されていたが（財産編第1部物権36条、67条、136条）、起草者はその存在を「自明のこと」として原則規定を省略し、例外的に、それが否定・制限される場合（302条、333条、353条）、相隣関係上の特殊状況下での規定（215条、216条、233条、234条、235条など）、占有訴権との関係（202条）、物権的返還請求権に応じる占有者の権利・義務に関する規定（189条～191条、196条）を定めるに止めた。

この物権的請求権が、いかなる性質のものであるかについては、かつて債権説・準債権説と物権効力説の対立という興味深い議論があった（具体的な学説については、舟橋・物権39頁以下、新版注釈民法(6)108頁以下［好美清光］など参照）。しかし、物権的請求権が物権から派生する権利実現のための手段的権利であって、物権から離れて独自にその消長や移転を語ることができないとすれば、債権とのアナロジーを論ずる意味はなく、ここでは立ち入らない。

物権からの派生的権利として物権的請求権が認められるとして、その効果としての目的物の返還請求（または取戻し）行為、妨害排除行為、妨害予防行為は、一体誰によって、誰に対して、誰の費用で行われるべきかは、それぞれ問題たり得る。以下に敷衍しよう。

(b) 物権的請求権の内容と当事者
① 物権的返還請求権　物を占有する権原を有する物権者が目的物の占有を失った場合、その返還（引渡し・明渡し）を求める権利を「**物権的返還請求権**」という。他人の所有地上に妨害建築物を構築している者がある場合、その妨害物の収去請求もまた返還請求の内容をなす。請求権者は、占有を失った物権者である。したがって、抵当権のように、目的物の占有を内容としない物権の場合には物権的返還請求が認められないのが原則である（ただし、

最大判平成11・11・24民集53巻8号1899頁は、傍論ながら、第三者の不法占有によって優先弁済権の行使が困難となるときには抵当権に基づく妨害排除請求も認められる場合があるとし、最判平成17・3・10民集59巻2号356頁では正面からこれを認め、さらに進めて自己への明渡しをも肯定するに至った）。ちなみに、不法行為者・不法占拠者は、177条・178条の（対抗要件の欠缺を主張する正当な利益を有する）「第三者」ではないから、請求者が物権を有することについて対抗要件を備えていなくともよい。

　返還請求の相手方は、現に、その物を占有することによって違法に物権者の占有を妨げている者である。その者自身が侵害行為の惹起者であることも、責任能力の存在も、故意・過失その他の主観的要件も必要ではない。事実として、その物を直接・間接に占有している者（ただし、占有補助者・占有機関は独立の占有を有していないので相手方にならない）を相手取ることになる。無権原で建築された建物について、建物収去・土地明渡請求をするような場面で、実際の建物所有者と登記名義人が異なる場合には、実際の建物所有者を相手取る必要があるとするのが従来の判例である（最判昭和33・6・17民集14巻8号1396頁、最判昭和47・12・7民集26巻10号1829頁）。しかし、登記名義人以外に現実の所有者を捜し出すことは必ずしも容易ではなく、所有権の譲渡を口実に明渡義務を容易に免れる結果にもなりかねないことから、引き続き登記名義を保有する者についても被告適格を認めて明渡義務を課すことが、多くの場合に、公平に適い、適切でもあろう（最判平成6・2・8民集48巻2号373頁＝判百Ⅰ47事件［横山美夏］参照）。

　②　**物権的妨害排除請求権**　　占有の侵害・抑留以外の方法で物権が違法に妨害されている場合に、その妨害の除去や妨害行為の停止等を求める請求権を「**妨害排除請求権**」という。占有が部分的に妨害されている場合には排除請求権、全面的に妨害されてしまえば返還請求権によることになろうか。請求権者は、現に物権の権利内容の実現を妨害されている物権保有者である。

　妨害排除請求の相手方は、現に違法な妨害状態を生じさせている者もしくはその妨害状態を除去することのできる者である。相手方は、自ら妨害状態を惹起した者である必要はなく、責任能力、故意・過失といった主観的要件も問題とならないこと、返還請求の場合と同様である。そうなると、A所有

の動産（たとえば自転車）を無権限で持ち出したＢが、それをＣの所有地に放置していったような場合、妨害状態を惹起したのがＢであるとしても、現時点で、Ｃの土地について違法な妨害状態を作出しているのはＡ所有の動産であることから、Ｃは、ＢではなくＡに対して妨害排除請求をすべきことになる（大判昭和５・10・31民集９巻1009頁）。このとき、ＢがＡやＣに対する関係で不法行為責任を負い得るとしても、そのことは物権的請求権とは別問題である。また、Ａが、自己所有の自転車の返還請求をする相手方がＣになる場合があることにも留意する必要がある（この問題は、後述の費用負担問題に還元される）。

　③　物権的妨害予防請求権　　物権に対する違法な妨害状態を生ずるおそれが強い場合、その原因を除去して妨害を未然に防ぐ措置を講ずるよう請求する権利を、**物権的妨害予防請求権**という。妨害をしないようにとの不作為請求ばかりでなく、危険の発生を防止するための予防工事などの作為請求を内容とする場合もある。請求権者、相手方については、妨害排除請求の場合に準じて考えることになろう。

　(c)　物権的請求権と費用負担
　次なる問題は、「物権的請求権の実現に要する費用負担者は誰か」である。被請求者の負担においてなされるべきか（**行為請求権・積極的行為説**）、請求者自らがその行為を行い、被請求者はそれを受忍するだけでよいのか（**受忍請求権・認容請求権説**）、それとも責任原因に応じた公平な配分・費用分担を考えるべきか（**責任説**）。

　学説は、分かれるが、判例は、概ね行為請求権説に立って判断しているようである（大判昭和12・11・19民集16巻1881頁＊＝判百Ⅰ46事件［佐賀徹哉］）。その理由として、①物権的請求権が、相手方に対する積極的な妨害除去または防止義務を課すものであること、②妨害が不可抗力に起因する場合の他は、相手方が、自己の行為によるか否か（故意・過失によるか否か）を問わず、除去・防止の義務を負うものであること、③除去・防止義務を相手方が負担するとしても公序良俗に反するとはいえないことなどをあげている。多くの場合、他者の物権を侵害した（侵害しそうになっている）者には、何らかの注意

義務違反が観察されるであろうから、それ自体実際的な判断ではある。

しかし、相手の主観的態様を問題としない権利としての物権の本来的性格からすれば、**自己の物権的支配の貫徹を欲した者**こそが、原則としてその費用を負担すべきであって、相手方に特に帰責事由がない場合にまで当該費用を転嫁する合理的理由は見い出し難い（自ら危険を招致した場合はなおさらであるし、相手方には、他人物の占有（支配の意思）がないか事務管理的状況にあるともいえよう）。したがって、他人の敷地に飛び込んだボールや、盗人が置き去りにしていった自動車や自転車などについては、所有者は「引き取りたいので立ち入らせて欲しい」といった**捜索物引取請求権**を行使しうるにとどまると考えるべきではあるまいか。

他方、相手方に何らかの帰責事由が認められる場合や、意図的に引取りを妨害するに至った場合であれば、不法行為や債務不履行等による救済が認められてよい状況であるから、物権的請求権も行為請求権として機能しうべきことに異論はなく、そこでの費用を相手方に転嫁して差し支えあるまい。判例も留保するように、問題が、不可抗力などで隣地の土砂が崩落したり、大地震で境界壁が相手側に倒れたような場面であるとすると、これはむしろ**相隣関係における公平な費用分担的処理**に馴染むものである。

かくして、物権侵害の原因についての「有責性」や「危険の支配」という観点から、適正な費用分担や損害賠償義務の存否を論ずるべきであって、ことは行為請求権・認容請求権という物権的請求権の性格付けによってアプリオリに定まる問題ではないというべきである。ちなみに、所有権留保付動産が放置などの侵害原因となった事件で、留保所有権者が侵害事実を認識したときから、不法行為に基づく損害賠償義務を負うとした判例（最判平成21・3・10民集63巻3号385頁）がある。

　　＊**【物権的請求権と費用負担】**　前掲大判昭和12・11・19では、隣接するＸＹの土地の境界部分が、Ｙの前主の掘削によって掘り下げられ、Ｘの所有する宅地が崩落するおそれを生じたために、ＸからＹに対して崩落防止の設備を求めた事件が問題となった。判旨は「およそ所有権の円満なる状態が他より侵害せられたるときは、所有権の効力として、その侵害の排除を請求しうべきと共に、所有権の円満なる状態が他より侵害せらるる虞あるに至りたるときは、又、所有権の効力として所有権の円満なる状態を保全するため、現にこの危険を生ぜしめつつある者に対し、その

危険の防止を請求しうるものと解せざるべからず。然り而して土地の所有者は……その所有にかかる土地の現状に基づき隣地所有者の権利を侵害しもしくは侵害の危険が不可抗力に基因する場合もしくは被害者自ら右侵害を認容すべき義務を負う場合のほか、該侵害または危険が自己の行為に基づきたると否とを問わず、又、自己に故意過失の有無を問わず、この侵害を除去し又は侵害の危険を防止すべき義務を負担するものと解するを相当とす」と述べた。

＊【文献など】　物権的請求権の性質をめぐる学説の議論状況の詳細については、奥田昌道「物権的請求権について」法学教室198号7頁以下（1997年）が示唆に富む。その他、小川保弘「所有物妨害除去請求権について」法学37巻3＝4号53頁（1974年）、同「日本法における所有権に基づく物権的請求権の成立要件と請求権内容の関係について」山形大学紀要社会科学9巻1号83頁（1978年）、新版注釈民法(6)160頁以下［好美清光］、山田晟「物権的請求権としての『引取請求権』について」法学協会百周年記念論文集（第3巻）民事法（有斐閣、1983年）1頁以下、佐賀徹哉「物権的請求権」星野編・講座(2)15頁（1984年）、水辺芳郎「物権的請求権と費用の負担」民法の争点Ⅰ96頁、川角由和「〈判例研究〉所有権にもとづく妨害予防請求権と費用負担」島大法学32巻1号191頁（1988年）、能見善久「所有権の保護」法学教室257号81頁、84頁以下（2002年）、広中・物権229頁以下、加藤・大系Ⅱ37頁、など参照。ドイツ法の紹介・検討として、堀田親臣「物権的請求権と費用負担の問題についての一考察──自力救済との関係を中心に（1・2）」広島法学22巻4号207頁、23巻1号141頁（1999年）、同「物権的請求権における共働原因と費用負担──ドイツ法の議論を中心に（1・2）」広島法学23巻4号165頁、24巻1号89頁（2000年）、同「物権的請求権の再検討」私法65号195頁（2003年）川角由和「物権的請求権の独自性・序説」原島重義先生傘寿・市民法学の歴史的・思想的展開（信山社、2006年）、より一般的には山本和彦「物権的請求権」新・民法の争点89頁も参照。

第 2 節　民法典「物権」編の内容概観

1　物権編の構成

　以下では、民法典物権編の「見取り図」を手に入れるために、その内容を概観する。

　民法典物権編は、第 1 章「総則」から第10章「抵当権」まで全10章で構成されている。条文数でいうと、民法175条から398条の22までであり、削除されたものおよび枝条文として追加されたものを差し引きすると、全部で243ヶ条からなる。このうちで、もっぱら不動産を対象とする規定が約120ヶ条、動産を対象とするものが約30ヶ条、残り約90ヶ条が共通ルールであるから、物権法が、いかに多くの不動産に関わる規律を含んでいるかがわかる。それにしても、民法典物権編の約 8 割が不動産に関わる規定群だということは、心得ておく価値があろう。それだけ人々の生活において不動産（土地・建物）の果たす役割が重視されてきたということを意味するだけでなく、物権法を学ぶに際して、典型的には不動産取引を念頭において規定の趣旨や問題を考えていくのが合理的であることを意味しているからである*。

　　*【不動産所有権について】　わが国の民法典では、不動産所有権とくに土地所有権がすこぶる重要な位置を占めている。歴史的に、ヨーロッパの土地所有権については、二つの大きな考え方があり、所有者の支配権を極限まで容認して絶対性を強調する「**ローマ法型**」と、他の所有者との利益調整や共同所有を重視して相対性を強調する「**ゲルマン法型**」があるといわれる（篠塚昭次・土地所有権と現代［NHK出版、1974年］）。ローマ法型は、大地主の保護に傾き、土地を商品として扱うところから、土地の騰貴を招き易いなどといわれる。他方、ゲルマン法型は小農の立場に配慮したもので、利用権の保護を重視して、労働力に応じた土地の分配を目指す傾向があるという。この分類でいえば、日本民法典の規定は、基本的にはローマ法型であるが、現実には、権利濫用の禁止の法理や、人格権・環境権などの進展によって次第に所有権の義務性や拘束、公共の福祉との調和が強調されている。法令（とくに公法上の規定）による制限もすこぶる多い。実は、ローマの時代にも、所有権の絶対性はそれほど純粋に貫徹されていたわけではなく、後代の学説の誇張であ

る。

　民法の物権編は、総則規定に続いて、全部で9つの権利をならべている。私人が勝手に物権を創ってはならないという「物権法定主義」の建前からすると、この9個の物権は、債権法における13種の「典型契約」のような例示ではなくて、限定列挙ということになる。ただ、実際には、社会の需要に応じて非典型の物権が登場し、次第に物権法定主義が緩和されている（詳しくは、遠藤浩ほか・注解財産法(2)312頁以下、325頁以下［磯村保］など参照）。

　さらに、この10章のならび方が、それ自体で、一つの体系を表現していることにも留意したい（図1-2参照）。第1章は、物権全体にかかわる「総則」規定であるが、2章以下は、大きく「事実としての物の支配状態」の保護や効果にかかわる「占有権」と、それ以外の、本権としての物権（占有等の使用・収益・処分を基礎づける実体的な権利）に二分されている。第3章の「所有権」は、まさに完全な物の支配権を意味する本権としての物権の代表であって、物の使用・収益・処分といった権能の総体を含み持ち、それ以外の部分的な物権の「権利の母」となるものである。日常用語で、「誰それのもの」という場合には、この「所有権の帰属」が論じられることが多いが、特定内容の支配権の帰属が語られることもあり、概念として、きちんと理解しておかねば占有権との関係で無用の混乱を生じるおそれがある。

　所有権の権能の内で、物の使用・収益権あるいは将来の処分権（交換価値）に関わる部分的な権能を他者に支配させる場合があり、この切り取られた部分を「**制限物権**」あるいは「**他物権**」などと呼ぶ（これもまた「物権」の一種である）。制限物権の内、物の使用・収益権能に関わる物権を「**用益物**

図1-1

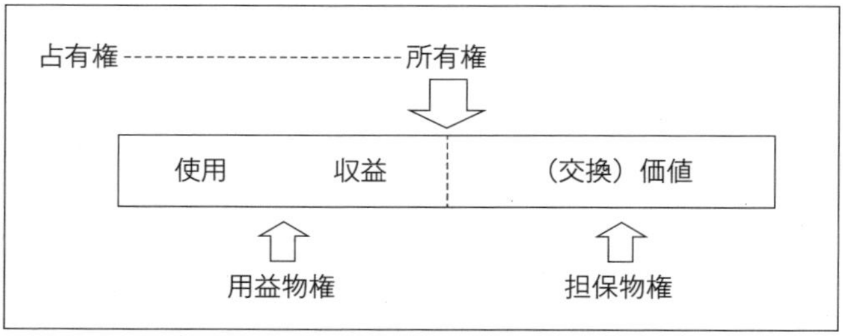

```
占有権 -------------------- 所有権
                              ⇩
┌─────────────────┬─────────────────┐
│  使用    収益   │   (交換) 価値    │
└─────────────────┴─────────────────┘
         ⇧                  ⇧
       用益物権            担保物権
```

権」、処分権（潜在的価値・交換価値）の支配に関わる部分を「**担保物権**」と呼ぶ。民法上の用益物権は不動産に関わる規定がほとんどで、地上権・永小作権・地役権が独立の章として立てられ（第4章から第6章）、個別条文の中で「入会権」が物権として認知されている（263条、294条）。ちなみに、賃借権なども、（債権でありながら）借地借家法でその保護を強化され、一定範囲で譲渡性も確保されていることから、用益物権に近づけられている（賃借権の物権化）。

　他方、将来の処分権（潜在的価値・交換価値）の支配に関しては、法律上、他の債権者に対する優先権として定められた留置権・先取特権の二つがあり（第7章、第8章）、「**法定担保物権**」などと呼ばれる。さらに、当事者の合意によって設定される「**約定担保物権**」として、質権・抵当権が定められている（第9章、第10章）。よく利用されるのは目的物の占有を移す必要がない抵当権であり、特に不動産に関しては、抵当権が最も典型的な担保物権である。抵当権をモデルとした特別法上の担保物権も多い。なお、担保物権は、もっぱら債権の回収確保のために利用されるものであるから、債権総論で学ぶ

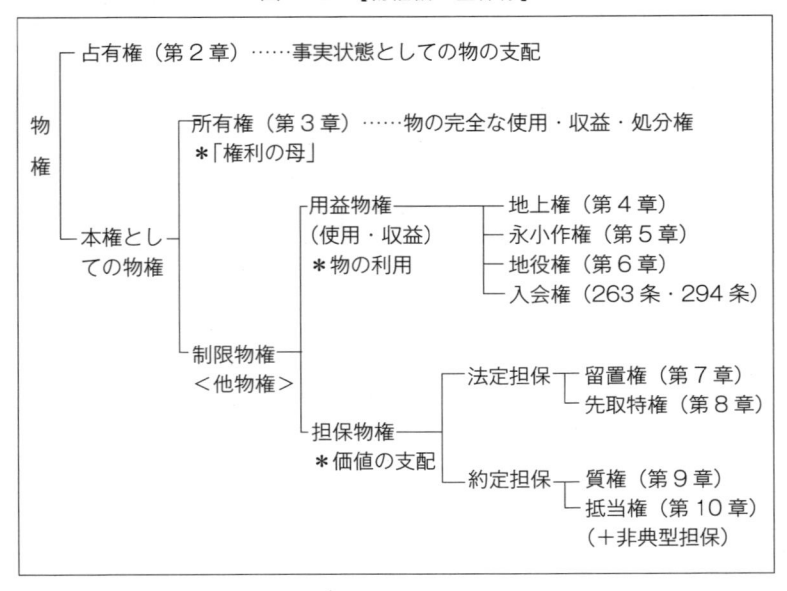

図1-2　【物権編の全体像】

```
物       ┌─占有権（第2章）……事実状態としての物の支配
権       │
         │              ┌─所有権（第3章）……物の完全な使用・収益・処分権
         │              │  ＊「権利の母」
         │              │
         │              │            ┌─用益物権─────┬─地上権（第4章）
         │              │            │（使用・収益） │─永小作権（第5章）
         └─本権とし──┤            │ ＊物の利用    │─地役権（第6章）
            ての物権   │            │               └─入会権（263条・294条）
                        └─制限物権──┤
                           ＜他物権＞ │            ┌─法定担保─┬─留置権（第7章）
                                      │            │           └─先取特権（第8章）
                                      └─担保物権──┤
                                         ＊価値の支配│           ┌─質権（第9章）
                                                    └─約定担保─┼─抵当権（第10章）
                                                                └（＋非典型担保）
```

「保証」(人的担保)などと同様の機能を営み、契約によって、事実上の担保的機能を果たすべく考案された非典型担保(変形担保・変態担保)も少なくないので注意を要する。わけても、権利を移転してしまうタイプの、いわゆる譲渡担保は重要である。

2　第一章　総則

　総則は、175条から179条の5ヶ条からなる。条文数は少ないが、議論も多く、重要な判例の数も多い。

　まず、物権が排他独占的支配権であることから、冒頭に、物権が民法その他の法律によって定められた種類・内容のものの他には当事者が自由に作り出すことができないという**物権法定主義**を宣言した規定がある(175条)。その上で、物権の成立とその後の内容の変更・移転が、当事者の意思表示によって可能であることとし(176条「**物権変動における意思主義**」)、これによって引き起こされる財貨秩序の確保や取引の安全は、その事実を「公示」することによって図るものとした。フランス法のしくみを継受したものである。次いで、物権を取得したり変更したりするといった得喪変更(「物権変動」という)に関する規定が、3ヶ条ならぶ。極めて重要な条文で、物権変動を他人に主張するための要件(対抗要件)が、それぞれ不動産・動産に分けて定められている。不動産については「登記」、動産については「引渡し」が、物権の変動を第三者に主張するための対抗要件となる(177条、178条)。登記や引渡しを伴う所有権移転行為等(物権行為)を独立させて、物権の移転等をこれにかからしめるという方法を採らず、単に対抗要件とするにとどめたわけである。その結果、物権の公示内容(登記)は、必ずしも実体的権利関係を反映しているとは限らないことになる(「**登記には公信力がない**」などといわれる)。そこで、とくに無権利者による不動産取引における第三者の信頼保護の問題は、単なる登記の先後ではなく、真の権利者における「登記の懈怠を責める」という形で図られることになる。判例・学説上の議論が多いところで、善意の第三者の登記に対する信頼を保護するために「94条2項の類推適用」が図られたり、逆に登記を備えていないことを責めるのが信義に

反する場合の「背信的悪意者排除」の議論（不動産登記法5条も参照）などが展開されている。

　残る179条は、同一人物に本権たる所有権と他物権が帰属した場合の「混同」による他物権の原則的消滅を定める。物権の消滅のうち、ここに混同消滅だけが規定されているのは、やや奇異な観がないではないが、占有権以外の物権に共通する規定だからという理由で、この場所に位置している（時効消滅などは、別の箇所にある）。

3　第二章　占有権

　第2章は、180条から205条の26ヶ条で、**占有権**について定める。その法的性格については分からない部分が多く、古くから議論があり（サヴィニーの「占有論」は有名である）、末川博博士をして「占有論はラビリンス（迷宮）である」と言わしめた領域である。その特殊な性格の故に、占有権を他の物権と並べて物権編に置くことについてすら異論があり（広中・物権7頁以下）、要注意の物権の一つである。定義にはほど遠いが、「物の事実的支配」がその支配者に一定の法的効果を与えている場合に、それを「占有」と呼び、そのような効果の総体が「占有権」と呼ばれているに過ぎない（鈴木・物権法講義77頁以下）とでも説明したくなる権利である。

　「占有」は、「自己のためにする意思をもって物を所持すること」と定義され（180条）、実体的な本権とは別の事実的支配状態を指している。その意味では、物権に含めたのは便宜的な扱いであって、実質的物権とは異なる特異な位置を占める。180条が明らかにするとおり、占有権は、「所持」という客観的態様と「自己のためにする」という占有意思（主観的要素）から成り立っている。この主観的要素がどの程度必要かも議論のあるところで、結論からいえば、今日では、主観的要素が次第に後退しつつある。**「所持」**とはいっても、他人を使って占有させることも可能であり（181条）、占有代理人は直接占有者、本人は間接占有者などと呼ばれる。占有権移転の方法の基本は、占有物の引渡しであるが、それ以外にも、他人を使った**「代理占有」**を介することで、簡易な引渡し・占有改定・指図による占有移転などが可能である

(182条〜184条)。占有者は、所有の意思をもって善意で、平穏に、かつ公然と適法に占有するものと推定され、また前後の二つの時点で占有していたという証拠がある場合には、その間継続して占有していたものと推定される(186条、188条)。時効の完成との関係でも重要なルールである。

　第2節は、「占有権の効力」にあてられ、特に本権者からの返還請求や、費用・果実の清算問題に対処するため、占有者が占有物について行使する権利適法の推定、占有に伴う果実の取得(189条)ならびに悪意占有者の果実返還義務(190条)や損害賠償責任(191条)、占有に伴う費用の清算(196条)などが規定されている。

　動産の占有の効力に関する重要なルールの一つが「**即時取得**」である。取引行為によって、平穏に、かつ、公然と動産の占有を始めた者は、占有開始時点で善意・無過失であるとき、即座にその動産について行使する権利を取得する(192条)。不動産の場合と異なり、取引の安全が重視された結果である。ただし、その動産が盗品・遺失物であるときは、一定の制限があるので注意を要する(193条、194条)。

　占有権は、法が各人に自力救済を禁じたことの反面として、事実状態を尊重するということのあらわれとして付与された権能である。占有権には「本権」を公示する機能があるほか、物に対する事実上の支配が撹乱された場合に、そのタイトル(支配すべき権原)の有無に関わらず、現実に物を支配しているという事実状態に基づいて、これに対する妨害や侵害を排除する権能、占有使用を通じて時効などによって本権を取得させる機能もある。侵害に対する占有権の保護は、妨害停止および損害賠償を内容とする「**占有保持の訴え**」、妨害予防または損害賠償の担保請求を内容とする「**占有保全の訴え**」、物の返還および損害賠償を内容とする「**占有回収の訴え**」という三つの訴権(**占有訴権**)によって図られており物権的請求権のモデルとなっている(197条〜202条)。占有は、多くの場合、権利の発生根拠となるが、義務(明渡義務など)の発生根拠ともなりうるので注意が必要である。

4　第三章　所有権

　第3章は、206条から264条の58ヶ条からなる（208条は削除）。本章は、物権の代表である「所有権」を扱う。所有権は、物に対する包括的・全面的支配権で、消滅時効にかかることもない絶対権として構成されている（所有権の恒久性）。客体のさまざまな価値についての全面的支配権をはじめ、**使用・収益・管理・処分権**といった権能をすべて含むオール・マイティの権利であり（206条）、「**権利の母**」などともいわれる（もっとも条文上は、主として用益的側面が問題とされている）。とりわけ土地所有権などは、「法令の制限内において、その土地の上下に及ぶ」と高らかに宣言されているが（207条）、完全に無制限な所有権の存在はむしろまれで、何らかの公法的制限、私法的制限を受けつつ存在する場合がほとんどである。

　民法典で分量的に目立つのは、第1節第2款の「**相隣関係**」に関する規定群である。土地利用に関する物権相互の調整をはかるべく、かなり細かい規定が並んでいる（209条〜238条）。それだけ、歴史的にも、土地の境界付近での相隣紛争が多いということであろう。

　続く第2節（239条以下）は、「承継取得」以外の所有権の取得に関する規定群である。具体的には、拾った・見つけた以外に、複数の物を一体化させる**添付**［附合・加工・混和］に関する権利関係（とくに清算問題）の定めがある。客体が入り交じって識別が困難になったり、合体・合成することにより、全体を一個の物として扱うことが適当となる場合が少なくないからである（清算の問題は残る）。さらに進んで、実務では、経済的観点から複数の物や権利を「**集合物**」として、あたかも一つの客体であるかのように扱うこともある（特に担保目的物として）。

　第3節（249条〜264条）には、一つの物について所有者が複数ある場合（共有）のルールが並んでいる。共有においては、各人の「持分」という観念が鍵となる。目的物自体が分割支配されるのではなく、持分に応じて全体を使用するというものである。必ずしも適切な比喩ではないが、複数のゴム鞠を一つ分の容器にギュッと詰め込んだような状態であり、一つの物の独立

性と排他性を前提とした「**一物一権主義**」の建前からすると、共有は例外的状況であるから、できるだけ単独所有に向かうよう制度設計されている（共有物分割請求［256条］）。しかし、実際には、高層ビルのごとく、恒常的に共同で一つの物を利用するという事態は避けがたく、むしろ管理や維持には団体法的処理に馴染むものが少なくない。とりわけ重要となるのは、共同住宅などにおける区分所有の場合の問題処理である。かつては旧208条に簡単な規定があったが、昭和30年代後半以来のマンション問題などに充分対応しきれなかったため、特別法として「建物の区分所有等に関する法律（**区分所有法**）」（昭和37年法69号）が制定されたのに伴い、削除された。なお、所有権以外の財産権を複数人が同時に有する場合にも、準共有として、共有の規定が準用される（264条）。

なお、一つの物について複数の所有者が関わる形態には、本節にいう「**狭義の共有**」のほかに、組合財産や相続財産のごとく目的にしたがって分割請求を制限された「**合有**」や、権利能力なき社団の財産や入会地のように持分の観念もない「**総有**」と呼ばれるものもあるので、注意を要する。

5　用益物権（第四章乃至第六章）

所有権の内で、他人の土地を一定目的のために使用・収益する権能を部分的に取り出した物権を「用益物権」と呼ぶ。民法典には第4章「地上権」（265条〜269条の2）の6ヶ条、第5章「永小作権」（270条〜279条）の10ヶ条、第6章「地役権」（280条〜294条）の15ヶ条、および「入会権」（263、294条）に関する2ヶ条が規定されている。本体の所有権は、これらの用益物権によって制限を受けることになる。用益物権自体は、所有権のような全面的権利でなくて制限された権利であるところから、次の担保物権と併せて「**制限物権**」とも呼ばれる（この制限がとれると、所有権は、元に戻って［＝弾力性！］、円満な権利となる）。いささか紛らわしいが、他人の所有物にかかる権利ということで、「**他物権**」という呼称もある。特別法上の鉱業権や漁業権なども、この用益物権に属する。

　(a)　地上権　　「地上権」は、他人の土地の上に工作物や竹木を所有する

ために当該土地を使用する権利で（265条）、立法者は、主として建物の敷地使用権として利用されることを予定していたらしい。そのため、存続期間も20年から50年と、比較的長期であることを原則としている（268条2項参照）。ところが、実際には、地主が地上権より効力の弱い（と考えられた）賃借権を好んだために、建物用敷地使用権としては圧倒的に土地賃借権が利用されている。なお、条文に枝番号のある269条の2は、昭和41年に、土地の立体的利用の進展に合わせて、地下および空間の一部の範囲を定めて地上権の目的とする場合（区分地上権）に備えて新設された規定である（昭和41年法93号、登記に付き不動産登記法78条5号参照）。地下鉄用地は「地下」にあっても、区分地上権として設定される。

 (b) 永小作権　「永小作権」は、小作料を払って他人の土地で耕作・牧畜をする物権をいい（270条）、もともとは、荒蕪地等の開墾者に与えられた強力な土地使用権であった。しかし、明治6年地租改正以来の近代所有権制度の確立に伴い、他物権の一つとされた。旧来の永小作権の存続期間が民法施行後50年でその存続期間を打ち切られたことや（民施47条）、農地改革による買収処分の対象となったことなどから、現在ではほとんどみられなくなっている（沿革につき、広中・物権463頁以下が詳しい）。

 (c) 地役権　「地役権」は、他人の土地を自己の土地の便益に供する物権で（280条）、その歴史は古い（河上・歴史の中の民法210頁以下、参照）。他人の土地を介して「引き水」をしたり（用水地役権）、公道に出るために隣地を通行するなど（通行地役権）、自己の土地の利用価値を増すために他人の土地を利用する権利をいう。ある土地が別の土地の「役に立つ」ということで、これを「要求する」側の土地が要役地、そのような「要求を承る」側の土地を承役地と呼ぶ。土地相互の利用関係の調整をはかる相隣関係の強行規定に反しない限り、問題とされる便益の内容に制限はなく、地役権は、通常、契約によって設定される。しかし、通行地役権のように間断なく実現されている場合は時効取得の可能性も認められ（283条）、他面で、消滅時効にかかることもある（291条、293条など参照）。地役権は、要役地の便益を増すために設定されるものであるから、原則として、要役地の所有権移転によって要役地に随伴して移転する性質（随伴性）を有する（281条）。

(d) 入会権　「入会権」は、一般に、村落や一定地域の住民に「総有的に」帰属し、一定の山林・原野などで共同して収益（野草・雑木等の採取など）をなしうる慣習上の権利をいう。民法は、「共有の性質を有する入会権」については各地方の慣習のほか民法の共有規定を適用するものとし（263条）、「共有の性質を有しない入会権」については地方の慣習のほか民法の地役権に関する規定に従うとしている（294条）。しかし、もともとが慣習上の権利であるから、民法規定の適用される余地は乏しく、多くは慣習に委ねられる。その権能も、入会団体の構成員たる資格に基づいて各々認められる。今日では、入会団体の崩壊や、「入会林野等に係る権利関係の近代化の助長に関する法律」（昭和41年法126号）によって、その権利内容も次第に変化し、純然たる「共有」地に移行するなど、次第に消滅しつつあるが、新たにその意義が見直されてもいる（環境資源をめぐる入会的権利の問題について、加藤雅信「現代の『入会』」新・民法の争点129頁が興味深い）。

この他にも、**慣習上認められた用益物権**として、「流水利用権（**水利権**）」、「温泉専用権（**湯口権**）」などがあることは、既に述べた。それらの権利は、物権法定主義の建前に反しているようにも見えるけれども、一般には、法の適用に関する通則法3条（旧法例2条）にいう「慣習」によって認められた権利として説明されている（温泉専用権につき、慣習法上の物権としての性格を認めつつ、第三者にこれを主張するために一定の公示・明認方法の存在を要求するものに大判昭和15・9・18民集19巻1611頁＝判百Ⅰ45事件［松尾弘］がある）。

6　担保物権

「担保物権」は、既に述べたように、債権回収を確実にするため、物の処分に伴う将来の交換価値を支配する特殊な制限物権である。当事者の意思と関わりなく法律上当然に認められる**法定担保物権**である第7章「留置権」（295条〜302条の8ヶ条）、第8章「先取特権」（303条〜341条の39ヶ条）と、当事者間の契約によって設定される**約定担保物権**である第9章「質権」（342条〜368条の25ヶ条［367条および368条は、平成17年法87号で削除］）、第10章「抵当権」（369条〜398条の22の全51ヶ条）の4種類からなる。なかでも抵当権が

重要である。

　担保物権は、債権の信用を強化し、最終的には、債権の実現が危ぶまれるときに、その担保目的物の処分価格から他の債権者に優先して担保権者が弁済を受け、被担保債権を優先的に回収する機能を営む。保証契約によって主たる債務のために付けられる「保証人」のような**人的担保**に対し、**物的担保**とも呼ばれる。通常は、担保物権によって担保される債権（被担保債権）と運命を共にする（成立・移転・消滅における附従性）。担保物権は、債務が履行されない場合の引き当てであるから、その存在が、直ちに物の利用形態に大きな意味を持つわけではないが、留置権や質権のように債務の履行への推進力を得るために、事実的支配の移転によって敢えて使用・収益を奪うこともある。現実に、担保権者は、目的物の利用に関心があるわけではなく、その潜在的価値を把握しているに過ぎず、実行時に優先弁済を受けるという形で、その支配を現実化するわけである。とはいえ、担保権者は、目的物の担保価値を維持・保存することについては重大な利害関係を持つため、その限りで、目的物について一定の管理権能があるものと考えられる。また、留置権以外の担保物権保有者は、目的物が、売却・賃貸・滅失・破損などによって金銭債権（代金債権・損害賠償請求権・保険金請求権など）に転化した場合は、これらの価値変形物の上にも効力を及ぼすことで、目的物の交換価値の減少を防ぐことができる（これを**物上代位**という。304条、350条、372条）。

　(a)　留置権　「留置権」は、他人の物の占有者が、その物に関して生じた［弁済期にある］債権を有する場合に、その弁済を受けるまで当該目的物を引き渡すことを拒んで留置することができる権利である（295条）。例えば、自動車を修理した自動車修理工場は、修理代の支払いを受けるまでは当該自動車を留置して、［誰に向かっても］引渡を拒むことができる。こうして修理代の弁済を間接的に強制するわけである。**債権と目的物の牽連関係**の存在は多様であり、双務契約以外からも発生し、契約関係にない第三者に対しても主張できることから、強力ではあるが、その機能は「同時履行の抗弁」（533条）とよく似ている。互いに間違えて持ち帰った傘の返還請求のように、同一の事実関係から債権が生じた場合も、留置権が発生する。なお、商法上も留置権に関する規定がかなり存在するが（商法31条、521条、557条、562条、

589条、753条2項、会社20条など)、民法とは沿革や要件が異なるので注意を要する。

(b) 先取特権　「**先取特権**」は、一定の政策的配慮から、特殊な債権について、「債権者平等の原則」を破って、債務者の総財産あるいは特定財産からの優先弁済権を付与したものである。公示のない特殊な担保権であるため、諸外国ではその採用に慎重であるが、わが国は、フランス民法からこれを引き継いだ。あまりに多いのも考えものであるが、債権者間の実質的公平や、社会政策的に保護されるべき債権の存在を考えると、一定範囲では公示の不備もまたやむを得ず、必要な措置と考えるべきである。さまざまな種類の先取特権があって、条文数も多く(特別法も多い)、その根拠も一様ではない。有名なものでは、雇人の給与の先取特権(306条2号、308条)、葬式費用の遺産に対する先取特権(306条3号、309条)、旅館の宿泊代の持込み荷物に対する先取特権(311条2号、317条)、動産売買代金の売却物に対する先取特権(321条)、不動産工事代金の当該不動産に対する先取特権(325条2号、327条)などがある。問題となっている債権と目的物の関係(「縁」というべきか)の深さを背景にしつつ、それぞれ債権者間の公平、弱小債権者への社会政策的配慮、当事者の意思の推測などによって基礎づけられている。

(c) 質権　以上のような法定担保物権に対して、「**質権**」と「抵当権」は当事者間の契約によって設定されるものであるから「**約定担保物権**」と呼ばれる。「質権」は、債権者がその債権の担保として債務者または第三者(物上保証人)から受け取った物を留置し、かつ、その物について他の債権者に先立って自己の債権の弁済を受ける権利である(342条)。質権は、目的物の占有を債権者に移転するタイプのもので(占有が公示の機能を果たす)、通常は、質屋営業とも関係して動産質(352条)がよく知られているが、不動産質(356条)や債権質(363条)などの権利質もある(362条)。債権の弁済がなされない場合には、この目的物を換価して他の債権者に優先して弁済を受けることができるわけである。質権は、目的物を債務者から取り上げることで、使用・収益を失わせ、弁済しなければ物自体に対する権利を失う結果となるため、心理的圧迫を加えることで弁済を間接的に強制する(元恋人からもらった指輪やバッグを質入れするのは専ら換金目的であろうが)。古来、日本

の担保は「質」が基本であったらしく（「質」は「実・誠実」に通ずる）、あらゆるものが質の対象となった（人質・名誉質・芝居の演目など）。次の抵当権に比べ、目的物の範囲が広く（343条と369条を比較されたい）、被担保債権の範囲も広い（346条と375条を比較されたい）。

(d) 抵当権　「**抵当権**」は、登記による権利関係の公示可能性から、主として不動産の価値利用権を支配する担保物権で（目的となる財産が不動産所有権・地上権・永小作権に限定されている）、物的担保の代表格である。抵当権では、債務者または第三者（物上保証人）が、債権を担保するために提供した不動産等の目的物の占有を移すことなく（この点で質権とは異なる）、担保提供者の使用・収益に任せ、債務不履行の場合に、これを実行して当該目的物の価額から優先弁済を受けることを内容とする権利である（369条）。特別法では、工場や自動車、建設機械、船舶、飛行機、農業用動産、さらには一定の財産集合体などについても抵当権が設定できるようになっている（工場抵当法のほか各種の財団抵当法）。もっとも単純なタイプの抵当権（普通抵当権）は、一定額の債権についての担保として個別に設定され、その債権に対する附従性・随伴性を有し、成立・変更・消滅において当該債権と運命を共にする。しかし、事業者と金融機関のような継続的関係では、絶えずいくつもの債権が発生したり弁済されたりしていくので、いちいち抵当権を設定したり抹消したりするのも面倒である（登記費用もかかる）。そこで、上限となる一定額を「**極度額**」として定めておき、一定の新陳代謝する債権を担保する「**根抵当権**」が開発され、しばしば利用されている（今日の事業者間取引では普通抵当権を圧倒している）。「根」の意味は、必ずしも明らかではないが、被担保債権に附従したり随伴したりしないで「根を張った」担保という趣旨であろうか（同様に新陳代謝する債権を担保する根保証・根質といった仕組みも展開されている）。根抵当については、昭和46年法99号によって、398条の2～398条の22に規定が新設された。根抵当では、最終局面での被担保債権の確定（398条の19、398条の20）の時まで、個々の被担保債権に対する抵当権の附従性・随伴性が否定される結果となる（398条の2、398条の7）。

実は、このほかにも、約定によって担保的機能を果たしている制度やしくみが相当数あり、これが実務上も重要な機能を営んでいる。物権法定主義の

建前からすると問題がないわけではないが、取引慣行として既に無視できない存在であり、社会的にも認知されて、現在に至っている。とりわけ、不動産の代物弁済予約と仮登記を組み合わせた担保方法については、「**仮登記担保法**」（昭和53年法78号）の成立を見て、法的にも認知された。その他、外形上、目的物の権利を移転してしまう**譲渡担保**（これも**集合物譲渡担保・集合債権譲渡担保**のように担保目的物の中味に流動性を与えたものが開発され、取引界でしばしば利用されている）や、互いの既存のあるいは将来の債権について相殺予約をすることによって、相殺時の対等額の債権については回収を確実にする方法、債務者が他者（第三債務者）に対して有している債権取立権を債権者が、事実上、全面的に譲り受ける「**代理受領**」や「**振込指定**」など、約定担保の世界は多彩である。そして、現在では、優先弁済を受け得る地位としての担保権そのものが、一定の価値を持つものとして流動化を始め、金融界で一定の機能を果たしている。

　以上が、物権法のアウトラインである。

第 2 章

物権総則

　ここでは、「公示の原則」と「公信の原則」についての基本的な説明を行い、さらに、「財産の移転」という問題局面での「物権変動（物権の発生・変更・消滅＝得喪変更）」の意味を考える。もちろん、財産的利益には、物権だけでなく様々な性格のものがある。そこで、以下では、個人が保有している動産・不動産・金銭債権あたりを念頭において、財産の移転にかかる民法の基本的考え方や制度枠組のみを示すものとする。その限りで、物権法を超えて、債権法の領域にも少し踏み込むが、それは物権と債権を一体として「財産・資産」と意識することと、両者の性格の異同に読者の注意を喚起する意味が込められている。ある財産の帰属態様が変化することは、否応なく、それに関与する第三者に影響を及ぼすため、構築された財貨帰属秩序を学ぶに際しては、タイトル保有者の静的安全のみならず、取引の安全や第三者の外観に対する信頼保護が重要な課題として組み込まれている点に留意されたい。

第1節　総説

1　物権変動

(1)　物権変動とは

　物権変動とは、所有権・地上権・抵当権といった「物権」が発生ないし設定されたり（取得）、抵当権の被担保債権額を変えるように、内容が変化したり（変更）、消滅する（喪失）という「変動」を意味するもので、簡単に**「物権の得喪変更」**などということもある。法文上の表現では、「物権の設定及び移転」（176条）、「不動産に関する物権の得喪及び変更」（177条）、「動産に関する物権の譲渡」（178条）、「物権は、消滅する」（179条）といった表現が用いられている。

(2)　物権変動の原因

　物権変動の原因は様々である。たとえば、建物所有権を「取得」する場合を考えても、自分で建物を注文建築して所有権者となった場合（注文者原始取得説に立てば原始取得、請負人原始取得説に立てば承継取得）、他人から購入して所有者となった場合（特定承継による承継取得）、親から相続して所有者となった場合（包括承継による承継取得）などがある。承継取得の場合には、前主の権利を譲り受けるのであるから、前主の有していた以上の権利を取得することはないのが原則である。これに対し、原始取得では、取得する権利内容が前主の権利に依存していないのであるから、そのような制約がない。

　これらの物権変動の原因を整理すると、大きく分けて、意思表示（法律行為）による場合と、それ以外の場合が考えられる（民法総則で学んだ「私権の変動」を想起されたい）。

(a)　意思表示（法律行為）による物権変動

　物権に共通の変動原因として、物権編の総則に規定されているのが「当事

者の意思表示」による場合である（176条）。たとえば、目的物（甲）の現所有者Aと、新たに所有権を取得しようとするBの間で売買契約や贈与契約が締結されて、甲がAからBに譲渡される場合や、甲不動産にAがBのために抵当権や地上権を設定する合意をなすような場合がこれである。民法における個人意思の尊重の理念は、その者の財産、とくに物権の帰属関係に変動をもたらすことについても、その本領を発揮する。意思表示には、売買や贈与といった契約ばかりでなく、単独行為である「遺言」なども含まれる。かくして、意思表示（法律行為）は、最重要の物権変動原因である。

(b) 意思表示以外による物権変動

① 死亡と相続　　被相続人Aが死亡すると、その権利帰属主体としての能力（権利能力）が消滅し、Aに帰属していた財産権は、相続人Bによって包括的に承継される（882条、896条）。その結果、Aの有していた物権（たとえば甲についての所有権）が、相続を介して相続人Bに移ることになる。

② 時の経過（取得時効など）　　他人Aの物について、自分の物であるとの意思をもったBの占有（自主占有）が一定期間継続すると、取得時効によって、Bは所有権を取得しうる（162条）。所有権以外の物権に関しても、時効取得があり得る（163条、283条）。動産については、瞬間的に（即時に）善意取得される場合もある（即時取得：192条）。さらに、消滅時効によって、所有権以外の物権については消滅することがあり（167条2項）、結果的に、そこでも物権変動を生じる。

③ 混同による消滅　　同一物について、所有権と他の物権（たとえば地上権）が同一人に帰属したときは、当該他の物権は、原則として混同によって消滅する（179条）。A所有地上に設定された地上権に基づいて建物を保有していたBが、Aから当該土地を買い受けて所有者となった場合、地上権は、それが他人の権利の目的となっていない限り、混同消滅する。原則として、地上権を残しておく実益がなくなるからである。物権編の総則に唯一規定された物権共通の消滅事由である。

④ 特殊な所有権取得事由　　事実行為のうち、無主物の先占（239条）、遺失物の拾得（240条）、埋蔵物の発見（241条）、および添付［付合・混和・

加工］（242条〜248条）は、所有権の取得事由として民法に規定されている。添付の場合は、反面で、吸収された部品・材料等について所有権の喪失・変更を伴うことになる（247条）。なお、果実の収取権についても、一定の定めがある（89条1項）。

⑤　その他　　以上の他にも、法規定に基づいて、物権が発生する場合がある（法定地上権につき388条、留置権につき295条、先取特権につき306条、311条、325条など）。土地収用法による収用処分（収用101条）、刑法上の没収（刑法19条、覚醒剤取締法41条の8など）なども物権変動（消滅！）の原因である。さらに、物の物理的滅失も、物権の消滅をもたらす。

2　「公示の原則」と「公信の原則」

(1) 「公示の原則」とは

(a) 意義

既に述べたように、物権は、直接的・排他的・絶対的支配権として性格づけられている。したがって、たとえば、同一物について、ある人の所有権が成立すると、他人の所有権は成立し得ない。このような排他性と一物一権主義は、物権の支配権としての絶対的性格による本質的なものである。しかし、この排他的性質のゆえに、Aが物権を保有しているとか、Aに帰属していた物権（たとえば所有権）が、別の人Bに移ったような場合には、そこに何らかの**外部から認識可能な表象**（登記・登録・占有・標識など）を伴わないと、誰の物か分からなくなって、第三者に不測の損害を与える危険があることは容易に理解されよう。そこで、物権の変動には、一定の「公示」が求められる。これを広い意味で「**公示の原則**」などという*。逆にいえば、何らの客観的外形的表象を伴わない物権変動の効力は、完全な排他性を獲得することが制限される結果となる。

たとえば、Aの所有する甲地がBに売却され、所有権がBに移転したにもかかわらず、なおAがその土地を利用しているためにAの所有物であるかのごとき外観を呈している場合、CがAの所有物と信じてAから甲地を買い受けたとしよう（二重譲渡*）。既にBが甲地の所有者であるとすると、その排

他性ゆえに、B以外の何人の所有権も成立しないはずであるから、Cは所有権を取得できないことになりそうである。このとき、取引の安全に配慮して、Cの利益を守るために「公示の原則」が必要になるわけである。そこで、何らかの表象上の変化（たとえば、不動産登記簿への「移転登記」）があった場合にのみ、Bの所有権は完全な排他性を獲得できるものとしておくことが考えられた。このとき、公示となる表象を伴わない物権の変動は、少なくとも正当な競合者との関係では、排他性を制限された不完全なものとならざるを得ない（不完全物権変動）。逆にいえば、第三者の立場からは、「公示のないところに物権の変動はない」と信頼できることになる。つまり、公示手段を備えておくことには、第三者に対する情報提供とともに、権利者自身の支配を確保するという意味合いもあるわけである。同様のことは、抵当権の設定についてもいえる。購入した不動産の登記簿に抵当権設定登記がなければ、買主は、その土地に抵当権の負担がないと信頼してかまわない。

＊【「公示の原則」は物権に特有の考え方か】　公示の原則は、必ずしも物権に限って要請されるわけではなく、およそ排他的な権利として、その支配の安定が求められる場面ではこの原則が妥当する。たとえば、鉱業権（鉱業59条以下）、漁業権（漁業50条）のような準物権や、特許権（特許98、99条）、著作権（著作77条）のような知的財産権にも、公示方法として登記・登録が必要とされ、一定の債権についても公示方法が定められている（動産・債権譲渡特例法）。また、婚姻や養子関係について届出や戸籍への記載がなされるのも、公示の原則の現れといえるかも知れない。

＊【二重譲渡】　実際に、不誠実なAが自分の土地をBとCに二重に譲渡するような例は、さほど多いことではない。結果的に二重譲渡になってしまうのは、破産寸前に、多くの債権者から土地の譲渡を迫られた混乱中の場合を除くと、債権回収のために当該不動産を差し押さえた差押債権者Cと、その前に売買などで譲渡を受けた譲受人Bの関係においてである。二重譲渡の法的構成をいかに考えるべきかは、後述。さしあたり、鎌田薫「『二重譲渡』の法的構成」新・民法の争点95頁以下参照。

(b)　公示方法とその意味

公示方法には、登記・登録・占有・標識などがあって、目的物に応じた形態が発展している。不動産・船舶等には登記、動産一般は占有、自動車・航空機等には登録制度が用意されている。また、立木・未分離の果実等には明

認方法（木を削って墨書したり、ステッカーや札を立てるなど）が公示手段として承認されている。これらの表象を用いて、公示の原則を制度的に実現するための方法としては、二種類のもの（効果面での反映）がある。

　第1は、これらの表象（移転登記や引渡しによる占有移転など）がなければ、物権の変動には効力が生じないとするものである（**効力要件主義**）。つまり、登記や引渡しを、物権移転の成立要件あるいは効力発生要件と位置づけるもので、ドイツ民法などが採用している制度である（中国新物権法9条もこれを採用した）。そこでは、ＡＢ間で甲地の売買契約をしても、それだけでは所有権は移転せず（移転せよという請求権が発生するだけである）、移転登記がなされてはじめて所有権移転の効果を認めるわけである。公示の持つ意義を徹底して効果に反映させたものであるが、合意の効力を半減させるばかりでなく、簡便で統一的な公示手段（登記制度）が整備されていない場合や、登記官に実質的審査権がないところでは、かえって権利関係の混乱をもたらすおそれや、法的知識に疎い者が騙される危険がある（売買契約書があっても安心できない！）。

　第2は、これらの表象がなくとも当事者間では合意などによって物権変動の効力を生じるが、そのことを第三者に対抗する（＝有効に主張する）には、所定の表象を伴う必要があるとするものである。この場合、ＡＢ間で甲地の売買契約が有効に成立すれば、当事者間では所有権移転の効果を生じ、ＢはＡに向かって所有権に基づいて引渡しその他の請求をすることができるが（不法占拠者に対しても明渡しを求めることができる）、正当な利害関係のある第三者に向かっては、Ｂ名義の登記を備えていなければ、自分の所有物であることを主張できない。このような方法を「**対抗要件主義**」と呼び、フランス民法などが採用している考え方である。

　日本民法は、「公示の原則」に立脚しつつも、177条・178条によって後者の「対抗要件主義」を採用している。すなわち、不動産については「登記」を、動産については「引渡し」を公示方法とするものの、その効力を徹底せず、対抗要件とするにとどめた。なお、公示が、物権の「変動」を公示すべきか、「現状」を公示するだけでよいのかは、一応、問題たりうる。望むらくは、時間的経過を含めて物権変動のプロセスが正確に公示されるべきであ

るが、結局のところ、機能としては、第三者が利害関係を有した時点で、現状の権利関係を認識できればよいわけであるから、公示されるべき内容は、物権の変動ではなく、物権の現状をもって足りるというべきであろう（舟橋・物権62頁）。

(c) 不動産物権変動における「公示の原則」の動揺
　登記を不動産物権変動の効力要件とするドイツ法などの立法例と比較するとき、日本の対抗要件主義の下で、物権変動の公示に不徹底なものがつきまとうことは否めない。加えて、これまで建物保護法・農地調整法・借地法（いずれも旧法）などによって、利用実態を重視した現実の権利の所在と登記との乖離が一層拡大していったこと（我妻栄「不動産物権変動における公示の原則の動揺」同・民法研究第 3 巻51頁以下［有斐閣、1966年］所収）は、登記制度による物権公示の要請という点からすれば、ある種の反流として重要である。観念的な「所有」よりも、現実の「利用」実態が重視された結果である。また、日本では、登記簿の記載と異なる権利状態が、取得時効や相続あるいは投機的土地取引での転々流通等によって発生する可能性が高いことにも、留意すべきである。かくして不動産物権変動を登記によって公示するという原則は、わが国では、不完全な形でしか実現しておらず、それがまた登記をめぐる錯綜した判例法の形成に連なっている。ただ、登記に対する第三者の信頼を保護すべく、一定の法理が働いていることにも注意が必要であり、問題が放置されているわけではない（後述）。

(2) **公信の原則**
(a) 意義
　「公示の原則」に似て非なるものとして論じられているものに「公信の原則」がある＊。「公示の原則」が、物権の完全な排他性を獲得するために公示を必要とすることで、間接的に取引の安全を図ろうとするのに対して、**「公信の原則」**は、さらに一歩進めて、物権の存在を示す表象の内容（登記・登録・占有など）を信じて取引をしたときには、実際に当該表象が示すような権利が存在しなかった場合にも、その表象に対する信頼をそのまま保護す

るという考え方であり、**真の権利者の静的安全**よりも、外形を信頼した**第三者の取引の安全・動的安全**を全面的に優先させようとするものである。

　たとえば、A所有の甲地が、Bの偽造文書によって登記簿上はB名義に移転登記され、この登記を信頼したCが、Bから甲地を購入したような場合を想定しよう。このとき、Cは真実の所有ではない者（無権利者）から土地を譲り受けたことになり、本来ならば、Cは所有権を取得できない（何人も自己の有する以上の権利を他人に与えることができない［*nemo plus juris ad alium transferre potest, quam ipse habet* = **無権利の法理**］からである）。しかし、「公信の原則」を適用すると、Cが、登記の記載から甲地がBの所有であると信じて買い受けた以上、その信頼を保護するために、甲地の所有権がCによって取得される結果となる（→反射的に、真の権利者Aは所有権を失う）。このように、登記を信頼したCが甲地の所有権を取得するという法律効果を認める場合、「登記に公信力がある」などという。

　しかしながら、対抗要件主義を採用した日本民法においては、もともと不動産登記に公信力が認められていない。したがって、真実とは異なる登記簿の記載を信頼した者が、その信頼のみに基づいて権利を取得することはできないと解されている（後述のように、事実上、公信力を認めるに等しい解釈上の工夫が施されていることに注意*）。

　　＊**【公示の原則と公信の原則】**「公示の原則」と「公信の原則」は、実は同根であって（取引安全のために物権の変動には「公示」が要請される＝Publizitaetsprinzip）、両者の明確な違いは、立法当初は、さほど意識されていなかったようである。「公信」と「公示」を対置する用語法として最初に導入したのは、大正4年の鳩山秀夫「不動産物権の得喪変更に関する公信主義及び公示主義を論ず」（同・債権法における信義誠実の原則［有斐閣、1955年］37頁以下所収）であり、その具体的機能の差異に着目したことによる。

　　確かに、「公示されていない限り、物権の変動を生じていないと信頼できる」という消極的信頼保護と、「公示どおりの権利状態が存在すると信頼できる」という積極的信頼保護との間には一定の懸隔がある。鳩山論文は、ドイツにおけるような徹底した公信主義（積極的・絶対的公信主義）でなく、緩和された公信主義（消極的・相対的公信主義）を日本法が採用していることを明確な用語法として峻別するために、後者のみを「公示の原則」と呼び、前者を「公信の原則」と呼ぶことを提案して、これが定着した。その結果、少なくともわが国における「公信の原則」は、機能的

には、むしろ外観理論に親和性を持つ内容として理解されてきた（ドイツ法では、もっぱら「公信の原則」を意味するときはGrundsatz des öffentlichen Glaubensの語があてられる）。かくして、フランス法出自の物権変動における対抗要件主義の諸規定を、ドイツ法の「公示の原則」に関する議論の下で説明しようとする混淆現象が生じた。「公示の原則」という用語法に、幾分か曖昧な面があるのはこのような経緯による。この問題については、星野英一「物権変動論における『対抗』問題と『公信』問題」同・民法論集第6巻123頁以下（有斐閣、1986年）所収、海老原明夫「公示の原則、公信の原則」法学教室157号16頁［1993年］、半田正夫「不動産登記と公信力」講座(2)197頁以下、高須順一「不動産登記と公信力」下森定＝須永醇監・物権法重要論点研究（酒井書店、1993年）33頁以下など参照。ちなみに、近時の立法である中国物権法においても、立法者は「公示の原則によったのみである」と説明しつつも、部分的には、公信の原則を採用している（河上正二＝王冷然「中国における新しい物権法の概要と仮訳」ＮＢＬ857号16頁以下［2007年］とくに18頁～20頁参照）。

＊【不動産登記に公信力を付与すべきか】　諸外国において、不動産登記に公信力を認める契機となったのは、公示の原則の場合と同様に、抵当権の取得に関してであった。ドイツ法、スイス法は、この原則を採用したが、フランス法は認めていない。この点は、公示の原則の実現において、「**効力要件主義**」を採用するか、「**対抗要件主義**」を採用しているかにも深く関連している。日本法が、明文はないものの、フランス法の考え方を受け継いでいることは、立法の経緯からも明らかである。実際上も、①公信力を認める積極的規定がないこと、②登記官に権利が真実変動したかどうかを審査する実質的審査権がないこと（形式的審査権しかない）、③登記簿の記載と事実（名義・地図等）が必ずしも一致していない現実、④不動産の商品化や価値的集中を促進し合意で形成された用益権を脆弱なものにするおそれがあることなど（我妻・講義Ⅱ241頁）を考慮すると、不動産登記に直ちに公信力を付与することは、やはり躊躇われる。また、⑤後述の94条2項類推適用法理の展開が、結果的に真の所有者の帰責性と善意の第三者保護の問題の調整を可能にしていることも、現時点で、登記に敢えて公信力を認める必要性を乏しくしている。現行の日本民法における物権変動の議論としては、法文にも忠実な「対抗要件主義」の下で、保護に値する「第三者」の範囲を明らかにしつつ、登記への正当な信頼に対して94条2項類推適用論による微調整を図っていくという手法が、さしあたり、穏当であるように思われる。この問題につき、シンポジウム「不動産物権変動と登記の意義」私法37号のほか、星野英一「日本民法の不動産物権変動制度」同・民法論集第6巻87頁以下（有斐閣、1986年）、公信力説の立場から、篠塚昭次「物権の二重譲渡」同・論争民法学1（成文堂、1970年）所収、同「対抗力問題の原点」同・論争民法学4（成文堂、1977年）所収、対抗問題としての純化を志向するものとして川井健・不動産物権変動の公示と公信（日本評論社、1990年）15頁以下など、参照。

(b) 公信の原則の適用例

192条は、動産についてのみ「公信の原則」を採用している。たとえば、Aからノート・パソコンを預かったB（所有者ではない！）が、これを事情を知らない（＝善意の）Cに売却してしまった場合、CがそれをBの所有物であると過失なく信じたときは、このノート・パソコンの所有権はCに帰することになり、Aは、もはやCに向かって自己の所有権に基づいて返還請求できない。AB間で、損害賠償請求や代金相当の不当利得返還請求が可能であるとしても、所有権の帰属はCに定まる結果となる。動産の場合は、転々流通することが多く、迅速かつ確実な取引の安全が重視される結果、かような善意取得を認めているわけである。ちなみに、手形・小切手等の有価証券については、民法の場合以上に、その所持や裏書に強力な公信力が認められている（商法519条、手形16条2項、小切手21条）。

なお、盗品や遺失物については、特則で、「公信の原則」の例外が認められている（193条以下参照）。

(c) 94条2項類推適用論と登記の公信力

民法総則で学んだように、登記上作出された虚偽の外形について94条2項を類推適用することで、真実とは異なる登記を信頼して取引関係に入った者を保護するという判例法が形成されている（河上・総則講義336頁以下、490頁以下参照）。たとえば、税金対策や債権者からの財産隠しのために、Aが自己所有地の登記名義をB名義に移し、これを奇貨としたBが、事情を知らない第三者Cに当該土地を売却したような場合、94条2項の類推適用により、Aは自己の所有権をCに主張できない（→結果的にCの所有権は安堵され、反射的にAは所有権を失う）。自ら、虚偽の外形を積極的に作出したAの帰責性と、登記の記載を過失なく信頼したCの要保護性の比較衡量に基づいて、善意の第三者を保護しようというものである。Aの帰責性については、単に自ら外形を積極的に作出した場合ばかりでなく、既に生じてしまった虚偽の外形の追認や、長期にわたる放置、虚偽の外形作出の契機を与えたような場合など、信義則を介在させながら、その「責むべき事情」が次第に拡張されている（たとえば、最判平成18・2・23民集60巻2号546頁など）。その結果、登記

に公信力を認めたに近い結論が導かれて、登記の紛争解決機能が飛躍的に拡大している。不動産物権変動の「対抗要件」としての登記の要請は、事実上「真正権利者の登記義務の懈怠を責める制度」として機能しているのである。

3　財産の移転と物権変動の基本的考え方

(1)　財産が「移転する」

物権変動論の意味を確認するために、Aが保有している財産（不動産・動産・金銭債権など）が、売買などの契約（法律行為）によって、Bに譲渡されるとき、法的に何が起こっているのか、法はいかなる制度的手当を行っているのかを見ておくことが有益であろう。

物権も「私権」の一種であって、民法総則で学ぶ「私権の変動」に関する諸原則は、原則として物権にも妥当する。しかし、物権法がことさらに「物権変動」を問題にするのは、それが絶対的・排他的権利として、「公示の原則」に服し、誰の下に、いかなる内容の物権が帰属しているかが公示されなければ、第三者に不測の損害を与えるおそれがあることによる。これに対して、債権の場合には、特定の者に対して特定の給付を求めうる法的地位に過ぎない相対的権利であることから、第三者は、原則として他者の債権の存在を顧慮する必要がなく、その変動を問題にする必要性も乏しい。そのため、「債権譲渡」や「契約上の地位の移転」などが個別に論じられることがあっても、「債権変動」などという大上段の議論は存在しない。とはいえ、ある者の財産帰属状態の変化については、物権・債権の区別を問わず、第三者の利害が関係しうるのであって、そこに一定の公示への配慮が求められることは共通している（むしろ共通する面が多い）。

以下、その共通性に着目して財産移転の基本枠組を確認しよう。

(2)　当事者間の関係

(a)　不動産・動産の譲渡の場合——債権行為と物権行為

不動産や動産がAからBに譲渡されるとき、AとBの間では、次のような変化がある。

AとBは、財産権の譲渡をめぐる契約（たとえば売買契約）を締結することによって、互いに、合意に基づく債権債務関係に入る。この契約によって売主は買主に財産権を移転する義務を負う。この売買契約は、あくまで「**債権行為**」である。このとき、目的物に対する支配権である物権が、どのような影響を受けるかについては、立法的に**形式主義**と**意思主義**の二つの考え方がある。一つは、債権契約とその履行行為である物権の移転行為すなわち「**物権行為**」を峻別した上で、物権行為によって物権変動の効果を生ずるものとするやりかた（形式主義）で、債権契約とは別に物権的合意や登記・引渡しといった物権行為がなければ物権変動が生じないものとし、原則として、債権行為の有効・無効と物権行為の効力は互いに影響しないと考えるものである（ドイツ法の立場で「**物権行為の無因性**」などという）。他方、売買契約のような債権行為によって物権移転の効果も発生するとするのが**物権変動における意思主義**であり、物権の公示手段は、対抗要件とされる（フランス法の立場）。わが国の民法176条は、「物権の設定及び移転は、当事者の意思表示のみによって、その効力を生ずる」と規定しており、物権変動における意思主義の立場を明らかにしている。

　ここにいう「意思表示」が、売買契約のような債権的なものを含むのか、それとも債権的合意とは峻別された**物権的合意**・物権行為の背後にある意思表示に限られるのかについては、議論がある。なるほど地上権設定合意や抵当権設定合意などは、物権変動を直接に目的とする「物権的合意」といえなくもないが、売買などで、通常の売買契約とは別個に「所有権を移転する」との物権的合意がなされる必要があると考えるのは、実際的ではあるまい。むしろ、売買契約という債権行為によって、究極的には所有権移転の効果が目指されていると考えるべきであり、176条は、とくに特段の合意あるいは障害事由や条件が付加されていない限り、売買契約等の債権的意思表示（＝債権行為）によって所有権移転の効果が直ちに発生することを定めた規定と考えるのが素直であろう（その限りで「所有権の移転時期」は、合意の解釈問題ということになるが、この問題に関しては、後にあらためて第2節で詳しく論ずる）。

　かくして、当事者間の関係として眺めた場合、**債権関係と物権関係は、一挙に、しかも相互に有因的に発生している**と考えられる＊。したがって、当

事者（およびその包括承継人）の間での法律関係に関する限り、所有権の主張は合意のみで足り、登記や引渡しといった物権行為がなくとも、所有権の移転が認められる。このとき、売買が何らかの理由で無効であったり、取り消されて遡及的に無効になると、物権変動も最初から無かったことになり、Aの下での所有がそのまま継続していたと考えられる（有因主義の帰結である）。物権変動の原因がないにもかかわらずBが目的物を保有して使用利益を享受している状態は、一種の「不当利得」として原状回復が求められるだけでなく、所有権に基づく返還請求も可能ということになる。

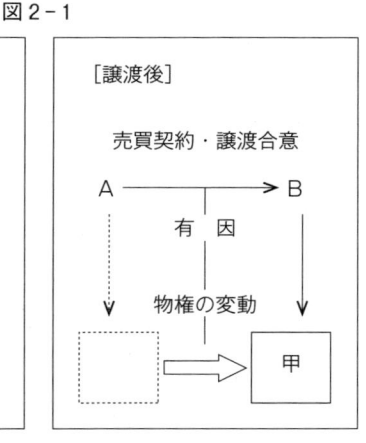

図 2-1

［譲渡前］
＜債権関係＞
A ⇄ B
譲渡合意
↓
甲

［譲渡後］
売買契約・譲渡合意
A → B
有　因
物権の変動
↓　　　　↓
［ ］ ⇒ 甲

＊【物権行為の独自性】　物権行為の独自性を肯定し、売買のような債権行為が無効であっても物権行為は直ちに無効とならず（**物権行為の無因性**）、それは有効なものとしてとどまっているため、あらためて不当利得による所有権の返還を求めなければならないとする見解もある（末川・物権78頁）。ドイツ民法に由来する解釈論で、義務負担行為と履行行為を峻別して互いに依存関係に置かない「抽象性原則（Abstraktionsprinzip）」にしたがうものである。物権行為の独自性を認める見解は、①当事者の意識に適い、取引の安全にも資すること、②債権行為で直ちに所有権が移転しているとすると代金と所有権移転の同時履行関係の説明が困難となること、③所有権移転請求の債権が時効で消滅した後も所有権に基づく返還請求が可能となる不都合が生じることなどを理由に挙げる。しかし、所有権移転時期に関して、当事者間で一定の留保をつけることは可能であるし、同時履行関係に立つのは代金支

払いと登記・引渡しであって所有権移転そのものではないと考えれば足りるなど、176条の制定経緯に反して、物権行為の独自性を認め、敢えて無因性を論ずる実益は見いだせず、物権変動論争の焦点は、むしろ物権変動の時期如何に集中している観がある（於保・物権法(上)50頁、鈴木・物権法講義116頁以下など、参照）。なお、物権行為の独自性を肯定する立場は、通常、無因性肯定説に、独自性否定説は有因説に、それぞれ結びつきやすいが、日本法の特殊性から、独自性肯定説を採りつつ有因説に従う学説もある（石田喜久夫・口述物権12頁）。

(b) 指名債権譲渡の場合

AがSに対する100万円の貸金債権を有しているとき、この債権も、原則として、他人Bに譲渡することができる（債権の譲渡性：466条）。古い時代には、債権は人と人を繋ぐ「法鎖」として、譲渡性を認められていなかったが、今日では、その性質が許さない場合や、当事者が反対の意思を表示しない限り、譲渡性が認められている。その限りで、譲渡契約による債権の移転に債務者Sの承諾は要件ではない。しかし、AのSに対する金銭債権は「指名債権」と呼ばれ、その譲渡を債務者Sに対抗する（主張する）については、467条に特別の規定が設けられている。物権の場合と異なるのは、ここでの財産が、特定の者（債務者）との関係で一定の給付（＝期日に100万円を返済すること）を求める対人的な権利（債権）である点にある。債務者Sにとっては、誰が債権者なのか（誰に弁済すべきなのか）が明らかでないと、間違った弁済をして結果的に二重弁済を強いられるおそれがある（478条は部分的

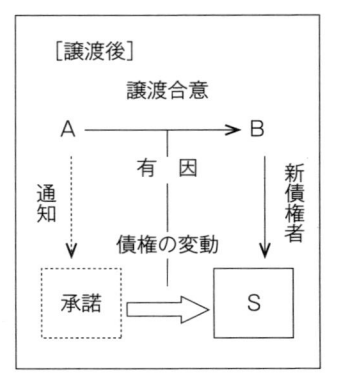

図2-2

にその危険から債務者を解放する)。そこで、467条は、譲渡人(＝A)から債務者(＝S)に通知をし、または債務者が承諾しなければ、譲受人Bが債権の譲渡を債務者Sに対抗できないこととした。なるほどBはAとの譲渡合意によって債権を手に入れることができるが、この債権を行使して債務者から取立てができるようになるには、譲渡人Aが債務者に譲渡したことを通知するか、債務者Sが譲渡について承諾しなければならないというわけである。しかし、その点をのぞけば、物権の移転と事情は変わらない。

(3) 対第三者の関係

財産の移転を、当事者以外の第三者に主張するには、どうすればよいか。

(a) 不動産・動産の譲渡の場合

物権変動における意思主義を前提にすると、当事者間の合意だけで所有権はAからBに移転していることになるが、この物権が絶対効を発揮して排他性を獲得するには、「公示の原則」から、第三者に認識可能な表象を伴う必要がある。この公示手段として、不動産の場合は「**登記**」、動産の場合には「**引渡し**」が要求されている(177条、178条)。

たとえばAがBに甲を譲渡した後に、何らかの理由でCにもこれを譲渡してしまったような場合や、Aの債権者Cが甲を差し押さえたような場合、もはや無権利者となったAから所有権を取得できないとなると、不測の損害を被るおそれがある。そこで、甲が不動産の場合、Bは、移転登記を備えておかなければ、所有権を第三者であるCに対抗(＝主張)できないこととした。甲が動産の場合には「引渡し」を受けてお

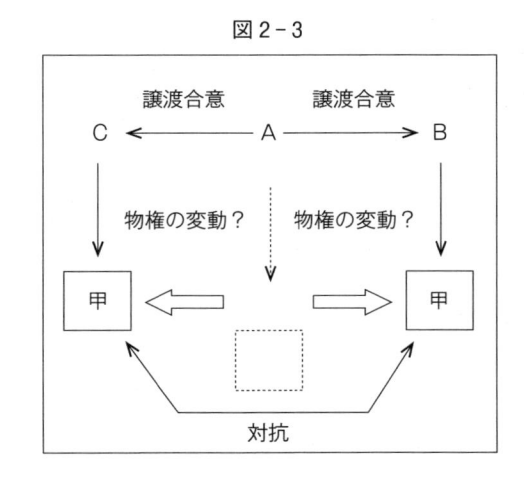

図2-3

く必要がある。これを「**物権変動の対抗要件**」という。

　もし、Bが対抗要件を備えないうちに、Cが先に対抗要件を備えてしまうと、Cの方が優先する。つまり、「早い者勝ち」である。もちろん、どんな者でも「第三者」として保護されるかとなると、無制限ではない。しかし、いずれにせよ、両立し得ない物権変動相互については、原則として、公示手段である**対抗要件具備の先後によって優劣を決する**こととしたわけである。

(b) 指名債権譲渡の場合

　指名債権譲渡の場合、複数の債権譲受人が登場すると、債務者Sにとって誰が優先する債権者なのか（誰に弁済すべきなのか）が明らかでないと、二重弁済を強いられるおそれが更に高まる。そこで、467条2項は、譲渡人（＝A）が債務者（＝S）になす通知、または債務者がなす承諾に「確定日付」がなければ債務者以外の第三者に譲渡を対抗できないこととした。ここでは、債務者は一種の情報センターとなって債権譲渡に関する公示の機能を果たすことが期待されている。このとき、それぞれAから譲渡を受けたBとCの**優劣は、確定日付の先後によって決まる**が、債務者の情報センターとしての機能を重視すると、「通知の到達の先後」が重要な要素になる。いずれにせよ、債権に関する公示手段の不備を、債務者の債権譲渡の有無に関する認識可能性によって代替させていることになる。これに関連して興味深いのは、最近の、動産債権譲渡をめぐる特別法の枠組である。

　多数の債権譲渡によって、資金を得る必要のある特定業種（リース・クレジット業界など）の債権については、確定日付ある証書による通知をもってする対抗要件の具備は大きな負担となり、膨大な小口債権の譲渡を簡易・迅速に行うことが求められていた。1992年に「特定債権等に係る事業の規制に関する法律（特債法）」が「（日刊新聞での）公告」を公示手段とする道を開き（2004年に廃止）、後に、「**動産及び債権の譲渡の対抗要件に関する民法の特例等に関する法律**」（1998年制定、2004年改正）が、広く法人が譲渡人となる場合の指名債権（金銭債権）について、指定法務局における磁気ディスクで調製される債権譲渡登記ファイルへの「記録」を債務者以外の第三者に対する対抗要件と定めた（同法4条1項）。この債権譲渡を債務者に対抗するに

は、「登記事項証明書」を譲渡人または譲受人が債務者に交付して通知することが必要であるが（同法4条2項）、従来の指名債権譲渡の方式は、これによって一変した。債権が譲渡されたという信用不安につながりかねない事実を、債権回収の最終段階まで債務者に知られないで済ませられることも（「サイレント方式」などと呼ばれる）、企業者にとっては魅力的であったようである。ここにいたって、登記の先後によって優劣を決する不動産の物権変動の対抗要件と、債権譲渡の対抗要件のありようは、外形上も、極めて類似したものになっていることが理解されよう（動産・債権譲渡特例法については、植垣勝裕＝小川秀樹・一問一答動産・債権譲渡特例法〈3訂版〉［商事法務、2007年］参照）。近時の債権法改正の提案には、かかる動産・債権譲渡の仕組みを一般化して、企業債権以外にも拡張して476条にとってかわる方向も模索されている。ただ、これには、個人レベルの債権譲渡のあり方として相応しいか、コスト面での問題があることのみならず、国民総背番号制に繋がりかねない問題等が含まれているため、立法化には慎重を要しよう。

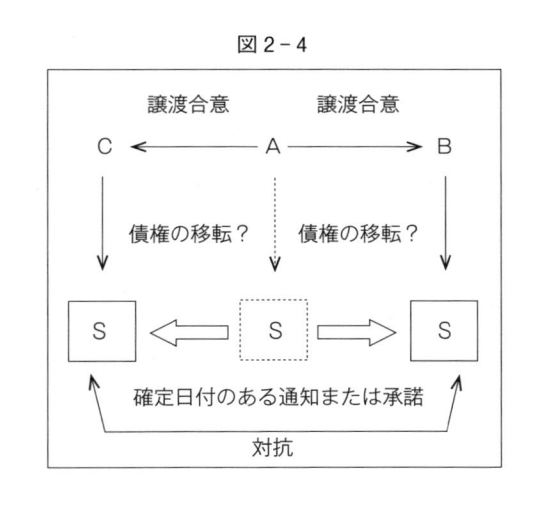

図2-4

譲渡合意　譲渡合意
C ←——— A ———→ B
　　債権の移転？　債権の移転？
　　S　　S　　S
　　確定日付のある通知または承諾
　　　　　対抗

以上のように、ある者の財産権の移転・変動を考える場合には、①その移転・変動の原因となった法律関係、②結果として生じた財産権の帰属関係、③当事者以外の第三者に対してその効力を主張する際の要件を相関的に考えていく必要がある。また、そこでは、当事者の意思の実現を基軸としながらも、財産の移転・変動に関する人々の認識可能性や信頼、公示手段・対抗要件の具備の有無が重要な要素として機能しており、真の権利者の権利保護（静的安全）と取引の安全や第三者の信頼保護（動的安全）の調整が、制度的に図られているのである。

第2節　不動産の物権変動

1　法律行為による不動産物権変動

(1)　前提となる規定の意味

　以下、不動産の物権変動（典型的には、売買による土地・建物の所有権譲渡）を念頭において、法律行為による物権変動の一般的問題を検討する。

　前提として、176条、177条が明らかにしていることを確認しておこう。

　176条は、「物権の設定及び移転は、当事者の意思表示のみによって、その効力を生ずる」としている。したがって、売買による不動産所有権の移転は、その登記などを待つことなく、当事者間の意思表示に基づいて生じうる。裏返せば、当事者はその意思によって物権変動のあり方を選択・決定することができるわけである。他方、177条によって、既に生じた所有権移転も、「その登記をしなければ、第三者に対抗することができない」。しかも、登記がこのような機能を果たしうるのは、当事者間に所有権移転があるからこそであって、**所有権の移転がなければ登記はその効力を有しない**（登記には公信力がない）。

　ここで問題となる「意思表示」（ひいては法律行為）には、二つの種類があることに注意を喚起しよう。一つは、売買や贈与のように、当事者間に債権・債務を発生させる法律行為（＝契約）で、これは終局的に物権移転を目的とはしているものの、あくまで債権行為あるいは債権契約であって、相手に「物権を移転せよ」と要求できる法的地位を生み出すに過ぎない。いま一つは、抵当権や地上権を設定する場合のように、債権債務の発生を媒介としないで、直接に物権の設定や移転だけを目的とする法律行為であり、これは物権行為あるいは物権契約とも呼ばれる。

　以上を前提に、浮上してくるいくつかの理論的問題を考えよう。

(2) 不動産物権変動における意思主義

　第1に、物権変動を生ずる法律行為が「成立する」ためには、債権行為についても物権行為についても、意思表示だけで足りるのか、何らかの形式を必要とするのかという点で、意思主義か形式主義かの選択があることは既に述べた。古くローマ法では、実力的支配を前提とした形式主義が支配し、もっぱら握取行為（mancipatio）・法廷譲渡（in iure cessio）や引渡（正当原因に基づく引渡：traditio ex iusta causa）のような外部的徴表に依拠して所有権移転が語られたが、やがて取引圏の拡大とともに諾成主義（合意のみによって所有権が移転するとの考え方）へと進展した。しかし、その場合にも、何らかの外部的徴表・形式が必要かどうか、いかなる意味で必要となるかについては立法態度が分かれた。ドイツ民法は、債権的合意と形式（アウフラッスング Auflassung と呼ばれる）の間に**物権的合意**（Einigung）を構想することで、物権的合意＋形式による物権変動方式を採用し、不動産については登記、動産については引渡がないと物権変動は成立しないとした（単なる引渡主義・登記主義ではない）。他方、フランス民法は、当事者の意思表示だけで足りるとして意思主義の立場をとりつつ、取引の安全を考慮して「対抗要件」としての外部的徴表を要求するに至った。

　日本民法176条、177条がフランス法を承継したものであることは、ほぼ間違いない沿革的事実である。条文の形式が似ているだけでなく、起草者もそのように考えていた。そもそも、わが国では、民法の起草事業の始まる前からフランス法を基礎とした対抗要件主義が浸透しており、明治19年に公布された旧登記法からして、登記を不動産物権変動の対抗要件として位置づけていた（同6条）。また、ボアソナードの手になる旧民法財産編350条は、フランス法をモデルとして登記を対抗要件として位置づけ、現行176条、177条は、これをほぼそのまま受け継いでいる。ただ、完全にフラン

表2-1　【物権変動の考え方】

①ローマ型（形式主義）：引渡・登記
　→物権変動（原因としての債権契約）
②ドイツ型（形式主義）：
　物権的合意＋形式（引渡・登記）→物権変動
③フランス型（意思主義）：債権契約
　→物権変動（＋対抗要件としての登記）

ス的かというとそうでもなく、日本法独自の考え方も含まれている点に注意する必要がある（後に対抗問題のところで改めて論じよう）。

(3) 物権行為と登記

　第2に、土地売買契約のような債権契約で物権変動を生ずるために、別に、物権変動だけを目的とする行為（登記申請行為のような物権行為）が必要となるかどうかという点である。不動産物権変動における意思主義を貫くと、登記手続などは、対抗要件を備えさせるための単なる履行行為に過ぎないともいえよう。もちろん、抵当権を設定するような場合、この物権変動に物権行為（抵当権設定意思と登記簿への抵当権設定登記など）が含まれていることは当然である。しかし、売買契約をして、売主が財産権である所有権を完全に移転するという債務を負った後（555条）、さらに所有権を移転するという物権変動を直接に目的とする独自の物権的意思表示を含む行為が、物権変動を生じるために必要なのかどうかが問われるわけである。条文に即していうと、176条にいう「意思表示」が「**物権変動を生じさせる意思表示**」のみを意味しており、これは、「**債権債務を生じさせる意思表示**」とは別個独立になされる必要があるのではないかという解釈問題となる。これを肯定する立場を「物権行為の独自性肯定説」あるいは単に「物権行為独自性説」などという。フランス民法とドイツ民法はここでも顕著な対立を示しており、フランス法は、「債権行為・債権契約の効力として物権変動の効果が直接生じる」という立場であり、たとえば売買契約の効力として所有権移転という効果が直接に生じる。他方、ドイツ法では、「債権を生じさせる法律行為とは別個に、常に物権変動を生ずる法律行為が必要」とされ、具体的には、物権変動を生じさせる旨の合意の他、不動産については登記、動産については引渡が必要とされる。つまり、ドイツ法では物権行為の独自性を肯定しつつ、さらに形式主義によっていることになる（もっとも実務上は、**公証人制度**の介在によって、ドイツ法・フランス法の帰結は大きく異ならない）。日本民法の解釈論としては、物権行為の独自性に関する限り、文理上はいずれの立場も成り立ちうる。どう考えるべきか。

　判例は、一貫して物権行為の独自性を否定し、今日の通説もこれに従う。

歴史的沿革に照らしても、この判例・通説の解釈が素直な見方である。他方、少数ながら、176条の意思表示とは「物権的意思表示」のことであると解する有力説もあり、そうなると、債権契約しかない場合には、別途に物権行為の認定が必要となる。ただ、この長期にわたる見解の対立は、少なくとも結果において大きな差異をもたらすものではない。売買などの契約とその履行には、原則として債権を発生させる債権行為と所有権移転の物権行為が含まれていると考えておけば足りるからである。物権行為の独自性を肯定する立場でも、一つの行為の内に債権的意思表示と物権的意思表示の二つが存在しうることを認めている場合が少なくない（林良平・物権法［青林書院、1986年］46頁、石田喜久夫「売買と所有権移転」於保不二雄先生還暦記念・民法学の基礎的課題(中)203頁［有斐閣、1974年］、安永・物権34頁など）。むしろ、所有権移転を伴うような意思表示を含む契約の成否や、所有権移転時期に関する合意の解釈を通じて基準時を問うことの方が重要な課題となる。

(4) 債権行為の無効と復帰的物権変動

　第3に、第2の問題と関連して、債権行為（契約）が無効であったり、取り消されて効力を失ったような場合に、物権変動の効力にどの様な影響があるかという問題も浮上する。物権行為の独自性を否定する考え方では、債権行為たる契約の効力として物権変動が生じたのであるから、契約が無効であれば、当然、物権変動も生じなかったことになり（有因主義）、たとえば、不動産売買が詐欺等を理由に取り消されれば（96条）、遡って無効となり（121条）、所有権もはじめから移転しなかった（あるいは当然復帰する）ことになりそうである。この場合の目的物の返還請求を基礎づけるのは、元の所有者の**所有権に基づく物権的返還請求権**ということになろうか。しかし、もし物権行為が必要とされ、債権行為とは独自の効力をもつと考えると、債権行為が無効であった場合でも物権行為の効力が直ちに否定されるとは限らない。債権行為は物権行為にとっての原因となってはいるが、その原因行為が無効あるいは取り消されても、物権行為の効力には影響がないと考えることも可能だからである。通常は、債権行為の有効なことを「条件」としているであろうから、条件不成就によって物権変動が生じないと考えられることが

多いかもしれないが、そうでない場合には、元の所有者からの返還請求は、物権変動を正当化する債権上の原因なしに所有権を有している者に対する**不当利得返還請求**ということになる。このように、債権行為の効力の消長を物権変動（物権行為の効力）に直結させない考え方を「**物権行為の無因性理論**」などという。わが国で、物権行為の独自性を肯定する学説は、多くの場合「物権行為の無因性」をも肯定し、取引の安全を優先させる方向での議論を展開する。ただ、物権行為の独自性・無因性を採用しないと取引の安全が全く図れないわけではなく、対抗要件制度や善意者保護の制度の運用如何で、同様の結論に達することも可能である。したがって、むしろこのような議論が、日本民法の構造理解にとって適合的であるかどうかという観点から考えていくことが大切であるように思われる。結論からいって、物権行為の無因性理論は、沿革的にも、わが国の民法の構造理解として適切ではないと思われる。

2　不動産物権変動の時期

　上述の問題と深く関連するのが、物権変動の「時期」をどう考えるかという問題である。不動産売買契約が締結された場合、その所有権移転時期をどの時点とするかという問題は、動産についても同様に問題となる議論であるが、従来、不動産について盛んに論じられてきた。

(1)　契約時移転の原則（契約時説）

　物権行為の独自性を肯定するかどうかとの関係で目的物の所有権移転時期を考えると、一定の対照的な解答が出そうである。つまり、物権行為独自性肯定説では物権行為がなされた時点で物権変動が生じ、逆に否定説では、原則として、債権契約（ここでは売買契約）が締結された時点で物権変動の効果（所有権移転）が生じることになる＊。判例（最判昭和33・6・20民集12巻10号1585頁＝判百Ⅰ48事件〈第5版補正版〉［滝沢聿代］、判百Ⅰ〈第6版〉48事件［横山美夏］）が、売主の所有である特定物（土地・建物）の売買においては、「その所有権移転が将来になされるべき特約のない限り、買主への所有

権移転の効力は直ちに生ずる」としているのも、このような観点から説明されることが多い（末弘・物権法上84頁、我妻＝有泉・講義Ⅱ60頁など）。

　ただし、契約による意思表示があった時点で所有権が移転するという判例準則らしきものにも、いくつかの例外がある。

　第1は、当事者の「特約」の存在である。たとえば、当事者が移転登記・代金支払いと同時に所有権が移転するという特約を結んだときは、これに従う（最判昭和38・5・31民集17巻4号588頁）。ちなみに、多くの契約書には、このような条項が含まれているのが現状である。売買代金が完済されるまでは担保として所有権を留保するといった、所有権留保特約も有効であり、代金完済までは所有権が移転しない。特約の有無や内容の判断に際しては、通常の契約の解釈と同様、契約の性質や取引慣行が顧慮されることになる（不動産売買における取引慣行につき、山野目・物権21頁以下など参照）。

　第2は、「法律上の障害」がある場合である。たとえば農地売買のように都道府県知事の許可がなければ所有権移転の効果を生じない場合は（農地法3条、5条）、法律上の障害が除かれた時点（都道府県知事の許可が与えられた時あるいは農地が非農地化された時）に所有権が移転すると考えざるを得ない（最判昭和61・3・17民集40巻2号420頁）。

　第3は、「他人物売買」の場合である。他人の土地を売っても、売主が直ちに所有権を移転することはできない（何人も自己の有する以上の権利を譲渡することはできない）。他人物売主は、真の所有者からその物の所有権を取得して買主に移転する義務を負うにとどまる（560条）。したがって、原則として、売主が他人（真の所有者）から所有権を取得した時に、買主は所有権を取得することになる（最判昭和40・11・19民集19巻8号2003頁）。これなどは、物権変動に一種の停止条件が付された状態というべきであろうか。

　なお、不動産はすべて特定物として扱われるが、不特定物・種類物を含む動産では、不特定物のままでは所有権移転を観念し難いため、不特定物の「特定」（401条2項）によって所有権が移転すると解されている（最判昭和35・6・24民集14巻8号1528頁）。確かに、所有権移転を語るには「特定」を生じていることが必要であるが、「特定時に所有権が移転する」とまで言う必要はなく、あとは、一般の特定物の所有権移転時期に関する議論に服する

ものと考えるべきであろう。

＊【**所有権移転をもたらす売買契約の成立？**】　意思主義的発想のもとでも、契約成立の認定如何によって所有権移転の時点の調整を行うことが可能である。実際、176条の母法国フランスでは、意思主義のもとで、不動産売買についての公正証書の作成など、「所有権が移転する」という意味での売買契約の「成立」時点の認定を遅らせるという手法が用いられており、取引の常識や当事者意識に合わせた所有権移転時期が探られているといわれる（中間段階は「予約」等の問題として処理される）。これにつき、横山美夏「不動産売買契約の『成立』と所有権の移転（1・2完）」早稲田法学65巻2号1頁、3号85頁（1990年）参照。また、鎌田薫「フランスにおける不動産取引と公証人の役割(1)(2)」早稲田法学56巻1号31頁、2号1頁以下（1980～81年）、同「不動産売買契約の成否」判タ484号17頁（1983年）など参照。日本法における解釈問題としても、所有権移転を伴わせるにふさわしい不動産売買契約の確定的・終局的成立は、必ずしも「売ろう・買おう」の単純な合意時点ではなく、一定の交渉を経て契約書を作成したり、代金支払完了時や登記手続完了時点である場合の方が、経験則上、取引当事者の通常の意識に合致することが多い（河上「『契約の成立』をめぐって（1・2完）」判タ655号11頁、657号14頁［1988年］も参照）。裁判所も、口頭合意のみで不動産売買の成立を認めることには慎重であるといわれる（青山邦夫「売買契約の認定について」判タ503号35頁［1983年］、吉原節夫「特定物売買における所有権移転の時期」民商48巻6号843頁以下（1963年）、太田知行「契約の成立の認定」鈴木禄弥先生古稀・民事法学の新展開251頁［有斐閣、1993年］、福田皓一＝真鍋秀永「売買契約の成立時期」澤野順彦編・現代裁判法大系(2)不動産売買16頁［1998年］など）。より一般的に、横山美夏「不動産売買のプロセス」新・民法の争点91頁以下、参照。

これに対し、物権行為の独自性を肯定する立場からは、物権行為の外部的徴表である登記・引渡しあるいは代金支払いといった行為がなされた段階で、物権行為ありとして、その時点で物権変動（所有権移転）が生じると解するのが自然である（末川・物権59頁以下、同・契約総論［弘文堂書房、1933

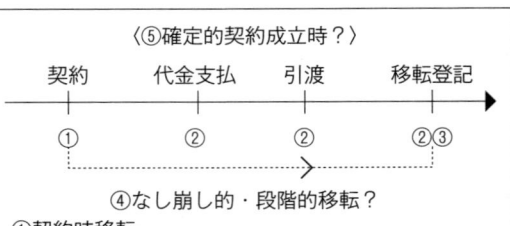

表2-2　【所有権移転時期の考え方】

〈⑤確定的契約成立時？〉

契約 ──── 代金支払 ──── 引渡 ──── 移転登記 ──→

①　　　　②　　　　②　　　　②③

④なし崩し的・段階的移転？

①契約時移転
②契約＋α（代金支払・引渡・登記移転など）で移転
③物権行為・物権契約で移転
④段階的移転
⑤プラスα行為で確定的に契約成立（→所有権移転）

年] 240頁以下、同・占有と所有 [法律文化社、1962年] 206頁以下など)。もっとも、物権行為の独自性を認めない立場からも、別の理由から、所有権の単純な契約時取得に反省が加えられてきた。たとえば、川島説 (川島・理論248頁など) では、物権行為の独自性を否定しつつも、「有償性」の観点から、相手方の同時履行の抗弁権 (533条) を一方的に奪うような帰結を導く所有権移転は認められない [代金支払いが所有権移転の重要な指標となる] と主張している。これを突き詰めて、売主が買主に完全な信用を与えていない限り所有権は買主に移転しないという信用授与形態説も唱えられた (遠藤ほか編・民法2〈第4版増補〉[有斐閣、2003年] 49頁以下 [原島重義])。こうして、最近ではむしろ、物権行為の独自性の議論と物権変動の時期の問題は切り離して考えるべきだという考えの方が有力である。「いかにして物権変動が生じるか」という問題と、「いつ物権変動を生じるか」という問題とは、一応別問題とすることが可能だからである。

(2) 所有権移転時期に関する合意の解釈

翻って考えると、176条を前提にしたとしても、物権変動の時期・所有権の移転時期の問題は、少なくとも契約当事者間の関係では、契約の内容・意思表示の解釈によって定まる問題であって、わからないときは契約の補充的解釈 (これには慣習が重要な役割を演ずる) によって決めれば足りることである。そして、実際問題として、「契約時に直ちに所有権を移転させる」という特段の意思がない限り、むしろ後からなされる登記や引渡し、あるいは代金支払いの時や、果実収取権の移転時期に所有権を移転させる趣旨であると解する方が、経験則上、慣行や当事者意識に合致している場合が多いように思われる。要は、当事者がいかなる目的で不動産取引をなし、一定の合意によって、いかなる法的効果の発生を望んだか (あるいは覚悟すべきか) という優れて合意解釈や交渉のありようの評価に左右される問題といえよう＊。

＊【所有権移転時期に関する判例準則？】　判例も、むしろ本文のような観点から説明できるものであって、たとえば前掲最判昭和33・6・20のように、不動産売買で、他に特約がなく、既に代金の約6割が払われ、そのうえ、買主が残代金の提供をしているようなところでは、なお登記を移すまでは所有権を移転する意思がな

かったと認定する方が、むしろ経験則に反しており、最高裁はこれを否定したに過ぎないともいえよう。逆に、最判昭和35・3・22民集14巻4号501頁＝判百Ⅰ〈第5版補正版〉49事件［滝沢聿代］では、絹のハンカチの売買契約について、約束の時までに代金を持参しない場合には契約は失効するという解除条件をつけていた事案であるから、むしろ所有権の移転は代金支払いにかからしめるという当事者間の意思の存在を読み取るのが素直であり、契約全体を解釈して契約成立時に所有権が移転したのではないとしたのは、176条の適用としても自然であって、特に従来の判例の原則に対する例外的立場を示したわけではない。前掲最判昭和38・5・31もまた、代金の完済、所有権移転登記手続の完了までは所有権を買主に移転しない旨の売買契約が締結されたときには、それに従うのであって、常に売買契約と同時に買主に所有権が移転すると解しなければならないものではないという。前述の、法律上の障害のある場面や、他人物売買の局面も合意に付された停止条件あるいは解除条件の問題と考えることができる。判例の評価については、さらに吉原節夫「特定物売買における所有権の移転時期」民商48巻6号3頁以下（1963年）など参照。

　ちなみに、不動産所有権の譲渡をもってする代物弁済（482条）による債務消滅の効果を認めるために、判例は、登記等の行為を完了し対抗要件を具備しなければならないとしつつ（最判昭和39・11・26民集18巻9号1984頁など）、他方で、代物弁済による所有権移転効果は代物弁済の契約時にその意思表示の効果として生ずるとするものが存在する（最判昭和57・6・4判時1048号97頁、最判昭和60・12・20判時1207号53頁）。いささか紛らわしいが、**要物行為**たる代物弁済による債務消滅の効果発生と、代物として譲渡された不動産の所有権移転の問題は一応区別して論じうるとの立場によるものであろうか（当事者の意思解釈として両者を一致させることも決して不可能ではないはずであるが）。この問題については、田髙・クロススタディ物権法39頁以下参照。

(3) 所有権移転時期を確定する意味は

　より根本的に、「所有権の移転時期を一点に画することが必要なのか」ということ自体に対しても疑問が投じられている（確定不要説）。これは所有権概念自体の解体に向かう大胆な問題提起ではあるが（内田・民法Ⅰ434頁）、機能的な問題の分析からすると決して突飛な発想ではない。鈴木説（鈴木禄弥「特定物売買における所有権移転の時期」契約法大系Ⅱ［有斐閣、1962年］98頁→同・研究109頁以下）は、売買契約というプロセスの開始前には完全に売主に属していた所有権に含まれる諸機能が、契約締結・代金支払・引渡・登記などのプロセスを経ることによって「なし崩し的に」買主に移転し、最終

的に所有権が完全に買主に移ると説明される（**段階的所有権移転説**：太田説も記号論理学を用いて同様の結論を導かれる［太田知行・当事者間における所有権の移転（勁草書房、1963年）］）。このプロセスの途中で生じる問題については、当事者間の対内的関係は契約解釈により、第三者との対外的関係は主として対抗要件等の問題として、それぞれ処理される（鈴木・物権法講義121頁以下）。債権的効力しか有しない萌芽的物権が、登記移転の段階で完成体としての絶対的物権変動をもたらすという「**二段階物権変動**」の議論（加藤・大系Ⅱ76頁以下）も、これに近い発想といえようか。

　所有権の移転時期は、所有権移転によって、具体的に誰との関係で誰にいかなる法律効果が発生するかという点と関連させて考えるべき問題であるが、実は、民法には、そのほとんどの点について別途明文規定がある（しかも、当事者間に特約があればこれに従うべきことにも異論はない）。そこで、実際上、各々の問題局面ごとに処理可能であるために、所有権移転時期を画一的に定めることには積極的意味がない。たとえば、売買当事者間での果実収取権は、575条1項によって、ひとまず「引渡し」の時期を基準とすることが定められ、目的物が不可抗力で滅失したような場合については危険負担として、独自に危険支配の移転を論ずることが可能な仕組みになっている（534条以下。危険負担の所有者主義は必ずしも妥当しない）。売買における対価的牽連関係を重視しつつ、原則として、果実収取権・危険負担・所有権移転をひとまとめにして物権変動の時期を画定すべしとする見方（広中・物権52頁、同・債権各論講義［第6版］55頁以下［有斐閣、1994年］）も有力ではあるが、この見解も、当事者がそれぞれについて別々の時期を合意しうることは否定していない（意思解釈上そのように解するのが適当な場合が多いということであって、三つを常に一致させるべしと主張するものではない）。

　当事者以外の者との関係を考えてみると、たとえば、目的物について取引関係にある第三者との関係は、次項で扱う「**対抗問題**」として考えればよいから、所有権の所在自体は特に問題とはならない（177条）。買主や売主の債権者との関係は、必要とあらば**債権者代位**（423条）でも処理されうる問題である。取引関係にない第三者との関係では、不法行為の問題となるのが通常であり、侵害の排除を所有権移転と結びつける必然性はない（物権的妨害

排除請求の場面で、債権者代位の転用を介在させるかどうかの問題となるに過ぎない）。なるほど、**工作物責任**（717条）の場合には「所有者が誰か」が一応問題となるが、これもまた被害者との関係で暫定的に損害を負担すべき立場にある者を、（買主・売主という立場にとらわれず）不法行為法の観点から「所有者」として措定しておけば足り、さしあたり不動産では登記名義人を717条の「所有者」としておくのが現実的であるというに過ぎない。さらに、税法上、たとえば固定資産税を誰が払うかといった問題もあるが、この点は税法で明文によって定められているだけでなく（地方税法343条）、課税の適否の観点から確定すれば足りよう（リース目的物についての固定資産税など）。その他の責任についても、慣行によって事実上定まっているものも少なくない。

　こうして考えてくると、**所有権移転時期**をどこにおくかということは、かなり観念的な問題であって、効果との関係から考えれば一つ一つ定まりうるものである。しかも、画一的に考え、それを貫徹させようとしても、かえって不都合な結果をもたらすことにもなりかねない。そこで、議論の出発点としては、176条（契約時移転）をデフォルト・ルールとしつつ、所有権移転時期を広く当事者の意思解釈（あるいは確定的契約成立）の問題として考えることとしておき、経験則上、契約の時に所有権を移転させるという意思が認められない場合は、むしろ後からなされる登記や引渡（**対外的支配移動の徴表**）、あるいは代金支払いの時や、果実収取権の移転を定めた時期（**実質的支配の徴表**）に所有権を移転させる趣旨であると解しておくのが無難ではあるまいか。いうまでもなく、様々な権能は、必要に応じ機能的に分化して移転しうるが、特段の事情がない場合には一括して移転するのが原則であり、それが所有権というフルセットの物権（使用・収益・処分）の移転というにふさわしい。注意を要するのは、このような機能の一括移転という推定に必要以上に拘束されるべきでなく、具体的に問題となる機能、個々の効果、権利主張の相手方との関係で、調整していく必要があるということである。

　なお、実際上、問題となる所有権移転時期に関する**主張・立証**は、売買契約の確定的・終局的「成立」が立証されることで、ひとまず所有権の契約時移転に関する立証が尽くされたこととし、契約時以外の時点での所有権移転

を主張する者が、特段の意思の徴表となる事実について主張・立証する必要があるとするのが適当である（佐久間・物権40頁も参照）。

　＊【文献など】　不動産物権変動と所有権の移転時期に関しては、多くの優れた文献がある。主要なものとして、鈴木・研究109頁以下、同「所有権移転時期という問題の考え方」我妻栄先生追悼論文集・私法学の新たな展開（有斐閣、1987年）249頁以下、石田喜久夫「不動産所有権移転の時期をめぐる論争について」民商78巻臨時増刊(1)172頁以下［1978年］、同・物権変動論（有斐閣、1979年）、滝沢聿代「物権変動の時期」講座(2)31頁以下、同・物権変動の理論（有斐閣、1987年）、横山美夏「不動産売買契約の『成立』と所有権の移転（1・2完）」早稲田法学65巻2号、3号（1990年）、鷹巣信孝・物権変動論の法理的検討（九州大学出版会、1994年）。議論の概観には、星野英一「日本民法の不動産物権変動制度」民法論集6巻87頁以下（有斐閣、1986年）、鎌田・ノート①3頁以下、同「意思表示による物権変動」石田喜久夫編・判例と学説・民法Ⅰ172頁以下（日本評論社、1977年）が啓発的である。また、歴史的観点からは、谷口貴都・ローマ所有権譲渡法の研究（成文堂、1999年）、ゲオルク・クリンゲンベルク（瀧澤栄治訳）ローマ物権法講義（大学教育出版、2007年）、有川哲夫「物権契約理論の軌跡」原島重義編・近代私法学の形成と現代法理論303頁以下（九州大学出版会、1988年）が興味深い。

3　不動産物権変動と登記制度

(1)　序説

　典型的な二重譲渡の例として、たとえば、AがBに甲地を売却し、Bがその代金も支払ったが、未だ移転登記を受けないうちに、CがBに現れてAから甲地を譲渡してもらい、登記を済ませてしまったとしよう。このとき、BはCに対して、「その土地については自分が所有者である」と主張して、所有権の確認と移転登記の抹消を請求できるであろうか。当事者の意思表示だけで効力を生ずるはずの所有権移転と、所有権の排他性を考えると、そもそも、なぜAが二重に所有物を譲渡するというような問題が立てられるのかという疑問が当然に生じよう。しかし、この点は後に説明することとして、結論からいうと、Bが甲地に関する自己の所有権を否定する相手に対して所有権の存在を主張する（対抗する）ためには、原則として登記が必要とされている。177条は、「不動産に関する物権の得喪及び変更は、不動産登記法（……）その他の登記に関する法律の定めるところに従いその登記をしなければ、第三者に対抗することができない」と規定する。同規定が、不動産の物権変動に

公示の原則を適用し、登記を対抗要件としたものであることは既に述べた。一般に、「第三者」とは、「**当事者及びその包括承継人以外の者**」ということになるが、ここではＡＢ間は当事者関係にあり、ＣはＢにとって「第三者」である。したがって、Ｂは移転登記を受けていない限り、Ｃに対して自分の所有権を確認させることはできず、既に登記を得て対抗要件を備えたＣの移転登記の抹消請求も認められない（ＢもＣも登記を備えていなければ、訴えた方が負ける）。

このように、不動産物権変動に関する争いは、177条によって、登記の有無・先後を中心として処理される。そこで、不動産物権変動における対抗問題を具体的に考える前提として、不動産登記制度の概略を知っておく必要がある。

(2) 登記簿

(a) 登記

177条の「登記」とは不動産登記のことで、これは各地にある登記所（法務局またはその支局や出張所が管轄登記所となる）に備えられた不動産登記簿に、物権変動に対応する記載をすることを意味する。登記所には、登記事務を取り扱う登記官がおり（不登9条）、この登記官が当事者の申請等に基づいて登記簿に記載すべき事項（登記事項）を記録することによって登記が行われる（不登11条）。

(b) 登記簿

不動産登記簿は、かつては紙を綴じたバインダー式の帳簿であったが、平成16（2004）年の不動産登記法全面改正によって、磁気ディスクで調製されることになり（不登2条9号）、登記事項は磁気ディスクに記録された登記記録として保管されるようになった（不登2条5号）。従来は、「土地登記簿」と「建物登記簿」の2種類があったが（旧不登14条）、これも平成16年改正で廃止された。ただ、土地と建物の区別がなくなったわけではなく、登記記録は、それぞれ、一筆の土地、一個の建物ごとに作成される（不登2条5号）。このように、個々の不動産ごとに登記記録を作成して、いわばその不動産の

履歴書をつくっていく登記の方式を「**物的編成主義**」という。ドイツ流の手法である。これに対して、人を単位にして登記簿を契約の連鎖の形で時間順に編成していくやり方を**人的編成主義**といい、フランス法の採用する方法である。

(c) 登記簿の記録様式

　登記記録は、表題部と権利部に区分して作成され（不登12条）、権利部は所有権に関する甲区、所有権以外の権利に関する乙区に分かれる。従前の登記用紙は、表題部・甲区・乙区の三つに区分されていたが（旧不登16条1項）、改正不動産登記法では甲区・乙区の区別を用いずに、権利部に一元化されて記録される。ただ、実務上、不登15条の委任に基づく法務省令において、甲区・乙区に相当する区分が、現在も権利部の中に設けられている。

　① 表題部　　表題部には、不動産の表示に関する事項の登記が記録され

図2-5 【登記簿の例】

豊島区南大塚15丁目2　　全部事項証明書　　（土地）

【表題部】（土地の表示）			調製		地図番号	
【所在】豊島区南大塚一五丁目						
【①地番】	【②地目】	【③地積】㎡	【原因及びその目的】		【登記の日付】	
2番	宅地	123			平成15年1月15日	
【所有者】豊島区南大塚一五丁目2番　●●●●						

【権利部（甲区）】（所有権に関する事項）				
【順位番号】	【登記の目的】	【受付年月日・受付番号】	【原因】	【権利者その他の事項】
1	所有権移転	平成15年1月15日 第1234号	平成15年1月15日 売買	所有者　豊島区南大塚一五丁目2番●●●●
2	所有権移転	平成19年4月1日 第1432号	平成19年4月1日 売買	所有者 豊島区南大塚一五丁目3番■■■■

【権利部（乙区）】（所有権以外の権利に関する事項）				
【順位番号】	【登記の目的】	【受付年月日・受付番号】	【原因】	【権利者その他の事項】
1	抵当権設定	平成19年4月1日 第1305号	平成19年4月1日金銭消費貸借同日設定	債権額金3,000万円 利息年5.0% 損害金年13.5% 債務者 豊島区南大塚一五丁目3番 ■■■■ 抵当権者 東京都千代田区霞ヶ関一六丁目2番 株式会社○○銀行

る（**表示登記**：不登2条7号）。表示登記は、当該不動産の客観的状況を公示するためのもので、登記原因とその日付・登記年月日などのほか、たとえば土地の所在・地番・地目・地積など（不登34条1項）、建物については、その所在地、家屋番号、建物の種類・構造・床面積などの現況が記載され（不登44条1項）、これによって不動産の同一性と現況が確認できるようになっている。表示登記は、当事者の申請に基づいてなされるのが原則であるが（不登16条1項）、登記官が職権ですることもできる（不登28条）。保存登記がきちんとなされていない建物などでは、表題部の記載だけがあるというものもある。そこに徴税と保存登記申請資格者を明らかにする目的で所有者の記載があるが、それ自体は本来の「権利の登記」ではない。

② 権利部　権利部には、不動産の権利に関する登記（**権利登記**）が記録される（不登2条8号）。権利部に登記される権利は、所有権・地上権・永小作権・地役権・先取特権・質権・抵当権・賃借権・採石権の9種類である（不登3条）。登記されるべき権利の変動とは、それらの権利の得喪変更、すなわち保存・設定・移転・変更・処分の制限・消滅などをいう。

権利部の甲区には左から、順位番号欄と所有権移転などの「登記の目的」欄があり、受付年月日・受付番号、原因、そして権利者その他の事項が記録される。建物を新築した場合のように、不動産について最初に行われる所有権の登記を「保存登記」といい、その後に、所有権の移転登記や制限物権の設定登記がなされる。同一不動産について二つ以上の登記申請があった場合、登記官は、それらの登記を受付番号の順に従って行う（不登20条）。複数の登記申請の順位が明らかでないときは、同時になされたものとみなされ、同一の受付番号が付される（不登19条2項、3項）。こうして、登記された権利の順位（ひいては物権関係の優先劣後）は、原則として登記の順序によって定まる（不登4条1項）。

権利部乙区にも左から、順位番号、登記の目的欄があり、受付年月日・受付番号、原因、権利者その他の事項欄がある。乙区には所有権以外の権利（地上権や抵当権など）に関する事項が記録され、順位番号欄には事項欄記載の順序が記載され、これによって、対抗要件としての優先劣後が決まる。

(3) 登記の種類

「登記」と一口にいっても、いくつかの種類がある。

(a) 本登記・予備登記（仮登記）

まず、登記にはその「効力」の面で、いくつかの種類がある。一つは直接的に物権変動の対抗力を生じさせる登記で、これを**本登記**（終局登記）という。いま一つは、対抗力を直接には生じさせないが、間接的に、これに備えておくための**予備登記**である。

予備登記は「仮登記」（不登105条以下）と呼ばれるもので、今は本登記をするだけの条件が整っていないが、将来に条件が満たされたら本登記をするというような場合に、後の本登記に備えて予め本登記の「順位」を保全しておくためになされるものである。物権を保全する目的での仮登記や、物権の設定・移転・変更・消滅の請求権を保全する目的での仮登記などがある。仮登記の手続は、本登記に比べて簡単で、登録免許税も安く（不動産価格の1％程度）、登記義務者の承諾書があれば、単独でも可能である（不登107条）。また、承諾がない場合にも処分を得てなすことが可能であるから（不登108条：仮登記を命ずる処分）、順位保全目的などでしばしば利用される。たとえば、売買予約をして仮登記をしておくと、後から、新たに第二買主が現れて移転登記を取得したとしても、仮登記を本登記に直すことで優先順位を確保することができ、これに矛盾する登記は抹消される（不登109条2項）。つまり、仮登記がある場合の本登記の順位は、仮登記の順位によって定まるわけである（不登106条*）。債権を担保するために、代物弁済予約や停止条件付代物弁済契約を結んでおいて、所有権移転請求権保全のための仮登記をしておくことがあるが（→仮登記担保）、これなどは仮登記の順位保全効を使った担保方法である（担保物権法で学ぶ）。

＊【仮登記の効力】 仮登記には順位保全効があるが、本登記と異なって、そのままでは対抗力がない（最判昭和38・10・8民集17巻9号1182頁）。対抗力を取得するには、登記上利害関係のある第三者（本登記につき利害関係を有する抵当証券の所持人又は裏書人を含む）の承諾を得つつ、本登記をなす必要がある（不登109条1項）。また、仮登記を本登記にしたからといって、本登記の対抗力に遡及効まで認められる

わけではないと解されている（我妻＝有泉・講義Ⅱ175頁など通説である。最判昭和36・6・29民集15巻6号1764頁、最判昭和38・10・8民集17巻9号1182頁、最判昭和54・9・11判時944号52頁も、同旨。反対、末弘・物権法上101頁）。たとえば、平成20年3月1日に仮登記をしたAが、同年5月20日に本登記をした場合、3月1日に遡って対抗力を主張できるわけではない。したがって、この不動産について既に賃借権を持つBがいるような場合、Aは本登記をした5月20日から所有権を対抗できるだけであって、「3月分からの賃料を自分に払え」とは言えない。なお、不実の仮登記（抵当権設定仮登記）につき、場合によっては不法領得の意思を実現する行為として、横領罪に該当することがある（最判平成21・3・26判時2041号144頁）。

かつて、予備登記には「予告登記」というのがあり、たとえば、登記原因の無効や取消によって登記の抹消や回復の訴えが提起されたような場合、これを第三者に警告するために職権でなされるものであった（旧不登3条）。しかし、この予告登記は平成16年改正で廃止された。実益があまりなかったことに加えて、予告登記をすることで抵当権の実行を妨害する等の濫用の弊害が目立ったことが、その理由である。

(b) 主登記・付記登記

順位の変動に関して、特殊な登記の記録方法がある。通常は順位番号欄に登記の順序に従って独立に順位番号がつけられるが（**主登記**）、既存の登記の順位番号が枝番号をつけて、そのまま用いられることがある。これを「付記登記」という。**付記登記**は、既になされている権利登記（主登記）を前提として、これと一体のものとして公示される権利登記である（不登4条2項）。抵当権の移転などの際に用いられることが多く、こうすることによって、その順位を変えることなく、抵当権移転登記をすることができるわけである。

(c) 記入登記・変更登記・更正登記・抹消登記・回復登記

登記の記載内容の面からの分類としてよく使われるものに、記入登記・変更登記・更正登記・抹消登記・回復登記がある。

① **記入登記**は、新しい登記原因に基づいて登記簿に新たに記録されるものであり、所有権保存登記や所有権移転登記、抵当権設定登記などは、通常この記入登記である。

② **変更登記**は、後から登記名義人の氏名や住所が変わった場合のように、実体関係と登記に不一致が生じたときに、既存の登記の一部変更を目的として行われる。

③ **更正登記**は、変更登記に似ているが、もともとの誤記や遺漏のために登記と実体関係が違っていたというような場合になされる。

④ **抹消登記**は、登記に対応する実体関係が存在しなくなった場合に、既存の登記を抹消するものである。売買契約が無効であった場合に所有権移転登記を抹消する場合や、抵当権の被担保債権が弁済によって消滅したので抵当権設定登記を抹消するというような場合に行われる。

⑤ **回復登記**は、いったん存在したが後から消滅した登記について、その回復を求めるものである。たとえば、誤って抵当権の抹消登記がされてしまったが、弁済が有効でなかったことが判明したために、抹消登記を否定して、もとの登記関係を回復するというような場合に用いられる。

(4) 登記手続
(a) 当事者共同申請主義

不動産の権利登記は、原則として、当事者（**登記権利者**［不登2条12号：ある登記をすることによって直接に登記上の利益を受ける者］と**登記義務者**［不登2条13号：ある登記をすることによって直接に登記上の不利益を受ける者］）による「**共同申請**」を受けて行われる（不登60条。例外は判決または相続による登記）。売買契約によって不動産を譲渡した場合の所有権移転登記についていえば、売主・買主がそれぞれ登記義務者・登記権利者ということになる（反対に、所有権移転の抹消登記の場合には、買主が登記義務者、売主が登記権利者ということになる）。当事者が共同で登記申請をすることによって、不利益を受ける者を申請手続に参加させ、登記に真の実体的関係を反映させようという政策的配慮による。登記申請がなされると、登記官は、実体的原因関係や権利関係までは審査しないで、形式的・手続的要件に適合している限りで登記をすることとされ（**形式的審査主義**）、登記名義人となる申請者には登記識別情報が交付される＊。

＊【**登記手続の電子化と登記識別情報**】 改正不動産登記法のもとでは、オンラ

インでの申請が可能となった。その結果、従来、手続が完了したときに登記所から登記名義人等に交付されていた「**登記済証**」は廃止された。登記済証は、「**権利証**」などと呼ばれていたもので、これまでの登記手続上は登記名義人の本人確認手段として重要な役割を演じていたものである。しかし、書面のままでは、いずれにせよオンライン申請には対応できないこともあり、「**登記識別情報**」の制度に取って代わられることになった。登記識別情報は、登記完了時に登記所から登記名義人となる申請者に通知されるもので（不登2条14号）、アラビア数字・アルファベット等の符号の組み合わせからなる12桁のIDコードで、当該登記にかかる物件情報、登記内容と併せて交付されることになっている。

(b) 登記請求権

共同申請すべきときに、登記義務者が登記に協力しない場合、権利者が登記を備えるには、義務者に対して登記手続に協力すべきことが請求できなければならない。これを「**登記請求権**」というが、その根拠については考え方が分かれる。

考えられる根拠は3つほどある。第1は、登記請求権が物権的請求権のあらわれであるというものである。この理由づけがぴったりするのは、実質的権利者が不正登記の名義人に対して抹消登記請求をするような場合である。第2は、登記法上の要請として物権変動の過程をできるだけ登記上に現わす必要があるからという理由であり、このことは、たとえば、買主が目的物を転売した後でも売主に対して登記請求権を失わないことを説明するのに適している。第3は、当事者間の登記に関する特約、つまり債権的な根拠に基づく債権的登記請求権として説明するものである。売主は売買契約に基づいて完全に財産権を移転する義務を負うのであり、登記に協力せよというのはこうした履行の請求でもある。当事者の特約ということを特に根拠に持ち出す必要があるのは、後述の「中間省略登記」の請求を根拠づけるような場合である。判例は、いずれの根拠も認めている（大判大正5・4・1民録22輯674頁、大判大正7・5・13民録24輯957頁、大判大正10・4・12民録27輯703頁など）。強いて一元的に説明する必要はないものと思われる。

(c) 登記引取請求権

以上と反対に、登記義務者が登記しようとしているのに、登記権利者が固定資産税がかかってくるのを嫌って、いつまでも登記に協力しないような場合、登記義務者の方から登記権利者に対して「登記を引き取れ」と請求できるのでなければなるまい。放置しておくと建物の設置・保存の瑕疵について、何時までも責任を負わされる危険もある（717条参照）。判例（最判昭和36・11・24民集15巻10号2573頁＝不動産判百62事件［尾島茂樹］）も、このような**「登記引取請求権」**を認めている。

(5) **登記の有効要件など**

登記が有効であるためには、まず、形式的要件として、不動産登記法所定の手続的要件が満たされていることと、実質的要件として、登記内容が実体関係に適合していることが必要である。

(a) 形式的要件

形式的要件は、登記官の審査を経ているため、それほど問題になることはないが、それでも問題が生じる場合がある。登記官が転記の際に間違えて記載漏れを生じてしまったとか、保管上のミスで滅失してしまったような場合にどうすればよいか。何ら責めるべき点のない真の権利者を保護するか、登記の公示機能を重視して取引の安全を優先させるかが問題になる。判例は、真の権利者を保護する傾向にある（大連判大正12・7・7民集2巻448頁、最判昭和32・9・27民集11巻9号1671頁など）。したがって、登記によって一度発生した対抗力は、登記官の過誤による遺漏や、登記簿の滅失があっても失われることはないという。学説はむしろ批判的で、登記の記載がない以上、第三者に対する関係では対抗力の基礎がなくなるのではないかとするものも多い。おそらく、判例の立場でよいであろう。後述のように、登記権利者による登記の懈怠に権利の消滅という不利益を甘受させるのが177条の本質であるとすれば、同人に何ら責むべき点がないときには対抗力を残しておくべきだからである。

間違えて二重の登記がなされてしまったような場合はどうか。考え方とし

ては、手続の先後を尊重して、先の登記が有効で、後の方は無効とするか、手続的な順序よりも実体法的な観点からどちらが有効かを決すべしという考え方があり得よう。判例は、まずもって手続の先後で有効な登記を決めており、先の登記が実質的要件を欠いているということで無効となった場合に、後の登記の効力を認めるという態度をとっている（最判昭和34・4・9民集13巻4号526頁）。

  (b) 実質的有効要件
　登記に対応する実体的権利がない場合、登記は原則として無効である。物権変動がないのに移転登記をするとか、権利名義人になっているけれども本当は別の人が真の権利者であるというような場合、いずれも登記は無効であり、虚偽の登記ということになる。もっとも、登記が実体に先行していたが、後に実体的権利状態と合致するに至った場合には、当該登記も有効とされることがある（最判昭和41・1・13民集20巻1号1頁、最判昭和23・7・20民集2巻9号205頁など）。登記に公信力がないことは、既に述べたとおりである。
　(i) 旧登記の流用　　しばしば問題となるのは旧登記の流用である。たとえば、滅失した建物の登記を新築建物の登記として流用するとか、昔の抵当権が弁済でいったん消滅したのに、そのまま後から同じ内容の抵当権を設定して旧登記を利用するというようなことが、登記手数料の節約のため、あるいは順位を流用しようとして行われる場合がある。判例は、新築建物への流用は常に無効とし（最判昭和40・5・4民集19巻4号797頁など）、抵当権登記の流用は、流用前に現れた第三者に対しては無効だが、流用後に現れた第三者に対しては有効である（厳密に言えば、無効を当該第三者が主張することができない）としている。
　(ii) 中間省略登記　　実質的要件との関係で、登記が現在の権利状態と一致してはいるけれども、物権変動の過程と一致していないという場合はどうか。たとえば、土地が現実にはAからBへ、BからCへと移転したにもかかわらず、登録免許税を節約するために登記簿上では中間者のBをとばしてAからCへと直接移転したことにしているような場合である。このようないわゆる「**中間省略登記**」の有効性については、判例上、考え方に変遷があるが、

結局のところ中間者Bの同意があれば、その者の利益（Cとの関係での同時履行の抗弁権など）も守られているであろうということで、これを条件に中間省略登記も有効と考えるに至っている（大判大正5・9・12民録22輯1702頁）。そうすると、中間者Bの同意がない場合には無効ということになりそうであるが、この場合にも、さらに登記上利害を有する第三者Dが現れた場合には、Bは、もはや正当な理由なくして中間省略登記の抹消を求めることはできないとされた（最判昭和35・4・21民集14巻6号946頁）。中間者の利益よりも取引の安全に配慮した処理であるが（舟橋・物権112頁）、中間者の利益を無視してこの問題を考えることは必ずしも適当でない（高木多喜男「中間省略登記の効力」不動産登記講座Ⅰ127頁［日本評論社、1976年］参照）。なお、中間者の同意を要件とするのは、あくまで中間者の利益を守るためであるから、第三者の側から中間者の同意の欠如を理由に中間省略登記の無効を主張するということもできない、というのが判例である（最判昭和44・5・2民集23巻6号951頁＝不動産判百66事件［鎌田薫］）。

次の問題は、不動産がAからB、BからCへと順次売却されて、まだAのところに登記が残っているときに、Cは自分に移転登記させるために、直接、Aを相手取って訴えることができるかである。事実に符合しない登記について裁判所の協力を求めることは許されないとの見解が比較的有力であるが（最判昭和40・9・21民集19巻6号1560頁＝判百Ⅰ49事件［小粥太郎］；不動産判百65事件［鎌田薫］、最判平成22・12・16民集64巻8号2050頁＝民商144巻4＝5号536頁［大場浩之］も、結果的に、「物権変動の過程を忠実に登記記録に反映させようとする不動産登記法の原則」を重視して、原則として物権変動どおりの登記請求しか認めない。但し、最判昭和35・1・22民集14巻1号26頁＝不動産判百61事件［始関正光］は競落による所有権移転登記が介在しているケースで真正所有者からの移転登記請求を認める）、やや硬直に過ぎよう。とはいえ、中間者であるBの利益を無視できないから、無条件で請求を肯定するわけにはいくまい。そこで、中間者の利益が害されない場合に限り、中間省略の移転請求を認めるべきであるとする見解が比較的有力である（幾代・登記請求権54頁以下、田山・通説物権80頁以下、川井・概論Ⅱ65頁以下など*）。以上とは別に、Cのとりうる方法としては更に2つが考えられる。Bに対する登記請求訴訟

で勝訴したうえで、この登記請求権を被保全債権として債権者代位（423条）の転用により、Aに対して自分に移転登記せよとの判決を求める方法である。いま一つは、CがAに対して自分に移転登記せよという請求をすると同時に、この登記について同意を求める訴訟をBに提起して、二つの勝訴判決をもとに移転登記をなすことである。

  ＊【登記原因証明情報の提出】　改正不動産登記法は、権利に関する登記申請に際して登記原因を証明する情報の提出を必須としている（不登61条。従来は「登記原因証書（旧不登35条1項2号）」の提出は必須ではなかった）。そうなると、売買による移転登記を申請する場合には、契約当事者・契約日時・対象物件・所有権移転の確認書面情報などが必要となるわけであるが、中間省略登記の場合、中間者を含む当事者間での積極的協力関係がない限り、これらの情報を準備することが困難であるから、事実上、中間省略登記が抑制される結果となることが予想される。もっとも、「買主の地位の移転」や「第三者のためにする契約」といった手法を用いて、事実上、中間省略登記と同様の結果を得ることも、不可能ではない。

4　不動産物権変動と対抗問題

　以下では、具体的に不動産物権変動と対抗問題を学ぶ。176条と177条の関係を含め、解釈上、問題の多いところで、物権法における最初の難関でもある。どのような物権変動が「登記を要する物権変動」なのか、誰に対する関係で登記がなければ不動産物権変動を主張できないのか（「第三者」の範囲）、などを具体的に考えよう。登記に公信力が認められていない現行法下では、権利帰属の外形に対する信頼は、94条2項の類推適用問題とも深く関わる。真の権利者と目される者の権利保護（**静的安全**）と、権利の外形を信じて取引に臨んだ第三者の利益保護（**動的安全**）、ひいては公示手段としての不動産登記制度に対する信頼の調整が課題となる。

(1)　176条と177条の関係
(a)　二重譲渡の法的構成をめぐって

　対抗問題の基本を考える上で、典型問題である不動産所有権の二重譲渡＊について考えよう。

AからBが甲不動産を買受け、代金を支払ったが移転登記を受けないうちに、Aが事情を知らないCにも甲地を売却して代金を受け取り、Cが移転登記を済ませてしまった。このとき、BはCに対して自己の所有権を主張しようとしても、登記がないために177条によって「対抗する」ことができない。自由競争市場では登記を信頼して迅速・確実な取引ができることが望ましく、権利者といえども登記がなければ不利益を被る可能性があるとすることは、すみやかな登記へのインセンティブを与えることにもなるからである。さらに進んで、BCのいずれも登記を備えていないとき、BもCも、そのままでは互いに相手方に対して自己の所有権の取得を主張できず、結果的に訴えた方が負ける結果となる（ただし、双方未登記の場合は先に物権を取得したBを優先させるべしとする説もある［滝沢聿代・物権変動の理論（有斐閣、1987年）283頁以下など］）。したがって、所有権が二重に譲渡された場合、いち早く登記を備えた譲受人が勝つ結果となる。もっとも、177条は、物権変動の効力を第三者に向かって主張するには登記がなければならないとしているだけであるから、第三者の側から登記のない物権変動の効力を認めることは何ら差し支えない。以上の結論自体については、現在のところほとんど異論がない。しかし、この帰結に至るためには、「物権変動における意思主義」や「対抗要件主義」、「一物一権主義」や「物権の排他性」といった物権に関する基本的原理からすると、いくつか説明の困難なロジックが含まれている。

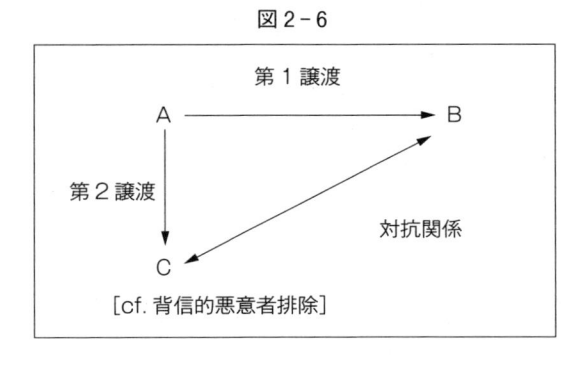

図2-6

第1譲渡
A → B
第2譲渡 ↓　↗ 対抗関係
C
［cf. 背信的悪意者排除］

　＊【二重譲渡と二重売買】「二重譲渡」という表現が用いられる場合は、単一の所有権について、本来であれば両立し得ないはずの所有権移転がともに有効に成立していると見られる状態を指しており、譲渡合意がいまだ債権段階にとどまっている場合をも含む「二重売買」とは一応区別しておく必要がある。たとえば、「契約成立時に所有権移転の効果が生ずる」という説によれば、原則として二重売買は

常に二重譲渡関係をもたらすが、「代金支払・登記・引渡時に所有権が移転する」との説では、二重譲渡関係を生じることが相対的に少なくなり、物権変動の対抗問題以前のところで決着がつく可能性がある。なお、本文の説明は「所有権譲渡 vs. 所有権譲渡」を典型例としているが、基本的には「地上権設定 vs. 完全な所有権譲渡」のような互いに相容れない同一内容の物権相互の衝突についても妥当する（ちなみに優先劣後の関係が前提となる抵当権 vs. 抵当権では衝突を生じない）。これを比喩的に「食うか食われるか」の関係などということもある。

　素朴な疑問の一つは、176条によって意思表示のみで物権変動の効力が生じるのだとすると（所有権移転時期に関する伝統的な議論によれば）、ＡＢ間で売買契約が成立したとき、あるいは、少なくとも代金が支払われてしまえば、所有権はＡからＢに移転してしまい、その結果、Ａが無権利者になってしまった以上、Ｃに所有権を二重に譲渡するのが不可能ではないのかというものである。もし、Ａが無権利者であるとすると、無権利者から譲り受けたＣも無権利者であって、実体的権利を伴わない移転登記は無効ということになりそうである。しかし、結果において登記を備えたＣが優先するのは何故か。このとき、Ｂが未だ登記を備えていない以上、ＡからＢに所有権が移転していないと構成することは物権変動における意思主義に反することになり、逆に、無権利の譲渡人Ａのもとにある登記名義を真実のものと誤信したＣが保護されて所有権を原始取得しうると構成するのは、対抗要件主義に反する。この問題については、様々な説明が試みられてきた。

　①　相対的物権変動　　試みの一つは「相対的無効説」とでもいうもので、ＡＢ当事者間では完全に物権変動の効力が生ずるが、第三者Ｃとの関係では物権変動を生じていないものとして扱われるという説明である。しかし、登記のない物権変動でも第三者から有効と認めることは差し支えないわけであるから、全く無効というのは言い過ぎであろう。そこで、第三者との関係でも一応は物権変動は生じているのだけれども、第三者が、登記が欠けていると積極的に主張したり（否認権説）、自分も同じ不動産の所有権を取得したというような形で他方の物権変動と両立しない事実を主張した場合に（**反対事実主張説**）、そのような第三者との関係では物権変動の効力がなかったことになるという説明も試みられた（末川・物権95頁）。ただ、特別の意思表示をしないときや、ＣがＡＢ間の売買のことを知らない場合にはどうなるのか

といった疑問は残る。いずれにしても、このような見解は、結局のところ、登記のない物権変動には債権的効力しかないというに等しい（**債権的効力説**）。

②　不完全物権変動説　伝統的通説もまた、登記がなくても、当事者間でも第三者に対する関係でも物権変動の効果が一応生じているが、登記を備えない限り完全に排他性のある効果を生じないと説明する（我妻＝有泉・講義Ⅱ149頁など）。したがって、譲渡人も完全な無権利者とはならず、譲渡人が更に他の者に譲渡することも可能とされる（このような考え方は「**不完全物権変動説**」と呼ばれる）。比喩的に言えば、譲渡人Ａは、甲地をＢに譲渡後も「登記名義」というしぼんだ風船をもっているようなもので、Ａには、第２買主Ｃにこの登記を備えさせることで、風船をもう一度膨らませて完全な所有権として取得させる可能性が残っている（Ａは完全な無権利者にはなっていない！）というわけである。いささか曖昧な説明ではあるが、この不完全物権変動説が一般に判例によっても受け入れられてきた（最判昭和33・10・14民集12巻14号3111頁）。この曖昧な部分を突き詰めて、176条による「萌芽的相対的物権」の移転と、177条による対世効をもつ「絶対的物権」の移転の「**二段階物権変動**」を語る見解（加藤・大系Ⅱ76頁以下、96頁以下）も現れている。それにしても、第１の売買後になおＡの譲渡可能性を認めることは一物一権主義に反するのではないかといった疑問や、そこに通常の所有権と異なる「不完全物権（萌芽的物権）」を観念するとすれば、それは物権法定主義に反するのではないかといった疑問は生じよう。ことは、物権・債権峻別論や二分論にもかかわってくる問題なのである。

③　公信力説　逆に、物権変動における意思主義に忠実に、ＡがＢに不動産を売却すれば無権利者になるという前提から出発し、それにも拘らずＣが所有権を取得できるのは、Ａのもとに残っている登記の公信力によるものだと説明する見解がある（これを「**公信力説**」という）。つまり、登記を信頼した第三者を保護すべく、ＣがＡを所有者と信じかつそのことに過失がなければＡＣ間にも有効な物権変動を生じ、これはＡＢ間の物権変動と互角であるから、先に登記を備えた方が優先するという。さらに進んで、善意・無過失のＣが登記を備えることで、いわば甲地を善意で原始取得し、反射的に、Ｂは所有権を失うという説明もないではない（最後の説ではＣが登記を備えて

いない場合にはBの方が勝つ）。この際、公信力説では、Cに善意・無過失（少なくとも善意）が当然に要求されることに注意しなければならない。後述のように、通説・判例は「背信的悪意者」のみを177条の「第三者」から排除するから、公信力説では少なくとも論理的には「第三者」の範囲が狭まる結果となる。実質的価値判断からすれば、「悪意の第三者」を敢えて保護する必要はないということかも知れないが、「自由競争の原理」や「取引の安全」を理由に、第三者の善意・悪意を原則として問うべきではないとの立場からの批判があるほか、公信力説では、不動産登記に公信力がないというわが国の不動産登記制度の大前提に矛盾するのではないかといった根本的疑問にぶつかる。ただ、登記に公信力があるかという問題をひとまず離れて、現在の不動産取引の実態や当事者間の実質的利益衡量から、公信力説が目指す帰結や価値判断を是とする態度（鎌田・ノート72頁以下）は、当然あり得よう。

　④　法定制度説　　以上のように、本来両立し得ない物権の帰属先や帰属状態を説明する諸議論に対し、176条と177条という条文の存在自体が、第三者による新たな権利取得を認めた**法定制度**であると説明する見解（星野・概論Ⅱ39頁以下など）も有力である。つまり、176条は意思表示のみによる物権変動を定めてはいるが、そのような物権変動は177条の存在によって制約を受けており、その限りで登記を先に備えた第三者の権利取得が保証され、結果として、譲渡人には二重譲渡も可能となっているに過ぎないというわけである。

　問題の沿革からすれば、おそらく法定制度説が比較的素直な説明であろうと思われる。民法の物権変動についての基本構造がフランス法に由来するものであることは、既に述べた通りであり、フランスでは意思の力を重視し、「物権変動が意思表示だけで生ずる」ことを大原則とした。そこで、フランス民法典制定当初には、わが国の176条にあたる条文（ＣＣ711条）しか存在せず、物権の優先順位は、物権変動の原因である契約の時間的先後によって決せられた。しかし、これはかなり危うい制度であって、たとえば、AからBが甲不動産を手に入れるよりも前に、CがAと契約して所有権を取得していたという証拠が出てくれば、Bの地位が否定されてしまうおそれがあった。

にもかかわらず、フランス法は、50年間近く、その規定だけで凌ぎ、部分的に抵当権の設定や贈与による所有権移転について登記を要求するにとどめたのである。やがて1820年頃から、農業に対する投資が盛んになり、不動産取引も頻繁になったことから「意思主義」だけでは取引の安全をはかることが困難となり、結果的に、民法典の原則的立場を維持しつつ、登記法に当たる1855年の特別法で日本民法177条に相当する規定を創設して、原則に対する例外となし、移転した所有権は登記しなければ第三者に対抗できないものとした。これによって、物権の優先順位は、争いを生じた場合には、物権変動の原因である契約の時間的先後ではなく、登記の先後によって決まる結果となったのである（その意味では、フランス法における登記は**法定証拠**と言ってよいかもしれない）。つまり、フランスでは176条に当たるルールが原則であり、177条に当たるルールは例外と位置付けられ、しかも177条に相当するルールは176条相当のルールを受けてできた規定であるから、「意思表示による物権変動」についてのみ登記が対抗要件として必要とされる。そのため、フランスでは、わが国と異なり、相続による物権変動や、時効取得による物権変動に登記がいるかといったことは問題にならない。

　ひるがえって、日本法をどう理解すべきか。日本では、民法に、同時に176条と177条が規定として導入され、動産については178条が用意された（ちなみにフランス民法には178条に当たる規定はなく、日本民法192条の善意取得に当たる規定だけがある）。沿革的に、日本法における176条と177条、そして178条は、全く対等の価値をもって民法典の中にある。したがって、それぞれが必ずしも原則・例外という関係に立つわけではない。とすれば、解釈論としては、176条と177条はセットにしてその意味を考える必要があり、同時に、177条が176条を受ける形で「意思表示による物権変動」のみに適用範囲を限定していると解する必然性もない。民法起草者が、物権の得喪変更について無制限説をとり、フランス法との違いを繰り返し強調しているのは、そのためである。

　以上を前提に考えると、かりに民法典に176条しかないのであれば、論理的には二重譲渡はあり得ず、事実上、二重に売却されても、売主は第1譲渡によって既に所有権を失っているのだから、第2買主は無権利者となる。し

かし、それでは取引の安全が害されるため、177条が設けられているわけであるから、これによって、第2買主が先に登記をした場合は、第1買主が失権して第2買主が所有権者となり得ることを定めたと説明するほかない（内田・民法Ⅰ436頁以下）。つまり、177条の存在が第2の譲渡を意味あるものにしているわけである。言い換えると、177条の存在によって、法律上も二重譲渡が可能になっているのであり、二つの条文を合わせて読む限り、売主が譲渡したものは「**登記がなければ第三者に対抗できないような制約を帯びた所有権**」であり、結果的に売主は二重にも三重にも所有権を譲渡することができることになっているのである（ほかにも560条、561条が、「他人の所有物」の売買契約を有効ならしめていることを想起されたい）。

　このとき177条は、第三者の利益保護という目的を実現する手段として、登記をしないでおくと、第1買主も、第2買主に対抗できないものとしており、単に登記を信頼した第2買主を保護するという論理構造にはなっていない。敢えて177条を説明すれば、不動産について物権を取得した者も、登記を備えないで放置していると、第三者が先に登記を得たときには失権してしまう可能性があるという規定であるから、「**登記ができるのに登記をしないでいる者の懈怠をとがめる**」という客観的意味をもった規定ということになる。もちろん、この場合にも、「悪意の第三者」まで保護してよいかという問題は等しく生じるため、この点についての要件をどうするかは、ある種の政策的判断にかかってこよう。ただ、少なくとも、公信力説が説くように、構造的に善意（または善意・無過失）の第三者しか保護されないという性格のものではないことには留意すべきであろう。第三者保護という目的と対抗要件主義という手段の間には、一定のギャップがあるからである（以上の点につき、星野・後掲論文参照）。

　なるほど、第1買主がもっている「登記を含めて完全な所有権を移転せよ」という債権に対して、第2買主が悪意でこれを奪おうとする行為が「**故意の債権侵害**」に当たるとすれば、対抗問題を前提として悪意者排除と結びつけることも十分に考えられよう（債権侵害の効果が損害賠償にとどまるとすれば、物権変動に直接影響するものではないが、磯村保「二重売買と債権侵害(1)」神戸法学雑誌35巻2号402頁以下［1985年］は、177条の保護に値しない第三者は

債権者取消権によって権利取得を否認されうるという)。政策的判断として、登記慣行も定着し、不動産取引や不動産所有権についての考え方も大きく変化した今日の社会で、現に居住する未登記所有者を追い出して、悪意者に所有権を付与してまで、登記を促進し、自由競争の名の下に登記懈怠への制裁を加えるのが適当かは、検討の余地ある問題である。

 ＊【文献など】　篠塚昭次「物権の二重譲渡」論争民法学1（成文堂、1970年)、石田喜久夫「二重譲渡と登記」新版民法演習(2)32頁（有斐閣、1979年)、星野英一「物権変動論における『対抗』問題と『公信』問題」法学教室38号（1983年)、同「日本民法の不動産物権変動制度」国民と司法書士（1980年)（いずれも星野・民法論集第6巻［有斐閣、1986年］所収)、鈴木禄弥「民法177条の『対抗スルコトヲ得ス』の意味」同・研究238頁以下所収、鎌田薫「不動産二重売買における第二買主の悪意と取引の安全」比較法学9巻2号31頁以下（1974年)、同「対抗問題と第三者」講座(2)67頁以下、同「『二重譲渡』の法的構成」民法の争点Ⅰ、同「『二重譲渡』の法的構成」新・民法の争点95頁（2007年)、池田恒男「登記を要する物権変動」講座(2)137頁、新版注釈民法(6)423頁以下（原島重義＝児玉寛)、多田利隆「民法177条の『対抗』問題における形式的整合性と実質的整合性」民商102巻1号22頁、2号150頁、4号409頁（1990年)、吉田邦彦・債権侵害論再考570頁以下（有斐閣、1991年)。

(b)　二重譲渡と対抗問題

論理的に二重譲渡が可能であるとしても、すべての譲受人間で「対抗問題」が発生するわけではない（登記がなければ対抗できない第三者の範囲一般については後述)。177条は、同一の不動産について互いに両立しがたい正当の権利や利益を有する第三者に対して、登記を備えることで物権変動のあったことを知らしめ、その者に不慮の損害が生ずることを免れさせるための規定であるから、そのような配慮の不要な者まで「第三者」とする必要はない（目的論的制限［縮減])。したがって、物権変動に利害関係のない者や、利害関係を有する者であっても保護に値しない者は、そこから除外されてよいということになる。つまり、177条にいう「第三者」とは、「当事者もしくはその包括承継人以外の者であって、不動産に関する物権の得喪変更について登記が欠けていることを主張する正当の利益を有する者」を指しているとする見解が広く受け入れられている（第三者制限説。大連判明治41・12・15民録14輯1276頁＝不動産判百46事件［石田剛］以来の確立した判例準則である)。

それゆえ、同一不動産について所有権・抵当権等の物権や賃借権を正当権

原によって取得した者などは「第三者」たり得るが、当該不動産に関して転々譲渡された場合の**前主・後主の関係にある者**（最判昭和39・2・13判タ160号71頁）、不法占拠者（最判昭和25・12・19民集4巻12号660頁＝判百Ⅰ58事件［良永和隆］＝不動産判百47事件［山田卓生］）、無権代理によって譲渡を受けた者、登記簿に所有者と表示されているに過ぎない者からの譲受人などの「実質的無権利者」は177条の「第三者」に含まれない（最判昭和34・2・12民集13巻2号91頁）。このとき、「第三者」の善意・悪意は原則として不問とされているが（大判明治38・10・20民録11輯1374頁、最判昭和32・9・19民集11巻9号1574頁など）、実体上、物権変動の事実を知る者（＝悪意者）の中でも、当該物権変動についての登記の不存在を主張することが「信義に反する」と認められる事情がある場合には、「正当の利益を有しない者」として「第三者」から排除されている（「**背信的悪意者**」の排除については次項参照）。不動産登記法もまた、「詐欺又は強迫によって登記の申請を妨げた第三者」、「他人のために登記を申請する義務を負う第三者」を明示的に、「登記がないことを主張することができない」第三者として規定する（不登5条参照）。自由競争原理によって正当化し得ないような行為に出た者には、早い者勝ちのルールによる保護を与える必要がないからである。すすんで、不動産登記法5条のような明文に該当する事由がなくても、「これに類するような、登記の欠缺を主張することが信義に反すると認められる事由がある場合」も177条の「第三者」に当たらないと解されている（最判昭和31・4・24民集10巻4号417頁、最判昭和40・12・21民集19巻9号2221頁）。

なお、背信的悪意の主張立証責任は、登記を有しない第1譲受人側にあることから、実際問題として第三者の現実の悪意（重過失を含む）を立証しない限り、登記を有する第三者が保護される結果となるために（転得者につき後掲最判平成8・10・29民集50巻9号2506頁）、背信的悪意者排除説と悪意者排除説で結果的に大きな差が出るわけではない（七戸克彦「民法177条の『第三者』——背信的悪意者」新・民法の争点101頁など）。

(c) 背信的悪意者の排除（裁判例）

177条の「第三者」から背信的悪意者を排除すべきであるとしても、登記

の欠缺（不存在）を主張することが信義に反すると認められる事情の有無は、不動産登記法5条所定のような場合を除いては個別に判断されざるを得ない。「悪意者」概念が「実体上物権変動があった事実を知りながら当該不動産について利害関係を持つに至った者」であるとして（最判昭和44・1・16民集23巻1号18頁）、問題は、これにいかなる事情が加われば「背信的」との評価が下されるかである。

　①　肯定例　　判例では、他人が山林を買い受けて23年余の間占有している事実を知っている者が、買主が所有権取得登記を経由していないのに乗じ、買主に高値で売りつけて利益を得る目的で当該山林を売主から買い受けてその旨の登記を得た等の事情のある場合（最判昭和43・8・2民集22巻8号1571頁＝判民Ⅰ〈第4版〉57事件［池田恒男］）、山林の贈与に関して、山林が受贈者の所有に属することを確認し、贈与者が速やかに受贈者に対して所有権移転登記をなすべき旨の和解が成立した際に、立会人として示談交渉に関与し、和解条項を記載した書面に立会人として署名捺印した者につき（最判昭和43・11・15民集22巻12号2671頁）、それぞれ背信的悪意者に当たるとしている。前者では、不当な利益追求の意図が問題となり（権利濫用の法理と親和性がある）、後者では、他人の権利確保に義務を負う者や権利関係を積極的に認証した者の行為が問題となっている（不登5条参照）。

　また、厳密な二重譲渡ではないが、A所有の不動産がBによって時効取得された後に、当該不動産をAから譲り受けて所有権移転登記をなしたCが、譲渡を受けた時点で、Bが多年にわたり当該不動産を占有している事実を認識し、Bの登記の欠缺を主張することが信義に反すると認められる事情があるときは、Cが背信的悪意者に当たるとしたものもある（最判平成18・1・17民集60巻1号27頁＝判百Ⅰ56事件〈第6版〉［石田剛］＝不動産判百44事件［松久三四彦］）。単純悪意ではないにせよ、長期にわたる事実関係・利用状態の尊重の理念が加わっている点で異色であり、利用状況の社会的評価が背信性の判断に大きく影響したことがうかがわれる。状況判断が背信性の判断と結びつくことで、結果において背信的悪意者排除説は、次第に悪意者排除説に接近しているといえよう。

　②　否定例　　逆に、前掲最判昭和40・12・21民集19巻9号2221頁では、

借地人Aが借地上に所有していた家屋をBに贈与し移転登記は経由しないまま、Aの口添えのもとでBと土地所有者Cの間で土地賃貸借契約が締結され、以来、その関係が9年間余にわたって継続してきた等の事実があったところ、Bが登録免許税などの費用を払わず、地代を土地所有者Cに払わないので、困惑したAが当該家屋を土地所有者Cに売ったとき、これに同情して家屋を購入して登記を備えた土地所有者Cは、悪意ではあるが背信的悪意者には当たらないとされた。また、最判昭和43・11・21民集22巻12号2765頁（判百Ⅰ〈第5版補正版〉80事件［清水元］＝判百Ⅰ〈第4版〉80事件［吉田邦彦］）では、競落人Aとの間で家屋を買い戻す契約をしたB（第1買主）が代金を完済しないためAから所有権移転登記を受けていない場合に、Bの無権代理人が、家屋所有権は既にBに復帰していると称して、これをC（第2買主）に売却し、Cが代金を無権代理人に支払ったところ、競落人Aが、第1買主Bには未払代金があるのでこれを支払ってくれるならCに売り渡す旨を約した事例で、CがBの未払代金相当額をAに支払って所有権移転登記を受けた場合につき、Cは背信的悪意者に当たらないとした。

　③　転得者の場合　　判例によれば、第2買主が背信的悪意者として「第三者」から排除されたとしても、その者から更に譲渡を受けた転得者が登場した場合には、第1買主との関係で転得者自身が背信的悪意者と評価されるのでない限り、原則に戻って、転得者はその不動産の取得を第1買主に対抗することができるとされている（最判平成8・10・29民集50巻9号2506頁＝判百Ⅰ57事件［瀬川信久］＝不動産判百49事件［松尾弘］）。背信的悪意者もまた、一応は「権利者」であるとの前提に立った判断とみられる。このことは、二重譲渡において第2買主がいかなる地位に立つかということとも関連する。もし公信力説のいうように転売主（第2買主）の無権利を前提とした登記への信頼を問題とするのであれば、善意（無過失）の転得者しか保護されないことになり、94条2項の類推適用の場面と重なる。無権利者から不動産を譲り受けた転得者も、原則として無権利だからである。これに対し、第2買主たる背信的悪意者も一応は権利を取得し、背信性の有無によって、その権利主張を制限されるにとどまるとすれば、その地位が転得者に承継されると考えるか（絶対的構成）、各人ごとに判断されると考えるか（相対的構成）によ

って導かれる結論が異なる。相対的構成のもとで、転得者は、自身が第1買主との関係において背信的悪意でない限り第1買主に所有権取得を対抗できるわけである（おそらく平成8年判決の立場はこれであろう）。とはいえ、相対的構成によると、第2買主が善意で転得者が背信的悪意の場合について、第1買主が登記なくして転得者に対抗できる結果となるが、このことは第2買主の地位を著しく不安定なものにするおそれがある。それゆえ、最初の二重譲渡の対抗問題で第2買主に劣後した第1買主は、その時点で完全に劣位者としての地位が固定されたと考えるのが適切である。つまり、背信的悪意者といえないような第三者が登場して対抗問題に決着がついた後の法律関係については、絶対的構成に従って判断するべきである（このとき、転得者が背信的悪意かどうかは原則として［→第2買主が善意のワラ人形でもない限り］問題にならない）。

(2) 登記を要する物権変動
(a) 「変動原因」は無制限か？

177条が問題となる典型的場面である意思表示による所有権の二重譲渡以外にも、登記を要する物権変動があるかが次の問題である。177条の文言は、無限定に「物権の得喪及び変更」となっており、全ての変動原因による物権変動について登記が対抗要件になっているようにみえるからである。起草者もそのように考えていたらしく（梅・要義14頁、富井・原論69頁：そこでは「生前家督相続」の問題が念頭におかれた）、いわば**変動原因無制限説**をとり、その点ではフランス民法とは違うと強調してもいる。判例も、かつて「意思表示による物権変動に限る」という変動原因制限説をとったものの（大判明治38・12・11民録11輯1736頁）、その後の連合部判決によって無制限説に転じた（大連判明治41・12・15民録14輯1301頁＝判百Ⅰ50事件［七戸克彦］）。判例が物権の変動原因で177条の適用に制限をかけることを放棄したのは、同日付の連合部判決によって177条の「第三者」の範囲について無制限説から制限説に転じたことと連動している（前掲大連判明治41・12・15民録14輯1276頁）。つまり、判例は、**物権変動原因における無制限説と第三者要件における正当の利益を有する者への制限説の組み合わせ**で、問題の処理に当たろうとした

のである。

　その結果、意思表示による物権変動（契約・遺贈など）は当然として（大判昭和8・12・6新聞3666号10頁、最判昭和39・3・6民集18巻3号437頁）、取消や解除による物権変動の遡及的消滅、強制競売や担保不動産競売による物権変動（大判大正8・6・23民録25輯1090頁）、**公用徴収**による物権変動（大判明治38・4・24民録11輯564頁）、相続による物権変動、**会社合併**による物権変動（大判昭和7・4・26新聞3410号14頁）、時効による物権変動（大連判大正14・7・8民集4巻412頁）なども、すべて登記がなければ第三者に対抗できないものとされた。しかし、ことは単純ではない。第三者の要保護性や本人側の帰責性（登記義務の懈怠の態様）は、問題ごとに微妙に異なるからである。具体的に検討してみよう。

　(b)　取消と登記

　不動産に関する法律行為について取消権が行使された場合（5条1項・2項、9条、13条1項3号・4項、96条）、その遡及的無効という効果（121条）を主張するにあたって、第三者との関係で対抗要件としての登記はいかなる意味をもつか、がここでの問題である。177条にいう登記を要する物権変動に「取消」の効果も含まれるべきかという前提問題のほかに、具体的に、①取消権者は取消権行使の結果を第三者に主張するために登記を必要とするか、②第三者の出現した時点が取消の前か後かで結論や理論構成が異なるか、③第三者の主観的要件（取消事由についての善意・悪意）は結論に影響するか、といった諸点が問題になる。

　以下、典型的な問題状況として、A所有の甲不動産がBに売却され、後にAが（一定の取消事由に基づいて）これを取り消したが、BがCに甲を転売しているという場合を想定して、議論を進める。

　①　取消前の第三者　　たとえば、BがAを強迫して甲不動産を自己に破格の安値で売却させ（①売買）、後にこれをCに転売してしまったが（②転売）、Aが強迫を理由にAB間の売買を取り消し③、Cに対して自己の所有権を主張して所有権確認とBからCへの移転登記抹消を求める場合、Aは登記を必要とするだろうか。

図 2-7

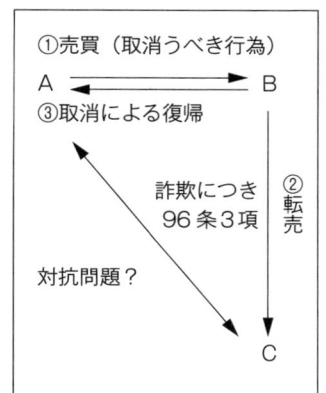

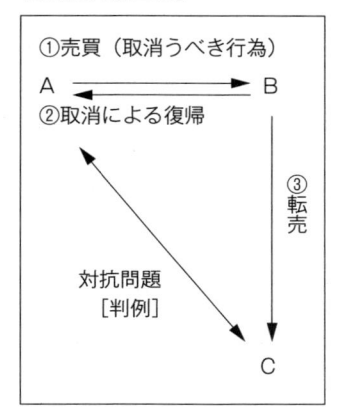

【取消前の第三者】
① 売買（取消うべき行為）
A ←――――→ B
③ 取消による復帰
詐欺につき 96条3項
② 転売
対抗問題？
C

【取消後の第三者】
① 売買（取消うべき行為）
A ←――――→ B
② 取消による復帰
③ 転売
対抗問題
［判例］
C

取消前にCが利害関係を有するにいたった場合、判例は、Aが登記なくして自己の権利をCに対抗できるものとした（登記不要説。強迫による抵当権の放棄をめぐる事案につき、大判昭和4・2・20民集8巻59頁）。学説の多くも、これに賛成している。もし、ここでAに登記が必要であるとすると、いったんBに登記を移してしまったAとしては、もはや取消権を行使しても甲不動産をとり戻すことができなくなり、被強迫者や制限能力者の保護に欠けることになるというのがその理由である。このとき、Cが既に登記を備えているかどうかは、関係がない。

これに対して、取消原因が、Bの詐欺による場合は、96条3項によって**「善意の第三者」**が保護される。ただその場合に、Cが善意でありさえすればよいのか、登記を備えていることまで必要かについては争いがある。最判昭和49・9・26民集28巻6号1213頁（判百Ⅰ23事件［鎌田薫］＝不動産判百8事件［宇佐見大司］）は、農地の売買でCが仮登記を経由している事案で、善意の第三者は「必ずしも、所有権その他の物権の転得者で、かつ、これにつき対抗要件を備えた者に限定しなければならない理由は見出し難い」としてCを保護した。本登記を経由しない仮登記のままでCを保護した判例の理解として、**登記不要説**をとったと見ることも可能であるが（下森定・判タ322号

92頁以下［1975年］)、農地のように知事の許可がなければ本登記ができない状況下では、Cとしてはなし得る限りのことをしているわけであるから登記義務に懈怠はなく、本登記と同視してよいとして、**登記必要説**に立っているとの評価もある（川井健＝岡孝・判例評論196号27頁、星野英一・法協93巻5号823頁、昭和49年度重要判例解説56頁［須永醇］など）。96条3項が、とりたてて登記の有無を問題としていないことからすると、登記不要とする見解が素直であるし、最判昭和44・5・27民集23巻6号998頁が94条2項の第三者について登記のない善意の第三者を保護したこととの兼ね合いを考えれば、判例上は、登記を必要としていると言い難いのは事実である。

　どう考えるべきか。法文上、96条3項の第三者は、「対抗要件」を備えた者に限定されているわけではなく、取引の安全や外観に対する信頼を保護するための定めであるとすれば、登記は不要である（登記不要説。四宮和夫・民法総則［第4版補正版］186頁［弘文堂、1996年］、川島武宜・民法総則301頁（有斐閣、1965年）、注釈民法(3)230頁［下森定］など）。また、被詐欺者と転々譲渡後の第三者は、当該不動産にとって前主・後主の関係に立つ者であるから、厳密には、不動産の所有をめぐって相争う譲受人相互のような対抗関係に立つ者ではないともいえよう（舟橋諄一・民商17巻3号315頁［1943年］、四宮和夫「遡及効と対抗要件」法政理論9巻3号12頁［1977年］など）。さらに、詐欺による意思表示が物権の譲渡にかかるものであったとしても、被詐欺者（取消権者）と第三者の関係は自由な競争関係にある二重譲受人相互の関係とは明らかに異なろう。それゆえ、ここでの登記の要否を対抗問題として論ずることは、おそらく適切ではあるまい。ただ、翻って考えると、仮にAが取消権を行使しないで、あらためてBから不動産を買い戻して登記を備えたとすれば、あきらかに「二重譲渡」となって、登記を有しないCは負ける結果となる（Bが別の第三者Dに転売してDが登記を備えたときも同様である）。つまり、第三者Cが自己の権利取得を確実なものとするには、やはり登記の具備が必要であって、真に「保護に値する」というために登記を要求してもさほど酷なことではない。してみると、**対抗要件**というより、**保護資格要件として**、Cは当該不動産について登記（＝権利保全のために必要な行為）を具備しておく必要があるといえるのではあるまいか（保護資格要件としての登記必要

説)。ただし、通常の対抗関係の場合とのバランスからすれば、保護資格要件として登記を備えている場合には、(96条3項によって悪意者排除を前提とする限り)もはや原則として善意・悪意を論ずるまでもない。

②　取消後の第三者　BがAを騙して甲不動産を自己に破格の安値で売却させ(①売買)、AがBに取消の意思表示をしたが②、登記を回復する前にBがCに転売した場合③はどうか。

大判昭和17・9・30民集21巻911頁(判百Ⅰ〈第5版〉52事件［伊藤昌司］、判百Ⅰ〈第6版〉51事件［金子敬明］＝不動産判百38事件［児玉寛］＝民法の基本判例〈第2版〉11事件［伊藤進］)で、大審院は、Aの詐欺取消による物権の復帰を177条の「物権変動」ととらえて、これとBからCへの移転を二重譲渡類似の関係とみることによってACを対抗関係に立たせた。この考えは、学説の支持を得て、公売処分が取り消された後に登記名義人が他人に売却した事件で最判昭和32・6・7民集11巻6号999頁によっても踏襲され、ACの優劣を登記の先後によって決するという判例準則が確立した。このように、取消の前後で区別することの根拠は、取消前の第三者との関係で取消権者は予め自己の権利を登記しておくことが期待できないのに対し、取消後には登記をとり戻すことができるのであるから、そのような登記を怠っている者が不利益を受けてもやむを得ないとの判断が働いているように思われる。

学説には、取消の意思表示の前後というよりも、給付物の返還請求・抹消登記請求の時を基準として区別すべきではないか、あるいは、現実に取消可能となったときを基準とすべきではないかといった異論もある。他方で、判例や従来の通説と異なり、取消前の第三者との関係でも取消後の第三者との関係でも、物権の遡及的消滅という民法の原則(121条)に従えば、無権利者から登記の外観を信じて譲渡を受けた第三者保護の問題となるのではないかという観点から、かような第三者保護を94条2項の類推適用に委ねるべしとする見解(幾代・後掲)も有力である。つまり、取消し得べき法律行為による登記を有効に除去し得る状態にあるのを放置する者は、94条2項の類推によって取消の効果を善意・無過失の第三者に対抗できないと考えるわけである。最後の説は、取消による物権変動の遡及的消滅という論理を貫きながら、保護に値する善意・無過失の第三者を保護しようとする点で、登記に事

実上の公信力を認める結果となっている。

なるほど、取消後のＢが遡及的無効によって既に無権利者となっているとすれば、登記に公信力がない以上、Ｃは無権利者から不動産を購入したに過ぎず、対抗問題とするのは必ずしも適当ではない。しかも、対抗問題では、Ｃが悪意者であっても（背信的とまで言えない限り）保護される可能性があり、取消前の第三者に善意を要求していることとのバランスも失しよう。そこで、取消後の第三者は96条３項の射程外ではあるが、利益状況が取消の前後でさほど変わらないとして同条を類推適用することが考えられる。いま一つ、Ｂが無権利者であるにもかかわらず登記を保有して権利者らしい外観を呈していることを信頼したＣを保護するべく、94条２項の活用が考えられる。121条の遡及的無効の効果との整合性からは、94条２項のほうが親和的であろう。とはいえ、ＡＢ間に通謀虚偽表示があったわけではないから、94条２項の直接適用は困難であり、Ａが速やかにＢから登記を取り戻して虚偽の外観を除去する努力を怠ったという懈怠と、保護に値するＣの信頼を重ね合わせることによって、**94条２項の「類推適用」**の形でＣを保護することになる。この場合も、**保護資格要件として**、Ｃに登記の具備を要求することが適当である（幾代通「法律行為の取消と登記」同・不動産物権変動と登記39頁以下［一粒社、1986年］所収、同・民法総則436頁、四宮＝能見・民法総則209頁、石田喜久夫編・現代民法講義(1)170頁［磯村保］［法律文化社、1985年］、内田・民法Ⅰ85頁など）。

してみると、結局は、取消の前後を問わず登記を基準に対抗問題として扱う見解と結論において極めて接近する（鈴木禄弥「法律行為の取消と対抗問題」谷口知平先生追悼論文集(3)128頁以下［信山社、1993年］所収、広中・物権128頁などでは、取消の前後を問わず対抗問題として徹底する方向が示されている）。したがって、**登記必要説**に立つ以上、理論構成の上での対立ほどには結論において大きな差異はなく、いずれの場合にも登記の存否を決め手として問題が処理され、悪意者のみが排除される結果となる（対抗問題として処理する立場でも背信的悪意者と悪意者との境界は曖昧であるため、取消原因の存在を知る者を全て**「背信的悪意者」**に包摂するとすれば善意者のみが保護される結果となる）。

ちなみに、取消による遡及的無効の場合と異なり、Ａの錯誤無効のような

場合には、Bが一貫して無権利者であったことになるから、そこでは94条2項の類推適用等によって結論を調整せざるを得ない*。詐欺取消と錯誤無効の状況が酷似している局面を考えると、詐欺による取消の意思表示と錯誤無効主張後に登場した第三者に関する限りは、両者で問題処理が大きく異なることは疑問であり、立法論としては、善意で保護資格要件としての登記を備えたCのみを保護する方向で、処理の結果を収斂させることが望ましい*。

　　*【復帰的物権変動と給付不当利得】　鈴木・物権法127頁以下は、取消の遡及効も、錯誤無効も、事実上は一応存在していた給付の復原は**給付不当利得**の問題として「復帰的物権変動」のプロセスが踏まれると解すべきであるとされる。偽造の申請書類でなされた登記の抹消や盗人に奪われた物の返還請求と異なり、「一度は任意に給付したものにつき、その原因が存在しなかったことを理由として返還を求める、という意味で、給付不当利得返還請求の問題である」からである。したがって、鈴木説では、取消・無効主張の前後を問わず（次項の解除の場合も）、復帰的物権変動にかかるほとんどの問題は、登記の先後によって優劣が決せられる。しかし、取消原因・無効原因・解除原因の違いを単なる法技術の差と割り切るのは躊躇われ、むしろその差を反映させて、当事者間の信頼と帰責の調整をはかる道を探るとすれば、さしあたり対抗問題としての処理と94条2項の類推適用との併用（原因に応じた規範の使い分け）が無難であるように思われる。

　　*【文献など】　下森定「『民法九六条三項にいう第三者と登記』再論」薬師寺米寿記念・民事法学の諸問題109頁（総合労働研究所、1977年）、石田喜久夫「取消と登記」内山尚三＝黒木三郎＝石川利夫先生還暦記念・現代民法学の基本問題(上)201頁以下（第一法規、1983年）、加藤一郎「取消・解除と第三者」同・民法ノート(上)46頁以下（有斐閣、1984年）、幾代通「法律行為の取消と登記——再論」民事研修359号1頁（1987年）、松尾弘「権利移転原因の失効と第三者の対抗要件」一橋論叢102巻1号92頁（1989年）、四宮和夫「遡及効と対抗要件——第三者保護規定を中心として」同・四宮和夫民法論集（弘文堂、1990年）所収、広中俊雄「法律行為の取消と不動産取引における第三者の保護」法時49巻6号48頁（1977年）、同・民事法の諸問題（広中著作集4）46頁以下（創文社、1994年）所収、鷹巣信孝・物権変動論の法理的検討175頁以下（九州大学出版会、1994年）、河上「契約の無効・取消と解除」磯村ほか・民法トライアル教室45頁以下。

(c)　解除と登記

「取消と登記」に類似する問題として、契約解除にともなう物権変動の処理がある*。たとえば、AからBが甲不動産を購入したが、Bが代金を支払わないため、債務不履行を理由にAが契約を解除したような場合（541条）、

Bが甲不動産をCに転売していたとすれば、Aは登記なくしてCに自己の所有権を主張できるであろうか。

① 解除前の第三者　解除は、契約の他方当事者の債務不履行などがあった場合に意思表示によって契約関係を終了させることを可能にする点で、取消に似ている。ただ、解除の効果については、各当事者が「その相手方を原状に復させる義務を負う」と規定されるにとどまり（545条1項）、そのメカニズムまで明定しているわけではない。そこで、議論は解除の法的構成にまで及ぶことになる。解除の場合にも遡及効を認めてしまえば（一般に「**直接効果説**」と呼ばれる考え方で、判例［大判明治44・10・10民録17輯563頁、最判昭和51・2・13民集30巻1号1頁＝判百Ⅱ〈第6版〉49事件［田中教雄］＝判百Ⅱ〈第5版補正版〉49事件［高森八四郎］］の立場とされている）、問題は取消の場合とほぼパラレルに論じることが可能となる。ただ、解除権行使による原状回復についての545条1項但書の規定ぶりは、詐欺取消の場合の96条3項と違って、無限定に「第三者の権利を害することはできない」というものである。つまり、この「第三者」、すなわち解除前に目的物について新たな権利を取得した（本人およびその包括承継人以外の）者は、原則的に保護され、しかもその善意・悪意を問わない建前である点に留意しなければならない。この差は、次のように説明される。すなわち、取消の場合、契約は一応有効ではあるが、当初から瑕疵を帯びていて取り消し得べきものであり、表意者Aを保護する必要性が高いのに対し、解除の場合には、行為は初めは完全に有効であって、債務不履行という後発的事情によってはじめて解除し得るものとなるのであるから、解除前に権利を取得した第三者Cの方がより保護すべきものと考えられる（加藤一郎「取消・解除と第三者」同・民法ノート(上)46頁、63頁以下［有斐閣、1984年］参照）。また、かりに解除時にCが悪意であったとしても、目的物について新たな権利を取得した際に解除事由が発生していたとは限らず、既に不履行の事実があった場合でさえ、Bがあらためて債務の本旨に従った履行をすれば、一旦発生したAの解除権が消滅することもあるわけであるから、Cに対して、Aによる解除権行使を常に覚悟せよとまでは言えず、善意・悪意も問わないとされているのである。

なお、解除前に登場した第三者Cが保護を受けるためには、対抗要件（保

図2-8

【解除前の第三者】　　　　【解除後の第三者】

（図：左側 解除前の第三者）
①売買 A→B、③解除による原状回復 A↔B、②転売 B→C、545条1項但書、対抗問題？（A-C間）

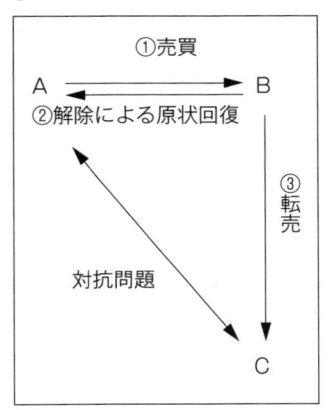

（図：右側 解除後の第三者）
①売買 A→B、②解除による原状回復 A↔B、③転売 B→C、対抗問題（A-C間）

護資格要件？）である登記を必要とするというのが判例の立場であり（木材の売買につき大判大正10・5・17民録27輯929頁、不動産売買の合意解除につき最判昭和33・6・14民集12巻9号1449頁、最判昭和58・7・5判時1089号41頁）、学説にもほぼ異論がない。

　かりに、遡及効を認めないで、解除によってあらたに原状回復請求権が発生するだけであると考える立場（「**間接効果説**」と呼ばれる）によるとすれば、対抗要件たる登記によってことを決するという帰結は、むしろ当然のことかもしれない。解除によって結果的にBを起点としてCとAを相手に二重売買があったのと同じ状況が生じているからである（幾代通「解除と第三者」法セミ1966年9月号41頁、鈴木禄弥「解除による原状回復と対抗問題」香川最高裁判事退官記念論文集・民法と登記(上)26頁以下［テイハン、1993年］など参照）。

　②　解除後の第三者　　解除後に登場した第三者についても、取消の場合と同様である。判例はここでもBを起点とした二重譲渡とみて、対抗問題としてこれを処理している（大判昭和14・7・7民集18巻748頁＝別冊法学教室・民法の基本判例〈第2版〉13事件［高森八四郎］）、最判昭和35・11・29民集14巻13号2869頁＝判百Ⅰ52事件［鶴藤倫道］＝不動産判百39事件［平野裕之］など）。直接効果説の説明を貫いてBの無権利から出発するなら、94条2項類推適用

で問題処理する方が一貫しているが、取消事由と解除事由との性格の違いから、解除の遡及効は解釈上の法技術と割り切って判例の態度を説明することになろうか。それにしても、解除の場合は、むしろ545条の原状回復義務に基づく復帰的物権変動が生じると考えた方が条文からも素直である。そうだとすると、前述のように「取消後の第三者」について94条2項を類推するという解釈論を採用した場合には、対抗問題として処理される「解除後の第三者」の範囲との間に微妙な差が生じ得ることは否めない。この点は、結果のアンバランスというより、取消権によってめざされている表意者の保護と、解除権によってもともと有効な契約の巻戻しをはかろうとする者に与えられる保護の程度の差と考えてよいのではあるまいか。

＊【合意解除と登記】 本文の説明は、もっぱら債務不履行等を理由とする法定解除の場面を問題としている。しかし契約当事者は、合意によって契約の効力を解消することも可能であり（合意解除）、この場合にも法定解除と同様に扱うのが判例の立場のようである（大判明治42・10・22刑録15輯1433頁）。それゆえ、合意解除によっても、契約によって生じた物権変動は遡及的に消滅するが、それを第三者に対抗するには登記が必要とされることになる。合意解除前に第三者が登記を備えているときは、合意解除の遡及効が制限され（545条1項但書の類推適用）、177条の適用は問題にならない（最判昭和33・6・14民集12巻9号1449頁、最判昭和58・7・5判時1089号41頁）。

しかし、考えてみると、合意解除というのは、（後ろ向きではあるが）いわば当事者による新たな契約関係の創設に近く、これによって第三者の法的地位を覆すのが不適当であるばかりでなく、遡及効を前提とした問題処理よりも、通常の合意による「逆向きの物権変動」が生じた場合とみて、177条により、登記がなければ第三者に対抗できないと考えるのが適切ではなかろうか。

(d) 相続と登記

相続による権利取得を第三者に主張するには、対抗要件を必要とするか。相続は、基本的に、相続人が被相続人（死者）の地位や権利義務関係を包括的に承継するものであるから、あえて第三者との関係で「登記を要する物権変動」という枠組みの中で考える必要がないようにも思われる。しかし、実際に相続人が複数いるところでは、物権の帰属が必ずしも明らかでないため、第三者との間でも様々な問題が発生する。当然ながら、相続人（あるいはそ

の債権者）の権利や期待利益と動的安全の保護の調整が重要な課題となる。対抗問題としての処理が相応しいかを含めた検討が必要である。

　人が死亡すると相続が開始し（882条）、被相続人の財産に属した一切の権利義務が相続人に承継される（896条：**死亡を原因とする包括承継**）。法定相続人には、そのまま相続を受けるか（920条以下：単純承認）、相続財産のプラス財産とマイナス財産を清算してなお残りがあれば相続することにするか（922条以下：限定承認）、相続をしないか（938条以下：相続放棄）の選択権がある。法定相続の場合、相続人が一人しかいなければ（単独相続）、その者が被相続人の地位を包括的に承継して全てが終わる。この場合、既に被相続人は死亡しているので、旧法下での「生前相続」におけるような二重譲渡の問題が発生する余地はない*。確かに、被相続人Aが生前に第三者Bに当該不動産を譲渡していた場合、そのような譲渡と、相続開始後の相続人Cによる別の第三者Dに対する譲渡は対抗関係に立つが、それは相続による物権変動を対抗するという問題ではない。相続人が被相続人の地位を承継している結果、CB間はAB間と同視されて**当事者関係**となるからである（BはCとの関係では「当事者」であって177条の「第三者」ではない）。つまり、A＝Cをひとまとまりの起点とした二重譲渡によって、BとDが対抗関係に立つに過ぎない。

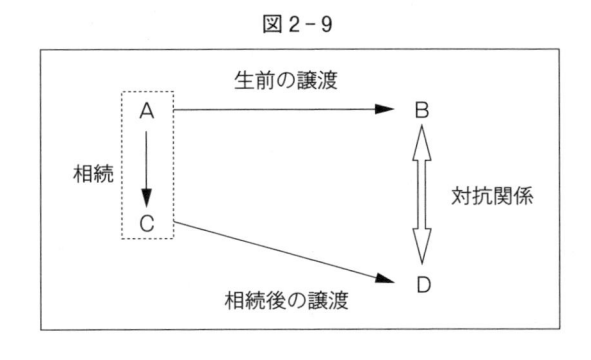

図2-9

　ちなみに、**表見相続人**（＝実際には相続権がない、あるいは相続人から廃除されたが相続人らしい外観を呈している者）が相続財産である不動産を処分したような場合、真正相続人が、表見相続人の処分の相手方である第三者に対し、登記なくして相続による権利取得を主張しうることについては、争いがない。判例も登記不要で安定している（大判明治43・4・9民録16輯314頁、大判大正3・12・1民録20輯1019頁、大判昭和2・4・22民集6巻260頁等）。表

見相続人は、あくまで「無権利者」であり、登記に公信力のない民法の下では、表見相続人の不動産処分の相手方も無権利者であり（無権利の法理）、177条の「第三者」に該当しないとされるからである（ただし、真正相続人の態様と相手方の要保護性如何で94条2項の類推適用の問題が残ることは言うまでもない）。

以上のような出発点に立つとしても、相続による権利取得には実に様々な局面があるため、ことは単純でない。たとえば、①「遺言」がない場合における共同相続人による法定相続分の取得（882条、896条、898条、899条）、②被相続人の「遺言による相続分の指定」による権利取得（902条）、③「相続させる」旨の遺言による権利取得、④「特定遺贈」による権利取得（遺言執行者がない場合：985条）、同じく⑤遺贈による権利取得（遺言執行者がある場合：985条、1013条）、⑥共同相続人の「相続放棄」による場合（939条）、⑦「遺留分減殺請求」による場合（1031条）、⑧「遺産分割」を経た上での取得（909条）などがある。

以上のうち、判例が対抗要件たる登記を不要としているのは①②③⑤⑥であり、必要としているのが④⑦⑧である（松尾弘「相続と登記——法定相続対抗要件不要の原則の検証」法時75巻12号74頁［2003年］の分析も参照）。そこに一貫した正当化根拠を見いだすことは容易でないが、基本的には「無権利の法理」を前提としつつ、当事者（特に被相続人）の意思の尊重、相続人による登記の可能性（登記義務の懈怠への非難可能性）、そして相手方の正当な信頼保護の要請と相続による実体的権利関係の変動についての認識可能性などを考慮しつつ、各々の結果が導き出されていることがわかる。その背後では、相続による財産承継の持つ社会的機能（遺族の生活保障など）に対する配慮も微妙に影響していよう。ただ、共同相続の場面では、ときに相続放棄が持分贈与としての実質を持ち、遺産分割が実質的相続放棄としての側面を持つなど、法形式如何が結果や判断枠組みを大きく左右することには疑問もあり、ある程度統一的な基準が求められよう。以下、それぞれ簡単に概観する。

＊**【生前相続と登記】** 相続は、本来的には「死後相続」であるが（882条）、明治民法では家督相続について隠居、国籍の喪失などの戸主権喪失によって例外的に「生前相続」が開始することを規定していた（旧964条）。この生前の家督相続が登記

を要する物権変動に当たるかについて、大連判明治41・12・15民録14輯1301頁（判百Ⅰ50事件［七戸克彦］＝奥田ほか・判例講義民法(1)113頁［石田剛］＝不動産判百37事件［児玉寛］）は、「物権の得喪及び変更が当事者の意思表示に因り生じたると、将た之に因らずして家督相続の如き法律の規定に因り生じたるとは毫も異なる所なき」がゆえに、隠居による不動産の取得もまた177条の適用を受け、その登記をしていなければ第三者に対抗することができない旨を判示した（**変動原因無制限説**）。隠居による家督相続では隠居者が生存しているだけに、第三者が隠居の事実を知らないまま隠居者と取引をなし、相続人から突然に相続財産であることを理由に取引の無効を主張されて不測の損害を被る可能性がある。そこで、これを解消しようとしたわけである（今日であれば94条2項の類推適用でも第三者が保護された事案である）。「入り婿」による隠居の場合を想像するまでもなく、実質的にも生前相続は、意思表示による物権変動にきわめて近い側面を持つ。その意味で、判決理由が、ここで一般的に変動原因無制限説まで宣言したのは、「勇み足」であったようにも思われる。とりわけ相続の局面で、対抗要件としての登記義務の履践についての懈怠を責め、ときに悪意の第三者まで保護する結果となるのが相応しい場面は、自ずと限られてくるからである。しかし、判例の枠組みによるならば、あとは、登記を要する「第三者」の範囲を限定することで調整を図るほかない。

① 共同相続における持分の対抗

（i）問題の所在　相続人が複数いるときは「**共同相続**」となって、相続財産は「共有」に属するとされ（898条：「**遺産共有**」という）、そこに含まれていた不動産もそれぞれ個別に相続人の相続分に応じた共有財産となる（899条）。その後、共同相続人の間で「**遺産分割協議**」が調うと（906条参照）、この遺産分割によって相続財産の最終的帰属が決まり、その効果は、相続開始の時点に遡る（909条：**遺産分割の遡及効**）。この相続に伴う権利変動において、登記が問題となる場面は2つある。第1は、相続を原因とする共有の登記である。これは暫定的なもので、共同相続人であれば誰でも単独で登記申請できる。一種の保存行為であるが、どうせ後から遺産分割によって確定した権利内容の登記がなされる必要があるので、実際にはあまり行われていない（登録免許税を2度払うことにも抵抗がある）。第2に、遺産分割後の確定した権利取得者による登記で、既に共有登記がある場合は、共有名義人と遺産分割による権利取得者の共同申請による持分移転登記が行われ、そうでないときは、遺産分割による権利取得者が遺産分割協議書を提出して単独申請の形で行うことができる（昭和19・10・19民甲692号司法省民事局長通達）。以上

の経過の中で、相続に伴う登記を「第三者」に対する対抗要件具備のためになすべき場合があるかが問われる。

(ⅱ) 自己の持分の対抗

特定の相続不動産（甲不動産）について、共同相続人の 1 人が関係書類を偽造するなどして勝手に単独相続の登記をし、これを第三者に譲渡した場合、他の共同相続人は、自己の持分を登記なくして、その第三者に対抗することができるだろうか。

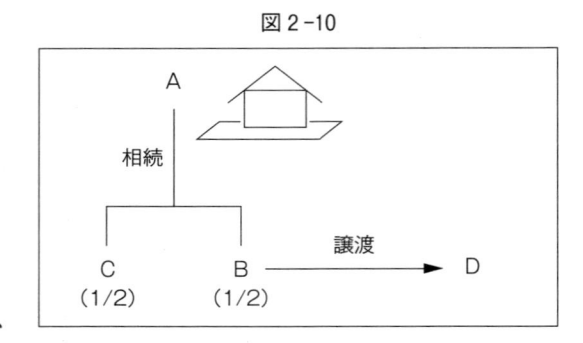

図 2-10

たとえば、Aの不動産を共同相続した子ＢＣ（持分2分の1ずつ）のうち、Bが、書類を偽造して当該不動産を自己名義に単独相続登記をした上で、Dに譲渡したような場合を考えよう。Dの登場をひとまず度外視して、共同相続人であるＢＣの間で、互いの持分が登記なくして対抗できることについては、異論がない。各共同相続人の持分に関しては、互いに「当事者」の立場にあり、単に登記が実体的持分関係を反映していない状態であるに過ぎないからである。問題は、この持分に関して第三者が新たな利害関係を持った場合である。

当初、大判大正8・11・3民録25輯1944頁は、単独相続の登記をしたBから不動産を譲り受けて移転登記を備えたDに対して他の共同相続人Cが共有登記に改めるための移転登記抹消を求めた事件で、Cの請求を認めた［登記不要説］。つまり、Cは、自己の持分について登記なくして他の共同相続人Bに対抗できることの延長上で、Dにも対抗できるとされた［無権利の法理！］わけである。しかし、間もなく大判大正9・5・11民録26輯640頁は、一転して、登記のない共同相続人の請求を否定して登記必要説を採った。177条は、物権の得喪変更の原因を制限したものとは解されず、その原因が意思表示であろうと相続であろうと、また相続の原因が隠居であろうと死亡であろうと区別せずに同条を適用するのが判例であること（前掲大連判明治

41・12・15民録14輯1301頁〔物権変動の原因についての無制限説〕）が決め手とされた（登記不要説でも結論は同じであったと思われる事案であるが）。ところが、その後、最高裁は、あらためて登記不要説に転じた（最判昭和38・2・22民集17巻1号235頁＝判百Ⅰ54事件〔松岡久和〕＝家族判百73事件〔七戸克彦〕＝不動産判百40事件〔浦野由紀子〕）。単独相続登記をした共同相続人の一人Bから売買予約による所有権移転請求権保全の仮登記を経由したDに対して、他の共同相続人Cらが登記の抹消を求めた事件で、Cらが有する持分につき**更正登記手続を求める限度で**、これを認容して次のように説いた。すなわち、

「相続財産に属する不動産につき単独所有権移転の登記をした共同相続人中のBならびにBから単独所有権移転の登記をうけた第三取得者Dに対し、他の共同相続人Cは自己の持分を登記なくして対抗しうるものと解すべきである。けだし（＝なぜなら）Bの登記はCの持分に関する限り無権利の登記であり、登記に公信力なき結果DもCの持分に関する限りその権利を取得するに由ないからである。そして、この場合にCがその共有権に対する妨害排除として登記を実体的権利に合致させるためB、Dに対し請求できるのは、各所有権取得登記の全部抹消登記手続ではなくして、Cの持分についてのみの一部抹消（更正）登記手続でなければならない。けだし右各移転登記はBの持分に関する限り実体関係に符合しており、またCは自己の持分についてのみ妨害排除の請求権を有するに過ぎないからである。」

つまり、少なくとも**相続による法定相続持分の取得**そのものは、177条の適用される物権変動ではないことになる。これに対し、登記必要説（我妻・講義Ⅱ〔旧版〕75頁以下〔但し、我妻＝有泉・講義Ⅱ111頁以下、113頁では第三者の善意を条件とする〕、舟橋・物権168頁など）の立場からは、255条に体現される「共有の弾力性」を指摘しつつ、共有持分による支配は目的不動産の全体に及んでいるだけでなく、分割前の法定相続分は暫定的・経過的なものに過ぎず、単独相続の登記にしたからといって、持分以上の部分が「無権利者」の登記とまではいえないこと、また、登記の公信力欠如によって危険にさらされる第三者の取引の安全への配慮を強調する。しかしながら、共有の弾力性という考え方が現れるのは、他の共同相続人が持分を放棄したり、相続人なくして死亡した場合に限られる特殊なものであって、現に共同相続人が現存し、相続放棄もしていないようなところでも妥当しうるかには疑問がある。確かに、互いの持分は、互いの完全な所有権の制限となっているため、

制限物権についての未登記状態に似てはいるものの、共同相続人は、相続財産について未だ完全な所有権を取得したことはなく、持分しか相続していないため、やはり同列に論ずることもできない。むしろ、互いに他方の持分に関しては、遺産の分割協議で帰属が確定するまでは、権利がないことを前提に論を進めるのが適当であるように思われる。まして、遺産分割前の権利関係は、なお流動的・暫定的であり、この段階で持分登記を備えることが、あまり期待できないことは既に述べたとおりである。したがって、結果として、Bの自己の持分についての将来の確定的取得への期待のみが問題となり、その限度でのみ第三者Dに保護が与えられることになる（Cが、Bの不実登記を知りながら、その存続を認容するような態様をとった場合に94条2項の類推適用〔あるいは32条1項類推適用〕によって善意のDが完全な所有権を取得しうるかは別問題である。河上・総則講義344頁以下、参照）。

②　遺言による相続分指定　　法定相続ではなく、遺言がある場合はどうか。①の事例で、遺言によって、法定相続分より少ない相続分の指定（902条参照）がなされた共同相続人Bの持分割合は、指定相続割合にとどまることになり、これによって法定相続割合から変化した部分（1／6）について、他の共同相続人Cは登記なくして第三者Dに対抗できるというのが判例である（最判平成5・7・19家月46巻5号23頁＝判時1525号61頁）。①の応用といえようか。したがって、たとえばDがBの法定相続割合（1／2）についてなした差押えは、指定相続分を超える部分（1／6）については無権利の登記に対するものであり、空振りに終わる結果となる。相続の根幹のところで、遺言者の意思が尊重され、各共同相続人が「どの範囲（割合）で相続するか」が、各人の権利・無権利の境界を定める分岐点とされているわけである。

③　「相続させる」旨の遺言　　相続分の指定とならんで、しばしば問

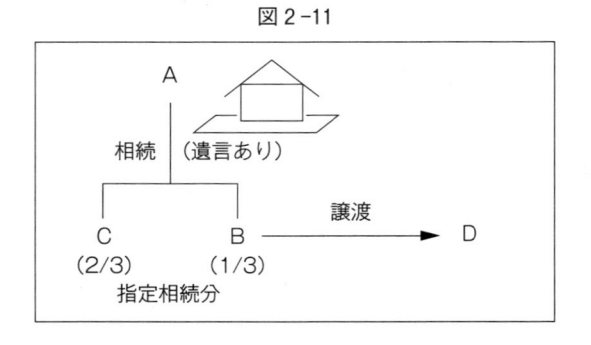

図2-11

題となるのが近時増加している**「相続させる」旨の遺言**があった場合の処理である*。たとえば、Aが「Cに甲不動産を相続させる」旨の遺言を残して死亡したような場合、他の相続人Bの債権者DがBを代位して共同相続登記をした上で、Bの法定相続持分を差し押さえた場合、Cが、遺言による甲の取得をDに対抗するには登記を要するであろうか。最判平成14・6・10家月55巻1号77頁（＝平成14年度重判民法10事件［水野謙］＝家族判百77事件［加毛明］＝不動産判百42事件［水野謙］）は、Cは登記なくして甲の取得をDに対抗できるとした。「相続させる」旨の遺言は、特段の事情のない限り**「遺産分割方法の指定」**であり、これによって、甲不動産は何らの行為を要せずAの死亡時に直ちにCに相続によって承継されることになるとされており（最判平成3・4・19民集45巻4号477頁＝家族判百89事件［水野謙］）、このような権利の移転は、「法定相続分又は指定相続分の相続の場合と本質において異なるところはな」く、Bは甲不動産について一貫して無権利であり、Bの特定承継人であるDは177条の「第三者」に該当しないというのがその理由である。背後には、遺言者の最終意思の尊重のみならず、配偶者や障害のある子供などの経済的な打撃を受けやすい者に遺産の多くを相続させようとする「相続させる」遺言の社会的機能に対する配慮も働いているようである。このとき、Cは、甲不動産の取得について、単独で登記手続きをすることができ（最判平成7・1・24判時1523号81頁）、Bにはこの登記に協力する義務もない。甲不動産に関する限り、CだけがAの地位を承継していることで登記手続上も一貫させているのである。

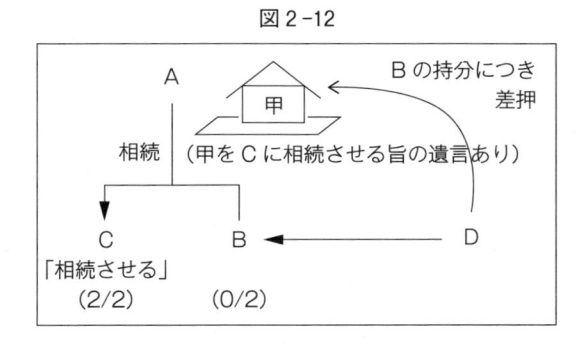

図2-12

```
              A                      Bの持分につき
              │    ┌─甲─┐          差押
            相続   │    │ ←──────
              │   └────┘
         ┌────┴────┐ （甲をCに相続させる旨の遺言あり）
         ↓         ↓
         C         B  ←─────── D
      「相続させる」
        (2/2)     (0/2)
```

*【文献など】　水野謙「『相続させる』遺言の効力」法学教室254号19頁、水野紀子「『相続させる』旨の遺言の功罪」久貴忠彦編集代表・遺言と遺留分第1巻（遺言）〈第2

版）199頁以下（日本評論社、2011年）所収、田中淳子「『相続させる』旨の遺言による不動産取得と登記」法時75巻9号97頁以下（2003年）。また、登録免許税の軽減、登記単独申請の便宜、遺産分割手続忌避をねらっての相続させる遺言の機能分析として、吉田克己「『相続させる』旨の遺言」法時75巻12号83頁以下（2003年）など参照。

④　遺贈と登記(1)　遺言によってなされる財産的利益の無償譲与あるいは負担付き譲与を**遺贈**という（964条参照）。**死因行為**である点で通常の生前贈与とは異なるが、被相続人の終意処分によって相続財産が特定の者（受遺者）に帰属させられるわけであるから、意思表示（特に**死因贈与**［554条］）による物権変動の場合に類比できることは事実である。相続財産の全部を遺贈する**包括遺贈**の場合には、受遺者は相続人と同一の権利義務を有することになるため（990条、896条）、通常の相続の場合と同様に相続財産の取得を第三者に対抗するためには登記を要しないとしても、特定財産の遺贈（**特定遺贈**）の場合には、177条の適用があってしかるべきではないかが問われるわけである。

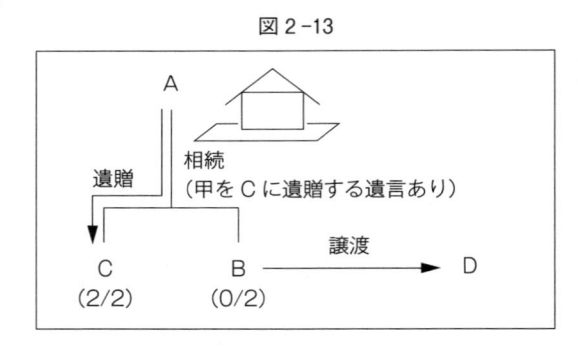

図2-13

A ─遺贈→ C (2/2)
A ─相続→ B (0/2) ─譲渡→ D
（甲をCに遺贈する遺言あり）

なるほど、受遺者にとっては、自身の所有権取得を知らないまま対抗問題にさらされることになるため、登記具備の懈怠を責められることには酷な面もある。しかし、最判昭和46・11・16民集25巻8号1182頁（＝家族判百〈第6版〉75事件［山野目章夫］＝家族判百〈第5版〉100事件［石田喜久夫］）は、生前に不動産の贈与をBにしたAが、同一不動産を目的とする特定遺贈をCになした事案で（ここではBCとも相続人でもある）、「贈与および遺贈による物権変動の優劣は、対抗要件たる登記の具備の有無をもって決すると解するのが相当であり、この場合、受贈者および受遺者が、相続人として、被相続人の権利義務を包括的に承継し、受贈者が遺贈の履行義務を、受遺者が贈与契約上の履行義務を承継することがあっても、このことは右の理を左右する

に足りない」とした（同事案は、明らかに単純な対抗問題ではない）。本判決の論理は、受遺者が登記をしないでいるうちに代位によって相続登記をした上で差押登記を経由した相続人の債権者を177条の第三者として扱う最判昭和39・3・6民集18巻3号437頁（＝家族判百76事件［山野目章夫］）の前提とするところとも一致しており、特定遺贈による所有権取得が登記を要する物権変動であることは、判例上、確立した準則となった。

⑤　遺贈と登記(2)　　特定遺贈の場合に、若干注意を要するのは遺言執行者がある場合である。遺言執行者がある場合について（その就職承諾の前後を問わず）、最判昭和62・4・23民集41巻3号474頁（＝家族判百〈第7版〉91事件［田中宏治］）は、例外的に、登記不要説に立つことを明らかにしたからである。確かに、1013条は、遺言者の意思を尊重し、遺言執行者に遺言の公正な実現を図らせることを目的として、相続人による相続財産の処分や遺言執行妨害行為を禁じており、そのため、相続人が相続財産に関してなした処分行為が絶対無効であることは、早くから説かれていた（大判昭和5・6・16民集9巻550頁）。そこで、たとえば、相続人が遺贈目的物について第三者のために抵当権を設定してその登記をしたとしても、受遺者は、遺贈による目的不動産の取得を登記なくしてその第三者に対抗できるとされたのである。もっとも、「遺言者の意思の尊重」という観点だけからすれば、通常の遺贈の場合と遺言執行者がある場合の遺贈とで結論の違いを正当化するのは困難である＊。あるいは、前者では相続人が被相続人の地位を承継して登記移転義務を負い（その限りで移転すべき何かを持っている！）、後者では全くの無権利者である（遺言の執行はもっぱら遺言執行者だけに委ねられている！）点で、前者の方が不完全物権変動論によって説明される二重譲渡ケースに近いという判断が働いているのかもしれないが（佐久間・物権106頁も参照）、判例自身のいうように遺贈目的物の所有権が相続人を経由して受贈者に渡るわけではないとすれば、あまり説得的な論拠ではない。むしろ、受贈者が単独で登記可能かどうかが実質的評価を分けたというべきであろうか（遺贈があったことの認識可能性は、遺言執行者がいるときの方が高いが）。

＊【文献など】　遺贈と登記については、七戸克彦「遺贈と登記」鎌田薫ほか編・新不動産登記講座(2)93頁、幾代通「遺贈と登記」現代家族法大系(5)127頁以下（有斐閣、1999年）、

米倉明「遺贈と登記（1・2完）」早稲田法学79巻2号21頁、3号1頁（2004年）も参照。遺言の効力全般について、副田隆重「遺言の効力と第三者の利害」野村豊弘＝床谷文雄編・遺言自由の原則と遺言の解釈64頁以下（商事法務、2008年）所収の整理も興味深い。

⑥　**共同相続人の相続放棄**　相続放棄（939条）の場合はどうか。共同相続人の一部が相続放棄をした場合、他の共同相続人の相続分が増加する。これは実質的な贈与とも見うるものである。このとき、Bの法定相続分に対して、相続放棄の前に利害関係を有することになったDと他の相続人との関係を対抗問題として処理すべきかが、ここでの問題である＊。

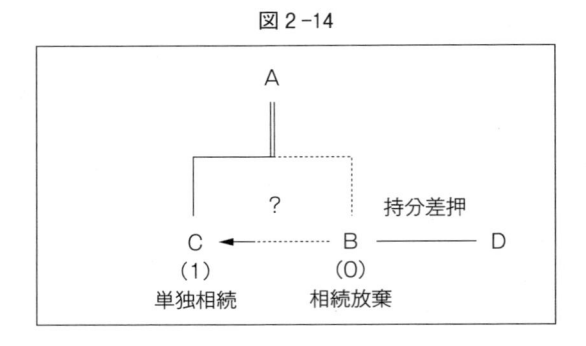

図2-14

```
           A
           │
      ┌────┴────┐
      │         │ 持分差押
      ?         │
  C ←───── B ─────── D
  (1)      (0)
 単独相続  相続放棄
```

　939条によれば、相続が開始してから原則として3ヶ月の熟慮期間内に相続放棄の意思表示（家庭裁判所への申述）をした相続人は「初めから相続人とならなかったものとみな」される。判例は、遡及効の定めのある相続放棄による持分の取得については、その遡及効を貫徹して、相続人は放棄後の第三者に登記なくして対抗できるものとした（最判昭和42・1・20民集21巻1号16頁＝家族判百75事件〔山本敬三〕）。したがって、共同相続人のBが相続放棄をしたが、Bの債権者Dが、目的不動産についてBの法定相続分に基づく共同相続の代位登記を経由して、その持分を差し押さえたような場合、Cは、Bの相続放棄によって単独相続することとなった旨（結果的にBの持分を手に入れた？）を登記なくしてDに対抗でき、差押えに対する第三者異議の申立て（民事執行法38条）が認められる。

　判例の結論には、ほとんど異論を見ないが、その理由づけは様々である。一般には、遺産分割の場合（909条但書参照）と異なり、相続放棄では制度的に遡及効の制限がなく、相続開始後短期間に法律関係が決着するため「第三者」の登場する余地も乏しく、放棄者の意思を最大限尊重する必要があるからといわれる。また、遺産分割では、実質的に各相続人の持分の交換・贈

与・和解といった合意の要素が強いが、相続放棄は**相続資格そのものの遡及的喪失**であるため、互いの持分譲渡的な意味合いが正面に出てこない点も重要である（広中・物権151頁。もっとも、実質的にその要素があることは、星野英一・法協90巻2号404頁以下［1973年］など）。そして何より、遺産分割の場合には、協議後はいつでも登記可能であるのに対して、相続放棄の場合には、遺産分割がなされない限り共同相続人の取得部分が確定できないため、共同相続の登記をしていなかったとしてもやむを得ず、放棄についての登記懈怠をとがめることができないという事情がある（後述）。ここでも、94条2項の類推適用などによって善意無過失の第三者を保護することが論理的に不可能ではないであろうが、実際に保護される第三者の登場はあまり考えられない。

　＊【文献など】　品川孝次「相続と登記」民法の争点Ⅰ108頁、高木多喜男「遺産分割・相続放棄と登記」続判例展望154頁、同「相続と登記」不動産登記制度研究会編・不動産物権変動の法理104頁（有斐閣、1983年）、藪重夫「相続放棄と登記」現代家族法大系(5)111頁（有斐閣、1979年）。

⑦　遺留分減殺請求による場合　　一定の相続人のために法律上必ず留保されるべき遺産の一定割合を「**遺留分**」といい（1028条以下参照）、被相続人の遺言による財産処分自由に対する制限となっている。遺留分権利者（兄弟姉妹以外の法定相続人）は、法定相続分の半分（配偶者・子）もしくは3分の1（親）が遺留分として認められており、現存の積極的相続財産から贈与や遺贈等の額を差し引いたときに遺留分の額に達しない場合は、遺留分を保全すべく、贈与や遺贈の履行を拒絶し、さらには、既に給付された財産の返還を請求することができる（1031条）。これを**遺留分減殺請求権**という。遺留分減殺請求権は、一種の「形成権」と解されており、遺留分権利者の意思表示だけで物権的効果を発揮し、減殺請求権を行使した相続人は、対象財産に対する所有権または共有持分権を取得することになるとされる（最判昭和51・8・30民集30巻7号768頁＝家族判百96事件［内田貴］）。この場合の、遺留分減殺請求による相続財産の取戻しは、登記を要する物権変動と言えるであろうか。

たとえば、遺留分減殺請求を受けた受遺者が、対象財産を第三者に譲渡し

た場合、当該第三者が、遺留分侵害について悪意であれば、遺留分権利者はその者に対しても減殺請求ができるが（1040条1項但書）、これはあくまで減殺請求前に登場した第三者に対してのみ適用される形になっている。そこで、判例（最判昭和35・7・19民集14巻9号1779頁＝家族判百〈第3版〉128事件［滝沢聿代］）は、遺留分減殺請求後に現れた第三者は、登記の欠缺を主張しうる者に該当することを理由に、遺留分権利者は登記がなければ、そのような第三者に対抗できないとしている。契約の取消における復帰的物権変動に登記を要求する判例理論（大判昭和17・9・30民集21巻911頁、最判昭和32・6・7民集11巻6号999頁）と平仄を合わせた形になっているが、問題が多い。形成権たる遺留分減殺請求権の行使によって、侵害の限度で受遺者が無権利者になるのだとすると、減殺請求後の転得者は、むしろ無権利者からの譲受人として処遇されるべきであり、94条2項か1040条1項但書の類推適用こそが相応しい。実際問題としても、遺留分減殺請求後に遺留分権利者が登記を取り戻すことが必ずしも容易ではないことを考慮すると、（場合によっては悪意者も保護されうる）対抗問題に持ち込むことには問題があり、せめて価格賠償等による調整を可能とすべきであろう。

⑧　遺産分割を経た上での取得　共同相続において、暫定的に共有状態におかれた遺産を相続分に応じて分割し、最終的に各相続人への帰属を定めるのが「**遺産分割**」である（906条～914条）。遺産分割協議には、それまでの暫定的な遺産共有持分についての新たな財の交換・贈与・和解の要素を見出すことができる。注意を要するのは、この遺産分割の効力が相続開始の時にまで遡ることである（909条：**分割の遡及効**：**宣言主義**）。つまり、各相続人は、分割によって自己に帰属することになった遺産上の権利を、被相続人から直接に単独で取得したことになるわけである。もっとも、それでは、遺産分割までの間に、第三者が個々の相続財産について持分権の譲渡を受けたような場合は、権利関係を覆されることになって第三者を害するため、その限りで、遡及効が制限される（909条但書）。つまり、遺産分割の前に登場した第三者には、譲渡された持分の保持が認められる（ただし、保護資格要件としての登記は必要とするのが通説）。

たとえば、Aの嫡出子であるBCが、相続開始直後に相続財産である甲不

動産についての持分2分の1ずつの相続登記をなし、その後の遺産分割協議（907条1項）で、甲不動産をCの単独所有とすることが決まったとすると、甲不動産は相続開始の時からCの単独所有であったと擬制される

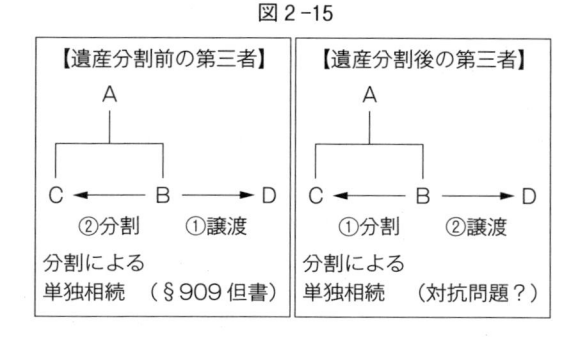

図2-15

【遺産分割前の第三者】
　　　A
　　／＼
C ← B → D
②分割　①譲渡
分割による
単独相続　（§909但書）

【遺産分割後の第三者】
　　　A
　　／＼
C ← B → D
①分割　②譲渡
分割による
単独相続　（対抗問題？）

(909条本文)。ところが、Bが遺産分割協議の成立を待たずに自己の持分をDに譲渡して、持分権の移転登記を済ませてしまったような場合には、909条但書によって、Dはその持分権を保持できるわけである。

では、遺産分割協議成立の後に、Bが協議内容に背いてDに持分権を譲渡したような場合、Cは法定相続分を超える部分について、登記なくしてDに対抗できるであろうか（前述①の判例法理から、法定相続分については登記なくして対抗できる）。判例（最判昭和46・1・26民集25巻1号90頁＝判百Ⅰ55事件［松岡久和］＝家族判百74事件［大塚直］＝不動産判百41事件［浦野由紀子］）は、遺産に関する調停分割が整った後に登場した第三者に対する関係で、CDを177条の対抗関係に立たせた。すなわち、

「遺産の分割は、相続開始の時にさかのぼってその効力を生ずるものではあるが、第三者に対する関係においては、相続人が相続によりいったん取得した権利につき分割時に新たな変更を生ずるのと実質上異ならないものであるから、不動産に対する相続人の共有持分の遺産分割による得喪変更については、民法177条の適用があり、分割により相続分と異なる権利を取得した相続人は、その旨の登記を経なければ、分割後に当該不動産につき権利を取得した第三者に対し、自己の権利の取得を対抗することができない」

という。さらに同判決は、相続放棄の場合との比較に触れて、(イ)分割の遡及効制限についての909条但書の存在、(ロ)放棄の期間制限に関する915条の存在、(ハ)相続開始後分割前と相続開始後放棄前における第三者出現の可能性、(ニ)分割後と放棄後における第三者出現の可能性などから、遺産分割の場合には取引関係に入る可能性の高い第三者保護の要請が強く働き、両者は同列に論じ

得ないとしている。しかし、これらは幾分決め手に欠けるものであって（星野英一・法協90巻2号401頁以下［1973年］の分析参照）、両者を分けるとすれば、むしろ㈭遺産分割後と放棄後に登記を備えることを要求できる可能性（分割後は直ちに登記が可能であるが、相続放棄があっても相続人が複数いるとなお遺産共有状態が続くために相続人に登記を要求しがたいこと）、㈻譲受人による事実関係確認の可能性（放棄の調査はある程度可能であるが分割については困難であること）、㈷相続放棄制度の趣旨としての放棄者の意思の尊重など、が実質的判断要素となろうか。これらの点は、登記の懈怠についての批難可能性と第三者の保護に値する信頼の考慮要素ともなるため、この局面では遡及効を貫いた上で94条2項の類推によって問題を処理すべしとする見解も有力である（不動産判百〈第2版〉32事件［高木多喜男］、鎌田・ノート146頁以下、山野目・物権64頁など）。柔軟な問題処理を指向するとすれば、94条2項の類推適用によるのが適当かもしれない。

　以上のように、「相続と登記」をめぐる問題群は、いささか見通しの悪い状況にある。その原因の一端は、相続による権利取得・遺産承継という特殊な局面の問題を、一般の市場取引ルールに委ねようとしたことにありそうである。また、本来であれば、公信関係に立つようなものまで、第三者保護のために敢えて対抗関係として構成したと思われるところもある。それゆえ、判例の判断枠組みは、いたるところで微調整を必要としているのである。将来的には、現在の177条の「対抗」と94条2項類推適用や表見法理の組み合わせによる処理をはなれて、基本的には、遺言者意思の尊重あるいは相続人への法定相続分確保を基軸として、相続の遡及効を貫徹させつつ（909条、939条参照）、善意・無過失の第三者の登場に対しては、その保護資格要件としての登記を備えた場合に限って保護をはかるという方向（909条但書あるいは32条1項但書の類推適用あたりか）で収斂させるのが適当であるように思われる。

　＊【文献など】　伊藤昌司「遺産分割と登記」川井健ほか編・講座現代家族法⑸（日本評論社、1992年）所収、同・大阪市大法学雑誌18巻1号145頁、加藤美穂子「遺産分割と登記」森泉章教授還暦記念論集・現代判例民法学の課題842頁以下（法学書院、1988年）など。
　相続と登記に関する文献は、判例評釈を含めて、少なくない。本文掲記のほか、新版注釈民法⑹614頁以下（原島重義＝児玉寛）、金山正信「法定相続分と異なる相続分と登記」

於保不二雄先生還暦記念・民法学の基礎的課題(中)267頁以下所収、品川孝次「相続と登記」民法の争点Ⅰ108頁、池田恒男「登記を要する物権変動」講座(2)137頁、とくに177頁以下、三和一博「相続と登記」森泉還暦・現代判例民法学の課題268頁以下所収（法学書院、1988年）、塙陽子「相続と登記」石田喜久夫＝西原道雄＝高木多喜男先生還暦記念論文集(上)・不動産法の課題と展望125頁以下所収（日本評論社、1990年）、泉久雄「共同相続・遺産分割と登記」不動産登記講座Ⅰ254頁（日本評論社、1976年）、滝沢聿代「相続と登記」鎌田ほか編・新不動産登記講座(2)67頁以下所収、田中淳子・相続と登記（成文堂、1999年）、など。変動原因ごとの検討として、鈴木禄弥＝唄孝一「共同相続と登記」鈴木・研究333頁以下所収〔初出は1966年〕、中井一士「相続により共同相続人が取得した権利を第三者に対抗するには登記を要するか」登記情報455号6頁以下（1999年）、松尾弘「相続と登記——法定相続対抗要件不要の原則の検証」法時75巻12号74頁（2003年）、鎌田薫・ノート133頁以下、同「相続と登記」星野編・判例に学ぶ民法（有斐閣、1994年）53頁以下、小粥太郎・民法の世界（商事法務、2007年）72頁以下など。

(e) 取得時効と登記

① 問題の所在と判例の準則　　取得時効は、ある者が所有権その他の財産権を法定の期間占有支配し続けたという事実状態を基礎として、真実の権利関係を問うことなく、その者による権利の取得を認めるもので（その効果は、援用によって発生し［145条］、占有開始時に遡及し［144条］）、その反射的効果として、時効完成による原権利者の権利喪失をもたらす。その際、不動産所有権の取得時効の成立にとって、そのことが登記簿に記載されるかどうかは直接には関係がない建前となっている。したがって、**未登記不動産**の場合はもちろん、**他人名義で登記されている不動産**であっても、占有者が取得時効によって所有権を取得できる。そこで、時効取得者は、登記名義を有している原所有者に対して、自己の所有権を主張して登記を移転せよと請求できる地位に立つ。このとき、占有者はもとの所有者から所有権を承継するのではなく、前主の権原とは無関係に原始取得する結果、もとの所有者が反射的に所有権を失うにすぎない。ただ、実際に登記を備えるには、名義を持つ前主の同意か判決を得る必要があり（不登60条、63条）、結局、時効を原因とする所有権取得登記は**移転登記**の形をとるものとされている（実際には、原権利者が協力的でない場合が多いであろうから、原権利者による妨害的処分の可能性を封じるために、とりあえず処分禁止の仮処分［民事保全23条以下、53条1項参照］を得る必要がある）。

取得時効と登記をめぐる判例の態度は、およそ次のような準則にまとめられる。
　第1に、不動産物権変動の「当事者（および当事者間と同視しうる者の間）」間では登記なくして所有権取得を主張しうるのであるから、取得時効の場合も、時効完成時の当事者（所有者・登記名義人Ａ）との関係では、占有者Ｂは登記なくして時効による所有権取得を主張しうる（[第Ⅰ準則]大判大正7・3・2民録24輯423頁）。ＡＢはあくまで物権変動の当事者と同視しうる者であって、対抗関係にはないからである。
　第2に、所有者Ａが時効完成前に不動産をＣに譲渡して、その後にＢの占有について時効が完成した場合、Ｂは時効完成時の「当事者」であるＣに対しても登記なくして時効による所有権取得を主張しうる（[第Ⅱ準則]最判昭和41・11・22民集20巻9号1901頁、最判昭和46・11・5民集25巻8号1087頁＝判百Ⅰ〈第5版補正版〉53事件［山田卓生］＝〈第6版〉53事件［児玉寛］＝不動産判百43事件［松久三四彦］）。この点は、Ｃの登記がＢの時効完成後になされた場合でも変わらない（最判昭和42・7・21民集21巻6号1653頁）。
　第3に、Ｂによる時効完成後に登場する第三者については事情が異なり、通常の対抗問題として処理される。たとえば、所有者ＡがＢの時効完成後にＣに当該不動産を譲渡したような場合は、Ａ→Ｂの時効による所有権移転とＡ→Ｃの譲渡による所有権移転が、二重譲渡があった場合と同様に考えられ、Ｂは登記がなければＣに時効による所有権取得を対抗できない（[第Ⅲ準則]大連判大正14・7・8民集4巻412頁、最判昭和33・8・28民集12巻12号1936頁など）。したがって、時効が完成した後、Ｂは速やかに所有権移転登記（保存登記？）を備えておかなければ、「第三者」Ｃが登場して登記を先に備えたとき、ＢはＣに劣後する結果となる。登記原因についてのいわゆる「無制限説」の帰結である（但し、第三者が背信的悪意者である場合は排除されることにつき最判平成18・1・17民集60巻1号27頁＝不動産判百44事件［松久三四彦］）。
　第4に、上のいずれの場合にも、「占有開始時」を起算点として時効の完成時が決定されるべきものとされ（起算点の固定）、ＢはＣの譲受後に時効を完成させるべく起算点をずらして時効取得を主張することはできない（[第Ⅳ準則]最判昭和35・7・27民集14巻10号1871頁）。もしＢが任意に起算点を選

択できるとすると、第Ⅲ準則が骨抜きになるからである。もちろん、実際問題として占有開始時点が確定できない場合があるだけでなく、その点の主張立証が時効取得を主張するための必須の要件でもない。したがって、かりに、占有者が現時点から逆算してCの譲受後に時効が完成したと主張するような場合、登記を経由したCとしては、Aから当該不動産を譲り受けた時点以前にBの時効が完成していたことを「抗弁」として主張できるとの含意であろう。

その上で、第5に、占有者Bは対抗要件を経由した第三者Cの登場によって確定的に所有権を否定されることになるため、Cによる登記の時点から再び時効が進行しはじめる。こうして、再度の時効が完成するとBは再び登記なくしてCに時効取得を対抗できるとされている（[第Ⅴ準則] 最判昭和36・7・20民集15巻7号1903頁）。Cは、再度の時効完成時の「当事者」となるからである。これは、Cの登記に時効の中断効を認めたに等しい。

このように、判例は、不動産の時効取得も登記を備えない限り第三者に対抗できないという原則を維持しつつ、登記は第三者対抗要件であるから当事者間では登記なしに対抗できるということで、一定の調整を図っているわけである。

以上のような判例準則に対しては、学説上、様々な疑問が提起されている（詳しくは、池田恒男「登記を要する物権変動」講座(2)145頁以下を参照）。批判の多くは、第Ⅱ準則と第Ⅲ準則の関係に集中している。いま少し立ち入って検討しよう。

② 時効期間経過中の登記名義の変動
（ⅰ）当事者は誰か　取得時効が完成することによって、占有者は、不動産所有権を取得するが（162条、163条）、時効の効力はその起算日に遡ることから（144条）、所有権の取得は占有開始時に遡及する（時効期間経過中の果実などは不当利得にならない）。その意味では、時効取得の直接の「当事者」は、占有開始時の原所有者に限られることになりそうである（広中・物権156頁は時効完成前の譲受人も「第三者」ととらえる［但し二重譲渡型のみ］）。しかし、実際問題として、時効完成時の所有者が権利を失う結果となるのであるから、

かりに、時効期間経過中に原所有者Aから問題の土地を譲渡された者Cがいた場合にも、時効完成時の所有者・登記名義人Cが、時効取得するBとの関係では「当事者」となるとするのが第Ⅱ準則を導いた判例の立場である（大判大正9・7・16民録28輯1108頁、大判昭和2・10・10民集6巻558頁、最判昭和41・11・22民集20巻9号1901頁、最判昭和42・7・21民集21巻6号1653頁など）。

不動産二重譲渡において登記未経由のまま占有を継続して時効取得を主張した第1買主と登記を経由した第2買主の優劣が問われた前掲最判昭和46・11・5民集25巻8号1087頁は、そのメカニズムを次のように説明する。

「不動産の売買がなされた場合、特段の意思表示がないかぎり、不動産の所有権は当事者間においてはただちに買主に移転するが、その登記がなされていない間は、登記の欠缺を主張するにつき正当の利益を有する第三者に対する関係においては、売主は所有権を失うものではなく、反面、買主も所有権を取得するものではない。当該不動産が売主から第2の買主に二重に売却され、第2の買主に対し所有権移転登記がなされたときは、第2の買主は登記の欠缺を主張するにつき正当の利益を有する第三者であることはいうまでもないことであるから、登記の時に第2の買主において完全な所有権を取得するわけであるが、その所有権は、売主から第2の買主に直接移転するのであり、売主から一旦第1の買主に移転し、第1の買主から第2の買主に移転するものではなく、第1の買主は当初から全く所有権を取得しなかったことになるのである。したがって、第1の買主がその買受後不動産の占有を取得し、その時から民法162条に定める時効期間を経過したときは、同法条により当該不動産を時効によって取得しうるものと解するのが相当である」。

つまり、起算点は第1買主の占有開始時であるという従来の判例の立場を踏襲しつつ、所有権は第2買主の登記時に売主から第2買主に直接移転するため、未登記の第1買主の占有は当初から「他人物」の占有にあたるというわけである。

(ⅱ) 時効は中断されたか　これに対し、一方では、Aの譲渡によってCが移転登記を備えた時点で、時効が事実上中断

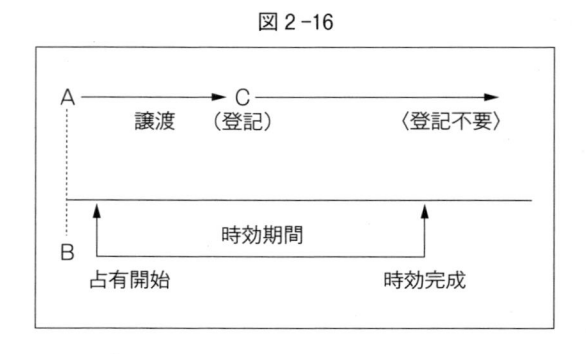

図2-16

せられたと同様に扱われるべきであるとして、そこから新たに時効期間が進行するという見解も有力に主張されてきた（我妻＝有泉・講義Ⅱ118頁、末川・物権125頁、川井・概論(2)46頁、安達三季生「取得時効と登記」法学志林65巻3号）。結果的に、判例の第Ⅱ準則を否定することとなるが、再度の時効取得を可能にした第Ⅴ準則には比較的親和的である。Ｃの登場が時効完成の前後で、大きく扱いが変わることに対する批判をかわすこともできよう。しかし、中断に関する法文上の根拠を欠くのみならず（147条参照）、平穏公然の占有継続に特別な権利取得の効力を与えた時効制度が、Ｂの関知しない登記名義の変動に影響されることには違和感をぬぐえない。

　(ⅲ)　他人物　　時効取得の対象が「他人物」であることに着目して、第2譲受人が登記を備えた（→対抗要件上、Ｂが確定的に劣後した）時点からの時効の起算を問題にする見解も少なくない（田井義信「取得時効と登記」同志社法学31巻5＝6号720頁［1980年］、大久保邦彦「自己の物の時効取得について（2完）」民商101巻6号793頁［1990年］、松久三四彦「取得時効と登記」鎌田ほか編・新不動産登記講座(2)128頁、148頁、辻伸行「取得時効の機能」新・民法の争点87頁）。もっとも、判例上、自己物の時効取得が認められていることを勘案すれば、他人物かどうかを決定的な指標とすることにも、疑問がないではない。

　(ⅳ)　占有尊重説　　以上の批判は、いずれにせよ、登記のない時効取得者よりも登記を得た第三取得者を保護すべしとの配慮によるもので、（第Ⅱ準則には反するが）とりわけ二重譲渡型の問題群については、できるだけ177条による処理が相応しいとの価値判断が働いている。これとは逆に、時効取得は占有の継続を尊重するところに基礎を有する制度である点を強調し、時効取得者は誰に対しても、登記なくして権利取得を対抗できるとの見解もあり、それによれば時効期間中の登記名義の変動には何の意味もないことになる（判例の第Ⅳ準則が否定される）。解釈上は、現時点から遡って時効期間が経過していれば時効の利益を受けられるべきであるとする「逆算説」（川島武宜・民法総則572頁［有斐閣、1965年］）や、そもそも時効取得については対抗問題を生じないとする177条適用排除説（原島重義「『対抗問題』の位置づけ」法政研究33巻3～6号352頁以下［1967年］）には、こうした占有尊重の理念が基礎

(v) 類型論　いまひとつ、取得時効と登記をめぐる紛争の型を、「**二重譲渡型**」と「**境界紛争型**」に類型化し、前者では177条に忠実に登記を尊重し、後者では占有を尊重するといった具合に、問題の類型ごとに解釈をほどこそうとする見解も有力である（安達三季生「取得時効と登記」法学志林65巻3号1頁［1968年］は二重譲渡類型に着目し、山田卓生「取得時効と登記」来栖三郎＝加藤一郎編・民法学の現代的課題103頁［岩波書店、1972年］、星野英一「取得時効と登記」竹内昭夫編・鈴木竹雄先生古稀記念・現代商法学の課題(中)［有斐閣、1975年］825頁、同・民法論集(4)315頁所収の類型論の端緒となっている）。問題の類型によって当事者の置かれた利益状況や登記具備への期待可能性は異なり、少なくとも、二重譲渡型では、市場原理に従い、対抗要件たる登記の具備の先後を尊重せざるを得ないという価値判断が背後にある。ただ、その類型上の区別の基準は必ずしも明確ではない（草野元己・取得時効の研究［信山社、1996年］213頁）。

③　時効完成後の登記名義の変動

(i) 時効完成前後のアンバランス　たとえば、所有者ＡがＢの時効完成後にＣに当該不動産を譲渡したような場合、時効完成後に登場した第三者Ｃと時効取得者Ｂは対抗関係に立つとされるのが判例の立場であるが、この点をめぐっても学説の批判は強い。時効の起算点を動かさないとすれば、場合によっては、善意占有者の占有期間が長くなればなるほど不利になり（10年を超えた状態）、悪意占有者の方が有利になる（20年目に近づいた状態）可能性を否定できないからである。しかも、時効が完成した後、時効取得したＢは速やかに登記を備えておかなければ、「第三者」が登場して登記を先に備えたときは、劣後する結果となるが、それまで長期間にわたって登記とは無縁で占有を継続してきたＢが、時効が完成したからといって、敢えて平地に乱を起こして速やかにＡに移転登記を要求することも考えにくい。時効取得した後も登記を備えないでいる懈怠を責めて94条2項の類推適用によりＢは時効取得をＣに対抗できないとする見解（松坂佐一・民法提要［物権法］48頁〈第4版増訂〉［有斐閣、1984年］、加藤一郎・民法ノート(上)70頁以下［有斐閣、1984年］）もあるが、登記するために時効完成を待ちわびるような者は悪意

の不法占拠者くらいであろう。

Cの登場時期によって生じるアンバランスのひとまずの解決策としては、前述の通り時効完成後は登記なくして常に第三者にも対抗できることとするか（177条適用排除説）、第三者Cが登場した以上は時効完成の前後を問わずBには登記が必要としてバランスをとるか（Cの登場で時効が中断される）、時効の実体的効力発生基準時を援用の時にあわせるか、あるいは時効の起算点を必要に応じてずらすことで時効完成時期を変更するかであるが（逆算説）、いずれも先の判例準則とは抵触する。

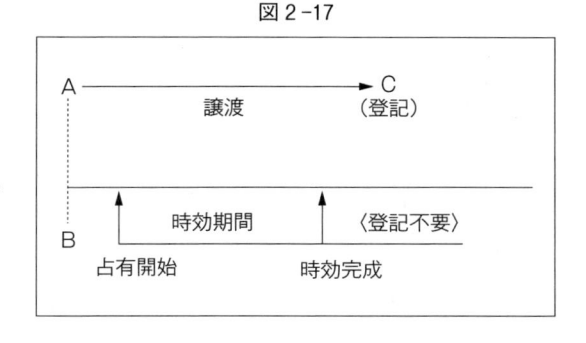

図2-17

A ─────譲渡─────→ C（登記）
│
│
B ←──時効期間──→ 〈登記不要〉
占有開始　　時効完成

（ii）対抗問題の中での調整　　判例は、別の道を模索した。最判平成18・1・17民集60巻1号27頁（＝民法判百Ⅰ56事件［石田剛］、石田剛「背信的悪意者排除論の一断面（1・2）」立教法学73号63頁、74号119頁［2007年］、鎌田薫・リマークス2007(上)14頁、不動産判百44事件［松久三四彦］など参照）では、長年、公道への進入路として使用してきた土地に関する未登記通行地役権のYによる時効取得と、時効完成後に譲渡を受けて登記を備えたXの対抗関係が問題となっている。判旨は、従来の判例の考え方を確認しつつ、対抗要件を必要とする「第三者」の範囲を限定して、悪意の認定を緩和する判断基準を示した。すなわち、

　「時効により不動産の所有権を取得した者は、時効完成前に当該不動産を譲り受けて所有権移転登記を了した者に対しては、時効取得した所有権を対抗することができるが、時効完成後に当該不動産を譲り受けて所有権移転登記を了した者に対しては、特段の事情のない限り、これを対抗できないと解すべきである（……）。Xらは、Yによる取得時効の完成した後に本件通路部分を買い受けて所有権移転登記を了したというのであるから、Yは特段の事情のない限り、時効取得した所有権をXらに対抗することができない」。「民法177条にいう第三者については、一般的にはその善意・悪意を問わないものであるが、実体上物権変動があった事実を知る者におい

て、同物権変動についての登記の欠缺を主張することが信義に反するものと認められる事情がある場合には、登記の欠缺を主張するについて正当な利益を有しないものであって、このような背信的悪意者は、民法177条にいう第三者にあたらないものと解すべきである（……）。／そして、甲が時効取得した不動産について、その取得時効完成後に乙が当該不動産の譲渡を受けて所有権移転登記を了した場合において、乙が、当該不動産の譲渡を受けた時点において、甲が多年にわたり当該不動産を占有している事実を認識しており、甲の登記の欠缺を主張することが信義に反するものと認められる事情が存在するときは、乙は背信的悪意者に当たるというべきである。取得時効の成否については、その要件の充足の有無が容易に認識・判断することができないものであることにかんがみると、乙において、甲が取得時効の成立要件を充足していることをすべて具体的に認識していなくても、背信的悪意者と認められる場合があるというべきであるが、その場合であっても、少なくとも、乙が甲による多年にわたる占有継続の事実を認識している必要があると解すべきである」

という。理由中に付された「特段の事情」の運用や緩和された背信的悪意の認定如何では、時効完成後に登場する第三者に対して、時効取得者が登記なくして対抗できる余地が拡がったことになろうか。およそ取得時効の完成を知って原所有者と取引した第三者は背信的悪意者として扱われることを原則とすべしとする学説（広中・物権157頁）や、不動産譲受人の現況調査義務を強調する見解（石田穣・物権232頁）もある中で、従来の判例準則の調整原理として注目すべき判例である。

　(iii)　どう考えるべきか　判例の展開は、多くの批判を受けつつも一定の利益調整に取り組んでおり、できる限り尊重すべきであろう。近代的不動産取引にとって現地検分が不可欠とはいえ、時効による物権変動の結果を全く反映させないというわけにもいくまい。ただ、第Ⅱ準則と第Ⅲ準則の関係は、いかにもバランスを欠いていることから、時効完成前に新たに対抗要件を備えた第三者が登場した場合には、その者を177条の「第三者」ととらえ、その時点から時効を進行させるのが構成として素直であるように思われる（その限りで第Ⅱ準則に抵触する）。その上で、必要に応じ、第三者の主観的態様から**「背信的悪意者」**として登記なくしても時効取得を対抗できる場合を弾力的に考えて微調整をほどこすことが最も穏当ではあるまいか（東京高判平成20・10・30判時2037号30頁、大分地判平成20・11・28判タ1298号167頁、東京高

判平成21・5・14判タ1305号161頁など第三者の背信的悪意の有無を調整弁とした裁判例が注目される)。他方、境界紛争型の長期取得時効の主張については、占有の継続という事実を尊重し、逆算説の立場によることが実際的にも解釈論としても簡明であるように思われる。少なくとも当事者によって時効の援用があるまでは、177条の対抗要件とは切り離して問題を処理する方向が模索されるべきであろう。

　　＊【文献など】　本文中に掲げたものの他にも文献は多い。基本的なものとして、水本浩「取得時効と登記」立教法学19号1頁、20号160頁、23号114頁（1980～84年）、滝沢聿代「取得時効と登記」成城法学19号1頁、22号19頁（1986年）、同「取得時効と登記・再論」成城法学64号5頁（2001年）、新版注釈民法(6)550頁以下［原島重義＝児玉寛］、池田恒男「取得時効と登記」民法の基本判例［第2版］54頁（1999年）、良永和隆「時効の存在理由及び『時効と登記』再論」遠藤浩先生傘寿記念・現代民法学の理論と課題（第一法規、2002年）149頁、同「登記時効中断論の再構成」私法51号148頁、鎌田・ノート151頁以下、平成18年判決の関連では、松尾弘「不動産物権変動における対抗の法理と無権利の法理」川井健先生傘寿記念論文集・取引法の変容と新たな展開（日本評論社、2007年）163頁、田中淳子「『取得時効と登記』と背信的悪意者排除論の連関について」愛媛法学33巻1＝2号1頁（2006年）も参照。

④　再度の時効取得をめぐって

再度の時効取得に関しては、近時興味深い判例が登場した。最判平成15・10・31判時1846号7頁では、次のような事案が問題となった（河上・総則講義573頁以下の再論）。

〈事案〉Aは甲地を所有していたが、Xは、昭和37（1962）年2月17日に甲地の占有を開始し、同57（1982）年2月17日以降も本件土地の占有を継続した（20年の時効完成）。Aは、昭和58（1983）年12月13日、B会社との間で甲地につき、B会社を抵当権者とし債務者をCとする債権額1100万円の抵当権を設定し、その旨の登記をなした。Yは、平成8（1996）年10月1日にB会社から本件抵当権をその被担保債権とともに譲り受け、平成9（1997）年3月26日抵当権移転の付記登記がされた。Xは昭和37年2月17日を起算点として20年間甲地の占有を継続したことにより時効が完成したとして、Aに対して所有権の取得時効を援用した。そしてXは平成11（1999）年6月15日甲地につき「昭和37年2月17日時効取得」を原因とする所有権移転登記をした。Xは本件抵当権の設定登記日である昭和58年12月13日からさらに10年間本件土地の占有を継続したことにより時効が完成したとして、再度取得時効を援用し、本件抵当権は消滅したと主張し、Yに本件抵当権の設定登記の抹消登記手続を求めた。

これに対し、原審（広島高松江支判平成12・9・8）は、次のように述べて

Xの主張を認めた。

「Xは昭和37年2月17日から20年間占有を継続したことにより本件土地を時効取得したが、その所有権移転登記をしないうちにBによる本件抵当権の設定登記がされた。このような場合においてXが本件抵当権の設定登記の日である昭和58年12月13日から更に時効取得に必要な期間、本件土地の占有を継続したときには、Xは、その旨の所有権移転登記を有しなくても時効による所有権の取得をもって本件抵当権の設定登記を有するBに対抗することができ、時効取得の効果として本件抵当権は消滅するから、その抹消登記手続を請求することができる。」

つまり、Xは本件抵当権の設定登記日には甲地の所有権を既に時効取得しているため、その日以降のXの占有は善意・無過失のものと認められ、抵当権設定登記日から10年間占有を継続したことで改めて時効が完成し、再度、取得時効を援用して甲地をさらに時効取得し、これに伴い本件抵当権は消滅したというわけである。しかし、最高裁は次のように述べて原判決を破棄した。

「Xは、上記時効の援用により占有開始時の昭和37年2月17日にさかのぼって本件土地を原始取得し、その旨の登記を有している。Xは、上記時効の援用により確定的に甲地の所有権を取得したのであるから、このような場合に、起算点を後の時点にずらせて、再度、取得時効の完成を主張し、これを援用することはできないものというべきである。そうすると、Xは、上記時効の完成後に設定された本件抵当権を譲り受けたYに対し、本件抵当権の設定登記の抹消登記手続を請求することはできない。」

原審と最高裁の判断は、抵当権設定後の再度の時効取得の可否をめぐって分かれた。判断プロセスを従来の判例準則との関連で検討してみよう。

(i) 時効完成前の第三者との関係から　判例によれば、時効完成前に目的不動産を譲り受けた者も、時効完成時の「当事者」であるから、占有者は登記がなくても時効取得を対抗できる（第Ⅱ準則）。本件で、昭和37年2月17日から20年間占有を継続したことで、Xは、昭和57年2月17日時点での所有者Aに対して時効取得を主張でき、時効の遡及効によって占有開始時から確定的に所有権を取得したことになる。これは、原始取得と観念されるため、前主の下で設定されていた抵当権なども一緒に消滅する運命にある（397条）。

(ii) 時効完成後の第三者に関する判例準則との関係　時効完成後に登場した「第三者」に対しては、Xとしても登記がなければ所有権を対抗できな

い（第Ⅲ準則）。本件では、Xが時効完成後で未だ所有権移転登記を経由しない昭和58年12月13日に、Bによる抵当権設定登記がなされた。Bにとってみれば、実体的所有者がAであるかXであるかはどちらでもよく、とにかく抵当権による優先弁済権が確保されればよいが、AB間の抵当権設定行為を登記を持たないXによって覆されては取引の安全が保たれない。そこで、抵当権者と時効取得者の関係が対抗問題として処理されるなら、時効完成後登記未了の間に設定された抵当権は消滅しない（Xは物上保証人たることを強制される）ことになる。

(iii) 再度の時効取得の可能性　判例によれば、時効完成後に第三者が登場して、占有者がその時効取得を対抗できない場合も、その後に引き続き占有者が占有を継続すれば、第三者の登記時から時効は再び進行を始め、法定期間の経過によって再度の時効が完成し、占有者は完成時の権利名義保有者に時効取得を対抗できる（第Ⅴ準則）。それゆえ、原審は、Bによる抵当権設定登記の時（昭和58年12月13日）から10年が経過した平成5年12月13日に再度の時効が完成し、Xは登記なくしてもBに対抗できると判断した。しかも、自己物も時効取得の対象となりうるという判例（最判昭和42・7・21民集21巻6号1653頁、最判昭和44・12・18民集23巻12号2467頁）の存在は、このような再度の時効取得の可能性を積極的に承認する方向で作用する。他人物であることを重視し、自己物と認定できる場合には時効取得を認めるべきでないとの見解もあるが（松久三四彦「取得時効と登記」鎌田ほか編・新不動産登記講座(2)147頁以下）、円満な所有権行使が実質的に制限・否定される局面では、時効を援用することで、かかる制限を除去することにも法的利益があろう。

(iv) 最高裁はなぜ起算点を問題としたのか？　もしBの登場が、Xによる取得時効が完成した昭和57年2月17日以前であれば、Aの所有権もろともBの抵当権が消滅したに違いない。しかし、Bの抵当権設定登記は時効完成後の昭和58年12月のことであり、XはBに対して登記なくして自己の所有権取得を対抗できない（→Aの所有権の反射的消滅を前提に抵当権設定が無効であったといえない）結果、抵当権付不動産の所有者にとどまらざるを得ない。このとき、逆算説の立場から、時効の起算点をずらして、抵当権者をも時効完成時の当事者に巻き込み、所有権もろとも消滅させることができるかは理

論上問題となるが、時効期間の起算点は、絶対的に固定されるとするのが判例の立場である（第Ⅳ準則）。他方、原審の判断は、おそらく、所有権の円満な取得の障害となるBによる抵当権の設定登記をもって、第三取得者が所有権移転登記を備えた場合と同視できると考え、そこから再度の時効の進行を開始させ、Aとの関係では時効が完成しているため、占有の主観的態様は善意であることを前提に、Bの抵当権設定時から10年を経過することで再度の時効の完成を認めたものと思われる。抵当権の存在を認容しての占有でない限り、再度の時効完成時の当事者たるBに対しても登記なしに甲地の時効取得（＝抵当権消滅）を主張できるというわけであるが、最高裁は、それが時効期間の起算点をずらすに等しいとして、原審判断を退けた。

(v) **抵当権だから再度の時効が開始しなかったのか？** 最高裁が再度の時効の進行を否定した理由を「Xは、時効の援用により（占有開始時の昭和37年２月17日に）確定的に甲地の所有権を取得したのであるから」という点に求めていることと、時効完成後の再度の時効取得を肯定する判例法を調和的に理解しようとすれば、本件のBの登記が、Xの所有権を正面から否定するものではない抵当権設定にかかるものであった点が考慮された可能性が高い。しかし、翻って考えると、抵当権は被担保債権が弁済されない場合に備えて対象物件の将来の価値権を優先的に支配するものであり、AB間で甲地の実質的価値を移転し、ひとたび実行されると抵当権設定時以降の第三者の甲地に対する使用・収益権を覆すことができるわけであるから、その効力は、第三者に所有権が譲渡されて対抗力を備えた場合に匹敵する（少なくとも仮登記を備えたに等しい）。もし、抵当権なるがゆえに再度の時効が進行しないというのであれば、所有権そのものを譲り受けた第三者よりも、制限的権利を譲り受けた第三者の方が保護されるという奇妙な結果となる。対抗力を備えた賃借権（605条）、売買予約や代物弁済予約の仮登記を備えた者なども、抵当権者と同様、再度の時効取得の可能性から解放され、占有者はいかに占有を継続しても、もはや再度の時効取得で保護されないとすれば、この結論は明らかに不合理であろう。

(vi) **抵当権設定登記が所有権移転登記に匹敵するなら？** かりに、Bの抵当権設定登記が所有権移転登記に匹敵するなら、Bがその登記を得た時を

起点として再度の時効が進行する。原審は、このときXの善意を前提として、10年で再度の取得時効が完成すると考えたが、抵当権に関する限り登記が存在しているわけであるから必ずしも善意とは言い切れない。したがって、Xの悪意を前提とすると、20年の時効は未だ完成していないと考える余地もある（ただし最判昭和43・12・24民集22巻13号3366頁は、「占有者において占有目的不動産に抵当権が設定されていることを知り、または、不注意により知らなかった場合でも、善意・無過失の占有者というを妨げない」としている）。今ひとつ、抵当権の付記登記の問題がある。付記登記は、最初の抵当権の存立を前提として、その地位の移転を示すためのものではあるが、それ自体は登記技術上の問題にすぎない。付記登記も抵当権譲渡の対抗要件であることに違いはなく、時効取得との関係では所有権譲渡の移転登記に匹敵すると考えなければ一貫しない。Yによる平成9年3月26日抵当権移転の付記登記によって、再び新たな第三者が登場して対抗要件を備えたと解すれば、再々度の時効はなお未完成というほかない。いずれにしても、結論的に、Xは自己の時効取得をYに対して主張して抵当権の抹消を求めることはできないことになる（結果として、最高裁の結論は維持される）。

(vii) それでもXは保護される？　以上のように考えた場合でも、Xが昭和37年2月17日に甲地の占有を開始して以来、40年近く継続して平穏・公然と甲地を占有してきたという事実を尊重する必要はないか。本件におけるXの占有は、土地区画整理事業における混乱によって生じたもののようであり（岡本・後掲326頁以下参照）、二重譲渡型というよりは境界紛争型に近い。確かに、20年の時効が完成した後に速やかに登記を備えておけばよかったと、Xの懈怠を責めることもできよう。しかし、善意占有者であればあるほど時効の完成を待って登記をすることが期待しがたいばかりでなく、既に時効が完成しているにもかかわらず、Cの債務のために抵当権を設定し、さらに10年以上も放置するというＡＢの行為が、法によって保護されるべきものかは疑問である。境界紛争型での20年の長期取得時効に関しては逆算説の方が適当ではないかという議論はひとまずおくとしても、397条による抵当権自体の消滅時効の可能性は検討に値するであろうし（星野・概論Ⅱ293頁、道垣内弘人・担保物権法186頁など。久須本・後掲7頁以下参照）、目的物の占有状態を

全く顧慮しない第三者ＢＹの主観的態様から、「背信的悪意者」に準じて、登記なくしても時効取得を対抗できる場合を弾力的に考えて微調整をほどこす余地もあったろう。

＊【文献など】　最判平成15・10・31の判例研究として、岡田愛・法時77巻2号112頁、岡本詔治・民商131巻2号138頁、吉岡伸一・金法1745号27頁、久須本かおり・愛知大学法経論集167号1頁、原田剛・法セミ49巻6号115頁、松久三四彦・金融判例研究14（金法1716）号30頁、秦光昭・金法1704号4頁、川井健・ＮＢＬ784号77頁、草野元己・銀行法務21第49巻2号85頁、草野元己・法教286号104頁、谷本誠司・銀行法務21第48巻6号65頁、池田恒男・判タ1157号104頁、辻伸行・判例評論548号（判時1864号）199頁、尾島茂樹・金沢法学47巻2号123頁、平林慶一・判タ臨時増刊1184号16頁などがある。

(f)　競売・公用徴収など

①　**競売**　民事執行法上の不動産競売、すなわち強制競売（民執22条以下、43条以下）および担保権実行としての競売（民執181条以下）による物権変動についても登記を必要とする。買受人は競売代金を納付して不動産の所有権を取得するが（民執79条、184条、188条）、このときの登記は、裁判所書記官の嘱託によって行われる（民執82条1項1号、188条）。国税滞納処分による公売の場合の物権変動についても登記を必要とする（官庁または公署の嘱託による登記：税徴121条、不登115条）。買受人は、この登記がないと、その所有権取得を第三者に対抗できない（大判大正8・6・23民録25輯1090頁）＊。

＊【国税滞納を理由とする差押えと公売】　たとえば、Ａが所有する甲不動産をＢに売却したところ、Ｂが移転登記を経由しないうちに、Ａの国税滞納を理由に国が甲不動産を差し押さえて公売に付し、Ｃがこれを買い受けたような場合、ＢとＣは対抗関係に立つ。Ｂとの関係で、国やＣは「第三者」の立場にあり（最判昭和31・4・24民集10巻4号417頁）、Ｃが嘱託による登記を得ることによって所有権を確保することになる。ただ、「国がＢの所有として取り扱うべき期待がもっともであると思われる特段の事情がある場合」には、制限される可能性がある（最判昭和35・3・31民集14巻4号663頁）。この判旨は、後の、「第三者」制限説における背信的悪意者排除理論の基礎を提供した。

②　**公用徴収**　不動産の**公用徴収**による所有権の取得についても登記が対抗要件となる（大判明治38・4・24民録11輯564頁［傍論］）。**農地買収**（自作農創設特別措置法→農地法9条、36条）についても、国が買収処分によって所有権を取得した後には177条が適用され、登記がなければ、原則として第三

者に所有権取得を対抗できないとされている（最判昭和39・11・19民集18巻9号1891頁、最判昭和41・12・23民集20巻10号2186頁、最判昭和42・4・13民集21巻3号624頁）。

5　不動産物権変動における対抗問題と「第三者」

これまで、不動産物権変動と対抗問題について、変動原因に着目しながら検討を進めてきた。以下では、見方を変えて、対抗が問題となりうる場面での「第三者」の存在に着目しよう。一般に、「民法177条の第三者の範囲」として論じられるところである。ただ、不動産所有権が二重譲渡された場合の第1買主と第2買主の関係については、既に述べたところであり、ここでは重複を避けて簡単に触れるにとどめ、それ以外の者が問題となりそうな場面に重点をおいて検討する。既に見たように、判例は、物権の変動原因について177条の適用に制限をかけることをせず、同日付の連合部判決によって177条の「第三者」の範囲について無制限説から制限説に転じた。つまり、判例は、物権変動要件における無制限説と「第三者」要件における制限説の組み合わせで、問題の処理に当たろうとしている。この判断枠組みを押えておくことは、今日の判例法を理解する上で重要である。

(1)　概説

民法177条は、不動産物権変動の対抗要件として当事者に登記を備えることを求め、同一不動産について**互いに両立しがたい権利や利益を有する者**（目的物の排他的支配を争う者、いわば「食うか食われるかの関係にある者」などと表現される）に対し、登記を備えることで、物権変動のあったことを知らしめ、その者に不測の損害が生じないように配慮している。このような、いわゆる**対抗関係にある「第三者」**に対して、登記を備えることを怠っていた物権保有者は、自己の権利を主張することができない。つまり、対抗要件は、それを備えることができたのに具備しなかった者に対する懈怠を責める制度として機能している。

なるほど民法177条に特段の限定は付けられていないが、規定の趣旨から

すれば、そのような配慮が不要な者までも「第三者」に含めて論ずる必要はない。そこで、これまでのところ、177条の「第三者」とは、「当事者もしくはその包括承継人以外の者」であって「不動産に関する物権の得喪変更について登記が欠けていることを主張する正当の利益を有する者」に限定される、とする見解が広く受け入れられている（第三者制限説。大連判明治41・12・15民録14輯1276頁以来の確立した判例準則である）。加えて、売主と第2買主が親子であったり、個人経営の法人と法人代表者である場合のように、実質的に「同一当事者」と評価できる場合も「第三者」性を否定されてよいであろう。

ただ、以上のような基準によっても、なおその具体的内容の不明確さはぬぐえない。以下、具体的に検討しよう。

(2) 登記を要する「第三者」

(a) 物権取得者

同一不動産について所有権・地上権・抵当権などの物権を取得した者は、当該不動産に関して、その物権内容に関する限り、排他的支配を相争う関係にあり、原則として「第三者」となりうることは明らかである。不動産が二重譲渡された場合の譲受人相互の関係、同一不動産についての所有権取得者と地上権者もまた当該不動産の利用をめぐっては互いに両立しない関係に立つ。国もまた、基本的には私人と同様に「第三者」となりうる*。

特殊なものに、不動産の「共有」の場面がある。すなわち、共有者の一人がその持分を他の共有者に譲渡した場合に、その持分譲渡につき他の共有者が「第三者」とされた例がある（最判昭和46・6・18民集25巻4号550頁）。なお、既に見たように、売買のような有償譲渡であったか贈与のような無償譲渡であったか、あるいは相続や時効取得であったかなど、物権取得の原因については特段の制限がない（無制限説：大連判明治41・12・15民録14輯1301頁＝不動産判百46事件［石田剛］）。

抵当権者は、やや問題であるが、実質的に見れば将来の目的物の価値的支配に関しては同様に考えるべき存在であろう。このことは、譲渡担保の場合とパラレルに考えれば、なおさらである。抵当権が実行されると、不動産所有権は買受人に帰属することになるからである。抵当権の実行による買受人

は、基本的に抵当権者の優先権を引き継いでいるため、抵当権が先に登記されている場合は、後で所有権移転登記を備えた者も抵当権付きの土地を手に入れたことになろう（抵当権者は抵当権設定登記によって爾後の所有者に抵当権を対抗できる）。それゆえ、たとえば未登記建物を買い受けた者が所有権取得の登記をしないうちに、売主が自己名義で保存登記をした上でその上に抵当権を設定したような場合、その抵当権者は177条の「第三者」に該当する（大判昭和7・5・27民集11巻1279頁）。逆に、他者への所有権移転登記が先に行われていると、抵当権設定登記の登記申請そのものができなかったはずである。

＊【国も177条の第三者たりうるか？】　たとえば土地収用や農地買収などの行政処分を行った行政官庁も、原則として「第三者」となりうるというべきである。しかし、国民の財産権保障を考えると、取引と処分とではやや異なった配慮が必要である。最判昭和28・2・18民集7巻157頁は、農地買収の行政処分が登記の記載を標準として行われた場合につき、登記を経由していない真の所有者がこれに異議を申し立てることができるかが問題となった事案で、「国家が権力的手段をもって行う処分は民法上の売買と本質を異にする」として177条の適用を否定し、真実の所有者を対象とすべきであるとした。議論の枠組みとしては、177条を適用した上で、かかる場面で国が登記の欠缺を主張する正当の利益を有する「第三者」であるかどうかを正面から論ずべきであったろう。他方、最判昭和31・4・24民集10巻417頁では、AからBに譲渡された未登記の土地につき、A所有としてなされた国税滞納処分の効力が争われた事案で、国も177条の「第三者」に当たるとされた（ただし、差戻後の再上告審である最判昭和35・3・31民集14巻663頁では、徴税庁自身がBを所有者として扱ってきたという事実が認められ、「登記の欠缺を主張する正当な利益を有する第三者に当たらない」と判断された）。

(b)　差押債権者

便宜上、一般債権者と差押債権者の双方について考えよう。

①　一般債権者　「**一般債権者**」というのは、抵当権などの担保物権を持たず、したがって物権からの優先弁済権を持たない債権者をいう。このような一般債権者にとっては、債権の最終的引き当てとなるのは債務者の一般財産（担保目的物となっていない財産）である。いま、甲不動産の所有者AがBに所有権を譲渡した場合、確かに、Aに対する代金債権や賃金債権を有す

る一般の債権者Gaにとって、引き当てとなっていた財産の一部が他に流出したことにはなるが、譲受人Bとの関係で自己の優先権を主張できる立場にはないため、Bと競合する関係に立たない。甲不動産に対して何ら具体的権利を有しない以上、一般債権者Gaは177条にいう「第三者」には当たらず、Bは自己の所有権を「登記なくして」Gaに主張できる（Gaが自己の債権を保全するために、債権者取消権［424条］を主張して甲不動産をAのもとに取り戻せるかは別問題である）。他方、譲受人Bの債権者Gbにとっては、登記の有無にかかわらず甲不動産を債権の引き当てとして利用できるようになる。

　特定物債権者は微妙である。A所有不動産についてBが所有権を譲り受けたが未登記のうちに、CがAから同一不動産を譲り受けるという「債権」を取得したような場合は、二重譲渡ケースに極めて近い。判例は、立木法の適用のない立木の購入者Cについて、CはBの明認方法の欠缺を主張しうる「第三者」であるとした（最判昭和28・9・18民集7巻9号954頁）。Bの登記のない物権取得について、債権に優先する権利を認めるべきでないとすれば（我妻＝有泉・講義Ⅱ157頁）、判例は支持されるべきこととなる。ただ、特定物債権者Cは、未だ目的物に対して具体的支配をなす関係にはなく、これを否定した場合に、Cに如何なる満足が予定されるかによっても結論が左右される可能性がある（舟橋・物権201頁）。少なくとも、現実に当該特定物に対する代金が支払済みの場合には、特定物債権者も物権保有者として処遇するのが適当ではあるまいか。

　② 差押債権者　　以上に対し、譲受人Bが未だ登記を備えないうちに、GaがAに対する債権の債務名義を取得して甲不動産を差し押さえた場合、Bは甲不動産が自己の物であるとして**第三者異議の訴え**（民事執行法38条）によって、Gaの差押えを排除できるかは問題である*。判例・通説は、**差押債権者**は登記がなければ対抗できない「第三者」であると解し、Bは登記なしには第三者異議の訴えによって差押えを排除できないとしている。すなわち、最判昭和39・3・6民集18巻3号437頁は、AからBへの不動産の遺贈による所有権移転登記未了の間に、Aの共同相続人の一人の債権者が当該不動産の相続分につき差押えの申立てをし、その旨の登記がされた場合、当該債権者は177条の「第三者」に当たるとし、受遺者は登記なしに遺贈を当

該債権者に対抗できないとした。差押債権者は、一般債権者として債務者の財産に潜在的支配力を有しているところ、差押えの手続きを踏むことによって、その支配力が甲不動産という特定の不動産上に具体化し、その限りで、物権取得者に類似した法的地位にあると考えられるからである。おそらく、**配当加入した債権者**についても同様に解すべきであろう。確かに、差押債権者は特定の物権の帰属を争う者というより、一般財産の一つから債権回収を試みようとしたに過ぎない者であるため、厳密に言えばBと対抗関係に立つわけではない。しかし、この段階では甲不動産の価値支配をめぐって抵当権者と同様の物権類似の期待権を持ち、他方で譲受人の登記の懈怠が責められると考えるのが適当であろう。実は、歴史的に、二重譲渡ケースを典型例として説明される177条の規定の必要性が問題となったのは、まさにこのような差押債権者と譲受人の関係においてであった。

> *【債務名義・差押え・第三者異議】「債務名義」とは、債権者が債務者の財産に強制執行をするために、請求権の存在と内容を公証する文書で、請求権が本当に存在するか否かについての判断から執行機関を解放する機能を有するものである。強制執行は、執行文の付された債務名義の正本に基づいて実施されるのを原則とする（民執25条）。債務名義には、確定判決、公正証書のような執行証書、裁判上の和解調書など確定判決と同一の効力を有するものなどがある（民執22条参照）。「差押え」は、強制執行にいたる最初の段階であって、これによって対象財産の事実上または法律上の処分を禁止して、執行を確保する強制行為である。このまま手続が進むと、対象財産は競売に付され、この手続に配当加入した債権者の間で競売代金が債務の弁済に充てられる。このとき、対象財産が債務者の所有物ではないとして、真の所有者が手続をストップさせるのが「第三者異議の訴え」（民執38条）である。

(c)　目的不動産の賃借人

　Aの所有する甲地がBに譲渡されたが、この土地に賃借人Mがおり、甲地上に自己所有の建物を建てて住んでいる場合、Bは登記なくして、Mに対して建物収去・土地明渡しを求めることができるだろうか。また、賃借権の存在を認めた上で、賃料請求をする場合はどうか。

　①　建物収去・土地明渡し　賃借権が債権（→特定の者に対して特定の給付を請求しうる法的地位）であることからすると、AM間での賃貸借契約には相対的効力しかないため、AB間での甲地の売買によって、AがMに対す

る関係で履行不能に陥ることはあっても、MはBに向かって土地を利用させろと求めることはできなくなりそうである。かつて、このことを指して**「売買は賃貸借を破る（Kauf bricht Miete）」**と
表現し、売買によって敷地利用権の存続が危うくなることをおそれた借地人が地主の一方的な賃料値上げに応じざるを得ない状況も生じた（**「地震売買」**などと呼ばれる）。それならば甲地に物権である地上権（265条）を設定して登記を手に入れるか、賃借権についての登記（605条）を備えておけばよいと思われるかも知れないが、現実には土地所有者の協力が得られず（登記は「共同申請」が原則である）、敷地賃借人の地位は極めて危ういものであった。そこで、特別法によって、借地たる敷地上の自己所有建物について登記を備えることで敷地賃借権に対抗力を付与するという手当てが施された（旧建物保護法→現借地借家法10条参照）。そのほか、存続期間や譲渡性など借地権の保護が強化され、今や賃借権は地上権と同様の物権に近い効力を認められるにいたっており（**「賃借権の物権化」**という）、今日では、もはや「売買は賃貸借を破らない」。したがって、ここでは、新所有者Bは、たとえ所有権移転登記を備えたとしても、既存の登記済み建物を有する借地人Mに対して建物収去・土地明渡しを求めることはできない。建物保存登記や建物所有権移転登記が賃借権登記や地上権登記と同様に機能して、新所有者BにMの賃借権が対抗できるからである。結果として、賃借人Mは、Aの債権者に過ぎないが、単なる一般債権者とは異なり、甲地の利用に関してBと対抗関係に立つことになる（大判昭和8・5・9民集12巻1123頁、最判昭和49・3・19民集28巻2号325頁＝不動産判百48事件（吉田克己））。したがって、Bが所有権移転の登記を受けていない場合には、賃借人に自己の所有権を対抗することもできず、立退きを請求することはできないことになる。甲地の借地権を二重に手に入れた者同士でも、この理が妥当する。

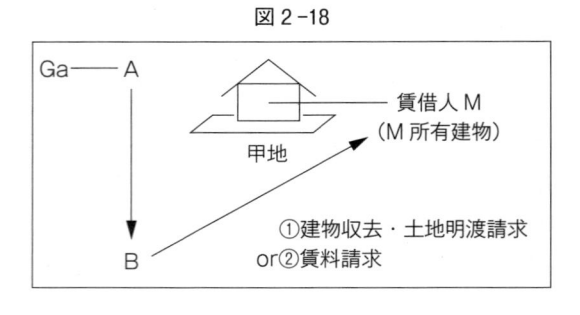

なお、地上に建物を所有する借地人のあることを知って、著しく廉価な借地権付きの土地評価額で土地を購入した者が、賃借権の対抗力の欠如を奇貨として、不当な利益を得ようと借地人に建物収去・土地明渡しを請求することは「権利の濫用」になるとされている（最判昭和43・9・3民集22巻9号1817頁）。ある種の背信的悪意者排除の考え方（後述）の現れでもあろう。

② 賃料請求　甲地の譲受人Bの借地人Mに対する賃料請求については、まずもってBがAから賃貸人としての地位を有効に承継していることが前提となる。このような「契約上の地位の移転」は、一般に、契約相手方（ここではM）の承諾を要するとされているが、判例によれば、賃貸人の地位の交替に関しては例外扱いとされ、新所有者がAの地位を法律上当然に承継するものと解されている（大判昭和9・7・18新聞3726号16頁、最判昭和46・4・23民集25巻3号388頁）。これは、土地賃貸人の債務が、通常の場合、何かを積極的に履行するものではなく、借地人の土地利用を容認するだけの一種の状態債務に過ぎず、賃貸人が誰であるかは契約にとって重要な要素と考えられていないことによる。賃貸人の立場は、あたかも、地上権という物権的負担を甘受している土地所有者になぞらえられるわけである。すくなくとも、新旧土地所有者間の合意があれば賃貸人の地位の移転が生じ、賃借人の承諾が不要である点では今日異論を見ない。

そこで、BがAの賃貸人としての地位を承継しうるとした場合、賃料請求（ひいては賃料不払いを理由とする解除など）をするにあたって、Bが甲地の所有権移転登記を備えていることが必要かという点が問題となる。判例（前掲最判昭和49・3・19）は、Bは登記を備えなければMに対して賃貸人たる地位を対抗できないとしており、Bが賃貸人としてMに賃料請求する場合に、その前提である所有権を対抗するためには登記が必要であるとしている。とはいえ、BとMとは土地の利用（同一の物権的価値）をめぐって相対立する関係にあるわけではなく、BはMの不動産利用権を認めた上で賃料請求しているに過ぎないから、「対抗要件としての登記」が求められるというのは不正確である。むしろ、ここでは賃料を支払うべき相手が誰なのかを明らかにしてMの二重弁済の危険を回避することが求められているのであるから、**「賃料請求権行使の資格要件としての登記」**が求められているというべきで

＊【賃借人が第三者でないとすると？】　賃借人Mが177条の「第三者」ではないとして、新所有者Bと対抗関係にない以上は賃料請求権行使の資格要件としての登記も不要とする見解もないではない（舟橋・物権189頁、川島武宜・民法Ⅰ168頁以下［有斐閣、1960年］）。この場合、賃料を払うべき賃貸人が誰であるかわからないという賃借人の地位の不安定さは、むしろ他の弁済者保護の制度（債権の準占有者への弁済に関する478条もしくは債権譲渡の対抗要件である467条）によって救済されるべきこととなるが、迂遠である。なお、この問題については、半田正夫「不動産賃借人に対する賃料請求と登記の要否」森泉章教授還暦記念論集・現代判例民法学の課題［法学書院、1988年］281頁、同・民商78巻臨時増刊(1)法と権利(1)303頁（有斐閣、1978年）も参照。

(3) 登記なくして対抗できる者

(a) 前主・後主

同一不動産について所有権・抵当権等の物権を正当権原によって取得した者などは「第三者」たり得ても、当該不動産がA→B→C→Dと転々譲渡された場合の**前主・後主の関係にある者**は「第三者」たり得ない（最判昭和39・2・13判夕160号71頁）。前主は、登記名義がそのまま残っていたとしても、前所有者に過ぎず、当該不動産につき正当の権利を有しておらず、むしろ登記移転に協力すべき立場にある者だからである。したがって、前主は177条の「第三者」に該当せず、後主の所有権取得につき登記の欠缺を主張することもできない。

(b) 不動産登記法5条の第三者

明文で規定されているのは不動産登記法5条の「第三者」である。

同条によれば、第一に、「詐欺又は強迫によって登記の申請を妨げた第三者」は登記の欠缺を主張できない（不登5条1項）。それゆえ、たとえば二重譲渡の場合に、第2買主が先に登記を備えていても、第1買主に対する詐欺・強迫によって第1買主の登記申請を妨げたことが明らかとなったような場合は、第1買主は登記なくして第2買主に自己の所有権を対抗できる。

第二に、「他人のために登記を申請する義務を負う第三者」は、その登記

の欠缺を主張できない（不登5条2項）。たとえば、第1買主の法定代理人や登記事務の受任者であるにも関わらず、第2買主となって自ら先に登記を備えたような場合は、第1買主の登記の欠缺を主張できない。当然であろう。

(c) 実質的無権利者およびそこからの転得者

目的物に対して全く権利を持たない第三者（**無権利者**）は、保護すべき正当な利益を有しないと考えられ、実体上の権利者は登記がなくとも、そのような者に対して権利を主張できるのが建前である（最判昭和24・9・27民集3巻10号424頁）。もっとも、どのような場合に「無権利」となるかは、取得原因が無効となる局面ごとに異なるので注意を要する。

たとえば、A所有の甲不動産について、Bが書類を偽造して自己名義に登記を移した上で、Cに転売したような場合、Cは「無権利の法理」により無権利者となる（94条2項の類推適用の可能性が残るのみである）。同様に、AB間で甲不動産が売買された後に、AC間で第2売買があってCに移転登記がなされたが、AがCの詐欺・強迫を理由に第2売買を取り消したとき、Cは遡及的に無権利者となり（121条）、Bは登記がなくともCに権利を主張できる（Cから更に善意の第三者が甲不動産を譲り受けた場合は96条3項の問題になる）。A所有の甲不動産がA→B→Cと転々譲渡されているとき、AB間の売買が錯誤（95条）・公序良俗違反（90条）・意思無能力などを理由に無効とされた場合、Bから甲不動産を譲り受けたCもまた、無権利者である。同様に、AB間で虚偽表示でBに甲不動産の所有権移転登記が行われているとき、Cが悪意でこれを譲り受けた場合や（善意の第三者は94条2項で保護される）、更にその転得者Dが悪意であった場合には、BCDは全て無権利者として扱われる。したがって、Aから甲不動産を譲り受けて未登記状態にあるXは、Bら全員に対して登記なくして所有権を主張できる。相続欠格者（891条）から相続不動産を譲り受けた者（大判大正3・12・1民録20輯1019頁）、遺言による相続人廃除が確定する前に当該相続人から相続不動産について物権を取得した者（大判昭和2・4・22民集6巻260頁）、遺言執行者がいるために相続財産について処分権を有しない相続人から相続不動産を譲り受けた者（大判昭和5・6・16民集9巻550頁）なども、同様に無権利者である。

また、無権代理によって不動産の譲渡を受けたが本人から追認拒絶された者（表見代理も成立しない場合）や、登記簿に単に「所有者」と表示されているに過ぎない架空の権利者からの譲受人など、**実質的無権利者**は、正当の利益を有さず、「第三者」に含まれないと解されている（最判昭和34・2・12民集13巻2号91頁）。要するに、対抗問題とするには、曲がりなりにも権利者からの有効な物権変動原因の存在が前提となると考えられているわけである。

　もっとも、これらについて、無権利者であるにもかかわらず登記名義を備えているなどの権利の外観を信頼した善意の第三者が、表見代理、94条2項の類推適用や、94条2項＋110条の類推適用等で保護される可能性があることについては、既に総則で学んだとおりである。また、「遡及効の制限」という形で保護されている第三者の存在にも注意しなければならない（32条1項但書、96条3項、909条但書など）。登記に公信力がないことによる取引の安全の危殆化には、対抗問題とは別の形で個別に対処されているのである。

(d)　不法行為者・不法占拠者

　不法行為者・不法占拠者のように正当な関係に立たない者は、177条の第三者から排除される。損害賠償請求に関してであるが、未登記建物所有者から放火者に対し（大判大正10・12・10民録27輯2103頁）、また土地の未登記買主から不法占拠者に対し（最判昭和25・12・19民集4巻12号660頁＝判百 I 59事件［良永和隆］、不動産判百47事件［山田卓生］）、それぞれ賠償請求が認められた。不法占拠者らに対して物権保有者が権利主張するのは、物権の効力そのものの主張であって、物権の**対抗問題ではない**から登記を要しないのだとの説明も可能であるが（石田文次郎・物権法論108頁［有斐閣、1947年］）、物権の効力主張の前提として、自己への物権変動の主張があるとすれば、取り立てて両者を区別する必要はあるまい。むしろ、権利保護資格要件としての登記が必要ではないかとの疑問が残りそうである。

　不法占拠者として問題となる者に、**賃貸借関係終了後の賃借人**がある点には注意が必要である。賃借期間満了後も、更新の可能性があって「正当事由」の存否をめぐって争っているような場面では、そもそも不法占拠かどうかが問題となるからである。

また、これに関連して、建物によって土地が不法占拠されている場合*に、被告とすべきは建物の登記名義人なのか建物所有者なのかといった問題がある。最高裁（最判平成6・2・8民集48巻2号373頁＝不動産判百45事件［武川幸嗣］）は、建物譲渡後も登記名義を保有する者の建物収去義務を肯定した。「登記を自己名義にしておきながら自らの所有権喪失を主張し、その建物収去義務を否定することは、信義にもとり、公平の見地に照らして許されない」というわけである。

 ***【敷地を不法占拠する建物】** Aの所有地にBが不法にB名義の建物を所有しているため、AがBに建物収去・土地明渡請求の訴えを提起したところ、訴訟中にBが当該建物の所有をCに譲渡しておきながら登記名義を従来通りBのままにしているとき、いずれを被告とすべきか。一方で、Aの土地所有権を侵害しているのは、現在の建物所有者Cであるから、AのBに対する建物収去・土地明渡請求は認められないとする説（**建物所有者被告説**：舟橋・物権198頁、柚木馨＝高木多喜男・判例物権法総論〈補訂版〉［有斐閣、1972年］234頁）があるのに対し、Bは所有権喪失を登記しない限りAにこれを対抗できないとして、94条2項の類推適用などからもAのBに対する請求を認める説（**建物登記名義人被告説**。我妻＝有泉・講義Ⅱ172頁、於保・物権143頁など）がある。判例は、従来、建物所有者被告説であった（大判大正9・2・25民録26輯152頁、大判昭和13・12・2民集17巻2269頁、最判昭和35・6・17民集14巻8号1396頁、最判昭和47・12・7民集26巻10号1829頁、最判昭和49・10・24判時760号56頁）。しかし、本文前掲最判平成6・2・8は、Bが登記名義を保有する限り、Aに対して建物所有権の喪失を主張して建物収去・土地明渡しの義務を免れることはできないとして、実質的に、これまでの判例を変更するに至った。現実問題として、常に実体上の現所有者を被告としてでないと明渡請求が功を奏さないというのでは、不都合であり、判例の立場は支持されるべきである。もちろん、この場合でも、Aが建物新所有者Cを被告とすることは可能であり、不明な場合にBCの両名を被告とすることも否定されてはいないと解すべきであろう。

(e) 背信的悪意者

① **背信性** 「第三者」の主観的態様、すなわち善意・悪意は原則として不問とされているものの（大判明治38・10・20民録11輯1374頁、最判昭和32・9・19民集11巻9号1574頁など）、実体上、物権変動の事実を知る者（＝悪意者）の中で、当該物権変動についての登記の不存在を主張することが信義に反すると認められる事情がある場合は、「正当の利益を有しない者」として

「第三者」から排除されている（**背信的悪意者の排除**）。不動産登記法5条の趣旨もまた、同様と考えられる。自由競争原理によって正当化し得ないアンフェアな行為に出た者には、早い者勝ちのルールによる保護を与える必要がないからである。進んで、不動産登記法5条のような明文に該当する事由がない場合でも、「これに類するような、**登記の欠缺を主張することが信義に反すると認められる事由がある場合**」には、「第三者」から排除されるとするのが判例となっている（最判昭和31・4・24民集10巻4号417頁、最判昭和40・12・21民集19巻9号2221頁）。ただ、民法177条の「第三者」から背信的悪意者を排除するとしても、登記の欠缺（不存在）を主張することが信義に反すると認められる事情の有無は、不動産登記法5条所定のような場合を除いては、個別に判断されざるを得ない。「悪意者」概念が「実体上物権変動があった事実を知りながら当該不動産について利害関係を持つに至った者」であるとしても（最判昭和44・1・16民集23巻1号18頁）、問題は、これにいかなる事情が加われば「背信的」との評価が下されるかである。不動産取引における現地検分主義や一般的調査義務の存在を前提に考えると、悪意と背信的悪意の境界は極めて微妙なもので、事実上、悪意者排除の運用に近づいている*。

＊【177条の「第三者」に悪意者は含まれるのか？】　旧民法では、登記がなければ対抗できない第三者について、「同一不動産につき同一の前主から競合する権利を取得し、その登記を備えた者であること」という客観的要件とともに「善意であること」という主観的要件を課していた。しかし、現行民法にはそのような限定はない。起草者である穂積陳重は、登記は公益に基づく公示方法であるから「絶対的なものでなければ功を奏しえない」との理由で善意・悪意といった形容詞を付さなかったと説明する（議事速記録2巻264頁）。不動産登記法5条の規定も、民法177条の「第三者」の主観的要件を不問とする態度に伴う不都合を避けることを念頭においたものといわれる（法典調査会・不動産登記法議事筆記1巻32丁、34丁）。「第三者」の善意・悪意の区別は、しばしば紛争の種になり、訴訟が頻発し、法律関係を錯綜させるだけでなく、悪意者からの転得者の地位を著しく不安定にすることが危惧されたのである。その意味では、自由競争原理を持ち出して、悪意であっても「早い者勝ち」とすることを良しとする制度であるとの説明は、ややミスリーディングである。他の者が、既に競合する権利を取得していることを認識しながら、これを横取りしようとする行為は「**故意の債権侵害**」にも匹敵すると言わねばなるま

い。しかも、無権利者からの譲受人が94条2項類推適用に際して「善意・無過失」を要求されていることとのバランスを考えると、「悪意者」でも保護されるとすることには問題が多い（舟橋諄一「登記の欠缺を主張し得べき『第三者』について」菊井雄大編・加藤正治還暦祝賀論文集［有斐閣、1932年］639頁は、登記を信頼した者のみが保護されるべきであって、悪意者は保護する必要がないと主張し、背信的悪意者排除論の展開への導火線となった）。177条の「第三者」から「背信的悪意者が排除される」との趣旨を貫徹させようとすると、結果的に悪意者排除と極めて接近することにもなりそうである。また、二重譲渡ケースでの背信的悪意の主張立証責任が登記を有しない側の買主にあるため、実際問題として、「第三者」の現実の悪意を立証しない限り、登記を有する者が保護される結果となるために（転得者につき、最判平成8・10・29民集50巻9号2506頁＝不動産判百49事件［松尾弘］）、背信的悪意者排除説と悪意者排除説で結果的に大きな差が出ないことにも留意する必要がある。いわゆる「公信力説」に立って悪意者排除を唱える見解と、通説に従って背信的悪意者概念の柔軟化を指向する見解の差は、実は小さい。この関連で、広中俊雄「対抗要件は悪意の第三者に対しても必要か」幾代通＝鈴木禄弥編・民法の基礎知識(1)（有斐閣、1964年）50頁以下所収も参照。

　最判平成10・2・13民集52巻1号65頁は、「通行地役権」という特殊な用益物権についてではあるが、「通行地役権について設定登記がされていない場合でも、承役地の譲渡の時に承役地が地役権者によって使用されていることが客観的に明らかであり、譲受人がそのことを認識していたか、または認識することが可能であったときは、譲受人は、特段の事情がない限り、地役権設定登記の欠缺を主張するについて正当な利益を有する第三者にあたらない」とした（第5章第4節2(3)参照）。また、最判平成18・1・17民集60巻1号27頁は、「本条にいう第三者については、一般的にはその善意・悪意を問わないものであるが」としつつ、「実体上物権変動があったことを知る者において、同物権変動についての登記の欠缺を主張することが信義に反するものと認められる場合には、登記の欠缺を主張するについて正当な利益を有しないものであって、このような背信的悪意者は、本条にいう第三者に当たらないものと解すべきである」と背信的悪意者排除論を確認した上で、「甲の取得時効完成後に当該不動産を譲り受け登記した乙が背信的悪意者と認められるためには、甲が取得時効の成立要件を充足していることを全て具体的に認識している必要はないが、少なくとも、甲による多年にわたる占有の事実を認識している必要がある」としている。これらは、「通行地役権」という物権の特殊性や「時効取得」という物権変動原因の特殊性に由来するものとの見方も可能ではあるが、従来に比して「背信性」の認定が緩やかであることは否めない。公信力説を採用するかどうかとは別問題として、悪意者排除を政策的に支持する立場は、充分あり得よう。

②　背信的悪意者からの転得者　　前述のように、判例によれば、第2買

主が「背信的悪意者」として177条の「第三者」から排除されたとしても、その者から更に目的不動産を譲り受けた**転得者が登場した場合**には、第１買主との関係で転得者自身が背信的悪意者と評価されるのでない限り、原則に戻って、転得者はその不動産の取得を第１買主に対抗することができるとされている（最判平成８・10・29民集50巻９号2506頁＝判百Ⅰ57事件［瀬川信久］＝不動産判百49事件［松尾弘］＝横山美夏・法教200号140頁など参照）。つまり「背信的悪意者」もまた、一応は「権利者」であるとの前提に立った判断と見られる。しかし、**相対的構成**によると、第２買主が善意で転得者が背信的悪意の場合には、第１買主が登記なくして転得者に対抗できる結果となるが、このことは第２買主の地位を著しく不安定なものにする。それゆえ、最初の二重譲渡の対抗問題で第２買主に劣後した第１買主は、完全に無権利となったと考えるのが適切ではないかと思われる。つまり、「背信的悪意者」といえないような「第三者」が登場して対抗問題にひとたび決着がついた後の法律関係については、**絶対的構成**に従って判断すべきではあるまいか（このときの転得者が背信的悪意者かどうかは原則として問題とすべきではないように思われる）。

　＊**【文献など】**　鎌田薫「対抗問題と第三者」講座(2)、同・民法ノート72頁以下（2001年）、半田正夫「民法一七七条における第三者の範囲」叢書民法総合判例研究⑦（一粒社、1977年）、湯浅道男「背信的悪意者排除論」石田＝西原＝高木還暦・不動産法の課題と展望（日本評論社、1990年）77頁以下所収、石田剛「登記がなければ対抗することができない第三者」鎌田ほか編・新不動産登記講座(2)25頁以下所収、七戸克彦「民法177条の第三者」新・民法の争点101頁、松岡久和「判例における悪意者排除論の実相」林良平先生還暦記念論文集・現代私法学の課題と展望㊥［有斐閣、1982年］65頁以下所収。

第3節　動産の物権変動

　ここでは、動産の物権変動を検討する。既に見た不動産の物権変動と原理的には異ならないものであるが、第三者対抗要件が「登記」ではなく、特別の動産をのぞいて、原則として「占有の移転（引渡し）」であることや種類物についての「特定」が問題となるところから、やや特殊な議論が展開される。占有に関しては後に別途検討するが、必要に応じて若干前倒しの説明を行う。また、動産に関しては、迅速かつ確実な取引の安全に対する配慮から、いわゆる「公信の原則」が働き、即時取得（善意取得）の制度が認められている点についても注意が必要である。とくに、最近のように担保目的物として種々の動産が問題になると、担保権者と即時取得者との間でも利害の衝突する場面が生ずる。動産と不動産の違いについては、既に整理したところ（本書17頁）を、適宜参照し、両者を対比しつつ理解を深めていただきたい。

1　動産の物権変動の概説

(1)　動産物権変動と対抗問題・即時取得

　民法上、動産とは、「土地およびその定着物以外の物」をいう（86条2項）。動産の物権変動についても、基本的には不動産と同様であって、当事者の意思表示のみによって、その効力を生ずるのが原則である（176条）。ただ、動産に関する物権の譲渡（通常は所有権の譲渡）は、その動産の「引渡し」がなければ第三者に対抗することができないとされている（178条）。動産についても**意思主義**と**対抗要件主義の組み合わせ**によることが適当であるかには、今日でも異論がないではないが、ひとまず条文の文言に従って検討を進めよう。

　たとえば、Xが古道具屋Aから気に入った壺（甲動産）を購入することにしたが、引渡しを受けないうちに、Yがこれを購入して引渡しを受けてしまった場合（Aの債権者Yが甲を差押えてしまった場合も同じ）、典型的な二重譲渡であって、XYは対抗関係に立ち、先に甲の引渡しを受けたYが優先する

（178条）。このとき、Xは、Aに対して債務不履行（履行不能）を理由に損害賠償を請求できるに過ぎない（415条）。ただ、前述の「引渡し」には現実の占有移転（182条1項）や簡易の引渡し（182条2項）以外に、占有改定（183条）や指図による占有移転（184条）といった観念的な引渡しも含まれうるところから、その公示機能の不十分さがかねてより指摘されている*。たとえば、Yが売買契約に基づいて甲の代金を支払ったが「別の買い物があるので帰りに立ち寄るまでしばらく預かって欲しい」とAに依頼したような場合（占有改定）、一応「対抗要件」は備えたことになるものの、事情を知らない（善意の）Xが甲の「現実の引渡し」を受けてしまえば即時取得が成立し（192条参照）、対抗要件とは別の次元でXの所有権が確定することがある。

　つまり、動産物権変動の場合、「引渡し」の有無だけでは権利関係が必ずしも確定せず、結局のところ、第三者にとって即時取得が成立するかどうかが決定的に重要な意味を持つわけである。別の見方をすれば、動産物権変動における対抗要件である引渡しの公示手段としての不完全さが、公信の原則を貫く即時取得制度によって補完されていることになる。したがって、動産物権変動を考える場合は、常に、対抗要件としての「引渡しの有無」と並んで、「即時取得の可能性」を考慮しつつ、議論を進める必要がある。

　もう一つ注意すべき点は、目的物が上の例の古い壺のような**特定物**なのか、本屋で『P著・物権法』を購入する場合のように**種類物・不特定物**であるかで、物権変動に関する議論の筋が異なるという点である。壺の売買では債権行為とは別に物権変動を目的とする行為を考える必要がなく、原因である行為（＝売買）のあった時点で物権変動があったと考えることができる。これに対し、契約当事者が物の個性に着目していない種類物取引の場合には、売主が買主から注文を受けてこれに応じた時点では、なお同種の物が多数存在する。対象が特定されていない以上、なお所有権の移転を論ずることができないため、種類物売買契約が債権契約としては成立しても（債権債務関係は発生する）、なお176条による物権移転を語れず、目的物が特定されることではじめて動産物権変動を生ずることにならざるを得ない。それゆえ、「所有権留保特約の存在など特段の事情のない限り、**種類物の特定によって所有権が移転する**」というのが判例（最判昭和35・6・24民集14巻8号1528頁＝売買

(動産）判百41事件［中尾英俊］）および通説である＊。つまり、不動産売買と同様に、意思主義＋対抗要件の枠組みのみで動産物権変動を論ずることができるのは、原則として特定物（あるいは**特定後の種類物**）に関してであることに注意する必要がある。

＊【**引渡しを要する物権・物権変動**】　古く、ローマ法では、動産・不動産ともに物権の移転には引渡し（*traditio*）が要求された。この形式主義を回避すべく、仮想的占有改定の観念が用いられた時期もあったが、やがては自然法学者の意思尊重の理念も手伝って、ついに単純な合意のみによって物権移転を認めるに至った歴史を持っている（新版注釈民法(6)217頁以下［山本進一］など参照）。今日でも引渡しを一般に動産の物権変動の「効力要件」とする立法例や有力な見解が存在するが（石田穣・物権243頁など）、意思主義と対抗要件主義を組み合わせた176条と178条の規定ぶりからは、日本法の解釈としては、やはり受け入れがたい。むしろ、当事者の意思解釈の問題として、代金支払いや引渡しまでは所有権移転を留保して取引をしていると見て良い場面は決して少なくあるまいから、そのような形で問題を処理すれば足りよう。動産に関する物権のうち「占有権」（180条以下）、「留置権」（295条・302条）、「質権」（344条・352条）は、占有そのものを権利の成立・存続の効力要件としているために、引渡しは対抗要件としての特別な意味を持たない。また、動産先取特権（306条・311条以下）は、そもそも対抗要件を不要としている。したがって、178条との関係で問題となる物権は、主として所有権であるといってよい（近江・物権137頁など）。また、178条で引渡しを要する物権変動は「譲渡」であり、不動産物権変動の場合に比べると射程は狭く、取消・解除などの結果としての復帰的物権変動は含まれるとしても、相続による包括承継などは含まれないと考えられる。相続による承継が「譲渡」の概念に親しまないだけでなく、相続の効果として占有権の当然相続が認められているため、その場合に「引渡し」は対抗要件になりえないからである。さらに、動産の原始取得に関しては、時効取得（162条）、無主動産の帰属（239条1項）、遺失物拾得（240条）、埋蔵物発見（241条）、添付（243条以下）に特別規定が用意されており、それらに関しては「占有の取得」が効力要件となっているために、178条適用の余地がない。

なお、動産についての担保権（譲渡担保を含む）の成立・設定と対抗要件について、詳しくは、担保物権法で学ぶ（さしあたり、佐久間・物権131頁参照）。

＊【**種類物の特定**】　種類物が、どの時点で履行の目的物として特定するかについて、民法では二つの態様を定める。第1は、当事者の合意で物を指定する方法、第2は債務者が物の給付をなすのに必要な行為を完了する方法である（401条2項）。「物の給付をするのに必要な行為をを完了したとき」というのは、履行プロセスの状況判断・評価にかかる事柄であるが（493条参照）、とくに目的物の引渡義務が取立債務・持参債務・送付債務のいずれであるかによって変わってくる可能性がある。

持参債務については、債権者の住所で現実の提供がなされない限り給付目的物は特定しないとされ（大判大正8・12・25民録25輯2400頁）、取立債務では、債務者が引渡場所を指定し、引渡の準備をして言語上の提供をしたからといってそれだけでは必要な行為を完了したことにはならないとする判例（最判昭和30・10・18民集9巻11号1642頁）もあって、しばしば問題となる。したがって、たとえば本屋で注文した本の所有権移転を論じ得るようになるのは、顧客が自ら「この本」と選び取ってレジのカウンターに差し出したり、注文に応じて本屋が本を別により分けて袋に詰めて連絡の上、引取りを待っているような状況になってからである（詳しくは債権総論で学ぶ）。

(2) 特別な動産

① 自動車・船舶・航空機など　動産であっても、特別な対抗要件制度を備えているものや、性質上「引渡し」を対抗要件とするのにふさわしくないものについては、178条の適用がない。

すなわち、登記された船舶（商法684条、686条）＊・建設機械（建抵7条）、登録された自動車（車両5条）・航空機（航抵5条）・農業用動産（農動産2条）などは、それぞれの制度における登記や登録が対抗要件となる。不動産に準ずるわけである。

② 不動産の従物　不動産の「**従物**」となっている動産（たとえば建物に備え付けられた畳・建具など）は、不動産の移転についての登記がなされれば、それによって物権変動が生じ（**従物は主物の処分に従う**［87条2項］）、かつ公示されたことになる（大判昭和8・12・18民集12巻2854頁。ただし大判昭和10・1・25新聞3802号13頁は引渡必要説）。

③ 無記名債権　無記名債権は、民法上の「動産」扱いとなるが（86条3項）、有価証券化された**無記名債権**（無記名社債・無記名公債など）では、引渡しは対抗要件ではなく、効力発生要件とされているため（貨物引換証につき商法575条、倉庫証券につき商法604条、船荷証券につき商法776条）、178条の適用があるのは有価証券化されていない無記名債権（乗車券・映画館入場券など）に限られる。

④ 金銭　**金銭**は、極めて特殊な動産であって、記念硬貨や古銭のようにその個性に着目して取引される例外的場合を除くと、所有と占有が一致す

るという性質を有する結果（川島・理論197頁以下参照）、所有権移転は現実の占有移転によって生じ（最判昭和29・11・5刑集8巻11号1675頁、最判昭和39・1・24判時365号26頁）、178条が適用される余地はない（同時に即時取得も問題にならない）。「金銭」では、そこに表象される「価値」こそが重要であって、物たる紙幣・貨幣自体に個性はなく、その交付（引渡し）が所有権移転の効力発生要件と考えられているからである＊。ちなみに、財布はれっきとした動産であり、その中にある現金は、財布に包まれている限りで通常の動産の一部として、物権的返還請求の対象となるが、財布から出された途端に所持者の他の金銭と混同し、所有権は必然的に移転する（スリがすった財布を直ちに捨てるのは単にアシがつかないというだけではない？）。

＊【海底の沈没船？】　深海に沈んで引き揚げの困難となった沈没船は、公称20トン以上の船であったとしても、商法687条にいわゆる船舶の性質を失ったものであって、その所有権移転を第三者に対抗するには、民法178条にいう引渡しのみをもって足りるとした判例がある（最判昭和35・9・1民集14巻11号1991頁）。とはいえ、現実に物の支配の移転で引渡しがなされたわけではなく、当該沈没船については、沈没船売買契約書・保険会社の損害品売渡証・漁業組合の漁場使用許諾諸書等の関係書類が授受されたことをもって「引渡し」があったものとされた。そこでの沈没船は、登記によって譲渡される対象たる船舶としての性質を失い、一般の動産と同じ扱いを受けるに至ったことになる。ちなみに、登録を受けていない、あるいは登録を廃止した自動車もまた、一般の動産と解さざるを得まい（即時取得［192条］も可能である）。

＊【金銭の所有権】　「金銭」には多様な機能があり、ここで問題としている特殊な有体動産としての金銭は、現金通貨という「通貨媒体」である。しかし、「財産権」としての「金銭」には、そのほかにも、金銭債権のような債権的権利や、「預金通貨」のような無体の通貨媒体が存在し、より抽象的には、一定の金銭単位によって価値を計る尺度となり、金銭債務を消滅させる権能を含み持つ存在としても観念されうる。預金通貨そのものは口座間の記帳という第三者の介入を通じて移動するため、債権的なものと言えなくもないが、記帳と結びついた預金口座残高がその背後にある金銭の通貨媒体としての役割を演じ、預金者から銀行に対する預金返還請求や誤振込みの処理等において価値の物的返還請求（*rei vindicatio*）を認める議論も存在する。金銭の構成要素についての興味深い分析として、森田宏樹「電子マネーの法的構成(1)～(5)」NBL616号9頁、617号23頁、619号30頁、622号33頁、626号48頁（1997年）、同「金銭および有価証券の無体化・電子化と『占有』概念」城山英明＝西川洋一編・法の再構築Ⅲ科学技術の発展と法（東大出版会、2007年）

201頁以下。

2　引渡しによる対抗

(1) **占有移転の方法**

　民法は、「引渡し」の方法（占有の移転）について、四つの方法を定める。その全てが、178条にいう「引渡し」に当たるというのが、通説・判例の立場であるが、とくに外形的変化の乏しい占有改定については多くの議論がある。とはいえ、動産の所在場所を移動せずに所有権移転だけを行う取引が広く行われているために、その需要に応えることは不可避である。このとき、動産が現実に移動していなくとも「引渡し（＝占有の移転）」を語るには、「代理占有」の観念が前提となることに注意されたい。つまり、占有者自身が現実に目的物を所持していなくとも、他人（占有代理人）の所持を通じて、本人が占有（代理占有）を取得できると考えるわけである（181条）。代理占有は、本人自身や本人の手足となる占有機関が所持している状態（自己占有・直接占有）とは異なり、占有代理人の本人のためにする所持（他主占有・

表2-3　【引渡しの態様】

	要件	引渡前	引渡後
現実の引渡し（182条1項）	占有移転の合意と現実的支配の移転	甲　　　　乙 ●現実的支配	甲　　　→乙 　　　　　●
簡易の引渡し（182条2項）	当事者の意思表示	占有 　　　代理人 甲┄┄┄>乙 ○間接占有　●	甲　　　→乙 　　　　　●
占有改定（183条）	乙のために占有する旨の意思表示	甲　　　　乙 ●	甲←┄┄┄乙 ●　　　　○
指図による占有移転（184条）	甲の乙に対する命令と丙の承諾	乙● 　　↗ 甲　　　　丙 ○	乙● 　　↖ 甲　　　→丙 　　　　　○

（┄┄┄> は占有代理関係）

直接占有）を通じて、自己物としての占有ではあるが（自主占有）本人が間接的に占有しているという状態（間接占有）を意味している。

　以下、それぞれについて説明する（詳しくは、新版注釈民法(6)768頁以下［徳本鎮］、梶村太市「対抗要件としての引き渡し」佐藤歳二編・現代民事裁判の課題④動産取引191頁以下［新日本法規、1990年］など参照）。

　①　現実の引渡し（182条1項）　最も一般的な引渡し方法が、現実的支配を移転させる「現実の引渡し」である。実際に手渡しする場合もあれば、社会通念上、関係書類の授受やロッカーの鍵の交付などで引渡しありと認定される場合もある（前掲最判昭和35・9・1など）。いずれにせよ、外部的徴表によって、現実の支配が移転したことが客観的に明らかなものであって、公示面での問題は少ない。

　②　簡易の引渡し（182条2項）　A所有の目的動産を譲受人B（またはその代理人）が現に所持している（Aは間接占有、Bは代理占有［他主占有で直接占有］をしている）場合に、占有権の譲渡のために改めて現実的支配をやりとりする必要はなく、当事者の意思表示のみによってこれをなすことができる（「簡易の引渡し」という）。引渡しの意思表示をなした後は、Aは間接占有を失い、Bは所有の意思をもって自ら目的物を現実的に支配することになる（自主占有で直接占有）。たとえば、動産を借りて使用（代理占有）していた者が、貸主からこれを買い受ける場合などに、この方法が用いられる。現実的支配の状況は変化しないが、譲受人自身が現実に目的物を支配しているため、物権の帰属が正しく公示されていることは言うまでもない。

　③　占有改定（183条）　たとえば、AがBに甲動産を売ったが、引き続きそれを賃借したい場合、もし占有が物の現実的支配を伴わなければならないとすると、AはいったんBに甲を引き渡し、改めてそれの引渡しを受けて賃借しなければならない。しかし、この現物のやりとりを省略し、Aが、以後はBのために占有する（占有代理人となる）旨の意思表示をするだけで、観念的に占有権がAからBに譲渡されたと認められる場合、これを占有改定という。この場合、Bは、占有改定によって、Aを介して目的物を支配することになり（自主占有で間接占有）、Aは他主占有で直接占有するわけである。いわゆる「譲渡担保」においても、この方法が用いられる*。このとき、現

実の占有状態が変化していないにもかかわらず所有権の帰属先が変化しているため、担保権としての公示のあり方が不完全であることは否めない。しかし、通説は、占有改定も178条の「引渡し」に含まれると解し（我妻＝有泉・講義Ⅱ191頁など）、判例も、古くから同様の立場を繰り返している（大判明治43・2・25民録16輯153頁、大判大正4・9・29民録21輯1532頁、大判大正5・5・16民録22輯961頁、大判大正5・7・12民録22輯1507頁、最判昭和30・6・2民集9巻7号855頁、最判昭和32・12・27民集11巻14号2485頁ほか）。そして、このことを前提に、有体物に対する占有権は、差押えによっても失われることはなく、当該動産の占有改定による引渡しは、差押えの存続する間は、差押債権者に対抗できないにとどまるとされている（最判昭和34・8・28民集13巻10号1336頁）。

なお、AがBに、自己所有の甲動産を譲渡して占有改定したが、AがBの信頼を裏切って、さらにこれをCに二重に譲渡した場合、Cは無権利者から譲渡を受けたことになるわけであるが（したがって、もはや対抗問題ではない）、Cが善意無過失の場合には、即時取得（192条：善意取得）によって甲の所有権を取得する余地が残されていることに留意する必要がある（占有改定と即時取得については後述）。

＊【**占有改定と譲渡担保**】　譲渡担保とは、債権者Gが債務者Sに対して有する債権を担保するために、物や財産権の所有者（または権利者）が、その物・財産権の所有権（または権利）を債権者に移転するもので、法形式上は売買と同様の物・財産権の譲渡であるが、それが担保目的である点に特徴がある。譲渡担保は、抵当権などのような民法の定める典型担保ではない非典型担保の一つである。裁判所の手続を経ることなく簡易な方法で債権回収を図ることができるほか、個々の動産をひとまとめにした集合動産や、債権・集合債権、ソフトウェアのように典型担保では担保化が困難な財産権についても担保化できるという利点を持つ。また、質権と異なって担保権設定者が目的物の占有を移す必要もない（占有改定で足りる）ため、機械・備品・資材など営業に使用する動産についても担保化が可能となる。最判昭和30・6・2民集9巻7号855頁は、映写機の売渡担保契約（一種の譲渡担保）について「売渡担保契約がなされ債務者が引き続き担保物件を占有している場合には、債務者は占有の改定により爾後債権者のために占有するものであり、従って債権者はこれによって占有権を取得するものである」という。また、**集合動産**についても、最判昭和62・11・10民集41巻8号1559頁＝判百Ⅰ〈第4版〉98事件は、「構成部分

の変動する集合動産であっても、その種類、所在場所及び量的範囲を指定するなどの方法によって目的物の範囲が特定される場合には、一個の集合物として譲渡担保の目的とすることができる」としつつ（最判昭和54・2・15民集33巻1号51頁＝判百Ⅰ〈第2版〉98事件を援用）、「債権者と債務者の間に、右のような集合物を目的とする譲渡担保権設定契約が締結され、債務者がその構成部分である動産の占有を取得したときは債権者が占有改定の方法によってその占有を取得する旨の合意に基づき、債務者が右集合物の構成部分として現に存在する動産の占有を取得した場合には、債権者は、当該集合物を目的とする譲渡担保権につき対抗要件を具備するに至ったものということができ、この対抗要件具備の効力は、その後構成部分が変動したとしても、集合物としての同一性が失われない限り、新たにその構成部分となった動産を包含する集合物についても及ぶものと解すべきである」として、債務者の倉庫内および敷地・ヤード内に保管された異形棒鋼について譲渡担保権の主張を認め、売主の先取特権に基づく動産競売申立てに対する異議を認めた（詳しくは、担保物権法で学ぶ）。

④　**指図による占有移転（184条）**　AからBが、AがC（受寄者）に預けている物を買った場合には、AがCに対して今後Bのために占有するよう命じ、Bがこれを承諾したときには、Bは占有を取得する（これを「**指図による占有移転**」という）。こうすることで、CがいったんAに物を返して、AがBにこれを引き渡し、Bが改めてCに預ける手間が省けるわけである。指図による占有移転もまた引渡しであるから、かりにAが物をDに二重に譲渡したような場合でも、既に指図による占有移転を受けているBはDに対抗しうる（最判昭和34・8・28民集13巻10号1311頁）。この関係は、AがCに有している債権をBに譲渡する場面とよく似ている（467条［Cに対する関係でも対抗要件を備える必要があるかは問題であり、次項で扱う］）。ちなみに、指図による占有移転があったとしても、それはただ譲渡人・譲受人間の物権変動についての対抗要件が具備されたというに過ぎず、譲渡人と占有代理

図2-19

①譲渡
A ──→ B
○ ‥‥‥‥▶ ○
A→Cの命令＋Bの承諾による間接占有移転

②譲渡
受寄者C●　［占有代理人］

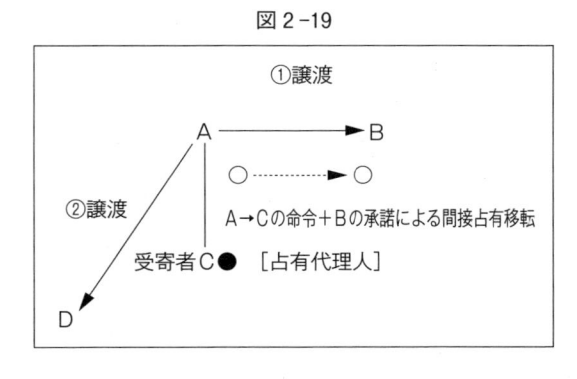

D

人の間の契約関係が引き続き譲受人・占有代理人間の契約関係として存続するわけではなく、別個の問題として処理されるべきものである（我妻＝有泉・講義Ⅱ192頁［旧版を改説］、末川・物権212頁、鈴木・物権法講義145頁、広中・物権172頁など）。

(2) 「第三者」の範囲

　不動産物権変動の場合、対抗問題での177条の「第三者」の範囲について制限説が採用されていることは既に学んだ通りであるが、動産の譲渡についても同様の問題がある。二重譲受人や譲受人の差押債権者に対しては、対抗要件を備えておかなければならないことは言うまでもないが、それ以外の者についてはどこまで対抗要件の具備を要求されるであろうか。

　①　無権利者・不法占有者　　動産の場合も、判例（大判大正8・10・16民録25輯1824頁）は、第三者が「正当の利益を有するかどうか」によってその範囲を決している（制限説）。したがって、全くの無権利者や不法占有者（大判明治43・2・24民録16輯131頁、大判大正5・4・19民録22輯782頁）、不法行為者（大判昭和17・2・28法学11巻1183頁）、背信的悪意者に対しては、動産譲受人は引渡しなくして動産所有権の取得を対抗できる。

　②　前主・後主　　A→B→Cと転々譲渡の場合のCも、前主・後主の関係にあるAに対しては、原則として引渡しを受けていない場合でも所有権取得を対抗できるとされている（大判大正10・3・25民録27輯660頁）。しかし、学説は分かれている（第三者に当たるとする我妻＝有泉・講義Ⅱ197頁などに対し、当たらないとする舟橋・物権229頁など）。基本的には、既に所有権を譲渡したAが、その譲渡を前提に更に所有権を譲り受けたCの所有権取得を争う地位を認めるのは適当でないから、「第三者」に当たらないというべきであろうが、Aが未だBから代金の支払いを受けていないなどの特段の事情がある場合には、Cからの請求に無条件で応じなければならないとするのは相当でなく、かかる特段の事情がある場合には（その立証責任はAにある）178条の「第三者」に当たると解すべき余地があるといわれる（民法注解財産法(2)237頁［平手勇治＝原田和徳］。あるいは、同時履行の抗弁権や留置権の問題か）。

　③　差押債権者　　なお、A所有の動産がBの占有にある間に、Bの債権

者Gによって差押えがなされたとしても、Gは他人の物を差し押さえただけであるから、Aから所有権を譲渡されたCに対して、Gは対抗要件たる引渡しの欠缺を主張する正当な利益を有しない（最判昭和33・3・14民集12巻4号570頁）。

　④　賃借人・受寄者　　指図による占有移転の場合、直接占有者も「第三者」に当たるだろうか。問題となるのは、A所有の動産がMに賃貸されている場合に、Aからその動産の所有権を譲り受けたBが、引渡し（指図による占有移転）を受けなければMに所有権取得を対抗できないかという点である。通常、賃貸人所有の動産について所有権譲渡する場合の引渡し方法は、指図による占有移転によるべきことは言うまでもないが、これをMとの関係でも必要とするかどうかである。通説・判例は、**動産賃借人**も178条にいう「第三者」に該当するという（我妻＝有泉・講義Ⅱ196頁など。大判大正4・2・2民録21輯61頁、大判大正4・4・27民録21輯590頁、転借人について大判大正8・10・16民録25輯1824頁。反対、近江・物権138頁）。たしかに、不動産の場合と異なり、動産の賃借人は譲受人に対抗できる立場にない（「売買は賃貸借を破る」という原則が妥当する）。動産の譲渡に伴う賃貸借関係の当然承継もないため、賃貸借関係が承継されるかどうかは当然には決まらず、もっぱら目的物の譲渡人A、譲受人B、そして賃借人Mの間での契約上の地位の移転の問題となるように思われる。しかも判例（最判昭和46・4・23民集25巻3号388頁）によれば、AB間での承継・不承継の合意についてMの同意は不要とされているが、賃借人の立場からすれば、不承継の場合の賃借物返還先をどうするか、承継の場合の賃料の支払先をどうするかといった問題を生ずるため、少なくとも、AからMに対する債権譲渡通知類似のものが必要であろう。これは、AからMへの指図による占有移転と実際上は変わるところがなく、AからB以外の者への二重譲渡の可能性も考慮すると、ここでは（それを「対抗要件」と呼ぶかはともかく）指図による占有移転を求めることが適当ではあるまいか。つまり、賃借人は譲受人と物権を「相争う」関係にはないが、賃借物の占有継続に重大な利害関係を有しており、もともと契約関係にない者（譲受人）が権利を行使するには、権利保護資格要件として指図による占有移転を要すると解すべきである（鈴木・物権法講義195頁）。

さらに、賃借人と似て非なる立場にある者が**受寄者**である。判例（大判明治36・3・5民録9輯234頁、大判昭和13・7・9民集17巻1409頁、最判昭和29・8・31民集8巻8号1567頁［一時保管者］＝判百Ⅰ61事件［山野目章夫］）は、賃借人の場合と異なり、受寄者は178条にいう「第三者」に当たらないとした。寄託者は受寄者にいつでも寄託物の返還を請求できること（662条）がその理由とされる。しかしながら、受寄者もまた、所有権の帰属に重大な利害関係を有することは事実であり、物的支配を争う関係にはないものの、誰に返還すべきかを確知するためにも指図による占有移転を要すると解すべきではあるまいか（判例の立場では、債権の準占有者への弁済の問題［478条］、未払報酬債権については留置権による保護の問題として処理されるであろうが、迂遠であるし、立証の面で受寄者に不利である）。その意味では、賃借人と受寄者を区別して扱うことを正当化するのは困難であるように思われる（なお、三淵乾太郎・最判解昭和29年度133頁も参照）。

3　登記による対抗

動産譲渡の対抗に関する特別な方法として、平成16年の動産・債権譲渡特例法によって導入された動産譲渡登記制度がある（「動産及び債権の譲渡の対抗要件に関する民法の特例等に関する法律」〔平成10年法104号・最終改正平成19年法23号〕）。これは、債権譲渡登記と同様、法人が動産を譲渡する場合に、指定法務局等の動産譲渡登記ファイル（磁気ディスクをもって調製される）に譲渡登記を記録することによって民法178条の「引渡し」があったとみなすものである（同法については、植垣勝裕＝小川秀樹編著・一問一答動産・債権譲渡特例法［商事法務、2005年］参照）。

金融取引の進展は様々な資金調達方法を必要とするが、抵当権設定のような不動産担保のほかにも、債権や動産を担保に資金調達を可能にする需要が大きい。債権に関しては、既に債権譲渡特例法（「債権譲渡の対抗要件に関する民法の特例等に関する法律」（平成10年）が制定され債権譲渡登記制度が導入された。しかし動産については、一部の動産につき抵当制度が整えられているほかは、このような目的を達するには、譲渡担保の方法によるほかなく、

しかも、その公示方法としての不完全さが指摘され、ときに動産譲渡担保で資金を貸し付けることには一定のリスクを伴った。そこで、債権譲渡特例法を改正して、動産譲渡登記制度を創設し、個別の動産や集合動産を担保化して譲渡担保金融を円滑に行い、また、動産を特定目的会社に譲渡した上でそれを証券化して（動産の流動化）、資金調達を可能とすることを目指している。

(1) 適用範囲など

　動産譲渡登記制度は、法人が動産（当該動産について貨物引換証・預かり証券・質入証券・倉庫証券・船荷証券が作成されている場合は除かれる＊）を譲渡した場合について適用される。この動産は、個別動産でも、在庫品のような集合動産でもよい。動産の特定方法は、個別動産の場合は、当該動産の型式・製造番号など当該動産を他の動産と区別するに足る特質を省令で登記事項とすることによって行われ、集合動産の場合には、当該動産の名称・種類に加えて、その保管場所の所在地および名称などを登記事項とすることで特定される。

　＊【証券と結合した動産】　証券と結合した動産が、動産譲渡登記制度の目的財産から除外されているのは、既にその性質上、権利の存在と内容が明確にされ、取引の安全性・迅速性が図られているからである。たとえば、貨物引換証・預かり証券・質入証券・倉庫証券・船荷証券では、証券の交付に簡易の引渡しと同一の効力が認められ、しかも証券の交付が当該商品所有権の移転の効力発生要件とされている（商法573〜575条、603条、604条、776条など参照）。

(2) 登記による対抗と存続期間

　動産譲渡登記ファイルに譲渡の登記がなされると、当該動産については民法178条の「引渡し」があったものとみなされる（動産債権譲渡特例法3条1項）。したがって、「引渡し」と同法による登記が競合する場合は、いずれか早いほうが先に対抗要件を備えたことになり（その意味では登記を備えても不安感は払拭できない）、優先することになる。登記の存続期間は、当事者によって定められるが（同法7条2項6号）、原則として10年を超えることができない（同法7条3項）。

なお、登記には対抗力のみでなく、真の権利関係に関する推定が働く。したがって、代理人によって占有されている動産の譲渡について動産譲渡登記がなされ、その譲受人として登記されている者が、当該代理人に対してその動産の引渡しを求めた場合、代理人は本人に異議がないかどうかを相当期間を定めて催告し、期間内に異議が述べられなかったときは、譲受人として登記されている者に当該動産を引き渡し、それによって本人に損害を生じても賠償責任を負わないものとされている（同法3条2項）。

(3) 登記事項証明書など

指定法務局（東京法務局が指定されている）には、磁気ディスクをもって調製された動産譲渡登記ファイルが備えられ（同法7条1項）、そこに動産の譲渡人・譲受人の氏名（名称）・住所・登記原因・登記の存続期間・登記番号・登記年月日等の事項が記録される。この動産譲渡登記ファイルに記録された事項を証明する書面を**登記事項証明書**といい、譲渡人・譲受人その他当該動産の譲渡につき利害関係を有する者（当該動産の差押債権者など）のみがその交付を請求できる（同法11条2項）。動産譲渡担保の設定情報が自由に知られることで譲渡人の資産状態が外部から自由に把握されることを防ぐためである。しかし、公示の目的を達するには、ある程度まで外部から認識できるようにしておく必要があるため、登記事項の概要を証明する**登記事項概要証明書**の交付は何人も請求できるものとされ（同法11条1項）、本店等所在地の法務局等には、その概要が通知されて登記事項概要ファイルが備えられることになっており（同法12条）、そこで概要記録事項証明書の交付を受ければ（同法13条）、おおよそ動産譲渡担保が設定されているかどうかの概要を知ることができる。したがって、取引相手方としては、これによって概要を把握した上で、本人に登記事項証明書の開示を要求するなどして、取引対象となっている動産の法的状態を知るという二段がまえの仕組みになっている。

4 立木と未分離果実の場合

厳密な意味では動産と言えないが、不動産から独立して取引の対象となり

うる立木と未分離の果実についての物権変動についても触れておこう。

(1) 立木の物権変動
(a) 立木所有権と明認方法

立木（りゅうぼく）、すなわち土地に生育した樹木の集団は、土地に附合して土地の一部として売買されるのが通常であるが、土地から分離しないまま、立木だけを取引の対象とすることが慣行上行われている。立木法に基づいて立木登記簿に立木所有権の保存登記をすると、当該立木は地盤とは独立した「不動産」と評価され（立木1条、2条）、その固有の所有権移転や抵当権設定が可能となる。ただ、実際には立木登記が利用されることは少なく、むしろ立木の幹を削って名前を墨書・刻印したり、立札を立てる、プレートを掛けるといった、いわゆる「明認方法」を施すことで、地盤とは独立した取引の目的物として取引されることが多い*。この明認方法は、あくまで慣習上の公示方法であるから、登記とは異なり、常に第三者に対抗できるとは限らない（最判昭和36・5・4民集15巻5号1253頁＝判百Ⅰ62事件［松井宏興］：事案では、いったん明認方法を施したが、明認方法が消滅した後に、新たに明認方法を施した者に対しては対抗できなかった）。

(b) 立木は土地の一部か？

立木法上の登記を受けない立木も、取引対象として独立性があり、独立の取引に相応しい経済的価値があるならば、立木所有権が契約当事者間の合意によって移転し、明認方法が第三者対抗要件となると考えて良い。少なくとも、明認方法が施されない限り、立木は土地に附合するものとして別個の取引対象にならないから（86条1項、242条参照）、明認方法には立木に独立した所有権を成立させる機能もある（逆に明認方法の消滅は立木の独立性を喪失させる）。

判例（大判大正10・4・14民録27輯732頁）は、明認方法における対抗力を登記に準じて扱うようである。すなわち、①AがBに立木を譲渡し、Bがこれに明認方法を施した場合、その後にAがCに立木とともに地盤を譲渡して、Cが地盤の土地について登記を経由したとしても、BはCに対して立木所有

権を対抗できるとする（大判大正10・4・14民録27輯732頁）。また、②立木の二重譲受人がいずれも明認方法を施していないときは、互いに相手に対して立木所有権の取得を対抗できない（最判昭和33・7・29民集12巻12号1879頁）。③Aが立木所有権を留保してBに山林を売却したが、Aが明認方法を施さないうちに、BがCに山林を譲渡し、Cが移転登記を経由した場合、明認方法を施さなかったAは、立木所有権をCに対抗できない（最判昭和34・8・7民集13巻10号1223頁＝不動産判百100事件［道垣内弘人］）。④AはBから購入した山林に植林して手入れを続けていたが、未登記であることに目を付けたBが、立木とともに事情を知らないCに当該山林を売却し、Cが移転登記をした場合、AがCに立木所有権を対抗するには明認方法を必要とする（最判昭和35・3・1民集14巻3号307頁＝判百Ⅰ61事件［丸山英気］）。

　いずれも、基本的には、明認方法が施されていない限り、立木は地盤の一部として土地と一体として譲渡され、これを信頼して買い受けた者が土地についての登記を備えることで立木所有権についても対抗力を具備するという結果となっている。とはいえ、このとき、立木について、取引対象としての独立性を認め、そこに一定の独立的経済価値が認められる場合には（今日ではむしろそれが普通であろう）、たとえ明認方法が行われなくとも、土地と別個の取引客体となるという理解を前提にして問題を処理し、外観の信頼に対しては94条2項の類推適用によって第三者を保護することが相応しい場面も少なくあるまい。互いに明認方法がない場合には、伐木の「引渡し」をもって、これに代えることも考えて良いように思われる。

(2) 未分離の果実など

　未分離の果実・**稲立毛**（いなたちげ）等についても、立木と同様に、地盤の土地や親木とは別個独立して取引する慣行が存在する（未分離の蜜柑につき大判大正5・9・20民録22輯1440頁、桑葉につき大判大正9・5・5民録26輯622頁、稲立毛につき大判昭和13・9・28民集17巻1927頁）。明認方法としては、一般に名前を記した立札を立てるなどの方法がとられてきたようであるが、立木の場合とは異なり、判例は、明認方法のほかに「引渡し」を要求することが多い。前掲大判大正5・9・20は「其の果実の定着する地盤又は草木の

引渡を受けもしくは売主の承諾を得て何時にても其の果実を収去し得べき事実上の状態を作為すると同時に、其の状態が外部より明認せられ得べき手段方法を講ずることを要す」といい、大判昭和13・9・28は「未だ刈り取らざる立稲と雖も、観念上、地盤とは別個の物となし、これをもって他人に譲渡して引き渡すことを得べく、其の引渡しありたることを外部より明認し得る方法を採りたる以上、これをもって第三者対抗要件を具備したるものと解するを相当とす」という（原文旧仮名）。しかし、第三者に目的物所有権の存在を周知せしめることが重要であるとすれば、観念的な引渡しは、あまり意味を持つものではなく、むしろ「外部より明認しうる方法」というところに重点があるというべきであろう＊。

＊　ちなみに、立木、果実・稲立毛のほか、湯口権なる慣習法上の物権（温泉専用権）においても明認方法による対抗が承認されている（大判昭和15・9・18民集19巻19号1611頁）。明認方法をめぐる問題については、とりわけ広中・物権207頁以下、同・民法論集398頁以下（東京大学出版会、1971年）参照。

5　動産物権変動と即時取得

ここでは、動産の物権変動と即時取得制度の関係について検討する。既に見たように動産物権変動のメカニズムも不動産物権変動のそれと原理的には異ならないものではあるが、対抗要件が「登記」ではなく、「占有の移転（引渡し）」であるところから、その形態如何では公示の意味をなさず、取引にとっては大きな不安定要素となる。そこで、別途、取引の安全のために「即時取得（善意取得）」制度が認められており、実際上これが重要な役割を演じている。さらに、その例外となる盗品・遺失物に関する特則にも注意しよう。

(1)　即時取得制度の意義

動産に関する物権の譲渡は「引渡し（占有の移転）」によって公示されるが、これは、物権変動の公示方法として必ずしも十全ではない。178条における「引渡し」が観念化して、占有改定や指図による占有移転も対抗要件として

承認されているからである（大判明治43・2・25民録16輯153頁）。たとえば、Bが、Aから動産（ノートパソコン）の引渡しを受けて占有しているからといって、Bがその所有者であるとは限らない（Aから借りているか、預かっているだけかも知れない）。Bが、友人Cに当該ノートパソコンを譲るから買ってくれないかと言ってきた場合、Cとしては、Bが本当にそのパソコンの所有者かどうかを確かめるのは困難である。かりに前主とされたAに問い合わせることができ、AがBにパソコンを売ったという事実が判明しても、現にBの占有しているパソコンが当該パソコンでないかもしれないし、BがAから購入後に誰か別の者（D）に既にパソコンを譲渡して所有権を移転して、占有改定による引渡しを済ませている状態かもしれない（これによってDは対抗要件を備えていることになる）。Bが所有者ではないとして「無権利の法理」が妥当すると、Cは真の権利者からの取り戻しに応じなければならず、これでは、動産の取引は安心して行うことができない。

　そこで、民法は、動産取引についての「対抗要件」とは別に、「公信の原則」を採用し、動産の占有によって公示された権利について、実際には占有者がその権利を有していない場合でも、当該占有者を権利者であると信頼して取引した者が権利を取得できるものとして、取引の安全を図ることとした。これが、192条に定められた**「即時取得（善意取得）」**の制度である。192条が適用されると、パソコンを占有しているBが所有者であると過失なく信じてBからこれを購入したCは、実はBがそれをAから預かっていたり借りていたような場合でも、その所有権を取得することができ、反射的にAは所有権を失う。他の転得者Dとの関係でも同様である。動産取引の安全を図るため、真の所有者が犠牲になるわけであるが、比較的安価で、しかも頻繁に行われる動産取引については、取引の安全への要請が強く、しかも、預かっていた物を他人に売り渡してしまうようなBにパソコンを預けていたAやDと比較して、過失なくBの所有物と信じたCの信頼の保護を重視した結果である。

　平成16年の現代語化によって改正された民法192条は、「取引行為によって、平穏に、かつ、公然と動産の占有を始めた者は、善意であり、かつ、過失がないときは、即時にその動産について行使する権利を取得する」と定め、そ

こに、「即時取得」という表題が付けられている*。条文からも明らかなように、その要件は、①目的物が動産であること、②占有者との有効な取引行為によること、③平穏かつ公然と、善意・無過失で、④占有を取得したことである。

しかし、この即時取得制度にも例外がある。第三者Bが占有していることについて原所有者Aに責むべき事情のない場合、すなわち「**盗品又は遺失物**」に関しては、Aが直ちにBから占有を取り戻すことまで期待できないため、仮に目的物がCの手に渡った場合にも、一定期間（2年間）が経過するまでは、取り戻しが認められる（193条）。その際、占有者Cが、当該盗品又は遺失物を、競売や公の市場あるいは同種の物を販売する商人から善意で買い受けた場合には、被害者又は遺失者は、占有者Cが支払った代価を弁償しなければならない（194条）。〈後述〉

＊【即時取得・善意取得】　注意深い読者は、民法192条の文言と短期取得時効に関する162条2項の表現が酷似していることに気づかれたであろう。実は、162条2項は、192条の文言をもとに策定されたものである。このことは、そもそも、日本法における即時取得制度のモデルとなったフランス民法において、即時取得制度が時効取得の一種と位置付けられていたことに由来する（旧民法証拠編144条［〜146条］・修正民法草案1981条［〜1983条］→フランス民法2279条［〜2280条］。時効取得には、通常の場合10年、20年といった一定期間の占有が要求されるが、動産の即時取得の場合は、占有が移転すると、他の要件が満たされている限り、瞬時に（＝即時に）取得時効が完成すると考えられた（時の経過を必要としない「時効」）。日本民法は、即時取得が生じるには占有の取得が必要であるために、「占有権の効力」のところに規定を置いた。一定態様の占有を保護する規定だからである。ただ、占有保護自体が目的であるとすれば、その占有が如何なる原因に基づくものであるかは本来関係がないはずであり、現に、162条2項や163条後段には発生原因による区別がない。ところが、192条に関しては、古くから取引の安全を図るための制度であるという理解から、**取引行為（占有を根拠づける正しい権利行為＝正権原による占有）による占有取得**の場合にのみ適用があると解され（大判大正4・5・20民録21輯730頁）、現行法では、それが要件としても明示されている（平成16年改正までは「取引行為によって」という文言はなかった）。つまり民法は、一方で、権利者自らが自己の意思に基づいて物の占有を他者に委ねたという帰責性と、他方で、無権利の占有者を権利者であると正当にかつ過失なく信じて取引をした第三者の保護を重ね合わせることで、正当な信頼を保護する善意者保護制度（占有の取得はある種の権利保護資格要件）として192条を規定していると見ることが可能である。192条は、まさに表見法理の徹底した形態であ

って、善意の権利取得を保護するものとして、「善意取得」とも呼ばれているわけである（「公信の原則が採用されている」というのも同様の意味である）。

歴史的に見ると、ローマ法における占有（possessio）制度の下では、即時取得は認められておらず、「何人も自己の有する以上の権利を他人に与えることはできない」とされていたため、所有者が他人に動産を保管させて、その保管者が目的物を他人に処分したとしても、そのような処分行為は無効とされた。したがって、これを克服するには比較的短期の取得時効（usucapio）もしくは表見法理が必要となる（安永・後掲論文に詳しい）。これに対して、ゲルマン法におけるゲヴェーレ（Gewere）の観念の下では、権利と物の事実的支配の関係が未分化で、権利がその外形に応じて段階的に成立するものと観念されて、占有者にも一定の権利が認められたところから、第三者による即時取得も容易に認められた。また、ゲルマン法の「手は手を守る（Hand wahre Hand）」の原則では、自分が信頼を与えた［賃貸や保管をさせた］ところにのみ返還を求めることができ、所有者が他人を信頼して物を託したときは、その相手に対してのみ返還請求が可能である。したがって、その他人が所有者を裏切って目的物を処分したようなときは、寄託者への信頼に応えるべき保管者の義務違反をとがめても、所有者から転得者に向かって取戻しはできないとされた（追及力の制限）。フランス古法でも「動産は追及を許さない」とされ、現行法も「動産については占有が権原（titre）に値する」として（ＣＣ2279条1項）、ゲヴェーレ的構成の下で転得者への追及を認めない。この趣旨は、ドイツ旧商法を通じてドイツ民法典に発展的に承継され、「929条［現実の引渡しと合意による動産所有権譲渡］による取得者は、物が譲渡人に属さないときといえども所有権を取得する。但し、同条により所有権を取得すべかりし当時に取得者が善意でなかったときはこの限りでない」と定めるに至っている（BGB932条1項第1文）。いずれにせよ、ドイツ民法では、善意取得成立のために必要とされる取得者の占有形態は「現実の引渡し」とされ（BGB933条）、フランスでも、占有は現実の引渡しによることが必要と解されている。このようなゲルマン法的思考は、近代法の即時取得制度との緊密な関連性を推測させるが、これに直結するものかどうかは定かでない。

(2) 即時取得の要件

即時取得の要件は、①目的物が**動産**であること、②占有者との**有効な取引行為**によること、③**平穏かつ公然**と、**善意・無過失**で、④**占有を取得した**ことの4点であるが、動産の占有にはかなり強い権利推定力が働くために、即時取得を主張する者は、その全てを主張・立証する必要はない。実際問題として①②④が主張・立証できれば、即時取得の成立を争う側で、相手方が抗弁として③の不存在の事実（強暴・隠秘・悪意・有過失）のいずれかを主張・

立証する必要がある（注解財産法(2)379頁以下［小長光馨一］）。それは、現在の占有者（＝即時取得を主張する者）が、186条1項によって平穏・公然・善意を推定され、188条によって無過失の推定も働くとされるためである。

以下、即時取得の各要件について、敷衍しよう。

① 目的物が動産であること

即時取得の対象は、「動産」に限られる。

(i) 不動産の従物等　畳・建具のような**建物の従物**が抵当権の効力に服しているようなときも、これらの物が分離されて善意で買い受けられた場合や、強制執行によって善意の買受人によって取得された場合は、即時取得の対象になる。同じく、A所有の建物に前賃借人Bが備え付けた畳（B所有物）でも、Aから建物を買い受けたCは、それを即時取得できる。また、工場抵当法による工場財団に属する動産で譲渡が禁じられているものの、当該動産が財団から分離されて第三者に譲渡されて引渡されたときには民法192条の適用がある（最判昭和36・9・15民集15巻8号2172頁）。これに対し、無権利者によって不動産と従物たる動産が譲渡された場合は、動産だけが即時取得されることはない。主物・従物関係が継続し、主物の所有権が取得できないにもかかわらず従物の所有権を取得させることは適当ではないからである（佐久間・物権144頁）。

(ii) 登録動産　**特別法上の登録動産**（船舶・航空機・建設機械など）は、動産の一種ではあるが、一般に不動産と同様に扱われることになっており、即時取得の対象にならない。ただ、「自動車」については争いがあり、車両登録のされていない自動車や、登録抹消された自動車については、民法192条の適用があるとする判例がある（登録対象外の車につき最判昭和44・11・21判時581号34頁、登録抹消自動車につき最判昭和45・12・4民集24巻13号1987頁）。さらに、学説には登録車両についても民法192条を肯定する見解が存在する（内田・民法Ⅰ470頁ほか）。判例（最判昭和62・4・24判時1243号24頁）は、登録車両を不動産と同視して192条の適用を否定するが（川井・概論Ⅱ90頁も同旨）、少なくとも登録名義人と占有者が一致している場合は、仮に名義人が真の所有者でない場合でも、購入者は所有権を取得しうると考えるのが適当

であろう（192条適用もしくは94条2項類推適用［広中・物権183頁］）。担保目的で動産・債権譲渡特例法による動産譲渡登記がある場合にも、即時取得を妨げないと解される。

　(iii)　金銭　　「**金銭**」は、高度の流通性を有する価値表象物であり、原則として占有と所有が一致することから、占有者は、即時取得の要件を満たすまでもなく（善意・悪意を問わず）、所有権を取得すると解されている（最判昭和39・1・24判時365号26頁）。例外的に、古銭や記念硬貨のように物としての個性を有する場合には、民法192条以下の適用があると考えられる。

　(iv)　動物　　ペットや家畜のような取引対象としての「**動物**」は、他の動産と同様に扱われるが、逃げ出した動物に関しては若干の特則がある。すなわち、それが家畜（牛・馬・犬・猫・鶏など）の場合は、遺失物法上の「遺失物（準遺失物）」として扱われ（240条、遺失物法195条）、家畜以外の動物（狐・狸・虎・鯉など）である場合は、善意占有者に比較的速やかに（1ヶ月以内の回復請求）所有権取得が認められている（民法195条）。

　(v)　文化財等　　「**文化財**」のように、輸出禁止や国の先買権（文化財保護法44条、46条）が定められている物については、即時取得に関する特則こそないが、そもそも取引や即時取得に馴染むものかについても議論の余地がある（パリの美術館から盗まれたレンブラントの絵が日本でオークションに出品されて落札されたような場合を想定されたい）。国宝などの文化財は、取引による所有権取得を観念しがたい「不融通物」というべきであろうか。

　(vi)　人由来物　　臓器・血液・精子・骨などの**人由来物**も有体物ではあるが、所有の対象たる「物」というより、一定目的での管理の対象でしかない**不融通物**であって、即時取得の対象にはならないと考えられる。

　②　占有者との有効な取引行為によること
　(i)　有効な取引行為　　即時取得（192条）と取得時効（162条）の重要な違いが、「**有効な取引行為**」を媒介としているかどうかである。たとえば、A→B→Cと動産が転売されてCに占有が移っているとき、何らかの理由でAB間の売買が無効であっても、BC間に有効な契約が存在すれば、Cは目的物を即時取得できる。逆に、BC間に有効な取引関係がなければ、即時取

得は成立しないが、時効取得の可能性がある。現代語化以前の旧162条2項の適用対象は「不動産」に限られていたが、現在は「物」に改められ、動産も含む表現ぶりになっている（なお動産の善意の取得時効を定めるドイツ民法937条以下も参照）。

　(ⅱ)　遺失物など　　有効な取引行為によることが必要であるから、他人の遺失物を自分の所有物と勘違いして占有したり（傘を間違えて持ち帰っても即時取得しない！）、荷物の一時保管所から他人の所有物を誤って受け取って占有したような場合は、「取引による取得」とはいえず、即時取得は認められない。また、Aの所有する動産を占有（他主占有）していたBが死亡して、Bの相続人Cが善意・無過失で占有（自主占有）を開始したとしても、やはり即時取得は認められない（取得時効の問題にはなりうる）。

　(ⅲ)　無効・取消原因があるとき　　問題の取引行為に取消原因や無効原因がある場合は、専らその処理に従う。たとえば、制限行為能力者や無権代理人との取引で動産の引渡しを受けたような場合は、もっぱら法律行為の取消・無効の問題となり、民法192条の適用はない。192条によって治癒されるのは、処分権の瑕疵のみであって、無効・取消事由といった意思表示の瑕疵まで治癒されるわけではない。同様に、動産の譲渡行為が錯誤によって無効となったり、詐欺・強迫によって取り消された場合も192条の適用はない。もっとも、その後に更に取引が行われた場合は、事情が異なる。たとえば、未成年者Aが法定代理人の同意を得ないで自己所有の動産（甲）をBに売り、BがCに甲を転売したような場合、法定代理人がAB間の売買を取り消しても、Cは（Aの直接の相手方ではないため）甲を即時取得することができる。さらに、AがBの詐欺によってA所有の動産（乙）をBに売り、BがこれをCに転売した後に、Aが売買を取り消しても、Cは192条もしくは96条3項によって乙の所有権を取得できる。192条に比べ、96条3項の要件の方が緩やかであるため、通常は192条が問題にならないだけである。

　(ⅳ)　種々の取引行為　　「取引行為」の範囲は広く認められており、売買・贈与・譲渡担保・質権設定の他、弁済や代物弁済としての給付、消費貸借成立のための交付なども含まれる。また**競売**も、任意ではないにしても一種の取引であるから、執行債務者の所有に属さない動産が強制執行に付され

たとき、買受人は即時取得することができるとされている（最判昭和42・5・30民集21巻4号1011頁）。Aの所有する動産（甲）を留置する留置権者Bの債権者Cが、留置権目的物とは知らずに甲を差押えて競売に付し、その結果買受人の手に目的物が渡ったような場合も、同様である。

③　平穏・公然・善意・無過失
（ⅰ）平穏・公然　「平穏」とは、**暴行または強迫によらない**との意味であり、占有を取得し保持するために法律上許されない行為をしないことをいう（旧190条には「強暴」の語があったが平成16（2004）年改正で「暴行若しくは強迫」と言い換えられた）。「公然」とは、**隠匿によらない**ということであり、秘密にして世人の目に触れないように隠し持つことを意味する（旧190条にあった「隠祕」の語は平成16（2004）年改正で「隠匿」と言い換えられた）。

（ⅱ）善意・無過失　「善意・無過失」は、占有取得の時点で、前主の無権利を知らないこと、知らなかったことに過失がないことである（その後に悪意になっても即時取得の成立は妨げられない）。この「**善意・無過失**」は、自然人の心理状態を指している。したがって、法人については、その法人代表者について決すべき事柄であるが、代表者の代理人が取引行為をしている場合は、その代理人について判断すべきである（最判昭和47・11・27民集26巻9号1657頁）。

（ⅲ）立証問題　占有者は、民法186条によって、「所有の意思をもって、善意で、平穏に、かつ、公然と占有するものと推定」されている。そのため、後述のように、即時取得を主張する者は、平穏・公然・善意の点を主張立証する必要がない。問題は、無過失であるが、188条によって、占有者は「占有物について行使する権利は、適法に有するものと推定」されることから、権利者として取引行為をした前占有者が無権利者であったことを知らなかったことについては無過失の推定が働くため、即時取得を主張する者は、自己の無過失を立証する必要はないと解されている（通説・判例：最判昭和41・6・9民集20巻5号1011頁、最判昭和45・12・4民集24巻13号1987頁）。具体的には、所有権留保付き割賦販売に係る動産（未登録自動車など）について争わ

れることが多く、たとえば、最判昭和44・11・21判時581号34頁では、「自動車は所有権が留保されていることが多いため、面識のない者から一見新車に見える軽自動車を買い受ける場合には処分権限の有無などを調査すべきであり、必要な調査をしないで漫然と相手方に処分権限ありと信じて取引に応じたときは過失がある」などとされている。

④ 占有を取得したこと

　占有を取得することには、前主がその物を占有していることが前提となるが、その占有は、自らまたは占有補助者を通じて所持する直接占有はもとより、占有代理人を通じてなす間接占有でも構わない。所有の意思を持ってする自主占有か、そうでない他主占有であるかも問わない。他者からの外形に対する信頼を問題とするわけであるから、要は、その物に対する**現実的支配の外形**があれば足りる。その上で、前主の占有を「取得する」必要があるわけであるが、そこには「占有の承継」がなければならない。

　占有者との売買契約を締結して、現実に引渡しを受けた（182条1項）場合や、簡易の引渡しがあった場合（182条2項）は特に問題がない。いずれも、前主の占有を信頼して取引をなした者が現実に目的物を支配するに至っており、占有取得者としてこれ以上になすべきことはないからである。これに対し、占有改定（183条）と指図による占有移転（184条）では、占有取得者の占有は観念的なものにとどまっており、**外形的に事実的占有状態に変化が見られない**ところから問題を生ずる。このうち、指図による占有移転の場合は、占有改定に比べれば、まだ第三者から占有移転を認識しやすい（代理占有者に問い合わせれば誰のために占有しているか比較的容易に判明する）ため、即時取得を肯定しても問題は少ない（最判昭和57・9・7民集36巻8号1527頁）。しかし、占有改定による占有取得については外観上の変化がないところから、判例は、民法192条にいう占有取得を認めない。ことは単純でなく、占有委託の基礎をなす信頼が裏切られたことがどの程度明らかな態様で占有移転があったかが決め手になる。後に項を改めて、検討しよう。

　なお、動産・債権譲渡特例法には特段の規定が存在しないが、上述のように登記による動産譲渡担保権者が第三者による即時取得を妨げることはない

と解されている(現行法制上も農業用動産抵当権の登記は即時取得を妨げないものとされている)。登記がなされても、在庫商品などは、依然として設定者の占有下にあり、これを処分する権限を認められていることが多く、また、登記情報の開示のあり方からすると、譲受人が譲渡人に対して登記事項証明書の交付を要求することも容易ではない。したがって、譲受人が登記の有無を調査しないことが過失に当たるとすることには慎重でなければなるまい(目的物の価格や種類、取引態様、譲渡人の性質などから、当然調査してしかるべき場合がなくはないであろうが)。

(3) 占有改定と即時取得

たとえば、BがAから動産(甲)を買い受け、Aに預け置いたところ(占有改定)、Cが甲を二重に買い受け、Aに預け置いた(占有改定)という場合を想定しよう。第1買主Bは占有改定で178条によって第三者に対抗できる所有権を取得したことになるが、192条によって、第2買主Cは、Aの現実の占有を信頼した結果として、占有改定で占有を取得することで即時取得が可能であるようにも見える。このような事態は、古物取引や絵画取引の場面ばかりでなく、経営危機状態にある事業者の動産譲渡担保の設定が複数の債権者の間で競合するような場面でも問題となる。

第1買主Bが178条によって優先権を主張できるのか、第2買主Cが、占有改定によって即時取得が可能となるのかについては、見解が鋭く対立する。まず、それぞれの主張に耳を傾けよう。

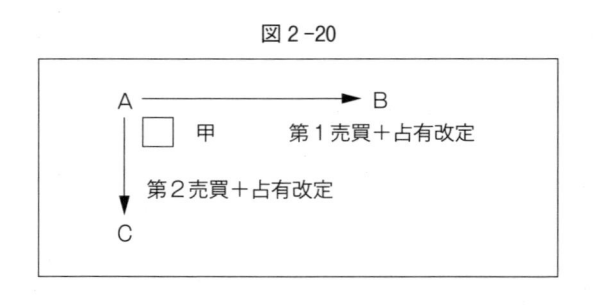

図2-20

A ──────→ B
□ 甲   第1売買+占有改定
↓
       第2売買+占有改定
C

① **即時取得否定説**　第2買主Cの占有改定によって即時取得は成立せず、第1買主Bが優先する。なぜなら、この段階において、先に占有改定という対抗要件を備えたBは、第三者に対して自己の所有権を主張できる立場にあるからである。第2買主の占有改定があっただけでは、BもCも共にA

に信頼を置いて目的物を所持させている関係であって、第１買主の信頼が裏切られたことが顕在化していない段階にある以上、なおＢの対抗力ある権利が存続していると見るべきだからである。そもそも、即時取得制度は取引の安全のために原権利者であるＢの追及力を例外的に制限するものであるから、原権利者の保護をまずもって顧慮すべきであり、しかも、外観上、従来の占有状態に変化のないままで即時取得を認めることは、かえって取引の安全を害し、法律関係をいたずらに複雑にすることになり、好ましくない。Ｃに現実の引渡しがあった場合に、はじめて即時取得が成立すると解すべきである（末川・物権234頁、舟橋・物権245頁以下、近江・物権148頁、大判大正５・５・16民録22輯961頁、最判昭和32・12・27民集11巻14号2485号、最判昭和35・２・11民集14巻２号168頁＝判百Ⅰ66事件［大塚直］。なお篠塚昭次「即時取得」新版民法演習(2)79頁［有斐閣、1979年］も結果において同様の立場か）。

② **即時取得肯定説**　　占有改定でも即時取得は成立すると解すべきである。なぜなら、即時取得の根拠は、前主の占有状態を信頼して真正権利者であると誤信した取引相手を保護することをもって、取引の安全に資することを目的とするものだからである。即時取得否定説では、かような第２買主Ｃの立場が無視される結果となる。規定上、本来の占有取得は、単に対抗要件としてこれを必要とするにとどまるものであって、占有の移転は一般に占有改定で足りるはずである。第２買主に売却して占有改定するような不実なＡのもとに目的動産を預けておいたＢこそリスクを負うべきであり、占有改定によって即時取得したＣの信頼保護が優先する。これが即時取得肯定説の主張である。この立場では、Ｂからの引渡し請求に対し、Ａは、Ｃが即時取得したことを理由に引渡しを拒絶でき、Ｂが現実の引渡しを受けた後にも、即時取得者Ｃによる甲の引渡請求が認められる（末弘・物権267頁、柚木＝高木判例物権389頁、金山正信「即時取得と占有改定」綜合法学１巻７号637頁［1958年］など）。

③ **折衷説**　　第１買主Ｂと第２買主Ｃは、いずれも占有改定を受けた状態にあり、両者の地位は互角というべく、いずれも確定的に所有権を取得できていない。互いに優劣を判定できない以上、最終的には、いずれが先に「現実の引渡し」を受けたかによって決するのが妥当である（我妻＝有泉・講

義Ⅱ223頁、石田（喜）・口述物権21頁、鈴木・物権法講義174頁、内田・民法Ⅰ470頁、川井・概論(2)94頁など近時の通説）。ちょうど、不動産物権変動で互いに登記を備えていない場合と同様、BがCを相手取って所有権を主張しても敗訴し、逆にCがBを相手取って訴えた場合はCが敗訴する。要するに、いち早く現実の引渡を受けた者が優先するわけであり、占有改定のみによっては、確定的な即時取得を語ることはできないことになる。その限りでは否定説に近いが、否定説では現実の引渡時における取得者の善意・無過失が要求されるが、折衷説では占有改定時に善意・無過失であればよい（現実の引渡時に悪意になっていてもCは保護される）。

④ **類型説** この問題は、類型に応じて結論を異にすべきである。類型のたて方は多様である。すなわち、二重売買や二重譲渡担保の場面では、双方共に譲受人が相争う関係になるから、権利の帰属は折衷説のように現実の占有を確保した者を保護すべきであるが、原権利者から甲を受託された者が不法に目的物を処分したようなケースでは、肯定説の説くように占有改定で即時取得することを認めるのが取引の安全に資するなどとする（谷口知平「占有改定と即時取得」判例民法演習2〈増補版〉98頁以下［有斐閣、1973年］はさらに、権利取得者は他方に価格の半分を返還する超法規的調停も提案する）。ほかにも、民事取引と商事取引を区別して、商事取引で商品が譲渡された場合は肯定説、譲渡人が非商人である民事取引の場合は否定説で処理すべきであるとの説（喜多了祐「動産善意取得の民法的構成と商法的構成」私法24号132頁［1957年］、譲渡担保については占有改定で即時取得を認めBが第1順位、Cが第2順位の譲渡担保権を取得するとする説（広中・物権192頁）などがある。

どう考えるべきか。問題の核心にあるのは、善意取得者保護（取引の安全）と真の権利者保護の調整であり、実際に、占有改定による即時取得の成否が問題となる事案の類型的特性に配慮すべきであり、一概に結論を出すことが躊躇われる。しかし、問題となるのは、第1に、原所有者Bからの受託占有者Aが目的物をCに譲渡し（あるいは譲渡担保に供し）占有改定をなして、BC間で所有権の帰属が争われている場面。第2は、原所有者Aが、自己の所有する動産をBとCに二重譲渡した場合、しかも、問題となる多くが、第2の二重譲渡担保ケースである。第3は、2つの混合タイプで、原所有者Bの

受託者Aが、目的動産をCとDに二重譲渡した場合である。

　これらの場合、真の所有者あるいは二重譲渡の譲受人のいずれか一方が、現実の引渡しを得た後にも、他方が「先に占有改定があった」ことを理由に法律関係を覆し得るとすることは、権利関係の安定からみて明らかに好ましくない。たとえば、この法律関係の上に、天真爛漫なKが登場し、現在の占有者に代金を支払って現実に占有を受ければ、そこで新たに即時取得が起き得ることは192条から否定できないはずであるから、占有改定をなした状態のままで常に他者に優先権を主張できるとすることは不可能というほかない。もし、占有改定による即時取得を認めると、現実に物が移転した後も、善意・悪意を争って、なお最終占有改定者（誰かは定かでない）への引渡しを認める結果となりかねない。したがって、即時取得者の権利保護資格要件としても、現実の占有支配の獲得を要求すべきであり、否定説か折衷説に与すべきものと思われる。

　ただ、Aを起点とする二重譲渡担保ケースでは、（互いに占有改定を受けた者同士で）完全な所有権帰属が争われているわけではなく、むしろ担保権の優劣問題として問題を処理することが可能であり、先に譲渡担保権を設定して占有改定をなした者を第1順位譲渡担保権者、もう一方を第2順位譲渡担保権者として扱い、善意・無過失の判断基準時を占有改定時と解して差し支えないように思われるがどうであろうか（譲渡担保の公示方法としての適切さの問題は残る）。

(4) 即時取得の効果

　即時取得者は、「即時にその動産について行使する権利を取得する」（192条）。その意味は、当該取引において、外形上取得された権利が正当とされることであり、具体的には、所有権および質権の原始取得が認められる。原始取得であるから、従来の権利に付着していた制限・負担は消滅する。その他の物権（留置権・質権）は法定担保であるから、「取引行為による占有の取得」とは無縁である（一部の動産先取特権は質権的役割を果たすため、即時取得規定が319条で準用されているが、殆ど利用されない。指図による占有移転での即時取得と留置権の存続については、佐久間・物権151頁参照）。賃借権の即時取得

も否定されている（大判昭和13・1・28民集17巻1頁）。たとえば、A所有動産（甲）を保管するBが、これをCに賃貸しても、Cが甲について賃借権を即時取得するわけではなく、単に、他人物賃貸借が成立するに過ぎない。

即時取得者が、権利を取得することによって、原権利者の権利が反射的に消滅することになるとして（追及権が制限されるだけとの見方もある［伊藤高義・物権的請求権序説（1971年）］）、不当利得返還請求権は認められないのか。原権利者の不利益は、処分者との間での債務不履行や不法行為責任等によって救済されればよく、即時取得者には何らの義務を生じないとするのが通説（舟橋・物権249頁ほか）であるが、公平の見地から、即時取得が無償取得の場合には不当利得返還義務を負うとする見解も有力である（我妻＝有泉・講義Ⅱ227頁、広中・物権197頁、山野目・物権73頁など）。無償取得者といえども即時取得した利得に「法律上の原因がない」とまでいうのは、説明として困難であり、結局、即時取得制度によって無償取引による取得も保護されるべきかという制度趣旨の理解に帰着する問題である。不当利得返還義務は否定すべきものと思われる。

(5) 盗品・遺失物に関する扱い（193条、194条）

以上のように、動産物権変動については、即時取得制度によって、「公信の原則」が採用されているが、大きな例外とされるのが盗品・遺失物の扱いである。もともと、即時取得制度は、原権利者が自己の意思に基づいて他人に動産を占有させたところ、その者の裏切り行為によって第三者の占有に帰した場合に、原所有者の追及権を制限して第三者を保護しようとするものであって、単純な占有の外観信頼保護ではない。したがって、原権利者が自己の意思に基づかないで、占有を失った場合は、一定の追及権を認められて然るべきである。そこで、民法は、盗品・遺失物について、盗難または遺失の日から2年間に限り、原権利者に回復請求権を認めた（193条）。このような制度は、ドイツ民法（935条）、フランス民法（2279条）などでも認められているものである。

盗品・遺失物回復請求の方法の原則は、無償の返還請求であるが、取得者が、競売、公の市場、同種の商品を扱う商人などから購入した場合には、代

価を弁償して回復請求しなければならない（194条）。このルールを盗品・遺失物以外にも類推適用できるかについては、肯定説（田山・通説物権143頁）と否定説（我妻＝有泉・講義Ⅱ230頁など）があるが、特則である以上、類推には慎重であるべきであろう。

(a) 盗品・遺失物とは

「**盗品**」は、文字通り、窃盗・強盗によって占有を奪われた物である。「**遺失物**」は、権利者の意思に基づかないで占有を離脱した物のうち、盗品を除いたものがこれにあたる。遺失物は、**遺失物法**に従って、公告の後、3ヶ月以内に所有者が判明しない場合は、拾得者が所有者になり、193条の特則の適用がない（240条。旧規定では6ヶ月であったが平成18年遺失物法改正で短縮された）。したがって、193条の適用があるのは、この手続によらない場合ということになる。

盗品・遺失物が、転々と取引されている間に競売されたり、店舗に並んだり、同種の物を販売する商人の手によって売られたりしている場合、占有者（＝取得者）によって現に支払われた代価を弁償しない限り、その物の返還を請求できない（194条）。もっとも、質屋営業法22条および古物営業法21条により、占有者が質屋営業者・古物商である場合は、盗難・遺失の時から1年間は無償で返還請求ができるものとされている（盗品が容易に市場で換金されることへの牽制でもある）。

(b) 回復請求権の行使

回復請求権者は、盗品・遺失物の所有者であるが、賃借物や受寄物の盗難などでは、賃借人や受寄者も回復請求権者となりうる（大判大正10・7・8民録27輯1373頁）。相手方は、盗難・遺失から2年以内に目的動産を取得して占有している者である（請求時に取得者のもとに物が現存していることが必要であり、現存しない場合は回復請求のみならず、回復に代わる賠償も請求できないというのが判例［最判昭和26・11・27民集5巻13号775頁］である）。条文の書きぶりからすれば、取得者の法的地位は、一応、善意占有者であることを想定しているようである。さもないと、回復請求がなされるまで権利者の物を不

法占有していることになるはずだからからである（我妻＝有泉・講義Ⅱ231頁など、反対、内田・民法Ⅰ479頁）＊。回復請求権を敢えて占有訴権類似の引渡請求権と考える必要はなく、193条によって発生する盗品・遺失物についての法定の特別な原状回復請求権と考えればよい。

回復請求権の2年間の行使制限は除斥期間であり、中断・停止はない。

＊【192条の要件を満たさない者への回復請求】　A所有動産（甲）を賃借していたBが、甲を何者かに盗まれ、C を経由してD が譲り受けるに至ったが、D は甲がA所有の動産であることを容易に知り得た（過失があった）というような場面を想定してみよう。賃借人BがDに対して返還請求しようとするとき、もし193条が使えないとすると、通常の「占有回収の訴」によるほかないことになるが、その場合は、193条の場合のように単に2年以内の盗難・遺失の事実を証明するだけでは駄目で、①占有を奪われたこと、および、②特定承継人が侵奪の事実を知っていたことを証明し（200条1項、2項）、かつ、③1年以内に訴えを提起する必要がある（201条3項）。このことは、Dが善意・無過失で甲を取得した場合にも193条で容易に回復請求ができるのと比べて、過失あるDに対してすら、より高いハードルでの返還請求しか認めないという結果になり、著しくバランスを失している。そこで、判例（最判昭和59・4・20判時1122号113頁）は、かような場面でも193条の回復請求が認められるとしている。曰く「民法193条によれば、動産に関する盗品の被害者は、同法192条所定の善意取得の要件を備えた占有者に対してその物の回復を請求することができるとしているから、同法193条は、盗品の被害者が右の要件を備えない占有者に対してその物の返還請求権を有することを当然の前提とした規定であるといわなければならない」。「まして、いわんや」解釈である。結局、193条の「前条の場合において」は、「前条の場合であっても」と読むことになる（安永・物権114頁）。もちろん、以上のように、193条による回復請求を即時取得に対する例外規定にとどまらない、盗品・遺失物一般に関する特則と解した場合でも、悪意・有過失のDに対する関係で、「193条に基づく回復請求」とは別に、被害者Aあるいは占有代理人Bが2年間の行使期間制限なしに「所有権に基づく返還請求」が可能であることはいうまでもない。

(c)　194条の役割

当初、194条の善意占有者による代価弁償請求を、判例（大判昭和4・12・11民集8巻927頁）は、原権利者からの回復請求権行使に対する「抗弁権」と位置づけていた。しかし今日の多数説は、善意占有者に与えられた「請求権」と解している。妥当であろう。もっとも、代価弁済と使用収益返還は互

いに打ち消しあう関係にあり、弁償される代価に利息は含まれない。

　最判平成12・6・27民集54巻5号1737頁（＝判百Ⅰ67事件［安永正昭]）によれば、原権利者との公平の観点から、目的動産返還時までの善意占有者の使用収益権限が肯定され（使用利益の返還請求は認められない）、返還後の代価弁償請求も可能とされている。これは、①元の所有者が盗品の回復をあきらめた場合に、現在の取得者は占有取得後の使用利益を享受できるのに、代価弁償を選択すると、取得者がそれ以前の使用利益を返還しなければならなくなるのでは地位が不安定であること、②弁償される代価には利息が含まれないのに、使用利益（果実）を返還しなければならないのは不公平であること等を、その理由としている。192条の即時取得を原則として、真の権利者であった者を例外的に保護するため、これを部分的に制限しているのが193条・194条であるとすれば、無権利者から物件を善意で買い受けた占有者（＝取得者）に、あまり大きな負担を課すべきでないとの判断が背後にあるとも考えられる。結果として、代価弁償の提供があるまで、盗品等占有者にも、目的物件の使用収益を為す権限を含む特別の地位が認められているというわけである（問題の分析として、安永・116頁以下、不当利得法からの批判として、好美清光・民商124巻4＝5号736頁［2001年］も参照）。

　＊【文献など】　安永正昭「民法192条〜194条」民法典の百年Ⅱ457頁以下所収（1998年）、同「即時取得の法的構成」民法の争点Ⅰ126頁以下、同「動産の善意取得制度についての一考察」法学論叢88巻4＝5＝6号（1971年）、鈴木禄弥「占有改定と即時取得」民事研修41号9頁、生熊長幸「占有改定と即時取得」民法の争点Ⅰ128頁以下、槇悌次「即時取得」講座(2)物権(1)299頁以下、村田博史「占有改定と即時取得」森泉章教授還暦記念論集・現代判例民法学の課題（法学書院、1988年）291頁、渡辺雅文「占有改定と即時取得」佐藤歳二編・現代民事裁判の課題④［動産取引］211頁以下所収（新日本法規、1990年）。

第4節　物権の消滅

　ここでは、前半で、物権総則に残された「物権の消滅」を扱う。後半では、物権変動にかかる問題を考える上でのいくつかのポイントを整理しよう。物権変動のメカニズムは動産・不動産ともに原理的には異ならないが、既にみたように、公示や対抗要件のあり方によって、その様相を異にし、さらに、動産善意取得制度と94条2項類推適用によって、部分的に公信原則が妥当する。債権関係と物権関係は密接に関連しており、両者が連動する場面が少なくないにもかかわらず、物権の直接的（他者の行為を媒介としない）・排他的（絶対的）性格ゆえに、互いに全く違ったコンセプトのもとで理解されがちである。しかし、権利変動のあり方は、おそらく、予想以上に共通しており、当事者意思の実現を中核としながら第三者の信頼保護の要請に応え、意思のほころびを法が補完する形で全体が構築されている。その意味では、主として債権関係の形成・変更・消滅を念頭に置いて学んできた法律行為論と関連づけておくことも必要であろう。

　「物権の消滅」とは、物権がその存在自体を失うことを意味している。物権が譲渡されたり（特定承継）、相続されたりする（包括承継）場合は、物権の帰属主体が変わるだけであって（主体の変更）、物権そのものの存在が失われることはないので、消滅とはいわない。物権の消滅をもたらす主な原因は、混同・放棄・目的物の滅失・消滅時効・公用徴収、そして、担保物権における被担保債権の消滅などである。民法典の物権編には、混同消滅に関する規定のみが配置されているが（179条）、以下では、これに加えて、主な消滅事由について説明を加える。

1　混同消滅

(1)　混同消滅とは
　複数の物権が同一人に帰属して、それぞれの物権を存続させておく必要が

ない場合には、混同によって消滅する。民法は、同一物について、所有権と他の物権（地上権や抵当権など）が同一人に帰属した場合、当該他の物権は、原則として、所有権に吸収されて、消滅するものとしている（179条1項）。また、所有権以外の物権（地上権など）と、「これを目的とする他の権利」（地上権に設定された抵当権など）が同一人に帰属した場合も、後者が前者に吸収されて消滅する（179条2項）。ただし、消滅するのは「必要がない」からであって、必要があるときは消滅させるべきでない。そこで、いずれの場合にも、「**その物又は他の物権や権利が第三者の権利の目的であるとき**」は、混同消滅しないとしている（179条1項但書、2項但書）。

ちなみに、債権の場合にも同様のルールが妥当している（520条）。さらに、信託法では受託者の固有財産と信託財産との間で混同が生じないとする規定が用意されている（信託20条。寺本昌弘・逐条解説新しい信託法〈補訂版〉［商事法務、2008年］80頁など参照）。

(2) 所有権と他の物権との混同

(a) 原則

たとえば、A所有地上にBが地上権の設定を受けて建物を建築・所有している場合、BがAから土地を買い受けて所有者となったときは、自ら使用・収益する権能を持つことになるため、もはや当該土地上に建物を保有するための敷地利用権（地上権）を必要とせず、地上権は土地所有権に吸収されて混同消滅する（民法179条1項本文）。

(b) 例外

しかし、Bが建物の建築に際して、Cのために（通常は建物とともに）地上権に抵当権を設定していたような場合は、Bが後に土地所有権を取得しても、地上権は混同消滅しない（179条1項但書）。ここで、混同消滅すると、かりにCが建物抵当権を実行して競落人Dが建物所有権を取得しても敷地利用権を主張できなくなるおそれがある（Bが土地建物の所有者となってから後の抵当権設定であれば法定地上権［388条］が成立する）。抵当権の客体が消滅してしまうからである。逆に、地上権成立後に土地にEのために抵当権がつ

けられ、これが競落された場合にも、建物の敷地利用権がなくなってしまう結果、建物所有者が土地の買受人に対抗できる敷地利用権を持たないことになりかねない。その物又は当該他の物権が第三者の権利の目的となっている場合には、たとえ、同一人のもとに複数の物権が帰属しても消滅させずに残しておくことに意味があり、いわば休眠状態で同一人に帰属していると考えるわけである。

なお、本条は、所有権と他の「物権」が同一人に帰属した場合に関する規定であるが、特定の土地について所有権と賃借権が同一人に帰属したような場合も、当該賃借権が対抗要件を具備し、しかも、対抗要件具備の後に土地に抵当権が設定されたときには、本条の準用によって賃借権は消滅しないと解すべきである（同旨、最判昭和46・10・14民集25巻7号933頁）。より一般的には、必要に応じ、所有者が所有権の権能の一部を分割して自ら管理することが考えられるが（たとえば**自己地上権・自己借地権**の設定）、現在のところ、制度的にはごく例外的にしか認められていない（借地借家法15条参照。立法論として「自己地上権」を提唱する鈴木・物権法講義267頁も参照）。

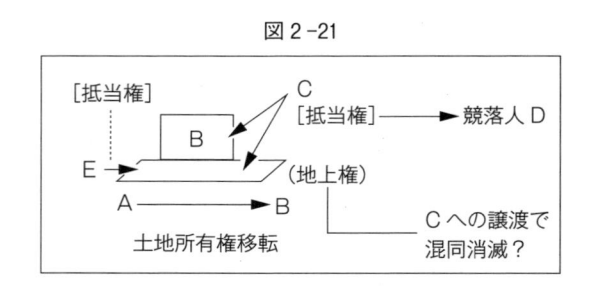

図2-21

(3) 所有権以外の物権とこれを目的とする権利の混同

先の例で、Bの地上権についての抵当権者CがBから地上権の譲渡を受けた場合も、原則として、地上権を目的とする抵当権と混同消滅することになるが（179条2項本文）、例外的に抵当権が消滅しない場合がある。たとえば、地上権にFのために2番抵当権がついているような場合では、Cの1番抵当権が混同消滅して2番抵当権が1番抵当権に順位昇進してしまうと、地上権の交換価値を優先的に把握していたCの1番抵当権者としての地位が損なわれるからである（大判昭和8・3・18民集12巻987頁。逆にCが2番抵当権者で

あれば混同消滅させても問題はあるまい［大決昭和4・1・30民集8巻41頁］)。たしかに、条文の文言からすれば、いずれの場合も「その物……が第三者の権利の目的であるとき」に該当するが、目的論的解釈からは、混同消滅させるのが適当である。混同すべき権利が第三者の目的となっている場合も同様であって、たとえば、地上権に抵当権を有していたCからGが転抵当を受けると、Cの抵当権が混同消滅したのでは、転抵当の基礎が損なわれる。したがって、ここでも混同消滅しないものとされている（179条2項但書）。

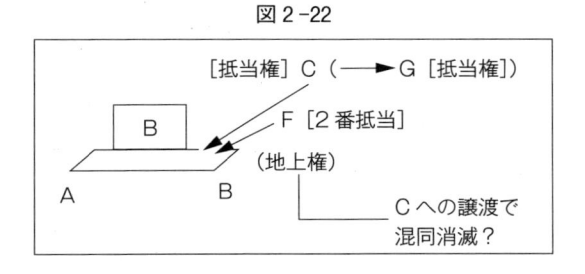

図2-22
［抵当権］C（──→G［抵当権］）
F［2番抵当］
（地上権）
Cへの譲渡で混同消滅？

(4) 占有権と所有権等の混同

以上のような混同による消滅が起きるのは、「相対立する二つの法律上の地位や資格」が同一人に帰属するに至った場合に、これを併存させておくことが、もはや無意味だからである。したがって、「両立しうる物権」の間では、混同による消滅を認めるべき理由はない。その意味で、**占有権**は、本権と異なり、物に対する現実的支配によって成立する特殊な性格と独自の作用を持つ物権であって、所有権その他の物権とも両立しうるものである。そこで、占有権とこれらの物権が同一人に帰属しても混同によって占有権が消滅しないものとされている（179条3項）。

(5) 混同消滅の主張・立証責任

混同による物権の消滅を主張する者は、同一物について所有権と他の物権が同一人に帰属するに至ったこと、あるいは、制限物権とこれを目的とする制限物権が同一人に帰属するに至ったことを基礎づける具体的事実について主張・立証責任を負う。他方、混同消滅を否定しようとする者は、その物又は物権が第三者の権利の目的であることを基礎づける具体的事実を主張・立証する必要がある（遠藤ほか・注解財産法(2)246頁［藤原弘道］）。通常の場合、

一方からの権利主張に対して、消滅を主張する抗弁が出され、これに対する再抗弁として、混同消滅を否定して、自己の権利の存続を主張するという議論の展開になろうか。

2 放棄

　権利者が自己の有する物権を**放棄**すれば、原則として物権は消滅する（地上権につき、大判明治44・4・26民録17輯234頁）。放棄は、通常、単独の意思表示（**単独行為**）でなされるが、所有権・占有権を除き、その放棄によって直接に利益を受ける者（たとえば、地上権の場合はその負担を受けている土地所有者）に対して行う必要がある。つまり、相手方のある単独行為となる。所有権の放棄は、相手方のない意思表示によりその効力を生じ、動産は無主物となって先占の対象となり（239条1項）、不動産は国庫に帰属する（239条2項）。占有権、入会権を除く不動産物権の放棄による物権消滅は、登記を対抗要件とする（我妻＝有泉・講義Ⅱ248頁、川井・概論Ⅱ25頁）。

　物権の放棄は、原則として権利者の自由であるが、それが、公序良俗に反するような場合、他人の権利を害する場合、権利の濫用となる場合は、自由に放棄することが許されない。たとえば、**他人の権利を害する場合**として、A所有農地に永小作権（270条）の設定を受けたBが、借財の担保としてこの永小作権にCのために抵当権を設定したとすると（369条2項参照）、以後、Bは勝手に永小作権を放棄することができない（398条：放棄しても抵当権者に「対抗することができない」）。398条は、地上権と永小作権についてのみ規定するが、その趣旨は一般化されてよい。したがって、たとえばAの所有する土地を借りて、この借地上に建物を所有するBが、Cのために建物に抵当権を設定した後、敷地利用権である借地権を放棄したり、合意解除してこれを消滅させようとしても、398条の類推適用によって、このことを抵当権者に対抗できない（大判大正11・11・24民集1巻738頁）。

　ちなみに、回収を義務づけられているリサイクル家電品などをゴミとして投棄した場合は、公益を害する行為として、なお所有者としての責任を免れない。また、古い判例ではあるが、遺骨・遺骸の放棄が公序良俗違反の物権

の放棄に該当するとした例がある（大判昭和2・5・27民集6巻307頁）。

3　目的物の滅失

目的物・対象が滅失すると、支配すべき物がなくなった物権は存在意義を失い、消滅する。民法には定めがないが、物権の性質上、当然のこととされている。滅失したかどうかは、社会通念によって判断される。有体物の場合は、焼失・損壊・崩壊などの程度によって定まり、地上権や無体財産権の場合は存続期間の満了等によっても消滅する。

従来、特に問題となったのは、不動産である。

①　土地　　河川の蛇行による浸食や低地の地盤沈下などによって、土地が河川や海に**水没**したような場合、これを「土地の滅失」といえるかは微妙な問題である。当該区域が、他と区別してなお独立の排他的支配が可能な状況であるとすれば、（仮にその財産的価値がほとんど失われても）ひとたび成立した物権が「滅失した」とまでいうのは適当でない（鹿児島地判昭和51・3・31判時816号12頁、名古屋地判昭和51・4・28判時816号4頁　→最判昭和61・12・16民集40巻7号1236頁参照）。

②　建物　　建物が**倒壊・焼失**して滅失したかどうかも、社会通念によって判断するほかない。また、物権の存続を前提として与えられた他の権能との関係にも配慮が必要であり、たとえば、借地借家法による借地権の対抗力の付与が「所有する」建物の登記であることを考慮すると（同法10条参照）、その滅失を語るには慎重でなければなるまい（バラック程度でもなお居住可能であれば滅失したとはいえまい）。

なお、建物が倒壊・滅失して建物所有権が消滅した場合も、残存する木材等は旧建物所有者の所有に属する動産と考えられており、それが他人の土地上にある場合は、そこに占有権原がないと不法占拠になる。したがって、がれき等の撤去費用は旧建物所有者の負担となる（もっとも、地震・津波などによる倒壊の場合は、所有者の放棄や同意を前提に、公的費用によって撤去作業が行われることが多い）。この残存木材で新しい建物が建築された場合は、加工の規定（246条）に従って、原則として新建物は旧建物所有者の所有に属す

るが、加工によって生じた価格が材料価格を著しく超えるときは加工者が所有権を取得する。解体・移築のように、**旧建物と新建物の同一性**が保たれているような場合は、そもそも建物が滅失したことにもならない。

③　制限物権の場合　　抵当権などの制限物権は、本体となる所有権の滅失とともに、目的物の滅失によって消滅する。ただし、担保物権の場合、目的物の滅失によって債務者が受けるべき金銭・その他の物があれば、消滅することなく、それらの価値変形物に対して**物上代位**して権利を行使することができる場合があるので注意を要する（304条、350条、372条）。

なお、担保物権は、原則として、被担保債権の消滅と運命をともにして消滅するが（附従性）、第三取得者からの代価弁済（378条）や一定要件のもとでの消滅請求（379条以下、398条の22など参照）によっても消滅する場合がある。

4　消滅時効

物権は、所有権・占有権・担保物権を除いて、20年の消滅時効によって消滅する（167条2項）。所有権は絶対性を有しており、時効消滅することはない（ただし、他の者がその物を時効取得したり即時取得することによって、反射的に消滅することがあるので注意が必要である）。

167条2項では「債権又は所有権以外の財産権は……」と表現されているため、一見すると、占有権や担保物権は20年の消滅時効にかかりそうである。しかし、**占有権**は、占有者が占有意思を放棄したり、所持を失えば、これによって消滅する権利であるから（203条参照）、占有状態が継続している限り、一定期間の権利の不行使で消滅するような性格のものではない。また、抵当権のような**担保物権**は、被担保債権と独立には消滅時効によって消滅しないのが原則である（396条。逆にいうと、被担保債権が消滅すると抵当権も消滅する）。もっとも、不動産の第三取得者のもとにある抵当権については、「抵当権の存在を承認しない態様による占有」を継続した場合は、時効取得の結果、抵当権も消滅するとした判例がある（最判昭和43・12・24民集22巻13号3366頁。なお、道垣内弘人・担保物権法〈第3版〉［有斐閣、2008年］230頁以下も参照）。

附従性を否定される根質権や根抵当権についても、その存在を前提とする取引が継続している限り、時効消滅を語ることは適当ではない。

5　公用徴収・公用収用

　憲法29条に基づいて、土地収用法や森林法（55条以下）等により収用が行われる場合がある。一般に、**公用徴収**（**公用収用**）によって、被収用者の所有権等の物権は消滅し、起業者（土地収用を必要とする事業者）は物権を「**原始取得**」するものと解されている（石田穣・物権法298頁では、法定の承継取得と説明する）。たとえば土地収用法に基づいて、権利取得裁決がなされると、その時点で、起業者は前主と関係なく物権を取得し、前主のそれは反射的に消滅する。当該不動産に設定されていた抵当権や利用権なども、原則としてこれによって消滅する（土地収用5条1項、48条）。公用徴収後の物権関係が複雑化することを嫌ったためである（補償金の支払いは別問題）。なお、無償で強制的に所有権を奪うのが「没収」であり、刑法上、犯罪に伴って犯人に属していた物が没収されると、その所有権は消滅すると解されている（刑法9条、19条など）。

第5節　物権変動のまとめ

これまで不動産および動産の物権変動について検討してきたが、ここで、基本的な情報を簡単に整理して振り返りつつ、物権変動問題を考える上で留意すべきポイントとなる点を簡単に整理しておこう。

1　物権変動に関する重点整理

(1)　物権変動と対抗要件主義

物権の設定および移転は、当事者の意思表示のみによって生じるが（**物権変動における意思主義**：176条）、物権変動（得喪変更＝発生［設定］・変更・消滅）には、当事者の意思表示によらない原因も存在する。いずれの場合も、物権変動を第三者（当事者およびその包括承継人以外の者）に対抗するには、対抗要件を備えることが必要とされている。不動産の場合は、不動産登記法その他の登記に関する法律の定めるところに従いその登記をすること（177条）、動産に関する物権の譲渡に関しては、その動産の引渡しが対抗要件である（178条）。

(2)　公信力の問題

日本の不動産登記には、公示による推定力はあっても、「公信力」がない。したがって、登記名義を信頼して、無権利者から不動産を譲り受けた者は、原則として権利を取得することができない（94条2項類推適用による保護の可能性はある）。他方、動産の占有には公信力があるとされている（即時取得の可能性の存在）。

(3)　不動産物権変動について

(a)　二重譲渡

不動産が二重譲渡された場合、原則として先に**対抗要件**を具備した者が優先する（177条）。二重譲渡の問題は、不動産の買受人の移転登記の時期と、

譲渡人債権者の差押えの時期との先後関係という形で現れることが多い。

(b) 登記を要する物権変動と「第三者」

不動産物権変動の対抗要件に関する規定は、意思表示により生じた場合だけでなく、解除や取消に伴う復帰的物権変動、相続、時効取得などの場合にも適用があるとするのが判例である（変動原因についての無制限説）。しかし、同時に、登記を要する「**第三者**」は、当事者およびその包括承継人以外の者であって、不動産に関する物権の得喪変更の登記欠缺を主張する正当な利益を有する者に制限され、原則として善意・悪意は区別されないが、背信的悪意者に対しては、登記なしに対抗することができるとされている。

(c) 復帰的物権変動の場合

復帰的物権変動について177条の適用があることに関しては、次のような判例がある。①【取消と登記】土地の売買が詐欺を理由として取り消された場合、土地所有権は売主に復帰し、初めから買主に移転しなかったことになるが（遡及効）、この物権変動は、177条により登記しなければ第三者に対抗できないことがある。②【解除と登記】不動産の売買契約に基づいて買主のために所有権移転登記がなされた後に、売買契約が解除され、不動産の所有権が売主に復帰した場合、売主は移転登記を抹消しなければ、解除後において買主から不動産を取得した第三者に対して、所有権の復帰を対抗できない。

(d) 相続に関連する物権変動

相続に関連して判例は、いくつかの準則を確立している。すなわち、①【共同相続と登記】共同相続人は、他の共同相続人が単独所有権移転登記を経由し、さらに第三者に移転登記をした場合に、この第三者に対し、自己の持分を登記なくして対抗することができる（94条2項類推適用の可能性は残る）。②【遺産分割と登記】相続財産中の不動産について、遺産分割によって、相続分と異なる権利を取得した相続人は、その旨の登記を経なければ、分割後に当該不動産について権利を取得した第三者に対抗することができない。③【遺贈と登記】遺贈による不動産の取得にも177条の適用があり、受

遺者は、登記がなければ相続人の債権者に対抗することができない。なお、相続人の生前贈与と、他の者への特定遺贈による物権変動の優劣は、登記の具備の有無をもって決せられる。④【相続放棄と登記】相続放棄の効力は絶対的であり、何人に対しても登記の有無を問わずその効力を生ずる（したがって、放棄した相続人の債権者が相続財産である不動産について放棄した者の持分を差し押えても無効である）。

(e) 時効による物権変動

時効と登記に関しても、いくつかの判例準則がある。すなわち、①時効完成時において所有者であった者に対しては、時効取得によって完全に所有権を取得し、登記を必要としない。②時効が完成しても、その登記を経なければ、その後に登記を経由した第三者（背信的悪意者をのぞく）に対しては時効による権利の取得を対抗できない。しかし、③時効完成後に第三者が登記した後でも、改めて取得時効に要する占有が継続して再度の時効が完成したときは、その第三者に対して、登記を経由しなくとも時効取得を対抗できる。④取得時効完成の時期は、必ず時効の基礎となる事実の開始した時を起算点とすべきであり、取得時効援用者が任意にその起算点を選択し、時効の完成時期を早めたり遅らせたりすることはできない。

(4) 動産の物権変動

(a) 動産物権変動の対抗要件

動産物権変動のメカニズムも、基本的には不動産の場合と同様である。178条に定める動産物権譲渡の対抗要件である「引渡し」には、現実の引渡し（182条1項）や簡易の引渡し（182条2項）だけでなく、占有改定（183条）および指図による占有移転（184条）が含まれる。したがって、その公示機能は不完全である。

(b) 178条の第三者

動産物権変動における「**第三者**」は、不動産の場合と同様、当事者およびその包括承継人以外の者であって、動産に関する物権譲渡につき、引渡しの

欠缺を主張する正当な利益を有する者である。動産の寄託を受け、一時保管するに過ぎない者などは、178条にいう「第三者」にあたらない。

(c) 動産・債権譲渡特例法

企業取引で譲渡される法人の動産については、動産・債権譲渡特例法（平成10年法104号）による動産譲渡登記ファイルへの登録が対抗要件となりうる。

(d) 即時取得制度による補完

動産の対抗要件における公示の不完全性を補完しているのが、即時取得制度である。実際問題として、即時取得の成否が、動産物権変動の権利関係を確定することになる。取引行為によって、平穏・公然に動産の占有を始めた者は、善意・無過失であるときは、即時に、その動産について行使する権利を取得する（即時取得［192条］）。ただし、当該動産が、盗品又は遺失物であるときは、被害者又は遺失者は、盗難・遺失の時から2年間は、占有者に対してその物の回復を請求できる（193条）。もっとも、占有者が当該動産を競売もしくは公の市場で、又はその物と同種の物を販売する商人から善意で買い受けたときは、被害者・遺失者は、占有者の支払った代価を弁償しなければ、その物を回復できない（194条）。

2 考慮すべきポイント

(1) 物権変動は財産権移転の一部である

物権変動は、「物権」という物に対する排他的・直接的支配権能を媒介として、財産権移転の効果を実現するため、その特殊な制度的枠組みに乗せた議論を必要とする。これは債権譲渡の目的（Objekt）である「債権」に第三債務者がいるために、この者に対する対抗要件としてその承諾が必要になることや、他に適切な公示方法がないために、第三債務者を情報センターとして確定日付ある通知・承諾をもって第三者対抗要件とせざるを得ないのと同じである。また、物権変動の目的物の特性が、変動を公示して他者に主張できるようになるための要件として、一定のバリエーションを生み出している

ことにも注意が必要である。

　動産・不動産の違いや、集合物の扱いなどは、それぞれの物権変動の枠組みに大きく影響する。しかしながら、なお、それらは広く財産権移転の一部を構成するものであって、全く異質な世界の議論というよりも、相互流動的である。近時の動産・債権譲渡特例法による第三者対抗の仕組みは、物権・債権の違いを超えて、両者が財産権移転や財産権担保化の手段でしかないことを、改めて意識させるものである（第1節3）。

(2)　物権変動と債権関係は有機的に連関する

　物権変動は、その原因となる法律行為や債権関係と有機的に結合している。物権変動の帰結は、財産の帰属秩序を定めるものであるが、物権の変動（発生・変更・消滅）には、その原因となる当事者の意思・事実行為および事実が存在し、中でも、その主たる原因が債権関係から導かれるものであることには改めて注意を喚起しておく価値がある。原因となる債権関係が有効に発生・推移しているかどうかは、物権変動を考える上で決定的に重要である。

　たとえば、「法律行為」は、しばしば契約による債権債務関係の形成に焦点を当てて論じられるため、物権関係とは切り離されて（あるいはひとまず議論の外において）理解されることが多い。しかし、そこには、多くの場合、財産権移転や変更（＝物権変動）にかかる要素が含まれている。法律行為の代表である契約、その代表である売買契約を考える際は、「財産権の移転と対価の支払いに関する合意」が語られ（555条）、そこから財産権の完全移転義務と代金支払義務という双方の「債務」の発生が帰結されるが（債権債務関係の成立）、同時に、そこでの所有権を買主に移転する旨の合意は、そのまま物権変動に直結する。

　このように、民法176条は、極めて広い射程をもった規律であって、財産権に関する合意と物権変動が常に連動するものであることを宣言するものである。所有権を移転する、所有権を留保する、所有権の移転時期を定める、所有権移転に条件をつけるといった当事者の意思的活動が、そのまま物権変動にも反映されるわけである。同時に、錯誤や公序良俗違反による法律行為の無効や、詐欺・強迫を理由とする取消、未成年者等の制限能力者の取消に

よる法律行為の遡及的無効およびその制限、解除の原状回復およびその制限もまた、物権変動に直ちに跳ね返ってくることになる。その際、物権変動に関する意思や行為のみを独立させて論理を構築するという道もないではないが（物権行為の独自性肯定説）、日本民法は、これを採用してはいない（176条の意思表示は物権的意思表示に限定されない）。この物権変動における意思主義は、基本的に当事者自治によって支えられている。「私権の変動」をもたらす原因・要件を構成する要素として法が着目している事実（法律事実）の中で、法律行為が占める中心的位置を想起するとき、同時に、「私権」に「物権」も含まれることを忘れてはならない。

　もちろん、物権変動をもたらす原因となる事実は、法律行為・意思表示に限られず、相続や時効といった事実の発生や時の経過などにも見出されるが、それは当事者意思による物権の帰属秩序形成の外にある事柄を、法が補完しているに過ぎない。それゆえ、物権変動における対抗問題を考える場合には、「時効と登記」、「相続と登記」では、通常の法律行為を前提とする登記の場合とは異なる配慮が必要である。既に見たように、対抗問題を考える際に、物権変動の原因は、法律行為による場合に限られないというのが判例の立場であり（無制限説）、その上で、対抗要件の具備を必要とする「第三者」の範囲を、制限することで結果の妥当性を追求しようとしている（第三者制限説）。しかし、そもそも物権が当事者の意思表示や意思的活動と無関係に変動する場面は、性質的にかなり異なることに留意すべきである。相続や時効によって物権変動が起きる局面では、むしろ、相続制度や時効制度の制度趣旨に対する配慮が優先すべきであるように思われる。逆に、相続における「遺産分割と登記」の局面や、二重譲渡型で取得時効が問題となる場合のように、**意思的な財の交換活動**が関わっている場合は、さらに問題を分けて考えることが適当である。

(3)　物権変動は所有権だけの問題ではない

　物権変動の説明の多くが所有権についてなされるのは、それが典型的問題状況を通じての制度理解に適しているからであり、当然のことながら、176条から178条などの諸規定の射程は、所有権をめぐる物権変動に限られるわ

けではない。ところが、所有権の移転時期や所有権の二重譲渡を中心とする物権変動論に目を奪われていると、それらが占有権と法定担保物権（留置権・先取特権）を除く物権一般に妥当するルールであることを見失いがちである。それゆえ、「抵当権の成立には、抵当権設定合意があればよく、当事者間では有効であるが、登記をしなければ対抗力はない」とか、「動産に関する質権の成立には、質権設定合意と物の引渡しが必要であり、これは要物契約である」といった説明では、常に、176条、177条、178条の存在を念頭におきながら、修正すべき点を理解していく必要がある。換言すれば、物権総論では、所有権を念頭に置いた物権の一般的議論と、所有権固有の議論とが混在していることに留意すべきである。

　たとえば、特定不動産の利用権や価値権の部分のみを支配する物権（地上権・抵当権など）についても、物権変動と対抗問題が発生しうる。そして、問題となる物権の性質によって、所有権をめぐる物権変動の議論に一定の修正が必要になることに注意が必要である。すなわち、地上権の場合には、建物所有のための地上権であれば、借地借家法によって地上権登記とは別に、地上権者所有の建物の登記の存在が第三者対抗要件として補充的に機能していることなどは無視できない特殊事情である。また、利用権が通行のための利用に供されるだけの地役権であるときは、複数の地役権が競合しても、場合によって互いに排他的支配を争うまでもない局面もありそうである。他方、債務者の所有地に設定される複数の抵当権については、登記の先後によって１番抵当、２番抵当という形で優先劣後の関係を生じるだけで、一方が履行不能となってしまう所有権の二重譲渡のような問題を生じないかに見えるが、そうではない。やはり１番抵当権が把握する優先的価値権そのものをめぐっては各債権者が互いに相争う関係（対抗関係）にあり、先に対抗要件（抵当権設定登記）を備えることで、相手に優先して配当を受ける地位を獲得する。所有権の場合と異なるのは、劣後しても完全に抵当権設定合意が履行不能になるのではなく、劣後担保権者として後順位で存続できるという点であり、これは、担保としての特性による（譲渡担保の場合には、法形式としての所有権譲渡と担保的実質の間にあって微妙な問題になる［後に担保物権で学ぶ］）。

　ちなみに、二重譲渡において、第三者から「背信的悪意者」を排除する判

例の立場に対して、「単純悪意者排除論」が提唱され、悪意の第2譲受人の債権侵害（不法行為責任）と平仄を合わせる正当化も試みられている（松岡久和「不動産二重譲渡紛争について（1・2）」龍谷法学16巻4号745頁、17巻1号1頁［1984年］、吉田邦彦・債権侵害論再考576頁以下［有斐閣、1991年］など）。かりに、このような方向が支持できるとしても、問題が典型的な不動産二重譲渡ではなく、不動産への差押えや抵当権の設定競争のような局面では、情報を入手して債権回収にいち早く動いた債権者の動きを一概に否定することはできない。つまり、物権の種類や性格によって、典型的な二重譲渡の議論も微調整を余儀なくされるのである。以上のようなことは、所有権中心主義的な物権変動の議論に接した場合は、常に留意する必要がある点である。

(4) 物権変動における公示の重要性

　物権は、人の行為を介することなく、物の直接的支配を通じて「対世的に」財産に対する自己実現を可能にするものである。そのような物権の内容や効果は、ある程度画一化されている必要があり（物権法定主義）、しかも、一般に物権の内容や帰属が公示されていなければならない（公示の原則）。当事者間だけの相対的な関係にとどまらない社会的権能の獲得が目指されているからである。また、意思の表示方法や態様も、少なくとも対第三者関係では、外形の示す客観的意味と結びつけられざるを得ない。それゆえ、たとえば、AがBに不動産を譲渡して、Bがこれを所有するという当事者間の意思は、単に当事者間で合意するだけでなく、登記簿への記載という形で公示されてこそ本来的な対世的効力を獲得する。

　また、このような公示に対する人々の信頼は、通常の法律行為における表示に対する善意の第三者保護をより一般化した形での要請となって現れる。かくして、対抗要件主義では、法定の対抗要件具備が、物権を移転しようとする法律行為や真実を宣言する効果の最終的実現行為となる。ここでは、物権移転は、登記等の対抗要件を備えることができたのに、これを速やかに行わなかったという「懈怠を責める」ことが重要な意味を持つ。逆に、一般的な対世効を必要とせず、特定の相手方、特定の第三者との関係での第三者効で足りるとすれば、あえて「物権」という装置を介在させる必要はない。物

権的効果を主張する以上、公示の問題は避けて通れないだけである。

以上に対し、動産物権変動の場合の占有移転を中心とした公示機能の不全は、しばしば指摘され、即時取得（192条）による調整・補充が極めて重要な機能を営んできた。観念的引渡し（183条、184条）を対抗要件として承認すると、結果的には、引渡しの先後だけでは権利関係の優劣が確定せず、即時取得の成否が決定的役割を演ずることになる。逆にいえば、第三者の即時取得を阻止できるかどうかの観点から、公示のあり方が再検討される必要があるわけである（明認方法・登録制度など）。これは、あるいは、流通性が大きく、多様な動産という目的物ゆえの宿命かも知れない。新たな登録制度が状況を改善しているとしても、そこにはやはり限界がある。

(5) 背後に横たわる「無権利の法理」

物権変動の議論にとって暗黙の前提にあるのが「無権利の法理」である。「何人も自己の有する以上の権利を他人に与えることができない」という法理は、しばしば、物権をめぐる論理展開の重要な一部を構成する。したがって、A所有の不動産がBの偽造文書によって登記簿上はBに移転登記され、これを信頼したCがBから当該不動産を購入する契約を結んで移転登記まで済ませたとしても、無権利者から他人の権利（物権）を譲り受けた者は、当該権利を当然には取得することができない。詐欺による取消後に（取消前につき96条3項）、登記がそのままになっている状態で、転売されたような場合も同様である。これは、法文に書かれていない大原則である。したがって、このときに、無権利者を権利者であると正当に信頼して取引行為をなした者を保護するためには、遡及効の制限による善意の第三者保護や表見法理による必要がある。ただその場合にも、単に一方的に信頼したというだけで表見法理が働くわけではない。不動産について、登記に一般的公信力を与えるべきかはともかく、94条2項の類推適用では、登記の外形を作出したり、誤った外形除去を怠った者の帰責性と、正当な（≒善意・無過失の）信頼を重ね合わせて、第三者の保護を図る必要がある。このような論理操作の前提には、つねに無権利の法理が横たわっているわけである。動産の即時取得もまた、前主の無権利を前提に善意者保護を徹底したものであるが、占有を失ったこ

とについて真の権利者に帰責性を問うことが困難な盗品・遺失物について、一定の例外が認められているのも理由のないことではない（193条以下参照）。他方で、相対的にせよ有効な権利同士がぶつかって優劣を競う場面で、はじめて対抗要件が問題となる。登記の有無や先後を基準にして、様々な問題を統一的に「対抗問題として」処理しようとすることは、結果において変わらない場合でも（保護資格要件として登記を要求する場合など）、論理の運びの違いを見失わせるおそれがある。

(6) 真の権利者保護と善意の第三者保護

取引の安全を図る上で、人々の外観に対する信頼を保護すべきことは、民法上の普遍的要請である。民法総則で学んだように、意思表示や代理について、誤った外形を作出したり、事後的に承認を与えたり、真実とは異なる外形の除去が容易であるのにこれを怠ったような場合（＝表意者側に外観作出への一定の帰責性が認められる場合）には、相手方の正当な信頼と結果の重大性に目配りしつつ、表見法理により第三者が保護されるべき場合が論じられる。

もっとも、94条2項類推適用論が登記に公信力がないことを補完して不動産取引の安全に資するものとして拡張を重ねていることにも疑問がないではない。真の権利者の帰責性は、94条2項と110条の併用型類推適用で、今や限界に達している（最判平成18・2・23民集60巻2号546頁など）。安易に94条2項の類推に頼ることには、慎重でなければなるまい。

第3章

占有権

　本章では、占有ないし占有権を扱う。占有（権）は、他の物権と異なり、物に対する事実上の支配状態を意味しているため、物権の一種とされてはいるものの、かなり特殊な性格を有するもので、奥が深い。民法上も、占有には様々な効果が結びつけられており、「占有」と「占有権」の関係自体も、必ずしも明確でない（民法が「占有権」という表現を用いるのは180条〜184条、203条、204条であり、他は「占有」とのみ表記されている）。ともかく、法が一定の事実的支配状態を前提として、これに特定の法的効果を付与したというものが占有（そのような効果の総体が占有権）であるから、その尊重されるべき事実状態の内容と、そこから導かれる法的効果の内容をきちんと理解しておくことが重要である。まずは、占有・占有権の意味と、様々な占有形態について考えよう。

第1節　占有権とは何か

1　占有権の意義と機能

(1)　占有・占有権

　占有権とは、人が物を事実上支配する状態（占有）に対して法が認めた特殊な権能である。権能とはいっても、一定の責任や義務の帰責根拠ともなる観念であり、古い時代の法にあっては、「占有」こそが中心的役割を演じていたといっても過言ではない。民法典の編成上、占有権は、物権の一つとして位置づけられているが、他の所有権や用益物権・担保物権などと異なり、なんらかの権原（＝タイトル）を意味するわけではない。むしろ、実体的な権利である「本権」に附随して現れる事実上の形態（支配）に重心のある概念とされている点にその特徴がある。占有権は、事実上の支配・所持を失えば消滅する権利であるから（203条参照）、他者に求めて「物を支配し得る権利」とは本質的に異なる。日常用語で、ある物を「持っている」といえば、事実として「所持している」という場合と、「所有権を有している」という場合があるが、占有は前者に力点がある。そのため、物権の特質の一つである「優先的効力」などは、占有権に認められていない（座席指定でない限り、電車でいったん席を立ったらそれまでであって、後から乗り込んで座った人に優先権を主張できないのと同じである）。法は、この「現に物を支配・所持している」という生活や営業に組み込まれた物の現実的支配という状態を前提にして、この事実状態に一定の範囲で保護と責任を定め、その総体を「占有権」と呼んでいるに過ぎないのである。

　占有権の本質や性格については、実に多くの議論が積み重ねられてきた*。占有論は、まさに民法学における「迷宮（ラビリンス）」と評される（末川・物権179頁）。それは、占有という現象形態・実体と、そこから導かれる法的効果とが、位相を異にして複雑に絡み合っているからである。

　歴史的沿革からすれば、わが国の現行民法の「占有」制度は、二つの系譜

の混合物といってよいものである。一つは、ローマ法におけるポセッシオ (*possessio*) で、これは占有を正当化する権利、いわゆる「本権」とは別個独立の観念として、権利ではなく「事実」の問題として、本権に対立する形で把握されていたものである（もとをただせば、所有物返還請求（*rei vindicatio*）に対する事実上の利用者の「抗弁権」の集積であったらしい）。いま一つは、ゲルマン法におけるゲヴェーレ (Gewere)、フランス法におけるセジーヌ (saisine) と呼ばれるもので、そこでは、事実上の支配の外形たるゲヴェーレ（セジーヌ）を通じて、本権の存在を把握するという思考法がとられていたようである。したがって、本権と占有権は互いに対立する観念ではなく、密接不可分に結びつくものとして理解されていた。この二つの側面が日本民法にも顔を出しているが、日本民法の占有は、フランス民法にならった旧民法をドイツ民法に従って改めたという紆余曲折を経ているだけに複雑である。たとえば、本権とはっきり区別されることは202条等の規定ぶりからも明らかであり、他方で、本権に結びつける制度として即時取得に関する192条以下の規定があるといった具合である。いずれにしても、物権としての占有権の本質に拘泥するのではなく、法が事実的支配状態を前提として、これに一定範囲で多様な法的効果を付与したというものが「占有」であり、そのような効果の総体が「占有権」と呼ばれるものであるから、その尊重されるべき事実状態の内容とそこから導かれる法的効果の内容をきちんと理解しておくことが何より重要である。

　　＊【文献など】　富井政章「占有権ノ性質」法協32巻1号1頁（1914年）、岡村玄治「占有権ノ本体」法協39巻9号1頁、10号21頁（1921年）、中島玉吉「占有要件論」同・民法論文集401頁（金刺芳流堂、1922年）、岩田新・占有理論（岩波書店、1932年）、山中康雄・占有の理論（日本評論社、1951年）、篠塚昭次「占有論序説」早稲田法22巻3＝4号127頁（1957年）、末川博・占有と所有（法律文化社、1962年）、高島平蔵「近代的占有制度の展開過程」同・近代的物権制度の展開と構成179頁（成文堂、1969年）、田中整爾・占有論の研究（有斐閣、1975年）、水辺芳郎「占有制度」講座(2)265頁、伊藤滋夫「民事占有試論」ジュリ1058号75頁、1060号84頁（1994－95年）、生熊長幸「取引法における占有法の役割」椿寿夫教授古稀記念・現代取引法の基礎的課題365頁（有斐閣、1999年）、藤田貴宏「占有法の現実性」早稲田法77巻1号243頁（2001年）、鷹巣信孝・所有権と占有権──物権法の基礎理論135頁（成文堂、2003年）、川崎修敬「エドゥアルト・ガンスと歴史法学派の占有論争（1・2完）」法学論叢153巻4号42頁、154巻1号27頁（2003年）など、枚挙にいとまがない。ローマ法上の占有に関しては、さしあたり、マックス・カーザー（柴田光蔵訳）・ロー

マ私法概説（創文社、1979年）159頁以下を参照。ローマ法において「占有」が演じた重要な役割を、その社会の政治的コンテクストの中で策定する壮大な試みとして、木庭顕・法存立の歴史的基礎（東京大学出版会、2009年）がある。

(2) 占有の機能

わが国の占有制度には、およそ5つくらいの機能がある。

第1は、社会秩序の維持であり、現実の事実状態を一応尊重して保護することにある（**社会秩序維持機能**）。これには、背後にある本権の存在を推定させるとともに（188条。**本権表象的機能・本権保護機能**）、自力救済禁止の代償という意味合いもある（202条2項）。占有制度は、本権の立証を容易にし、「悪魔の証明」と呼ばれる所有権等の存在証明を助けることにもなる。

第2に、取得時効や動産の即時取得の基礎を提供することである。現に、占有に関する多くの規定は、取得時効のためにあるといってよい（**本権取得機能**）。

第3は、占有によってもたらされる公示と対抗に関わるものである。動産物権変動での対抗要件たる「引渡し」は、まさに占有の移転を意味している。

第4に、本権を有する者との間で、占有物から生じた果実・損害賠償・費用償還等の利害調整をすることにある。

第5に、第4にも関連して、占有に伴う一定の義務負担根拠としても機能する点が重要である（**義務負担機能**）。

以下に、民法において占有と結びつけられた効果の主なものを列挙してみよう。

①取得時効をもたらす（162条〜165条）。

②動産に関する物権譲渡の対抗要件となる（178条、質権につき342条、352条）。

③占有者は、何らかの正当な権原に基づいて、占有しているとの推定を受ける（188条）。また、占有の態様等に関する推定をもたらす（186条）。

④所有者から物の返還を求められた占有者は、善意であれば果実を取得でき、滅失等につき責任軽減を受け、善意悪意を問わず費用の償還請求ができ

る（189条～191条、196条）。
　⑤動産の即時取得（善意取得）をもたらす（192条～194条）。
　⑥動物の占有による権利の取得をもたらす（195条）。
　⑦占有の侵奪や妨害に対する保護請求が認められる（197条～202条）。
　⑧無主物を先占することによって所有権を取得する（239条）。
　⑨遺失物を拾得することによって所有権を取得させる（240条）。
　⑩一定の他人物占有者に留置権を発生させうる（295条）。
　⑪土地工作物の占有者に責任を発生させる（717条）。
　⑫動物占有者に責任を発生させる（718条）。

　このうち、民法典が物権編の「占有権の効力」の場所に定めているのは③④⑥⑦であり（本権表象・本権取得・本権保護の機能が中心である）、他は、占有の持つ権利外観効・本権表象機能や公示力などが基礎となって善意者保護、対抗力の発生をもたらしたり、占有に伴う管理上の社会的責任などを導くものである。実際問題としての占有では、権利取得・保護機能以上に、義務負担機能が重要であり、また、返還請求や妨害排除請求の原告・被告となりうる地位が問題とされたり、原告が係争不動産の所有権に基づいて、それを「占有する」被告を相手取って明渡しを求める建物収去・土地明渡訴訟や建物明渡訴訟の被告適格なども、しばしば問題となる。こうしてみると、占有制度が、全体として何を目的とする制度であるかは必ずしも一義的に定まらず、統一的説明は困難である。占有の有無もまた、アプリオリに定まるというより、それぞれの効果を発生させるにふさわしい形態での物の支配という評価概念であるといえよう。

(3)　占有権の主観的・客観的要素
(a)　所持と占有意思

　占有権とはいかなるものか。ひとまずの手がかりは、民法180条にある。同条は、「占有権は、自己のためにする意思をもって物を所持することによって取得する」と定めており、ここでは、占有権に2つの要素、すなわち客観的に物に対する事実上の独立した支配を及ぼすという意味での「**所持**」と、

主観的な**「自己のためにする意思」**、つまり、占有から得られる利益を自分に帰属させようとする意思の存在が要求されている（かつては、所持を「体素」、意思を「心素」などと呼んだ）。

　前者の「所持」は、事実的支配状態であるが、その対象となる物の性質によって具体的態様が異なりうる。動産の場合は、手に持つ、そばに置く、自己の管理する引き出し・金庫・部屋に保管するなど、比較的明瞭に所持の態様が定まる。しかし、不動産になると、より観念的なものとなり、耕作、住居・敷地としての利用のほか、社会一般に「誰それの所有・管理下にある」との認識のもとでその支配が侵されるべきでない状態におかれていれば、一応の所持があると考えざるを得ない（普段は無人の別荘、相続した田舎の土地など）。ちなみに、717条の工作物責任との関係で、液化石油ガス供給者をガス供給設備の占有者とした最判平成2・11・6判時1407号67頁などは、危険物の支配・管理の観点から「所持（占有）」の有無を判断しているといえよう。

　(b)　緩和された占有意思
　自己のためにする意思（占有意思）の方は、内心の問題であるだけに、外からは判りにくく、証明も困難であるため、この主観的要素をあまり強調し過ぎると不都合な結果になる。そこで、一般的には、かなり緩和された形でのみ占有意思が要求されているに過ぎない。つまり、社会通念上、自己のために占有していると認められる客観的事情があればよく、一般的・概括的・潜在的な意思でもよいといわれる。したがって、たとえば、郵便受けや牛乳受けの箱を設置して、配達してもらったときにそこに入れてもらうことにしてあると、この箱に入った郵便物や牛乳については、自己のためにする意思をもってする占有があると考えられる（さもないと、勝手に郵便物をまさぐったり、牛乳を飲もうとしている者がいた場合に返還請求ができなくなりかねない）。多くの場合、占有意思の有無は、客観的な占有権原（賃借権・質権・寄託など）の性質によっても確認することが可能であるが、これに尽きない。たとえば、賃貸借終了後に目的物を占有する元賃借人や盗人などの例を挙げるまでもなく、権原の性質だけでは占有意思の有無を決定することが困難な場合

もあり、当事者と物の関係や状況の総合的評価によらざるを得ない。なお、主として他人のために物を所持する者（受寄者・運送人・破産管財人など）も、報酬を得たり、他人からの責任追及を受けないようにするには、きちんと物を所持していることに利益を有するわけであるから、これまた「自己のためにする」意思をもって占有していると解されている（大判大正9・10・14民録26輯1485頁［運送人］、大判昭和6・3・31民集10巻150頁［子の財産を管理する親権者］）。

　占有意思が必要とされるのは、原則として、占有権の取得の時点であって、占有の継続については特に問題とされない＊。それなら、いっそのこと、事実上の支配、つまり「所持」という客観的要素だけで占有を語ってよいのではないか（→緩和された意思の存在は所持そのものの中に通常含まれているはず）ということで、特に占有意思を問題としない**客観説**も有力である。ドイツで一時期イェーリンクなどによって主張され、わが国の学説でも客観説を唱える見解が少なくない（鈴木・物権法講義108頁、内田・民法Ⅰ408頁など）。「**緩和された主観説**」と「**客観説**」の違いが生ずる典型的場面は、意思無能力者の占有や自然人でない法人の占有を語る場合であろうか。しかし、翻って考えてみると、意思的要素のないところに「支配」や「所持」を考えること自体、およそ無意味ではないか。赤ん坊のそばに置かれたガラガラは、赤ん坊の占有物というよりは、そこにおいてやった親の占有物と考えるべきであり、法人の場合も、占有物について管理をしようとする人間や代表機関がいてこそ初めて占有が成り立つものであろう（ただ、それは法人の占有とされる［最判昭和32・2・15民集11巻2号270頁＝判百Ⅰ63事件（小杉茂雄）］）。社会通念上「自己のために占有していると認められる客観的事情」があればよいわけであるから、その限りでは客観説でも緩和された主観説でも不都合はないようにも思われる。しかし、例外的にせよ、占有の意思を全く観念できないような場合にまで、所持を語ることは不適切であり、ここでは、むしろ**占有意思の不存在**をもって**所持・占有の消極的要件**として位置づけておけばよいと考えたい。つまり、所持は、占有の発生要件として働き、自己のためにする意思の不存在は、占有の発生障害要件として働くことになる（遠藤ほか・注解財産法253頁［伊藤滋夫］）。なお、意思能力のある占有補助者についても独立

の占有・所持を認める必要がないかどうかは、若干疑問であり、これについては後述する。

　　＊【占有意思の存在・継続の要否】　緩和された占有意思が占有取得のための要件であるとしても、占有継続のための要件ではないという点については、若干の留保が必要である。（直接）占有の場合、所持の有無とは別に、占有者が「占有の意思を放棄する」と占有権が消滅すると定められているからである（203条）（同条自体、意味が乏しいという記述も見られる〔内田・民法Ⅰ408頁〕）。もっとも、間接占有の場合は、占有代理人が占有の意思の放棄（不存在）を表示して本人がこれを認識するまでは、消滅しないと解さないと、間接占有の存続を信頼していた本人が著しく害されるから（石田穣・物権511頁以下）、ただちに203条を適用するのは不適当である。実際には、占有の意思を放棄しつつ、なお客観的に所持している状況を想定するのは困難であるから、あまり問題とする必要はないのかも知れないが、知らない間に倉庫に迷い込んだ動物や、スリによってポケットに投げ込まれた空財布を「占有している」というのもいかがなものか（占有に対する保護や責任を問うことはできまい）。概念上、占有意思の「放棄」と「不存在」の間には、若干のズレがありそうであるが（意思無能力者が意思能力喪失前から所持していた物の占有権は、占有意思の不存在となろうか）、いずれにせよ、占有意思の存在や継続を、全く問題にしないでよいというわけにはいくまい。

　(c)　自己のためにする意思と相続

　占有権も、権利である以上、相続の対象となり得る（一身専属的権利とは言い難い）。しかし、占有という事実的支配の存在が前提となる権利であるとすると、相続人が対象物件の存在さえ知らない場合があるなど、疑問を生じる場合がある。**相続による占有の承継**を認めることは、時効取得などの関係で必要であるとしても、そこには（観念的にせよ）社会的に事実的支配が継続しているとの実態を前提としているというべきである。占有権の相続は、一般に、学説・判例ともにこれを肯定しており（我妻＝有泉・講義Ⅱ484頁、舟橋・物権304頁、星野・概論Ⅱ98頁など＊）、最判昭和44・10・30民集23巻10号1881頁も、「被相続人の事実的支配の中にあった物は、原則として、当然に、相続人の支配の中に承継されるとみるべきであるから、その結果として、占有権も承継され、被相続人が死亡して相続が開始するときは、特別の事情のないかぎり、従前その占有に属したものは、当然相続人の占有に移ると解

すべきである」という（なお、鈴木・物権法講義104頁以下は、相続に関する限り、心素を問題としない**観念的占有権**を語るべしとした上で、現実支配による普通占有権との二面的性格を問題とされる）。相続人には、個々の相続財産についての相続権を介して、社会的に、目的物に対する排他的支配を承認されている以上、原則として、被相続人が有していたと同様の「所持」を認められてしかるべきである（なお、185条における「新権原」との関係では、最判昭和46・11・30民集25巻8号1437頁も参照［後述］）。

＊【占有権の相続】　占有権が相続されることについては大方の意見の一致があり、フランス・ドイツ・スイスなど、これを認める立法例も多い（明治民法への移行過程で削除されたが、旧民法財産編192条1項もこれを明らかにしていた）。その理由は、①被相続人と別居していて、相続開始後も、未だ相続財産を所持していない相続人にも占有訴権を認める必要があること（最判昭和28・4・24民集7巻4号414頁参照［家督相続による占有の承継を認めて、同居していた占有補助者による独立の占有を認めなかった例で、結論には学説の反対が強い]）、②被相続人のもとで開始した取得時効の期間と相続人の占有期間を通算するには（187条）、間隙（→中断）を生じないように現実の所持前でも占有があったことにする必要があること、にある。①については、相続によって取得された所有権その他の物権的請求権や賃借権による妨害排除請求が可能であるため、あえて占有権の相続を認めるまでもないが、もっぱら取得時効との関係では認める実益がありそうである。この問題については、鈴木禄弥「占有権の相続」家族法大系Ⅵ相続(1)94頁（有斐閣、1960年）、同・研究397頁以下、高木多喜男「相続と占有権の承継」神戸法学雑誌9巻4号483頁（1960年）、同「相続人の占有権」民商46巻2号189頁（1962年）、林良平「占有権の相続」現代家族法大系(4)相続(1)234頁（有斐閣、1980年）など、参照。

2　占有の種類・形態

占有の形態は、様々な角度から分類されている（別表参照）。

占有ないし占有権に付与された多様な法的効果の発生は、ある者に当該物件についての占有が成立していることを前提とするが、その成否の認定に当たっては、事実的支配形態に応じて異なった配慮を必要とする。その際、占有の有無は、予め客観的に定まるというより、そこに結びつけられた効果発生の当否との関係で目的論的に判断されることに注意が必要である。

表3-1 【占有の分類】

占有の分類	区別の内容	区別の実益	備考
自主占有 他主占有	所有の意思ある占有か、他人の所有物としての占有か	取得時効（162条）、無主物先占（239条）、占有者の責任（191条）など	
直接占有 間接占有	現実に物を支配しているか、現実に支配していないが一定の関係から支配があるかどうか	占有の効果を、現実の物の支配者以外の者についても及ぼすこと	占有機関・占有補助者を通じての占有は直接占有
自己占有 代理占有	本人による占有（直接占有）か、占有代理人による占有（間接占有）か		
善意占有 悪意占有	占有すべき本権のないことを、知っていたかどうか	取得時効、果実の取得、占有者の責任、費用償還請求、即時取得	善意は推定される（186条）
過失占有 無過失占有	善意占有において、本権ありと信じたことにつき、過失があるかどうか	取得時効、即時取得	
瑕疵ある占有 瑕疵なき占有	強暴・隠匿・悪意・過失を伴う占有であるかどうか	取得時効、果実の取得、即時取得	平穏・公然は推定される（186条）

　前述のように、民法は、一般的な要件として「自己のためにする意思をもって物を所持する」ことで占有権を取得するものとしているが（180条）、同時に、占有代理人による所持を通じても占有権を取得できるとしている（181条）。前者を「**自己占有**」、後者を「**代理占有**」と呼ぶ。このほか、占有形態上の分類としては、185条との関係で問題とされる「**自主占有・他主占有**」の区別や、「**善意占有・悪意占有**」、「**瑕疵ある占有・瑕疵なき占有**」などがあり、それぞれに結びつけられた効果との関係で、その占有の取得と評価が問題となる。以下、敷衍しよう。

(1) **自己占有・代理占有**

(a) 自己占有

　自己占有は、自分で所持している場合あるいは占有機関・占有補助者によ

って所持することによって自分が「直接に」物を支配しているという最も原則的な占有形態である。

　① **所持**　自己占有における「所持」の観念は、占有侵害に対する保護の効果をどの程度認めるかによって左右され得るものであるが、おそらく日常用語としてのそれよりは広い。所持は、客観的に見て、その物についてある人が事実的支配関係を有していると認められる状況であり（我妻＝有泉・講義Ⅱ465頁、舟橋・物権279頁、星野・概論Ⅱ87頁）、たとえば、郵便受けに配達された状態の手紙や小荷物、都会のサラリーマンが故郷に所有する家屋などについても「所持」が語られうる。また、他人（使用人など）を**占有機関**（**占有補助者**）として本人が目的物を所持していると評価される場合もある。法人とその代表者等による占有の関係も同様に解して良いとされる。その結果、特に不動産の場合、「占有」本来の、直接的・現実的支配から遠ざかり、**占有の観念化**が著しい。

　占有（所持）機関にも、独立の占有が成立する場合があるのだろうか。最判昭和32・2・15民集11巻2号270頁（＝判百Ⅰ63事件［小杉茂雄］）は、原則として、これを否定する。事案は、無権原での「占有」を理由に、土地所有者XからA株式会社の代表取締役Yを相手取って土地の明渡しが求められたものであるが、判決理由では「本権土地の占有者はA会社であって、YはA会社の機関としてこれを所持するに止まり、したがってこの関係においては、本件土地の直接占有者はA会社であって、Yは直接占有者ではない」という。もっとも、Yに被告適格がないとする同判決の判断は、占有機関による所持の可否一般を論ずるものというよりも、土地明渡訴訟の相手方として、Yを明渡しに係る費用負担者とすることの当否が問題となっている点に注意する必要がある。逆にいえば、占有機関にとっても、独立の占有の訴えによる保護が相応しい状況下では、その者に独立の占有を認めることが適当である。たとえば、家屋の借主である夫の不在中にその住居が侵害された場合、借主の妻には、占有が認められよう。また、最判平成10・3・10裁判集民事187号269頁、最判平成12・1・31判時1708号94頁が、「代表者が法人の機関として物を所持するにとどまらず、代表者個人のためにもこれを所持するものと認めるべき特段の事情がある場合には……その物について個人としての占有

をも有することになるから、占有の訴えを提起することができる」というのも、このような配慮の表れといえよう。

　ちなみに、教室で隣の学生から消しゴムを借りたり、盗人が他人のバッグを奪って逃走中のように、「所持」というにはあまりにも一時的で不安定な状態の場合は、「仮の支配」でしかなく、「所持」というに値しない。

　② 自己のためにする意思　　自己のためにする意思（占有意思）は、所持という事実的支配関係から生じる利益を自己に帰属させようとする意思である。これを所持意思と置き換えても大過ない。占有成立のための主観的要素である「自己のためにする意思」は、既に述べたように、次第に緩和されており、それを要求しない立法例（ドイツ法・スイス法）も見られる。占有意思は、もともと、占有訴権の保護を受ける者を制限するための技術概念としてローマ法以来用いられてきた要件であるが、今日的意義が乏しいことは否定できない（講座(2)292頁［水辺芳郎］、田中・前掲5頁以下に詳しい）。物の所持による事実上の利益を自己に帰属させようとする概括的な意思は、多くの場合、所持に至った原因や所持を基礎づけている権原・客観的事情から経験則に従って確認しうるものだからである。したがって、売買契約の買主、賃貸借契約の賃借人はいうまでもなく、受寄者や請負人などについても固有の占有を認める実益のある場合がある。たしかに意思無能力者については、占有意思を語ること自体が困難であるが、法定代理人などが本人の占有意思を補完すると考えるか、法定代理人自身の自己占有を語ることが許されよう。なお、判例によれば、意思能力さえあれば制限能力者や未成年者であっても、所有の意思をもって占有することが可能であるとされている（最判昭和41・10・7民集20巻8号1615頁［15歳の未成年者］）。

　(b)　代理占有

　代理占有は、**占有代理人**の所持を介して、本人も所持しているとされる場合をいう。占有は、ローマ法以来、直接にある物を支配している場合だけでなく、他人に物を貸したり預けたりしている場合にも認められてきた観念である。典型的には、物の賃貸借で、賃借人が物を占有している場合は、賃借人は占有代理人として賃貸人の物を直接に占有し、賃貸人は賃借人を介して

間接的に物を占有していることになる。物支配に基づく占有の効果が現実の支配者以外の者に帰属するという意味で「代理」という表現が法律上用いられているが（181条）、これは、法律行為における代理とは似て非なるものであるから（顕名や代理行為の相手方の問題は生じない）、ミス・リーディングであり、むしろ**直接占有・間接占有**という表現の方がよいかも知れない（賃借人は直接占有し、賃貸人は間接占有していることになる）。なお、占有の承継方法である占有改定（183条）や指図による占有移転（184条）は、代理占有を伴うことになる。

代理占有が成立するには、次の4つの要件が問題になりうる。

第1に、**占有代理人**が直接かつ独立に（単なる占有機関・占有補助者としてではなく）物を所持していること。この占有代理人と、占有機関・占有補助者の区別は微妙である。当事者の間に主従の関係等が認められ、目的物件の支配や管理が直接かつ独立の占有と認められない場合には、占有機関・占有補助者となることが多い。たとえば、賃借家屋について配偶者の一方が賃貸借契約の当事者である場合には、他方配偶者や子供・使用人などは占有補助者でしかない。占有機関・占有補助者には、独立の占有というものが観念されない。配偶者や子供に家屋を利用させても「**無断転貸**」にはならないのは、そのためである。また、賃貸借契約終了後も家屋を明け渡さずに居座っている主人のもとで従事している使用人に向かって、独立の不法占有者として賃料相当額の損害賠償請求をするのは筋違い（＝被告適格がない）ということになる（最判昭和35・4・7民集14巻5号751頁参照）。ただ、使用人→占有補助者→占有補助者の占有の効果、と短絡的に結びつけてはならず、誰が誰を相手取って何を請求しているのかという状況によって考える必要があり、占有の侵害者に対しては、占有補助者にも、一定範囲の自力救済や占有訴権等が認められて然るべきである。店を手伝うアルバイト学生が商品配達の途中に品物を奪われたとしても独立の占有はないのだから文句をいうことができず、走って帰って占有者たる店主に措置をとってもらえというのはナンセンスであり、やはり「自分の占有物を返せ」といえなければなるまい。つまり、具体的な物に対する事実的支配を、独立の占有と考えるか、占有機関や占有補助者による所持にすぎないと考えるかは、状況の実質的評価によって定め

るほかない。

　第2に、占有代理人が**本人のためにする意思**を有することである（末川・前掲32頁以下。田中・前掲158頁以下などは不要説）。これを要件とすると、結果的に、占有代理人は、自己のためにする意思と本人のためにする意思の二つを併せ持つことになる（法定代理人に2種の意思が併存しうることにつき、大判昭和6・3・31民集10巻150頁も参照）。たとえば、賃借人は自分が使うために占有しているが、同時に、賃貸人の所有物としても管理しているわけである。かかる意思を不要とする見解もあるが、卑近な例をあげれば、スリAが通りすがりのBのポケットに一時的に財布を入れていっても、Bには所持の意思すらないし、ましてやAの占有代理人でもないというべきである。たしかに、Bに何らの意思がなくとも、それによって本人AのBを通じてなす事実的支配としては十分であるということであれば、特に占有代理人の意思を問題とする必要はなくなるが、はたして、そのような場合についてまで「代理占有」と性格決定する必要があるかは疑問である。

　第3に、本人と占有代理人の間に**占有代理関係**があること。実際的には、占有代理人が本人に対して法的に占有物の適切な保管と返還義務を負うような関係があることを意味する（たとえば、賃借人は契約関係終了後に目的物返還義務を負い［616条→597条］、受寄者は寄託者に返還債務を負う［662条以下］）。そのような義務は、直接に物の保管を伴う内容の契約をしている場合だけでなく、対象物件の引渡後に原因となった売買契約が解除されて原状回復義務を負っているような場合や、契約無効で受領済み物件の返還（不当利得返還）義務を負うような場合も含まれる（遠藤ほか・注解財産法(2)269頁［伊藤滋夫］）。占有代理関係は外形上存在すればよく、法律上有効であることまでは必要ないわけである。ちなみに、民法204条2項は「占有権は、代理権の消滅のみによっては、消滅しない」と規定しているが、ここでの「代理権」は間接占有を適法にする内部関係上の権限（占有代理関係）を意味し、この内部関係が消滅しても、間接占有は直ちには消滅せず、本権とは無関係に外形的客観的事実状態に基づいて認められる結果となる。

　第4に、本人が**代理人に占有させる意思**を有していること。この点については異論があって、不要説も有力である（我妻＝有泉・講義Ⅱ477頁）。ただ、

204条1項1号によれば、「本人が代理人に占有させる意思を放棄したこと」が代理占有権の消滅事由となっていることから、この「本人が代理人に占有させる意思」を有しているという事情が存在しない場合は、代理人の所持を介して本人の占有がなぜ成立するのかの説明に窮しよう。

こうして、代理占有が成立すると、本人および代理人は、ともに、占有に基づく権利を有し、義務を負う。たとえば、いずれもが占有訴権を有し、あるいは明渡訴訟の被告適格を有することになる。

(2) **自主占有・他主占有**

表現が似ているので紛らわしいが、自己占有と自主占有は違う。「自己占有」は、占有代理人による占有に対する反対概念である。これに対し、「**自主占有**」というのは、**所有の意思をもった占有**であり、それ以外の占有を「**他主占有**」という。

自主占有であることが重要となるのは、自主占有が継続しなければ取得時効が完成しないという点にある（162条参照）。無主物先占（239条）や、占有者による損害賠償責任の縮減にも関わる（191条但書参照）。占有者が「所有の意思」をもっているからといって、実際にその者に所有権があるかどうかは全く別問題である。たとえば、無効な売買契約で所有権を取得したと誤信している買主や、泥棒であっても、自主占有しているといえる場合があることは容易に理解されよう。自主占有か否かは、当該占有が権原に基づくものであるかどうかによって異なってくる。

場合を分けて考えよう。

(a) 権原に基づかない占有の場合

権原に基づかない占有の場合は、占有者の意思によって自主占有かどうかが決まる。落し物を拾ったが、「自分のものにしてやろう」と考えて占有しているときは、自主占有である。これに対し、財布と一緒に学生証や定期券が入っていたので、「自分で所有者を捜し出そう」と考えて占有しているような場合は、他主占有である。いずれにせよ、権原に基づかない占有の場合、所有の意思の有無は、具体的に判断せざるを得ない。

(b) 権原に基づく占有の場合

権原に基づく占有の場合には、所有の意思の有無は、概ね、その権原の性質によって一般的・客観的に決まるといってよい（最判昭和45・6・18判時600号83頁など、佐久間・物権275頁参照）。たとえば、売買や贈与によって権原を基礎づけられた所有権に基づいて占有していれば自主占有であることは明らかであるし、賃借権・地上権・永小作権などの権原に基づいて占有している場合は、占有者本人の意思如何にかかわらず他主占有である。図書館から本を借りて、「この本は、図書館から借りているのだが、本心では自分の物にしてやろうと思っている」などというのは自主占有にはならない。

(c) 立証問題と民法186条

民法186条1項は、「占有者は、所有の意思をもって、善意で、平穏に、かつ、公然と占有をするものと推定する」と定めている。それゆえ、たとえば取得時効の成立を主張する際は、通常、自主占有であることを主張・立証する必要はなく、占有の事実のみの主張で足り、その点を争う者が反証を挙げる必要がある。その際には、①権原が他主占有を基礎づけるようなもの（たとえば賃貸借契約）であること、もしくは②「他主占有事情」があることが証明される必要がある。最判昭和58・3・24民集37巻2号131頁（お綱の譲り渡し事件）は、

> 取得時効の成立を争う者が、所有の意思のない占有に当たることについての立証責任を負うところ「所有の意思は、占有者の内心の意思によってではなく、占有取得の原因である権原又は占有に関する事情により外形的客観的に定められるべきものであるから……、占有者がその性質上所有の意思のないものとされる権原に基づき占有を取得した事実が証明されるか、又は占有者が占有中、真の所有者であれば通常とらない態度を示し、若しくは所有者であれば当然とるべき行動に出なかったなど、外形的客観的にみて占有者が他人の所有権を排斥して占有する意思を有していなかったものと解される事情［他主占有事情］が証明されるときは、占有者の内心の意思のいかんを問わず、その所有の意思を否定し、時効による所有権取得の主張を排斥しなければならないものである」

と説示している（事案では他主占有事情が認定された）。

(d) 占有の性質の変更と民法185条

　占有者の意思や権原の性質によって、自主占有か他主占有かが決まるとすれば、場合によって、自主占有が他主占有に変じたり、他主占有が自主占有に転換することもありうる。民法185条は、他主占有者が自主占有者に変わるためには、(i)「占有者が、自己に占有をさせた者に対して所有の意思があることを表示」するか、または(ii)「新たな権原により更に所有の意思をもって占有を始める」ことが必要であるとしている。したがって、たとえば賃借人が所有者たる賃貸人に「（賃料の支払いをやめて）これは自分の物である」と言明したり、賃借目的物を買い取って所有者になったような場合には、自主占有となる（最判昭和51・12・2民集30巻11号1021頁は、賃貸人から賃借人が賃借目的物の所有権を譲り受けたことをもって新権原とみとめ、仮に当該譲渡が無効であっても、自主占有を前提に、譲渡時から取得時効が進行するものとした）。(i)の自主占有である旨の表示を要することの実際的意味は、所有者にとって、自主占有に転換した者に対する取得時効中断の機会を与えることにあるが、農地に関しては、微妙な例が多い*。

　　*【農地に関する他主占有から自主占有への転換例】　最判平成6・9・13判時1513号99頁では、農地の小作人が、いわゆる農地解放後に最初に到来する地代支払時期に支払いをせず、以後も一切地代を支払うことなく自由に耕作・占有し、地主もこれに異議を述べなかったときは、遅くとも最初の地代支払期限の翌日には「所有の意思あることを表示した」と認定している。また、最判昭和51・12・2民集30巻11号1021頁では、小作人が、地主から管理権を与えられていない自称管理人を通じて農地を買い受けて、農地法所定の所有権移転許可を得て登記を備えた事案で、遅くとも移転登記時には新権原によって所有の意思ある占有が開始されたと判断した。さらに、最判昭和52・3・3民集31巻2号157頁では、農地法所定の所有権移転許可手続がとられていなくとも、特段の事情のない限り、買主は売買契約締結および代金支払時に、新権原により所有の意思ある占有を開始したものと認められた。

(e) 相続と新権原

　他主占有から自主占有への転換にかかる問題の一つに、「**相続が新権原となるか**」がある。被相続人が賃借していた物件について、占有権が相続され、相続人が「これは故人の所有物であろう」と考えて、以後は自分の物として

占有しているような場合はどうか。いうまでもなく相続は、包括承継・当然承継であるから、あくまで被相続人の占有態様であった他主占有のまま承継されると考えるべきか、それとも、相続も「新権原」にあたると考えて、自主占有となりうると考えるべきか。かつて判例は否定説であった（大判昭和6・8・7民集10巻763頁）。しかし、現在の判例によれば、（相続自体が当然に新権原になるというわけではないが）「相続人が新たに相続財産を事実上支配することによって占有を開始し、その占有に所有の意思があると認められる場合においては、被相続人の占有が所有の意思がないものであったときでも、相続人は185条にいう新権原により所有の意思をもって占有を始めたものというべきである」としている（最判昭和46・11・30民集25巻8号1437頁［但し、事案の結論としては所有の意思を否定］、最判昭和47・9・8民集26巻7号1348頁＝判百Ⅰ〈初版〉67事件［共同相続人の一人による取得時効を原因とする所有権移転登記請求を認容］）。したがって、相続開始後、相続財産に含まれた他人物を自主占有し、平穏・公然にこの占有を継続していれば、目的物件を時効取得しうることになる。要は、相続によって承継される観念的占有と事実的支配による独自の占有を区別しているわけであって、この場合、事実的支配が外形的客観的にみて独自の所有の意思に基づくものと解される事情が存在すること（従来の占有の性質を変更する事情）の主張立証責任は、自主占有を主張する相続人にある（最判平成8・11・12民集50巻10号2591頁＝判百Ⅰ64事件［中田裕康］）＊。

＊【所有の意思の推定】　他主占有者である被相続人の相続人が、新権原に基づく占有によって取得時効を主張する場合は、占有者の「所有の意思」を推定する186条が適用されず、相続人の側で「所有の意思」を主張・立証しなければならない。相続人の新たな事実的支配の開始によって従来の占有の性質が変更されたという事情の立証責任を負うわけである。その際、長年にわたって自己名義への所有権移転登記手続を求めなかったことや固定資産税を負担していないことは、名義人との人的関係などからして、必ずしも所有者として異常な態度とはいえず、所有の意思を認定する妨げにはならないとされた（前掲、最判平成8・11・12）。この判決は、186条1項の「所有の意思」の推定を覆すために立証すべき事実に関する一連の最高裁判例と結びついている。すなわち、前掲最判昭和58・3・24（いわゆる「お綱の譲り渡し」事件）では、186条1項による「所有の意思」を否定するには「占有者がその性質上所有の意思のないものとされる権原に基づき占有を取得した事実」を証

明するか、「占有者が占有中、真の所有者であれば通常はとらない態度を示し、若しくは所有者であれば当然とるべき行動に出なかったなど、外形的客観的にみて占有者が他人の所有権を排斥して占有する意思を有していなかったものと解される事情」を証明する必要があるとされ、具体的に、「お綱の譲り渡し」によって各不動産の占有を取得したものの、所有権移転登記や農地法上の所有権移転登記申請手続なども経由しておらず、所有者なら当然とるべき態度・行動に出ていないとして、占有者の内心の意思いかんに関わらず、他主占有と見て取得時効の完成を否定していた。

(3) **善意占有・悪意占有**

占有すべき権原（本権）がないにもかかわらず、あるものと誤信してなす占有を「善意占有」といい、占有すべき権原のないことを知りながら、あるいは疑いを抱きながら、敢えて占有している場合が「悪意占有」である。その意味では、通常の知・不知に対応させた用語法としての善意・悪意とは少し異なる。占有者は、善意で占有するものと推定されているが（186条）、本権の訴えによって敗訴した場合には、起訴の時から悪意の占有者とみなされる（189条2項）。善意占有・悪意占有の区別は、取得時効や即時取得について効果を異にする点で大きな意味がある（162条2項〔平穏・公然・善意・無過失〕、163条、192条、参照）。果実の取得の面でも差異を生じ、善意占有者は占有物から生じる果実を取得するが（189条1項）、悪意占有者は果実を返還し、かつ、既に消費し、または収取を怠った果実の代価を償還する義務を負う（190条1項）。さらに、細かい問題であるが、占有者が占有物を返還する際に、占有物の改良のために支出した有益費の償還請求の場面で、悪意占有者については、回復者の請求によって裁判所がその償還につき相当の期限を許与することがある（196条2項但書参照）。

(4) **その他**

善意の占有の中で、自己に占有権原があると誤信したことについて、過失がある場合（過失占有）と、誤信したのももっともだと思われる事情がある場合（無過失占有）がある。この点は、取得時効や即時取得との関係で「善意・無過失の占有」という形で問題になる。

ちなみに、取得時効の問題を考える際には、占有者は、占有態様の所有の意思・善意・平穏・公然については推定を受けるが（186条）、過失の有無については推定が働かないので注意が必要である（最判昭和46・11・11判時654号52頁）。これに対し、即時取得の場合は、取得者の無過失が推定されるというのが判例（最判昭和41・6・9民集20巻5号1011頁）である。なお、平穏・公然・善意・無過失という態様のそろった占有を「瑕疵のない占有」、そのうちの一つでも欠く占有を「瑕疵のある占有」などということがある。取得時効の完成等を左右する重要な占有態様の違いであり、果実の取得（190条）、即時取得（192条）の要件でもある。取得時効において、前主の占有も併せて主張する場合に、瑕疵も承継される（187条2項）点が重要である。

　「平穏」というのは、占有を取得する際にいざこざをおこさなかったというもので、190条2項にある「暴行若しくは強迫」による占有の対立概念である。他方、「公然」というのは、「隠匿」による占有の対立概念で、隠しだてをすることなく使用していることが必要である（とにかく、時効によって所有権を取得しようとする場合は、争いのない状態で占有を開始し、ひたすら自分の物だと信じ、堂々と占有を続けていることが大切である）。

　なお、占有の継続は、取得時効の計算にとって重要な意義を有するが、186条2項は、現在も占有している場合は過去からの継続があるものと考えるのが経験則に合致しているとして、「前後の両時点において占有した証拠があるときは、占有は、その間継続したものと推定する」。

第 2 節　占有権の取得・移転・消滅

　既に見たように、「占有」は、それに付与される法律効果によって評価されるべき事実的支配状態・状況の法的表現であり、通常の意味での物権の取得・移転・消滅とは異質である。しかし、間接占有を含む占有ならではの評価の視点も必要である。ここでは、物権変動に倣って、占有の取得・移転および消滅を扱う。

1　概説

　民法182条乃至184条は、間接占有の場合も含めて、占有権の譲渡や取得方法について定めている。占有権の移転は、通常の物権譲渡の場合とは異なり、要は、現実的支配たる占有を基礎として、これに与えられる効果に即した状況を示す法的表現に過ぎないものであるから、時効などの場合における支配の継続性や同一性が問題となる場合を除けば、その「移転・承継」を問題にする必然性に乏しく、むしろ、端的に新占有者による占有権の取得の有無を問題にすれば足りるともいえよう（星野・概論Ⅱ95頁、鈴木・物権法講義102頁）。逆に言えば、付与される各々の効果との関係で、占有権の取得の有無を検討する姿勢が求められることにも、留意すべきである。
　占有は、事実的支配状態の問題であるから、原則として占有権の取得は、**実効的な支配の獲得**にほかならない。従って、「原始取得」となる無主物先占・遺失物拾得・埋蔵物発見などでは、その結果として現に支配を開始することが必要であり、「承継取得」で物理的に占有が移るには、「現実の引渡し」が基本的形態となることは、多言を要すまい。しかし、占有補助者による占有や、占有代理人を通じての代理占有（＝間接占有）の可能性まで視野に入れると、場合によっては、物の事実的・外形的支配状態を変化させないままで、占有を観念的に移転することも可能となる。特に占有訴権等の要件となる「占有」としての代理占有を取得する方法が重要な問題となる（183条、184条）。なお、明文上必ずしも明らかでないが、182条乃至184条に定め

られたすべての場合が、動産物権変動の対抗要件である「引渡し」（178条）に当たると解されていること、また、即時取得（192条）の要件である「占有を始めた」に当たるかについては議論があること（結論から言うと、判例上、占有改定では不十分とされている）にも留意したい。

2　占有権の譲渡方法

占有権の取得・移転について、民法には、現実の引渡しと三つの略式の引渡し方法が規定されている。既に述べたところではあるが（第2章第3節2(1)）、各々について、効果との関係で問題となる点を略述しよう（表3-2参照）。

(1)　現実の引渡し

第1に、182条1項は、「占有権の譲渡は、占有物の引渡しによってする」と規定している。占有＝物に対する現実的支配という面からすると、「**(現実の)引渡し**」という要件は、占有権譲渡にとって当然の規定ではあるが、一般の物権変動における意思主義の考え方（176条）からすれば例外に当たるために、敢えて規定されたものである。所持の現実的引渡しの有無は、事実認定の問題であって、社会通念によって定まるというほかない。動産は、多くの場合に場所的移動を伴い、手から手へ渡すことや、保管している倉庫の鍵を渡すこと等がその典型例となるが、社会通念上これと同視できる場合も含まれよう。逆に、金庫を引き渡しても鍵を交付しないような場合には動産物権変動の対抗要件たる引渡しにならないとされた例もある（浦和地判大正6・6・19新聞1289号28頁）。不動産については、その所在の移転は不可能であるから、通常は、当該不動産の利用や管理が実質的に移されることを意味し、たとえば、鍵や「権利証」（2004年改正前の不動産登記法に存在した「登記済証」のこと）の交付ばかりでなく、両当事者立ち会いの上で引渡し（占有移転）の合意をすることでも、現実の引渡しが完了したことになる場合がある（遠藤ほか・注解財産法(2)282頁以下［佐藤歳二］）。

(2) 簡易の引渡し

次に、182条2項は、物権変動の原則通りではあるが、念のために、譲受人自身あるいはその占有補助者や代理人が現に占有物を所持する場合には、「当事者の意思表示のみによってすることができる」ことを明らかにしている。これを**簡易の引渡し**という。ローマ法では「短手の引渡し(*traditio brevi manu*)」などと呼ばれた。譲受人が既に目的物を所持している状態とは、たとえば、受寄者が受寄物を、賃借人が賃借物を、質権者が質物を、それぞれ所持しているような状態を指している。したがって、たとえば、動産の賃借人乙が賃貸人甲(所有者)から賃借物を譲り受けようとする場合、賃借人乙(＝譲受人)が目的物を賃貸人甲(＝譲渡人)にいったん返還して、その上で改めて現実の引渡しを受けるという手間を省いて、単に当事者間の意思表示だけで占有権が賃借人であった譲受人に譲渡されたものと認める。賃借人乙が丙に転貸している賃借目的物を賃貸人甲から買う場合も同様で、転借人丙(＝賃借人の「占有代理人」にあたると解される)からいったん取り上げて、乙に引き渡し、改めて乙から丙に引き渡すという手順を踏む必要はない。所有者が占有補助者であった同居人に当該物件を譲渡する場合も同様である。とはいえ、占有訴権などについては、もともと譲受人にも占有があったと考えられる場面であるから、当然に、改めて占有の獲得を語る意味はあまりない。動産物権変動の対抗要件・公示手段、公信原則の適用要件としても、もともと譲渡人が現実に占有していないため問題を生ずる余地は、乏しい。したがって、ここでは、もっぱら意思表示の時から占有の性質が変わる(他主占有→自主占有)という点で、移転を論ずる意味があるといえよう(185条参照)。まさに、占有の性質を変更させる原因となる契約などが、185条の意思表示ということになろう。

(3) 占有改定

代理人となる者(＝直接占有者)が、自己の占有物(自主占有でも他主占有でもよい)を「以後本人のために占有する意思を表示したとき」は、本人は、これによって占有権を取得する(183条)。これを**占有改定**という(ローマ古典期には既に「所持の弁済約束(*constitutum possessorium*)」として知られてい

た)。たとえば、甲が自己の占有する所有物を乙に売却したが、引き続きそのものを賃借して使用したいような場合、現実に甲→乙→甲と物を動かさないで、甲が「以後は乙のために占有する」という旨の意思表示をなして、観念的に占有権が甲から乙に移転したものと認めるわけである。甲は、占有改定後は、乙の占有代理人となる(占有機関となってもよい)。その結果、譲受人は、現実の引渡しを受けずに占有権を取得する。簡易の引渡しの場合とは逆に、甲は、従前、本人として占有していた物を、意思表示以後は譲受人のための占有代理人として占有するわけである。ここでの意思表示は、別に特別な意思表示である必要はなく、たとえば「賃貸借をする」といったことでかまわない。しかも主観的意思の認定を要するわけではなく、間接占有関係の発生を正当化する法律関係が外形上存在したかどうかが決め手になる。代理人となる者のみの意思表示で足りるとすると(文言上は一方的意思表示で足りるかのように読める)、108条の「自己契約の禁止」ルールとの関係で疑義を生ずるため、特に規定されたといわれる(実際は合意である)。

　譲渡人・譲受人の内部的関係の処理、譲受人が占有訴権の主体となることについては、これで問題なかろう。しかし、「公示方法としての引渡し」という観点からは、目的物の譲渡前と譲渡後で、外形的に全く変化を生じないため、取引の安全や即時取得との関係では、問題が残る。とりわけ、動産物権変動の対抗要件である「引渡し」(178条)に当たるかが問われ、結果的には、公示手段として不充分であることを認めつつも、対抗要件としてこれを認めるのが判例(大判明治43・2・25民録16輯153頁)の立場であることは既に見た(さもないと無用の手間がかかるだけである)。実際上問題となるのは、いわゆる譲渡担保の場合であるが、そこでも、占有改定が所有権移転の対抗要件として認められた(最判昭和30・6・2民集9巻7号855頁。なお動産・債権譲渡特例法に注意)。したがって、178条だけからは、動産を先に買って所有権を取得し(176条)、占有改定で引渡しを受ければ第三者対抗要件を備えたことになるため(178条)、その物が売主のもとにとどまっているために売主の物であると信じて売主から二重に購入した者は所有権を取得できないことになる。売主の債権者が当該物件を売主の物であると思って差し押さえた場合も同様の問題を生じる。しかし、これでは市場での取引の安全が保護さ

れないため、一定の場合に、善意の購入者を保護する即時取得制度（192条）が用意されていることは既に見た（第2章第3節4(3)参照）。少なくとも、即時取得との関係では、占有改定は劣後するとともに、即時取得の要件としての「占有の開始」は占有改定では足りないというのが確定した判例準則である（最判昭和32・12・27民集11巻14号2485頁、最判昭和35・2・11民集14巻2号168頁。なお、ドイツ・フランスの状況について、佐賀徹哉「即時取得における占有の承継―独・仏における学説・判例の近況」奥田昌道先生還暦記念・民事法理論の諸問題(上)235頁以下所収［成文堂、1993年］も参照）。

表 3-2　（表 2-3 の再掲）

	要件	引渡前	引渡後
現実の引渡し （182条1項）	占有移転の合意と現実的支配の移転	甲　　　乙 ●現実的支配	甲　　　乙 　→　●
簡易の引渡し （182条2項）	当事者の意思表示	占有代理人 甲┄┄┄┄>乙 ○間接占有　●	甲　　　乙 　→　●
占有改定 （183条）	乙のために占有する旨の意思表示	甲　　　乙 ●　　　　○	甲　　　乙 　←┄┄┄
指図による占有移転 （184条）	甲の乙に対する命令と丙の承諾	乙● 甲　　　丙 ○	乙● 甲　　　丙 　→　○

（┄┄┄> は占有代理関係）

(4) 指図による占有移転

代理人によって占有をする場合において、本人が、その代理人に対して「以後第三者のためにその物を占有することを命じ」、「その第三者がこれを承諾したとき」は、当該第三者は占有権を取得する（184条）。これを**指図による占有移転**という。やや分かりにくい規定であるが、所有者が目的物を占有代理人（賃借人・受寄者など）を通じて占有しているときに、当該目的物を第三者（譲受人）に譲渡した後も、引き続き同じ者に代理占有させておく

ような場合に用いられる。たとえば、甲が倉庫業者乙に商品Pを預けていたところ、これを甲が丙に売り、丙にPの占有権を取得させようとする場合、甲は乙に対して「以後は丙のためにPを占有せよ」と命じ、丙が（乙ではない）これを承諾すれば、それだけで甲の占有（間接占有）は丙に移転する、つまり丙がPの占有権（間接占有）を取得することになる。こうすることで、甲が商品をいったん乙から受け戻して改めて丙に引き渡すという手間が省けるというわけである。

　このような形で占有が移転しても、丙が占有訴権の主体となることに、まず問題はなく、公示方法としての引渡しという点から考えても、もともと譲渡人が直接占有をしていなかった場面であるから、問題の発生する可能性が比較的小さい。もっとも、指図による占有移転によって即時取得が認められるかには議論があり、判例では否定説を採るものが比較的多い（大判昭和9・11・20民集13巻2302頁、大判昭和10・5・31民集14巻12号1037頁など）。ただ、特定の時期・地域・業界の慣習を考慮した上で、荷渡指図書に基づく特殊な指図による占有移転［寄託台帳の書換え］に関して即時取得の成立を認めた例もあり（最判昭和57・9・7民集36巻8号1527頁＝総則・商行為判百〈第5版〉56事件）、一貫しない。おそらく、即時取得を肯定して良い場面が多かろう。やや注意を要するのは、占有代理人の承諾を不要としている点である＊。指図による占有移転に基づいて譲渡されるのは代理占有であって、この代理占有関係は一種の返還請求権を基礎としており、その譲渡に当たっては譲渡人が占有代理人に通知することで一応足りると考えられたことによる（債権譲渡の対抗要件である467条と比較されたい）。

　ここでの指図や承諾は、特別のものである必要はなく、かなり広く認定されている。たとえば、地主の借地人に対する建物収去土地明渡請求の場面で、借地人が自ら建てた建物について建物買取請求をし（借地借家13条（旧借地法10条））、かつ、同建物に賃借人がいるとき、この地主からの建物収去明渡請求には、建物引渡の申立て、ならびに建物の指図による占有移転を求める趣旨が含まれるとした裁判例がある（最判昭和36・2・28民集15巻2号324頁）。事実上、客観的法律関係から指図が認定されるものと考えてよいであろう。

　なお、商法575条では、貨物引換証が引き渡されたときは、運送品の引渡

しがあったと同一の効力を生ずる旨が規定されており、運送品自体が現実に引き渡されたわけではないが、貨物引換証の交付をもって指図による占有移転に類似した形で運送人の直接占有下にある運送品につき引換証受領者が間接占有を取得することになる（倉庫証券や船荷証券、荷渡指図書などについても同様の問題があるが、業界の商慣習もあり一様ではない。詳しくは商法で学ぶ）。

　＊【占有代理人と譲受人の関係】　指図による占有移転は、譲受人に占有権を取得させるが、占有代理人（たとえば動産賃借人）が、譲渡人との間に有していた占有代理関係（賃貸借契約）をもって譲受人に対抗できるかという問題については、かつては肯定説も少なくなかったが（鳩山・日本債権各論［岩波書店、1922年］472頁など）、今日では否定説がむしろ有力である（我妻＝有泉・講義Ⅱ192頁、広中・物権172頁、舟橋・物権220頁など）。「売買は賃貸借を破る」という原則に正面から抵触するものであって、占有代理人の同意の要素を抜きに、三者間に賃貸借関係移転の合意まで読みとるのは、困難であろう。

3　占有の承継

(1)　占有の承継の意味

　上述の四つの方法のいずれかによって占有の移転があった場合、現在の占有者は、即時取得を主張するために自己の占有を主張するほか、とりわけ取得時効の場面で、前の占有者（「前主」ということもある）の占有期間を併せて主張することができる。これを「**占有の承継**」という。

　187条は、占有の承継人は、その選択によって自己の占有のみを主張することも、自己の占有に前占有者の占有を併せて主張することもできると定める（河上・総則講義558頁以下参照）。現在の占有者には、固有の占有とともに前占有者（前主）の承継人としての地位があるわけである（占有の二面性）。ただし、前占有者の占有を併せ主張する場合は、その瑕疵をも承継する。従って、前占有者の占有が悪意占有、過失ある占有、あるいは強暴・隠秘の占有であるような場合は、そのような前占有者の占有を併せて主張すると、自身の占有もそのような性格を帯びた占有になってしまうのである。

　前占有者の占有を併せて主張できることは、取得時効（162条）の期間計算の上で利点となることが多い。たとえば、自ら所有の意思をもって8年間

占有してきたが、それだけでは如何に善意無過失でも時効取得が完成しない。しかし、前占有者の占有が、かりに善意無過失の占有で、その期間が 2 年以上あれば、これを加えて10年の取得時効が完成する、というわけである。前占有者が悪意でも、12年以上占有していたのであれば、現在の占有者が自己の占有を併せて、20年の時効取得を主張できることになる。

(2) 瑕疵の承継・瑕疵の治癒

表 3 - 3

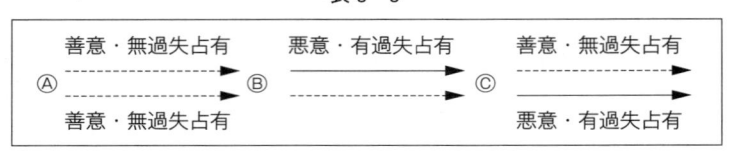

善意・無過失占有	悪意・有過失占有	善意・無過失占有
Ⓐ ------→	Ⓑ ――――→	Ⓒ ------→
善意・無過失占有		悪意・有過失占有

問題は、現在の悪意の占有者が、「善意・無過失の前占有者の占有」を併せて主張したような場合に、承継の結果としての占有が善意占有と評価されるかである。判例は、占有の善意・悪意や過失の有無は占有の開始時点で定まることを前提に、前占有者の占有が善意・無過失の占有であれば、かりに現在の占有者の占有が悪意占有であっても、前占有者の分と併せて主張するときは、全部が善意・無過失の占有になるとしている。このことは、A→B→Cと占有が承継された場合に、中間にBの悪意占有や瑕疵ある占有が介在するような場合も同様である（**第 1 占有者基準説**：最判昭和53・3・6民集32巻 2 号135頁＝判百Ⅰ65事件［松久三四彦］）。しかしながら、187条 1 項が、前主の占有も併せて主張することもできるという利点を現在の占有者に与えるかわりに、同条 2 項はその前主の占有に瑕疵があればそのような瑕疵も引き継ぐべしとして、不利も甘受させてバランスを図ったに過ぎず、前の占有に瑕疵がない場合にその瑕疵なき性質を承継するという命題まで含んでいるかは必ずしも自明ではない。「逆は真ならず」で、現在の悪意占有者が、善意・無過失の前主の占有を併せて主張したとしても、それは依然として悪意の占有であると解すべきで、瑕疵が治癒されるわけではないとして、短期取得時効の成立には後の占有者にも善意・無過失を要求する見解（双方基準説）

も有力に主張されている（少なくともボアソナードは双方基準説であった）。時効取得を、あくまで現在の占有者に本権を与えてしまうのがよいかどうかの問題であると考えると、承継による瑕疵の治癒を肯定した結果、たとえばA→B→C→D→Eと順に占有が承継されたような場合、現在の占有者Eは、その中から善意無過失の占有者を捜し出し（どこまで遡るかは判例上も現占有者の任意に委ねられている）、容易に短期取得時効を完成させることができ、釈然としない。しかし、翻って考えると、「善意の前占有者が占有を続けていたとすれば（後で悪意に変じたとしても）今ごろは時効取得できていたはず」であって、その場合との均衡をはかることにも配慮せねばなるまい。少なくとも、悪意占有者が占有を承継した場合に、前占有者の占有を併せて主張した結果、なお悪意占有と評価されて、時効が完成しなかったことを理由に前占有者が問責されるという事態はできるだけ避ける必要がありそうである。難問であるが、いずれにせよ前占有者のもとで占有が継続していたわけではなく（その意味では短期取得時効が完成しないまま占有を失っている）、真の所有者が時効の完成によって反射的に所有権を失うこととの比較衡量からすれば、現占有者の占有も善意・無過失で始まったことを要求すべきではあるまいか（前主の保護は時効とは別の次元で図るべきであろう。なお、反町めぐみ「瑕疵ある占有を併合主張した場合における10年取得時効の成立の可否」現代社会文化研究〔新潟大学〕35号169頁〔2006年〕も参照）。

　相続のような包括承継の場合にも同様に考えるべきか。判例は、特に区別しないで判断する（最判昭和37・5・18民集16巻5号1073頁、最判昭和51・12・2民集30巻11号1021頁）。しかしながら、悪意または有過失の承継人が自分の意思で目的物の占有を手にいれたのか（特定承継の場合）、相続という事実によって意思とは無関係に手にいれたのか（包括承継の場合）は区別されるべきであって、特定承継の場合には短期の取得時効の完成を否定すべきであるとしても、包括承継ではこれを肯定してよいように思われる（幾代通・民法研究ノート［有斐閣、1986年］60頁以下も参照）。

4　占有権の相続による承継

(1)　占有権の相続

　占有権の相続については、既に、他主占有が自主占有に転化する場合の問題として触れたところでもある。古典期ローマ法の possessio 的理解からは占有の相続は否定され、ドイツの Gewere 的理解からは肯定される方向に馴染むが、わが国の占有は系譜的には両者の混淆したもので、いずれに属するというわけでもない。しかし、被相続人の占有権が一身専属的なものでなく、そこに一定の価値が見いだされ、相続が包括承継である以上、占有権の相続を積極的に否定すべき理由は乏しい（比較法的にも肯定する立法例がかなりある）。特に、別居している被相続人の占有に関しては、取得時効の完成が死亡によって中断してしまったり（同居する相続人がいた場合とのアンバランス）、泥棒が入り込んで勝手に物を持ち出しても相続人に占有訴権が認められないのでは不都合であろうということで、「占有権の相続」を認めるべきことは、通説・判例ともに概ね肯定している。被相続人の事実的支配が、社会通念上、原則として相続人の事実的支配へと移ったと解されるというわけである（最判昭和28・4・24民集7巻4号414頁＊、最判昭和44・10・30民集23巻10号1881頁など）。その意味では、被相続人が死亡して相続が開始すると、相続人が所持ないし管理を開始しなくとも（大判明治39・4・16刑録12輯472頁）、あるいは、相続人が相続の事実を知らない場合でも（大判大正4・12・28民録21輯2289頁）、被相続人の占有物は、当然に相続人の占有に移るのが原則である（被相続人とともに海中に没したような場合のように当面の事実的支配の可能性を失った場合は、別である）。相続人には、相続によって引き継いだ占有権保有者という側面と、現実にそれを所持・管理する占有権保有者としての側面がありうることになる（相続による占有の二面性）。もっとも、時効取得の前提となる占有の継続との関係を別にすれば、あまり実益のある議論ではなく（相続人には相続した本権に基づく物権的請求権もあるため占有訴権による必要がない）、相続された占有権というものが相当に観念的なものであることも否定できない。現実の所持を基本に据えた古典期ローマ法では、単に衡平の観

点から取得時効の通算を認め、特に「占有の相続」という議論を介在させずに問題を処理しえた。したがって、相続の場面で占有の承継を肯定するかどうかは観念的な占有権をどこまで占有法の中に取り込むかという多分に理論的問題である（問題の所在につき、鈴木禄弥「占有権の相続」家族法大系Ⅳ相続(1)94頁［有斐閣、1960年］、有地亨「占有権の相続」民法の争点Ⅰ232頁など、参照）。

なお、共同相続の場合には、観念的占有権の準共有（264条）を考えるか、相続人の誰かが被相続人と同居していて、被相続人の死亡とともに現実の占有を開始することも多いとすれば、他の共同相続人は同居相続人の占有を介して間接占有していると考えることも可能である。これは、相続財産の共同所有についての基本的理解にも関わる問題である。ただ、争いのあるところでは、共同相続人の一人による占有は、他の共同相続人のためにも管理・使用するものであるのか、他の共同相続人を排除しての排他的占有者として管理・使用するものかの判断は事情によって異なる不明瞭かつ多義的な占有であり（門広乃里子「共同相続と取得時効」帝京法学19巻2号118頁、213頁［1996年］など参照）、具体的占有事情によって判断されるまでは、なお未確定な状態にあるというほかない。

＊【最判昭和28・4・24】　占有権の相続を認めた判例として著名な最判昭和28・4・24民集7巻4号414頁は、被相続人Aが死亡し、別居していたY男が旧法下の家督相続人となって、Aと同居していた長女Xの占有する土地の立木を伐採したり、庭木や庭石を掘り出し、畳建具を撤去するなどしたために、XがYの侵奪物の回収・保全などのために仮処分を求めたという事件で、Yは、Xが占有補助者に過ぎないとして異議を申し立てたのに対し、この異議を認めた。その理由は、Aの死亡によってYが家督相続により遺産である家屋所有権を取得し、同時に、「右家屋に対するAの占有権を承継したものと認むべく、従ってXはAの生前は同人の家族として、その死後はYの家族として何れも、占有補助者として本件家屋に居住するものと認むべきであるから、Xに本件家屋についての独立の占有を認め得ず、従ってこれを前提とする本件土地についてのXの独立の占有を認め難しとする原判示には違法は認められない」というものである。ここでは、相続人でない同居者の占有の性格が問題となっており、独立の占有者とみるか、相続人の占有機関あるいは占有補助者とみるかが議論の分かれ目となっている。一般論としてはともかく、その結論は、家督相続の問題も絡んで、あまり支持できるものではない。

(2) 相続と新権原

　占有の相続に関するいま一つの問題は、相続が包括承継であることから、185条にいう「新権原」には当たらないのではないかという点である。たとえば、被相続人Aの占有が悪意で7年あり、A死亡後に相続人Bが善意・無過失で12年間占有したような場合、Bは自己の占有のみを切り離して、10年の取得時効を援用できるであろうか。かつて大審院は（大判昭和6・8・7民集10巻763頁）、相続人は被相続人と同一の法的地位にあるため、新権原とはならず、相続によって占有の性質が変わることはないものとしていた。しかし、学説の比較的多くは、相続人に「所有の意思」があることを必要とした上で、新権原となりうることを肯定してきた。もっとも、その要件の立て方は微妙に異なり、185条の適用外として一般の証明法則に従って所有の意思の有無を定めるべきとする立場（舟橋・物権296頁）と、185条に基づいて他主占有から自主占有への転換を前提とするものなどがある。後者は、さらに所有の意思の表示を求める見解（田中整爾「占有規定に関する客観説の試み」民商38巻4号553頁以下（1959年）、同・民法学(2)163頁）をはじめ、所持の態様に変更が必要であると考える立場と、特に所持の変更の有無も問題としない立場がある。また、これとは別に、特定承継人による時効取得の場合との均衡を考えて、少なくとも、相続人が所有の意思をもって20年間平穏公然に占有を継続したことを立証すれば時効取得を認めてよいとする説（星野・概論Ⅰ93頁）もあって多彩である（近時の包括的な研究として、門広乃里子「相続と取得時効―――相続と新権原」私法60号233頁以下［1998年］、同・帝京法学19巻2号118頁、辻伸行・所有の意思と取得時効［有斐閣、2003年］が興味深い）。その間、判例は、相続は包括承継ではあるが、同時に新権原にもとづく占有ともなりうる（「新権原」に基づく占有を切り離して取得時効を語ることができる）

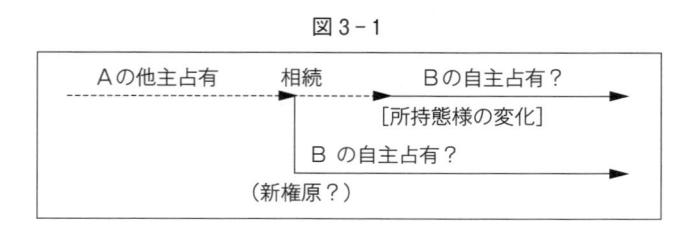

図3-1

```
Aの他主占有      相続    Bの自主占有？
----------------→ ――――――――――→
                        ［所持態様の変化］
                        Bの自主占有？
                        ――――――――――→
                        （新権原？）
```

という姿勢に転じた（最判昭和37・5・18民集16巻5号1037頁）。

　リーディングケースとも目される最判昭和46・11・30民集25巻8号1437頁では、次のような事案が問題となった。すなわち、

　Aが、本家の兄Yから、Y所有の不動産（土地建物）の管理を委託され、建物の南半分に居住し、本件土地建物の北半分の賃料を受領していたところ、Aが死亡し、Xらが相続人となり、その後も、Aの妻X1が本件建物の南半分に居住するとともに、北半分についての賃料を受領してこれを取得し、Yもこの事実を了知していた。しかも、X2およびX3が、A死亡当時それぞれ6才および4才の幼女で、X1はその母（親権者）であって、ともに本件建物の南半分に居住していたという。最高裁は、このような事実関係のもとで、「Xらは、Aの死亡により、本件土地建物に対するAの占有を相続により承継したばかりでなく、新たに本件土地建物を事実上支配することによりこれに対する占有を開始したものというべく、したがって、かりにXらに所有の意思があるとみられる場合においては、Xらは、Aの死亡後民法185条にいう「新権原ニ因リ」本件土地建物の自主占有をするに至ったものと解するのを相当とする」とした。しかし、結果的には、X1が賃料を取得したのは、YからAが本件土地建物の管理を委託された関係もあり、Aの遺族として生活の援助を受けるという趣旨で特に許されたためであり、X1が一時期Yに本件家屋の南半分の家賃を支払っていたことなどを理由に、XらがAの死亡後本件土地建物を占有するにつき所有の意思を有していたとはいえないとして、単なる占有のみでは、本件土地建物を、時効により取得することができないと判断した。

　つまり、相続による占有の承継とは別に、相続人が［相続を契機として］**①所有の意思をもって、②新たな事実上の支配をなすこと**で、新権原による自主占有が認められ得るとしたわけである。但し、これが、③185条に基づく**占有の性質変更**まで必要とする趣旨かどうかは、判旨からは定かでない。また、④相続がそれ自体として新権原となることを認めるものでもないことに留意する必要がある。前掲昭和46年判決は、対所有者取得時効型の事案であるが、判例は、対共同相続人取得時効型でも事情は変わらないと解しているようである（他の共同相続人の相続分に関しては他主占有であることが前提）。

すなわち、共同相続人の一人が、自分が単独相続したものと信じて疑わず、相続開始の時から相続財産の現実の占有をなし、その管理・使用を専行し、収益を独占していたような場合で、他の共同相続人がそれに特段の異議を唱えなかった場合にも、同様に自主占有の取得をみとめた（最判昭和47・9・8民集26巻7号1348頁）。

さらに、最判平成8・11・12民集50巻10号2591頁（＝判百Ⅰ64事件［中田裕康］）では、先の昭和46年判決を引用してその一般論を確認した上で（但し「新権原」の問題には直接触れていない）、相続によって生ずる他主占有から自主占有への変更についての立証責任が論じられた。すなわち、

基本的に、「他主占有の相続人が独自の占有に基づく取得時効の成立を主張する場合」には、「占有者である当該相続人において、その事実的支配が外形的客観的にみて独自の所有の意思に基づくものと解される事情を自ら証明すべきものと解するのが相当である。けだし、右の場合には、**相続人が新たな事実的支配を開始したことによって、従来の占有の性質が変更された**ものであるから、右変更の事実は取得時効の成立を主張する者において立証を要するものと解すべきであり、また、この場合には、**相続人の所有の意思の有無を相続という占有取得原因事実によって決することはできないからである**」。しかし、相続人が独自の占有に基づく取得時効の成立を主張する場合を除いては、占有者は所有の意思で占有するものと推定されるから（民法186条1項）、占有者の占有が自主占有に当たらないことを理由に取得時効の成立を争う者が、右占有が他主占有に当たることについての立証責任を負うべきであり、その立証が尽くされたか否かの判定に際しては、①占有者がその性質上所有の意思のないものとされる権原に基づき占有を取得した事実が証明されるか、②占有者が占有中に、真の所有者であれば通常はとらない態度を示したり、所有者であれば当然とるべき行動に出なかったなど、「外形的客観的にみて占有者が他人の所有権を排斥して占有する意思を有していなかったものと解される事情」（ちなみに、不動産占有者が、登記簿上の所有名義人に対し所有権移転登記手続を求めず、又は所有名義人に固定資産税が賦課されていることを知りながら自己が負担することを申し出ないといった事実が存在しても、これをもって直ちに右事情があるものと断ずることはできない）が証明さ

れて初めて、その所有の意思を否定することができる、とした。具体的に、本件では、被相続人が生前に土地建物の贈与を受けてこれを自己が相続したものと信じ、その登記済証を所持し、固定資産税を継続して納付し、管理使用を専行していた等の事実関係から、相続人らの右土地建物についての事実的支配は、**外形的客観的にみて独自の所有の意思に基づくもの**と解するのが相当であるとして、取得時効の成立を認めた。

　以上の判例の理解は、必ずしも容易ではない。「外形的・客観的にみて占有者が他人の所有権を排斥して占有する意思を有していた（あるいは、いなかった）ものと解される事情」が、結局のところ185条にいう「新権原」として、他主占有から自主占有への変更を認めるものなのか、185条とは無関係に、その占有事情によって論ぜられるべき相続人に固有の占有状況を指すのかは、明らかとはいえない。民法185条の趣旨は、他主占有から自主占有への変更を認める場合に、占有をなさしめた者が時効中断の機会を奪われることによって不意打ち的不利益を受けないようにとの配慮から、これを回避するために自主占有への変更を「表示」もしくは「新権原」のある場合に限定しようとしたものである。逆にいえば、権原に基づかない他主占有では、占有をさせた者の意思や信頼に基づく占有でない以上、自主占有となるかどうかは185条とは別の規律に服することになる。相続による占有の移転の場合、それ自体が、自主占有権原としての性格決定につながるものではないとすると、やはり、相続がそれ自体「新権原」となることはないというのが素直であるように思われる（辻・前掲163頁以下、225頁以下など参照）。むしろ、被相続人に対して占有をなさしめた者（＝原所有者）に対する関係で、相続人が、被相続人の有していた間接占有・直接占有関係を抜け出し、これを否定する態度が示された（原所有者もかかる事態を認識しつつ放置した）と評価できるだけの外形的・客観的事情があってはじめて、無権原者と同じ独自の自主占有による取得時効が語られるべきではあるまいか。少なくとも、相続人側の一方的な意思や占有事情のみで、既存の他主占有から自主占有への「転換」と即時取得を安易に導くことには、より慎重でなければならない。

5　占有権の消滅

(1)　占有権の一般的消滅事由

　占有権取得の要件（180条）と表裏の関係で、占有権は、①占有意思の放棄、または、②占有物の所持の喪失によって消滅する（203条本文）。①は、理論上当然のことではあるが、現実にいかなる事態が問題となるかは定かでない。通常、占有意思の放棄とは、「占有者が自己のためにする意思を持たないことを積極的に表示することで、単に自己のためにする意思が存在しなくなることではない」といわれるが（我妻＝有泉・講義Ⅱ517頁など）、それにもかかわらず所持を継続している状態は、容易に想定しがたい。迷惑だが、物が自分の支配領域に存在していることを甘受している状態とでも言うべきであろうか。

　他方、②所持の喪失は、占有の性質からも当然の帰結である。但し、所持を喪失しても、占有者が占有回収の訴えを提起して勝訴し、現実にその物の占有を回復したときは、占有を一時的に喪失していた時期も含めて、占有が継続していたものと擬制される（203条但書）。したがって、この但書の適用があるのは、提起された訴訟に勝訴して「現実に」その物の占有を回復した場合に限られるが（最判昭和44・12・2民集23巻12号2333頁）、占有侵奪者が任意に物を返還した場合も同様に解してよい（我妻＝有泉・講義Ⅱ517頁）。

(2)　代理占有の消滅原因

　代理占有の場合は、①本人が代理人に占有させる意思を放棄したこと、②代理人が本人に対して、以後は自己又は第三者のために占有物を所持すべき意思を表示したこと、または、③代理人が占有物の所持を失ったこと、によって消滅する（204条1項）。しかし、寄託・賃貸借の終了など、本人に対する代理人の占有権原が消滅しただけでは、代理人の占有権は消滅しない（204条2項）。したがって、賃貸借関係が無効ないし期間満了で消滅しても、賃借人の事実的支配関係が認められる限り、代理占有関係は消滅しない。たとえば、本人Aが占有代理人Bの直接占有する物を第三者Cに奪取されたと

して、占有回収の訴えを提起する場合、請求の原因としてAはBによる代理占有（その原因となった賃貸借契約などの法律関係）を主張することになるが、Cは、その賃貸借関係の終了のみを抗弁として主張しても、これは認められない（遠藤ほか・注解財産法(2)420頁［伊藤滋夫］）。また、賃貸借契約が解除されても、それだけでは占有代理関係は消滅せず、「出ていけ」と命じた段階で、204条1項1号によって、本人が代理人をして占有をなさしむる意思を放棄したことになり、代理占有が消滅すると考えるべきことになろうか。

第3節　占有および占有権の効力

　ここでは、占有および占有権の効力を扱う。とはいえ、占有の効力については、即時取得など、既に別のところで触れたものも少なくない。以下では、主として占有そのものの保護を問題とする「占有訴権」制度について述べ、さらに、これまで触れてこなかったその他の占有の効力について簡単な説明を加えるにとどめたい。

　既に見たように、占有（権）の機能は、実に多様である。簡潔に繰り返そう。
　第1は、社会秩序の維持であり、現実の事実状態を一応尊重して保護することである（**社会秩序維持機能**）。そのため、所有権のような「本権」とは切り離された形で、占有権には、占有それ自体を保護するための一定の権能が付与されている（占有訴権：197条～202条）。第2に、占有は、背後にある本権の存在を推定させるとともに（188条。**本権表象的機能・本権保護機能**）、占有取得による動産物権変動の対抗（178条、342条、352条）をもたらす（第2章第3節1(1)）。結果として、占有制度は、本権の主張・立証を容易にし、「悪魔の証明（*probatio diabolica*）」と呼ばれる所有権等の存在証明を助けることになる。第3に、占有は、取得時効（162条～165条［河上・総則講義555頁以下］）をはじめとする本権取得の基礎を提供する（**本権取得機能**）。動産については、より徹底していて、市場での動産取引の安全のために、平穏・公然・善意・無過失の占有開始が「即時取得（善意取得）」（192条）をもたらす（第2章第3節4）。無主物先占（239条）、遺失物拾得（240条）なども、これに関連する規律である。第4に、本権を有する者との間で、占有物から生じた果実・損害賠償・費用償還等の利害調整をする機能がある（**本権との利害調整**：189条～191条、196条）。同時に、占有に伴う一定の義務負担根拠（717条、718条）としても機能する点が重要である（**義務負担機能**）。

1　占有訴権

(1)　占有訴権とは

　民法197条から202条に定められた占有そのものの保護に関する規律は、一般に「占有訴権」と呼ばれている。「占有訴権」の名は、もっぱら沿革に由来するものである（古くは厳格な方式での所有権移転に不備を来した占有者保護のために、前1世紀ころのローマにおいて法務官法上の訴権［プブリキアナ訴権（*actio publiciana*）］や特定状況下での特示命令として認められた）。現行法上、占有訴権のための特別な訴訟手続があるわけでもなく、通常の実体法上の請求権に過ぎないから、あえて「訴権」というまでもないが、このように言い慣わされて今日に至っている（現在では端的に「占有保護請求権」と呼ばれることも多い）。その制度趣旨は、本権保護や、簡易迅速な社会秩序の回復、債権的利用権保護などに求められることが多いものの、債権的利用権（使用借権など）以外では、本権による請求権や仮処分制度等の方が、むしろ効果的に機能しうるため、自力救済禁止＊による社会秩序維持の理念が重要といえようか（なお、鈴木・研究387頁以下も参照）。つまり、占有訴権には、本権者といえども、あるべき支配状態の回復を自力で図った場合には占有訴権で対抗され、また、占有者が侵害を受けた場合も自力で回収等を行うのではなく占有訴権によるべきものとされる結果、いずれにせよ、自力救済を制限して原状復帰に向かわせることに力点が置かれるわけである。

　　＊**【自力救済】**　民法上の**自力救済（自救行為）**とは、たとえば、借家人が立ち退かないので家主が実力でこれを追い出すごとく、私人が司法手続によることなく自己の権利を実現することをいう。ちなみに、ひったくりに奪われそうになったバッグを追いかけて取り返すのは、自己の占有の維持そのものに向けられた行動であって、自力救済と呼ぶべきものではあるまい［盗人には未だ安定した占有が成立していない！］。ひとまず占有関係の安定した社会において、自力で各人が任意に権利行使をなすことを広く認めると、社会秩序が混乱するおそれがある。そこで、国家権力の確立した今日では、権利の実現は原則として司法手続を通じて行うべきものとされ、自力救済は許されない（**自力救済の禁止**）。たとえば、最判昭和40・12・7民集19巻9号2101頁では、土地所有者が使用貸借終了後に、借主の了解なしに借主

所有の店舗周辺に板囲いを設置したため、借主が自力でこの板囲いを撤去しようとした事件で、この借主の行為は許されないものとされた。占有訴権や不法行為を理由とする損害賠償責任での原状回復によるべきことになる。しかしながら、前掲最判昭和40・12・7によれば、例外的に、①事態が急迫していて公権力による救済を待ついとまがなく、②後になってでは回復が困難な事情があり、かつ、③私力の行使が緊急の権利確保に必要な範囲を超えない場合には、自力救済も許されるものと解されている（違法性が阻却されて、不法行為責任も問われない）。この場合、占有者は、自力救済（占有自救）をなす侵害者に対して、占有訴権を行使し得ないというべきである。自力救済については、石井紫郎「占有訴権と自力救済」法協113巻4号537頁（1996年）、鎌野邦樹「物権的請求権について———妨害排除と「自力救済」を中心に」高島平蔵教授古稀記念・民法学の新たな展開（成文堂、1993年）、より一般的には、明石三郎・自力救済の研究［増補版］（有斐閣、1978年）、米倉明・民法総則講義(1)（有斐閣、1984年）37頁以下など参照。

(a) 占有訴権の種類：誰が、誰に、何を？

「占有者」は、その占有が正当な権原に基づくものかどうかにかかわらず、現に自己の占有を妨害しもしくは妨害するおそれのある者に対し、その態様に応じて、妨害の除去・予防を請求できる。ここにいう「占有者」には自主占有をなす者だけでなく、他人のために直接占有をなす者（＝占有代理人）も含まれ（197条）、賃借人・受寄者のほか遺失物拾得者なども占有訴権を行使できる（これに対し、占有機関・占有補助者はできないというのが通説である）。請求の相手方は、占有の妨害者、妨害するおそれを生じさせている者、占有を侵奪した者である（198条以下参照）。たとえば、Aが自己の所有する動産をBに賃貸中、CがBの占有を侵害したときには、自己の意に反して占有を侵奪されたAも、他主占有するBも、それぞれ独立に占有訴権を行使することができる。A所有不動産をBが借りて家を建てて住んでいる場合に、隣地の工事で崖が崩れたり、崩れそうになっているような場合も、同様である（Bの賃借権による妨害排除請求が認められるかについては議論がある）。

請求の具体的内容は、

①妨害の停止、および損害賠償（198条）

②妨害の予防、または損害賠償の担保請求（199条）

③奪われた占有物の返還、および損害賠償を請求（200条1項）

である。これを「**占有の訴え（あるいは占有訴権）**」といい、それぞれ、①**占有保持の訴え**、②**占有保全の訴え**、③**占有回収の訴え**と呼ばれている。上述のように、特別な訴訟手続が用意されているわけではなく、いずれも実体法上の制度であり、**占有保護請求権**とでもいうべき権能である。

　ここで①と③の効果として付帯する損害賠償請求権は、性質的には不法行為に基づく債権的請求権そのものであり、便宜上、占有訴権に合わせて規定されたに過ぎない。したがってその要件・効果は、一般の不法行為法（709条）の原則に従い、相手方の故意・過失を要件とする（大判昭和9・10・19民集13巻1940頁。鈴木・物権法講義80頁、星野・概論Ⅱ100頁、広中・物権322頁など）。これに対し、妨害の停止、妨害予防、占有物返還の各請求権は、違法と評価される占有侵害の事実により生ずる物権的請求権の諸態様であって、不法行為の場合のように侵害者の「故意・過失」は問題にならない。つまり、損害賠償をなし得るための要件と、たとえば妨害排除をなし得るための要件が異なるものであることに注意されたい。さらに、物権的請求権たる占有訴権の相手方は、現に占有を侵害している者であるから、損害賠償の相手方と占有訴権（たとえば返還請求）の相手方が違ってくることもある。たとえば、Aの所有物（占有物）を泥棒BがAのところから盗んで、これを事情を知っているCに渡したような場合、占有回収の訴えの相手は現にAの占有を侵害しているCであるが、（代償請求を含めて）損害賠償の相手方はむしろ盗んでいったBということになろう。

　＊**【占有者の損害】**　占有権が侵害されることによって如何なる損害が発生するのだろうか。占有者に独自の使用利益があればその侵害を観念できることはいうまでもない。ただ、使用利益は、通常の場合、本権者に帰属するわけであるから、占有者に固有の使用利益は考えにくい（たとえば所有者のように、本権者と占有者が同一人である場合は、本権侵害に由来する損害賠償請求でことたりる）。学説には、占有の訴えにおける原告がその占有物を使用収益しうる地位にないことを被告が証明すれば賠償責任を免れるとする見解もある（広中・物権328頁。また、辻伸行「占有権侵害に関する一考察（2・完）」上智法学論集23巻3号103頁以下、143頁〔1980年〕も参照）。ただ、善意占有者には（本権と無関係に）果実収取権があるので、この点についての損害の発生はあり得よう（加藤一郎・不法行為〈増補版〉〔有斐閣、1974年〕110頁、幾代通＝徳本伸一補訂・不法行為法〔有斐閣、1993年〕66頁）。なお、後述のように、悪意占有者でも、占有侵奪者に対し、占有回収の訴えをもって占有侵奪によって生じた損

害の賠償を請求できるとした判例がある（大判大正13・5・22民集3巻224頁）。

(b) 占有訴権の要件と限界

以上のような占有訴権には、それぞれ一定の要件と行使上の制約がある。分説しよう。

①まず、**占有保持の訴え**は、占有の妨害に対して、その妨害の停止および損害賠償請求を占有者に認める（198条）。201条1項によると、この訴えは、「妨害の存する間又はその消滅した後一年以内に提起しなければならない」。ただし、工事によって占有物に損害が生じた場合には、「その工事に着手した時から一年を経過し、又はその工事が完成したとき」は、もはや妨害停止を求めることができない（同項但書）。もっとも、ことの性質上、妨害の停止は、「妨害の存する間」に訴えを起こす必要があり、妨害消滅後の1年は、もっぱら損害賠償請求について意味がある。ここでの「一年」という期間は、時効期間でも除斥期間でもなく、いわゆる「出訴期間」であって、とにかくこの期間内に訴えを提起しないと、訴えが門前払いとなることを意味している。ほかの占有訴権に出てくる1年も同じ性格のものである。

②次に、**占有保全の訴え**は、占有を妨害されるおそれが客観的に存在することを要件として、占有者に、その妨害予防または損害賠償の担保請求を認める（199条）。この訴えは、「妨害の危険の存する間」は提起することができ、工事によって損害の生じるおそれがある場合には、占有保持の場合と同様に、着工から1年後あるいは工事完成後には妨害予防を求めることができない（201条2項）。199条でいう「損害賠償の担保」は、不法行為に基づく損害賠償そのものとはやや性格を異にして、妨害予防のための「担保」であるから、故意・過失は不要であるが、損害予防の請求と選択的にしか請求できない。

③最後に、**占有回収の訴え**は、占有者がその占有を侵奪された（占有者の意思に反して「占有が奪われた」）ことを要件として、占有侵奪者に対して、その物の返還および損害賠償を請求できる権利である（200条1項）。意に反して「奪われた」ことが要件となっているため、物を落としてしまったとか、他人に欺かれて物を「交付した」ような場合は侵奪とはいえない。賃貸借期

間終了後に賃借人が占有を継続する場合も、占有の侵奪にあたらない。

占有回収の訴えは、「占有を奪われた時から一年以内」に提起しなければならず、しかも、200条2項により、侵奪者が目的物を「善意の」特定承継人に譲り渡してしまったときは、もはや権利を行使することができない（同条2項但書）。当該承継人が侵奪の事実を知っていたとき（＝悪意）は、なお「占有を攪乱された波紋は消えない」が、善意の第三者の手に渡ってしまうと、そこに安定した占有を生じてしまうわけである。善意の承継人を経由して、悪意の承継人が占有する場合にも、占有回収の訴えは認められないとする判例がある（大判昭和13・12・2民集17巻2835頁）。条文の文言上は「特定承継人」であるが、所有権を取得する譲受人だけでなく、賃借人などの新たな適法占有者も含めて良いであろうし、「包括承継人」の場合も、（相続も「新権原」となりうるとする判例の立場からは）善意であれば同様の扱いとするのが適当であろう。占有侵奪者が、承継人に目的物を譲渡した場合の代金その他の換価金・代償を有する場合は、その返還請求が認められる（大判大正14・5・7民集4巻249頁）。承継人が「侵奪の事実を知っていたとき」とは、何らかの形で占有の侵奪があったことについて認識を有していた場合をいい、占有侵奪を単に「可能性のある事実」として認識していただけでは足りないとされている（最判昭和56・3・19民集35巻2号171頁）。

なお、占有者が占有回収の訴えに勝訴した場合は、占有を一時的に喪失していた時期も含めて占有を失わなかったという扱いになる（203条但書）。たとえば、一時的に占有を失った質権者も、第三者対抗力を失わず（352条参照）、取得時効の中断も生じない（164条参照）。

(2) **占有の交互侵奪と自力救済**

占有訴権と自力救済の関係については興味深い判例がある。いわゆる**占有の交互侵奪と占有回収の訴えの成否**にかかる問題で、「小丸船事件＊」と呼ばれる事件である（大判大正13・5・22民集3巻224頁＝判百Ⅰ〈第5版〉68事件［中田裕康］）。

＊【小丸船事件】　Y所有の小丸船をYの店舗の裏河岸に係留しておいたところ、これを前科数犯のAが盗みだしてBに売却し、BはさらにXに売却した。Xは、自

分の所有する船を係留する河岸に、この船を鎖で係留して錠をおろしておいた。Yのほうでは船がなくなったというので懸賞をつけて船を捜索させていたところ、人夫のCDがこの小丸船を発見して、Xの付けた錠前を壊した上、ひそかにYの河岸まで回漕してきた。その後、Xは、Yに小丸船の引渡しを要求したが、Yはこれに応じることなく、1ヶ月くらいたってEに売却してしまった（ちなみに、2年後に船は滅失している）。

この事件の流れを追って考えてみると、AがYのところから船を盗みだした行為は、Yの占有を侵奪するものであるから、Aが船を所持している限り、1年以内ならYが占有回収の訴を提起できることは明らかである（場合によっては、Aによる占有攪乱期におけるYの「自力救済」も認められよう）。しかし、Aがこの船をBに売却し、さらにBがXに売却していることから、Xは200条2項にいう特定承継人ということになり、Xが善意である限り、YはXを相手取って占有回収の訴えを提起できない。占有侵奪の実行者であるAは、もはや現に占有を侵害している者ではないため、占有回収の訴えの相手方とはならない（代償請求か不法行為による損害賠償請求ができるだけである）。ただ、問題の船は盗品であるから、Xは即時取得の例外として、193条により2年間の回復請求を甘受すべき立場にある（この事件でのXは船の名義書換等をしておらず「悪意の占有者」と見られる可能性がある）。しかし、いずれにせよ、Xは現在の占有者であるから、みだりにその占有を奪われる筋合いではなく、人夫CDが錠前を壊してYのところまで回漕したのは、やはり占有侵奪にあたるというほかない。このとき、Yが本来の所有者であったからといって、勝手に自力で取り戻すことは許されず、XはYに対して占有回収の訴を提起できるということになる。このXからの占有回収の訴においては、Xの即時取得による本権の有無や特定承継人としての地位が正面から問題とされているわけではないので、Xの占有の善意・悪意は、さしあたり問題ではない。Xは、船の占有の回復と、Yの命を受けた人夫の行った占有侵奪によって船を自ら使用できなくて被った損害賠償を請求するということになる。Xの請求に対し、判旨は、次のように述べて認容した。

「［民法200条1項によれば］占有者がその占有を奪われたるときは、占有回収の訴により、その物の返還及び損害の賠償を請求することを得べく、その占有者の善意悪意は問うところにあらざるをもって、悪意の占有者と雖も、なお占有回収の訴え

図 3-2

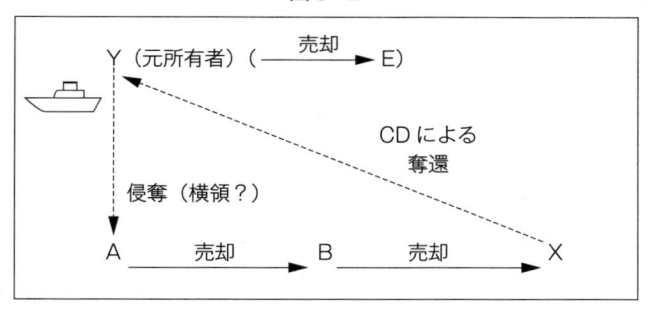

をもって占有侵奪者に対し、占有の侵奪によりて生じたる損害の賠償を請求すること」ができる。「原判決が、Yを占有侵奪者なりと認め、これに損害賠償義務ありと認むるにあたり、Xの占有の悪意なりや否やを判断せざりしは正当なり。而して、原判決は、Yの占有侵奪により、Xが本件船舶を自ら使用することを得ざりしがために、Xのこうむりたる損害の額を判定し、之が支払をYに命じたるものなること、原判決理由により明らかにして、原判決は、Yの侵奪なかりせばXの得べかりし占有物の果実を基礎としてXのこうむりたる損害を計算し、之が賠償をYに命じたるものに非ざるをもって、原判決にはY所論のごとき不法なく、論旨は理由なし」（原文旧カナ）。

この問題は、より一般的には、XがYのものを盗んで、これをYがXのところから実力で取り戻したという問題状況に関わるもので、「**占有の交互侵奪**」と呼ばれる（Yが誰かの所有物を借りて占有していたところをXに盗まれたが、自力で奪還したという問題設定でも同様である）。まず、このような場合まで、Xの「占有回収の訴え」を認める必要があるのかということ自体が問題である。上述のように大審院判決は、Xの占有訴権を容認する可能性を示したが、これは必ずしも自明の結論ではない。たとえば、ドイツなどでは、XのYに対する占有回収の訴えを認めない（ＢＧＢ861条2項）。わが国の学説にも、この判例の立場に批判的なものが少なくない。その後の下級審の態度も分かれており、否定説が比較的有力といえよう。多くの学説は、Yの奪還（第2侵奪）が、Xの第1侵奪から1年以内（つまりYが占有回収の訴えを提起できる期間内）であった場合には、Xからの返還請求を否定する（我妻＝有

泉・講義Ⅱ510頁、末川・物権262頁、舟橋・物権325頁、広中・物権354頁、山野目・物権105頁、内田・民法Ⅰ423頁など）。そもそも最初に占有秩序を攪乱したのはＸであって、Ｙの侵奪より非難可能性が高く、結局はＹの返還請求が肯定されるのだから、Ｘの占有回収の訴えを許容することは訴訟経済上も不要であろうというのが主たる理由である。しかし、そうなると本権の訴えとは独立に占有の訴えを認めた意味がなくなり（しかも、第１侵奪について占有回収の訴えができる間は自力救済を肯定したのと同じ結果になる）、Ｘの占有回収の訴えを肯定した上でＹが本権に基づく反訴を提起すれば足りるのではないか（Ｘの占有回収の訴えが執行されることを条件とした「将来給付の訴え」になる）との異論もある（柚木＝高木・判例物権法413頁、淡路剛久ほか・民法Ⅱ〈第２版補訂〉［有斐閣、2002年］129頁［原田純孝］など）。少なくとも、１年以内の奪還なら常に占有の訴えが否定されるとするのは安易に過ぎよう。どう考えるべきか。第１侵奪および第２侵奪の侵奪態様の悪性の評価にも左右される難問である（田髙・クロススタディ93頁以下に興味深い分析がある）。まず、Ｙ所有の目的物がＸに盗まれて、１年以上経過した後に、ＹがＸのところから取り戻したような場合は、既に安定的に確立したＸの占有をＹが侵害したことになり、占有保護が本権保護とは別個独立の制度として用意されている以上、占有回収の訴えで取り戻しうることにはさほど異論はあるまい。しかし、本来なら占有回収の訴えが提起できる１年以内に、Ｙが実力で奪還した場合は、Ｘの占有が未だ確立されていなかったと見て、Ｙの占有が回復され、（結果としてＸは占有を一度も取得しなかったことになり）、占有回収の訴えをＹに向かっては提起できないとすることは、Ｙの自力救済を一定期間において手放しで肯定する結果となる。これを占有攪乱期におけるやむを得ない仕儀と考えるべきか、なお占有保護に一定の意義を見出すべきかで見解は分かれよう。おそらく、第１侵奪の不法性が低い場合は、そもそも交互侵奪の問題にはならず、第１侵奪に比して第２侵奪の違法性が強い場合は、自力救済としても許容できず、第２被侵奪者からの占有の訴えを認めるべきであるし、逆に第２侵奪の違法性が小さいときは、第１侵奪を理由とする回復請求のみを認めるべきであろう。だとすれば、第１侵奪および第２侵奪の占有訴権の併立をひとまず肯定した上で、それぞれの侵奪の態様に応じ、信義則による

調整を試みることが適切ではあるまいか*。

　　*【占有の交互侵奪と信義則】　占有の交互侵奪の場面で、双方の占有の訴えを併立させた上で、信義則によって各々の権利行使の可否を調整することは、不法原因給付において双方の不法性を比較してその可否を考える最判昭和29・8・31民集8巻8号1557頁＝判百Ⅱ〈第5版〉73事件［月岡利男］の思考法や、(当事者間で対立する形ではないが) 相続によって生じた無権代理人と本人の地位・資格を併存させた上で信義則のスクリーニングを経て負うべき責任内容を確定するといった解釈手法に通ずる。ひいては、不法行為に基づく損害賠償請求権同士の相殺を禁じた509条の発想にも連なろう。

(3) 本権に基づく請求と占有訴権の関係

　占有者は本権を有するものであるかもしれないし（多くはそうであろう）、本権を有していないかもしれない。そこで、占有の訴えと本権に基づく訴えとがどのような関係に立つのかが問題になる。占有を奪われた場合を念頭において、分けて考えてみよう。

　(a)　占有者＝本権保有者の場合
　まず、目的物（甲）の占有者（A）が本権保有者（たとえば所有者）でもある場合、占有を奪っていった者（B）に対してどのようなことがいえるか。
　Aは、200条1項によって、占有回収の訴えを提起でき、同時に所有者として所有権に基づく返還請求権を行使することができる。202条によると、両者は全く別々のものとされているから、裁判所としても、両者を別個に判断する必要がある。その結果、かりにAが一方で敗訴した場合でも、他方でもう一度出直すことができる（二重起訴の禁止［民訴142条］には触れない）。この二つの訴えが全く別個独立のものである以上、たとえば「占有の訴え」が問題になっている場面において、裁判所が本権の有無を考慮して判断することは許されない（202条2項）。もし、当事者がかかる紛争の蒸し返しを避けたいのであれば、Aが占有回収の訴えのみを提起してきたときに、Bとしては、「所有権確認の訴え」の反訴を提起しておけばよい。注意を要するのは、占有訴権が問題となっているとき、単なる**攻撃防御方法**として本権に基づく主張をしても駄目だという点であり、反訴でもって二つの訴えを並ばせ

る必要があるわけである。

　たしかに、このような処理に対しては、いわゆる新訴訟物理論の立場から、当事者としては、ある目的物（甲）の返還を求めているだけであるから「訴訟物」は一つと考えて、訴訟手続も一本化すべきではないかとの有力な批判がある（三ヶ月章「占有訴訟の現代的意義」同・民事訴訟研究第3巻［有斐閣、1966年］所収。加藤雅信ほか編・民法学説百年史［三省堂、1999年］239頁以下［田中康博］も参照）。しかしながら、この点は202条で明定されている以上、いかんともしがたい。

(b)　占有訴権 vs. 物権的請求権

　占有者Aが権原なくして目的物（甲）を占有していたところ、所有者Bがこれを実力で奪い返したような場合はどうか。これが、**自力救済**として認められる場合は、Aの占有訴権は認められないというべきである（前述）。しかし、そうでない限り、Aは占有回収の訴えを提起でき、Bとしては自分に甲の所有権があることをもって抗弁とすることができない。他方、Bは、そこに牽連性がある限り（民訴146条1項参照）所有権に基づく返還請求の反訴を提起することができる（最判昭和40・3・4民集19巻2号197頁＝判百Ⅰ68事件［笠井正俊］*］）。そうなると、Aが占有回収の訴えで勝訴しても、Bが所有権に基づく返還請求の訴えで勝訴すれば、奪還後の状態が維持される結果となる。もちろん、Aの占有回収の訴えで、Aが勝訴し、そのまま推移すると執行されてしまうが、後からおもむろに所有権に基づく返還請求の訴えを起してもかまわない（時機に後れた攻撃防御方法とはならない［民訴156条、157条参照］）。もっとも、執行されそうになれば、Bとしては執行に対して請求異議を申し立て、結果的に奪還後の状態を維持することもできる。とはいえ、かような事態を、そのまま受け入れると、所有者が私的実力をほしいままに行使し、有無を言わさず占有者の占有を排除して、自己の所有権支配を実現することを追認する結果となりかねず、それは、自力救済の禁止の法意と真っ向から衝突しよう。それゆえ、いったんは確立した占有の回復を実現させる可能性をさぐってみることが重要であり、この点への配慮を怠るべきではない。少なくとも、本権に基づく請求と占有の訴えを併立させた上で、それ

ぞれの主張を信義則のスクリーニングにかけて、違法な自救行為を抑制すべきではあろう。

＊【最判昭和40・3・4】　ここでは、Aの土地がＸＹに二重譲渡され、引渡しを受けたＸ（占有者）が当該土地上に建物を移築するための工事を開始したところ、先に登記を具備したＹ（所有者）が、これを妨害したため、占有者Ｘから占有保全の訴え（＝土地の使用に対する妨害予防）を提起したのに対し、Ｙが所有権に基づく建物収去・土地明渡請求（返還請求もしくは妨害排除請求）の反訴を起こした事案が問題となっている。裁判所は、「占有の訴えに対し防御方法として本権の主張をなすことは許されないけれども、これに対し本権に基づく反訴を提起することは、右法条の禁ずるところではない」として、占有保全の訴えも、本権に基づく明渡請求もともに認容した。結果として、本権者の自力救済を抑えつつ、法的手続にしたがって土地を明け渡すべきことになり、少なくとも所有者が占有者の利用している土地に実力で踏み込むという事態は抑制され、占有訴権の目的は達せられた。しかし、これは問題が占有保全と返還請求の争いであったからであり、同種の請求権が衝突した場合は、結果的に本権者の自力救済を認めることにならざるを得ない可能性がある。基本的には、ここでも両請求権を並び立たせた上で、信義則によって、その権利行使の可否を調整する必要があるように思われる。

2　権利適法の推定

(1)　意義

占有者が「占有物について行使する権利」は、「適法に有するもの」と推定される（188条）。これは、占有の背後には、通常の場合、当該占有を正当化する根拠＝本権（所有権・質権・賃貸借契約・寄託契約など）が存在するとの推定が、経験則上働くことによる。同時に、186条は、占有者が「所有の意思をもって」占有するものと推定しているため、ここでの「行使する権利」は、基本的に所有権であるとの推定を受ける。ただ、これらは、あくまで事実上の推定であって、相手方としては反証を出して、この推定を覆すことができる（「法律上の推定」ではないから、Ｙがいかなる意味においても占有すべき権利を有していないということまでＸが主張・立証する必要はないと考えられる）。具体的には、たとえば、動産や不動産を占有するＹに対して、Ｘが所有権を主張して返還請求する場合、Ｙの占有には適法であるとの推定が

働くため、それを覆すに足る事実［自己の所有権を基礎づける事情］をXが証明できない限り、Yは、それを返還する必要がなく、事実的支配の現状が一応保護される結果となる。かりに、Xの所有権が基礎づけられたとしても、Yが、自己の占有を正当化する事情（対抗力ある賃借権など）を抗弁として出せば、これをめぐってさらに争われる。

(2) 188条の推定の制限

　188条による推定において、目的物が不動産の場合には、一定の制限を受けることを覚悟すべきである。すなわち、不動産の場合、登記がその権利関係の最有力の公示方法であって、登記に権利の推定力があるため（判例）、占有の推定力よりも登記の推定力がまさると考えられる。したがって、占有の推定力が働くのは、未登記不動産や引渡しが公示方法とされている場合（建物賃借権など）ということになる。動産についても、登録制度があるような場合は、不動産に準じて考えるべきであろう。

　また、占有者YがXから占有を基礎づける権利である賃借権を取得していることを主張するような場合、すなわち、権利の由来する相手方に対する関係で争っているときは、Yは、Xに対して自己の占有による本権推定力（ここでは賃借権の存在の推定）を援用することはできないと解される。そこでは、まさに本権の成否をめぐって争われているわけで、Yとしては賃貸借契約の存在自体を主張立証して占有を正当化する必要があるものと考えられる。

(3) 権利適法の推定と善意取得

　188条による占有の本権の徴表としての効力を信頼して新たに占有を開始した善意の第三者に対しては、「即時取得」という形での保護が与えられる。このことは、占有そのものの効力というよりも、第三者保護の問題であることは留意しておく必要がある。つまり、前主の占有を通じて、前主を所有者であると信じた効果として本権取得が認められるもので、問題は、効果を主張する取得者自身の占有ではなく、前主の占有（→前主が所有者であるとの外観）に関わる。それだけに、新たに開始した占有が自己占有に限られるか、代理占有でもよいのかといった議論が展開されるわけである。

3　本権者との関係での利益調整

　たとえば、YがAから不動産を購入して引渡しを受け占有していたところ、Aが全くの無権利者であることが判明し、真の所有者Xが目的物の返還請求をした場合を想定しよう。このとき、Aが無権利者であったためにYも無権利者となり（無権利の法理）、Xの所有物を権利なくして占有していたことになるが、この占有期間中に生じた果実、目的物滅失の責任、費用等について、Xとの関係を清算する必要が生じる。しかし、事実的支配の尊重という観点からすれば、善意の占有に基づく利益を完全に覆すことは、必ずしも適当でない。そこで民法は、いくつかの利益調整ルールを用意している。

(1)　占有と果実
(a)　善意占有者の果実収取権
　民法189条1項は、「善意の占有者は、占有物から生ずる果実を取得する」と定める。したがって、Aの無権利という事情を知らなかった善意の占有者Yが、占有期間中に、目的物から生じた天然果実や法定果実（賃料など）を既に取得している場合は、目的物を返還するに際して、それらを返還する必要がない。ここでの果実には、占有者自ら使用した場合の**使用利益**も含まれると解されている（学説の詳細につき、油納健一「不当利得と善意占有者の果実収取権」龍谷法学32巻4号118頁、137頁以下［2000年］、参照）。本権者の果実収取権（89条）は、その限りで、善意占有者に劣後することになる。多くの場合、占有者は、果実収取のために一定の資本を投下したり、費用を支出していることに鑑みて、果実の返還を免除しているわけである。これに対応して、196条1項但書では、「占有者が果実を取得したときは、通常の必要費は、占有者の負担に帰する」とし、所有者に対する必要費償還請求権が制限されている。

　なお、銀行が不当利得した金銭を利用した運用利益については、もっぱら不当利得法（703条以下）によって規律され、189条1項の適用対象外とされている（最判昭和38・12・24民集17巻12号1720頁＝判百Ⅱ72事件［大久保邦彦］）。

金銭の場合は、現物返還というより価格返還にあたることや、運用利益を果実と同視し難いというのがその理由である（不当利得法との関係については、後述）。

(b) 悪意占有者の果実返還義務

悪意占有者の場合は、善意占有者のときのような保護を必要としないため、「果実を返還し、かつ、既に消費し、過失によって損傷し、又は収取を怠った果実の代価を償還する義務を負う」（190条1項）。このことは、瑕疵ある占有者、すなわち「暴行若しくは強迫又は隠匿によって占有をしている者」についても準用される（190条2項）。

善意の占有者Yが、本権をめぐってXと争った結果、敗訴した場合は、その訴えの提起の時から悪意の占有者とみなされるため（189条2項）、その後に生じた果実の返還義務を負う（190条）。いかにYが当初善意であっても、所有者Xからの目的物返還請求の訴えに敗訴した以上は、もはや、その物からの（訴え提起以降の）果実について返還を免れるのは適当でないという調整的判断によるものである（これにより直ちに占有者の不法行為が成立するというわけではない［最判昭和32・1・31民集11巻1号170頁］）。

ちなみに、即時取得の例外となる盗品の回復請求の場面でも、占有していた間の使用収益権をめぐって同様のことが問題となり得るが、最判平成12・6・27民集54巻5号1737頁（＝判百Ⅰ67事件［安永正昭］、〈第5版〉［伊藤髙義］）は、次のように述べて189条の適用を制限し、両者の利害を調整している。

「盗品又は遺失物の被害者又は遺失主が盗品等の占有者に対してその物の回復を求めたのに対し、占有者が民法194条に基づき支払った代価の弁償があるまで盗品等の引渡しを拒むことができる場合には、占有者は、右弁償の提供があるまで盗品等の使用収益を行う権限を有すると解するのが相当である。けだし、民法194条は、盗品等を競売若しくは公の市場において又はその物と同種の物を販売する商人から買い受けた占有者が同法192条所定の要件を備えるときは、被害者等は占有者が支払った代価を弁償しなければその物を回復することができないとすることによって、占有者と被害者等との保護の均衡を図った規定であるところ、被害者等の回復請求に対し占有者が民法194条に基づき盗品等の引渡しを拒む場合には、被害者等は、

代価を弁償して盗品等を回復するか、盗品等の回復をあきらめるかを選択することができるのに対し、占有者は、被害者等が盗品等の回復をあきらめた場合には盗品等の所有者として占有取得後の使用利益を享受し得ると解されるのに、被害者等が代価の弁償を選択した場合には代価弁償以前の使用利益を喪失するというのでは、占有者の地位が不安定になること甚だしく、両者の保護の均衡を図った同条の趣旨に反する結果となるからである。また、弁償される代価には利息は含まれないと解されるところ、それとの均衡上占有者の使用収益を認めることが両者の公平に適うというべきである。……Ｙは、民法194条に基づき代価の弁償があるまで本件バックホーを占有することができ、これを使用収益する権限を有していたものと解される。したがって、不当利得返還請求権又は不法行為による損害賠償請求権に基づくＸの本訴請求には理由がない。これと異なり、Ｙに右権限がないことを前提として、民法189条2項等を適用し、使用利益の返還義務を認めた原審の判断には、法令の解釈適用を誤った違法があ（る）」。

使用利益の享受の可否が所有権の帰属によって一義的に結論が導かれるものでなく、むしろ善意取得者の信頼保護に基礎づけられているとすれば、この場面での使用利益は189条以下の「果実」とは別の次元で帰属を考えるべきものかもしれない。

(c) 不当利得法との関係

占有の効力が、本権と切り離されて問題とされるため、果実収取権の帰属問題は、不当利得の問題と競合する可能性が高い。たとえば、ＸＹ間で売買契約があり、目的物が引き渡されてＹの占有が開始したが、錯誤や取消事由の存在によって結果的に契約が無効であったような場合、原状回復によって目的物がＹからＸに返還されるまでの間に生じた果実（使用利益を含む）については、189条の問題であり得ると同時に、「法律上の原因なく他人の財産……によって利益を受けた」不当利得返還の問題にもなりそうである。前者であれば、善意占有者は果実の返還を免れるが、不当利得法では善意占有者でも現存利益の返還義務を負うことになる。そこで、いずれの規律に従うべきかが問題となる。今日の不当利得法の解釈では、法律上の原因を欠く事由の類型によって、問題を処理する手法が有力であり、これによれば、上述のように、契約関係が無効・取消となった当事者間での巻き戻し的清算の場面（いわゆる給付不当利得）では、有効であった契約関係をある程度まで反映さ

せながら（ポジの世界の裏側としてのネガの世界で）、双方の給付をできるだけ原状に回復させる処理が妥当とされている（加藤・大系Ⅱ235頁以下、同Ⅴ66頁以下など参照）。したがって、そこでは189条、190条の適用が制限される結果となる。多くの金銭移動も、不当利得法による処理が行われている（前掲最判昭和38・12・24のほか、大判明治45・2・3民録18輯54頁、最判昭和30・5・13民集9巻6号679頁など）。

他方、何らの先行する給付関係がない（建物不法占拠のような）侵害利得の場面では、先ずもって現物返還がその内容となり、これに付随して、（不当利得法の特則として）189条、190条が適用されることになろうか。

(2) 占有者の回復者に対する損害賠償義務

一般に、占有者が、その責めに帰すべき事由（≒故意又は過失）によって他人の所有に属する占有物を滅失または損傷したときは、占有者は、回復者（所有者に限られない）に対して不法行為に基づく損害賠償義務を負う（709条）。しかし、民法191条本文によれば、占有者が善意である場合には、この損害賠償義務が軽減され、「その滅失又は損傷によって現に利益を受けている限度」（いわゆる現存利益）において賠償する義務を負うにとどまる。善意の不当利得返還義務者の場合（703条）と同じである。ただし、これにも例外があって、「所有の意思のない占有者は、善意であるときであっても、全部の賠償をしなければならない」（191条但書）。つまり、損害賠償義務の軽減は、自分が所有者であると誤信している善意・平穏・公然の自主占有者の場合に限られる（186条1項により推定を受ける）。善意の自主占有者に、他人物を保管する場合と同様の厳格な損害賠償義務を負担させるのは酷だからである。「滅失」には、物理的滅失だけでなく、紛失や第三者への譲渡なども含まれ、「損傷」にはひどい使い方をしたことによる価値の下落も含まれよう。なお、悪意占有者は、他主占有者と同様に、全額の損害賠償義務を負う（191条）。

(3) 占有者の費用償還請求権

占有者は、回復者（所有者に限られない）に対して、以下のような規律に

従って、自らが目的物に投下した必要費や有益費の償還を請求することができる。民法では、物の保管に関して支出された費用につき、それぞれの法律関係に即した費用負担規定が用意されているが、基本的には占有の場合と同様の発想で規定されている（299条［留置物］、350条［質物］、391条［抵当不動産］、583条2項［買戻特約付売買の不動産］、595条［借用物］、608条［賃借物］、665条［受寄物］など）。

(a) 必要費

占有者が占有物を返還する場合には、その物の保存のために支出した金額その他の必要費を回復者に償還請求できる（196条1項本文）。ここにいう**「必要費」**とは、修繕費用・固定資産税・動物の飼料など、当該目的物を保存・管理するために要した費用であり、本来であれば、目的物の本権者が負担すべき費用であるから、占有者の**善意・悪意を問わず**、その返還を請求できるものとしている。ただし、前述のように、占有者が**果実**を取得している場合には、通常の必要費は、占有者の負担となる（196条1項但書）。

(b) 有益費

占有者が占有物の改良のために支出した金額その他の**有益費**については、占有者は、それによる目的物の価格の増加が現存する限りで、「回復者の選択に従い」、その支出した金額または現存する増加額を償還させることができる（回復者は、通常、いずれか低額の方を選択することになろう）。一種の選択債務となるため、回復者が選択権を行使しない場合は、408条によって占有者に選択権が移りそうであるが、占有者の**善意・悪意を問わない**ことを考えると、増加額の現存を要件として画一的基準で処理するのが適切であり、むしろ選択権の移転は認めず、回復者の意図（通常は低額な方）を基準に定めるのが適当である（新版注釈民法(7)239頁［田中整爾］参照）。有益費を支出するかどうかは、本来であれば、回復者が決定できたはずの事柄であり、「利得の押しつけ」を拒絶する意味でも、回復者の返還義務を軽減するのが適当だからである。ここにいう「有益費」とは、建物の増改築費用や改良費のように、占有物の価値を客観的に増加させるために支出された費用のこと

であり、単に主観的な趣味・嗜好に応じて物に支出された費用などは有益費とはいえない。有益費は、物の価値増加分が返還時に現存していなければならない（賃借物について、最判昭和48・7・17民集27巻7号798頁）。さもないと、有益費による増加分が、結局、回復者に帰属しないことになるからである。

(c) 費用償還請求権の履行時期と留置権

必要費・有益費の償還請求権は、占有者が回復者に占有物を返還する場合において発生するものであるから、発生と同時に履行期が到来し、期限の定めのない債権となる。この債権については弁済を受けるまで、占有者は目的物に留置権を行使して、その物を留置することができる（295条1項本文。しかし、有益費については、悪意の占有者との関係で、裁判所が、回復者の請求によって、その償還につき相当に期限を許与することができる（196条2項但書）。この期限の許与があれば、目的物返還が先履行になるため、占有者は留置権の行使ができなくなることに注意する必要がある（295条1項但書、参照）。

4 家畜外の動物の原始取得

家畜以外の動物で他人が飼育したものを占有する者は、その占有の開始の時に善意であり、かつ、その動物が飼主の占有を離れた時から一箇月以内に飼主から回復の請求を受けなかったときは、その動物について行使する権利（通常は所有権＝使用・収益・処分権）を取得する（195条）。「家畜以外の動物」というのは、人の支配に服さないで生活するのを通常の状態とする動物をいい、「九官鳥」などは（牛馬犬猫と同じく人に飼育され愛玩用としてその存在を認められるものであるから）これに当たらないとする裁判例がある（大判昭和7・2・16民集11巻138頁）。「誰かに飼われていたに違いない」と思われる状況によって家畜かどうかが定まるなら、日本ではワニやニシキヘビ等も、「人の支配に服さないで生活するのを通常の状態とする動物」ではあるまい。また、猿は山村では野生動物かも知れないが、都会では家畜ということになる。なお、195条は、動産取引の安全を図るための即時取得制度（192条以下）に続けて規定されているものの、取引の安全とはほとんど無関係であり、

特殊な占有の効果というほかない。

なお、他人飼養の家畜を占有した場合は、195条の問題ではなく、遺失物拾得（240条）または不法行為の問題となる。また、狩猟や漁業で家畜外の野生動物を占有するときは、無主物先占（239条1項）の効果を生じる。

5　占有に伴う責任など

占有の効力として述べられるところの多くは、占有者にとって有利に働くものであるが、占有が占有者の不利に作用する場合もある。たとえば、占有に基づく本権の推定によって課税されるといった付随的問題ばかりでなく、①占有者は、その占有下にある土地・工作物の瑕疵から他人に生じた損害や、その占有下にある動物が他人に加えた損害について責任を負わねばならない（717条、718条）。また、②無権原で物を占有する者は、それが、不法行為や債務不履行の要件に該当すると、損害賠償の義務を負う。そして、③無権原の占有者は、権利者からの明渡請求や引渡請求の被告となり、敗訴判決を受けることになる（被告適格）。逆に、独立の占有者でない場合は、賠償責任が否定される（家屋の不法占拠者の妻につき大判昭和10・6・10民集14巻1077頁、大阪高決昭和32・6・20高民集10巻4号249頁、不法占拠者の使用人につき大判大正10・6・22民録27輯1223頁［明渡請求の相手方としてのみ肯定］、最判昭和35・4・7民集14巻5号751頁など）。

（補）　準占有

占有（権）に関する諸規定は、「自己のためにする意思をもって財産権の行使をする場合に」準用される（205条）。有体物は、本人または占有代理人の所持によって占有が認められるが、そうでない財産権（無体財産権［著作権・特許権・商標権など］・抵当権・先取特権・地役権・鉱業権・債権など）については観念的な支配しかなく、そのような支配については**準占有**という概念が用いられる（フランスでは歴史的に事実上存在する身分関係を基礎とする「身分占有」なる観念も存在した）。もっとも、通常の債権のように、一度行使

してしまえば消滅してしまうような権利には、ことの性質上、準占有の問題が生じないと考えるべきではあるまいか（鈴木・物権法講義110頁。通説は反対）。ちなみに、他人の預金通帳と印鑑を持って、あたかも自己の預金債権かのように銀行に払戻しを求める者を「（預金）債権の準占有者」などということがあるが（478条参照）、そこでの「債権の準占有者」は、沿革的には、表見相続人のように誰が見ても預金者（あるいは債権者）と考えるような特殊な場面での権利外観保護に関わるものであって、物権法における「準占有」を介しての占有規定を準用する余地はないというべきであろう。

＊【文献など】　石井紫郎「占有訴権と自力救済」法協113巻4号555頁（1996年）、三ヶ月章「占有訴訟の現代的意義——民法202条1項の比較法的・系譜的考察」同・民事訴訟研究第3巻（有斐閣、1966年）、鈴木禄弥「占有訴訟制度の存在理由」幾代通＝鈴木禄弥編・民法の基礎知識(1)（有斐閣、1964年）同・研究387頁以下、米倉明「自力救済」法学教室17号（1982年）［同・民法講義総則(1)（有斐閣、1984年）37頁以下所収］、青山善充「占有の訴と本権の訴との関係」民法の争点Ⅰ132頁（訴訟法との関係について詳しい）、鎌田薫ほか編・民事法1総則・物権（日本評論社、2005年）222頁以下［吉田邦彦・八田卓也・渡辺弘］など。

第4章
所有権

> ここでは、「権利の母」とも呼ばれる所有権について学ぶ。いうまでもなく、「所有権」は、人の保有する財産的権利の中でも最重要の物権である（もう一方の旗頭が「金銭債権」である）。既に、本講義においても、物権変動などを考えるにあたって、所有権を代表的な物権として登場させているので、読者にとってさほど目新しい概念ではないかもしれないが、近代的所有権の概念は手強い。まずは、そもそも所有者が所有物に対していかなる権能を有するのか、同時に、それに伴う制限や制約を明らかにしておく必要がある。また、土地所有権に関しては「相隣関係」、区分所有建物については建物区分所有法で細かなルールが存在する。

第1節　所有権とは何か

1　所有権の内容

(1)　**自由な使用・収益・処分**

　所有権は、「物（通常は有体物＊）」に対する全面的・絶対的・直接的支配権であり、ある人の特定の物に対する排他的支配の意思［規範的に定型化された意思］が、社会的にも承認された状態といえよう。民法206条は、「所有者は、法令の制限内において、自由にその所有物の使用、収益及び処分をする権利を有する」と定める。

　歴史的に、所有権は、現実の支配・使用と密接に結びついていたが、今日では、現実的支配からは、ひとまず分離・独立した観念的・抽象的な権利として構成されている。所有権がこのような法的性質を有する絶対的な権利と観念されるようになったのは、近代に入って後のことであり、封建社会における身分制と結びついた政治的支配秩序を反映した物権の重層的な構造（領主の上級所有権と農民の下級所有権の分割所有権形態や共同体的拘束下での物支配など）を打破して、個人の自由な所有権が、かつてのローマ法的所有権になぞらえられて創出された結果である（政治的・身分的・共同体的拘束からの解放）。「近代的所有権」とは、まさに自律する個人にとって、市民的自由の前提条件となる各人固有の（proper）財産的基礎を提供するもの（→ property）として、フランス人権宣言などで、その絶対性が唱えられたイデオロギッシュなものなのである（フランス人権宣言17条は、所有権が「神聖にして不可侵の権利」であるという）。

　所有権的支配が全面的であるとは、所有者が物の使用価値・交換価値を全面的・包括的に把握しているということを意味する。つまり、所有者は、その物を自分の意思に従って自由に**使用**し（*usus*）・**収益**し（*fructus*）・**処分**する（*abusus*）ことができ、その目的如何も問われない。所有者は、所有物を自分で随時に使用・収益できるだけでなく、他人に利用させて地代・賃料の

ような収益（法定果実）をあげることもでき、自分や第三者が負う債務の担保として、その物に質権や抵当権のような担保権を設定したり、所有権そのものを他人に譲渡したり、放棄したりすることもできる。しかも、この所有権は、使用・収益・処分等の権能の単なる束（＝集合）というだけではなく、それらが渾然一体となった「**包括的支配権**」として観念されてきたという点が重要である。なるほど、所有者が、他人のために自己所有地に地上権を設定するなどすれば、その限りで所有権は制約を受けることになり、物の全面的支配権たる実質を減ずることになるのはいうまでもないが、それらの用益的権利や制限物権が目的を終えると、所有権は再び円満な状態に復帰する（**所有権の弾力性**＊）。

効力が対外的に絶対的であるということは、（所有権の分身たる）物権に共通する性質である。所有権に基づく支配が他人によって違法に侵害された場合は、「万人に対して」自己の排他的権利を主張でき、所有権に基づく物権的請求権や損害賠償請求権（709条）等を行使することができる。また、所有権には存続期間の限定がなく（地上権［268条］・永小作権［278条］・不動産質権［360条］などの物権には期間の定めがなされる）、所有権を行使しなかった（＝放置していた）からといって、所有権以外の物権や債権のように消滅時効にかかることもない（これを**所有権の恒久性**という。大判大正5・6・23民録22輯1161頁参照）。もっとも、他人の取得時効の完成によって反射的に所有権が失われる場合はある（一物一権主義の帰結である）ので注意が必要である。

　＊【文献など】　日本における近代的土地所有権への変遷については、甲斐道太郎ほか・所有権思想の歴史（有斐閣選書、1979年）、川島武宜・所有権法の理論（岩波書店、1949年）80頁以下、簡潔には、加藤・大系Ⅱ253頁以下。

　＊【知的所有権】　民法上の「所有権」は、物（有体物）を目的とする権利であり、特許・発明等を実施する権利（特許法68条）や、著作物を公衆に提供・提示する権利（著作権法18条）のような無体財産権・知的財産権は、所有権のアナロジーで考え出された特別法上の物権類似の財産権である。そこに民法上の所有権が成立しているわけではなく、物権的請求権その他の所有権をめぐる規律は適用されない（むしろ所有権法を参考にしつつ、独自の規律を必要とする）。

　＊【所有権の弾力性】　たとえば土地の所有権者が他人に土地を利用させて地上

権を与えている場合に、所有権の内容の一部が制約されているが、この地上権が消滅すると再び100％の権利に復帰するという性格を表して、所有権の弾力性などという。指で押さえたボールが、指をはなすと元に戻るのと同様なイメージで語られるが、あまり実質的な意味を持つわけではない。共有のところに、これを説明しやすい規定がある（255条）。一つのケーキを三人で食べようと思ったら、一人いなくなったので、二人で食べることができるようになったようなものである（もう一人いなくなれば一人で全部食べられる）。

(2) 所有権の制限

　上述のように、所有権は、全面的・絶対的権利であるとはいうものの、過度にその自由を強調することは適当でない。所有権は、あくまで、制度として社会秩序の中に組み込まれる形で認められた人為的観念である（社会化された私的所有権）。したがって、人々が社会生活を円滑に営むには、各自の所有権にも、一定の制約が必要不可欠であり、かつ内在的である（所有権は義務を伴う［1919年ワイマール憲法153条3項］）。

　とりわけ限られた資源である土地利用のあり方には、制限が多い。土地に対する所有権は、結局のところ、その位置と個性を特定された有限の自然の領有（地表の一部の私的独占的支配）であり、しかも、土地は全ての人にとって生存や活動の基盤であって、利用されてこそ価値のあるものであるから、他の動産（商品）所有権などとはかなり性格を異にする。それゆえ、所有権以上に利用権や利用形態が重視され、土地所有権は利用権によって制限されることを本則とするだけでなく、他の財産権に比して強い社会的公共的制限に服することになる（土地基本法2条参照）。民法では、隣接土地所有者との相隣関係についての相互の利益調整規定があるほか、第三者の権利との調整場面で、**権利濫用**法理（民法1条3項）によって、所有権者による自己所有物の自由な使用・収益・処分行為が個別に制限されることもある。有名な「宇奈月温泉事件」（大判昭和10・10・5民集14巻1965頁＝河上・民法学入門第2章参照）や、「板付飛行場事件」（最判昭和40・3・9民集19巻2号233頁）は、その典型例である（「その明渡によって所有者の受ける利益に比し国のこうむる損害がより大である等判示の事情があるときは、所有者の国に対する右土地明渡請求は、私権の本質である社会性、公共性を無視する過当な請求として許されな

い」)。また、自己所有地上の建物建築によって隣家の日照・通風を阻害したような場合について、不法行為に基づく損害賠償責任を認めた事例もある（最判昭和47・6・27民集26巻5号1067頁）。さらに、賃貸借関係や農地関係の特別法による不動産所有権の制限、区分所有建物における特別の規制などにも私法上の制限がある。要するに、自分の所有地だからといって、他者や公共の利益を不当に害するような利用や権利行使は認められないのである。

　より一般的に、財産権は**「公共の福祉」**に適合することが要請され（憲法29条2項、民法1条1項）、民法206条には、**「法令の制限内において」**という留保が明示されていることにも注意したい。ここにいう「法令の制限」は、すこぶる多い。とりわけ不動産については、住宅政策・土地政策・農業政策、環境政策などとも密接に関係して、**国土利用計画法・都市計画法・建築基準法・文化財保護法・景観条例**といった種々の特別法上の制限を受けている（公用制限・公用負担＊）。このような所有権の制限は、産業や技術の高度に発展した現代社会では、ますます拡大する傾向にある。今日の土地所有権は、公共的制約下でのみ権利行使の具体的態様が定まるといっても過言ではない。したがって、その課題は、所有権をいかに公共的制約と調和させつつ個人の財産としての利用と価値を保護していくかにある。さらに、**土地収用法**（昭和26年法219号）によれば、一定の公益事業のために必要とされるときは、適正額での補償の下で、国家が土地を収用することを認め、その手続が定められている。

　＊【行政法上の所有権の制限】　たとえば、本来であれば、自分の土地にどのような建物を建築しようが、土地の使用・収益が自由であれば何の制限もないはずである。しかし、その土地が都市計画区域にあるときは開発行為が規制されたり（都市計画29条）、都市計画法上市街化を抑制するための市街化調整区域内の農地であるときは、農業用あるいは農業を営む者の住居用建物以外の建物の建築は認められない（都市計画43条）。逆に市街化区域では、用途地域（低層・中高層住宅専用地域、近隣商業地域、工業地域など）ごとの制限があり［都市計画8条1項1号］、建築基準法上の用途規制（建築可能な建築物、建築してはならない建築物を定めるもの）、建築物の形態規制（容積率・建ぺい率・高さ・斜線制限などの建築制限）が存在する［都市計画10条、建築基準48～57条］。また、公共事業の優先のために、一定の大都市地域では、大深度地下の公共的使用に関する特別措置法による（40mを超る地下の）土地利用制限などがある。さらに、処分制限では、農地法による農地等の権利移転制限

（同法 3 条）や、文化財保護法による国宝・重要文化財の売却や国外持ち出し制限（同法34条、43条以下）などがある。秋山靖浩・不動産法入門（日本評論社、2011年）106頁以下など、参照。

(3) 土地所有権の及ぶ範囲

　土地所有権の及ぶ範囲については、ローマ法以来の原則として、土地所有権は「**天心から地軸まで**（usque ad coelum, usque ad inferos）」という法格言が伝えられ、民法207条にも、土地の所有権は法令の制限内で「空間および地下」に及ぶ旨が規定されている。しかし、それが合理的に支配可能な範囲に限定されるべき内容であることはいうまでもない（ドイツ民法905条は「何らの利益のない高所又は深所」に所有権は及ばない旨を定め、スイス民法667条は「土地の所有権は、その行使につき利益の存する限度において空中及び地下に及ぶ」と規定する）。論理的にも、一筆の土地の上下に一つの所有権しか成立し得ないというわけではない。たしかに、電線や高架橋、下水管などを他人の土地の上下に設置しようとする場合に、通常の合理的使用範囲内においては、土地所有者から土地利用権を得る必要がある。しかし、その範囲を超えるときは、もはや土地所有者の支配圏外と考えられる（さもないと飛行機は空を飛べない）。

　今日では、技術の著しい発展によって、空中・海底・大深度地下などに独立の利用権を考えねばならない時代が到来している（問題は公示方法か）。既に、1966（昭和41）年に、民法269条の 2 で、地下または空間が、上下を定めて工作物を所有するための地上権の目的となりうることを明らかにし（地下なのに地上権とはこれ如何）、「大深度地下の公共的使用に関する特別措置法」（平成12年法87号）によって、大深度地下利用のための特別なルールを定めている。それによれば、東京などの大都市圏で、一定の公共事業（道路・地下鉄敷設・電気等のライフライン設備など）のために大深度地下を利用する場合、事業者は、一定の手続を経て国土交通大臣の使用認可を受けることによって、無償で大深度地下を使用できるものとされている（大深度地下25条、37条。詳しくは、鎌田薫「大深度地下利用と土地所有権」内田勝一ほか編・現代の都市と土地私法［有斐閣、2001年］所収参照）。地中の鉱物資源については、

国から鉱業権を付与された者のみが採掘権を持つものとされているため（鉱業法2条、7条、12条など参照）、土地所有者の所有権はそこに含まれた鉱物には及んでいないことになる。

土地の構成部分をなす地下水についても、原則として土地所有権が及んではいる。したがって、通常、他人の権利を侵害しない限度で湧き水や地下水を使用することに問題はない。しかしながら、当該水脈から社会通念上過度に地下水をくみ上げることで、下流地域にある井戸を枯渇させるような場合には、権利濫用となりうる（大判昭和13・6・28新聞4301号12頁）。また、（通常の井戸ではなく）**温泉**を掘る場合は、知事の許可が必要とされている（温泉法3条）。つまり、水資源についても、絶対的支配の対象とはいえないのである。

2　不動産所有権と相隣関係

「不動産」とりわけ土地は、単独所有の孤島でもない限り、必然的に他の土地と隣接しており、各々の土地が効率的に利用されるには、その隣接地の所有権を一定範囲で制約しつつ、相互の協力と調整関係（相隣関係）秩序を形成する必要がある。相隣関係法は、隣り合った土地双方の利用を促進するために法律上当然に認められるもので（ただし、別の合意や慣習があればそれによることもできる）、一方では所有権の及ぶ範囲の拡張であり、他方では制限となる。これと同様の目的で土地所有者相互の合意で物権的利用権を設定する「**地役権**」制度（280条以下）もある。一方の土地が他方の土地の「役に立つ」ことを求めるという発想は、ローマの時代から存在していたもので役権（*servitutes*）と呼ばれた（フランスでは相隣関係が法定役権［servitude légale］と呼ばれる。これに対し、人が他の人の役に立つのが「人役権」）。土地の利用関係をめぐる利害調整は何時の時代も重要な法的課題であり続けているのである。

相隣関係についての条文は、数の上ではかなり多い（それだけ昔から紛争も多かったのであろう）。これには、①隣地の使用に関するもの（隣地立入権・隣地通行権）、②通排水に関するもの、③境界に関するもの、④竹木の枝や

根の切除に関するもの、⑤境界付近の建築・工事に関するもの（距離の確保・観望制限）などがある。これらの規定は、土地「所有権」相互の関係を規律する形になっているが、「地上権」にも準用される（267条）。要は、土地利用相互の調整問題であるから、地上権以外の土地利用権（永小作権・土地賃借権など）にも可及的に類推適用されてよい（最判昭和36・3・24民集15巻3号542頁も参照）。ちなみに、相隣関係に類する問題は、相接合する建物相互間でも生じ、民法旧208条に規定が置かれていたが（棟割り長屋の壁・横木に関するもの）、昭和37年に削除され、建物の区分所有に関する特別法が用意されている（後述）。

たしかに、民法の相隣関係の諸規定は、明治期の社会状態を前提としているものであるため、いささか時代遅れの観がないではない。したがって、その点をわきまえて、社会生活の実態変化にスライドさせて規定の趣旨を活かすことが重要である。今日では、特に、都市部において、都市計画などによる土地所有権の制限との交錯問題がクローズアップされ、あらためて相隣関係法における土地所有権の制限の意義が問い直されている（詳しくは、秋山靖浩「相隣関係における調整の論理と都市計画との関係（1〜5完）」早稲田法学74巻4号、75巻1号、2号、4号、76巻1号〔1999〜2000年〕）。民法における規定群は、一読して内容の分かるものも多いが、簡単に説明を加えておこう。

(1) 隣地使用権

(a) 隣地立入権（209条）

土地所有者は、境界またはその付近で塀（障壁）や建物の築造・修繕を行うために、必要な範囲で隣地を使用できる（**隣地立入権**）。たとえば、境界線付近にブロック塀を立てようとする場合、自分の所有地や利用地だけから作業を進めたのでは、きちんと工事が出来ないため、隣地に立ち入って工事をさせてもらう権利があるというわけである。ただし、プライバシー保護の観点から、隣人の承諾がなければ、住家にまで立ち入ることはできないのは当然であろう（209条1項）。しかも、権利があるからといって、強引に隣地に立ち入ってよいという性格のものではなく、ある種の「認容請求権」であるから、隣人が拒むときは裁判をもってこれを実現するほかない（414条2項参

照)。なお、立入りに伴って隣人が損害を受けたときは、その償金(適法行為によって生じた損害に対する補償であって、損害「賠償」ではない)を支払わねばならない(209条2項)。

(b) 隣地通行権・囲繞地通行権(210条〜213条)
① 袋地・準袋地・囲繞地　他人の土地に囲まれて公道*に出ることのできない土地を「**袋地**(ふくろち)」、完全に囲まれているわけではないが、池沼(ちしょう)・河川・水路・海または著しい高低差のある崖を経てしか公道に出られないような土地を「**準袋地**」といい、こうした袋地・準袋地を囲んでいる他の土地を「**囲繞地**(いにょうち)」という。このとき、袋地・準袋地の所有者は、公道に出るために、その土地を囲んでいる囲繞地たる隣地を通行することができるというのが**囲繞地通行権**である(210条)。この通行権が認められる通行場所と方法は、当該通行権を有する者のために必要な範囲で、かつ、他の土地(囲繞地たる隣地)にとって最も損害の少ないものを選ばねばならないが、必要に応じて通路を開設することもできることとされている(211条*)。ただし、通行権者は、一定の方法で償金を支払うことを要する(212条)。

囲繞地通行権は、所有者だけでなく、地上権者にも認められる(267条)。利益状況の変わらない、土地賃借人等についても同様に解すべきである(最判昭和36・3・24民集15巻3号542頁[積極])。その場合、通行権を主張するのに主張者が問題の袋地・準袋地において利用権について対抗要件を備えていないといけないかは、やや問題であるが、判例は対抗要件を備えた場合に限るものとしている。利用権そのものを争う関係にないのであるから、対抗要件までは不要と考えるべきではないかとも思われるが、権利関係の明確化を図る上での要請であろうか。

もっとも、地役権(=通行権)自体の登記までは要求されない(通行地役権と隣地通行権は必ずしもパラレルに論じ得ないとしても)。最判平成10・2・13民集52巻1号65頁(=不動産判百91事件[秋山靖浩:未登記地役権につき])は、通行地役権の「承役地が譲渡された場合において譲渡の時に、右承役地が要役地の所有者によって継続的に通路として使用されていることがその位置、

形状、構造等の物理的状況から客観的に明らかであり、かつ、譲受人がそのことを認識していたか又は認識することが可能であったときは、譲受人は、通行地役権が設定されていることを知らなかったとしても、特段の事情がない限り、地役権設定登記の欠缺を主張するについて正当な利益を有する第三者に当たらないと解するのが相当である」としている。土地の分譲等を契機として通路が確保される場合に、当該通路敷地については黙示的に通行地役権が設定されたものと解すべき場合が少なくなく、このとき、当事者に通行地役権設定登記を期待するのは現実的に困難であり、従前の通行を否認される地役権者の利益を擁護する必要性が高いからである。承役地譲受人が、通行地役権設定登記の欠缺を主張するについて正当な利益を有する第三者に当たらないとされた場合、通行地役権者は、譲受人に対し、通行地役権に基づいて地役権設定登記手続きを請求することができると解されている（最判平成10・12・18民集52巻9号1975頁）。承役地転得者との関係で、取引の安全を確保するためにも必要なことだからである。

＊【公道】　一般に、公道といえば、行政主体が行政作用として一般交通の用に供するために設けた公物たる道路を指し、私物としての道路である「私道」に対立する観念である。しかし、囲繞地通行権が問題となる場合の公道（かつては「公路」と表現されていた）は、狭義の公道よりやや広く、公衆が自由に通行できる道路で、私道も含まれうる。

＊【囲繞地通行権の範囲】　袋地であるかどうかは、物理的に完全に囲まれているという場合（絶対的袋地）だけでなく、当該土地の利用目的・利用状況・社会経済的必要性の有無・関係者の利害得失・合意の有無・慣行などから総合的に判断される必要がある（安藤一郎・私道の法律問題〔第5版〕〔三省堂、2005年〕90頁など）。また、その利用目的に照らして通行に必要な範囲も定まる。たとえば、大判昭和13・6・17民集17巻1331頁では、袋地と称する土地から大理石を産し、所有者はこれを切り出して搬出するという利用を考えていた。しかし、公道に通じているのは幅1メートル程度の「傾斜すこぶる急な」道であり、前記のような土地利用にとっては袋地同然であると判断され、トラックによる大理石の搬出に必要な範囲において囲繞地を通行する権利があるとされた（通常であれば、自動車の通行幅まで要求するのは困難な場合が多かろう）。さらに、建築基準法43条に基づき建物の敷地が公道に2メートル以上接すべき義務（接道義務）との関係でも、囲繞地通行権の成否が問題となる。戦後の建築基準法で、防火等の観点から一定の接道義務が課されたため、古い密集地の建物の建て替えなどの際に、多くの紛争を生じた。昭和37年、最高裁は、

この点は「通行権そのものの問題ではない」として囲繞地通行権を否定した（最判昭和37・3・15民集16巻3号556頁）。囲繞地通行権と接道義務は、その趣旨と目的（「往来通行」と「避難又は通行の安全」）を異にするというわけである。判例は、その後も慎重な態度を崩してはいないものの、建築基準法上の接道基準を「囲繞地通行権の幅員を考える際の一事情とする」ことは必ずしも否定していない（最判昭和49・4・9裁判集民事111号531頁、最判平成11・7・13裁判集民事193号427頁＝判時1687号75頁［通路拡張を否定］）。

　学説は、概して、最高裁の消極的姿勢に批判的で、袋地所有者の建築基準法上の不利益補填の方法を模索することは、相隣関係法の下でも是認されるべきであるとするものが多い。袋地と囲繞地の具体的事情を比較衡量して決すべき問題であるが、都市部で家の建たない土地など資源の死蔵でしかなく、袋地についても家が建つ程度の配慮は必要であろう。その意味では、最判平成18・3・16民集60巻3号753頁＝判百Ⅰ70事件［秋山靖浩］が、自動車通行用の幅員での通行権を認めるかどうかに際して「自動車による通行を前提とする210条通行権の成否及びその具体的内容は、他の土地について自動車による通行を認める必要性、周辺の土地の状況、自動車による通行を前提とする210条通行権を認められることにより他の土地の所有者が被る不利益等の諸事情を総合考慮して判断すべきである」とした判旨は、より一般化されてよい判断であろう。最高裁は、判断のフリーハンドを確保しつつ、次第に土地利用の実態に即した形で通行権を認める方向に進んでいるように思われる。

　なお、最判平成9・12・18民集51巻10号4241頁によれば、建築基準法42条1項5号による道路位置指定を受けた私道を通行することについて日常生活上不可欠の利益を有する者は、特段の事情のない限り、敷地所有者に対して通行妨害行為の排除および禁止を求める権利（人格権的権利）を有するとされている。

②　**分割・一部譲渡で発生した袋地**　以上に対して、袋地または準袋地が、ある土地の分割や一部譲渡によって生じたような場合は、その土地の他の部分（残余地）にしか通行権が認められないとされている（213条。償金も不要）。もとの土地を分割・一部譲渡する際に、分割や譲渡後のそれぞれの土地について通路が必要であることは当然予想して対処できたはずであり、勝手に分割・一部譲渡したことによって他人の土地に迷惑をかけるべきではないとの常識的判断によるものである（沿革については、岡本詔治・隣地通行権の理論と裁判〈増補版〉［信山社、2009年］293頁以下に詳しい）。

　判例（最判昭和37・10・30民集16巻10号2182頁）によれば、この規定は、一筆の土地の全部が同時に分割されて複数の者に分譲されたような場合に袋地を生じたときの譲受人相互間においても適用される（＝残余地にのみ囲繞地

通行権を生ずる。学説には異論もある）。

　また、袋地または残余地が第三者に譲渡された場合の通行権についても、判例（最判平成 2・11・20民集44巻 8 号1037頁＝判百 I 69事件［岡本詔治］、不動産判百90事件［秋山靖浩］）は、従前の通行権が、あたかも物的負担のように土地に付随して、新所有者との間で存続・承継されるもの（無償を原則とするのであろうが［213条 1 項第 2 文］、判例の立場は必ずしも明らかではない［安藤一郎・NBL467号19頁］）と解している。判旨は次のように述べる。

　「共有物の分割又は土地の一部譲渡によって公路に通じない土地（以下「袋地」という。）を生じた場合には、袋地の所有者は、民法213条に基づき、これを囲繞する土地のうち、他の分割者の所有地又は土地の一部の譲渡人若しくは譲受人の所有地（以下これらの囲繞地を「残余地」という。）についてのみ通行権を有するが、同条の規

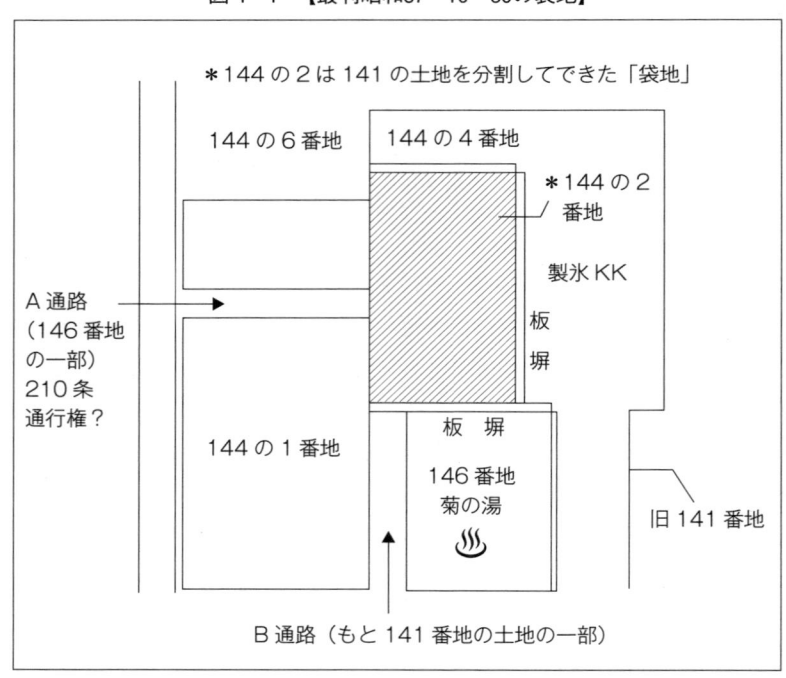

図 4-1 【最判昭和37・10・30の袋地】

＊144の 2 は141の土地を分割してできた「袋地」

144の 6 番地　　144の 4 番地

＊144の 2 番地　製氷KK　板塀

A通路（146番地の一部）210条通行権？

144の 1 番地

板塀　146番地　菊の湯 ♨

旧141番地

B通路（もと141番地の土地の一部）

定する囲繞地通行権は、残余地について特定承継が生じた場合にも消滅するものではなく、同法213条の規定する囲繞地通行権も、袋地に付着した物権的権利で、残余地自体に課せられた物的負担と解すべきものであるからである。残余地の所有者がこれを第三者に譲渡することによって囲繞地通行権が消滅すると解するのは、袋地所有者が自己の感知しない偶然の事情によってその法的保護を奪われるという不合理な結果をもたらし、他方、残余地以外の囲繞地を通行しうるものと解するのは、その所有者に不測の不利益が及ぶことになって、妥当でない。」

これには、「少数意見」も付されており、囲繞地通行権が土地の物理的属性だけでなく対人的要素をも考慮して定められていることから、残余地に特定承継が生じた場合には、無償の囲繞地通行権は消滅して、民法210条以下が適用されると解すべきである、としている。難問ながら、少なくとも、既に無償通行権が現実に行使されてきた場面では、残余地に特定承継があった場合にも、そのまま通行権を承継させ、補償の調整は譲渡価格等に反映させていくのが適当と思われる（最判平成5・12・17判時1480号69頁は、担保競売によって生じた袋地について民法213条の適用を肯定するに際し、当該残余地の特定承継人に無償通行権の受忍義務を肯定した）。原則として累を第三者に及ぼすべきでないという**相隣的信義と分割・譲渡における当事者の合理的意思**からすれば、残余地での通行権は袋地となる土地の「付従的権利」であって、これに対応する残余地の物的負担と観念するのが明解であり、相隣関係の安定のためにも適当と考えられる場面が圧倒的に多いからである（岡本・前掲427頁以下、石田喜久夫・口述物権173頁以下も参照。反対、広中・物権383頁）。解釈論としては、213条は、210条ないし212条の特別的位置にあり、この点は、ひとまず動かないということになろうか＊。ただ、以上のような考え方を採った場合も、無償性の問題に完全に目をつむるべきであるということを意味しない。袋地所有者の利益を考えると「無償性は承継されない」と言い切ることには問題があるものの、「承継」という偶然の契機を利用して問題状況の是正を図ろうとするのが不適切だというにとどまり、当事者の意思解釈や事情変更の原則などを弾力的に運用することで、無償たる権利を失効させ、有償に転化させる可能性まで否定すべきではあるまい。また、「**償金**」とは別に、道路部分の維持管理費（公租公課等）について通行利用者が応分の負担を負うこともありえよう。

＊【213条はどこまで妥当するか】　特定承継後、いつまでも213条の負担がついた状態が引き継がれていくとすることは、いたずらに非効率な利用関係を維持する結果ともなり、取引の安全にとって脅威ともなることも否定できない。このことは、有償への転化や前主への代金減額請求権を認めることによっても完全には解消されない問題として残ろう。むしろ、現況において、客観的に見て効率的で全体として周辺の土地にとっての負担の最も低い通路が開設されることで、**袋地の効率的利用**が促進されることが望ましい。したがって、少なくとも公道への通路が地役権の設定等によって開設されていると見られる状況下で特定承継があった後は、210条乃至212条の原則に戻って問題を処理することとし、土地の分割の来歴を詮索しつつ無償袋地通行権の所在を探索するというやり方に固執すべきではあるまい（特定承継人の予期を問題とする東孝行「民法213条と袋地・囲繞地の特定承継」創立20周年記念論文集1巻100頁［司法研修所、1967年］も参照）。

(2)　水流・通排水に関する相隣関係

水流や通排水に関する相隣関係上の規定（214条〜222条）は、数こそ多いものの、解釈上の疑義は少ない。要は、「水は高きから低きに流れる」ほかないわけで、これを恣意的に操作して隣地や下流地に迷惑をかけるべきでないという常識的判断に基づいた規定群である。また、適切な水はけや水流を確保するための相互協力に関しても規定がある。たとえば、高地所有者は浸水地を乾かすためまたは自家用・農工業用余水を排出するために公路・公の水流または下水道に至るまで（損害の最も少ない場所と方法を選んで）低地に水を通過させることができる（220条）。さらに、土地の所有者は、その所有地の水を通過させるため、（利益を受ける割合に応じて設置・保存費用を分担して）高地または低地の所有者が設けた工作物を使用することができるものとされている（221条）。ちなみに、最判平成14・10・15民集56巻8号1791頁は、民法220条、221条の類推適用によって、他の土地を経由しなければ給排水できない宅地の所有者が、他人の設置した給排水設備を使用することを認めた。

農業用灌漑水利については古くから争いが絶えず、相隣関係の規定よりも、とりわけ慣行上の権利関係が尊重されるべきことに留意すべきである。農業用水利権は、それ自体が、慣習法上の物権的な権利とも考えられているのである。

(3) 境界に関するもの

(a) 境界標について（223条、224条）

境界標とは、土地の境界を表示するものである。土地所有者は、隣地所有者と共同の費用で境界標を設けることができ（223条）、境界標の設置・保存費用は相隣者が等分に負担し、測量費用は土地の広狭に応じて分担すべきものとされている（224条）。境界標には、5寸角の花崗岩造りのものや、コンクリート角棒で上面に朱で十字が彫られたものなどがある。隣地所有者の承諾が得られない場合でも、勝手に造って費用請求できるというわけではなく、境界標の設置についての協力を訴求できるというものである。

境界標の設置に関連して、境界の画定についても付言しておこう。土地の境界画定をめぐる紛争は、何時の時代にも絶えないが、平成17（2005）年の不動産登記法改正によって、訴訟（境界画定の訴え）によらずに、問題を迅速に処理するため、新たな**筆界特定制度**が設けられた（不登123条〜150条）。これによれば、対象地の所在する法務局が筆界特定の事務を担当し（同124条1項）、土地の所有権登記名義人等が、筆界特定登記官に対して、当該名義人の土地と、これに隣接する他の土地の筆界について筆界特定の申請をすると（同131条1項）、筆界特定登記官が、筆界特定のために必要な事実を調査するために指定された筆界調査委員の意見を踏まえて、対象土地の筆界を職権で特定するものとされている（同143条1項）。もっとも、筆界特定がなされた場合に、その筆界について別に確定を求める訴訟の判決が確定したときは、当該筆界特定は判決と抵触する限りで効力を失う（同148条）。なお、所有権界と筆界は、必ずしも一致しないので注意が必要である。ちなみに、大地震等で境界標が全体にずれた場合は、ずれた状態で境界を確定するほかなく、他方、津波で境界標が押し流されたような場面では、航空写真などによって再現するほかない（阪神淡路大地震や東日本大震災ではこの問題が現実化した）。

(b) 囲障設置権（225〜227条）

「囲障」（いしょう）というのは、囲い壁のことで、2棟の建物がその所有者を異にし、かつ、その間に空地があるときは、各所有者は、他の所有者と

共同の費用で、その境界に囲障（囲い壁）を設けることができ（同条1項）、当事者間に協議が調わないときは、板塀・竹垣・その他これに類する材料で、高さ2メートルのものとされている（225条2項）。したがって、一方が囲障を造ることを求め、他方が不要であるとして協議が調わない場合は、特段の慣習がある場合を除き（228条）、囲障を造ろうとした者が単独で2項の「規格塀」を設けることができ、しかも、その費用は折半で負担してもらうことができるという規定ぶりになっている。「**規格塀**」には、板塀・竹垣が例示されているが、より安価なプラスチックやコンクリートブロックなどの塀でもよい。こうして造られた囲障の設置・保存費用は両当事者が等分で分担する（226条）。一方が、より高価な材料で、より高い囲障を設けることも可能であるが、その場合は、その者が増加費用分を負担する（227条。次の共有障壁についても同様の規定がある［231条］）。

なお、225条1項の「その」というのは「建物」を指しているから、「所有者」は「建物の所有者」のことである。したがって、土地賃借人が借地上に建物を所有しているというような場合でも、この規定の適用があることになる。

(c) 境界標等の共有

境界線上の**境界標**・囲障・障壁・溝・堀などは、隣地所有者との共有に属するものと推定される（229条）。「推定」であるから、推定が破られれば別である。「共有」とはいっても、その性質上、対象が分割請求に馴染むものではないから、「互有」とでも呼ぶべき状態である。一棟の建物の一部を構成する境界線上の壁についても同様の問題を生ずるが、これについては別段の規定がある（230条）。多くは、建物区分所有法の規定に服する（後述）。

(4) **竹木の枝や根の切除に関するもの**

隣地の竹木の枝が境界線を越えるときは、隣地所有者は、その竹木所有者に対し、越境してきた枝を切除させることができる（233条1項）。だからといって勝手に自分で切除してはならないわけで、もし竹木の所有者がこれに応じなければ、裁判所に、竹木所有者の費用で第三者に切除させることを請

求できるにとどまる。これに対し、隣地の竹木の根が境界線を越えるときは、隣地所有者自らその根を切り取ることができる（233条2項）。根は、隣地の栄養分を吸って生育し、既に隣地の構成部分をなしつつあるということであろうか。張り出した枝から隣地に落下した果実の扱いは、明らかでないが、枝から分離して「無主物」となったとすれば、落下した隣地所有者に帰属するというべきであろうか（隣地からせり出してきた枝になったリンゴは、落ちてくるまで食べてはならないが、根を伸ばしてきて顔を出した竹の子は食べてかまわない。ちなみに、ローマ法では、果実の拾取のために、木の所有者の方が、隣地に一日おきに立ち入る権利が認められていたらしい）。

(5) 境界付近の建築・工事に関するもの
境界付近の工事等についても細かな規定が並んでいる。

(a) 境界線付近の建築制限（234条）
まず、建物を建築する場合は、原則として、境界線から50cm以上離さなければならない（234条1項）。敷地いっぱいに建築すると、日照・通風が著しく妨げられるだけでなく、建物の築造や修繕が困難になるからである。この50cmという距離は、土台敷きまたは建物側壁の固定した突出部分（出窓など）と境界線の最短距離とされる（法曹会決議昭和2・2・24法曹5巻4号148頁）。したがって、屋根は、境界線ぎりぎりまで出ていても、おそらく違反にはなるまい。以上のような距離制限に違反して建築をしようとする者がある場合、隣地所有者は建築の差止めあるいは変更を請求できる（234条2項）。ただし、建築に着手したときから1年を経過し、または、その建物が完成した後は、損害賠償の請求しかできなくなる（同条2項但書）。もっとも、236条によれば、これと「異なる慣習があるときは、その慣習に従う」とされているため、市街地の密集地域などで境界線ぎりぎりまで建物を建ててよいとする慣習がある場合は、それによることになる。

(b) 建築基準法との関係
やや問題となるのは、**建築基準法**との関係である。同法65条は「防火地域

又は準防火地域内にある建築物で、外壁が耐火構造のものについては、その外壁を隣地境界線に接して設けることができる」としている（逆に、防火建築でない場合は、第1種住居専用地域内に限り境界線から1mないし1.5m離すことを求めている）。近時は、ほとんどが防火建築である（木造でもモルタルを吹き付けて防火建築とすることが多い）。そこで、この建築基準法65条と民法234条の関係をどう考えるべきかについて疑問を生ずるわけである。民法の規定と建築基準法の規定は、それぞれ別個の観点から建築のあり方に規制をかけているのだと考えるなら、特段の慣習がない場合、防火建築であっても50cmは離すべきであり、隣地所有者の同意が得られれば境界線ぎりぎりまで建築してよいと解するのが穏当のように思われる（東京地判昭和48・12・27判時734号25頁など）。しかし、最判平成元・9・19民集43巻8号955頁は、「建築基準法65条所定の建物については民法234条1項の適用が排除される」とした。防火建築に関する建築基準法65条を、民法234条の「特則」と考えたわけである。

なお、建築基準法には、ほかにも建物の外壁の後退距離に関する定めがある（同法54条）。さらに、日照問題について、第1種および第2種低層住居専用地域での高さ制限（同法55条）や、いわゆる「北側斜線」や容積率・日影規制等の規制（同法52条、56条、56条の2など）がある。隣接する土地の日照妨害に配慮したルールである。いずれも、被害の程度と地域性を考慮して判断すべき問題であるが、民法の相隣関係規定に適合する建築であっても、建築基準法56条等に違反する建築物は違法建築として差止めの対象になるものと思われる。日照妨害事件では、とかく日照時間のみが問題とされがちであるが、通風・眺望や景観・風害・電波障害・プライバシーなどの生活環境全体が問題となる。これらは、「人格権」を基礎に、不法行為法上の差止請求や損害賠償の形で問題とされることも多い。

(c) 隣地を観望する施設の制限（235条）

境界線から1m未満の距離に、他人の土地（人の住む宅地）を見渡せるような窓や縁側・ベランダなどを造る場合は、目隠しを付けなければならない（235条1項、ただし236条）。プライバシーを守るためであることはいうまで

もない。

(d) 境界線付近の掘削制限（237条）

境界線付近で井戸や用水だめ・下水だめ・溝・堀等を掘ったり、導水管を埋設するときには、その距離と工事方法についても規定がある（237条、238条）。境界付近の土砂の崩壊、水・汚水の漏出等を避けるための配慮である*。

　　*【大岡政談「金魚屋裁判」】　名奉行大岡忠相の裁判に「金魚屋裁判」がある。染物屋を営んでいたＸの隣に、因業な質屋Ｙがあり、質屋は隣地の染物屋との境界線ぎりぎりまで大きな土蔵を建てようとした。それでは、染物屋の庭に陽が射さなくなり、染物を干すこともできなくなる。そこで、おそれながらと訴えたところ、大岡は「質屋が必要に応じて自分の敷地内に蔵を建てるのはやむをえない」と述べつつ、Ｘに「おまえも染物屋が立ちゆかないなら、ひとつ最近はやりの金魚屋をやってみてはどうか」ともちかけた。「金魚を養殖するには池が必要だから、質屋との境界線ぎりぎりまで大きな池を掘って金魚を飼うとよい」というわけである。「それでは、蔵が崩れ落ちるか、湿気で質物が台無しになるのでご勘弁ください」という質屋に、「お主のやろうとしていることはそういうことだ」と諫めたのであった。

　　*【文献など】　川島武宜・所有権法の理論（岩波書店、1949年）、村上淳一「近代的所有権概念の成立」我妻栄先生追悼論文集・私法学の新たな展開（有斐閣、1975年）209頁、甲斐道太郎ほか・所有権思想の歴史（有斐閣選書、1979年）、山田誠一「所有権」法学教室171号36頁、吉田邦彦・民法解釈と揺れ動く所有論（有斐閣、2000年）、加藤雅信・『所有権』の誕生（三省堂、2001年）、能見善久「所有権」法学教室255号45頁（2001年）、藤田宙靖＝磯部力＝小林重敬編・土地利用規制立法に見られる公共性（土地総合研究所、2002年）、鷹巣信孝・所有権と占有権──物権法の基礎理論（成文堂、2003年）、稲本洋之助＝小柳春一郎＝周藤利一・日本の土地法──歴史と現状（成文堂、2004年）など。より広いコンテクストで日本の伝統的所有観や現代における「所有」の問題を論ずるものとして、大庭健＝鷲田清一・所有のエチカ（ナカニシヤ出版、2000年）も興味深い。

　相隣関係とくに通行権については、澤井裕・道路・通路の裁判例〔第2版〕（有斐閣、1991年）、岡本詔治・隣地通行権の理論と裁判（信山社、2009年）、東孝行・相隣法の諸問題（信山社、1997年）、安藤一郎・私道の法律問題〔第5版〕（三省堂、2005年）、秋山靖浩「囲繞地通行権と建築法規（1～3完）」早稲田法学77巻4号、78巻2号、4号（2002～2003年）、同「自動車通行を前提とする囲繞地通行権の判断と社会的・公共的観点の考慮」民事研修622号2頁以下（2009年）など。

第2節　所有権の取得

1　所有権の取得一般

　民法典第2編第3章第2節「所有権の取得」には、無主物先占（239条）、遺失物拾得（240条）、埋蔵物発見（241条）、付合（242条〜244条）、混和（245条）、加工（246条）の6種の所有権取得原因が定められている。付合・混和・加工は、あわせて「添付」とも呼ばれる（旧民法財産取得編第2章の章名に用いられた表現である）。所有権の取得原因一般からすると、圧倒的に売買や贈与・交換・遺贈といった法律行為による**特定承継**や相続・合併などの**包括承継**という「**承継取得**」が通常であることはいうまでもない。それ以外にも、時効取得や即時取得などのように前主の所有権に依存することなしに取得者が初めて所有権を取得する「**原始取得**」もかなり一般的である。ただ、これらの典型的な取得原因に関する諸問題は、他の物権一般の取得にも共通するため、主として法律行為（とくに契約）や相続、時効といったところで扱われる。民法239条以下では、わけても所有権取得に固有の態様として、6種類の取得原因が挙げられている。以下では、無主物先占（239条）、遺失物拾得（240条）、埋蔵物発見（241条）、付（附）合（242条〜244条）、混和（245条）、加工（246条）を扱う。多くは原始取得に関わるが、遺失物拾得は特殊な法定の承継取得である。

2　所有権に固有の取得原因

(1)　**無主物先占（239条）**

　野生の鳥獣や海・河川の魚介類、所有権放棄された動産物件など、所有者のない動産（＝無主物）は、ある人が、所有の意思をもって占有する（＝自主占有する）ことによって、その所有権を取得する（239条1項。同条の沿革については、大島俊之「民法239条1項の沿革」大阪府立大学経済研究35巻3号11

頁以下［1990年］参照）。この無主物先占の法理は、「動産」についてのみ妥当する。無主の「不動産」が生じた場合は、最終的に国庫に帰属し（239条2項）、先占の対象とはならない（なお、無主の相続財産の国庫帰属につき959条も参照）。さらに、「鉱物」（鉱業法3条）の支配権は国家に帰属しているため、私人がそれを採取するには、採取権を国家から与えられねばならない（鉱業法2条）。魚や鳥獣についても、漁業法、水産資源保護法、「鳥獣の保護及び狩猟の適正化に関する法律」等による一定の制限がある。

先占による所有権取得には、「**所有の意思**」が伴わねばならない（**自主占有**）。したがって、雇われて漁業に従事する者が海中から魚（無主物！）を捕獲しても、その者に所有権が発生するわけではなく、雇い主がその所有権を取得することになる（ここでの漁師は「占有代理人」にすぎない）。

「無主物」かどうかは、その物が、誰かの事実上・法律上の支配を放れているか否かによって判断される。たとえば、ゴルフ場内の人工池の底にあるロストボールは、なおゴルフ場の所有物であって、「無主物」ではない（最決昭和62・4・10刑集41巻3号221頁）。

また、「**先占**」の観念は、意思を要素とする準法律行為中の非表現行為であるが、占有意思には行為能力までは要求されない（末広・物権上283頁、・注釈民法(7)273頁［五十嵐清］、我妻＝有泉・講義Ⅱ300頁など。取得時効についてであるが、制限行為能力者も自主占有をなし得るとした最判昭和41・10・7民集20巻8号1615頁も参照）。先占の成否は、社会通念によって定まるというほかなく、各場合について、目的物がその者の実質的支配下に属するとみられるかどうかで決まる。たとえば、野生のタヌキを狭い岩穴に追い込んで入口を石塊でふさいだような場合は、タヌキに対する事実上の支配を獲得し、これを先占したものとする裁判例がある（大判大正14・6・9刑集4巻378頁）。さらに、払下げ許可を得て、その旨を公示する標杭を設置して、他人の採取を防止すべく監視人を配置しているような場合、その海浜に打ち上げられた貝殻は現に握持するまでもなく、海浜に打ち上げられると同時に先占取得されるとした裁判例もある（大判昭和10・9・3民集14巻1640号）。

(2) 遺失物拾得（240条）

「**遺失物**」は、無主物と異なり、占有者の意思によらずにその所持を離れた（盗品以外の）物である。遺失物は、あくまで所有者がどこにいるかが容易に知れないという物であるから、無主物のように拾得者に直ちに私的所有権が発生するわけではない。むしろ、所有者の所在が明らかになれば、遺失物は、その者に返還されるのが原則である。**遺失物法**（明治32年法87号→平成18年法73号で全部改正された）は、通常の遺失物のほか、誤って占有した他人の物、他人の置き去った物、逸走した家畜（遺失2条1項、3条）を遺失物に準ずるもの（**準遺失物**）とする。遺失物拾得者は、拾得物を直ちに遺失者に返還し、または警察署長に提出する義務を負う（同法4条）。警察署長は、遺失物法の定めるところに従って公告（インターネットでの公表を含む）をした後、3ヶ月以内（平成18年法73号で6ヶ月から短縮された→平成19（2007）年12月から施行）にその所有者が判明しないときに限り、これを拾得した者に、その所有権を取得させる（民法240条、ただし、禁制品や個人情報に関わる物件・電子情報などにつき遺失物法35条以下参照*）。遺失者が判明した場合には、その者に、拾得物が返還され（遺失物6条）、拾得者には一定範囲で「報労金」が支払われる（同法28条）。なお、保管に費用や手数のかかる傘や衣類などの大量の安価な物件については、2週間以内に遺失者が見つからない場合は、売却等の処分ができ（同法9条2項）、売却代金から費用を控除した額が遺失物とみなされる。

遺失物は、盗品の場合と同様、即時取得（192条）の例外とされ、所有者からの回復請求の対象となる（193条、194条）。逃走した家畜外動物についても、もとの飼い主に1ヶ月の回復請求が認められている（195条）。ちなみに、動物愛護法が適用される所有者不明の犬猫には遺失物法は適用されず、都道府県が引き取ることになる（遺失物法4条3項）。その他、漂流物・沈没船（水難救護24条以下）、宝くじの拾得（当せん金付証票法11条の2）などについても特別法がある。遺失物・漂流物その他の他人の占有離脱物を勝手に自分のものにすると、刑事上の責任が問われる（刑法254条［遺失物等横領罪］）。

＊【駅で遺失物を拾得したら？】 鉄道等の駅、学校構内、監守者のいる船舶・車両・航空機・建物のように、本来、一般公衆の通行の用に供することを目的とし

ない施設あるいは移動施設の構内で他人の物を拾得した者は、すみやかに、当該物件を監守者（駅長など）に届けて交付し、交付を受けた監守者は、それを船・車・建物等の「施設占有者」に差し出さねばならない（遺失物法4条2項）。施設占有者は、遺失物の保管に適すると指定された法人（同法17条）でない限り、善良な管理者の注意をもって当該物件を保管した後、速やかに警察署長に差し出さねばならない（同法13条）。施設占有者のうち、駅のように、その施設を不特定・多数の者が利用するものは、物件の交付を受けた後、その施設利用者の見やすい場所に公告・掲示するなどして遺失者を探索することで遺失物法7条における公告にかえることができる（同法16条）。いずれにせよ、遺失者が名乗り出た場合は、本人確認の上で、これを引き渡すことになるが（同法6条、19条、22条。拾得者・施設占有者への報労金は原則として5％〜20％を折半する［同法28条参照］）、3ヶ月経っても遺失者が現れない場合は、民法240条に従い、拾得者が当該遺失物の所有権を取得することになる（但し、前述のように、禁制品や個人情報を含む物件等については、遺失35条、36条で例外となる）。

(3) 埋蔵物発見（241条）

埋蔵物発見とは、土地その他の物（＝包蔵物）の中に「埋蔵」されていて、誰が所有者であるか容易に判らない物を「発見する」ことであり、遺失物と同様に、遺失物法の定めるところに従って公告をした後、6ヶ月以内にその所有者が判明しないときに限り、これを発見した者が、その所有権を取得する（241条）。ただし、包蔵物が発見者とは別の他人物であるときは、その包蔵物所有者と発見者が折半する（241条但書）。埋蔵物のかつての所有者が既に死亡している場合でも、その相続人が生存している可能性があるから、直ちに発見者に私的所有権が発生せず、一定の手続を前提として所有権を取得する仕組みになっている。埋蔵物か遺失物かは、その物が包蔵物によって容易に発見できない状態になっていたかどうかで判断される。たとえば、古道具屋で手に入れたタンスの「隠し戸棚」に収納されていた現金や貴金属は、埋蔵物というべきである。また、竹林に放置された現金入りバッグが、土地に沈み込んで笹の葉で少々覆われていたとしても、外見上バッグの存在が明らかな状態であれば、通常は「遺失物」であって、「埋蔵物」とまでいうのは困難であろう。

なお、埋蔵物が**文化財**である場合は、**文化財保護法**［昭和25年法214号］

によって、発掘に制限がかけられる（同法92条以下）ほか、所有者が知れないときは、当該埋蔵文化財の所有権は国庫に帰属するものとされ、発見者および土地の所有者には、相当額の「報償金」が支給されるにとどまる（同法105条）。

(4) 添付（242〜248条）

(a) 添付に共通する問題

① 一物化と所有権の帰属変更　　付（附）合・混和・加工を総称して、講学上「**添付**」と呼ぶ。このうち、**付合**は、Aの所有物とBの所有物が密接に結合することによって一個の物と評価されるようになる（＝一物化）というもので、動産と不動産（242条）、動産と動産（243条）の双方について成り立ち得る（混和・加工は、動産についてしか成り立たない）。たとえば、完成した家の建築資材の一部や機械製品の一部の部品が他人物だったような場合に、その家や機械製品を壊して当該部材を取り戻したり、板塀にペンキを塗ったペンキ屋が代金を払ってもらえないからといってペンキをはがして持ち帰るのはナンセンスであり、新たな物が出来上がって、所有権の対象となると考えるのが適当である。つまり、分離・復旧が困難であり、しかも社会経済上の不利益となり（社会経済的価値の保存）、社会経済的価値の一体性を維持することが円滑な取引に資すること、そして、それが当事者の合理的意思にも適うこと、また、当該合成物にわずかな価値しか提供してない者が大きな費用のかかる分離・復旧を敢えて要求することが、ある種の「権利濫用」にあたると考えられることなどが、この一物化を正当化する（爾後の金銭的調整は別問題である）。他方、**混和**（245条）とは、たとえばA所有とB所有の穀物や液体が混じり合って識別あるいは分離困難となって一体化すること、**加工**（246条）とは、たとえばA所有の材料に彫刻家Bが仏像を彫った場合のように、動産＋工作で新たな物を生み出すような場合を意味する。いずれにせよ、結果として、新たに出来上がった一個の物についての所有権を、AまたはB（あるいは両名）が所有（あるいは共有）することになるため、所有権取得原因の一つとされているわけである。反射的に旧来の原物の所有権は消滅する。

要するに、添付は、所有者の異なる*2個以上の物が結合して分割できなくなったとき（→付合・混和）または他人の物を加工して新たな物を生じた場合（→加工）に、分離・復旧することが社会経済上不都合であるため、これを新たな1個の物として扱い（一物化）、一物一権主義の結果として、そこに旧来の所有権の得喪を生じさせようという点において、共通する制度なのである（ただし、沿革的には各々特殊な内容を含んでいる。河上・歴史の中の民法197頁以下等、参照）。

　　＊【同一所有者の物件相互の添付？】　同一所有者の有する二つの家屋の壁を壊して合体させたり、自分の所有動産に自ら加工を加える場合のように、所有者を同じくする二つの物を結合させる場合にも、当初の物件の一方またはそれぞれについて他人の権利が付着しているような場合には、同様の問題を生じる。この場合、所有権の帰属は明らかであるが、償金請求問題などでは類推適用が考えられる（後述）。

　②　清算問題と償金請求権　　所有者の異なる二つの物が、添付の結果いずれかの単独の所有物となった場合、公平の観点からも、所有権を失う者との間で清算が必要となる。添付の効果についての民法の基本的考え方は、原則として、不動産や大きい方の価値を提供している者が、添付の効果として生じた新たな物の所有権を取得するものとし（他方は吸収される）、それによって所有権を喪失し損失を受けた者には、所有権取得者に対する不当利得（703条、704条）の規定に従った償金請求を認めるというものである（248条）。主従の区別が付かない場合には例外的に共有となる。もっとも、(i)どのような場合に一物化を生ずるか（→分離・復旧の相当性、242条但書の所有権の留保との関係など）、(ii)誰に合成物の所有権を帰属させるべきか（→寄与している価値の比較問題、契約関係がある場合の契約の趣旨との関係など）、(iii)いかなる場合に償金請求権を認めるべきか（→無権原者が自分の物を付合させて償金請求をする場合に利得の押しつけが生じないか、など）、といった諸点は、それぞれに解釈論上の微妙な問題となる。

　③　消滅する他人の権利　　添付によって旧来の原物が消滅して新たな合成物等ができると、消滅する部分の上に存在していた他の権利も一緒に消滅する（247条1項）。しかし、他人の権利に及ぼす不利益を最小限に食い止めるため、その原物の所有者が新たに出来上がった合成物等の単独所有者とな

った場合には、その権利は新たな合成物等の上に引き続き存在し、共有者となった場合はその共有持分の上に存続するものとしている（同条2項）。逆に、その所有者が合成物等の単独所有者や共有者とならなかった場合は、物上代位の規定（304条、350条、372条）*によって、権利者は、その物の所有者が民法248条によって受けるべき償金（もとの物の価値変形物）の上に権利を行使しうると解されている。

④　契約関係が存在する場合の処理　　添付の問題は当事者の契約関係（賃貸借・雇用・制作物供給契約など）の中で生ずることが少なくない。そこでの所有権帰属関係は、専ら、当該契約の趣旨・内容から判断されるべきである。そのときには、添付（特に加工）の諸法理は、特約や慣行によって修正を受ける。たとえば、労働者が工場で製作した物の所有権は、加工の法理によるというより、雇用契約によって使用者に帰属することは、容易に理解されよう。つまり、添付の効果としての所有権帰属ルール等は、任意規定としての性格を有すると考えられる。

具体的な添付の種類および効果は次の通りである。

　　＊【物上代位】　物上代位については、後に担保物権で詳しく学ぶ。たとえば、売買目的の動産には売主の先取特権が成立し（311条5号）、売買代金が買主によってきちんと支払われない場合には、他の一般債権者に優先して当該目的物から債権回収が出来るものとされている（303条）。この場合、その目的動産が他に転売され、その転売代金が買主（＝転売売主）に支払われたような場合、この転売代金に対して動産売主の先取特権が効力を及ぼして優先権を主張できる（304条参照）。同様に、抵当権が設定されていた建物が火災で焼失し、保険会社から建物所有者に火災保険金が支払われるような場合、抵当権の効力は、この火災保険金に及ぶと解されている。このように、本来の担保目的物の価値変形物に対して、担保権が及んでいく作用を物上代位という。添付の場合、所有権を失う側の物に付いていた権利は、償金という価値変形物に対して、その効力を及ぼすことになる。

(b)　付（附）合

①　不動産の付合　　古代ローマ法では「地上物は土地に従う（*superficies solo cedit*）」との原則が認められ、建物・種子・植物は建築（*inaedificatio*）・播種（*satio*）・移植（*implantatio*）によって土地に附合（*accessio*）して

一体物となり、土地と別個独立の存在とはならないものとされていた。また、河川の帰洲作用（*alluvio*）などでは「沿岸地の所有権が拡張する」と解され、これが不動産付合制度の起源となった。日本法における不動産付合に関する規定（242条）は、フランス添付法とドイツ付合法の影響下で練り上げられたもの（「モザイク的接合」＝瀬川）であるが、解釈上、多くの問題をはらんでいる（この領域における包括的研究として、瀬川信久・不動産附合法の研究［有斐閣、1981年］が特筆される。裁判例の詳細は、同書221頁以下）。

242条は、「不動産の所有者は、その不動産に従として付合した物の所有権を取得する。ただし、権原によってその物を附属させた他人の権利を妨げない」と定める。動産の場合の付合状態は、「損傷しなければ分離することができなくなったとき」か、分離不可能とまではいえないが少なくとも「分離に過分の費用を要する」ため著しく不経済であることを意味するとされているから（243条）、比較的判断が容易である。しかし、不動産についての、「従として付合した」という表現は漠然としており、その意味が必ずしも明らかでない。おそらく、動産付合に関する243条ほど強い結合でなくとも良いのであろうが、他方で、87条の「従物」が物としての独立性を維持しつつ主物に「付属させた」場合を想定していることからすれば、（両規定の機能は異なるが）それよりは結合の程度が密接な場合を意味するものではないか、などといわれる（星野・概論Ⅱ125頁＊）。ともあれ、不動産の利用方法や建築工法等の著しく変化した今日では、242条の射程を広く認めることは適当でなく、むしろ関係当事者の合理的意思解釈や利害の公平をはかることが重要であって、物の分離による経済的損失をできるだけ回避することと、［とりわけ第三者に対する関係で］取引目的物の範囲を確定するために事実上の推定を働かせて取引の安全をはかるという機能以上に、過大な機能を負わせるべきではあるまい。

なお、建物は、日本法において、土地とは独立した不動産として扱われているため、土地に付合することはないというのが今日の定説である（欧米諸国の法原則と異なる＊）。

＊【従物・付合物・付加一体物】　従物・付加一体物と付合はよく似た問題を扱っているが、その機能や適用場面はかなり異なる（河上・総則講義215頁以下参照）。

第一に、従物は、通常、主物の所有者の所有物であり、所有者の異なる二つの物の付合とは異なって、誰が所有者となるかという問題とは関係がない（むしろ譲渡や抵当権の効力が及ぶ範囲に関わることが多い）。第二に、主物・従物の関係は、付合の程度にまで至らないで、従物は独立の所有権の対象であることを前提とした上で、主物の処分に従うかどうかを問題とするものである。両者の違いが顕著に現れるのは、不動産所有者から動産の原所有者に対する収去請求や動産の原所有者から不動産所有者に対する返還請求が認められるか否かにある（付合の場合には認められない）。なお、抵当権の効力の及ぶ範囲に関する「**付加一体物**」は、付合物のみならず従物をも含み得る。従物・付合物・付加一体物の関係については、鎌田・ノート201頁以下も参照。

＊【**土地と建物**】　日本法では土地と建物は別個の不動産とされているが、もともと、起草者達の見解では、欧米にならって、原則として「建物は土地に付合する」と考えていたようである（梅謙次郎「土地ト建物トノ関係」法学志林8巻8号、10号（1906年）、富井・原論第2巻143頁など）。少なくとも付合に関する242条の立法時の審議では、この点について異論がなかったようであるが、370条（抵当権の効力の及ぶ範囲）の審議に際して、「土地と建物を別個の不動産とするのが日本の慣習である」との意見が出て紛糾し、法定地上権に関する388条で、抵当権に関しては土地と建物を別個の不動産として扱うという方針を前提とした手当てがなされた（松本恒雄「民法388条」民法典の百年Ⅱ所収）。土地と建物に関するこのような慣習や意識の背景には、様々な要因がある。①日本の家屋が地震や火事で壊れやすく、また、釘を使わない木造家屋が多かったため、いざとなれば解体して大八車に乗せて運ぶこともできたといわれるほど（「家には足がある」！）土地との接合が弱かったこと、②土地の私所有権が個人に認められながらも売買が制限されていたため、独自の借地制度による建物建築が数多く行われたこと［土地・建物の所有権分属常態化］、さらに、③明治初期の土地課税のための「地券制度」と、地方ごとに建物の権利表象制度として展開した「家券制度」が、後に私法上の公示制度として導入された不動産登記制度の基礎となったために、登記簿自体が「土地登記簿」・「建物登記簿」という別立てで整備されていったこと、④建築請負人や借地人の保護の要請などが、人々に「土地と建物は別個の不動産である」という意識の定着を招いたとみられる。とくに、③が重要であり、（戸籍制度と同様）公示制度の基本的枠組みは人々の意識や行動パターンに大きな影響を与える可能性がある。土地と建物の関係について、瀬川信久・前掲研究10頁以下、内田・民法Ⅲ416頁、詳しくは、福島正夫「明治初年の建物取引制度と家券」法時11巻7号（1939年）、柳澤秀吉「土地と建物の法律関係（1～3）」名城大学創立30周年記念論文集法学編（法律文化社、1978年）、名城法学27巻1＝2号、3＝4号（1978年）、新田敏「附合」講座(3)1頁以下所収（有斐閣、1984年）など参照。

（i）土地への付合　　土地への付合については、土盛りされた他人の土砂などが典型例であろうが、実際にはむしろ、播種（はしゅ）された種子、植栽された樹木等の植物、庭に据えられた庭石などがしばしば問題となる。

判例では、「権原なくして」、播種された種子（大判大正10・6・1民録27輯1032頁［生育前の小麦の種子］）、稲苗、稲立毛（大判昭和6・10・30民集10巻982頁、大判昭和12・3・10民集16巻313頁）、野菜苗（最判昭和31・6・19民集10巻6号678頁［播種後2～3葉に生育したキュウリ苗］）は、いずれも土地に付合するものとされた。要は、地主にその土地所有の利益を帰属させるべしとの要請と、耕作者の労働による成果は［耕作者の期待が不当でない限り］耕作者に帰属させるべきであるとの要請の調和点が探求された結果である。とくに稲立毛に関しては議論があり、取引慣行上付合を認めるべきでないとする有力説があるものの、一般に、判例は通説の支持を受けている。仮に付合が成立しないとしても、耕作者に収去義務を課することは事実上困難であり（付合させた上で、収穫を迎えて償金請求をさせる方がかえって保護になる）、必ずしも耕作者の利益とならないからである（後藤清「末弘博士論文『不動産の附合について』を読む」法学論叢29巻2号259頁［1933年］）。

権原なく植栽された樹木についても、種子や苗と同様、原則として土地に付合するものと解されている（最判昭和35・3・1民集14巻3号307頁、最判昭和46・11・16判時654号56頁など）。ただ、立木については、その根付きの状態、手入れや管理の期間にも左右され、立木法にみられるとおり、場合によって独立に取引されることも多く、地主の黙示の承諾の可能性や明認方法如何では、建物に準じて別個の不動産と解する余地がありそうである（新田敏「立木及び未分離の果実の独立性と『明認方法』の目的」法学研究45巻5号1650頁［1972年］も参照）。善意で植えられた球根なども、なお移植が容易であったり、既に花の収穫期を迎えているような場合には、付合しないで分離収去できるとする方が妥当な結果となる場合が多いであろう。無権原者であっても、権原ありと信ずるのが無理からぬときは、権原があったと同様の保護を与えるのが適当である。

農用地の占有者・利用者が播種した種子や植栽・生育した苗などについては、それが「権原による」ものである限り、利用者の所有に留保されて、収

穫への期待利益が保護されると考えられている（最判昭和31・6・19民集10巻6号678頁［無権原者の場合につき］）。樹木・庭石についても、地権者の明示・黙示の承諾がある限り、同様に解されるべきである。権原者は、当該権原の存続中であれ、終了後であれ、その付着物を自由に分離することができ、そのような行為も適法であるということになる＊。

　学説では、付合の成否の判断基準について、分離が社会経済的に見て不都合であるかどうか（特に付合当事者の関係）を基準にその成否を決すべきであるとするものや（我妻＝有泉・講義Ⅱ307頁、舟橋・物権366頁など多数）、付着したものが取引観念に照らして一方の独立性を失わせて一物と評価できるかどうか（とくに付着物について取引をする第三者の合理的期待）を基準に判断すべきであるとするもの（末弘厳太郎「不動産の附合について」法協50巻11号2039頁［1932年］、川島・民法Ⅰ213頁など）、**一体性の強弱**＊を問題とするものなどがあるが、一律の基準を示すことは困難であり、目的物の種類に応じて、当事者の合理的意思・期待と取引観念に照らしつつ、利益の帰属や償金による清算の当否を具体的事例に則して考えるほかない。

　　＊**【悪意の播種・植栽】**　悪意の播種や植栽の場合には、原則として土地に付合することになるが、地主にとっては不要な物を押しつけられた上に、付合を前提として償金請求されることが不当な利得の押しつけになりかねない点にも留意すべきである。そのような場合には、地主に、収去請求か付合（＋償金支払い）かの選択権を認めるか（広中・物権405頁、安永・物権147頁など）、場合によっては権利濫用法理で対処する必要があろう。なお、償金請求は、土地に関して生じた債権であるから、播種者や植栽者は支払いを受けるまで土地を留置できそうであるが（295条1項参照）、植栽時点で無権利であることについて悪意の場合は、植栽行為自体が不法行為となるから留置権も認められない（295条2項）。

　　＊**【権原について対抗要件がない場合】**　権原者Bが、A所有の土地に樹木等を植栽したが、その権原について対抗要件を具備していない場合に、Aが当該土地を第三者Cに譲渡して、Cが登記を備えたときには、BはCに権原を対抗できない。したがって、Cからの土地明渡請求には応じざるを得ないが、少なくとも植栽時点では権原があったとすると、242条但書によって所有権が留保されているといえないか。この点、最判昭和35・3・1民集14巻3号307頁（Bは土地所有権の第1譲受人のケース）では、この樹木等の留保所有権がBに認められたとしても、Cとの関係では対抗問題となり、Bが樹木等について明認方法を施していない限り、留保した樹木についての所有権をCに対抗できず、Cとの関係では償金請求の可能性はない

とされた（Aに対する損害賠償請求は可能）。ただ、厳密にいうと、この問題は、Cが購入した物の中に他人物（Bの所有権留保物）が含まれていたという場面であるから、242条但書の権原の対抗問題というより、Cの即時取得ないし94条2項類推適用による保護の問題として処理されるべきものであろう。

　＊【強い付合・弱い付合】　たとえば、土地の土盛りや、建物の壁塗りのように、接合した二つの物を分離することができないほど強い結合によって、一方が他方の構成部分となっているような場合に、「強い付合」が成立したといい、それほどまでに至らない場合を「弱い付合」として区別することがある。この区分の実践的意図は、「強い付合」において242条但書の適用を排除しようとする点にあるが、「強い付合」こそ本来的適用場面とも考えられるので、その妥当性は、疑わしい。もっとも、「強い付合」がある場合は、所有権を留保しようとしても対象が完全に独立性を失って個別に把握できず、結果として242条但書の適用が意味を持たないことも少なくあるまい。

(ⅱ)　建物の付合　　A所有建物の主柱部分に何らかの事情でB所有の鉄筋が組み込まれてしまった場合、鉄筋は建物の構成部分となり、破壊して取り出すことは経済的にも不適当であるから、鉄筋を含む建物をそのまま保存してAの所有物とし（付合！）、鉄筋の価格をAからBに償還させることが望ましい（248条）。かように、建物の場合にも、土地の場合と同様の構造で不動産の付合が生じる。

　建物に関しては、とりわけ、建物増築部分や付属施設の付合が問題となることが多い。

(ア)　建物所有者自身の増改築　　たとえば、建物所有者Aが、建築業者Bに依頼して、B所有の資材で浴室のリフォーム工事をしたところ、Aの倒産によって代金が支払われないような場合、Bは当該資材動産（浴槽・給湯器など）の所有権を主張して、これを収去することが可能であろうか。付合が認められれば、Bの資材はA所有の建物に吸収されているため、償金請求以外には認められないことになる（代金債権と大差ない）。結合状態が強く、分離・復旧が社会経済的に著しい不利益となる場合は、浴室部分を一体と評価することが建物としての価値を高める結果になる。逆に、取り外しの容易な、エアコンや太陽熱温水器、それ自体で固有の価値を持つエレベーター施設などは、かりに建物の「従物」ではあっても、付合していないというべきである。

(イ) **建物賃借人による増改築**　さらに問題となるのは、賃借人が、賃貸人の建物を増改築した場合の処理である。Aの建物賃借人Mが建築業者に注文して、自分の資金で子供部屋を増築したような場合は、賃貸人Aの不動産に、M所有の増築部分が付合したことになるのであろうか。このとき、賃借人Mは、原建物を「使用する権原」はあるにしても、通常は自己所有動産を付着させたり増改築して利用することまで賃借権の内容となっているわけではないから、242条但書の「権原によって」増築部分を付属せしめたということにはなるまい（少なくとも、賃貸人の「承諾を得て」増改築をしたことが必要であろう）。この問題について、多くの裁判例は、建物賃借人が賃貸人の承諾を得ないで増改築した場合はいうまでもなく（最判昭和43・6・13民集22巻6号1183頁［構造的に接合されてはいないが母屋に接着して建築された付属建物］）、承諾を得てなした建物増改築部分でも、場合によっては、もとの建物に付合するものとしている（大判大正5・11・29民録22輯1333頁、最判昭和34・2・5民集13巻1号51頁［改造途中の工作物を賃借人が約旨に従って建物として完成させた事例］、最判昭和38・5・31民集17巻4号588頁［物置・事務所の増築］、最判昭和44・7・25民集23巻8号1627頁＊＝判百Ⅰ〈第6版〉73事件［瀬川信久］など）。増改築部分が、242条但書によって所有権留保の対象になるには、一定の独立性が必要とされているからである。たとえば、最判昭和44・7・25（前掲）は、賃貸人の承諾の存在を認めながらも、増築部分の構造上・取引上の独立性を否定して（したがって区分所有権の対象とならない）、付合の成立を認めた。この場合、賃借人としては、建物所有者に償金請求するにとどまる（248条。なお、賃借人の必要費・有益費の償還請求についての608条も参照）。

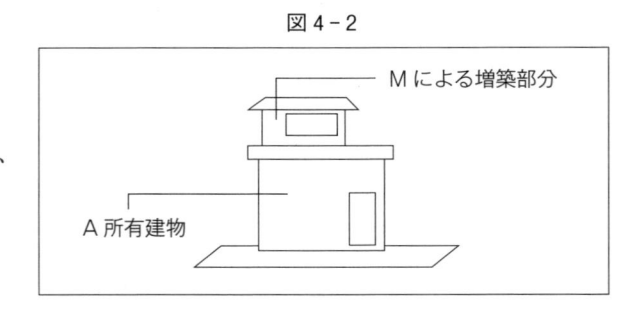

図4-2　Mによる増築部分／A所有建物

＊**【最判昭和44・7・25】**　本件は、Xが、Yらに対し、本件土地の所有権に基

づき、Ｙらが本件土地上に「建物」を所有し占有しているとして、建物収去土地明渡を求めて提訴した事案である。本件土地上の第２建物の屋上に第３建物があり、この第３建物は、第２建物の一部の賃借人Ｍが自己費用で構築し、Ｍの相続人Ｙらの名義で保存登記がなされていたものである。判決は、「（本件第３建物）の構造は、４畳半の部屋と押入各１箇からなり、外部への出入りは、第２建物内の６畳間の中にある梯子段を使用するほか方法がないものである……。そうとすれば、第３建物は、既存の第２建物の上に増築された２階部分であり、その構造の一部を成すもので、それ自体では取引上の独立性を有せず、建物の区分所有権の対象たる部分にはあたら（ず）……、たとえＭが第３建物を構築するについて右第２建物の一部の賃貸人の承諾を受けたとしても、民法242条但書の適用はないものと解するのが相当であり、その所有権は構築当初から第２建物の所有者に属したものといわなければならない。そして、第３建物について相続人Ｙら名義の所有権保存登記がされていても、このことは右判断を左右するものではない。したがつて、第３建物がＭによつて構築されたことをもって、他に特段の事情の存しないかぎり、その敷地にあたる部分の賃借権が同人に譲渡または転貸されたことを認めることができない」とした。

　これに対し、賃借人の増築部分について、独立性が認められて区分所有権が成立する場合があり、最判昭和38・10・29民集17巻９号1236頁では、賃貸にあたり目的家屋の賃貸部分を改修して店舗にすることを承諾しており、また、腐朽が甚だしいことから賃貸人の承諾を得た上で賃借部分を取り壊してその後に店舗を作り上げたという事情のもとで、構造上原家屋の柱等を利用している事実があっても、「権原によって原家屋に付属させた独立の建物」であることを理由に、借家人が当該店舗部分についての所有権を保持することを認め、区分所有の対象となるとした（同旨、最判昭和44・５・30判時561号43頁）。

　こうしてみると、判例は、賃借人による増築部分が、構造上建物としての独立性を欠き、従前の建物と一体となって利用され、取引されるべき状態にあることを考慮しつつ、区分所有権の対象とならないと認められる場合に限って、付合を成立させているようである。たしかに、賃貸人の承諾がある場合は、増築部分の「独立性の有無」を問うまでもなく、特段の合意のない限り、賃借人の区分所有権を認める方が公平であるようにも思われる（瀬川・前掲書330頁）。しかし、そうなると、賃借人は、独立性のない増築部分について譲渡や担保設定などが可能となり、法律関係をいたずらに複雑にする可能性があることも否めない。持分相当については、かような複雑化もやむを得ないと考えるか、独立性の認められない限り、付合法による調整にとどめるべきかが問われるが、爾後的に608条による賃借人の必要費・有益費償還請求、収去権に関する616条、598条、ならびに造作買取請求権に関する借地借家法22条などの契約法による調整方法も充分に可能であることを併せ考えると（賃貸借契約終了後の問題ではあるが）、さしあたり判例の考え方を支持しておきたい

(我妻＝有泉・講義Ⅱ308頁、新田敏「付合」民法講座(3)22頁、注釈民法(7)285頁［五十嵐清］、民法注解財産法(2)506頁［藤井俊二］。なお、平田健治「権原者によって付加された物の法的処理について」奥田還暦・民事法理論の諸問題(上)［成文堂、1993年］265頁以下も興味深い)。一口に増改築といっても、「付け足し型」と「改築型」では利益状況も異なるであろうから軽々には論じ得ないが、問題の本質と議論の今後の重点は、付合における所有権帰属のあり方（ひいては区分所有の成否）というより、もっぱら賃貸借契約における増改築費用の負担に関する合意の解釈に関わることになろうか。

　(ウ)　2個の建物の合体　　集合住宅の2棟の甲乙建物（専用部分）が、一枚の隔壁で仕切られている場合に、これを除去して一つの丙建物とする場合がある。このとき、甲建物と乙建物の所有者がそれぞれＡＢと違っていれば、二つの不動産の付合の問題となる（登記につき不登49条参照）。この場合、甲乙両者に主従の区別がなければ、合体後の丙建物について、強いて単一の所有権の対象とすることは適当でなく、244条を類推して、丙建物をＡＢの共有とすることが望ましい。この場合、甲または乙建物に抵当権などが設定されていた場合は、247条が適用され、共有持分の上に抵当権が存在することになる。なお、甲乙建物が借地上の建物であるときは、互いにＡＢが新建物丙を共有する結果、借地権の一部が無断譲渡もしくは無断転貸されていることになり、土地所有者との関係で信頼関係破壊の有無が問われうる（東京地判平成21・2・25判時2049号33頁参照）。

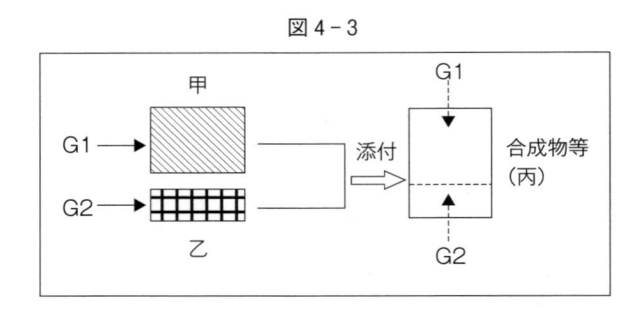

　以上は、甲乙建物の所有者が異なる場合であるが、同様の問題は、両建物が同一所有者Ａの物であった場合にも生じうる。合体してできた丙建物の所有者が誰であるかは、もとより問題とならないが（当然Ａである）、それぞれについて別個の債権者（G1、G2）のために抵当権が設定されていたような場合は、論理的には元の建物が消滅するわけであるから、各抵当権の帰趨が

図4−3

問題となり、242条2項に類似した問題状況となる。最判平成6・1・25民集48巻1号25頁（＝判百Ⅰ〈第5版〉74事件［瀬川信久］）は、まさにそのような事案であり、判決は次のように述べている。

「互いに主従の関係にない甲、乙二棟の建物が、その間の隔壁を除去する等の工事により一棟の丙建物となった場合においても、これをもって、甲建物あるいは乙建物を目的として設定されていた抵当権が消滅することはなく、右抵当権は、丙建物のうちの甲建物又は乙建物の価格の割合に応じた持分を目的とするものとして存続すると解するのが相当である。けだし、右のような場合、甲建物又は乙建物の価値は、丙建物の価値の一部として存続しているものとみるべきであるから、不動産の価値を把握することを内容とする抵当権は、当然に消滅するものではなく、丙建物の価値の一部として存続している甲建物又は乙建物の価値に相当する各建物の価格の割合に応じた持分の上に存続するものと考えるべきだからである。」

②　動産の付合と混和（243条〜245条）
（ⅰ）動産の付合　　動産の付合も、不動産の場合と同様の構造を持っている。すなわち、ある動産が他の動産の構成部分となる程度に付着した場合や、両者になお独立の存在が認められるが、これを分離・復旧することが一方を損傷しまたは過分の（通常よりも余分な）費用を要するため社会経済上甚だしく不利益となる場合には、付合したものとされ、この場合、合成物の所有権は、主たる動産の所有者に帰属する（243条）。自動車やコンピュータの部品と本体の関係などを想像すれば、容易に理解されよう。もっとも、これも取引観念や具体的状況によって左右される問題である（スノー・タイヤやカー・エアコン、外付けハード・ディスクを想起されたい）。たとえば、船に発動機を据え付けた場合について、大審院判決には付合の肯定例（大判昭和12・7・2判決全集4輯17号3頁）と否定例（大判昭和18・5・25民集22巻411頁）がある。また、刑事事件では、盗み出した婦人用自転車のサドルと車輪を取りはずして他の男子用自転車に取り付けた場合について付合を否定した例もある（最判昭和24・10・20刑集3巻10号1660頁。被害者保護の要請が強いためか）。

付合した動産に主従の区別がつかないときは、付合時点での価格割合に応じて、それぞれの動産所有者が合成物を共有する（244条）。いくつかの宝石や真珠を組み合わせてブローチやネックレスを造るような場合がこれにあたろうか。

なお、ダイヤモンドに銀リングを結合させて一つの指輪を造る場合のように、付合に際して他人の動産に工作を加える場合には、動産と動産の付合が生じると同時に、次に述べる加工が施されたとみることも可能である。新たな合成物（指輪）の所有権帰属を決定するに際して、動産付合の規定によるべきか、加工の規定によるべきかが問題となることがある。元の動産の価値に比して、工作の価値が無視してよいほど小さいときは、動産の付合、材料に比して工作が特段の価値を有する場合は加工ということになる（後述、最判昭和54・1・25民集33巻1号26頁を参照）。

(ⅱ) 混和　別々の所有者に属する物が（たとえば米と麦のような固形物が）混合したり、（ウィスキーとソーダ水のような流動物が）融和して、見分けがつかなくなったり分離不可能になる場合を混和と呼び、動産付合の規定が準用される。混和が成立するには、それぞれの物が混じって原物と見分けがつかなくなるか、見分けて分離するには過分の費用を要することが必要である（243条参照。なお議事速記録9巻187頁）。混和した物に主従の区別の存するときは、主たる物の所有者が混合物の所有権を取得し（ウィスキーのソーダ割りはウィスキー所有者に帰属する!?）、主従の区別ができないときは混和当時の価格の割合で各当事者が共有する。

(c)　加工（246条）

①　加工とは？　加工とは、他人の動産に工作（労力）を加えてこれを「新たな物」とすることである（大判大正8・11・26民録25輯2114頁）。加工によってできあがった新たな物（＝加工物）には、材料との同一性がないと考えられるため、所有権が誰に帰属するかを明らかにするのが加工の規定である。新たな物が生じたといえるかどうかは、材料等とできあがった加工物が社会経済上、同一名称を有し、同一機能を果たすかどうかを勘案して決せられるが、現実には、工作の程度や状況によって大きく左右される。たとえば、

他人所有の反物から着物を仕立て、原木や原石から仏像を彫ることなどは、通常は加工に当たる。しかし、盗み出した貴金属を溶かして金塊としたり（大判大正 4・6・2 刑録21輯721頁）、盗伐した木をカットして材木にしたとしても、単に形状を変えただけであり、加工とはいえないとされる（大判大正13・1・30刑集 3 巻38頁など）。

② **加工の効果**　他人の動産に工作をした者があるとき、その加工物の所有権の帰属は、第一義的には**契約の趣旨**によって定まることになる。それが明らかでない場合、民法は、原則として**材料所有者**にあるものとした（246条 1 項本文）。しかし、**工作によって生じた価格が材料の価格を著しく上回っているとき**は、加工した者が加工物の所有者となる（同条 1 項但書）。また、加工がなされた場合において「加工者が材料の一部を供したとき」については、「その価格（加工者提供の材料価格）に工作によって生じた価格を加えたものが他人の材料の価格を超えるときに限り、加工者がその加工物の所有権を取得する」（246条 2 項）。いずれの場合も、原材料の全部または一部が他人物であることについて、**加工者の善意・悪意は問われない**ことに留意する必要がある（ピカソが酔っぱらってレストランのドアに落書きをしたら、このドアの所有権は誰に帰属するのだろう？）。

③ **加工にかかる契約の存在**

（i）**契約の趣旨**　加工がなされる場合の多くは、材料所有者と加工者の間に一定の契約関係が存在する場合であることはいうまでもない（さもなくば加工は不法行為となる可能性が高い）。そこで、その契約（雇用・準委任・請負など）において加工物の所有権の帰属が定められているときは、これによる。工場の労働者によって生産された製品は、当然ながら、雇主の所有物である（加工行為自体が労働者の工作というより、雇主の指示に従ったもの［労働者は雇主

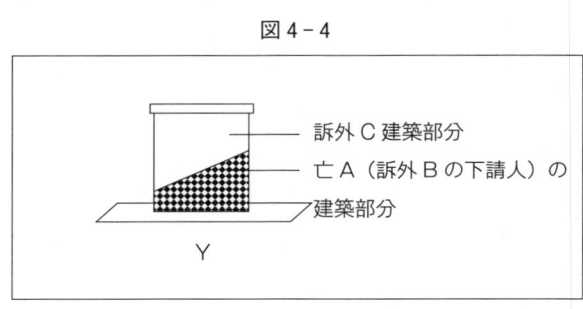

図 4-4

訴外 C 建築部分
亡 A（訴外 B の下請人）の建築部分
Y

の加工の機関］でもあろう）。注文主が反物を提供して着物の仕立てを依頼したような場合や、キャンバスや絵の具を提供して画家に絵を描いてもらうような場合も、できあがった着物や絵画の所有権は、契約の趣旨から考えて、原則として注文主に帰属するというべきであろう。

　(ⅱ)　建築請負契約における所有権の帰属　　加工との関連で、しばしば問題となるのは、建築請負契約を前提とした建物所有権の帰属問題である。近時、最判昭和54・1・25民集33巻1号26頁（＝判百Ⅰ72事件［坂本武憲］）＊は、建築途上で未だ独立の不動産に至らない建造物（「建前」と呼んでいる）に第三者が材料を提供して工事を施し、独立の不動産たる建物に仕上げた場合について、246条2項の規定に基づいて所有権の帰属を決定した。

　　＊【最判昭和54・1・25】　事案は、亡Aが、Yと建物建築請負契約を締結した訴外Bからの下請けによって建物の建築に着手したところ、訴外Bが下請代金を支払わないため建築を途中で放棄し、その後Yが訴外Cと契約を締結して残部の建築を行ったという状況で、亡Aの相続人であるXが、(訴外Cとの特約によって)本件建物の所有権を取得したと主張するYに対して、本件建物の所有権は材料を提供して当該建前部分を建築した亡Aの相続人Xに帰属すると主張して、本件建物の明渡しなどを請求したものである。判決は、「建物の建築工事請負人が建築途上において未だ独立の不動産に至らない建前を築造したままの状態で放置していたのに、第三者がこれに材料を供して工事を施し、独立の不動産である建物に仕上げた場合において、右建物の所有権が何びとに帰属するかは、民法243条の規定によるのではなく、むしろ、同法246条2項の規定に基づいて決定すべきものと解する。けだし、このような場合には、動産に動産を単純に附合させるだけでそこに施される工作の価値を無視してもよい場合とは異なり、右建物の建築のように、材料に対して施される工作が特段の価値を有し、仕上げられた建物の価格が原材料のそれよりも相当程度増加するような場合には、むしろ民法の加工の規定に基づいて所有権の帰属を決定するのが相当であるからである」とした。本件では、加工者である訴外Cが提供した材料価格と工作によって生じた価格を加えたものが亡Aによる建前の価格を超えるので、完成建物はCに帰属し、かつ特約によってYの所有とされた。

　ただ、この処理は、かなり危うい。最初の工事による建前部分の価値が圧倒的に大きい場合には、246条2項によって、第1請負人の所有物となる可能性があるが、それでよいかには議論の余地があろう。第1請負人の本来の目的は、完成した建物所有権の取得でなく、未払いとなっている請負代金の回収にあることはいうまでもない。だとすれば、むしろその回収に必要な範

囲での救済を考えるべきであり（なお下請代金の支払遅延等防止法4条以下［昭和31年法120号→平成21年法51号による最終改正］も参照）、建築請負契約における完成建物の所有権帰属一般の考え方の問題と連動する。判例によれば、建物が完成していた場合、請負契約における建物所有権の帰属については、注文者帰属の明示・黙示の合意があればこれによる［下請人もこの合意に拘束される］ことになるが（最判昭和46・3・5判時628号48頁、最判平成5・10・19民集47巻8号5061頁＝判百Ⅱ〈第6版〉65事件［坂本武憲]）、それがない場合には、材料の提供・工事代金の提供の程度によって請負人帰属か注文者帰属かを判断するものとされている（**材料主義**）（大判大正3・12・26民録20輯1208頁［請負人が材料提供→請負人に帰属し引渡時に注文者に移転］、大判昭和7・5・9民集11巻828頁［主要材料を注文者が提供→竣工と同時に注文者帰属］、最判昭和44・9・12判時572号25頁［棟上げまでに代金の半額以上が既払い→完成と同時に注文者帰属］）。ただ、できあがった建物について請負人に所有権が帰属するとしても、敷地利用権との関係では問題をはらんでおり（不法占拠となりかねない）、建築資金の融資に際して銀行が完成建物に抵当権を設定するのが通常であること、請負代金の保全には先取特権や留置権でも対応可能であることなどを考えると、契約上の明示・黙示の合意を前提として**注文者原始帰属**で一貫させるのが適当ではあるまいか（この問題については、坂本武憲「請負契約における所有権の帰属」講座(5)所収［有斐閣、1985年］に詳しい）。

第3節　共同所有

　ここでは、複数人が一つの物を共同で所有する場合（共同所有＝共有）における諸ルールについて学ぶ。しばしば「一物一権主義」と「単独所有」が個人主義的な近代市民社会における原則的財産管理形態として観念されるが、共有状態は必ずしも暫定的状態ではなく、マンションのような共同住宅や社団・法人による財産保有の例からも明らかなように、現実には、複数人が一つの物を長期にわたって管理・使用・収益すべき場面が少なくない。もちろん偶然に一つの物を共同で所有する場合から、共同所有者の人的結合の強弱に応じて、共同所有のあり方には様々なバリエーションがあるために一概に論じることはできないが、そこには自ずと単独所有とは異なったルールが必要である。共同所有の場合、それぞれの構成員は、一定の「持分的権利」を保有することになるのが一般的であるが、それは、単独所有の場合に比べ、他の共有者との関係でも、対外的にも一定の制約に服さざるをえないからである。

1　共同所有とは

(1)　単独所有と共同所有

(a)　共同所有関係

　民法は、一つの物は１人の所有権に服すべきこと、すなわち「**単独所有**」を原則的所有形態としている。物の使用・収益・処分を唯一人の意思に服せしめることで、その者が欲しさえすれば、当該目的物を自由に利用し、流通させることが、本人の自己決定を最大限尊重し、当事者の私的自治を支えることになるからである。しかし、高層住宅や社団保有財産などの例を出すまでもなく、現実社会では、性質上、複数の者によって恒常的に一つの物を所有するという事態が避け難いばかりか、そのような所有形態が必要とされている（その意味で、「**共同所有（共有）**」は、決して単独所有による分割支配への移行までの暫定的状態に過ぎないと考えるべきではない）。単独所有に対し、２

人以上の者が１個の物を共同で所有する場合を、「共同所有」、広い意味で「共有」という。管理されている目的物に着目すれば「共有状態」、すなわち共同所有関係におかれていることになるが、管理している主体に着目すれば、共有財産の帰属主体の態様は、「団体」の問題でもある。

(b) 共有の発生原因と態様

　共同所有は、様々な原因によって発生する。たとえば、①友人が数人で購入資金を出し合ってクルーザーや避暑地の別荘を購入する場合や、共働き夫婦が家を新築するような場合、②他人の土地に埋まっていた高価な壺を発見した場合（241条但書参照）、③複数の子（共同相続人）が亡父の家屋敷を共同で相続した場合（898条参照）、④共同で事業を営むために数人が出資して組合をつくり店舗建物を購入した場合（668条参照）、⑤歴史的に、ある集落構成員が共同で利用する山林原野（入会地）を全員で管理所有しているような場合（263条参照）、⑥区分所有建物の階段や屋上などの共用部分の存在などである。このような場合の各構成員の権利は、他の共同所有者との関係においても、第三者との関係においても、個人の自由気儘な使用・収益・処分が可能な単独所有の場合とは自ずと異なった制約に服さざるを得ないことは容易に理解されよう。その物から生ずる責任や費用・債務（維持管理費・税金など）についても同様である。そのため、民法では、これらの関係を広く共有（広義の共有）と呼んで特別な扱いを定めている（区分所有建物に関しては、後述のように特別法が用意されている）。

(c) 共有の形態と性質

　共有には、上述の例からもわかるように実に多様な形態があり、学説上、**広義の共有を三つの形態（狭義の共有・合有・総有）に区別**して論ずることが一般化している。上の例では、①②が狭義の共有、④（ときに③も）が合有、⑤が総有に当たるなどといわれる。三つのタイプを区別する基準は、共有関係にある**構成員相互の結合関係の強弱**、**管理収益権の帰属の仕方**、各人の**持分の有無**、**持分の譲渡・処分の可否**、**分割請求の可否**などである（→表４－１【共同所有の諸形態】参照）。この議論は、所有権についての観念や、ある

物を保有する集団・団体についての捉え方とも深く関連している（簡潔には、丸山英気・物権法222頁以下参照）。日本民法がモデルにしているとされる、互いに制約を受けた個人的所有権の集合たる共有関係は、**ローマ法的共同所有**（特に古典期のそれ）であるが、集団的拘束が前面に出る「合有」や「総有」は、**ゲルマン的共同所有**形態に由来するといわれる（一般的には、平野義太郎・民法におけるローマ思想とゲルマン思想〈増補新版〉[有斐閣、1970年] 108頁以下など、具体的に、総有につき石田文次郎・土地総有権史論[岩波書店、1927年]、合有につき同「合有論」同・民法研究Ⅰ85頁[弘文堂、1934年]、来栖三郎「共同相続財産について」法協56巻6号（1938年）：同・著作集Ⅲ[信山社、2004年] 153頁以下所収など）。もっとも、日本民法典は、最終的に、ローマ法を受け継いだフランス共有法の発展とドイツ共有法の両者の影響下にあり（山田誠一「共有者間の法律関係(2)」法協102巻1号132頁（1986年）は、旧民法から承継した部分を基層、新たに追加された部分を第二層と呼んで、民法の共有規定を分析する）、伝統的な共有・合有・総有の分類の積極的意義には懐疑的な見解も少なくない＊。ただ、ここでは共有形態のプロトタイプを理解すべく、ひとまず三分類を前提とする説明から作業を始めよう。

表4-1 【共同所有の諸形態】

区分の基準＼形態	（狭義の）共有	合有	総有
構成員の結合関係	偶然的・希薄	目的による結合	団体的結合
管理・収益権の帰属	直接的	間接的	間接的
持分の有無	有	有（潜在的）	弱いor なし
持分譲渡の可否	可能	可能・制限あり	不可
分割請求の可否	可能（256条）	原則なし	不可

＊【合有・総有概念は必要か？】　組合財産や共同相続財産などについては、共有であることを前提にした上で、それぞれの財産の性格や帰属集団内部での取り決め、慣習などによって各構成員の持分に加えられた制限を論ずる必要がある。それゆえ、たとえば、星野英一「いわゆる『権利能力なき社団』について」法協84巻9号79頁（1967年）は、合有・総有といった概念を用いなくとも問題の処理が可能であるとして、伝統的共同所有論の有用性には懐疑的であり、槇悌次「共同所有の諸形態」打田畯一先生古稀記念・現代社会と民事法[第一法規、1981年] 31頁以下、

石田穣・物権269頁以下もかような分類の意義に消極的である（特に、石田穣・物権371頁は「総有をもって説明すべき法律関係は存在しない」とされ、鈴木・物権法講義70頁は「共有の性質を有するかどうかを詮索する必要はない」とされる）。共有財産の特殊な性格や、人的結合状態の評価や合意ないし目的による持分権行使に対する拘束に応じ、それぞれの共有関係の内容を定めれば足りるとすれば、共有・合有・総有もしょせん相対的な観念である。少なくとも、理念的な狭義の共有と異なる特殊な性質を帯びた共有形態を類型的に整理して論ずる以上の演繹的議論は慎重であるべきであろう。なお、山田誠一「団体、共同所有、および共同債権関係」講座（別巻 1、1990年）285頁以下所収、加藤雅信「総有論、合有論のミニ法人論的構造」星野古稀・日本民法学の形成と課題(上)（有斐閣、1996年）153頁以下所収、鈴木禄弥「共同所有の状況の多様性について（上・下）」みんけん483号12頁、484号11頁（1997年）、岡田康夫「ドイツと日本における共同所有論史」早稲田法学会誌45巻47頁（1995年）などは、むしろ帰属主体の団体的特質に重心を移した問題の捉え方を指向しており、かような方向こそが共有論の分析にとって有意義であろう。

(2) **共同所有の三形態（共有・合有・総有）**

(a) 狭義の共有

狭義の共有は、当事者の意思（複数買主による一つの物の共同購入など）で生ずる場合が多いが、法規定によって生ずる場合もある（229条 [境界標等の設置]、241条但書 [他人物からの埋蔵物発見]、244条 [主従の区別のつかない付合]、245条 [混和] など）。狭義の共有では、結合関係が偶然的であったり、どちらかといえば希薄であるといわれる。その意味では単独所有権が一つの物に重なり合った状態として観念され、各人の持分権は完全な権利たる所有権にほかならないため、目的物の管理・収益権は、（その持分の限りで）目的物全体に及ぶ直接的なものとして構成される。つまり、構成員各人に独立した「持分的所有権」が観念され、その限りで目的物の全体に直接的支配を及ぼし、当該持分の譲渡は原則として自由であり、分割請求も可能である。これは、ローマ法上の共有観を受け継いだものとされ*、個人主義的な所有権観念を前提としており、わが国の民法の予定する「共有」は、原則としてこのような狭義の共有であるといわれる（この共有については、民法249条、251条乃至254条、256条の適用がある）。個人主義的発想に立てば、複数の人間が一つのものを持っている状態は、管理や利用の仕方をめぐって各人の意思決

定が互いに制約を受け、収益や管理をめぐって衝突やトラブルが起きたり、各人の利用を牽制したりして、効率的利用も期待し難い。そのため、法は、できるだけ単独所有へと移行することを支援する仕組みになっている（256条［共有物分割請求］）。分割の協議が調わなければ、裁判所に請求して分割してもらうことになる（258条：裁判による共有物分割）。そのままでは、分けることができない場合や分割によって著しい価値減少が起きるときは、裁判所は、競売に付して代金を分けることもできる（同条2項）。もちろん、こうした手続に巻き込まれるのが嫌な場合は、共有者は持分を他人に譲渡して関係を断ち切ることも可能である。つまり、共有状態は、あくまで単独所有に移行するまでの暫定状態と考えられているのである。

　＊【ローマ法における共有】　ローマ法における共有では、共有者の持分が完全権たる所有権そのものであって、所有権に基づく共有物の使用・収益は単独でなすことができ、ただ他の共有者の「禁止権」に服するに過ぎないとされていたらしく、結果的に、共有者間でのアナキー的状態が恒常化していたといわれる（山中康雄・共同所有論［日本評論社、1953年］44頁、カーザー（柴田光蔵訳）・ローマ私法概説［創文社、1979年］191頁以下など参照）。もっとも、共同相続財産に関しては、組合合有的で持分の観念さえ希薄であった。

(b)　合有

　合有は、**組合財産**のように（668条）、共同目的のために結合した、比較的強い結合関係にある構成員の所有形態である（古くは、石田文次郎・物権法論［有斐閣、1932年］511頁など。判例として大判昭和17・12・10民集11巻2313頁など）。そのため、収益権は各人にあるものの、管理権は「組合」のような**人的結合体**の方にある（670条参照）。構成員各自の持分は一応観念されているが、潜在的で、その譲渡・処分は制限され（676条1項）、基本的には分割請求もできない（同条2項）。共同目的の遂行のために各共同所有者の管理権能や処分権能が制約されているわけである。この人的結合は、多くの場合人為的なものであるから、やむを得ないときや、全員で結合を解くことによって（組合の解散）、清算の形で財産を分割してしまうことは可能であるが（683条）、共同目的の遂行が目指されている限りは、一部の者だけで勝手に分割請求できないものとされているのである。**共同相続した相続財産**（898

条参照）なども、遺産分割によって各人の単独所有に移行するまでは、合有状態に置かれると説明されてきたが、戦後の民法改正で、分割前の持分の処分が許容されたことから（909条但書はこれを前提とする）、現在では、通常の共有の特殊形態とする説が多く、判例も、どちらかといえば狭義の共有として割り切ろうとしているようである（最判昭和38・2・22民集17巻1号235頁）。なお、民法上の合有とぴったり一致するものではないが、受託者複数の場合の信託財産は「合有」とされている（信託79条［旧24条1項］。四宮和夫・信託法［有斐閣、1989年］241頁、能見善久・現代信託法［有斐閣、2004年］159頁、小野傑＝深山雅也・新しい信託法解説（三省堂、2007年）、寺本昌広・逐条解説新しい信託法〈補訂版〉［商事法務、2008年］233頁）。

(c) 総有

総有の観念は、ゲルマン法上の、部落共同体の下で共同管理されていた財産保有形態が原型になっている。歴史的な団体や地域構成員としての強い結合に基づくもので、**入会地**のように、収益権は各人にあるが、管理権はあくまで団体にあり、構成員の個々の持分の観念はきわめて希薄な反射的権利でしかなく、持分譲渡や分割請求は基本的に考えられない性格のものである。その意味では、用益物権の特殊形態と見ることも不可能ではない（本書第5章第5節参照）。構成員の変動にかかわりなく、集団の存在が前提にあって、目的物の管理・処分などの権限は、総体として当該集団に帰属していると考えられているわけである。それゆえ、各構成員は、当該団体の統制下で目的物を各自使用・収益する権利が認められても、個人的な持分を有しないのが原則となる（最判昭和41・11・25民集20巻9号1921頁など参照）。各共同所有者の権利は、集団の構成員たる地位と不可分であり、その地位を失うと権利もまた消滅する。地域団体の山林などへの入会権（263条参照）がその典型であるが、次第に解体しつつある（昭和41年の「入会林野に係る権利関係の近代化の助長に関する法律」）。ちなみに、判例によれば、「**権利能力なき社団**」の財産も、（共有持分権や分割請求権を持たない点で）「**総有的に帰属する**」とされることがある（最判昭和32・11・14民集11巻12号1943頁、最判昭和48・10・9民集27巻9号1129頁［債務につき］）。これは一種の擬制であるが、最判平成6・

5・31民集48巻4号1065頁の場合のように、いわゆる入会団体自体が権利能力なき社団に当たる場合もある。**入会権の処分**については、構成員の全員一致を原則とすることが前提であろうが、これと異なる慣習がある場合には、これによる（最判平成20・4・14民集62巻5号909頁）。

2 狭義の「共有」の法律関係

(1) 対内的関係

(a) 共有持分

既に見たように、共有は、一つの物を数人が割合的に分有する関係である。この割合的権利を、「**共有持分**」または「**持分権**」、持分の数量的割合を「**持分割合**」・「**持分率**」などという（相続分について相続割合・相続分率の語を用いるのと同様の趣旨である）。民法の条文では、持分権を単に「持分」とよぶ場合（252条、255条）と、持分割合を「持分」という場合がある（249条、250条、253条1項、261条）ので注意を要する。共有持分権の性質については、それが基本的に個々の単独所有権と同一の権利であって、その効力が共有物の全体に及ぶと解されており（単なる分割所有ではない）、目的物全部についてその**「持分に応じた」使用・収益**が認められる（249条）。したがって、建物共同所有で3分の1の持分しかない者も、建物の全部を利用する権利がある。それゆえ、3分の2の持分を有する者といえども、前者を完全に追い出すことはできない。逆もまた然りであり、互いに持分に応じて、目的物を利用するほかない。

(b) 持分割合

① 持分割合の決まり方　共有物に対する共有者の持分割合は、出資金などに応じ、あるいは合意、成立原因となった関係、法規定（241条但書、244条、245条、建物区分14条など。また900条以下の法定相続分も参照）によって定まるのが通常である。しかし、それが不明な場合は各自均等と推定される（250条）。いずれにせよ、不動産については、この割合が登記されることによって、第三者対抗要件となる（不登59条4号［**共有の登記**］）。持分割合は、

共有物の使用（249条）、管理（252条）、負担（253条1項）、分割の際の担保責任（261条）の基準となるだけでなく、共有物が取引などで金銭に転化した場合の分配基準ともなる。たとえば共同相続人全員の合意で分割前に遺産を構成する不動産を売却したような場合、その売却代金は、共同相続人の持分（相続分）に応じて分割取得される（最判昭和54・2・22家月32巻1号149頁参照）。

② 255条の特則　民法255条は、共有者の一人が持分を放棄したり、死亡して相続人がいない場合には、他の共有者に、その持分の割合に応じて帰属すると定める。「**共有の弾力性**」に由来するものと説明されているが、最近では、むしろ立法政策的な問題と考えられている（これによって239条、959条の適用が排除される）。255条については、**特別縁故者**に対する相続財産の分与に関する958条の3との適用関係で、いずれが優先するかにつき争いがあったが、最高裁（最判平成元・11・24民集43巻10号1220頁）は、958条の3を優先させた。目的物に対する各当事者の「縁」の強さの問題でもあり、形式論からは決め手のない問題である。しかし、被相続人の合理的意思を推測するとすれば、「特別縁故者」という柔軟な概念を用いる方が、より妥当な結果を得やすく、政策的配慮からしても、新たな社会的要請に応じようとする「後法は、前法に優先する」（広中俊雄・新版民法綱要（第1巻）総論［創文社、2006年］50頁以下、参照）との原則が妥当するというべきであろう。

(c)　共有物の利用・変更

共有者は、持分の割合に応じて共有物の**全部**を使用・収益できる（249条）。もっとも、共有者間の協議で具体的な使用・収益の方法が定められている場合には、これに従う。たとえば、ＡＢＣが共同で購入した別荘は、別荘建物全体を各人の持分割合（原則3分の1）に応じて、各人が使用する権利を持つことになる（一部の者が排他的に利用できないことは言うまでもない）。

目的物件の維持・管理をなす「**保存行為**」については、共有者各人が単独で行うことが可能である（252条但書）。たとえば、（程度にもよろうが）雨漏りの修繕のように共有建物を修繕したり、共有地の不法占拠者に対する妨害の排除や明渡請求をすることなどは、一人でもできる（大判大正7・4・19

民録24輯731頁、大判大正10・7・18民録27輯1392頁)。

これに対し、「**管理行為**」、つまり利用方法や改良方法の決定などは、協議により持分の過半数で決定すべきものとされている (252条本文)。たとえば、共有物の使用方法を定めることや (別荘を1週間交替で使う)、ＡＢＣの共有地をＡだけが建物敷地として利用しＢＣに使用料を払うことにするといった定めをするのも管理行為に当たる。また、目的物を長期に第三者に賃貸するとか、賃貸借契約を解除することなども一般には「管理行為」に当たるとされているので (最判昭和38・4・19民集17巻3号518頁 [賃貸借契約の締結]、最判昭和29・3・12民集8巻3号696頁 [使用貸借契約の解除]、最判昭和39・2・25民集18巻2号329頁 [賃貸借契約の解除])、持分の過半数を持たない者が、単独でこれを決定することはできない (ただしこの解除決定は、持分過半数で決定できるので、解除の不可分性 [544条1項] の規定は結果的に適用されない)。もっとも、長期に及ぶ賃貸借契約の締結などは実質的に共有物の処分に近いことから、一定の例外が認められてよい (同旨、佐久間・物権197頁。安永・物権160頁は602条に定められた期間を超えるか否かを基準とする)。

共有物の変更は、売却や抵当権設定のような法律的処分などを含む概念であり、これには全員の同意が必要である (251条)。借地借家法上の借地権設定は、管理行為と見られる場合もあるが、一時使用でない場合は、むしろ処分行為に近い利用上の制約を目的物に課するものであるから、全員の同意が必要と解される。共有地を602条に定められた期間を超えて長期に賃貸する場合も、同様に解すべきである。

(d) 共有物の費用負担

共有物の管理費用や**公租・公課**などは、持分割合に応じて各共有者がこれを負担する (253条1項)。収益可能性に対応して費用負担すべきだからである。この費用を負担しようとしない者に対しては、どう対処すればよいか。まずは催告をするが、1年以内に履行されない場合は、他の共有者は、相当の償金を払うことによってその者の持分を取得し、共有者から排除することができる (253条2項)。この権利は形成権であり、「持分を譲渡せよ」という意思表示が到達すれば、時価による売買が成立する。さらに、共有物分割

に際しては、費用負担の未履行者は共有物の一部または対価をもって弁済をせねばならず（259条）、このような清算義務は、管理の実を挙げるために、共有持分の譲受人・承継人に対しても行使できる物的負担と観念されている（254条）。つまり、共有物に関する債権にとっては、共有持分の価値が最終的引き当てになっているわけである。ただ、この共有物に関する債権は必ずしも公示されているわけではないため、第三者にとっては思わぬ負担となる場合がある。立法論としては、更に検討の余地があろう。ちなみに、区分所有法8条は、1983年改正によって民法254条の特則となる場面を拡大しており、立法の観点からすると、むしろ259条を強化している（稲本洋之助＝鎌野邦樹・コンメンタールマンション区分所有法〈第2版〉[日本評論社、2004年] 62頁参照）。

(e) 持分権の主張

① 持分確認請求など　各共有者は、単独で、他の共有者に対して自分の**持分の確認請求**をし、不動産持分譲渡人に対して移転登記手続請求をすることが出来る。また、他の共有者が約定に反した使用・収益をしたり、共有者の使用・収益を妨害するような場合は、差止めや妨害排除請求もできる。

② 共有者間の明渡請求　注意すべきは、共同相続人の少数持分権者の一人が目的物（建物など）を全部占有しているような場合に、他の共同相続人が明渡請求できるかである。判例によれば、ここでは、単に請求者らの持分が「過半数に達している」というだけでは足りず、「明渡しを求めるべき理由」があることを主張・立証しなければならないとされている（最判昭和41・5・19民集20巻5号947頁（＝判百Ⅰ74事件[村田博史]）、最判平成10・2・26民集52巻1号255頁）。なぜなら、占有者たる共有者の一人には、持分に応じて共有物の全部を利用する権利がある以上（249条参照）、その者の使用を完全に排除してしまうには、それだけの理由がなければならないからである。ただ、その「**明渡を求める理由**」の内容は、必ずしも明らかでない。前掲最判昭和41・5・19の判決理由は次のように述べる。

> 「共同相続に基づく共有者の一人であって、その持分の価格が共有物の価格の過半数に満たない者（以下単に少数持分権者という）は、他の共有者の協議を経ないで当

然に共有物（本件建物）を単独で占有する権限を有するものでないことは、原判決の説示するとおりであるが、他方、他のすべての相続人らがその共有持分を合計すると、その価格が共有物の過半数をこえるからといって（以下このような共有持分権者を多数持分権者という）、共有物を現に占有する前記少数持分権者に対し、当然にその明渡を請求することができるものではない。けだし、このような場合、右の少数持分権者は自己の持分によって、共有物を使用収益する権限を有し、これに基づいて共有物を占有するものと認められるからである。従って、この場合、多数持分権者が少数持分権者に対して共有物の明渡を求めることができるためには、その明渡を求める理由を主張し立証しなければならない」

この理は、共有者の一部の者から、共有者の協議に基づかないで共有物の占有使用を承認された第三者（たとえば賃借人）に対して、第三者の占有使用を承認しなかった共有者からなす明渡請求についても妥当する（最判昭和63・5・20判時1277号116頁）。こうしてみると、少なくとも、事前に、共有者間での協議に基づく法的根拠が明確にならないと、多数持分権者といえども明渡しや引渡しを求めることは困難となる（もっとも、共同占有や分割占有を求めたり、不当利得の返還請求、不法行為に基づく損害賠償請求などは認められよう→最判平成12・4・7判時1713号50頁）。しばしば見られる共同相続人間での相続不動産の利用をめぐる問題は、最終的に、遺産分割協議で解決されるべきであるが、一般には、補償問題を別にしても、使用・管理方法についての多数持分権者による決議が優先すると解すべきではあるまいか。さもないと、現実の占有者を過度に保護する結果となりかねないからである。

もっとも、単独使用している相続人が被相続人の生前からその許諾を得て同居していたような場合には、「特段の事情のない限り、被相続人と右同居の相続人との間において、被相続人が死亡し相続が開始した後も、遺産分割により右建物の所有関係が最終的に確定するまでの間は、引き続き右同居の相続人に無償でこれを使用させる旨の合意があったものと推認され」、現に被相続人が死亡した場合には、「少なくとも遺産分割終了までの間は」被相続人の地位を承継した他の相続人等を貸主とする使用貸借契約関係が存続するとした判例がある（最判平成8・12・17民集50巻10号2778頁＝家族判百72事件［高橋眞］）。したがって、黙示の特約の存在には注意が必要である。

③　登記名義の回復　　不動産の共有者の一人が、全部を自分単独名義の

登記にしている場合は、他の共有者からの**登記名義の回復**は単独で可能であろうか。ここでの登記は、登記名義人となった共有者の持分の限りでは有効であるため、他の共有者は、自己の持分の限りでの一部抹消登記である更正登記を請求しうるにとどまる（最判昭和38・2・22民集17巻1号235頁＝判百Ⅰ54事件［松岡久和］、最判昭和59・4・24判時1120号38頁）。ただ、例外的に、更正登記によると登記の同一性が失われる場合には、全部抹消登記も可能とされている点にも注意が必要である（最判平成17・12・15判時1920号35頁［登記名義人の変更によって登記の個数が増えてしまった事例］）。

他方、共有の登記が真正になされている場合に、その後に、共有者の一部の者（A）の持分権について無権利者（B）がなした不実の持分移転登記につき、他の共有者（C）が抹消登記手続請求をすることに関しては、「不実の持分移転登記がされている場合には、その登記によって共有不動産に対する妨害状態が生じているということができるから……単独でその持分移転登記の抹消を請求することができる」とする判例がある（最判平成15・7・11民集57巻7号787頁＝判百Ⅰ75事件［七戸克彦］）。その理由は、「不実の持分移転登記……によって共有不動産に対する妨害状態が生じているということができる」からだという。共有物に対する妨害は、Cの持分権に対する妨害を当然に伴うと考えられるからであろう。

(f) 持分権の処分

各共有者は自由にその持分権を譲渡し、持分の上に担保を設定することもできる。もちろん、放棄することも可能である（放棄後の持分の帰属については255条）。

共有者の間で「**持分権処分禁止の特約**」をなすことができるが、それには内部的効力しかなく、第三者には主張できないのが原則である。ただし、254条によって、第三者が特約上の債権・債務を引き受けるならば、第三者にもその効力が及ぶことになりそうであるが（最判昭和34・11・26民集13巻12号1550頁も参照）、学説は一般に批判的である。

共有者の一部が、自己の持分を越えて第三者に処分しても、他の共有者の持分については所有権が移転しない（無権利の法理）。したがって、たとえば、

親Pの所有していた土地・建物を子どもABCが共同相続したところ、Cが遺産分割協議書を偽造するなどして自分の単独名義にした上で、第三者Dにこれを売却したような場合、遺産共有を前提とすると、Cの持分（相続分）の限りで、Dは権利を取得しうるのみということになる（もっともDが占有を開始した後に、ABから明渡しを求めるのが困難なことは、前述のとおりであり、不当利得の返還請求などで満足するほかない場面もあろう）。誤った登記については、更正登記手続を請求すべきであるが、この状況で、第三者保護のために94条2項の類推適用等によるDの全部取得の可能性があることにも留意すべきである。

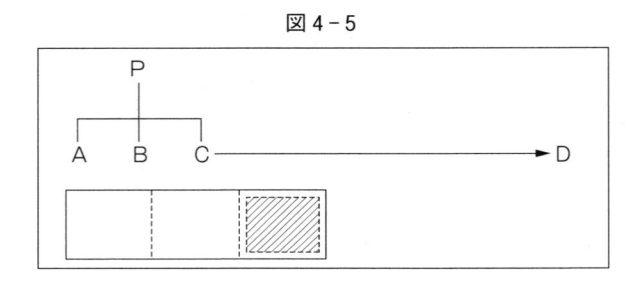

図4-5

(2) 共有の対外的主張

(a) 持分権の対外的主張

持分権といえども、基本的には通常の所有権と同様の性質を有するものである。そこで、各共有者は、他の共有者に対すると同じく、第三者に対しても単独で**持分権の確認請求**や、**保存行為**として共有物に対する侵害行為の排除、不法占拠者に対する返還請求が可能である（最判昭和40・5・20民集19巻4号859頁）。数人で共有する要役地のために地役権設定登記手続を求める訴えは各共有者の保存行為であって固有必要的共同訴訟には当たらない（最判平成7・7・18民集49巻7号2684頁）。特に、給付請求では、単独で引水妨害排除請求（大判大正10・7・18民録27輯1392頁）、**抵当権登記抹消請求**（大判大正15・5・14民集19巻840頁）、**共有目的物の自己への引渡請求**を認めた例がある（最判昭和42・8・25民集21巻7号1740頁）。共有不動産について第三者名義でなされた**不実な登記の抹消請求**や**更正登記請求**も可能である（ただし単独

でなした訴訟の判決の既判力は他の共有者には及ばない）。このことは、持分権の性質あるいは不可分債権の規定（428条）の類推によっても説明可能である。

(b) 共有関係の主張

持分のみでなく、いわゆる共有権・共有関係（数人が共同して有する1個の所有権）の確認や、共有地の境界画定の訴え、それに基づく所有権移転登記請求は、いわゆる「**固有必要的共同訴訟**」（必ず一緒に共同して訴えを起こさなければ、原告適格を欠くということで、訴えが却下されるような訴訟形態）とされ、共有者全員が原告となる必要がある（最判昭和46・10・7民集25巻7号885頁、最判昭和46・12・9民集25巻9号1457頁）。なぜなら、共有関係の有無や内容は共有者全員について、画一的に定めることが必要であり、一部の者が提訴して敗訴すると、直ちに他の共有者に不利益が及ぶからである。とはいえ、共有者が原告となって訴えを提起すべきときに、一人でも非同調者がいると、共有者が隣地との境界確定もできないようでは困る。そこで、最判平成11・11・9民集53巻8号1421頁は、**境界確定の訴え**で共有者の間に非同調者がいる場合でも、「その余の共有者は、隣接する土地の所有者と共に、右の訴えを提起することに同調しない者を被告にして訴えを提起することができる」とした。境界確定の訴えでは、たとえ、非同調者がいる場合でも隣地との境界に争いがあるときは、これを確定する必要があり、裁判所は、当事者の主張に拘束されることなく自ら正当と認めるところに従って境界を定めることができ、このような特質に照らせば、「共有者の全員が原告又は被告いずれかの立場で当事者として訴訟に関与していれば足りる」というわけである。

不動産の**共有持分の一部**について第三者名義の不実の所有権移転登記がなされた場合に、その余の共有持分を有する共有者の一部が単独で当該持分移転登記の抹消を求めることが可能かは、やや問題である。この場合に、その共有者の持分が第三者の持分登記によって直接に侵害されているわけではないとも考えられるからである。しかし、前述のように最判平成15・7・11民集57巻7号787頁は、それが保存行為に当たるか否かに言及することなく、

不実の持分登記によって「共有不動産に対する妨害状態が生じている」として、その請求を認めた。持分権を有するにとどまるといえども、目的物全体の所有者である限り、その保有関係について無関心ではいられないということであろうか。

　学説も、これらの判例を受けて、**共有関係**と**持分関係**を分け、前者については固有必要的共同訴訟になるが、後者は各共有者の単独訴訟が可能とするものが多い（我妻＝有泉・講義Ⅱ217頁、舟橋・物権381頁、内田・民法Ⅰ393頁など）。一般論の傾向としては、それでもよいが、ときに厳格な分類の実益が疑わしいものもある＊。

　(c)　損害賠償請求など

　第三者の共有物に対する違法な行為に対する**損害賠償請求権**は、各共有者に持分割合に応じて分割帰属するため、各共有者は、単独では「持分に相当する額」での損害賠償しか請求できないと解されている（最判昭和41・3・3判時443号32頁、最判昭和51・9・7判時831号35頁）。とすれば、共有物の売却代金や賃料請求の場合にも、同様に債権が分有されると解されよう。

　　＊　こうした区分に疑問を呈する見解は少なくない（鈴木・物権法講義41頁）。訴訟法的観点からの問題点の指摘として、高橋宏志「共有の対外的主張」新・民法の争点122頁。なお、判例の分析をはじめ、山田誠一「共有者間の法律関係(1)〜（4・完）」法協101巻12号、102巻1、3、7号［1985年］）参照。

(3)　共有物の分割

　(a)　分割請求の自由

　各共有者には、原則として、共有物の分割を請求する権利（**分割請求権**）があり（256条1項本文）、それによって共有関係による拘束から解放される自由がある。分割は、共有関係の終了をもたらす。共有者間の協議で目的物件を分割できること（協議分割）は言うまでもないが、協議がととのわない場合は、分割の訴え（258条1項）によるほかない（裁判分割）。この訴えは、形成の訴えであって、判決によって従前の共有関係が廃止され、各共有者にいかなるものが帰属するかが定められる。共有者間の特約によって一定期間

の分割請求を禁ずる「**不分割特約**」も可能ではあるが、有効期間は5年が限度であり、しかも、不動産の場合は、特約を登記しておかないと第三者（各共有者の特定承継人等）に対抗できないとされている（不登65条［共有物分割禁止の登記］）。また、不分割特約がある場合にも、共有者の一人に破産手続が開始した場合は、共有物分割を請求することができ、他の共有者が破産者に償金を払って破産者の持分を買い取ることができる（破産52条2項）。

(b) 分割の方法

① 現物分割と代金分割　　当事者による協議分割での共有物の分割方法は自由であるが、協議がととのわないときは、裁判所に決めてもらうことになる（258条1項）。裁判分割においては、**現物分割**が基本となるが、馬1頭、自動車1台のように分割が不可能であったり、面積の小さな土地のように現物分割することによって著しく目的物の価値が減少する（宅地として使えなくなる）おそれがあるときは、目的物件をそのまま競売した上で、**代金分割**とすることもできる（258条2項）。まずは現物分割を試みよというわけである。ただ、実際に分割が可能かどうかは、目的物の種類や性質にも左右され、たとえば、判例（最判平成18・6・1判例集未登載＝法セミ638号123頁［高田淳］）では、能面および能衣装からなる動産物件について共有持分を各2分の1ずつとする故人の公正証書遺言により、2分の1の共有持分権を取得した者が、他の共有者が本件物件を独占的に管理し、原告による使用を妨げているとして、共有物の分割（競売による換価分割）を求めた事案で、原審を覆して、

「本件物件は、その性質上取引市場が形成されておらず、その価格評価や組合せについては能楽に関する専門的知識を要するものではあるが、専門家による鑑定等によればその価格を適正に評価し得ないものではなく、また、能面と能衣装の組合せについても、当事者尋問等によって、それぞれの性質を明らかにした上で判断することは不可能とはいえない。そうすると、本件物件について、価格や組合せを明らかにした上で、これを2群に分けて現物を分割することを妨げる理由はなく、本件が民法258条2項にいう『共有物の現物を分割することができないとき』に当たるということはできない」

とした。分割の仕方は、かように、かなり弾力的である。

② 遺産分割の場合　　目的物件が**遺産**である場合、共同相続人は、共有物分割請求ではなく、家庭裁判所に**遺産分割請求**をしなければならなず（907条2項）、家庭裁判所は、審判によって遺産分割を行う（家事審判9条乙類10号、11条も参照）。遺産の分割に際しては、「遺産に属する物又は権利の種類及び性質、各相続人の年齢、職業、心身の状態及び生活の状況その他一切の事情を考慮して」行うべきものとされている（906条）。この場合、「特別の事情があると認められるときは、遺産の分割方法として、共同相続人の一人又は数人に他の共同相続人に対し債務を負担させて、現物をもってする分割に代えることができる」と定められている（家事審判規則109条）。裁判上の分割では、現物分割または競売が基本とされているが、現物分割に当たって、持分の価格以上の現物を取得することになる共有者に超過部分の対価を支払わせて過不足の調整をなすこともできる（最大判昭和62・4・22民集41巻3号408頁。なお、荒川重勝「『遺産分割』の基準と『方法の多様・柔軟性』について」立命館法学292号1609頁［2003年］参照）。

③　全面的価格賠償の可能性　　遺産分割に比して、通常の共有物分割（258条2項）に際しての考慮事情は、必ずしも明らかでなかったところ、近時の判例（最判平成8・10・31民集50巻9号2563頁＝判百Ⅰ76事件［鎌野邦樹］）では、総合的な考慮の下で、共有者間の実質的公平を害しないと認められる「特段の事情」がある場合には**全面的価格賠償の方法**によることも可能とされた。すなわち、共同相続人の一部にとって生活の本拠ともなっていた土地家屋の共有物分割請求訴訟において、

> 「裁判所としては、現物分割をするに当たって、持分の価格以上の現物を取得する共有者に当該超過部分の対価を支払わせ、過不足の調整をすることができる（最大判昭和62・4・22民集41巻3号408頁）のみならず、当該共有物の性質及び形状、共有関係の発生原因、共有者の数及び持分の割合、共有物の利用状況及び分割された場合の経済的価値、分割方法についての共有者の希望及びその合理性の有無等の事情を総合的に考慮し、当該共有物を共有者のうちの特定の者に取得させるのが相当であると認められ、かつ、その価格が適正に評価され、当該共有物を取得する者に支払能力があって、他の共有者にはその持分の価格を取得させることとしても共有者間の実質的公平を害しないと認められる特段の事情が存するときは、共有物を共有者のうちの一人の単独所有又は数人の共有とし、これらの者から他の共有者に対し

て持分の価格を賠償させる方法、すなわち全面的価格賠償の方法によることも許されるものというべきである」
という（同日付最判平成8・10・31判時1592号55頁、判時1592号59頁も同様の基準を掲げる）。言うまでもなく、この場合の「特段の事情」の主張立証責任は、全面的価格賠償を主張する側にある。なるほど全面的価格賠償の方法は、共有物取得者の支払能力に依存するだけでなく、理論的根拠に乏しく、裁判の長期化のおそれもあるため、共有物分割一般について導入することに疑問がないではない。しかし、遺産分割との均衡や関係当事者の希望や利害を調整する柔軟な方法として、判例の立場にも一定の評価が与えられるべきである（この問題については、奈良次郎「共有物分割訴訟と遺産分割手続との異質性─手続の類推適用は許されるか」中野貞一郎ほか編・三ヶ月章先生古稀祝賀・民事訴訟法学の革新(中)［有斐閣、1991年］650頁以下所収、鎌田薫・リマークス1993(下)27頁など参照）。

④　山林の分割　　山林は、通常の場合、現物分割が可能である。かつて、山林は、林業政策の観点から分割について制限があり、「森林」に該当する山林では民法256条1項の規定にかかわらず、共有に係る森林の分割請求ができないものとされ、各共有者の持分の過半数をもってのみ分割請求できるものとされていた（昭和62年以前の森林法186条）。しかし、この規定は、財産権の保障を定める憲法29条2項に反する（目的達成手段として必要な限度を超えた不必要な規制である）として無効とされ（最大判昭和62・4・22民集41巻3号408頁＝憲法判百Ⅰ〈第5版〉105事件［巻美矢紀］。同判決は部分的価格賠償による分割を認めた点でも注目される）、昭和62年森林法改正で削除された。

⑤　分割手続への参加など　　259条によって、共有者の一人が他の共有者に対して共有に関する債権を有する場合は、分割に際して、債務者に帰属すべき共有物の部分をもってその弁済に充てられることは既に述べた（259条1項）。共有物について権利を有する地上権者や抵当権者、共有者の債権者といった利害関係者も、共有物の分割手続に自費参加することが可能であるが（260条1項）、裁判所が常に通知してくれるわけでもないから、いつもモニターしていないといけないため、大して意味のある規定ではない。とはいえ、かかる利害関係者から参加の請求があったにもかかわらず、手続に参

加させないで分割をしたときは、その分割は、当該請求者に対抗することができない（260条2項）。

(c) 共有物分割の効果

共有物が分割されると、分割後の各部分は単独所有もしくは新たな共有関係に移り、各人の持分は、単独所有、新たな共有持分権、金銭債権、金銭などに転化する。この場合、分割は、実質的には持分の一部交換や売買と同様の意味を持つため、有償取引に類比でき、その持分に応じて、他の共有者に対する関係で、売主のような**担保責任**（561条～572条）を負うものとされている（261条。なお遺産分割についての911条も参照）。たとえば、ＡＢが共有していた甲地が乙地・丙地に分割されて、Ａが乙地、Ｂが丙地を取得すると、乙地にあったＢの持分権と丙地にあったＡの持分権は結果的に交換されたことになるが、もし、当初の持分に比してＡが取得した乙地の面積が不足していることが明らかとなった場合、ＡはＢに対し、代金減額に相当する金銭的調整を求めることができ（565条→563、564条参照）、場合によっては、損害賠償請求や解除によって分割を覆すことも可能となる（ただし、判決による分割の場合は、契約解除の規定で分割を覆すのは適当ではあるまい）。

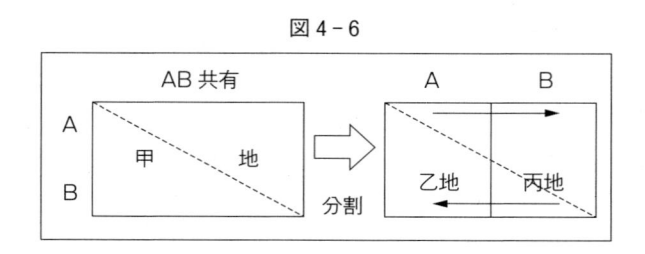

図4-6

(d) 分割にともなう持分上の担保物権の帰趨

たとえば、ＡＢＣがそれぞれ3分の1の持分割合で共有している土地について、Ａの債権者ＧがＡの持分に抵当権を有していた場合、分割がなされると抵当権者の地位はどのようになるだろうか。少なくとも、担保権者Ｇとの関係では、分割後も共有持分権の観念が存続するのと同じ結果とならねば不公平であろう。いくつかの場合を分けて考えてみよう。

第1に、AがBCに価格賠償をして、共有地の単独所有者になったときは、Aの設定した抵当権は、そのまま当該土地の上に存続し、その把握している価値の範囲は変わらないと考えてよい（混同の例外規定の類推）。

　第2に、Aが、分割で共有地の一部のみを取得した場合は、抵当権が縮減してしまわないように、（Gが分割の手続に参加していない限り）抵当権がもとの土地の全体の上に、もとの持分割合で存続するというのが通説・判例である（大判昭和17・4・24民集21巻447頁）。なるほど、Aが取得した部分の土地に集中して抵当権が存続することにしてはどうかとの考えもあろうが、分割の仕方如何ではAの取り分が小さくなって、抵当権者の地位が害されることもあるため、Gが分割手続に参加してそれを承認していない以上、勝手にその抵当権の及ぶ範囲を変更できないと解されるわけである。

　第3に、Aが持分の代価だけを得たような場合はどうか。Gとしては、持分の価値変形物である代価の上に物上代位していくことが可能であるが（372条→304条）、それだけでなく、土地の新たな取得者（BCまたは第三者）に対し、なおAの持分上の抵当権を有しているとの前提で、選択的に抵当権を行使することができると解される。なぜなら、Aに支払われる代価が常に相当であるとは限らず、また、債務者Aの資力が充分でないこともあるからである。目的物の取得者にとっては負担であるが、抵当権の存在を考慮して取得額等の条件を定めれば、不測の不利益を被ることはあるまい。要するに、Gとの関係では、いずれにしても分割後も共有持分の観念が存続することになるわけである。

3　準共有

　所有権以外の財産権（用益物権［地上権・地役権など］・担保物権［抵当権など］・無体財産権［著作権・特許権など］・漁業権・鉱業権など）を数人で有する場合は、共有の規定が準用される。これを「**準共有**」という。ただし、法令に特段の定めがある場合は、この限りでない（264条）。債権も準共有の対象となりうるものであるが、一般に多数当事者の債権関係に関する不可分債権の規定（428条以下）が、先ずもって適用されるので、共有規定が適用される

場面はあまりない。可分な金銭債権が数人に帰属する場合は分割債権（427条）となり、そこでも準共有の生ずる余地はない（最判昭和51・9・7判時831号35頁、参照。なお、満期前の定額郵便貯金債権につき、最判平成22・10・8民集64巻7号1719頁＝家月63巻4号122頁は、郵便貯金法上、預金者が死亡したからといって当然に相続分に応じて分割されることはなく、最終的帰属は遺産分割手続で決せられるべきものとしている。さらに、取引経過の開示請求につき最判平成21・1・22民集63巻1号228頁も参照）。ただし、債権の中でも、賃借権・使用借権・売買予約完結権等については、共有の規定が準用される場面がある。なお、特別法上の財産権の準用に関しては、その権利の性格上、民法の個人主義的共有規定を修正するものがかなりあることにも注意が必要である（会社105条・237条など、著作64条・65条・117条、特許73条、新案19条3項、意匠36条、商標35条、鉱業44条、漁業32条・33条など）。

第4節　建物区分所有

　ここでは、分譲マンションのように、1棟の建物に独立した所有権の対象たる複数の住戸（専有部分）がある場合の様々な法律関係を規律する特別法である「建物の区分所有等に関する法律（区分所有法）」（昭和37年制定、昭和58年大改正）について説明する。規律される問題は、大きく二つある。第一は、建物とその敷地に関する所有・共有などの権利関係、第二は、複数の人が一つの建物に共同生活することから生じる団体的な管理に関する。それらは、民法の所有・共有の原則的ルールを大幅に修正するルールを含んでいる。区分所有建物は、集密化された相隣関係・共有関係であると同時に、区分所有者たちが生活をともにする小さな社会（＝団体）を構成するものである。それゆえ、区分所有建物は、隣近所の騒音トラブルから、被災・老朽化した際の復旧・建替えに至るまで、様々な潜在的問題が含まれた小社会であり、団体における多数決原理の意味について再考を迫る領域でもある。

1　建物区分所有をめぐる法の変遷

(1)　立法による対応
　通常、一棟の建物は一つの所有権の対象とされる。しかし、都市型住宅の典型である分譲マンション等では、むしろ一棟の建物が複数の所有権の対象となる住戸や独立した空間・施設を含み（この一棟の建物全体を「区分所有建物」という）、共同で住宅や業務用オフィスとして利用されることが多い。このような区分所有建物について、かつての民法典には、わずかに1箇条しか規定が用意されていなかった。すなわち、民法旧208条（→昭和37年削除）は、昔ながらのハーモニカ型の「棟割り長屋」を念頭において、「数人にて一棟の建物を区分し、その一部を所有するときは、建物及びその付属物の共用部分は、その共有に属するものと推定す。共用部分の修繕費その他の負担は、各自の所有部分の価格に応じてこれを分かつ（原文旧カナ）」と定め、その上で、共有物分割請求にかかる民法256条は旧208条の共有物に適用しない

ものとしていたのである（旧257条）。明治29年の立法当初には、区分所有建物の法律関係は一種の「集密化された相隣関係」と考えられ、現にそれで事足りた。実務上も、長屋についての旧来の慣行や取り決めが優先したため、せいぜい修補部分に関する付合の成否等が争われた程度で、旧208条もほとんど休眠状態にあった。

　しかし、中高層ビルによる集合住宅や分譲マンション等が増加すると、旧来の規定のみでは到底対応できなくなった。そこで、昭和37（1962）年に「建物の区分所有等に関する法律（区分所有法）」が制定され、民法旧208条は削除されるところとなった。たしかに、昭和37年法は、当時としては時代を先取りした立法ではあったが、基本的には、複数所有権をひとところに集めただけの発想の産物であり、多くの問題は、なお学説・判例の処理に委ねられた。しかし、その後の急激な都市化の流れの中で、土地の立体的利用が進んだこともあって、敷地に対する権利の安定・確保が重要な課題となり、不動産の共同利用関係を調整するためのルール作りの必要が唱えられた。こうして、区分所有法は、昭和58（1983）年に大改正を受け、この改正では、①区分所有の目的である**専有部分への権利と敷地利用権の一体性**の確立、②大幅な**多数決原理の導入による管理運営の合理化**［区分所有者の団体性の確認、義務違反者の排除・建替えの合理化など］、また、懸案となっていた③**登記方法の改善**について一定の手当がなされた（改正の位置づけにつき、丸山英気・区分所有法の理論と動態［三省堂、1985年］47頁以下参照）。

　さらに平成12（2000）年には、「マンションの管理の適正化の推進に関する法律（**マンション管理適正化法**）」（平成12年法149号）によって、マンション管理業務の適正化や管理組合への支援強化がはかられ、平成7年の阪神・淡路大震災で吹き出したマンション建替法の不備をただすべく、建替手続きの整備が行われた（被災区分所有建物の再建等に関する特別措置法［平成7年法43号］は、区分所有建物が「全部滅失」しても（民法251条によらずに）敷地利用者間で建物再建のための多数決ルール［後述］を維持するものとしていた）。また、平成14（2002）年区分所有法改正では、同年6月の「マンションの建替えの円滑化等に関する法律（**建替え円滑化法**）」（平成14年法78号）で、都市計画法や行政の建替えへの寄与を含めた総合的な枠組みが用意され、今日に至って

いる（丸山英気＝折田康宏・これからのマンションと法［日本評論社、2008年］3頁以下も参照）。区分所有法の制定以来、2度にわたる大改正は、団体法としての、多数決による共同決定の導入・拡張・強化の過程でもあったといえよう。

(2) 区分所有のイメージ

この間、区分所有のイメージも大きく変わった。すなわち、「専有部分の独立した所有権と階段・エレベーター・貯水タンクなど共用部分の共有持分権の複合体」という当初のイメージから、**「専有部分の所有権＋共用部分への共有持分権＋敷地への権利の複合体」**となり、さらに進んで、敷地への権利は専有部分の所有権に吸収されつつ、「**構成員権**」が加わる形となって進化した。つまり、現在の区分所有権は「敷地利用権をともなう専有部分の所有権＋共用部分の共有持分権＋構成員権」の三位一体で構成されているといってよい。

図4-7　【区分所有権のイメージ】

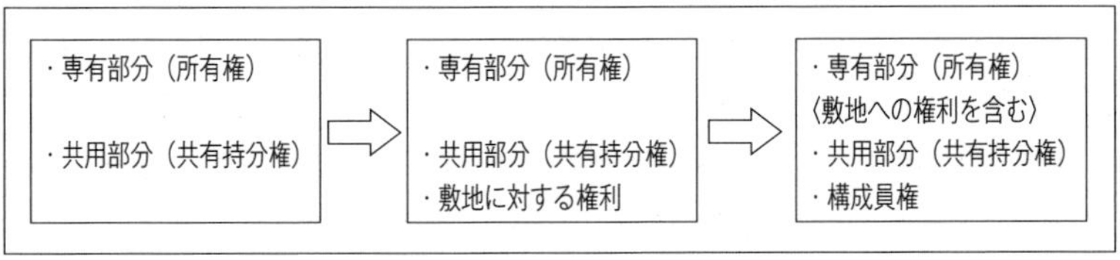

・専有部分（所有権） ・共用部分（共有持分権）	→	・専有部分（所有権） ・共用部分（共有持分権） ・敷地に対する権利	→	・専有部分（所有権） 〈敷地への権利を含む〉 ・共用部分（共有持分権） ・構成員権

こうして、区分所有法では、私的所有権的要素が後退して、団体法的側面が強化され（→所有権に対する制限）、とりわけ建物に関する所有権相互の関係を明確化して、共同生活上のルールづくりの支援が目指された。特に、集合住宅では、極端に圧縮された相隣関係と共有関係が存在することから、建物の維持・管理費用の負担方法（たとえば、上下水管の掃除・取り替え、屋上・屋根の張り替え、外壁の修補など）、利用方法（騒音・汚水つまり・振動などへの対処）、そして震災や老朽化した場合の建替え問題等についての団体法的ルール（構成員としての地位と団体の意思決定手続）等が、重要な意味を持つ。

2　区分所有建物の所有関係

区分所有建物は、①区分されて独立の所有権の目的となる専有部分（区分所有2条3項）、②専有部分の利用者の共用に供される共用部分（同条4項）、③建物の敷地または敷地利用権（同条5項、6項）の三つからなる。区分所有法は、この三つを一応別個のものとしながらも、それぞれの相互関係について特別の規制を定める。分説しよう。

(1)　専有部分

(a)　専有部分の意義

区分所有法1条では、「一棟の建物に構造上区分された数個の部分」があり、それぞれが「独立して住居、店舗、事務所又は倉庫その他建物としての用途に供することができるもの」は、その各部分（これを「**専有部分**」と呼ぶ[同2条3項]）につき、1個の所有権（これを「**区分所有権**」と呼ぶ[同2条1項]）の成立を認める。これは、1棟の建物を1個の物として一つの所有権の成立を認める民法の原則に対する例外規定である。区分所有権を有する区分所有者は、専有部分を単独で所有し、それを自由に使用・収益・処分できるが（民法206条）、一般の私的所有権が相隣関係規定や公共の福祉によって制限されているように、建物の保存や管理・使用に関して、小さな「団体」である区分所有者の共同の利益に反しない義務を負う（区分所有6条1項）。この規定は、専有部分の占有者（賃借人等）についても準用される（同3項）。ちなみに、不動産登記法では、区分所有法4条2項に定められた規約共用部分を含む専有部分を「**区分建物**」と呼んでいる（不登2条22号参照）。

(b)　何が専有部分となるか？

区分所有権の目的となる「専有部分」といえるには、上述のように、1棟の建物のうちで、当該部分が、①**構造上の独立性**を有し、②**利用上の独立性**を有していることが必要である。通常、「構造上の独立性」は、その部分が固定した隔壁等で区分され、それぞれの用途に応じた内部設備が備わってい

ること等で判断される。また、「利用上の独立性」にとっては、当該建物部分と外部への出入りが、他の建物部分を通らずに可能であることが必要とされた（最判昭和44・7・25民集23巻8号1627頁）。

区分所有者は、その専有部分と共用部分を保存し、又は改良するために「必要な範囲で」、他の区分所有者の専有部分又は自己の所有に属しない共用部分の使用を請求できるが、これによって他の区分所有者が損害を被ったときは、その償金を支払わなければならない。

分譲マンション等では、しばしば居住部分の利用に供される車庫や倉庫が専有部分か共用部分か争われることがある。これは、基本的に分譲当初の取り決め等によって定まるものであるが、規約上明らかでない場合、判例（最判昭和56・6・18民集35巻4号798頁＝昭和56年度重判64頁［丸山英気］、最判昭和56・7・17民集35巻5号977頁など）では、比較的緩やかに専有部分の成立が認められている。たとえば、最判昭和56・6・18（前掲）は、建物外部に直接出ることができ、排気管、マンホール等の共用設備の設置された屋内駐車場につき、仮にその一部にわずかな共用設備（配線・配管設備など）が設置されていても、「共用設備が当該建物部分の小部分を占めるにとどまり、その余の部分をもって独立の建物の場合と実質的に異なるところのない態様の排他的使用に供することができ、かつ、他の区分所有者らによる右共用設備の利用、管理によって右の排他的使用に格別の制限ないし障害を生ずることなく、反面、かかる使用によって共用設備の保存及び他の区分所有者らによる利用に影響を及ぼすこともない場合には、なお……建物の専有部分として区分所有権の目的となりうる」とした。要するに、(i)区分された範囲が明確で、(ii)その部分についての排他的使用が確保され、(iii)それによって共用施設に機能上の障害がない限りは、専有部分と認めることができるとしているのである＊。

＊【バルコニーを温室に？】　たとえば、Aが、あるマンションを分譲購入したが、同マンションでは全員で建築時に協定が結ばれ、バルコニーの改築が禁じられていた。ところが、Aがバルコニーを改築して温室にしてしまった場合を想定しよう。管理組合は、その撤去を命じることが可能だろうか。これは、できるというべきである。バルコニーの空間部分は一応「専有空間」ではあるが、設備としては

「外壁の延長」にあり、ベランダやテラス等と並んで、性質上は「共用部分」である。したがってその利用方法は制限され、勝手に改築したような場合や不適切な使用方法に対しては、管理組合がその撤去や差止めを請求できると考えられるからである（最判昭和50・4・10判時779号62頁、ＮＢＬ87号31頁参照）。

(2) 共用部分

共用部分は、①構造上専有部分となり得ない建物の部分（数個の専有部分に通ずる廊下・階段室や外壁・屋上など）と専有部分に属しない建物部分・付属物（水道設備＊・ガス設備など［「**法定共用部分**」という］）、および、②構造上は専有部分となりうる部分や付属建物で規約によって共用部分とされたもの（管理人室・共用応接室・集会室・ロビーなど［「**規約共用部分**」という］）からなる（区分所有2条4項、4条）。ただし、規約共用部分は、その旨の登記をしておかないと、当該部分が共用部分であることを第三者には対抗できない（同4条2項）。

専有部分と他の専有部分の間、専有部分と共用部分の間、隔壁、床、天井などの分界については、全部が共用部分であるとする見解と、壁心までが専有部分であるとする見解、上塗り部分のみが専有部分であるとする見解がある。規約に別段の定めのない場合は、隔壁は建物の基本構造に関わるものであるから、原則として上塗り部分のみが専有部分と考えるのが合理的であろう（たとえば、専有部分の壁紙を勝手に貼り替えても誰も文句は言わないが、隔壁コンクリートに穴を開けて2つの部屋の通路を作ることについては他の区分所有者の同意を要しよう）。

共用部分は、原則として、区分所有者全員の共有となるが＊、一部の区分所有者のみの利用に供されるもの（一部共用部分）については、それらの者の共有となる（同法11条1項）。各共有者の持分は、規約に別段の定めがないときは、その有する専有部分の床面積の割合による（同14条）。この持分権は、専有部分の処分に随伴し、専有部分と分離して処分することができない（同15条）。したがって、独立の処分による物権変動が観念されない以上、民法177条の規定は「共用部分」に適用されない（区分所有11条3項＊）。

共用部分の使用については、各共有者が「その用方に従って」行うことが

でき（区分所有13条。民法上の共有のように「持分に応じた使用・収益」ではない）、その性質上、その本体となる専有部分の処分に従う。かくして、共用部分は、原則として専有部分と分離して処分することができず（同15条）、分割請求も認められない。区分所有者は、その持分に応じて共用部分の負担を課され、共用部分から生じる利益を収取する（同19条）。共用部分の管理につき（変更の場合を除く）、規約に特段の定めがない場合には、保存行為は各共有者が、それ以外は集会の決議で決する（同18条。後述）。

なお、区分所有建物の一部が損壊して他人に損害を与えた場合、瑕疵の所在が問題となる大部分は外壁などの共用部分に該当する。建物の設置・保存の瑕疵（民法717条）については、特定の専有部分の設置・保存の瑕疵に起因することが立証されない限り、共用部分の設置・保存に問題があったものと推定され（区分所有9条）、区分所有者全員が共同して損害賠償の責任を負う（あくまで「推定」であるから反証で覆すことは可能である）。

＊【上階から漏水？】　最判平成12・3・21判時1715号20頁では、X居住の7階707号室とY居住の6階607号室が上下階の関係にあり、607号室の天井裏を通っている配水管から漏水事故が発生してYが損害を被った事件について、上階のXが、本件配水管が区分所有者全員の共用部分であって、Yに生じた損害21万円余についての賠償義務がXにないこと、および配水管修理費用12万円余の立替金求償等を管理組合に請求した事件で、「本件配水管は、その構造及び設置場所に照らし、……［区分所有法2条4項にいう］専有部分に属しない建物の付属物にあたり、かつ、区分所有者全員の共用部分に当たる」と判示して、Xの主張を認めた。配水管の主管（縦管）が共用部分に属することに異論はないが、「枝管」については、その設置場所、その機能、点検・清掃・修理等の管理の方法や、建物全体と排水施設の関連などを総合的に検討する必要があろう。ちなみに、これが、Xの専有部分である風呂場やトイレの排水口をX自身の管理不行き届きで詰まらせた結果、水があふれて漏水したというのであれば、Xが責任を免れないことは言うまでもない。

＊【共用部分の共有と通常の共有との違い】　民法上の共有者の地位と区分所有法上の共用部分についての共有持分権の差は大きい。第1は、分割請求の可否にあり（民法256条参照）、区分所有法上の共用部分は、独立して処分することが性質上不可能であるだけでなく、共用部分についての処分が、専有部分の処分に従うからである（区分所有15条）。また、共用部分の変更方法については、全員一致（民法251条）ではなく、区分所有者および議決権の各々4分の3以上の多数による集会の決議で決すべきものとされている（区分所有17条1項）。ただし、この数は規約で過半

数まで減ずることができる（区分所有者が２、３人の場合もあるから）。共用部分の変更が、専有部分の使用に特別の影響を及ぼすときは、その専有部分の所有者の承諾が必要である（同17条２項）。管理行為・保存行為については、同18条１項を見よ。

＊【管理人が管理人室を自己名義に？】　Ｙがマンションを建築してＸらに分譲。当初、Y_1は事務室に管理人Y_2をいれてマンションを管理していたが、やがて、Y_2は管理人室をY_1の名義に保存登記して住み込んでしまった。Ｘらは、Ｙらを相手取って登記抹消と明渡請求ができるか。最判平成５・２・12民集47巻２号393頁は、管理費の増額をめぐって争われた管理人室・管理人事務室の帰属について、「構造上の独立性はあるとしても、利用上の独立性はない」として、区分所有権の目的とならないことを前提に、Ｘ等の請求を認めた。管理人事務室は、その性質上「共用部分」であって、Ｘらの共有に属する。したがって、Ｙらの管理人としての行為は許されず、Ｘらは、Y_1名義となった登記の抹消と部屋の明渡しを求めることができるというべきである。Y_1が、管理人室を自己の専有部分として第三者に譲渡した場合も、規約共用部分として登記を備えていた場合は、同様に考えることができる（なお、宅建業法35条１項、同法施行規則16条の２によって紛争の未然防止が図られている）。

(3) 敷地とその利用権

建物の専有部分を所有するには、その敷地に関する権利（＝敷地利用権[区分所有２条６項]）が必要である。敷地は、通常、区分所有建物の所在する土地であるが、それと一体となって管理・使用する土地（庭・通路など）も、規約によって「建物の敷地」とすることができる（同２条５項、５条１項）。この「建物の敷地」に関する権利（敷地利用権）が、区分所有者の共有ないし準共有にかかる所有権・地上権・賃借権等である場合、区分所有者は、規約に別段の定めがないかぎり、その敷地利用権の持分（→原則として建物の共用部分に対する持分割合と同じである）を専有部分と分離して処分することができない（同22条。昭和58年改正で採用されたルール）。

したがって、区分所有権を譲渡したり、抵当権を設定するような場合には、専有部分・従たる共用部分・敷地利用権を３点セットで処分する必要がある。建物に関する権利と敷地に関する権利は、民法上は別個のものとされているが、区分所有建物に関しては一体として扱われうるものとしているわけである。この**分離処分不能とされた**敷地利用権は、区分所有建物の「表示の登

記」において「**敷地権**」として公示されることで（不登44条1項9号、46条）、何人との関係においても専有部分と不可分一体のものとなる（区分所有22条。なお23条但書で、規約で分離処分を可能とする場合も、その登記がないときは善意の第三者に処分の無効を対抗できない）。敷地利用権の共有・準共有持分の割合は、規約に別段の定めがないときは、共用部分の場合と同様、専有部分の床面積の割合によって定まる（同22条2項、14条）。

ちなみに、区分所有者の共有に属する共用部分や敷地を特定の区分所有者が排他的に使用できる権利を「**専用使用権**」と呼ぶが、かかる合意も有効である（最判昭和56・1・30判時996号56頁）。ただ、分譲当初から共用部分である敷地等に対価を以て設定された専用使用権とくに駐車場専用使用権の管理については、問題が多い＊。

＊【**敷地に設定された駐車場専用使用権**】　新築マンション分譲に際して、分譲業者が共有敷地に駐車場を設け、特定の購入者から対価を得て専用使用権を設定する場合がある。分譲業者が専用使用権を設定できるのは敷地の共有者である区分所有者から専用使用権を設定する権限を与えられているのであるから設定対価は区分所有者に返還すべきではないかという疑問がある。しかし、最判平成10・10・22民集52巻7号1555頁は、その対価が分譲業者の利益のために行われた専用使用権設定に対して支払われたものであることを設定当事者および他の区分所有者が認識している以上、その金銭は分譲業者に帰属するものと判示している。また、共有敷地で排他的に駐車場を利用できる専用敷地利用者と他の共有者間で、専用使用権の存続・譲渡・使用料増額をめぐっても、しばしば紛争が生じることがある（最判平成10・10・30民集52巻7号1604頁、最判平成10・11・20判時1663号102頁）。規約の改定などで増額された使用料が社会通念上相当であるかは、分譲時の対価（本体価格との関係）やそれまでの経緯、駐車場の敷地価格・税金、駐車場の維持管理費用などから総合的に判断しなければならない問題であろう。いずれにせよ、マンション分譲に際して専用使用権の設定・内容については、売買契約書・重要事項説明書などで十分説明して、管理規約等で明らかにしておく必要がある。ちなみに、行政は、専用使用権の設定及び利益から生じる収益については、区分所有者の共有財産に帰属させるべきことを指導しているようである（昭和54年12月15日建設省計動発16号、同建設省住指発第257号、昭和55年12月1日建設省計動発105号など）。

図4-8 【専有部分の表題部】

【表題部】（専有部分の建物の表示）					
【不動産番号】					
【家屋番号】	豊島区南大塚一五丁目2番地1の2				
【建物の名称】					
【①種類】	【②構造】	【③床面積】㎡		【原因及びその日付】	【登記の日付】
居住	鉄筋コンクリート造1階建	2階部分 57100		平成＊年＊月＊日新築	平成＊年＊月＊日
【表題部】（付属建物の表示）					
【符号】	【①種類】	【②構造】	【③床面積】㎡	【原因及びその日付】	【登記の日付】
1	車庫	鉄筋コンクリート造1階建	1階部分 20100		平成＊年＊月＊日
【表題部】（敷地権の目的たる土地の表示）					
【①土地の符号】	【②敷地権の種類】	【③敷地権の割合】		【原因及びその日付】	【登記の日付】
1	所有権	900分の5		平成＊年＊月＊日敷地権	平成＊年＊月＊日
2	所有権	40分の1		平成＊年月＊日符号1の付属建物の敷地権	平成＊年月＊日
【所有者】	豊島区南大塚一六丁目2番2号　株式会社　甲野建設				

一棟の建物の表題部

専有部分の家屋番号	31-1-1～35-1-150			
【表題部】（一棟の建物の表示）			調整	所在図番号
【所在】	豊島区南大塚一五丁目2番地1			
【建物の名称】	ロダン斉藤3号館			
【②構造】	【③床面積】㎡		【原因及びその日付】	【登記の日付】
鉄筋コンクリート造陸屋根値か1階付11階建	1階 1236|74 2階 1296|59 3階 1447|35 4階 1173|64 5階 1173|64 6階 1173|64 7階 1173|64 8階 1173|64 9階 1173|64 10階 967|12 11階 967|12 地下1階 1492|74			平成＊年＊月＊日
【表題部】（敷地権の目的たる土地の表示）				
【①土地の符号】	【②所在及び地番】	【③地目】	【④地積】㎡	【登記の日付】
1	豊島区南大塚一五丁目2番地1	宅地	3614154	平成＊年＊月＊日

敷地権たる旨の登記（不登規則119条1項）

【権利部（甲区）】（所有権に関する事項）				
【順位番号】	【登記の目的】	【受付年月日・受付番号】	【原　因】	【権利者その他の事項】
2	所有権移転	平成＊年＊月＊日第＊号	平成＊年＊月＊日売買	所有者　豊島区南大塚一五丁目2番地1号何某
3	所有権敷地権			建物の表示 豊島区南大塚一五丁目2番地1 1棟の建物の名称 ロダン斉藤3号館1 平成＊年＊月＊日登記

3　区分所有建物の管理

(1)　管理組合と集会決議

　区分所有建物では、専有部分と共用部分・敷地利用権の共有または準共有の関係が随伴することから、その維持管理については区分所有者全体の意思決定が必要となり、同時に、多数の区分所有者が同一建物や敷地内で生活・営業しているために、利用に関する共同のルールを必要とする。そこで、区分所有者は全員で「管理を行うための団体（＝**管理組合**）」を構成し、区分所有法に従って「集会」を開き、「規約」を定め、「管理者」を置くことができる（区分所有3条）。一部共用部分をその共有者である区分所有者のみで管理する場合も同様である（同3条後段、30条2項）。この団体（管理組合）は、「**権利能力のない社団**」などの形態をとるが、区分所有者および議決権の各4分の3以上の多数による集会の決議で、登記をして法人（＝**管理組合法人**）となることもできる（同47条）。

　区分所有者の「集会」は、団体の最高意思決定機関であり、厳密には所有権の制限に及ぶような事項でも、所定の要件を満たした集会決議によって決定することが可能である。必要に応じて、書面や（省令の定められた方式での）電磁的方法によって同意を調達することもでき、その合意は集会決議と同一の効力を有する（同45条）。

　団体によって設置された管理者（または管理組合法人）は、共用部分を保存し、集会決議や規約で定められた事項を実行する権利・義務を負い、建物の共用部分・敷地・付属施設について生じた損害賠償金や損害保険金等の請求・受領について区分所有者を代理し、規約または集会決議によって訴訟を遂行することができる（同26条、47条各号参照）。

(2)　共用部分の管理・変更方法

　共用部分の管理については、各共有者が単独でできる**保存行為**を除いて、原則として集会での過半数（区分所有者および持分割合による議決権の過半数*）による決議で決する（区分所有18条1項、39条1項）。

これに対し、階段室をエレベータ室に改造するなどの共用部分の変更については、民法251条の場合と異なり、区分所有者および議決権の各4分の3以上の多数による集会の決議で決定しなければならない（区分所有17条1項本文参照）。もっとも、**共用部分の変更**のうち、**小規模修繕**のように「その形状又は効用の著しい変更を伴わないもの」の場合には、それに要する費用の多寡を問わず、集会の**普通決議**（→過半数の賛成による）で決定できるとの留保が付された（平成14年改正による）。ただし、共用部分の変更が専有部分の使用に特別の影響を及ぼすときは、その専有部分の所有者の承諾を得なければならない（同17条2項）。

　＊【集会の決議における多数決】　集会決議では、「区分所有者および議決権」という二重の多数決要件が基本とされ、議決権については規約で別段の定めが可能とされている。共用部分の変更についての多数決方式も同様の発想で制度設計されている。これは一見民主的であるが、問題がないわけではない。たとえば、住居・店舗複合型マンションにおいて、法の原則に従った規約が利用されているとき、店舗部分の議決権（専有部分の床面積による）は過半数を超えているが、その区分所有者数は少数であり、他方で、住宅部分の議決権は半数以下であるにもかかわらず、区分所有者数が圧倒的に多いような場合、両者の意見が真っ向から対立すると、実質的に多数決による決定が何もできないで管理組合の機能が麻痺することがある。また、規約で「組合員1人につき1議決権」と定めているような場合には、一人の店舗部分区分所有者Aが総床面積の50％を占めているにもかかわらず、階段室にエレベータを設置するなどの共用部分の著しい変更（17条1項）についての決議が提案された場合、居住者の4分の3以上の賛成があれば決議が成立し、その費用の50％をAが負担しなければならないという事態にもなる。建替え決議などでは、さらに深刻であろう。「区分所有者間の利害の衡平」は、常に悩ましい問題を抱えている。鎌野邦樹「管理組合の権限と機能」新・民法の争点124頁以下参照。

(3)　規約

(a)　規約の設定・変更・廃止

「**規約**」は、建物・敷地・付属施設の管理・使用に関する区分所有者相互の事項を定める団体の根本規範であり（区分所有30条1項）、その設定・変更・廃止は、区分所有者および議決権の各4分の3以上の多数による集会決議によって行う（同31条1項）。規約の定めの重要性に鑑みて、平成14年改正

では、規約は、当該区分所有建物にかかる諸般の事情（形状・面積・位置関係・使用目的・利用状況・区分所有者の支払った対価など）を総合的に考慮して「区分所有者間の利害の衡平が図られるように定めなければならない」との一般条項が明記されている（同30条3項）。また、規約の設定・変更等が一部の区分所有者の権利に特別の影響を及ぼすときは、その承諾を得なければならない（同31条1項後段＊）。もっとも、「特別の影響」の有無は、ときに難しい判断となる。マンション管理業務について、本来組合員全員が平等に負担すべきところ、一定の金銭的負担を求めて不在組合員と居住組合員との不公平を是正しようとした変更が受忍限度を超えるものではなく31条1項後段の変更にあたらないとした判例がある（最判平成22・1・26判時2069号15頁）。

なお、マンション分譲時に分譲業者から提示された契約条件（＝約款）が、最終的に区分所有者間の共通了解となって原始規約を形作ることが少なくないことからも知られるように、約款問題と規約問題には一定の連続性があることにも注意を要しよう（このことにつき、河上正二「定款・規約・約款―契約法から見た組織」竹内昭夫編・特別講義商法Ⅱ［有斐閣、1995年］34頁以下所収）。

(b) 規約事項

規約で定め得る事項には、①区分所有者間の基礎的法律関係に関する事項（専有部分・共用部分の範囲、敷地の範囲、共用部分の共有持分の定めなど）、②区分所有者間の共同事務の処理に関する事項（団体の意思決定方法、管理組合の組織、運営、会計など）、③建物の使用方法や管理上の規律に関する区分所有者間の利害調節に関する事項＊、④区分所有者の義務違反に対する措置に関する事項などが含まれる。特に、①②には、規約によらなければ定め得ない事項（**絶対的規約事項**）も多い。

＊【**ペット飼育禁止の規約**】　マンション管理規約でペットの飼育を禁ずる規定が存在していることがある。最判平成10・3・26（判例集未登載＝不動産判百97事件［篠原みち子］）の事案では、「小鳥および魚類以外の動物を飼育すること」を禁ずる規約があったにもかかわらず、これに違反して犬猫を飼育する区分所有者Yがおり、管理組合Xが総会を開いて、当該組合員によって構成されるペット・クラブを設立

させ、同クラブの管理下で当時飼育中の犬猫一代限りで飼育を認める決議をしたという事件が問題となった。決議後も新たに犬の飼育を開始したYに対し、飼育中止を求めるX等の請求は、一審（東京地判平成8・7・5判時1585号43頁）、控訴審（東京高判平成9・7・31判例集未登載）、最高裁のいずれにおいても認められた。専有部分においても、ペットの飼育を一律に禁ずることに合理性があり、Yの行為は「共同の利益に反する」とされたわけである。盲導犬のように当該動物の存在が飼い主の日常生活・生存にとって不可欠なものでない限り、かかる制限も区分所有者の権利に特別の影響を与えるものとはいえないから、規約変更についても、当該区分所有者の特別の承諾は不要と解されている（東京高判平成6・8・4判時1509号71頁）。

＊【屋内駐車場をブティックに？】　最判平成9・3・27判時1610号72頁では、屋内駐車場として使用されていたマンションの専有部分を取得して、そこをブティックに改装して使用を始めた区分所有者Yを相手取って、管理組合Xが、それまでは特段の定めのなかった管理規約を「専有部分は専ら住宅として使用するものとする」旨の内容に改訂した上で、ブティックとしての使用の禁止を求めた事案で、そのような規約改定は一部の区分所有者（Y）の権利に特別の影響を及ぼすべき管理規約の改正に当たり、Yの承諾を得なければYを拘束しないと判示した。

(4)　規約・集会決議の効力

規約と集会決議は、区分所有者の特定承継人に対しても効力を有し、建物の使用方法等に関しては、専有部分の占有者（賃借人等）も拘束される（区分所有46条）。

共同の利益に反する行為をした区分所有者や賃借人等（区分所有6条1項、3項参照）に対しては、他の区分所有者全員（または管理組合法人）が、一定の要件に従った集会決議に基づいて、当該違反行為の差止め（行為の停止・結果の除去・予防のための措置）、専有部分の使用禁止、さらには、「他の方法によっては……共同生活の維持を図ることが困難であるとき」には、区分所有権等の競売または賃貸借契約等の解除・専有部分の引渡しを、訴えをもって請求できるものとされている（同法57条〔行為の停止等〕、58条〔相当期間の専有部分の使用禁止〕、59条〔競売請求〕、60条〔占有者に対する引渡請求＊〕）。

＊【平穏な共同生活の妨害者】　区分所有者Aから部屋を借りているマンションの住人Yが毎日、大声で怒鳴り散らし、ステレオのボリュームをいっぱいにあげて深夜まで騒音をたてているようなとき、Xら他の住人はなんとかできないか。上述のように、区分所有法には、共同生活の妨害者に対して、他の区分所有権者がとり

うる幾つかの手段が用意されている。第1に、57条4項による当該行為の差止請求・予防請求が可能であり、さらに、58条による集会決議で、区分所有者Aの専有部分の使用禁止を求めることもできる。そして、最も強力な手段として59条によってAの区分所有権・敷地利用権の競売を求める訴えを提起することが可能である。裁判例では、区分所有者が某暴力団に部屋を賃貸していた場合に、競売請求に対応する措置として、60条によって、賃貸借契約の解除と明渡請求が認められた例がある（最判昭和62・7・17判時1243号28頁：この「横浜山手ハイム事件」は、同条が適用された初めての最高裁判決である）。

4　復旧および建替え

区分所有建物が一部滅失した場合の復旧および建替えについては、平成14年の改正によって大幅に整備された。築後に相当年数の経過したマンションが増加し、その建替えが現実味を帯びた重要課題となっているばかりでなく、地震などによる被災マンションの復旧・建替えをめぐる紛争が多発したことがその背景にある。大規模災害による全部滅失の場合の再建については、別に、被災区分所有建物の再建等に関する特別措置法（平成7年法43号、最終改正平成14年法140号）が適用される。

(1)　復旧

小規模な一部滅失（建物価格の2分の1以下に相当する部分的滅失）の場合、規約に別段の定めがないときは、各区分所有者は、滅失した共用部分および自己の専有部分を復旧し、**共用部分の復旧**に要した費用を他の区分所有者に対して（その持分割合に応じて）償還請求することができる。ただし、「復旧工事に着手するまでに」、共用部分の復旧・再建について、次述の集会決議があった場合は、その決議の方が優先する（区分所有61条1項〜4項）。

大規模な一部滅失（小規模一部滅失以外）の場合の共用部分の復旧は、区分所有者および議決権の各4分の3以上の多数による集会の決議によって決する（同条5項）。このとき、決議に賛成しなかった区分所有者は、賛成した区分所有者（＝決議賛成者）の全部または一部の者に対して、建物およびその敷地に関する権利を時価で買い取ることを請求できる（同条7項）。た

だし、決議賛成者がその全員の合意で買取りをなすべき者（＝**買取指定者**）を指定した場合は、買取請求の相手方は、この買取指定者となる（同条8項）。事実上は、復旧・建替え活動等を行うデベロッパーが指定されることが多い。また、決議賛成者もしくは買取指定者の側から、決議賛成者以外の区分所有者に対して、買取請求するか否かの確答を催告することもできる（同条10項）。

(2) 建替え

区分所有法にいう「建替え」とは、「建物を取り壊し、かつ、当該建物の敷地若しくはその一部の土地又は当該建物の敷地の全部若しくは一部を含む土地に新たに建物を建築する」ことをいい、その決定は、区分所有者および議決権の各5分の4以上の多数による集会の決議（＝**建替え決議**）で行うものとされている（区分所有62条1項 →図4-9参照）。建替えをするか改修で建物の寿命を延長させるかの判断は極めて重要であるから、昭和58年の旧規定では、この決議をなすには「既存建物の効用の維持・回復に過分の費用を要するに至ったこと」が要件とされ、また、既存建物の敷地と同一土地に主たる使用目的を同一とする建物の再建であることが求められていた。しかし、老朽度の判定・改修との費用比較・費用の過分性をめぐっては容易に認識の一致をみることができず、しかも厳密な敷地の同一性を要求すると既存不適格建物の建替えを困難にする等の問題もあったことから、平成14年改正で、建替え決議の成立を容易にするため、いずれの要件も削除されている。

建替え決議は、区分所有者の極めて深刻な利害に関わるものである（憲法の財産権保障との関係でも問題が指摘されているが、最判平成21・4・23判時2045号116頁は、団地内の建物の一括建替え決議に関する区分所有法70条が憲法29条に反しないとした）。したがって、その決議をなすに際しては、建替えの必要性・再建建物の概要・再建費用の分担・再建建物の区分所有関係等にかかる法定の事項を、各区分所有者間の衡平を害しないよう定めなければならない（同62条2項、3項）。また、各区分所有者に充分な考慮と検討の機会を保障するため、建替え決議を目的とする集会の招集者は、会日より2月以上前に、建替えを必要とする理由その他の法定の事項を付した**通知**を発しなけれ

図4-9 【建替え決議への流れ】

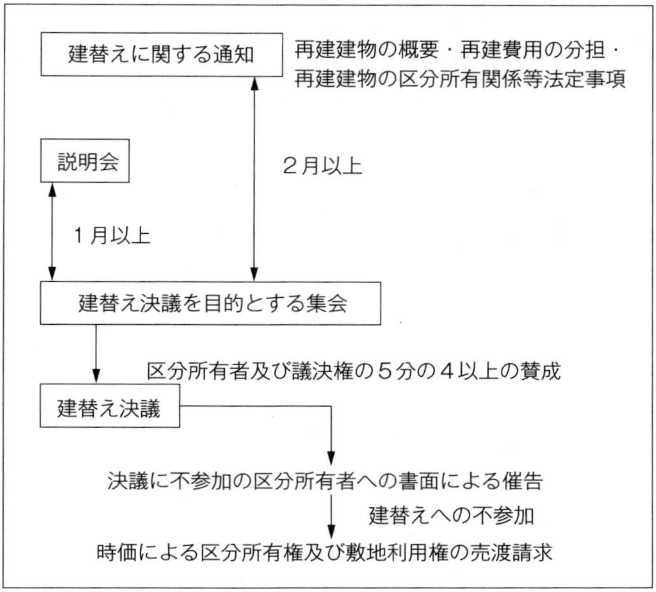

```
建替えに関する通知 ── 再建建物の概要・再建費用の分担・
   ↕                    再建建物の区分所有関係等法定事項
   │ 2月以上
 説明会
   ↕ 1月以上
 建替え決議を目的とする集会
   ↓
   区分所有者及び議決権の5分の4以上の賛成
 建替え決議
   ↓
   決議に不参加の区分所有者への書面による催告
         建替えへの不参加
   時価による区分所有権及び敷地利用権の売渡請求
```

ばならず（同35条1項、62条4項、5項）、また、会日の1月前までに区分所有者に対する**説明会**を開催しなければならない（同62条6項）。

　建替え決議が成立したとき、集会招集者は、決議に参加しなかった区分所有者（その承継人を含む）に対して、決議内容に従った建替えに参加するか否かの回答を書面で**催告**しなければならない（同63条1項）。その上で、建替えに参加しない区分所有者に対しては、催告期限満了から2ヶ月以内に、建替えに賛成もしくは参加する区分所有者（またはそれらの全員の合意で指定された**買受指定者**）から、区分所有権および敷地利用権の「時価での売渡し」を請求することができる（同63条4項）。「**時価**」の意味は必ずしも明らかでないが、単なる中古価格というわけではなく、①再建が実現したときにおける再建建物および敷地利用権の価額から建替え費用を控除した額、②再建物の敷地とすることを予定した更地価格から現存建物の取壊し費用を控除した額を比較考量しながら決せられるとする裁判例がある（東京高判平成16・7・14判時1875号52頁）。この**売渡請求権**は、形成権と解されているため、こ

の権利行使（意思表示）の時点から、相手方に明渡義務が発生する。こうして、後に残るのは全員が建替えに賛同する者であるから、その者たちで、計画に従って「建物を取り壊し、かつ、当該建物の敷地若しくはその一部の土地又は当該建物の敷地の全部若しくは一部を含む土地に新たに建物を建築する」ことになる（同62条1項）。

現実問題として考えた場合、建替えのプロセスをきちんと踏むことは決して容易でない。資金面でも、建替えによる余剰床が出る場合はまだしも、それがない場合には各区分所有者にとって大きな負担となる。また、従前の法律関係の処理など、複雑な問題を抱え込むことになり、区分所有者による自主的再建が理想ではあっても、素人集団だけで建替え問題に取り組むことに多くの困難が伴うことは容易に推察されよう。近時の「マンションの建替えの円滑化等に関する法律（**建替え円滑化法**）」（平成14年法78号）では、建替え合意者によるマンション建替組合（法人）の設立を認め、建替えに向けた合意形成や事業の運営を円滑に行えるよう配慮すると共に、民間事業者の組合への参加を認めて、そのノウハウや資金力を活用できるようにしている。

5　団地への準用など

(1)　団地への建物区分所有法の準用

地続きの一体の敷地（団地）上の複数の建物が存在し、その団地内の土地または付属施設がそれらの建物所有者（専有部分のある建物における区分所有者を含む）の共有に属する場合、それらの団地建物所有者は、全員で、「その団地内の土地、付属施設及び専有部分のある建物の管理を行うための団体」を構成することができる（これを**団地管理組合**という）。団地管理組合は、集会を開き、規約を定め、管理者を置くことができる（区分所有法65条）。このような団地では、団地内の建物・土地・付属施設の全体を団地建物所有者全員で管理することが合理的である場合が多いため、区分所有法は、1棟の区分所有建物の管理に関する多くの規定を、（一定の留保や特則を設けつつ）団地管理のために準用するものとしている（同法65条〜68条）。

(2) 団地内の建物の建替え

団地内にある区分所有建物の建替えについても、平成14年改正によって、以下のような特例手続が制度化された。すなわち、①団地内の各区分所有建物の建替えは、当該建物の区分所有者による通常の「建替え決議」に加え、団地管理組合の集会で議決権の4分の3以上の多数による**承認決議**を得ることによって実施できるものとされた（同法69条1項。この承認決議に関しては、当該建物の区分所有者は、建替え決議への反対者を含めて、その全員がこれに賛成したものとみなされる［同3項］）。また、②団地内建物の全部が区分所有建物であるときは、団地内の全建物の一括建替えも認められるが、そのためには、団地管理組合の集会で、団地内建物の区分所有者および議決権の各5分の4以上の多数による一括建替え決議をすることに加え、各棟ごとに区分所有者及び議決権の各3分の2以上の賛成を得ることが必要とされる（同法70条1項。なお、最判平成21・4・23判時2045号116頁は同条を合憲とする）。

* **【文献など】** 丸山英気・区分所有権法［改訂版］（大成出版、2007年）、丸山英気＝折田康宏・これからのマンションと法（日本評論社、2008年）、山畑哲世・実務区分所有法ハンドブック（民事法研究会、2008年）、渡辺晋・最新区分所有法の解説［5訂版］（住宅新報社、2012年）、鎌野邦樹＝山野目章夫・マンション法（有斐閣、2003年）、水本浩＝遠藤浩・マンション法－建物区分所有法・被災区分所有建物再建等特別措置法（別冊法学セミナー）［第3版］（日本評論社、2006年）、稲本洋之助＝鎌野邦樹・コンメンタールマンション区分所有法［第2版］（日本評論社、2004年）、同・コンメンタールマンション標準管理規約（日本評論社、2012年）、吉田徹・一問一答改正マンション法－平成14年区分所有法改正の解説（商事法務、2003年）、ジュリスト1225号（2002年）及び1249号（2003年）の特集、山野目章夫・建物区分所有の構造と動態―被災マンションの復興（日本評論社、1999年）。マンションの建替え問題については、丸山英気「区分所有建物の復旧・建替え」新・民法の争点126頁以下、太田知行ほか編・マンションの建替えの法と実務（有斐閣、2005年）も参照。登記に関しては、五十嵐徹・マンション登記法［第4版］（日本加除出版、2011年）が詳しい。

第 5 章

用益物権

> 本章では、他人の土地を一定目的のために使用・収益する権利（物権として構成されているもの）である用益物権を扱う。具体的には、その使用・収益の目的に応じて、「地上権」・「永小作権」・「地役権」があり、やや特殊な性格のものとして「入会権」が民法に定められている。昨今では、賃貸借などの約定利用権が中心になり、用益物権の意義は相対的に低下しつつあるが、歴史的には重要な役割を演じてきた。

第1節　用益物権とは何か

1　制限物権（他物権）としての用益物権

　所有地を持たない者が、他人の土地上に建物を築造して長期に使用したり、他人の農地を耕作したり、他人の山林に植林して林業を営もうとする場合など、生活を営む上で、他人の土地を一定目的のために安定的に利用することが必要となる場合がある。所有権に含まれる権能（使用・収益・処分権）のうち、土地を「一定目的のために使用・収益する」という権能を部分的に切り出した物権が、用益物権である。民法典には、第4章「地上権」（265条～269条の2）の6ヶ条、第5章「永小作権」（270条～279条）の10ヶ条、第6章「地役権」（280条～294条）の15ヶ条、および「入会権」（263条、294条）に関する2ヶ条が規定されている。用益権の土台となる他人の所有地は、地上権・永小作権・地役権によって（当該目的による使用・収益権の限りで）一定の制限を受けることになり、用益権自体が所有権のような全面的権利ではなくて限定的権利であることから、担保物権と併せて「制限物権」と呼ばれて区別されている。また、制限物権は、「他人の」所有物に対して有する権利であるため、「他物権」とも呼ばれる。入会権は、やや特殊であるが、便宜上ここで一緒に扱う。

2　各種の用益物権

　用益物権は、その使用・収益の「目的」に応じて、地上権・永小作権・地役権といった名前が付けられている。さらに、別格の入会権がある。詳細は後述することとし、最初に、それぞれの概要を説明しておこう。

(1)　**地上権**
「**地上権**」は、「他人の土地において工作物又は竹木を所有するため」に当

図 5-1 【物権】

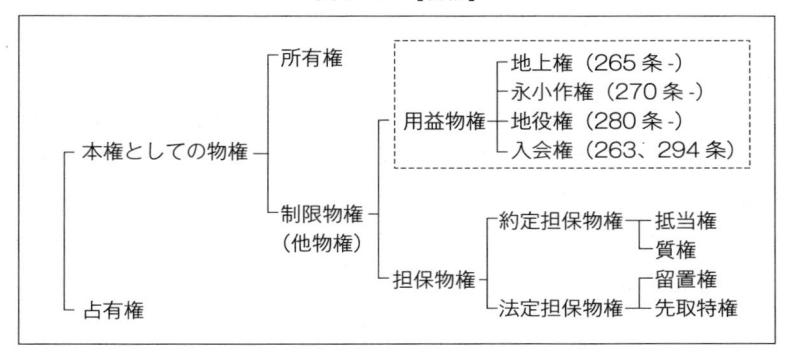

```
                    ┌ 所有権
                    │              ┌ 地上権（265条-）
                    │              ├ 永小作権（270条-）
                    │        用益物権 ├ 地役権（280条-）
本権としての物権 ─┤              └ 入会権（263、294条）
                    │ 制限物権 ─┤
                    │ （他物権）│              ┌ 抵当権
                    │              │ 約定担保物権 ┤
                    │        担保物権 ┤              └ 質権
                    │              │              ┌ 留置権
                    │              └ 法定担保物権 ┤
                    │                            └ 先取特権
└ 占有権
```

該土地を使用する権利であり（265条）、立法者は、主としてこれが建物の敷地使用権として利用されることを予定していた。ところが、実際には、地主が地上権より効力の弱い（と考えられた）賃借権を好んだために、実際の建物用敷地には圧倒的に土地賃借権が利用されてきたというのが現状である。地上権は、多くの場合、地上権設定契約によって成立するが、同一所有者の土地・建物が、抵当権の実行などで別々の所有者に帰属したときには、建物のために法律によって地上権（＝**法定地上権**）を生ずる場合もある（388条）。なお、条文に枝番号のある269条の２は、昭和41年に、土地の立体的利用の進展に合わせて、地下および空間の一部の範囲を定めて地上権の目的とする場合（**区分地上権**）に備えて新設された規定で（昭和41年法93号。登記に付き不動産登記法78条５号）、これは大いに利用されている。

(2) 永小作権

「**永小作権**」は、「小作料を支払って他人の土地において耕作又は牧畜をする」ための権利で（270条）、もとは、荒蕪地の開墾者に与えられた強力な土地使用権であった。しかし、地租改正以来の近代的所有権制度の確立にともない、他物権の一つとされ、旧来の永小作権の存続期間が民法施行後50年でその存続期間を打ち切られたことや、農地改革による買収処分の対象となったことなどから、現在ではほとんどみられなくなっている。

(3) 地役権

「地役権」は、「設定行為で定めた目的に従い、他人の土地を自己の土地の便益に供する」権利で（280条）、その歴史は古い。他人の土地を介して「引き水」をしたり（**用水地役権**）、隣地を通行するなど（**通行地役権**）、自己の土地の利用価値を増すために他人の土地を利用する権利をいう。ある土地が別の土地の「役に立つ」ということで、これを「要求する」側の土地が要役地、そのような「要求を承る」側の土地を承役地と呼ぶ。土地相互の利用関係の調整をはかる相隣関係の強行規定に反しない限り、問題とされる「便益」の内容に制限はなく、地役権は、通常、契約によって設定される（相隣関係における法定の通行地役権などもある）。通行地役権のように間断なく実現されている場合は時効取得も認められるが（283条）、他面で、消滅時効にかかることもある（291条、293条など）。地役権は、要役地の便益を増すために設定されるものであるから、原則として、要役地の所有権移転と共に随伴して移転する性質（随伴性）を有する（281条）。

(4) 入会権

「**入会権**」は、一般に、村落や一定地域の住民に「総有的に」帰属し、一定の山林・原野などで共同して（野草・雑木等の採取など）収益しうる慣習上の権利（物権の一種）である。民法は、「共有の性質を有する入会権」については各地方の慣習のほか民法の共有規定を適用することとし（263条）、「共有の性質を有しない入会権」は地方の慣習のほか民法の地役権に関する規定に従うとしている（294条）。しかし、もともと慣習上の権利であるから、民法の規定が入会権に適用される余地は乏しい。その権能も、入会団体の構成員たる資格内容に基づいて、各々認められる。今日では、入会団体の崩壊や、「入会林野等に係る権利関係の近代化の助長に関する法律」（昭和41年法126号）によって、その権利内容も次第に変化しており、多くは純然たる共有地に移行するなど、入会権そのものが次第に消滅しつつある。

この他、慣習上認められた用益物権として、「**流水利用権（水利権）**」、「**温泉専用権（湯口権）**」などがある。それらは、物権法定主義の建前に反するようにも見えるが、一般には、法の適用に関する通則法3条（旧法例2条）

の「慣習法によって認められた権利」と説明されている（温泉専用権につき、大判昭和15・9・18民集19巻1611頁など）。

(5) その他
特別法上の鉱業権や漁業権もこの用益物権に属する。

3　用益物権と賃借権の対比

(1) 債権と物権
　用益物権と、ほぼ同じ目的を実現するために、「賃借権」が利用されることが多い。賃貸借契約（601条）が締結されると、賃借人は、賃料を支払って目的物を使用・収益することが可能になり、賃貸人は、契約の趣旨に従って目的物を利用させる義務を負う。賃借権は、あくまで、賃貸借契約を締結した当事者間で相対的に発生する契約上の権利義務関係（債権債務関係）であり、「債権」にほかならないが、用益物権は、絶対権である所有権の一部としての「物権」として構成されている。つまり、賃借権は、特定の人に対して目的物の利用を請求しうる法的地位に過ぎないが、用益物権は、目的物に対する直接的・排他的支配権として性格づけられているわけである。その結果、民法上、いくつかの点で重要な違いを見せている。

(2) 民法における地上権と賃借権を例に
　具体的に、宅地利用のための賃借権と地上権の差異を示しておこう。まずは、民法レベルだけで見ると、相当に大きな違いとなるが、後述のように、特別法によってその違いはあまりなくなっていることに注意されたい。同様なことは、永小作権についてもいえる現象である。なお、地上権は有償であるとは限らないが（無償地上権の存在）、賃借権では賃料の定めが必要である点にも留意すべきである（さもないと使用貸借となる［593条］）。

(a) 対抗力
　第1に、対抗問題がある。地上権は物権であるから、所有権と同様の物権

表5-1

	地上権	民法上の賃借権
使用目的	工作物または竹木の所有	特に制限なし
対価性	有償または無償	有償（601条）
対抗力	登記により取得 （登記請求権あり）	不動産賃借権は登記により 取得可（605条）：登記請求権なし
譲渡・転貸	自由にできる	できない（612条）
抵当権の設定	可能（369条2項）	できない
相続性	あり	あり
存続期間	当事者で自由に決められる 期間の定めなきとき 20年以上50年以下（268条）	20年以下（604条） 最短期間の制限なし

変動のメカニズムに従い、その第三者対抗要件は**登記**である（177条）。地上権者は、地主が承諾しない場合でも、地主に対する登記請求権を行使して、勝訴判決を得れば単独で地上権設定登記を申請することができる（不登63条）。これに対し、賃借権は、登記可能ではあるものの（605条）、必然的ではなく、登記の共同申請が原則であるため、地主の協力が得られる場合に限って登記できると解されている（大判大正10・7・11民録27輯1378頁）。したがって、当事者間で合意がない場合、賃借人（＝借地人）が地主を相手取って登記を求めても勝訴判決を得ることができず、結果として、借地上に建物を有する土地賃借人は、地主から新たに土地所有権を取得した第三者（土地譲受人）に対して、借地権の存在を主張できないことになる（「売買は賃貸借を破る（Kauf bricht Miete）」という法諺がある）。そのため、賃借人を追い出したり、借地料値上げに応じさせるために、地主によって土地が売買されることもあった（これによって借地上の建物の存立が脅かされて揺らぐことから「地震売買」と呼ばれ、ここに、建物保護法や借地法の制定の契機がある）。

(b) 存続期間

第2に、**存続期間**の問題がある。地上権は物権であり、本来、建物敷地のために考案されたこともあって比較的長期の存続期間が予定されている。裁判所は、当事者で存続期間の定めがない場合にも、20年以上50年以下の存続

期間を定めることとなっている（268条2項［永小作権については278条］）。終了原因も限定される（266条［276条］）。他方、債権である賃借権の存続期間の場合は、長期にわたって所有権を拘束することは妥当でないとの配慮の下で、20年を超えることができないとされ（604条1項前段）、期間更新の保障も不十分である（619条参照）。

(c) 譲渡性

第3は、譲渡性の有無である。物権である地上権には譲渡に特段の制限がなく、地主の同意の有無を問わず、自由に譲渡可能である。相続も、抵当権の設定も認められる（369条2項）。しかし、賃借権の場合は、債権者との人的結合が重視されており、賃貸人の承諾なしに（無断で）譲渡・転貸することができないのが原則であるし（612条1項）、抵当権の設定も認められない（相続性はある）。

(d) 物権的請求権

第4に、物権たる地上権には、いわゆる物権的請求権（妨害排除請求権など）が認められるが、債権たる賃借権には、当然にはそのような権能は認められない。あくまで、賃貸人に対する土地使用請求権として扱われるのが原則である（債権者代位の可能性はある）。

(3) **特別法による賃借権の物権化**

以上のような、比較的弱い不動産賃借権は、その後の特別法等によって、物権なみに強化され、今日では、賃借権と地上権の差異は実質的にほとんど無いまでに縮まっている（これを「**賃借権の物権化**」という）。民法制定当時に比べ、利用権保護が重視され、特に居住を安定させ（居住権）、借地への投下資本の回収への配慮が推し進められた結果である。

(a) 対抗力

まず、対抗問題に関しては、明治42年の「建物保護ニ関スル法律」（法40号）によって、建物所有を目的とする借地権（地上権又は土地賃借権）の対抗

力が強化され、平成3年の借地借家法もこれを踏襲する形で「借地権は、その登記がなくても、土地の上に借地権者が登記されている建物を所有するときは、これをもって第三者に対抗できる」とした（借地借家10条1項）。建物保存登記は単独で可能であるから（不登74条）、借地権（地上権または土地賃借権）は、それ自体について登記がなくても、第三者に対抗できることになった。

(b)　存続期間

第2に、存続期間に関しては、大正10年制定の「借地法」（法49号）が、地上権と土地賃借権の差異を解消し、ともに契約上は最低20年の存続期間を認め、契約の定めがない場合の法定存続期間は、堅固建物の所有を目的とする場合は60年、その他の非堅固建物の場合は30年とし、契約でこれより長い期間を定めた場合は、その期間を存続期間とするものとした（借地借家3条は一律に30年以上とし、定期借地権［同22条］を50年以上としている）。期間の更新の保障についても手当てされている（借地借家4条〜6条。ただし、更新保障の例外としての定期借地権［借地借家22条〜24条］に注意）。

(c)　譲渡性

第3に、譲渡性に関し、賃借権では、その自由な譲渡が否定されていたところ、昭和41年の借地法改正において、「地主の承諾に代わる裁判所の許可」の制度が導入され、地主の同意が得られない場合にも借地権譲渡が可能となった（借地借家19条もこれを踏襲する）。

(d)　物権的請求権

第4に、賃借権に基づく妨害排除請求については、判例で債権者代位（423条）の転用による請求が認められており（最判昭和29・9・24民集8巻9号1658頁）、対抗力ある賃借権には、直接に、物権的請求権類似の権能を認めてよいとする判例も現れた（最判昭和30・4・5民集9巻4号431頁）。

かくして、事実上、賃借権は地上権と変わらぬ保護を受けるようになった。それだけでなく、借地借家法は、建物所有を目的とする賃借権だけでなく地

上権にも適用されるため（同法上は、両者を併せて「借地権」と呼ぶ）、その限りでは、地上権に関する民法上のルールについても特別法となっており、対抗力の具備方法や更新の保障の点で、地上権の内容も強化されている。

第2節　地上権

1　地上権とは

　地上権とは、他人の土地上で工作物又は竹木を所有するために、その土地を使用する権利である（265条）。工作物の典型例は「建物」であるが、道路・鉄道・地下鉄・テレビ塔など、地上・地下の一切の建造物が含まれる。竹木の所有目的としては、林業の経営などが想定される。なお、地代の支払いは、地上権の要素になっていないので、無償地上権もありうる。地上権では、土地の使用権者の権利が、通常の賃借権に比べて格段に強く、言ってみれば、土地所有権に属する諸権能の内の使用収益権能を、相当の長期間にわたって使用権者に割譲したというイメージである*。

　　*【地上権の歴史】　地上権（*superficies*）は、古くはローマ法において、私人が公有地に建物を築造して地代を支払っている場合に、賃貸借として、当該建物の利用を認めるという慣習に源を発し、やがて、私人の土地にも適用されるようになり、法務官の特示命令によって、譲渡・相続可能な物権としての保護を受けるようになった。当初、これを債権関係ととらえる見方も少なくなかったが、ユスティニアヌス帝の法典では、物権（対物地上権訴権［*actio de superficie in rem*］）と性格づけられている。ドイツ普通法時代に、既存建物や工作物・竹木のための利用にまで拡張され、地代の支払いも、必ずしもその要件ではなくなった（現在の日本民法における地上権の形は、既にこの時期に固まっている）。なお、大陸法では、「地上物は土地に従う」という原則があるため、当初は、「土地所有者の所有物となった建物をあたかも自己所有物であるかのように使える物権」というローマ法由来の回りくどい説明がなされたが、後に、同原則の適用を排除する制限物権として再構成されている。日本法では、地上物と土地は別個の不動産とされているので、「工作物又は竹木を所有するため」他人の土地を使用する権利として、すっきりした利用権の形で規定されているわけである。地上権の歴史については、原田慶吉・日本民法典の素描（創文社、1954年）112頁、マックス・カーザー（柴田光蔵訳）・ローマ私法概説（創文社、1979年）240頁、ゲオルク・クリンゲンベルク（瀧澤栄治訳）・ローマ物権法講義（大学教育出版、2007年）96頁以下など参照。

2 地上権の取得・存続期間・消滅原因

(1) 地上権の取得

　地上権は、通常、土地所有者との間の地上権設定合意（設定行為）によって成立する（176条の「当事者の意思表示」）。設定合意には、通常、設定目的・地代・存続期間などが含まれ、これらは、地上権設定登記によって第三者対抗要件を具備する（177条、不登78条）。ほかにも、時効による地上権取得（163条）、民法388条の要件が満たされた場合や、その他類似の事情が生じた場合（民執81条、立木法5条など）にも、地上権が設定されたものとみなされる（これを「法定地上権」という［担保物権法で学ぶ］）。その他、罹災都市借地借家臨時処理法3条（昭和21年法13号）や、都市再開発法74条～82条（昭和44年法38号）などに基づいて地上権が取得される場合もある（宅地の立体化をはかるための権利変換手続きにおいて土地所有者・借地権者が再開発対象地の地上建物について区分所有権を取得するとともに、土地の地上権の共有持分を取得するもの）。

　地上権が設定されると、その限りで、当該土地の使用収益権は地上権者に排他的に帰属し、土地所有者のそれは制限される。

　ときに、地主との設定契約から見て、その土地使用権が地上権であるのか、それとも賃借権（対価のあるとき）あるいは使用貸借（対価のない場合）であるのかの判断が困難な場合がある。当事者の用いる土地使用権の呼称は地域によっても異なり、必ずしも決め手にならないからである。明治33年の「地上権ニ関スル法律」では、同法施行前から竹木又は工作物を所有するために他人の土地を使用する者を「地上権者」と推定する旨を定めた。しかし、同法施行後に設定された土地使用権には推定が及ばないため、最終的に、当事者の意思解釈によって判断されるところとなった。基本的には、用いられた文言を参考にしながらも、**①権利の譲渡性の有無**、**②存続期間の長短**、**③地主の修繕義務の有無**といった、付与された法律効果から総合的に判断して決することとされた。実情としては、地上権はごく少ないと言われ、使用についての対価が支払われているがいずれとも決しかねる場合は、賃貸借と解さ

れる傾向にある（星野・概論Ⅱ146頁）。

　なお、身内の間でなされた無償の土地使用権についても、地上権か使用貸借かが深刻な問題となりうる（両者の違いは大きく、地上権が圧倒的に強い）。当事者間で特段の取り決めがない場合も多く、具体的事案によって判断せざるをえない。判例には、被相続人たる父Ａの妾Ｂの居住する土地・家屋を相続した子Ｃが、その家屋だけをＢに譲渡した（ＡがＢに贈与した建物と、Ｃが自ら相続した土地・建物のうち建物を交換したが土地を無償で使用させていた）という事案で、土地についてのＢの権利は、地上権ではなく使用貸借であるとしたものがあるが、事例判決以上に意味があるとも思われない（最判昭和41・1・20民集20巻1号22頁＝法協83巻11＝12号［星野英一］）。身内での「無償」の意味は微妙であるだけでなく、建物が第三者所有になれば、もはや土地の使用を認めるつもりはなかったのか（だとすれば使用貸借か）、他の者が法律関係の中に入ってきてもかまわないというのであれば、土地の贈与に準じて地上権とするのが適当な場合もあろう。いずれにせよ、**無償地上権**としての認定には（その効力が強力であるだけに）どうしても慎重にならざるを得ない。どちらとも判らないときは、経験則上、**使用貸借**と言うべきであろうか（星野・概論Ⅱ147頁）。最判昭和47・7・18判時678号37頁には、次のような判示が見える（結果的に地上権の成立を否定）。

> 「建物所有を目的とする地上権は、その設定登記または地上建物の登記を経ることによって第三者に対する対抗力を取得し、土地所有者の承諾を要せず譲渡することができ、かつ、相続の対象となるものであり、ことに無償の地上権は土地所有者にとって著しい負担になるものであるから、このような権利が黙示に設定されたとするためには、当事者がそのような意思を具体的に有するものと推認するにつき、首肯するに足りる理由が示されなければならない。ことに、夫婦その他の親族の間において無償で不動産の使用を許す関係は、主として情義に基づくもので、明確な権利の設定もしくは契約関係として意識されないか、またはせいぜい使用貸借契約を締結する意思によるものに過ぎず、無償の地上権のような強力な権利を設定する趣旨でないのが通常であるから、夫婦間で土地の無償使用を許す関係を地上権の設定と認めるためには、当事者がなんらかの理由でとくに強固な権利を設定することを意図したと認めるべき特段の事情が存在することを必要とするものと解すべきである」

(2) 地上権の存続期間

　地上権は、その設定目的からしても、比較的長期で安定した利用が保障されている。第1に、存続期間は当事者の合意によっていくら長期のものでも自由に定めることができ（永久でもよい*？）、第2に、存続期間の定めがない場合でも、20年から50年の存続期間が保障されている。すなわち、存続期間の定めがないときは、地上権者の側からは、いつでもその権利を放棄できるとされているが（268条1項本文）、他方で、地上権者が権利放棄しないときは、「裁判所は、当事者の請求により、20年以上50年以下の範囲内において、工作物又は竹木の種類及び状況その他地上権の設定当時の事情を考慮して、その存続期間を定める」とされている（268条2項）。古い判例には、建物所有目的であるのに3年とか5年という短い存続期間の定めをしたものについて、「建物の朽廃の時まで存続すると解すべきである」としたものもある（大判明治37・3・18民録10輯284頁）。本来ならば朽廃すべき時以前に取り壊しても、当然には地上権が消滅しないというわけである（この問題は、借地借家法7条で一定の解決をみている）。

　なお、**借地借家法上の地上権**については、やや複雑で、新借地借家法の施行（平成4年8月1日）以前に設定された借地権と、施行後に設定された借地権で扱いが異なるが、施行後のものについては、30年以上＋更新20年＋再更新10年（同法3条以下）とされ、**定期借地権**については50年以上＋更新なしの特則がある（同法22条以下［**事業用定期借地**については10年以上30年未満又は30年以上50年以下である（同法23条2項及び1項参照）］。詳しくは、債権各論で学ぶ）。

　　＊【無期限の地上権は認められるのか】　地上権の場合には、永小作権と異なって、存続期間に最長期・最短期の制限がない（268条、278条参照）。そこで、問題は永久地上権のようなものが認められるかどうかである。判例には、これを肯定するものもあり（大判明治36・11・16民録9輯1244頁、大判大正14・4・14新聞2413号17頁など）、学説にも肯定説が少なくない。ただ、「無期限」と登記されたものについて、反証のない限り、存続期間の定めのない地上権となるとした判例（大判昭和15・6・26民集19巻1033頁）、土地の使用目的に応じて不確定期限を付された地上権とした判例（大判昭和16・8・14民集20巻1074頁）もあり、ことは単純でない。永久に使用・収益できないことを覚悟しながら、なお所有権者としての地位を保持させることに、

どの程度の意味があるのかに疑問がないではないが、他方で、土地開発などに貢献した地上権者に、永久の使用・収益権を認めても社会経済上の不利益となるわけでもなく、トンネル設置のための区分地上権のような場合に至っては、むしろ半永久的な利用が必要になるわけであるから、ひとまずその可能性を認めておいてよいであろう（末川・物権327頁、我妻＝有泉・講義Ⅱ352頁など）。

3　地上権の効力

(1)　土地使用権

　地上権者は、工作物又は竹木を所有するため他人の所有地を使用・収益することができるが（民法265条）、使用・収益は、あくまで設定された目的に従って行われることを要し、明文はないが、永小作権の場合と同様に「土地に対して、回復することのできない損害を生ずべき変更を加え」ることや（271条）、目的に反する使用・収益をなすことは許されないというべきである。この**使用・収益権能**は、（設定された目的を実現する限りで）排他的な物権であり、自由に譲渡・転貸したり、担保権設定などの処分もできる。地上権者が物権的請求権を行使しうることについても異論がない。

　相隣関係に関する209条～238条の規定は、地上権者間あるいは地上権者と土地所有者間にも準用される（ただし、229条は地上権設定後になされた工事についてのみ準用される［267条］）。

　なお、地上権者は、賃借権者の場合のように、土地が崩落したような場合にも、所有者に修繕請求する権利はない（606条参照）。土地所有者は、地上権者の使用収益権を甘受すべき立場にあるだけで、使用収益できるようにする状態債務を負っているわけではないからである。

(2)　対抗力

　物権変動の一般原則に従い、地上権の設定・移転は登記しなければ第三者に対抗できない（177条）。同一目的での地上権の二重設定の場面や、地上権設定後に土地を譲り受けた者に対する関係などで、問題となる。

　なお、旧建物保護法によって、建物所有目的の地上権者は土地上の建物の

登記をすれば地上権を第三者に対抗できることになり（同法1条）、借地借家法に引き継がれて今日に至っている（借地借家10条）。かつては、その場合でも建物が滅失すると対抗力を失うために問題とされていたが（例外は罹災都市借地借家臨時処理法10条、25条の2の適用される場合）、現行借地借家法ではこれを改めて、施行後の建物の滅失について、借地権（地上権を含む）につき一定事項を土地の見やすいところに掲示しておけば（明認方法）、2年間は対抗力があるものとしている（借地借家10条2項）。

(3) 地代支払義務

通常の場合、**地代**が合意されるが、その支払い方法は、一括あるいは月または年単位で、定期的に支払うことになる（266条2項→614条）。また、266条1項で、永小作権の小作料の減免等に関する規定（274条〜276条）が準用されているが、不可抗力による低収益でも減免が認められないなど、あまり地上権者の保護にはなっていない。地上権が確固とした物権であるだけに、使用・収益上のリスクは、基本的に地上権者の自己責任ということであろうか。

地代支払義務は、地上権と結合して、その内容の一部をなすものであるから、地上権の譲受人にも当然に承継される。第三者に対抗するには地代の登記が必要であるが（不登78条）、地上建物の登記のみを対抗要件とする（借地借家法上の「借地権」たる）地上権では、地代を登記する方法がないから、その場合の地主は、地代の登記がなくとも、地代債権の存在を主張立証すれば地上権譲受人その他の第三者に対抗できるというべきであろう。他方で、土地所有者からの土地の譲受人が地上権者に地代の支払いを請求する場合には、地代の登記の有無は問題にならない。なぜなら、この場合の地上権者は、地代特約の存否を争うような第三者ではないとされているからである（大判大正5・6・12民録22輯1189頁）。

なお、借地借家法には、地代についての地代増減請求制度がある（借地借家11条1項）。すなわち、土地に対する租税その他の公課の増減、土地価格の上昇・低下その他の経済事情の変動、近傍類似の土地の地代と比較した場合の不均衡などから、地代が不相当となった場合に、当事者は、将来に向か

って地代の額の増減を請求できるものとしている。増減額について当事者間で協議が調わない場合は、請求を受けた者が、相当と認める額の地代を授受し、裁判確定後に差額を調整することになっている（同法11条2項、3項）。

(4) 地上権の譲渡・転貸および担保権設定

地上権に抵当権を設定することは、永小作権とともに、明文で認められている（369条2項）。

地上権を土地所有者の承諾なしに譲渡することが可能かについては、明文はないが、永小作権について肯定されていること（272条本文の類推解釈）、債権たる賃借権において否定されていること（612条の反対解釈）などから考えて、譲渡性があるものと解されており、これが賃借権との重要な相違点とされてきた。

永小作権については、**譲渡禁止特約**も有効になしうるが（272条但書）、登記をしておかなければ第三者に対抗できない（不登112条）。地上権の場合は、物権の通有性からも、そのような特約の登記方法がないことからも、かかる特約を第三者に対抗できないと解されている。

なお、地上の工作物又は竹木を譲渡したときは、特に「反対の意思表示なき限り」（つまり、取り壊しや伐採を前提として材木としての値段で譲渡されたような場合を除いて）、原則として、目的物と一緒に地上権も譲渡されると解されている（大判明治37・12・13民録10輯1600頁、大判大正10・11・28民録27輯2070頁［法定地上権の事案］）。

4　地上権の消滅・終了

(1) 消滅事由
(a) 存続期間の満了および権利の放棄

地上権設定行為で地上権の存続期間が定められている場合、および、裁判所によって存続期間が定められた場合（268条2項）は、その期間満了によって地上権が消滅する。存続期間の定めがないときは、地上権者からは、別段の慣習がないときは、いつでもその権利を放棄することができる（268条1

項本文)。ただし、地代を支払うことになっている場合は、権利の放棄には1年間の予告期間をおくか、期限の到来していない1年分の地代を支払わねばならない(同条同項但書)。不可抗力による一定期間以上の無収益や地代額以下の減収の場合も放棄ができる(266条→275条)。いずれの場合にも、地上権放棄によって第三者の正当な権利を害することは許されず、たとえば、地上権を目的とする抵当権や地上建物の買主の権利などを害することはできない(398条および同条の拡張解釈による)。

(b) 地代の滞納と地主の消滅請求

地代支払義務があるにもかかわらず、地上権者がその支払いを「引き続き2年以上」怠ったときは、土地所有者は、地上権の消滅を請求できる(266条1項→276条)。「引き続き2年」は、継続した2年間を意味するが(大連判明治43・11・26民録16輯759頁)、2年以上の**地代滞納**があれば自動的に消滅請求が認められるわけではなく、滞納につき地上権者の側に責めに帰すべき事由があることが必要とされている(最判昭和56・3・30民集35巻2号219頁)。

義務の不履行という点からすると、土地に対して回復することのできない損害を生ずべき変更を加えた場合や(271条参照)、設定行為で定められた目的に反する使用・収益をするなどの義務違反行為がある場合にも、土地所有者は276条を類推して、地上権の消滅請求ができると解すべきであろう(安永・180頁など)。

(2) **地上物の収去と買取り**

地上権者は、地上権が消滅した時に、土地を原状に復して、その工作物や竹木を収去する権利を有するとともに、義務を負う。ただし、土地所有者が時価相当額を提供してそれを買い取る旨を通知したときは、地上権者は、正当な理由がなければ、これを拒むことができない(269条1項)。もっとも、これと異なる慣習がある場合は、その慣習に従う(同条2項)。

なお、借地借家法上の借地権たる地上権については、地上権者の側からの建物買取請求権が認められており(借地借家13条参照)、借地人の投下資本の回収を容易にするとともに、借地権の消滅を牽制している(ただし、定期借

地権については買取請求権がない［借地借家22条、24条参照］)。

5 区分地上権

(1) 意義

　土地の所有権は、法令の制限内において「その土地の上下に及ぶ」(207条)。同様に、土地を、その上下にわたって排他的に使用する用益物権が通常の「地上権」や「永小作権」である。これに対し、他人の土地の「地下」または上部の「空間」の一部だけを、上下の範囲を区切って使用するためにも地上権を設定することができる (269条の2第1項前段)。これを**区分地上権**(**部分地上権・制限地上権**)といい、地下部分を「**地下権**」・空中部分を「**空中権**」などと呼ぶこともある。

　たとえば、他人の所有地の地下に地下鉄・トンネル道路・地下街などを建設したり、空中に電線・ケーブルやモノレール・橋梁などを架設するような場合には、その目的に必要な範囲で土地使用権が確保できればよいわけであるから、残りの土地使用権は土地所有者に残して効率的な土地活用を図ることが望ましい。区分地上権は、都市化と建設技術の進歩によって、土地の立体的利用の必要に対処すべく、昭和41 (1966) 年に導入された制度である*。区分地上権の対象となる部分は、その範囲を、たとえば「平均海面の下(上)○○メートルから下(上)○○メートルの間」という形で登記に表示される (地表を含めて区分地上権を設定する場合もありえよう)。

(2) 区分地上権の性質および内容

　区分地上権も、通常の地上権と同様に、原則として設定行為と登記(不登78条5号)によって成立するが、時効や、競落等の際の**法定区分地上権**としても成立しうる (土地所有者が地下倉庫だけに抵当権を設定して、第三者がこれを競落したような場合［388条参照］)。存続期間は、通常の地上権の場合と同様である。

　区分地上権も、基本的に、通常の地上権と同一の性質・効力を有するが、目的に応じた若干の特質がある。

第1に、区分地上権の目的は工作物の所有に限定され、その土地使用権は、設定行為で定められた地下または空間の一定の階層的範囲にしか及ばない（269条の2第1項前段、不登78条5号）。ただし、所有者との利害調整のため、区分地上権行使のために必要があるときは、設定行為で、その余の部分の土地使用に制限を加えることができ（同条1項後段）、その旨についても登記をしておけば第三者にも対抗することができる（不登78条5号）。これにより、たとえば、トンネルや地下街を建設した場合に、その区分地上権行使のために、地上に、重量のある建物を建築しないことを設定行為で定めておくことも可能になる。

　第2に、区分地上権は、その性質上、他の第三者が、すでに地上権（区分地上権も含む）や賃借権によって使用・収益を開始している土地についても、これに抵触しない限り、設定することができる。ただし、その場合には、当該使用・収益権を有する第三者および、その権利を目的とする権利を有する全ての者の承諾を得なければならない（269条の2第2項前段）。区分所有権の設定によって、従前の使用・収益権が、その分だけ縮減される結果となるからである。第三者の権利が仮登記で保全されている場合も、成立そのものは不可能ではないが、本登記されれば対抗されてしまうわけであるから、同様に承諾を要すると解すべきであろう（異論はある）。当然ながら、区分地上権が、土地の使用収益をする権利を有する第三者およびこの権利を目的とする権利を有する者の承諾を得て設定された場合、土地の使用収益をする権利を有する第三者は、区分地上権の行使を妨げてはならない（269条の2第2項後段）。

(3)　区分地上権の消滅

　区分地上権の消滅は、通常の地上権のそれと同様である。

　＊【文献など】　区分地上権については、香川保一「区分地上権とその登記」登記研究228号、229号、230号（1966〜1967年）、清水湛「区分地上権とその登記について」民事月報22巻7号2頁（1967年）、同「空中権の展開と課題」法時64巻3号14頁以下（1992年）など参照。

第3節　永小作権

1　永小作権とは

　永小作権とは、耕作または牧畜のために、小作料を支払って、他人の土地を利用する物権である（270条）。地上権とは異なって、小作料の支払いが要素となっているが（270条）、その性質は地上権によく似ており、もともと、農地賃借権に較べて格段に強い権利として構成されているものである。慣習上、古くから存在してきたものが多い。かつて、幕藩体制下で、小作人による開墾等の事情に由来する各種の「永代小作」の慣習が広く存在し、その権利は、「**上土権**」・「**開墾小作権**」・「**鍬先権**」等と呼ばれて強力に保護されていたことに由来する。しかし、いわゆる地租改正の過程で、小作料収取者を土地所有者と認めて、これに「地券」を交付しただけでなく、民法制定に際して、政府は、民法施行前に設定された永小作権に対して一律に施行後50年間の期間制限を設け、その期間経過後には権利の消滅を促進する方針を採り（民施47条）、土地所有権を円満な**近代的所有権**に近づけようとした。わずかに生き延びた永小作権は、結局、戦後の農地改革の過程で買収対象となり、永小作人の自作農地となった。その際に買収されなかったものや民法施行後に新たに設定された永小作権も、今日では、様々な形で農地法の規制を受けるに至っている＊。今日のわが国の小作関係の圧倒的多数は「賃貸借小作」であって、永小作権は極めて例外的存在となっており、判例でも、容易に永小作権を認定しない傾向にある。たとえば、その当否はともかくとして、徳川時代からの小作で、期間の定めがなく、権利の譲渡性があるものについても、それだけでは永小作権とはならないとした例もある（大判昭和11・4・24民集15巻790頁）。

　＊【**文献など**】　永小作権の沿革については、広中・物権463頁以下、注釈民法(7)442頁以下［潮見俊隆］、新版注釈民法(7)904頁以下［高橋寿一］など参照。立法に関しては、広中俊雄・農地立法史研究〈上巻〉（創文社、1977年）、小柳春一郎・近代不動産賃貸借法の研

究（信山社、2001年）262頁以下など参照。また、用益物権制度の近代的成り立ちを論ずる高島平蔵・近代的物権制度の展開と構成（成文堂、1969年）、永小作権の歴史を丹念に検討した鈴木一郎「永小作権の歴史(1)～(5)」東北学院論集法律学2号以下（1970年～）が貴重である。

2　永小作権の取得および存続期間

永小作権は、地上権と同様、土地所有者との設定契約によるほか、遺言や取得時効などによっても取得され得る。民法施行後に設定される永小作権の存続期間は、20年以上50年以下で定められねばならず、合意で50年を超える期間を定めても、50年に短縮される（278条1項）。期間の定めのないものは、慣習で期間が定まる場合（ただし50年を上限とする）を除いて、一律30年とされている（278条3項）。永小作権は、期間満了時に更新可能であるが、更新時から50年を超えてはならない（278条2項）。黙示の更新もあり得るが、農地法上の法定更新や更新拒絶制限に関する規定は適用（準用も）されないというのが判例である（最判昭和34・12・18民集13巻13号1647頁）。基本的に、永小作権という形での土地の利用形態は、あまり一般化することが望まれていないように見える。

3　永小作権の効力

(1)　土地の使用権

永小作人は、他人の土地において耕作または牧畜をする権利を有するが（270条）、設定行為および土地の性質によって定まった用法に従って土地を使用・収益することができる（273条、616条→594条）。しかし、土地に永久の損害を生じるような変更を加えることはできない（271条）。起草者は、その内容として物理的な形状の変更を考えていたようであるが（畑を変じて田にするという例が挙げられている）、畑を産廃処理場にして科学的土壌汚染を生じさせるような場合の方が深刻であろう。ただ、地主の承諾があればいかなる変更もなし得ることは、当然である（梅・要義247頁）。

永小作人には、地主に対する修繕請求権などはないが、他方で、物権的請求権は認められている。また、地上権と同様、相隣関係の規定も準用もしくは類推適用される。

(2) 対抗力

永小作権は、所有権などと同様、登記をすることによって第三者に対抗することができる（177条、不登3条3号、79条）。農地法18条によれば「農地又は採草放牧地の賃貸借」の場合は、引渡しをもって対抗力を取得できるとされているが、同条は永小作権には適用されないというのが通説である（安永・181頁）。しかし、賃借農地以上に安定的利用が求められ、しかも慣習的権利であることが多い面を併せ考えると、類推されてしかるべきではあるまいか。

(3) 小作料支払義務

小作料支払義務は、地上権における定期の地代支払義務と同様であり、登記事項である（不登79条）。小作料支払義務は厳格で、不可抗力による減収の場合にも永小作人には小作料減免請求権がなく（274条）、継続して3年以上収益がない場合もしくは5年以上小作料以下の収益しかなかった場合に、**小作権放棄**が認められるにとどまる（275条）。このルールは、通常の賃貸借小作の場合（609条）に比べ、小作人に極めて厳しい内容であるが、永小作権が比較的長期にわたる権利であることや、往々にして小作料が低廉であるという実態から、長期的に見れば豊作・凶作が相償うものと考えられた結果のようである（梅・要義251頁以下）。無論、別段の慣習があればそれによるものとされており（277条）、実際に、**不作の場合の減免慣行**を認定した裁判例も存在する＊。賃貸借小作との均衡からも、賃貸借の場合の準用（273条）や農地法上の特則（農地21条乃至24条）が勘案されてしかるべきであろう＊。

＊【**小作料には減免請求がない？**】 小作料の減免請求については、賃貸借における賃料減免請求との比較等を含め、小野秀誠「収益の減収と賃料・小作料の減免請求権」同・反対給付論の展開（信山社、1996年）232頁以下に詳しい。ちなみに、農地法24条によれば、小作料の額が、不可抗力によって、田については収穫米の価

額の25％、畑については収穫された主作物の価額の15％を超えることになった場合には、小作農は農地所有者または賃貸人に対し、その割合に相当する額になるまで小作料の減額請求が認められている。

(4) 譲渡・賃貸および担保権設定

永小作権が抵当権の目的となることは明文で認められ（369条2項）、物権として、相続性・譲渡性を有し、その目的の範囲内であれば、他人に対象地を賃貸する権限もあると解される（272条本文参照）。ただし、設定行為で譲渡・賃貸を禁ずることが認められ（272条但書）、その定めが登記されている場合は、第三者にも対抗できる（不登79条3号）。

4 消滅

(1) 消滅原因

永小作権に特有の消滅原因として、民法は、継続した2年以上の小作料の滞納を理由とする地主からの消滅請求（276条）と、不可抗力による一定期間以上の無収益または減収を理由とする永小作人の権利放棄（275条）を定め、そのほかに、明文で慣習の作用する余地を認めている（277条）。いずれにせよ、たいして小作人の保護にはなっていないことは既に述べたとおりである。

なお、永小作人に用方違反があるときや、土地に永久の損害を加えるような場合（271条参照）にも、地主は（相当の期間を定めて原状回復を求め、その期間内に履行されないときに）永小作権の消滅を請求できるものと解されている（541条。我妻＝有泉・講義Ⅱ405頁、大判大正9・5・8民録26輯636頁）。また、永小作人が破産宣告を受けた場合も、地主から（破産管財人ではない）、永小作権の消滅を求めることが可能と解されている（梅・要義256頁、遠藤ほか・注解財産法(2)630頁［小野秀誠］）。

(2) 地上物の収去と買取請求

永小作権が消滅した場合の、土地上に存在する地上物（果樹・牧柵・灌漑

設備など）の収去および処理は、地上権におけると同様である（279条→269条）。地主が、時価を提供して当該工作物や竹木を買い取ろうとするときは、永小作人は、正当の理由なくこれを拒むことができない（269条1項但書）。ただし、異なる慣習がある場合は、それに従う（269条2項）。

第 4 節　地役権

1　地役権とは

(1)　地役権の観念

　地役権とは、設定行為で定めた目的に従って、他人の土地（乙地）を、自己の土地（甲地）の便益に供すべく利用する権利である（280条）。このとき、地役権を負担する乙地を「**承役地**」、便益を享受する甲地を「**要役地**」と呼び（281条、285条参照）、要役地（甲地）所有者が承役地（乙地）につき地役権を取得する［→図5-2］。地役権では、「別の土地が、ある土地の役に立つ」ということで、これを要求する方が要役地、承る方が承役地というわけである。ローマ法では、他人の土地を利用する場合には、一般に**役権**（*servitutes*）が極めて重要な役割を演じており、様々なタイプの地役権のほかに、「別の土地等がある人の役に立つ」場合として、一定資格の者が使用・収益権を保有する人役権（*servitutes personarum*）なる観念も知られていたが（今日的な建物保有のための地上権などはここから生成・分化していったものである）、現行日本民法には存在しない（旧民法財産編44条〜114条には存在していた。河上・歴史の中の民法204頁以下も参照）＊。

　地役権は、他人の所有地を一定目的で使用・収益する用益物権であって、地上権に似るが、その目的が別の土地の便益や価値を高めるためであるところに特色がある。また、承役地に対する全面的・独占的な支配や利用ではなく、部分的ないし承役地所有者・使用収益権者との共同的利用となることが多い点も特徴的である。

(2)　相隣関係との比較

　隣地間の利用調整を図る制度として、相隣関係法があることは既に学んだが、相隣関係法は隣地間での法定の権利であり、必要最小限の内容が隣地同士で定められているに過ぎない（その限りで所有権それ自体の権能の限界と考

えられている）のに対し、地役権の場合は、約定の権利として設定行為によって内容が自由に定められ、相隣接する土地間に限定されない。したがって、たとえば、「隣地通行権」（210条、211条）と比較した場合にも、「通行地役権」は、はるかに柔軟な内容を含み得る。土地の利用形態が多様化し、様々な利用方法が競合するところでは、個別目的ごとに設定される地役権は便利であり、今後とも活用される可能性が大きい＊。

(3) 設定目的

　地役権の設定目的は、設定行為によってかなり自由に定めることができる。よくあるものでは、甲地の所有者が乙地を通行するための**通行地役権**、甲地に水を引くために用水路を乙地に確保する**引水地役権**、電気事業者が自己の有する発電所や変電所のある甲地から乙地を経由して空中に電線をひくための**送電線地役権**、あるいは、甲地の眺望や日照を確保するために乙地の利用を制限する**観望地役権**などがある。もっとも、公序に反するものでないことが前提である（280条但書）。

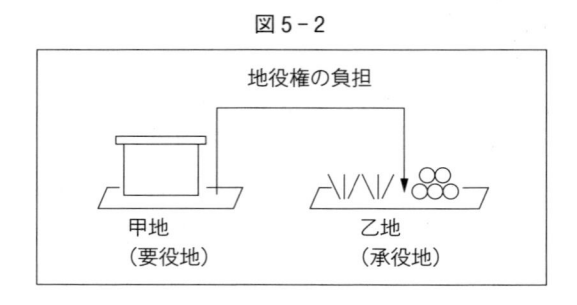

図5-2

地役権の負担

甲地
（要役地）

乙地
（承役地）

＊【文献など】　地役権の歴史的検討として、武林悦子「フランス民法における SERVITUDE（地役権）の研究(1)～（5・完）」愛知学院大学論叢法学研究45巻4号、46巻1号以下（2004年）が有益である。

＊【建築協定】　建築基準法69条以下には、一定区域において宅地環境や商店街としての利便を維持・増進するために、区域内の建築物の敷地・位置・構造・形態・意匠等について基準を協定し、特定行政庁の認可を受けることで、対世的な効力を生ずることを認めている（同法75条）。これは、あたかも一定地域内のすべての土地を要役地かつ承役地とする不作為地役権の設定と見ることが可能であろう。稲

本・物権374頁は、これを「地役権の観念の集団的公共的展開」という。これに関連して、山野目・物権119頁は、容積率の取引と地役権の関係性を示唆する。他の地役権の性質を有する特別法上の権利について、新版注釈民法(7)941頁以下［中尾英俊］を参照。

2 地役権の成立

(1) 合意・特別法による設定

地役権は、要役地所有者と承役地所有者の合意によって成立する（280条）。設定合意は、明示の場合のみならず、一定の客観的事情から、黙示的にも認定されることがある。それゆえ、たとえば、一筆の土地所有者が、当該土地を数筆に分割して数人に分譲する際に、通行用として自己所有地に私道を設けたような場合には、分譲地（要役地）のために自己所有地（承役地）に通行地役権を黙示に設定したものと認定されることも少なくない（岡本詔治・隣地通行権の理論と裁判〈増補版〉［信山社、2009年］164頁以下など参照）。

なお、特別法上、法律の規定によって地役権が当然に発生する場合もある（農地54条など）。

(2) 時効取得

(a) 時効取得の可能性

地役権は、時効によっても取得され得る（163条、283条参照）。ただし、それが「継続的に行使され、かつ外形上認識することができるもの（平成16年改正前の条文では「継続且表現ノモノ」）」に限られる（283条）。それゆえ、単に、隣の庭先を好意で長年通行させてもらっていたというだけでは、「継続」の要件を満たすには十分とはいえない。

(b) 継続的な権利の行使

「継続的に行使」という要件は、判例によれば、承役地に通路等の開設がなされることが必要であり、かつ、それが要役地所有者によってなされることが必要とされている（最判昭和30・12・26民集9巻14号2097頁、最判昭和33・

2・14民集12巻2号268頁、最判平成6・12・16判時1521号37頁。他の者と共同で通路を開設した場合でもよい）。通路開設などの外形に現れたものであることは必要であるとしても、それが必ず要役地所有者によることが必要であるかについては、疑問もある（新版注釈民法(7)491頁［中尾英俊］）。しかし、承役地所有者による単なる好意が、時効の完成によって、法的権利となることに対する懸念に配慮すれば、**継続かつ表現的な外形上認識することができる通路開設や通路の維持管理についての費用負担**などを勘案して時効取得の成否を論ずべきであろう。

(c) 賃借人による地役権の時効取得？

要役地の所有者が取得した地役権を、当該要役地の地上権者・永小作人・賃借人等が行使しうることは問題がない。では、要役地（甲地）の賃借人等が、その借地である甲地の便益に供するために、他人所有の乙地について地役権を時効取得することが可能であろうか。条文上は「自己の土地の便益に供する」こととされているところから、判例（大判昭和2・4・22民集6巻198頁）はこれを否定するが、学説には、賃借地の便益に供するためにも地役権を取得させる必要があるとして肯定するものが少なくない。判例が、対抗力を有する土地賃借人に民法213条の隣地通行権を認めていることとのバランスからも、これを認めることにさほどの抵抗はないように思われる。ただ、登記手続上は技術的困難が伴う。登記を備えた地上権や賃借権であれば可能であるというのが実務のようであるが（昭和39・7・21民事甲2700号民事局長回答）、登記のない賃借権については登記の手段がない。賃借人による甲地の代理占有と権利行使を通じて、土地所有者に地役権を時効取得させることはあり得ようから、あえて未登記賃借権者に地役権を取得させるまでもないというべきであろうか。

(d) 要役地が共有の場合

土地の共有者の一人が、時効によって地役権を取得したときは、他の共有者もこれを取得する（284条1項）。また、共有者に対する時効の中断は、地役権を行使する各共有者に対してしなければ、その効力を生じない（同条2

項)。あくまで、土地と土地の関係であるから、誰が時効取得したかは問題でなく、**地役権の不可分性**からもこのような結論になるとされる（我妻＝有泉・講義Ⅱ414頁など）。その結果、地役権を行使する共有者が数人ある場合には、その一人について時効の停止原因があっても、時効は各共有者のために進行する。

(3) 地役権の対抗

地役権は、承役地の登記記録に、その内容を登記することによって第三者対抗要件を取得する（177条、不登80条）。登記権利者は要役地所有者、登記義務者は承役地所有者である。承役地の登記記録には、地役権者・要役地・地役権設定の目的・範囲などが登記事項として登記されるが（不登80条1項。ただし、地代等を登記する方法はない［不登113条］）、要役地の登記記録には、登記官が職権で承役地に関する事項を登記することになっている（不登80条4項）。

地役権が未登記の状態で、承役地所有者が第三者に承役地を譲渡した場合には、地役権者は譲受人に対して地役権を対抗できないのが原則であり、地役権は消滅するほかない。

しかしながら、黙示的に地役権が成立するような場合には、むしろ登記が存在していることの方がまれであり、地役権が未登記であっても、承役地の譲受人が地役権設定登記の欠缺を主張するについて正当な利益を有する第三者に当たらないと解される場合には、地役権者は地役権を対抗できるとされている。たとえば、土地分譲を契機に通路が確保された係争地の未登記地役権の承役地譲受人に対する対抗について、最判平成10・2・13民集52巻1号65頁（＝不動産判百91事件［秋山靖浩］）は、次のように述べて、背信的悪意者排除論とはやや異なった観点から、信義則を根拠に地役権の存続を認めた（小粥太郎・民法の世界［商事法務、2007年］81頁以下も参照）。

「通行地役権（通行を目的とする地役権）の承役地が譲渡された場合において、譲渡の時に、右承役地が要役地の所有者によって継続的に通路として使用されていることが、その位置、形状、構造等の物理的状況から客観的に明らかであり、かつ、譲受人がそのことを認識していたか又は認識することが可能であったときは、譲受人

は、通行地役権が設定されていることを知らなかったとしても、特段の事情がない限り、地役権設定登記の欠缺を主張するについて正当の利益を有する第三者に当たらないと解するのが相当である」。その理由は、次の通りである。

　①「登記の欠缺を主張するについて正当の利益を有しない者は、民法177条にいう『第三者』……に当たるものではなく、当該第三者に、不動産登記法4条又は5条に規定する事由のある場合のほか、登記の欠缺を主張することが信義に反すると認められる事由がある場合には、当該第三者は、登記の欠缺を主張するについて正当な利益を有する第三者に当たらない」。

　②「通行地役権の承役地が譲渡された時に、右承役地が要役地の所有者によって継続的に通路として使用されていることがその位置、形状、構造等の物理的状況から客観的に明らかであり、かつ、譲受人がそのことを認識していたか又は認識することが可能であったときは、譲受人は、要役地の所有者が承役地について通行地役権その他何らかの通行権を有していることを容易に推認することができ、また、要役地の所有者に照会するなどして通行権の有無、内容を容易に調査することができる。したがって、右譲受人は、通行地役権が設定されていることを知らないで承役地を譲り受けた場合であっても、何らかの通行権の負担のあるものとしてこれを譲り受けたものというべきであって、右の譲受人が地役権者に対して地役権設定登記の欠缺を主張することは、通常は信義に反するものというべきである。ただし、例えば、承役地の譲受人が通路としての使用は無権原でされているものと認識しており、かつ、そのように認識するについては地役権者の言動がその原因の一半を成しているといった特段の事情がある場合には、地役権設定登記の欠缺を主張することが信義に反するということはできない」。

　③「なお、このように解するのは、右の譲受人がいわゆる背信的悪意者であることを理由とするものではないから、右の譲受人が承役地を譲り受けた時に地役権の設定されていることを知っていたことを要するものではない」。

　要は、少なくとも通行地役権に関する限り、通路としての使用という**権利行使の客観的・外形的事実**があり、そのことを**合理的に認識可能**な場合には、背信的悪意者排除論に拠るまでもないということであろう。なお、承役地譲受人が通行地役権設定登記の欠缺を主張するについて正当な利益を有する第三者に当たらないとされた場合は、通行地役権者は譲受人に対して、通行地役権に基づいて地役権設定登記手続を請求することができることになる（最判平成10・12・18民集52巻9号1975頁）。

3　地役権の効力・内容

(1)　地役権の効力・性質
(a)　付従性・随伴性
　地役権者は、設定行為で定めた目的に従って、他人の土地（＝承役地）を自己の土地（＝要役地）の便益に供する権利を有する。この権利は、設定行為に別段の定めがない限り、**要役地所有権の「従たる権利」**として、要役地の所有権が譲渡されれば、これに随伴して当然に移転し、要役地に賃借権や抵当権が設定された場合は、地役権もその対象に含まれる（281条1項。以上のような附従性・随伴性のゆえに、要役地と分離して地役権のみを譲渡したり、他の権利の目的とすることはできない［281条2項］）。これらの場合、要役地について所有権移転登記があれば、地役権の登記については移転登記手続が経由されていなくとも、地役権の移転を第三者に対抗することができる（大判大正13・3・17民集3巻169頁。不登80条2項参照）。

(b)　不可分性
　地役権は、ある土地（要役地）と別のある土地（承役地）との物理的関係を前提に設定されているものであるから、要役地・承役地が共有地であるときに、共有者各人の持分権を個別・独立して地役権に反映させることは権利関係の混乱をもたらし、適当でない。そこで、民法では、共有地に関する地役権を、できるだけ共有地全体に合一に存続させるようにしている（**地役権の不可分性**）。たとえば、要役地・承役地の各共有者は、単独で、地役権全体を消滅させることができないだけでなく（251条参照）、自己の持分に関してだけ地役権を消滅させることもできない（282条1項）。また、要役地または承役地が分割されたり、一部譲渡されるなどして、数人の者に分属するようになったときも、地役権は各部分のため（要役地の分割・一部譲渡の場合）もしくは各部分の上に（承役地の分割・一部譲渡の場合）、従来通り存続する（282条2項本文）。とはいえ、要役地の一部のみに建物があり、そのための観望地役権が設定されているような場合には、残部の土地について観望地役権

を存続させる必要はないし、承役地の一部の上にのみ通行地役権の目的となる通路が開設されているような場合には、残地について通行地役権を存続させる必要はないわけであるから、その限りで地役権が消滅する（282条2項但書）。

さらに、共有地を要役地とする地役権の時効取得に関する扱い（前述、284条）や、共有地を要役地とする地役権の消滅時効の中断・停止に関する扱い（後述、292条）なども、不可分性の趣旨を貫くための措置といえよう。

(2) 承役地所有者の法的地位

(a) 承役地所有者の権利制限

承役地所有者は、設定行為で定められた地役権の内容に応じて、承役地の使用・収益について制限を受けることになるが、地上権や賃借権などと異なって、全面的に使用・収益できなくなるわけではなく、負担による制限を受けつつ、さらに承役地を利用することができる。たとえば、通行地役権・引水地役権では、通行や引水を容認するだけでよく、観望地役権では眺望や日照を妨げる建築をしないという利用制限を甘受するにとどまる（原則として、積極作為は義務づけられない）。なお、承役地所有者は、地役権の行使を妨げない範囲で、地役権行使のために承役地上に設けられた工作物を使用することができ（288条1項）、その場合には、承役地所有者は、その利益を受ける範囲で工作物の設置・保存費用を分担しなければならない（同条2項）。

(b) 承役地所有者の工作物設置義務等

設定行為または設定後の契約によって、承役地所有者が、自己の費用で地役権の行使のために工作物を設けたり、その修繕をなす義務を負担した場合は、承役地所有者の特定承継人もその義務を負担する（286条）。ただし、承役地所有者は、いつでも、地役権に必要な土地部分の所有権を放棄（平成16年以前は「委棄」と表現された一方的意思表示）して地役権者に移転し、これによって、286条の義務を免れることができるものとされている（287条）。このとき、地役権は、所有権が要役地所有者に移転することで混同消滅する（179条1項。我妻＝有泉・講義Ⅱ424頁）。ここでの「放棄」は無償であって、

買取請求ではない。

(c) 用水地役権の特則

用水地役権については、水不足などでのトラブルが多かったため、若干の特則が用意されている。まず、用水地役権の承役地において、水が、要役地および承役地の需要に比して不足するときは、設定行為で別段の定めがないときは、その各土地の需要に応じて、まずこれを生活用に供し、その残余を他の用途に供するものとする（285条1項）。また、同一の承役地について数個の用水地役権を設定したときは、後の地役権者は、前の地役権者の水の使用を妨げてはならない（同条2項）。

(3) **存続期間・地代など**

地役権の存続期間・地代については、民法に特段の規定がない。したがって、公序に反しない限り、設定契約によって自由に定めることができる。対価は地役権の要素ではないので（280条参照）、無償の場合もあろうが、一定対価の特約があるときはそれが地役権の内容となろう。判例には、対価の特約には債権的効力しかないとしたものがあるが（大判昭和12・3・10民集16巻255頁）、登記方法がないだけで（不登80条1項参照）、物権的負担を甘受する以上、承役地譲受人は登記なくしてその支払請求ができると考えるべきではあるまいか。なお、存続期間を「永久」と定めてもよいというのが通説である（対価と同様に、存続期間も登記事項とされていないが、第三取得者保護の観点からは問題であろう）。

4 地役権の消滅

地役権は、存続期間の満了によって消滅する。

承役地所有者による所有権放棄（いわゆる「委棄」）によっても消滅することは先に述べた。また、地役権者による、権利の放棄によっても地役権は消滅する。これは、明示の放棄である必要はない。たとえば、要役地所有者が自ら承役地側に出入口のないコンクリート製の店舗を建築したことから、承

役地は要役地の通行の便益に供されることがなくなったとして、通行地役権が目的の消滅によって消滅したとする裁判例がある（大阪高判昭和60・7・3判タ569号58頁）。

さらに、承役地の占有者が取得時効に必要な要件を具備する占有を継続することにより、地役権が反射的に消滅することもある（289条）。この場合、占有者は、当該承役地が地役権の負担のない土地であると信じて自主占有していたのでなければなるまいから、その間に地役権者が、地役権を行使するなどの事実があれば時効の中断を生じ（290条）、当該土地は地役権負担付きの土地となる。

地役権自身も時効消滅する可能性があり、民法は、これについて若干の規定を用意している。すなわち、

①　167条2項に規定する消滅時効の期間に関して、継続的でなく行使される地役権（不継続地役権）については最後の行使のときから起算し、継続的に行使される地役権（継続地役権）についてはその行使を妨げる事実が発生したときから起算される（291条）。

②　要役地が数人の共有に属する場合において、その一人のために時効の中断または停止があるときも、他の共有者のためにはその効力を生じない（284条2項）。

③　地役権者が、その権利の一部を行使しないときは、その部分のみが時効によって消滅する（293条）。したがって、通行地役権で予定されていた幅員を下回るような通路しか開設しなかったような場合には、通路以外の部分が時効によって消滅する。

第 5 節　入会権

1　入会権とは

　入会権とは、一般に農村・山村に見られるもので、一定地域の住民集団（「**入会団体**」という）が、山林原野など（「**入会地**」という）を管理・支配し、共同で利用するという慣習上の物権である。古くから、各地に存在し、その帰属・管理形態も多様である。入会地は、**入会団体**に帰属している場合もあれば、別の私人・団体あるいは国・地方公共団体に帰属している場合もある（防風林として植林された入会山林が国有地に編入されることになった場合につき、最判昭和48・3・13民集27巻2号271頁［大判大正4・3・16民録21輯328頁を改めて肯定説に転じた］）。

　伝統的に、入会（いりあい）は、経済的支配の縄張りを意味し、入会団体の構成員が、入会地から、生活用の物資（山菜・魚介・薪・雑草等の肥料・燃料など）を得ることで共同利用してきたものであるが、同時に、水源の涵養、保水、崖崩れ防止や防風などの保安的機能も果たしてきたものである。しかし、最近では、利用形態も大きく変容し、入会団体が、里山の管理や環境保全のために構成員の労働によって入会地の管理・整備を行うようなものばかりでなく、造林事業・ゴルフ場や別荘地経営などの利用によって一定の収益を上げて分配したり、区分け・割山をして各構成員が区画地を単独で排他的に利用するような形態（個人仕立山・干草刈場など）も見られるようになった。ちなみに、漁場に対する権利は漁業法（昭和24年法267号）により、用水に対する権利は判例によって、それぞれ漁業権（共同漁業権・入漁権）・水利権・温泉権として別個に認知され、民法上の入会権とは異なる権利として扱われることが多い。

　民法は、**共有の性質を有する入会権**（263条）と、**共有の性質を有しない入会権**（294条）を認め、入会権者が共同で入会地を所有（総有）している場合が前者、入会地を別の第三者が所有し、入会権者がその用益権能のみを準

共有（総有）している場合が、後者に当たる（大判大正9・6・26民録26輯933頁）。民法は、前者については共有の規定を、後者については地役権に関する規定を準用するものとしている。入会権は、もともと地盤所有権の帰属とは直接的には関係がなく、それに左右されない権利であるが、このような形に区分したことは、民法が**近代的な土地所有権法秩序**の上に入会権を再編成して、物権として承認しようとしたことを示している。しかし、いずれにせよ、入会権の内容は圧倒的に慣習や入会団体の規約等によって律せられており、民法の規定が適用される余地はほとんどない。入会地は、近代的所有観念とはかなり異質な性格を持つものであるため（だからこそ「総有」という観念で説明されてきた）、次第に、解体・変容しつつある。

ちなみに、大字有・部落有の入会地が、大字や部落構成員の共有の性質を有する入会地なのか、市町村の一部である財産区の所有地（公有地）であるのかが争われることがある。沿革や管理の実績に照らして判断すべき問題であるが、特に公有財産として管理されてきたのでない限り、共有の性質を有する入会地と解すべきであろう（神戸地判昭和41・8・16判時485号18頁）。もっとも、土地が国有地や公有地であったとしても、入会権が成立することは言うまでもない（前掲・最判昭和48・3・13など）。

　＊**【文献など】**　入会権に関する包括的な研究として、中尾英俊・入会林野の法律問題〔新版〕（勁草書房、1984年）、同・入会権の総合判例解説（信山社、2007年）、同・入会権——その本質と現代的課題（勁草書房、2009年）などが貴重である。また、東北の寒村である小繋村の入会山をめぐる長期の訴訟を紹介した、戒能通孝・小繋事件——三代にわたる入会権紛争（岩波新書、1964年）、英国のコモンズとの比較において入会権を再評価する、室田武＝三俣学・入会林野とコモンズ（日本評論社、2004年）は、興味深い。

2　入会権の内容

(1)　総有的権利

入会権は、主として慣習と入会団体の規約に従って、入会地を共同で使用・収益する権能であるが、その使用形態は、個々の入会権者が入会地を直接に利用する**個別的利用形態**のものと、入会団体が団体として使用・収益する**団体的利用形態**がある。個別的利用形態には、古典的な共同利用形態と、

各入会権者に入会地の一部を割り当てて利用させる分割利用形態がある。ただ、そこでは、通常の共有の場合のような、持分の観念は希薄であり、分割請求や譲渡・処分権なども認められず、一定の入会団体を形成する地域から外に出た場合には、**構成員たる資格**を失い、使用・収益権能も失われることが多い（かような慣習がある以上、転出者や集団外の第三者は、登記名義人であっても、入会地の共同所有権を有しない［最判昭和40・5・20民集19巻4号822頁］）。

(2) 対抗

不動産登記法には、入会権に関する登記方法が定められていない。それゆえ、入会権の変動は、**登記なしに第三者に対抗できるとされる**（大判明治36・6・19民録9輯759頁）。実際には、入会団体の代表者や、一部の構成員の連名で登記が行われていることも多く、これを信頼した第三者との間でトラブルになることもあるが、その場合には民法94条2項の類推適用などもないとされる（最判昭和43・11・15判時544号33頁、最判昭和57・7・1民集36巻6号891頁）。入会団体の法人化が困難であり、94条2項適用または類推適用の基礎となる帰責根拠が一般に認められないからと説明されるが（佐久間・物権247頁）、疑問が残る。少なくとも共有の性質を有する入会権で、入会団体自身が決議などで、構成員の一部の名義で登記する方法を選択した場合は、94条2項の類推適用の余地ありというべきではあるまいか（ただし、通常は入会権が慣習として存在している以上、第三者の悪意が認定されよう）。

3　入会権の対外的主張

(1) 入会権の確認

入会権は、権利者である一定の村落住民団体（入会団体）に**総有的に帰属**するものと解されている（最判昭和41・11・25民集20巻9号1921頁）。したがって、集団として有する入会権そのものの確認を求める必要がある場合には、権利を合一に確定するため、全員で原告となる必要がある（固有必要的共同訴訟）。全員の利害に関わる問題だからである。前掲最判昭和43・11・25は、

入会団体の一部の構成員が、村が登記名義人となっているある土地に関する入会権の確認を求める訴訟を提起したのに対し、

> 「入会権は権利者である一定の部落民に総有的に帰属するものであるから、入会権の確認を求める訴は、権利者全員が共同してのみ提起しうる固有必要的共同訴訟というべきである」

として、当事者適格を欠くことを理由に却下した。ただ、これでは、一人でも非同調者がいる場合には、構成員の権利行使が不可能となりかねないという問題があった（星野英一＝五十部豊久・法協84巻11号1574頁）。この点について、最判平成20・7・17民集62巻7号1994頁は、

> 「特定の土地が入会地であるのか第三者の所有地であるのかについて争いがあり、入会集団の一部の構成員が、当該第三者を被告として、訴訟によって当該土地が入会地であることの確認を求めたいと考えた場合において、訴えの提起に同調しない構成員がいるために構成員全員で訴えを提起することができないときは、上記一部の構成員は、訴えの提起に同調しない構成員も被告に加え、構成員全員が訴訟当事者となる形式で、当該土地が入会地であること、すなわち、入会集団の構成員全員が当該土地について入会権を有することの確認を求める訴えを提起することが許され（る）」

として問題を克服しようとしている。「（このような訴えの提起を認めることで）判決の効力を入会集団の構成員全員に及ぼしても、構成員全員が訴訟当事者として関与するのであるから、構成員の利益が害されることはない」と考えたからである。

ただ、入会団体が「権利能力なき社団」として、団体としてのまとまりをもって民主的に運営されている場合には、当該団体に**原告適格**を認め、総会議決などで授権された代表者が訴訟を遂行することも可能である（民訴29条参照）。最判平成6・5・31民集48巻4号1065頁（＝判百Ⅰ78事件［山田誠一］）は、入会団体が財産管理組合を形成して、山林などを管理してきた事案で、入会地が同団体の構成員全体の総有であることの確認を求める訴えの原告適格を当該団体に肯定して、次のように述べたものがある。

> 「村落住民が入会団体を形成し、それが権利能力のない社団に当たる場合には、当該入会団体は、構成員全員の総有に属する不動産につき、これを争う者を被告とする総有権確認請求訴訟を追行する原告適格を有するものと解するのが相当である」。
> 「そして、権利能力のない社団である入会団体の代表者が構成員全員の総有に属す

る不動産について総有権確認請求訴訟を原告の代表者として追行するには、当該入会団体の規約などにおいて当該不動産を処分するのに必要とされる総会の議決等の手続による授権を要するものと解するのが相当である」。「Xは＊＊町の地域に居住する一定の資格を有する者によって構成される入会団体であって、規約により代表の方法、総会の運営、財産の管理等団体としての主要な点が確定しており、組織を備え、多数決の原則が行われ、構成員の変更にかかわらず存続することが認められるから、Xは権利能力のない社団にあたるというべきである。したがって、Xは、本件各土地がXの構成員全員の総有に属することの確認を求める訴えの原告適格を有することになる。」

つまり、権利能力なき社団の成立要件としての判例法（最判昭和39・10・15民集18巻8号1671頁）を入会団体についても適用したことになろう。

(2) 構成員たる地位・使用収益権の確認

入会団体の構成員が、入会地の管理をなす団体等［他の入会権者や名義上の所有者など］を相手取って、自己の**構成員たる資格**や**個別の使用収益権の確認**を求めたり、使用収益に対する**妨害を排除**しようとする場合はどうか。最判昭和57・7・1民集36巻6号891頁は、

> 「入会権の内容である使用収益を行う権能は、入会部落の構成員たる資格に基づいて個別的に認められる権能であって、……本来、各自が単独で行使することができるものであ」り、「右使用収益権を争い又はその行使を妨害する者がある場合には、その者が入会部落の構成員であるかどうかを問わず、各自が単独で、その者を相手方として自己の使用収益権の確認又は妨害の排除を請求することができる」

とした。さらに、最判昭和58・2・8判時1092号62頁は、

> 「入会の目的である山林につき、入会権を有し入会団体の構成員であると主張する者が、その構成員である入会権者との間において、入会権を有することの確認を求める訴え」は、「入会権を有すると主張する者が、各自単独で、入会権者に対して提起することが許される」

としている。このような訴えは、個々の構成員の有する構成員たる資格・地位や個別的に認められる使用収益権の確認を求めるに過ぎないものであるから、全員の間で合一に確定する必要がないという理由による。**入会持分権**とでもいうべき**構成員の個別使用収益権に基づく妨害排除**や、単なる**保存行為**については、当然ながら、固有必要的共同訴訟と考える必要はなかろう。

4　入会権の消滅

　入会集団がある土地に対して有している入会権は、当該土地が滅失した場合を除いて、収益や収穫の多寡に関係なく存続する。しかし、入会集団の構成員全員が同意して、権利放棄をしたり、宅地造成用等に売却・処分するなどすれば、消滅することになる（最判平成20・4・14民集62巻5号909頁［ただし、本件では全員の同意があったかには疑問の余地があり、少数意見が付されている］）。解体後の入会権は、特定個人による分割利用（分け地など）となるか、特定団体による直轄利用によって排他的に利用され、あるいは一定目的で第三者に契約利用させることで収益分配を行う形態に変化する。

　そのほか、土地収用その他の強制買取が行われた場合にも、入会権は消滅する。また、**入会林野近代化法**（昭和41年法126号）により、入会権者の総意で、入会権を消滅させて所有権又は地上権その他の用益物権に置きかえる入会林野整備では、一定の申請手続を経て、都道府県知事の認可で入会権が消滅する（多くの共有の性質を有する入会地は、これによって農業生産法人・生産森林組合の土地となって解体していった）。

　さらに、入会集団の管理統制機能が消滅した場合、当該土地はもはや入会地としての存続が不可能であり民法上の共有地に変化したものと考える余地があることにも注意が必要である。

事項索引

あ

アウフラッスング（Auflassung）………61
悪意者排除説………………………91,143
悪意占有………………………………215,223
悪意の第三者…………………………88
握取行為（mancipatio）………………61
悪魔の証明……………………………5

い

遺骨・遺骸……………………………182
遺言による相続持分指定と対抗問題……108
遺産共有………………………………105
遺産分割………………………113,114,310
　　──協議……………………………114
　　──と登記………………………187
　　──の遡及効……………………114
遺失物…………………………………167
　　──回復請求……………………276
　　──拾得…………………………276
　　──等横領………………………276
　　──法……………………………276
意思表示以外による物権変動………45
意思表示（法律行為）による物権変動……44
囲障設置権……………………………269
移植（implantatio）……………………280
遺贈と登記……………………………110,187
「板付飛行場事件」……………………258
一物一権主義…………………………35
一物化…………………………………278
一般債権者……………………………133
一筆……………………………………18
　　──の土地の一部………………18
稲立毛…………………………………160,283
囲繞地…………………………………263
　　──通行権………………………263
　　──通行権と接道義務…………265
入会権……………………37,299,338,369
　　──の確認………………………371
　　──の消滅………………………374
　　──の処分………………………300
　　──の対外的主張………………371
　　──の内容………………………370
入会構成員の個別使用収益権………373
入会団体………………………………369
　　──の原告適格…………………372
　　──の構成員たる資格…………371
　　──の構成員たる地位…………373
入会地…………………………………299
入会持分権……………………………373
入会林野近代化法……………………374
遺留分減殺請求………………………113
隠居による家督相続…………………105
引水地役権……………………………360

う

請負人帰属説…………………………293
「宇奈月温泉事件」……………………258
上土権…………………………………354

え

永久の使用・収益権…………………348
永小作権……………………36,337,354
　　──の効力………………………355
　　──の取得………………………355
　　──の消滅原因…………………357
　　──の存続期間…………………355
　　──の第三者対抗力……………356
永小作人の用方違反…………………357
役権（servitutes）………………261,359

お

「お綱の譲り渡し事件」……………… 214
温泉……………………………………… 261
　　──専用権（湯口権）……………… 338

か

開墾小作権……………………………… 354
解除と登記……………………………… 99
解除の遡及効…………………………… 100
解除の直接効果説……………………… 100
解除前の第三者………………………… 100
回復登記………………………………… 76
海面下の土地…………………………… 19
概要記録事項証明書…………………… 158
家券制度………………………………… 282
加工……………………………… 279, 290
　　──の効果…………………………… 291
　　──物の所有権の帰属……………… 291
過失ある占有…………………………… 223
果実収取権……………………………… 69
　　──の帰属…………………………… 249
河川の帰洲作用（alluvio）…………… 281
家畜外動物……………………………… 3
　　──の原始取得……………………… 252
価値権…………………………………… 7
価値の物的返還請求（rei vindicatio）… 149
価値変形物への物上代位……………… 184
貨物引換証……………………………… 222
仮登記…………………………………… 75
　　──担保……………………………… 75
　　──担保法…………………………… 41
　　──の効力…………………………… 75
　　──の順位保全効…………………… 75
がれき等の撤去………………………… 183
簡易の引渡し……………………… 151, 219
換価分割………………………………… 309
慣習上の物権…………………………… 4
慣習上認められた用益物権…………… 37
慣習法上の物権の明認方法…………… 161
間接占有………………………………… 209
　　──関係……………………………… 220
観念的占有権の準共有………………… 227
観望地役権……………………………… 360
管理組合………………………………… 325
　　──法人……………………………… 325
管理行為………………………………… 302
緩和された占有意思…………………… 202

き

規格塀…………………………………… 270
北側斜線………………………………… 272
記入登記………………………………… 76
規約共用部分…………………………… 318
規約事項………………………………… 327
規約の効力……………………………… 328
規約の設定・変更・廃止……………… 326
旧建物と新建物の同一性……………… 184
旧登記の流用…………………………… 80
給付不当利得…………………………… 249
境界の確定……………………………… 269
境界標……………………………… 269, 270
　　──の設置・保存費用……………… 269
境界付近の掘削………………………… 273
境界付近の建築・工事………………… 271
境界紛争型の取得時効…………… 122, 125
狭義の共有……………………………… 297
行政法上の所有権の制限……………… 259
共同所有………………………………… 294
共同申請………………………………… 77
共同相続………………………………… 105
　　──財産……………………………… 298
　　──と登記…………………………… 187
　　──における持分の対抗…………… 105
　　──人間での相続不動産の利用…… 304
　　──人の相続放棄と対抗問題……… 112
　　──人の持分………………………… 301
強暴・隠秘の占有……………………… 223
共有……………………………………… 294
　　──関係の確認……………………… 307
　　──者からの登記名義の回復……… 305
　　──者間全面的価格賠償の方法…… 310
　　──者間の明渡請求………………… 303
　　──地の悲劇………………………… 9
　　──の形態…………………………… 295
　　──の性質を有しない入会権……… 369
　　──の性質を有する入会権………… 369
　　──の対外的主張…………………… 306
　　──の弾力性………………………… 301
　　──の発生原因……………………… 295
　　──物に関する債権………………… 303
　　──物の管理費用…………………… 302
　　──物の処分………………………… 302
　　──物の不分割特約………………… 309
　　──物の分割………………………… 308
　　──物の分割請求権…………… 298, 308
　　──物の分割手続…………………… 311

事項索引 377

――物の利用・変更 …………… 301, 302
――物分割請求 ………………………… 298
――物分割の効果 ……………………… 312
――持分 ………………………………… 300
――持分確認請求 ……………………… 303
――持分の譲渡 ………………………… 297
共用部分の設置・保存の瑕疵 ………… 321
共用部分の変更 ………………………… 322
――方法 ………………………………… 321
漁業法 …………………………………… 275
極度額 …………………………………… 40
「金魚屋裁判」 ………………………… 273
均衡状態 ………………………………… 8
金銭 …………………………… 6, 148, 166
――の所有権 …………………………… 149
近代的所有権 ……………… 256, 354, 370

く

食うか食われるかの関係 ……………… 84
空中権 …………………………………… 352
区分所有権 ………………………… 287, 318
区分所有者
　――の議決権 ………………………… 326
　――の敷地利用権 …………………… 322
　――の集会決議 ……………………… 325
　――の専用使用権 …………………… 323
　――の駐車場専用使用権 …………… 323
区分所有建物 …………………………… 315
　――の規約共用部分 ………………… 320
　――の共用部分 ……………………… 320
　――の共用部分の管理・変更方法 … 325
　――の専有部分 ………………… 318, 320
　――の復旧および建替え …………… 329
　――の法定共用部分 ………………… 320
区分所有のイメージ …………………… 317
区分所有法 ………………………… 35, 316
　――上の共用部分 …………………… 321
　――上の建替え ……………………… 330
区分建物 ………………………………… 318
区分地上権 ………………………… 337, 352
　――の消滅 …………………………… 353
　――の性質 …………………………… 352
　――の内容 …………………………… 352
組合 ……………………………………… 298
鍬先権 …………………………………… 354

け

継続地役権 ……………………………… 368
競売 ……………………………………… 130

契約上の地位の移転 …………………… 137
ゲヴェーレ（Gewere） …………… 164, 199
ゲルマン的共同所有 ……………… 28, 296
ゲルマン法型不動産所有権 …………… 28
権原に基づかない占有 ………………… 211
権原に基づく占有 ……………………… 212
権原によって原家屋に付属させた独立の建物
　…………………………………………… 287
原始取得 ……………………………… 44, 217
現実の引渡し ……………… 151, 171, 218
建築（inaedificatio） ………………… 280
　――請負契約における所有権の帰属 … 292
建築基準法 ……………………………… 272
　――上の接道義務 …………………… 264
　――上の用途規制 …………………… 259
現地検分主義 …………………………… 142
現物分割・代金分割 …………………… 309
権利証 …………………………………… 78
権利適法の推定 ……………………… 5, 245
　――と善意取得 ……………………… 246
権利登記 ………………………………… 74
権利能力なき社団 ……………………… 372
　――の財産 …………………………… 299
権利の母 ………………………………… 34
権利部 …………………………………… 74

こ

故意の債権侵害 ………………………… 142
合意解除と登記 ………………………… 102
行為請求権 ……………………………… 25
広義の共有 ……………………………… 295
公共の福祉 ……………………………… 259
航空機 …………………………………… 148
工作物責任 ………………………… 70, 202
公示機能の不全 ………………………… 194
公示の原則 ………………………… 46, 193
　――と公信の原則 …………………… 50
　――の動揺 …………………………… 49
工場抵当法 ……………………………… 19
公証人制度 ……………………………… 62
公信の原則 ………………………… 46, 49
公信力 …………………………………… 17
　――説 ………………………………… 85
構成員権 ………………………………… 317
更正登記 ………………………………… 76
公道 ……………………………………… 264
鉱物採取権 ……………………………… 275
後法は前法に優先する ………………… 301
合有 ……………………………………… 298

公用徴収	130, 185
効力発生要件	48
効力要件主義	48, 51
国税滞納を理由とする差押え	130
小口債権の譲渡	58
小作料支払義務	356
固定資産税	214, 230
古物営業法	175
「小丸船事件」	239
固有必要的共同訴訟	307, 371
混同消滅	178
──の主張・立証責任	181
──の例外	179
混和	279

さ

財貨移転秩序	5
財貨帰属秩序	2, 5
債権契約	60
債権行為	13
債権質	39
債権者平等の原則	6, 11
債権譲渡の対抗要件	189
債権と目的物の牽連関係	38
債権の移転	56
債権の準占有者	254
債権の優越的地位	7
在庫商品	170
財産移転の基本枠組	53
再度の取得時効	125
債務名義	135
先取特権	39
差押債権者	22, 133, 134, 154
指図による占有移転	153
山林の分割	311

し

市街化調整区域	259
事業用定期借地	347
資源の効率的利用	7
時効完成後の登記名義の変動	122
時効完成後の背信的悪意者排除	123
時効期間の逆算説	121
時効による物権変動	188
自己借地権	180
自己占有	206, 211
自己地上権	180
自己のためにする意思（占有意思）	202, 208
自己物の時効取得	121
資産（patrimonie）	18
持参債務	147
実質的無権利者	90, 139
自主占有	167, 211, 213
──の取得	230
下請代金の支払遅延等防止法	293
質権	39
質屋営業法	175
私的効用の最大化	8
自動車	148
指名債権譲渡の対抗	58
借地借家法上の地上権	347
借地借家法上の地代増減請求制度	349
集会決議の効力	328
集会の普通決議	326
集合債権譲渡担保	41
集合動産	152
集合物	34
集合物譲渡担保	41
従物	281
──・付加一体物と付合	281
集密化された相隣関係	316
受寄者	155, 156
主登記	76
取得時効（usucapio）	164
──と登記	117
種類物取引の場合の物権変動	146
種類物の特定	147
準遺失物	276
準共有	313
準占有	253
準袋地	263
承役地	359
──所有者の権利制限	366
──所有者の工作物設置義務	366
償金	280
承継取得	44, 217
証券と結合した動産	157
使用・収益・処分	256
使用貸借	346
将来の処分権	30
所持	32, 203, 207
──の現実的引渡し	218
──の喪失	232
──の態様	228
──の弁済約束（constitutum possessorium）	219
所有権	256

——移転時期	54, 64
——移転時期確定不要説	68
——移転時期に関する合意の解釈	67
——移転時期の主張・立証	70
——と他の物権との混同	179
——に基づく物権的返還請求権	63
——に対する制限	317
——の恒久性	34, 257
——の取得	274
——の証明	5
——の制限	258
——の絶対	10
——の弾力性	257
——留保特約	65
所有の意思の推定	214
所有物返還請求（rei vindicatio）	199
自力救済禁止	235
人役権（servitutes personarum）	359
人的編成主義	73
森林法	311

す

水産資源保護法	275
水流・通排水に関する相隣関係	268

せ

正権原による占有	163
制限地上権	352
制限物権	29, 35, 336
生前相続	103
正当原因に基づく引渡（traditio ex iusta causa）	61
責任財産	6
セジーヌ（saisine）	199
絶対的構成	92, 144
絶対的袋地	264
善意占有	215
——者の果実収取権	247
——者の必要費償還請求権	247
善意のワラ人形	93
前主・後主	90, 154
前主の占有の瑕疵	224
先占の観念	275
船舶	148
全方位的不作為請求権の束	14
占有（possessio）	164
——意思の放棄	232
——移転の方法	150
——回収の訴え	237, 238
——改定	151, 219
——改定と譲渡担保	152
——改定と即時取得	170
——（所持）機関	207, 209, 220
——権原	202
——者の回復者に対する損害賠償義務	250
——者の損害	237
——者の費用償還請求権	250
——代理関係	210
——に伴う責任	253
——の開始	221
——の機能	200
——の義務負担機能	234
——の継続	204, 216
——の形態	205
——の権利推定力	164
——の交互侵奪	239
——の社会秩序維持機能	234
——の取得	169
——の種類	205
——の承継	169, 223
——の心素	202
——の推定力と登記の推定力	246
——の性質の変更	213
——の体素	202
——の二面性	223
——の本権表象的機能	234
——の本権保護機能	234
——保護請求権	235, 237
——保持の訴え	237, 238
——補助者	209
——保全の訴え	237, 238
占有権	32, 198
——と所有権等の混同	181
——の移転	217
——の効力	201, 234
——の譲渡方法	218
——の消滅	232
——の相続	226
——の本質	198
占有訴権	33, 235
——と自力救済	239
——の種類	236
——の要件	238
—— vs. 物権的請求権	244
占有代理人	208, 209, 220
——と譲受人	223

そ

造作買取請求権……………………………287
捜索物引取請求権……………………………26
相続させる旨の遺言…………………………108
相続と新権原…………………………213, 228
相続と登記……………………………………102
相続における自己の持分の対抗……………106
相続に関連する物権変動……………………187
相続による権利取得…………………………104
相続による法定相続持分の取得……………107
相続放棄………………………………………112
　　——と登記………………………………188
相対的構成……………………………………92
相対的物権変動………………………………84
送電線地役権…………………………………360
送付債務………………………………………147
総有……………………………………………299
　　——的権利………………………………370
相隣関係……………………………34, 261, 348
　　——法…………………………………359
即時取得（善意取得）
　　…………………………4, 33, 146, 161, 162, 189
　　——の効果………………………………173
　　——の立証………………………………168
測量費用………………………………………269

た

対抗要件………………………………………31
　　——主義………………………………48, 51
第三者…………………………………………72
　　——異議の訴え…………………………134
対人的給付請求権……………………………22
大深度地下……………………………………260
　　——の公共的使用に関する特別措置法
　　……………………………………………260
対物地上権訴権（actio de superficie in rem）
　　……………………………………………344
代理受領………………………………………41
代理占有………………………………32, 150, 206, 208
　　——の消滅原因…………………………232
他主占有…………………………………167, 211, 213
　　——から自主占有への転換（変更）
　　………………………………………228, 231
　　——事情の証明…………………………212
建替え決議……………………………………330
建物……………………………………………19
　　——区分所有……………………………315
　　——増築部分……………………………285
　　——賃借人による増改築………………286
　　——登記簿……………………………19, 282
　　——の倒壊・消失………………………183
他人飼養の家畜………………………………253
他人物の時効取得……………………………121
他人物売買……………………………………65
他物権………………………………………29, 35
　　——としての用益物権…………………336
段階的所有権移転……………………………69
単純悪意者排除論……………………………193
団体的利用形態の入会地……………………370
団地内の建物の一括建替え決議……………330
団地内の建物の建替え………………………333
団地への建物区分所有法の準用……………332
単独所有………………………………………294
担保物権……………………………………7, 30
　　——の時効消滅…………………………184
　　——の消滅請求…………………………184

ち

地役権………………………………36, 261, 338, 359
　　——設定登記手続請求…………………364
　　——の効力………………………………365
　　——の時効取得…………………………361
　　——の時効消滅…………………………368
　　——の消滅………………………………367
　　——の設定契約…………………………367
　　——の設定目的…………………………360
　　——の存続期間…………………………367
　　——の対抗………………………………363
　　——の不可分性………………………363, 365
地下水…………………………………………261
竹木の枝や根の切除…………………………270
地券……………………………………………354
　　——制度…………………………………282
地上権（superficies）……………………35, 344
　　——者の地上物の収去・買取…………351
　　——者の地代支払義務…………………349
　　——設定行為……………………………345
　　——と賃借権……………………………339
　　——の譲渡・転貸………………………350
　　——の消滅・終了………………………350
　　——の設定・移転………………………348
　　——の存続期間…………………………347
地上物は土地に従う（superficies solo cedit）
　　……………………………………………280
知的所有権……………………………………257
中間省略登記………………………………78, 80
抽象性原則（Abstraktionsprinzip）…………55

注文者帰属説……………………………293
鳥獣の保護及び狩猟の適正化に関する法律
　………………………………………275
直接占有…………………………………209
賃借権の物権化……………14,136,341
賃借人……………………………………155
　——による地役権の時効取得………362
　——の必要費・有益費償還請求………287
賃貸借小作………………………………354
賃料請求権行使の資格要件としての登記
　………………………………………137

つ

通貨………………………………………149
通行地役権………………143,263,338,360
通路開設…………………………………362
強い付合…………………………………285

て

定期借地権………………………………347
抵当権……………………………………40
　——の付記登記………………………129
手は手を守る（Hand wahre Hand）……164
天心から地軸まで（*usque coelum, usque ad inferos*）………………………260
転得者……………………………………92
添付…………………………………34,278
　——と求償請求権……………………279

と

登記官の過誤……………………………79
登記義務者………………………………77
登記義務の懈怠…………………………53,94
登記記録…………………………………73
登記原因証明情報………………………82
登記権利者………………………………77
登記識別情報……………………………77
登記事項証明書……………………59,158
登記済証…………………………………78
登記請求権………………………………78
登記手続の電子化………………………77
登記なくして対抗できる者……………138
登記の形式的要件………………………79
登記の公信力……………………………52
登記の実質的有効要件…………………80
登記の種類………………………………75
登記の有効要件…………………………79
登記引取請求権…………………………79
登記簿……………………………………72

登記を要する第三者……………………132
登記を要する物権変動と第三者………187
動産・債権譲渡特例法……59,156,189,190
動産質……………………………………39
動産譲渡登記制度………………………156
動産譲渡登記ファイル…………………156
　——の存続期間………………………157
動産譲渡の対抗と第三者………………154
動産の原始取得…………………………147
動産の公示方法…………………………21
動産の混和………………………………290
動産の商事取引…………………………172
動産の二重譲渡…………………………145
動産の引渡し（占有の移転）……146,161
動産の付合………………………………289
動産の民事取引…………………………172
動産（の）物権変動…………………145,188
　——と即時取得………………………161
　——の対抗要件………………………188
盗品・遺失物……………………………174
　——回復請求…………………………174
　——の善意占有者による代価弁償請求
　………………………………………176
動物………………………………………166
登録制度………………………………21,47
登録動産…………………………………165
特殊な所有権取得事由…………………45
特定………………………………………11
特定遺贈による所有権取得……………111
特定承継…………………………………44
特定・独立の有体物……………………17
特別縁故者………………………………301
独立性のない増築部分…………………287
都市計画区域……………………………259
都市再開発法……………………………345
土地収用法…………………………185,259
土地使用権………………………………345
土地登記簿………………………………282
土地と建物………………………………282
土地の水没………………………………183
土地の立体的利用………………………337
土地への付合……………………………283
富の最大化………………………………9
取消原因・無効原因……………………167
取消と登記………………………………94
取立債務…………………………………147
取引対象としての独立性………………160

な

なし崩し的所有権移転・・・・・・・・・・・・・・・・・66

に

2個の建物の合体・・・・・・・・・・・・・・・・・・・288
二重起訴の禁止・・・・・・・・・・・・・・・・・・・・243
二重譲渡・・・・・・・・・・・・・・・・・・・・・・・・・・71
　──型の取得時効・・・・・・・・・・・・・・・122
　──担保・・・・・・・・・・・・・・・・・・・・・・・173
　──と二重売買・・・・・・・・・・・・・・・・・・83
　──と特定物債権者・・・・・・・・・・・・・134
　──の法的構成・・・・・・・・・・・・・・・・・・82
二段階物権変動・・・・・・・・・・・・・・・・69, 85
日照妨害事件・・・・・・・・・・・・・・・・・・・・・272
荷渡指図書・・・・・・・・・・・・・・・・・・・・・・・222
任意規定・・・・・・・・・・・・・・・・・・・・・・・・・・12
認容請求権説・・・・・・・・・・・・・・・・・・・・・・25

ね

根抵当権・・・・・・・・・・・・・・・・・・・・・・・・・・40

の

農業用潅漑水利・・・・・・・・・・・・・・・・・・・268
農地等の権利移転制限・・・・・・・・・・・・・259
農地買収（自作農創設特別措置法）・・・130

は

背信的悪意者・・・・・・・・・・・・・・・・・・・・・・86
　──からの転得者・・・・・・・・・・・・・・・143
　──排除説・・・・・・・・・・・・・・・・・91, 143
売買は賃貸借を破る（Kauf bricht Miete）
　・・・・・・・・・・・・・・・・・・・・・・・・・・136, 340
破産債権者・・・・・・・・・・・・・・・・・・・・・・・・22
播種（satio）・・・・・・・・・・・・・・・・・・・・・280
　──された種子・・・・・・・・・・・・・・・・・283

ひ

日影規制・・・・・・・・・・・・・・・・・・・・・・・・・272
引渡し（traditio）・・・・・・・・・・・・・147, 150
　──を要する物権変動・・・・・・・・・・・147
被災区分所有建物の再建・・・・・・・・・・・329
　──等に関する特別措置法・・・・・・・316
筆界特定制度・・・・・・・・・・・・・・・・・・・・・269
必要費・・・・・・・・・・・・・・・・・・・・・・・・・・・251
人由来物・・・・・・・・・・・・・・・・・・・・・・・・・166
表見相続人・・・・・・・・・・・・・・・・・・・・・・・103
表示登記・・・・・・・・・・・・・・・・・・・・・・・・・・74
費用償還請求権の履行期と留置権・・・252

表題部・・・・・・・・・・・・・・・・・・・・・・・・・・・・73

ふ

付加一体物・・・・・・・・・・・・・・・・・・・・・・・281
不完全物権変動・・・・・・・・・・・・・・・・・・・・47
　──説・・・・・・・・・・・・・・・・・・・・・・・・・・85
付記登記・・・・・・・・・・・・・・・・・・・・・・・・・・76
袋地・・・・・・・・・・・・・・・・・・・・・・・・・・・・・263
　──の効率的利用・・・・・・・・・・・・・・・268
不継続地役権・・・・・・・・・・・・・・・・・・・・・368
付合・・・・・・・・・・・・・・・・・・・・・・・・・・・・・279
不在組合員と居住組合員・・・・・・・・・・・327
不実の持分登記・・・・・・・・・・・・・・・・・・・308
復帰的物権変動・・・・・・・・・・・・・・・63, 187
　──と給付不当利得・・・・・・・・・・・・・・99
物権概念の可塑性・・・・・・・・・・・・・・・・・・14
物権契約・・・・・・・・・・・・・・・・・・・・・・・・・・60
物権行為・・・・・・・・・・・・・・・・・・・・・・・・・・12
　──独自性肯定説・・・・・・・・・・・・62, 191
　──と登記・・・・・・・・・・・・・・・・・・・・・・62
　──の独自性・・・・・・・・・・・・・・・・・・・・55
　──の無因性・・・・・・・・・・・・・・・・54, 55
　──の無因性理論・・・・・・・・・・・・・・・・64
物権・債権の峻別・・・・・・・・・・・・・・・・・・15
物権的合意（Einigung）・・・・・・・・・54, 61
物権的請求権（物上請求権）・・・・・10, 22
物権的請求権と費用負担・・・・・・・・・・・・26
物権的妨害予防請求権・・・・・・・・・・・・・・25
物権と債権・・・・・・・・・・・・・・・・・・・・・・・・10
物権の公示性・・・・・・・・・・・・・・・・・・・・・・・9
物権の譲渡性・・・・・・・・・・・・・・・・・・・・・・11
物権の消滅・・・・・・・・・・・・・・・・・・・・・・・178
物権の追及性・・・・・・・・・・・・・・・・・・・・・・11
物権の得喪変更・・・・・・・・・・・・・・・・・・・・44
物権の排他性・・・・・・・・・・・・・・・・・・・・・・10
物権の優先的効力・・・・・・・・・・・・・・・・・・21
物権変動における意思主義・・・31, 54, 186
物権変動の原因における無制限説・・・191
物権変動の対抗と第三者制限説・・・・・・89
物権変動の対抗要件・・・・・・・・・・・・・・・・58
物権変動の有因主義・・・・・・・・・・・・・・・・55
物権法定主義・・・・・・・・・・・・・・・3, 4, 9, 31
物権法の強行的性格・・・・・・・・・・・・・・・・12
物権類似の期待権・・・・・・・・・・・・・・・・・135
物上請求権・・・・・・・・・・・・・・・・・・・・・・・・10
物上代位・・・・・・・・・・・・・・・・・・・・・・38, 280
物的編成主義・・・・・・・・・・・・・・・・・・・・・・73
不動産質・・・・・・・・・・・・・・・・・・・・・・・・・・39
不動産所有権・・・・・・・・・・・・・・・・・・・・・・28

事項索引　383

不動産賃借人……………………………135
不動産登記制度…………………………72
不動産登記の公信力……………………186
不動産登記法……………………………18
　　――5条の第三者…………………138
不動産と動産の比較……………………17
不動産の従物………………………148,165
不動産の付合……………………………280
不動産物権変動と対抗問題……………82
不当利得…………………………………249
不特定物の所有権移転…………………65
ププリキアナ訴権（actio publiciana）……235
部分地上権………………………………352
不法行為者………………………………140
不法占拠者………………………………140
不法占有者………………………………154
不融通物…………………………………166
プライバシー保護………………………262
振込指定…………………………………41
文化財……………………………………166
　　――保護法…………………………3,277
分割・一部譲渡で発生した袋地………265
分譲マンションの共用部分……………319

へ

平穏な共同生活の妨害…………………328
変更登記…………………………………76
変動原因制限説…………………………93
変動原因無制限説………………………93

ほ

妨害排除請求権…………………………24
防火建築…………………………………272
包括承継………………………………44,225
包括的支配権としての所有権…………257
法鎖としての債権………………………12
包蔵物……………………………………277
法定役権（servitude légale）……………261
法定区分地上権…………………………352
法定証拠としての登記…………………87
法廷譲渡（in iure cessio）………………61
法定制度…………………………………86
法定担保物権……………………………30
法定地上権………………………………20
保護資格要件としての登記……………96
ポセッシオ（possessio）…………………199
保存行為…………………………………301
保存登記…………………………………74
本権に基づく請求と占有訴権…………243

本登記（終局登記）……………………75

ま

埋蔵物発見………………………………277
抹消登記…………………………………76
マンション管理規約……………………327
マンション管理適正化法………………316
マンションの建替えの円滑化等に関する
　　法律（建替え円滑化法）………316,332

み

短手の引渡し（traditio brevi manu）……219
未登記建物所有者………………………140
身分占有…………………………………253
未分離の果実…………………………20,160
民法94条2項と110条の併用型類推適用…195
民法94条2項（の）類推適用………52,97,194
民法177条の第三者の範囲……………131,142

む

無記名債権………………………………148
無権利の法理………………………50,104,139,194
無主の相続財産…………………………275
無主物……………………………………275
　　――先占……………………………3,253,274
無償地上権………………………………346
無償の土地使用権………………………346
棟割り長屋………………………………315

め

明認方法………………………………20,47

も

目的物に対する直接的支配権…………10
目的物の滅失……………………………183
模索過程…………………………………8
持分権……………………………………300
　　――処分禁止の特約………………305
　　――の対外的主張…………………306
　　――の処分…………………………305
持分割合…………………………………300
持分率……………………………………300

や

約定担保物権……………………………30
野生動物…………………………………252
約款と規約………………………………327

ゆ

誘引システム……………………………… 7
有益費……………………………………251

よ

要役地……………………………………359
用益物権……………………………29,336
用水地役権……………………… 338,367
容積率……………………………………272
用途地域…………………………………259
予告登記…………………………………76
予備登記…………………………………75
弱い付合…………………………………285

り

リサイクル家電品……………………… 182

罹災都市借地借家臨時処理法……… 345,349
リース目的物……………………………… 70
流水利用権（水利権）………………… 338
留置権……………………………………38
立木所有権の明認方法………………… 159
立木の独立性…………………………… 159
立木法……………………………………20
隣地使用権・隣地立入権……………… 262
隣地通行権……………………… 263,360
隣地を観望する施設…………………… 272

ろ

ローマ法型不動産所有権……………… 28
ローマ法的共同所有…………………… 296
ローマ法的所有権………………… 256,298

判例索引

大審院

大判明36・3・5民録9-234 …………… 156
大判明36・11・16民録9-1244 …………… 347
大判明37・3・18民録10-284 …………… 347
大判明37・12・13民録10-1600 …………… 350
大判明38・4・24民録11-564 …………… 94,130
大判明38・10・20民録11-1374 …………… 90,141
大判明38・12・11民録11-1736 …………… 93
大判明39・4・16刑録12-472 …………… 226
大判明41・12・15民録14-1276 …… 89,93,132
大判明41・12・15民録14-1301
　　　　　　　　　　　　 …… 93,105,106,132
大判明42・10・22刑録15-1433 …………… 102
大判明43・2・24民録16-131 …………… 154
大判明43・2・25民録16-153 …… 152,162,220
大判明43・4・9民録16-314 …………… 103
大判明43・11・26民録16-759 …………… 351
大判明44・4・26民録17-234 …………… 182
大判明44・10・10民録17-563 …………… 100
大判明45・2・3民録18-54 …………… 250
大判大3・12・1民録20-1019 …………… 103,139
大判大3・12・26民録20-1208 …………… 293
大判大4・2・2民録21-61 …………… 155
大判大4・3・16民録21-328 …………… 369
大判大4・4・27民録21-590 …………… 155
大判大4・5・20民録21-730 …………… 163
大判大4・6・2刑録21-721 …………… 291
大判大4・9・29民録21-1532 …………… 152
大判大5・4・1民録22-674 …………… 78
大判大5・4・19民録22-782 …………… 154
大判大5・5・16民録22-961 …………… 152,171
大判大5・6・12民録22-1189 …………… 349
大判大5・6・23民録22-1161 …………… 23,257

大判大5・7・12民録22-1507 …………… 152
大判大5・9・12民録22-1702 …………… 81
大判大5・9・20民録22-1440 …………… 160
大判大5・11・29民録22-1333 …………… 286
大判大7・3・2民録24-423 …………… 118
大判大7・4・19民録24-731 …………… 301
大判大7・5・13民録24-957 …………… 78
大判大8・6・23民録25-1090 …………… 94
大判大8・10・16民録25-1824 …………… 154
大判大8・11・3民録25-1944 …………… 106
大判大8・12・25民録25-2400 …………… 148
大判大9・2・25民録26-152 …………… 141
大判大9・5・5民録26-622 …………… 160
大判大9・5・8民録26-636 …………… 357
大判大9・5・11民録26-640 …………… 106
大判大9・6・26民録26-933 …………… 370
大判大9・7・16民録28-1108 …………… 120
大判大9・10・14民録26-1485 …………… 203
大判大10・3・25民録27-660 …………… 154
大判大10・4・12民録27-703 …………… 78
大判大10・4・14民録27-732 …………… 159
大判大10・5・17民録27-929 …………… 101
大判大10・6・1民録27-1032 …………… 283
大判大10・6・22民録27-1223 …………… 253
大判大10・7・8民録27-1373 …………… 175
大判大10・7・11民録27-1378 …………… 340
大判大10・7・18民録27-1392 …………… 302,306
大判大10・11・28民録27-2070 …………… 350
大判大10・12・10民録27-2103 …………… 140
大判大11・11・24民集1-738 …………… 182
大判大12・7・7民集2-448 …………… 79
大判大13・1・30刑集3-38 …………… 291
大判大13・3・17民集3-169 …………… 365
大判大13・5・22民集3-224 …………… 238,239
大判大14・4・14新聞2413-17 …………… 347
大判大14・5・7民集4-249 …………… 239

大判大14・6・9刑集4-378 …………… 275
大判大14・7・8民集4-412 ………… 94,118
大判昭2・4・22民集6-198 …………… 362
大判昭2・4・22民集6-260 ………… 103,139
大判昭2・5・27民集6-307 …………… 183
大判昭2・10・10民集6-558 …………… 120
大判昭3・11・8民集7-970 ……………… 23
大決昭4・1・30民集8-41 ……………… 181
大判昭4・2・20民集8-59 ……………… 95
大判昭4・12・11民集8-927 …………… 176
大判昭5・6・16民集9-550 …………… 139
大判昭5・10・31民集9-1009 …………… 25
大判昭6・3・31民集10-150 ……… 203,210
大判昭6・8・7民集10-763 …………… 214
大判昭6・10・30民集10-982 ………… 283
大判昭7・2・16民集11-138 …………… 252
大判昭7・4・26新聞3410-14 …………… 94
大判昭7・5・9民集11-828 …………… 293
大判昭8・3・18民集12-987 …………… 180
大判昭8・3・24民集12-490 …………… 20
大判昭8・5・9民集12-1123 …………… 136
大判昭8・12・6新聞3666-10 …………… 94
大判昭8・12・18民集12-2854 ………… 148
大判昭9・7・18新聞3726-16 ………… 137
大判昭9・10・19民集13-1940 ………… 237
大判昭9・11・20民集13-2302 ………… 222
大判昭10・1・25新聞3802-13 ………… 148
大判昭10・5・31民集14-12-1037 ……… 222
大判昭10・6・10民集14-1077 ………… 253
大判昭10・9・3民集14-1640 ………… 275
大判昭10・10・1民集14-1671 …………… 20
大判昭12・3・10民集16-313 ………… 283
大判昭12・3・10民集16-255 ………… 367
大判昭12・7・2判決全集4-17-3 ……… 289
大判昭12・11・19民集16-1881 ………… 25
大判昭13・1・28民集17-1 …………… 174
大判昭13・6・17民集17-1331 ………… 264
大判昭13・6・28新聞4301-12 ………… 261
大判昭13・7・9民集17-1409 ………… 156
大判昭13・9・28民集17-1927 ………… 160
大判昭13・12・2民集17-2269 ………… 141
大判昭13・12・2民集17-2835 ………… 239
大判昭14・7・7民集18-748 …………… 101
大判昭15・6・26民集19-1033 ………… 347
大判昭15・9・18民集19-1611 …… 4,37,339
大判昭16・8・14民集20-1074 ………… 347
大判昭17・2・28法学11-1183 ………… 154
大判昭17・4・24民集21-447 ………… 313
大判昭17・9・30民集21-911 ……… 97,114

大判昭18・5・25民集22-411 …………… 289

最高裁判所

最判昭23・7・20民集2-9-205 ………… 80
最判昭24・9・27民集3-10-424 ……… 139
最判昭24・10・20刑集3-10-1660 ……… 289
最判昭25・12・19民集4-12-660 …… 90,140
最判昭26・11・27民集5-13-775 ……… 175
最判昭28・4・24民集7-4-414 …… 226,227
最判昭28・9・18民集7-9-954 ………… 134
最判昭29・3・12民集8-3-696 ………… 302
最判昭29・8・31民集8-8-1557 ……… 243
最判昭29・8・31民集8-8-1567 ……… 156
最判昭29・9・24民集8-9-1658 ……… 342
最判昭29・11・5刑集8-11-1675 ……… 149
最判昭30・4・5民集9-4-431 ………… 342
最判昭30・5・13民集9-6-679 ………… 250
最判昭30・6・2民集9-7-855 …… 152,220
最判昭30・10・18民集9-11-1642 …… 148
最判昭30・12・26民集9-14-2097 …… 361
最判昭31・4・24民集10-4-417 …… 90,142
最判昭31・6・19民集10-6-678 …… 283,284
最判昭32・1・31民集11-1-170 ……… 248
最判昭32・2・15民集11-2-270 …… 203,207
最判昭32・6・7民集11-6-999 …… 97,114
最判昭32・9・19民集11-9-1574 …… 90,141
最判昭32・9・27民集11-9-1671 ………… 79
最判昭32・11・14民集11-12-1943 …… 299
最判昭32・12・27民集11-14-2485
　……………………………… 152,171,221
最判昭33・2・14民集12-2-268 ……… 361
最判昭33・3・14民集12-4-570 ……… 155
最判昭33・6・14民集12-9-1449 …… 101,102
最判昭33・6・17民集14-8-1396 ……… 24
最判昭33・6・20民集12-10-1585 …… 64
最判昭33・7・29民集12-12-1879 …… 160
最判昭33・8・28民集12-12-1936 …… 118
最判昭33・10・14民集12-14-3111 …… 85
最判昭34・2・5民集13-1-51 ………… 286
最判昭34・2・12民集13-2-91 …… 90,140
最判昭34・4・9民集13-4-526 ………… 80
最判昭34・8・7民集13-10-1223 …… 160
最判昭34・8・28民集13-10-1311 …… 153
最判昭34・8・28民集13-10-1336 …… 152
最判昭34・11・26民集13-12-1550 …… 305
最判昭34・12・18民集13-13-1647 …… 355
最判昭35・1・22民集14-1-26 ………… 81

最判昭35・2・11民集14-2-168……171,221
最判昭35・3・1民集14-3-307……160,283
最判昭35・3・22民集14-4-501……………68
最判昭35・4・7民集14-5-751……209,253
最判昭35・4・21民集14-6-946……………81
最判昭35・6・17民集14-8-1396………141
最判昭35・6・24民集14-8-1528……65,146
最判昭35・7・19民集14-9-1779………114
最判昭35・7・27民集14-10-1871………118
最判昭35・9・1民集14-11-1991…149,151
最判昭35・11・29民集14-13-2869………101
最判昭36・2・28民集15-2-324…………222
最判昭36・3・24民集15-3-542……262,263
最判昭36・5・4民集15-5-1253………159
最判昭36・6・29民集15-6-1764…………76
最判昭36・7・20民集15-7-1903………119
最判昭36・9・15民集15-8-2172………165
最判昭36・11・24民集15-10-2573…………79
最判昭37・3・15民集16-3-556…………265
最判昭37・5・18民集16-5-1073……225,229
最判昭37・10・30民集16-10-2182………265
最判昭38・2・22民集17-1-235
……………………………107,299,305
最判昭38・4・19民集17-3-518…………302
最判昭38・5・31民集17-4-588…65,68,286
最判昭38・10・8民集17-9-1182………75,76
最判昭38・10・29民集17-9-1236…………287
最判昭38・12・24民集17-12-1720…247,250
最判昭39・1・24判時365-26………149
最判昭39・2・13判タ160-71…………90,138
最判昭39・2・25民集18-2-329…………302
最判昭39・3・6民集18-3-437…94,111,134
最判昭39・10・15民集18-8-1671………373
最判昭39・11・26民集18-9-1984…………68
最判昭40・3・4民集19-2-197…………244
最判昭40・5・4民集19-4-797……………80
最判昭40・5・20民集19-4-822…………371
最判昭40・5・20民集19-4-859…………306
最判昭40・9・21民集19-6-1560…………81
最判昭40・11・19民集19-8-2003…………65
最判昭40・12・7民集19-9-2101………235
最判昭40・12・21民集19-9-2221…90,91,142
最判昭41・1・13民集20-1-1……………80
最判昭41・1・20民集20-1-22…………346
最判昭41・3・3判時443-32……………308
最判昭41・5・19民集20-5-947…………303
最判昭41・6・9民集20-5-1011……168,216
最判昭41・10・7民集20-8-1615……208,275
最判昭41・11・22民集20-9-1901……118,120

最判昭41・11・25民集20-9-1921……299,371
最判昭42・1・20民集21-1-16…………112
最判昭42・5・30民集21-4-1011…………168
最判昭42・7・21民集21-6-1653
……………………………118,120,127
最判昭42・8・25民集21-7-1740………306
最判昭43・6・13民集22-6-1183…………286
最判昭43・8・2民集22-8-1571…………91
最判昭43・9・3民集22-9-1817………137
最判昭43・11・15民集22-12-2671…………91
最判昭43・11・15判時544-33……………371
最判昭43・11・21民集22-12-2765…………92
最判昭43・12・24民集22-13-3366…129,184
最判昭44・1・16民集23-1-18………91,142
最判昭44・5・2民集23-6-951……………81
最判昭44・5・27民集23-6-998…………96
最判昭44・5・30判時561-43……………287
最判昭44・7・25民集23-8-1627…286,319
最判昭44・9・12判時572-25……………293
最判昭44・10・30民集23-10-1881……204,226
最判昭44・11・21判時581-34………165,169
最判昭44・12・2民集23-12-2333…………232
最判昭44・12・18民集23-12-2467………127
最判昭45・6・18判時600-83……………212
最判昭45・12・4民集24-13-1987…165,168
最判昭46・1・26民集25-1-90…………115
最判昭46・3・5判時628-48……………293
最判昭46・4・23民集25-3-388……137,155
最判昭46・6・18民集25-4-550…………132
最判昭46・10・7民集25-7-885…………307
最判昭46・10・14民集25-7-933…………180
最判昭46・11・5民集25-8-1087……118,120
最判昭46・11・11判時654-52……………216
最判昭46・11・16民集25-8-1182…………110
最判昭46・11・16判時654-56……………283
最判昭46・11・30民集25-8-1437
……………………………205,214,229
最判昭46・12・9民集25-9-1457…………307
最判昭47・7・18判時678-57……………346
最判昭47・9・8民集26-7-1348……214,230
最判昭47・11・27民集26-9-1657………168
最判昭47・12・7民集26-10-1829……24,141
最判昭48・3・13民集27-2-271……369,370
最判昭48・7・17民集27-7-798…………252
最判昭48・10・9民集27-9-1129…………299
最判昭49・3・19民集28-2-325…………136
最判昭49・4・9裁判集民事111-531……265
最判昭49・9・26民集28-6-1213…………95
最判昭49・10・24判時760-56……………141

最判昭50・4・10判時779-62……………320
最判昭51・2・13民集30-1-1……………100
最判昭51・8・30民集30-7-768…………113
最判昭51・9・7民集831-35………308,314
最判昭51・12・2民集30-11-1021……213,225
最判昭52・3・3民集31-2-157……………213
最判昭53・3・6民集32-2-135……………224
最判昭54・1・25民集33-1-26……………290
最判昭54・2・15民集33-1-51……………153
最判昭54・2・22家月32-1-149……………301
最判昭54・9・11判時944-52………………76
最判昭56・1・30判時996-56………………323
最判昭56・3・19民集35-2-171……………239
最判昭56・3・30民集35-2-219……………351
最判昭56・6・18民集35-4-798……………319
最判昭56・7・17民集35-5-977……………319
最判昭57・6・4判時1048-97………………68
最判昭57・7・1民集36-6-891………371,373
最判昭57・9・7民集36-8-1527…… 169,222
最判昭58・2・8判時1092-62………………373
最判昭58・3・24民集37-2-131……………212
最判昭58・7・5判時1089-41………101,102
最判昭59・4・20判時1122-113……………176
最判昭59・4・24判時1120-38………………305
最判昭60・12・20判時1207-53………………68
最判昭61・3・17民集40-2-420………………65
最判昭61・12・16民集40-7-1236……19,183
最決昭62・4・10刑集41-3-221……………275
最判昭62・4・22民集41-3-408………310,311
最判昭62・4・23民集41-3-474……………111
最判昭62・4・24判時1243-24……………165
最判昭62・7・17判時1243-28……………329
最判昭62・11・10民集41-8-1559……………152
最判昭63・5・20判時1277-116……………304
最判平元・9・19民集43-8-955……………272
最判平元・11・24民集43-10-1220……………301
最判平2・11・6判時1407-67……………202
最判平2・11・20民集44-8-1037……………266
最判平3・4・19民集45-4-477……………109
最判平5・2・12民集47-2-393……………322
最判平5・7・19家月46-5-23……………108
最判平5・10・19民集47-8-5061……………293
最判平5・12・17判時1480-69……………267
最判平6・1・25民集48-1-25……………289
最判平6・2・8民集48-2-373………24,141
最判平6・5・31民集48-4-1065……299,372
最判平6・9・13判時1513-99……………213
最判平6・12・16判時1521-37……………362
最判平7・1・24判時1523-81……………109

最判平7・7・18民集49-7-2684…………306
最判平8・10・29民集50-9-2506
………………………………90,92,143,144
最判平8・10・31民集50-9-2563…………310
最判平8・10・31判時1592-55……………311
最判平8・10・31判時1592-59……………311
最判平8・11・12民集50-10-2591……214,230
最判平8・12・17民集50-10-2778……………304
最判平9・3・27判時1610-72……………328
最判平9・12・18民集51-10-4241……………265
最判平10・2・13民集52-1-65…143,263,363
最判平10・2・26民集52-1-255……………303
最判平10・3・10裁判集民事187-269……207
最判平10・3・26判例集未登載……………327
最判平10・10・22民集52-7-1555……………323
最判平10・10・30民集52-7-1604……………323
最判平10・11・20判時1663-102……………323
最判平10・12・18民集52-9-1975…264,364
最判平11・7・13判時1687-75……………265
最判平11・11・24民集53-8-1899………………24
最判平12・1・31判時1708-94……………207
最判平12・3・21判時1715-20……………321
最判平12・4・7判時1713-50……………304
最判平12・6・27民集54-5-1737…177,248
最判平14・6・10家月55-1-77……………109
最判平14・10・15民集56-8-1791……………268
最判平15・7・11民集57-7-787…305,307
最判平15・10・31判時1846-7-………………125
最判平17・3・10民集59-2-356………………24
最判平17・12・15判時1920-35……………305
最判平17・12・16民集59-10-2931……………19
最判平18・1・17民集60-1-27
………………………………91,118,123,143
最判平18・2・23民集60-2-546………52,195
最判平18・3・16民集60-3-753……………265
最判平18・6・1法セミ638-123……………309
最判平20・4・14民集62-5-909……300,374
最判平20・7・17民集62-7-1994……………372
最判平21・1・22民集63-1-228……………314
最判平21・3・10民集63-3-385………………26
最判平21・3・26判時2041-144………………76
最判平21・4・23判時2045-116……………333
最判平22・1・26判時2069-15……………327
最判平22・10・8民集64-7-1719……………314
最判平22・12・16民集64-8-2050………………81

高等裁判所

大阪高決昭32・6・20高民集10-4-249‥‥253
福岡高判昭59・6・18判タ535-218‥‥‥‥4
大阪高判昭60・7・3判タ569-58‥‥‥‥368
東京高判平6・8・4判時1509-71‥‥‥328
東京高判平9・7・31判例集未登載‥‥‥328
東京高判平16・7・14判時1875-52‥‥‥331
東京高判平20・10・30判時2037-30‥‥‥124
東京高判平21・5・14判タ1305-161‥‥‥124

地方裁判所

浦和地判大6・6・19新聞1289-28‥‥‥218
神戸地判昭41・8・16判時485-18‥‥‥‥370
東京地判昭48・12・27判時734-25‥‥‥‥272
鹿児島地判昭51・3・31判時816-12‥‥‥183
名古屋地判昭51・4・28判時816-4‥‥‥‥183
東京地判平8・7・5判時1585-43‥‥‥‥328
大分地判平20・11・28判タ1298-167‥‥‥124
東京地判平21・2・25判時2049-33‥‥‥‥288

河上　正二（かわかみ・しょうじ）
1953年　愛媛県生まれ
1975年　金沢大学法文学部卒業
1982年　東京大学大学院法学政治学研究科にて学位取得（法学博士）
　　　　千葉大学法経学部助教授、東北大学法学部助教授を経て、
1993年より、東北大学法学部・東北大学大学院法学研究科教授として民法講座を担当。
2008年より、東京大学法学部・大学院法学政治学研究科教授として民法講座を担当。現在に至る。
（2011年9月～内閣府消費者委員会委員長）

主な著書
約款規制の法理（有斐閣、1988年）
民法トライアル教室（磯村保・鎌田薫・中舎寛樹と共著）（有斐閣、1999年）
歴史の中の民法──ローマ法との対話
　　　　　　　　（訳著：オッコー・ベーレンツ著／日本評論社、2001年）
民法学入門──民法総則講義・序論（日本評論社、2004年、第2版、2009年）
民法総則講義（日本評論社、2007年）
担保物権法講義（日本評論社、近刊）
債権法講義（法学セミナー687号～連載中）

ぶっけんほうこうぎ
物権法講義

2012年10月20日　第1版第1刷発行

著　者──河上正二
発行者──黒田敏正
発行所──株式会社日本評論社
　　　　〒170-8474　東京都豊島区南大塚3-12-4
　　　　電話　03-3987-8621（販売）　-8592（編集）
　　　　FAX　03-3987-8590（販売）　-8596（編集）
　　　　振替　00100-3-16
印　刷──精文堂印刷株式会社
製　本──牧製本印刷株式会社

Printed in Japan © Kawakami Shoji 2012　装幀／林　健造
ISBN 978-4-535-51810-0

JCOPY <（社）出版者著作権管理機構　委託出版物>
本書の無断複写は著作権法上での例外を除き禁じられています。複写される場合は、そのつど事前に、（社）出版者著作権管理機構（電話03-3513-6969、FAX 03-3513-6979、e-mail:info@jcopy.or.jp）の許諾を得てください。また、本書を代行業者等の第三者に依頼してスキャニング等の行為によりデジタル化することは、個人の家庭内の利用であっても、一切認められておりません。

民法学入門［第2版］
民法総則講義・序論
河上正二［著］

民法のイメージを豊富に伝える良書として高評を得ている本の第2版。「問題の展開」を新たに追加し、講義・自習に最適な入門書。　◆3,045円（税込）ISBN978-4-535-51648-9

民法総則講義
河上正二［著］

民法総則のスタンダードな教科書。平易な文章で具体例を豊富にイメージできる。初学者から研究者まで満足できる本格的な体系書。　◆4,095円（税込）ISBN978-4-535-51596-3

■法セミ LAW CLASSシリーズ
クロススタディ物権法
事案分析をとおして学ぶ
田高寛貴［著］

多様な事実が交錯する複雑な事案も、「クロススタディ」で乗り越えられる。事案の読み解き方を身につけ、物権法の理解を深めよう。　◆2,940円（税込）ISBN978-4-535-51618-2

初歩からはじめる物権法［第5版］
山野目章夫［著］

一見難解な物権法を、豊富な事例をまじえ明快に解説。初心者から少し学習が進んだ人まで対応できる新しいスタイルの教科書。法人法改正、会社法施行などに対応し、さらに充実。　◆2,625円（税込）ISBN978-4-535-51574-1

物権法［第5版］
山野目章夫［著］

民法の中核をなす物権法の法改正と判例理論をふまえた、詳細かつ丁寧な解説の体系書。東日本大震災後の法律問題についても言及。　◆3,885円（税込）ISBN978-4-535-51882-7

日本評論社
http://www.nippyo.co.jp/